Richard North Patterson · Der Kandidat

Richard North Patterson

DER KANDIDAT

ROMAN

Deutsch von Rainer Pfleiderer

C. Bertelsmann

Die Originalausgabe erschien 1998 unter dem Titel
»No Safe Place« bei Alfred A. Knopf Publisher, New York

Umwelthinweis:
Dieses Buch und sein Schutzumschlag wurden
auf chlorfrei gebleichtem Papier gedruckt.
Die Einschrumpffolie (zum Schutz vor Verschmutzung)
ist aus umweltschonender und recyclingfähiger PE-Folie.

1. Auflage

Satz: Dr. Ulrich Mihr GmbH, Tübingen
Druck und Bindung: Wiener Verlag
Printed in Austria
ISBN 3-570-00309-4

FÜR CHASE,
UNSEREN JÜNGSTEN SOHN

Prolog

DIE KAMPAGNE

April, Jahr 2000

EINS

An seinem letzten Tag in Boston ging Sean Burke um acht Uhr morgens an der Ecke Kenmore Square auf und ab und wartete, in der Innentasche seiner Armeejacke eine halbautomatische Neunmillimeter-Pistole, auf den Abtreibungsarzt.

Sean kannte seinen Feind von den Demonstrationen – ein kleiner Mann mit dünnen, braunen Haarbüscheln, eingefallenen Wangen und kalten, grauen Augen. Einerseits hoffte Sean, daß er kam, andererseits hatte er Angst davor und war unschlüssig. Er machte sich Mut, indem er sich die Gesichter der Kinder vorstellte, die er retten würde.

So vergingen vierzig Minuten, und mit jeder Sekunde wurde Sean nervöser.

Dann tauchte der Arzt aus der U-Bahn auf. Er hatte die Hände in den Manteltaschen vergraben, seine Augen waren auf den Gehweg gerichtet, und sein Mund blies kleine Atemwolken in die kühle Luft dieses klaren Apriltags. Er bemerkte Sean nicht.

Sean schluckte. Er hatte einen säuerlichen Geschmack im Mund, und sein Magen krampfte sich zusammen. Umständlich faßte er mit der behandschuhten Hand in die linke Tasche, schob sich die letzte Tablette des Antazidums in den Mund und zermalmte sie zwischen den Zähnen.

Dr. Bowe verschwand im Gebäude, einem ehemaligen Hotel aus rotem Sandstein, das mittlerweile Arztpraxen, Hutgeschäfte und Schmuckläden beherbergte. Eine schwangere Frau, die durch die doppelte Glastür trat, war nicht unbedingt auf der Suche nach einem Komplizen, der ihr half, ihr Ungeborenes zu ermorden. Ebensogut konnte sie sich eine Halskette kaufen wollen. Sean wußte nur, daß sich die Praxis im Erdgeschoß befand: Laut Gerichtsbeschluß mußten die Demonstranten draußen bleiben und den Gehweg freihalten. Den roten Teppich, wie ihr Wortführer Paul Terris ihn genannt hatte. Doch weder Pauls

Ermahnungen noch all ihre Proteste hatten das Blutvergießen stoppen können.

Sean blieb stehen, immer noch unschlüssig. Die Tablette in seinem Mund schmeckte bitter.

Wenn er jetzt handelte, mußte er alles, was ihm vertraut war, aufgeben: den Trost der Kirche, der er als Hausmeister diente, das Zimmer über den Gemeindebüros, das seit drei Jahren sein Zuhause war, das Mitgefühl Pater Brians, der seine Arbeit lobte und seine »Heftigkeit« beklagte. In der Presse und im Fernsehen, in den Straßen und Bars von Charleston würde man ihn einen Mörder nennen.

Dann sollte eben Gott sein Richter sein, Gott und die Kinder.

Sean stand wie angewurzelt da, ein schmächtiger Mann mit strähnigen schwarzen Haaren und blaßblauen Augen, und beobachtete das Defilee der Stadt: Berufstätige, die aus dem U-Bahn-Ausgang hasteten, hupende Autos, Studenten auf dem Weg zur Boston University, ein asiatisches Kindermädchen, das einen blauen Kinderwagen schob.

Dann sah er sie – eine junge Frau in einem Wollmantel, eine Strickmütze fest über ihre roten Locken gezogen, das Gesicht irischer als sein eigenes. Sie blieb auf dem Gehweg stehen und blickte zu der doppelten Glastür, über der »Kenmore Building« stand. Er spürte ihren Widerwillen so intensiv wie seinen eigenen.

Sie wollte zu dem Abtreibungsarzt, keine Frage. Sie drehte ihm den Rücken zu, und Sean fühlte sich ihr verbunden: Wenn sie nicht hineinging, würde er der Klinik vielleicht eine Gnadenfrist gewähren. Bis morgen.

»Bitte«, murmelte er, »rette dein Kind!« Er hoffte inständig, daß sie keine von ihnen war.

Die junge Frau zuckte unmerklich mit den Schultern und steuerte auf die Tür zu.

Sean spürte Wut in sich aufsteigen. Ohne auf den Verkehr zu achten, überquerte er die Straße. Er tastete nach der Pistole in seiner Tasche. Die Berührung gab ihm wieder Sicherheit.

Vorletzten Samstag war er nach New Hampshire gefahren und hatte die Waffe in einem Schnapsladen gekauft. Mit demselben Modell, so teilte ihm der Inhaber mit, habe dieser Türke auf den Papst geschossen – klein, handlich, leicht zu verstecken. Sean hatte seine Abneigung unterdrückt und nur gesagt: »Gott segne den Heiligen Vater.«

Jetzt war er nur noch fünf Schritte von der Tür entfernt, dann vier. Jeder Schritt fiel ihm schwer.

Er rief sich die Lehren aus der Geschichte in Erinnerung. Hätte er Hitler ermordet, hätten ihn die Nazis als Verbrecher beschimpft und den Namen Sean Burke geschmäht. Vielleicht hätten Göring und Konsorten ihn an einem Fleischerhaken aufgehängt. Und vielleicht hätten Millionen anderer überlebt – Juden und Slawen, Zigeuner und Kinder ...

Schwitzend blieb Sean vor der Tür stehen und sog ein letztes Mal tief die Morgenluft ein.

Er trat in die dämmrige Halle und schaute sich um. Ein Reisebüro, eine Steuerberaterkanzlei. Und dann entdeckte er sie.

Eine grüne Verbundglastür mit Lettern aus Metall: »Bostoner Frauenklinik.« Seit dem Scheitern der Demonstrationen hielten es die Abtreibungsärzte in ihrer Arroganz nicht mehr für nötig, eine Wache aufzustellen.

Sean zog die Wollmütze aus der Tasche und stülpte sie sich über den Kopf.

Einen Augenblick lang ruhte seine Hand auf dem Türknauf. Er stellte sich vor, wie die Rothaarige nervös darauf wartete, daß der Abtreibungsarzt ihr einen Plastikschlauch zwischen die Beine schob und das Leben aus ihrem Schoß saugte.

Sean murmelte ein letztes Gebet und stieß die Tür auf.

Das Mädchen war da. Es blickte ihn über eine Zeitschrift hinweg an, als sei es überrascht. Ohne die Mütze bildete sein Haar ein wildes Lockenmeer.

»Sie wünschen?« fragte die Empfangsdame.

Sean wandte sich ihr zu – eine ältere Frau mit schwarz gefärbtem Haar und blutrotem Lippenstift.

»Ich möchte zu Dr. Bowe«, sagte er leise.

Ihr Teint war blaß wie Pergament. Sie schaute von ihrem Drehstuhl zu ihm auf, reglos, bis auf ihre rechte Hand. Er wußte, daß unter ihrem Schreibtisch ein Alarmknopf angebracht war; an dem Tag, als die anderen das Wartezimmer besetzt hatten, hatte sie damit die Sicherheitsleute gerufen.

»Finger weg!« Seans Stimme klang jetzt barsch. Die Rothaarige ließ die Zeitschrift fallen.

Die Empfangsdame schluckte krampfhaft und preßte hervor: »Was wollen Sie?«

Sean zückte die Waffe. »Ihnen das Handwerk legen«, antwortete er und drückte ab.

Ihr Kopf schnellte zurück, und ein Loch klaffte in ihrer Stirn. Dazu ertönte ein dumpfes Geräusch, wie von einer Melone, die auf Beton zerplatzte; es ging beinahe im Schrei der Rothaarigen unter.

Sean starrte verblüfft auf die Frau, aus deren Stirn Blut sickerte. Erst als sie auf dem Teppich aufschlug, wandte er sich dem Mädchen zu.

»Rühren Sie sich nicht!« Seine Stimme überschlug sich. Die Waffe in der Hand, stolperte er den Flur entlang.

Der Arzt war in seinem Sprechzimmer und beugte sich gerade in der Ecke über einen Metallschrank. Sean sah ihn an, dann den Tisch, der mit weißem Papier bedeckt war, den Altar, auf dem Frauen unschuldige Kinder opferten. Mit zitternder Hand hob er die Pistole.

Dr. Bowe hatte kaum Zeit, den Kopf zu wenden, bevor Sean ihm in die Schläfe schoß.

Wieder erschien der rote Fleck. Sean beobachtete beinahe erstaunt, wie der Arzt in die Knie sackte und mit dem Gesicht in die Akten seiner Opfer fiel. Erst da vernahm er wieder das Geräusch wie von einer zerplatzenden Melone.

In jäher Wut packte er den zuckenden Körper, warf ihn auf den Tisch und riß ihm die Beine auseinander, so daß sie gespreizt waren wie bei den vielen Frauen, deren Kinder er ermordet hatte. Die Augen des Arztes waren glasig, und sein Mund stand weit offen, als wolle er gegen diese Demütigung protestieren.

Sean hörte ein Schnaufen hinter sich.

Eine Schwester stand in der Tür, ein Stethoskop um den Hals, und ihr Mund formte lautlose Worte. Sean tötete sie nur ungern; sie war nur ein Werkzeug, wie die Empfangsdame. Doch er hatte keine Wahl.

»Tut mir leid«, murmelte er und schoß ihr in die Brust. Die Schwester brach in der Tür zusammen und blieb reglos liegen.

Sean stieg über die Tote hinweg und taumelte benommen den Flur hinunter.

Die Rothaarige saß zitternd auf der Couch. Tränen liefen ihr übers Gesicht. Sean brachte es nicht über sich, das Leben in ihr zu töten.

Er ging vor ihr in die Hocke und tröstete sie: »Ich mußte ihn aufhalten. Ihr Mitgefühl sollte Ihrem Kind gelten. Um sein Leben zu retten, bin ich hier.«

»Aber ich bin nicht schwanger«, stammelte sie.

Sean fühlte, wie ihm das Blut ins Gesicht schoß. Er stand auf, beschämt und verwirrt, das Blut pochte ihm in den Schläfen. Sein Finger berührte den Abzug.

»Bitte. Ich bin nur wegen eines Pessars hier …«

Sean ließ die Waffe fallen und stürzte ins Freie.

An der Ecke war eine U-Bahn-Station.

Sean rannte die Treppe hinunter und schlüpfte durch das Drehkreuz. Er verschwand in der Männertoilette und trat wenig später, Jacke, Handschuhe und Mütze in einer Kabine zurücklassend, gemächlichen Schritts wieder auf den Bahnsteig hinaus, ein junger Mann in einem Holy-Cross-Sweatshirt.

»Fahr mit der grünen Linie zur Court Street und steig dort in die blaue um.« Er betete den Satz wie einen Rosenkranz vor sich hin, bis die U-Bahn hielt. Sean stieg in einen halbleeren Waggon. Niemand beachtete ihn.

Sie hatte gelogen. Sean hatte ihr Kind gerettet, und sie hatte gelogen, um sich selbst zu retten, weil sie annahm, er halte es für weniger verwerflich, wenn man das Entstehen von Leben mit einem Stück Plastik verhinderte. Vielleicht hatte er ihr die Augen geöffnet.

In der Court Street öffneten sich zischend die U-Bahn-Türen. Sean sprang hinaus und wartete mit gesenktem Kopf im schmuddeligen Tunnel.

Er hatte Pater Brian gefragt, ob er in New Hampshire eine Woche Urlaub machen könne. »Selbstverständlich«, hatte der Priester geantwortet, »aber ausgerechnet im April? Bei dem Schmuddelwetter?«

Minuten später kam die U-Bahn zum Logan Airport.

Sean zog seinen Koffer aus dem Schließfach am Flughafen. Wenn alles nach Plan verlief, waren Jacke, Mütze und Handschuhe die letzten Spuren, die man von ihm in Boston finden würde. Nun, da er seine Aufgabe erfüllt hatte, mischte sich Erleichterung in seine Schuldgefühle: Er demonstrierte nicht mehr nur, mit Protestschildern und Parolen bewaffnet, während Kinder starben.

Mit erschöpftem Gesicht passierte er die Kontrolle am Flugsteig C.

Niemand hielt ihn auf. Umringt von Urlaubern und Geschäftsreisenden ging er mit seinem abgewetzten schwarzen Koffer zum Schalter. Nur eine schwarze Frau mit Brille und Aktentasche stand dort an. Sean wartete nervös, bis sie abgefertigt war.

Die Blonde hinter dem Schalter hob die Augenbrauen: »Der nächste.«

Ihre Stimme klang herausfordernd, fand Sean. Dies konnte das Ende bedeuten: Die Rothaarige konnte ihn beschreiben, und er zweifelte nicht daran, daß die Polizei eine Akte über Operation Life führte.

»Der nächste«, wiederholte die Blonde ungeduldig und musterte ihn.

Sean zog das Ticket aus der Gesäßtasche und legte es auf den Schalter.

Sie klappte es auf. »Mr. Burke«, sagte sie. »Würden Sie sich bitte ausweisen?«

Sean zückte die Brieftasche. Seiner Meinung nach sah das Foto in seinem Führerschein verdächtig aus. Der Blick der Blonden wanderte langsam von seinem Gesicht zum Foto und wieder zurück.

Ein Anruf genügt, dachte er. Der Flughafen wimmelte von Cops und Sicherheitsleuten in blauen Uniformen. Seine Hände schwitzten.

»Haben Sie Ihren Koffer selbst gepackt?« fragte sie.

»Ja.«

»Nur ein Gepäckstück?«

»Ja.«

»Hat Ihnen ein Unbekannter etwas zur Beförderung mitgegeben?«

Sean holte Luft. »So etwas würde ich nie annehmen.«

Die Blonde zögerte und sah ihn abermals forschend an. »Zone C«, sagte sie. »Platz 25 B. Der Aufruf erfolgt gegen dreizehn Uhr fünfzehn.«

Wenn er erst einmal im Flugzeug war, überlegte Sean, saß er in der Falle. Er ging erst beim letzten Aufruf an Bord.

Um zwei war die Maschine noch immer nicht gestartet.

Ein kleines technisches Problem, erklärte der Pilot mit seiner John-Wayne-Stimme und bat die Fluggäste, Platz zu behalten.

Sean senkte den Kopf. Jetzt hatten sie ihn. Jeden Moment würden sie die Maschine räumen und ihm Handschellen anlegen. Wieder überkam ihn dieses Gefühl: Er war ein einsamer kleiner Junge, der schreckliche Angst vor seinem Vater hatte und an der Gleichgültigkeit seiner Mutter verzweifelte. Er war nirgendwo sicher.

Abrupt stand er auf. Er taumelte zur hinteren Toilette, vorbei an den anderen Passagieren mit ihren verschlossenen, gleichgültigen Mienen.

Sein Gesicht im Spiegel war weiß. Als das Würgen einsetzte und seinen Körper schüttelte, sah er im Becken nur Speichel und etwas Blut. In der Toilette kam er sich wie in einem Schrank vor.

Er riß die Tür auf und schnappte nach Luft.

Langsam kehrte er auf seinen Platz zurück. Er vermied es, die Frau neben sich anzusehen.

Zehn Minuten später machte der Pilot seine letzte Durchsage. Dann stieg die Maschine vibrierend in die Luft, und Sean Burke verließ Boston für immer.

ZWEI

Der Mörder trat aus den Kulissen, hob die Mauser und stützte sein Handgelenk mit der linken Hand ab.

Sein Opfer drehte sich um, lächelte die Frau neben sich an und nahm mit ihr zusammen die Ovationen entgegen.

»Kil-can-non«, rief die Menge, und dann erblickte Senator James Kilcannon den Mörder. Kilcannon fiel die Kinnlade herunter.

»Achtung, Schußwaffe«, rief jemand. Zwei Sicherheitsbeamte des Secret Service sprangen auf die Bühne, der Jubel der fünftausend Menschen endete in einem Aufschrei.

Der Killer trat noch einen Schritt vor und feuerte.

James Kilcannon brach zusammen, rollte auf die Seite, dann auf den Rücken. Eine Blutlache bildete sich unter seinem Kopf.

Er öffnete die Lippen, versuchte zu sprechen ...

»Kerry ...«

Kerry Kilcannon erwachte und starrte in Clayton Slades Gesicht.

Im Hotelzimmer war es dunkel. »Kerry!« wiederholte Clayton. Seine Stimme klang ruhig, doch sein rundes schwarzes Gesicht blickte forschend. »Was hast du?«

Kerry bemerkte, daß er vor Schreck hochgefahren war. Clayton war mehr als nur sein Wahlmanager. Er war sein bester Freund, zwischen ihnen gab es keine Lügen.

»Mein Bruder«, antwortete Kerry. »Es ist immer dasselbe ...«

Clayton blies die Backen auf und atmete langsam aus. Noch verwirrt von seinem Traum, hörte Kerry Stimmen aus dem Nebenraum. Er erinnerte sich, daß sie in einer Hotelsuite in Portland waren – einer von vielen auf ihrer viermonatigen Tour kreuz und quer durchs Land.

Clayton packte ihn an den Schultern. »Du hast gewonnen, Kerry. Wir rechnen jede Minute damit, daß Mason seine Niederlage eingesteht.«

Kerry brauchte noch einen Augenblick, bis er wieder ganz bei sich war. Dann stand er auf und trat in Boxershorts ins Wohnzimmer.

»Macht Platz«, rief er, »für den künftigen Führer der neuen Weltordnung.«

Drei Personen saßen vor dem Fernseher: Kit Pace, Kerrys Pressesekretärin und mit ihrer Intelligenz und Direktheit das ideale Spiegelbild seiner Kampagne, daneben der ergrauende Frank Wells, sein schnieker Medienberater, und schließlich Kevin Loughery, sein persönlicher Assistent – ein schlaksiger junger Mann aus der schrumpfenden irischen Gemeinde in Newark, der Stadt, in der Kerry geboren war. Kit fuhr herum und ließ ihren Blick süffisant über Kerrys schlanke Gestalt gleiten. »Nicht übel für einen Zweiundvierzigjährigen«, sagte sie. »In der Speckwertung bleibt Dick Mason jedenfalls in Führung.«

Kerry reckte die Fäuste wie ein Boxer. »Wie ist es gelaufen?« fragte er.

Clayton antwortete über die Schulter: »Nach der neuesten CNN-Hochrechnung hast du gewonnen. NBC, CBS und ABC sagen dasselbe. Wir warten bloß noch auf Dick.«

Auf dem Bildschirm war eine kesse Reporterin zu sehen. Sie stand in einem Saal voller Kilcannon-Anhänger und schrie gegen den allgemeinen Jubel an. »Dies ist kein gewöhnlicher Sieg«, begann sie. »Zwölf Jahre nach James Kilcannons Ermordung am Tag vor den kalifornischen Vorwahlen scheinen nur noch eben diese Vorwahlen Senator Kerry Kilcannon von dem Ziel zu trennen, das auch sein Bruder anstrebte – der Nominierung zum Präsidentschaftskandidaten der Demokraten ...«

»Gratuliere, Kerry«, sagte Frank Wells.

Kerry schüttelte den Kopf. »Noch sieben Tage.«

»Noch vor wenigen Wochen«, fuhr die Journalistin fort, »hätte es niemand für möglich gehalten, daß Kerry Kilcannon mit dem amtierenden Vizepräsidenten gleichziehen könnte. Doch Kilcannon hat es geschickt verstanden, Dick Mason für die jüngste Negativbilanz des Präsidenten verantwortlich zu machen – die drohende Rezession, das Scheitern der Sozialreform, den Absturz des Dow Jones, die anhaltenden Gerüchte um Sexaffären und eine Reihe von Enthüllungen über angeblich illegale Spenden an die Demokratische Partei im letzten Jahr. Kilcannon wiederholt in jeder Rede, daß Dick Mason seit acht Jahren Vizepräsident sei und daß die Partei in dieser Zeit ›zunächst ihre Mehrheit, dann ihre Identität und schließlich ihre Seele‹ verloren habe ...«

»Was dürfen wir in Kalifornien erwarten, Kate?« fragte der Studiomoderator.

»Sieben Tage, in denen mit harten Bandagen gekämpft wird«, antwortete die Journalistin. »Denken Sie nur an letzte Woche, als bekannt wurde, daß Dick Mason hinter den Kulissen eine Änderung der Haushaltsvorlage durchboxen wollte, um die Tabakpflanzer aus seinem Heimatstaat Connecticut zu schützen. Nur Stunden später konterte Senator Kilcannon mit dem Vorschlag, eine neue Tabaksteuer einzuführen und mit den Einkünften Ausbildungsprojekte zu finanzieren, unter dem Motto ›Bildung statt Tod für unsere Kinder‹.«

Frank Wells lachte laut auf. »Ich bedauere immer noch, daß die Idee nicht von mir ist«, sagte er – das neue Mitglied des Teams schmeichelte dem Kandidaten.

Kerry rang sich ihm zuliebe ein Lächeln ab. »Hoffentlich war es eingängig genug.«

»Kerry Kilcannon«, fuhr die Journalistin fort, »kann sich vor allem auf die Minderheiten stützen, und er hat überdies eine deutliche Mehrheit bei den Frauen, bei denen seine Vorschläge zur schulischen und beruflichen Bildung und zur Kriminalitätsbekämpfung gut ankommen ...«

Nein, dachte Clayton bei sich. Es war weit mehr als das.

Er betrachtete Kerry im schwachen Licht des Fernsehers. Nach fünfzehn Jahren war ihm das Profil des Freundes so vertraut wie das seiner Frau und seiner Töchter. Das hagere irische Gesicht, kantig und doch jugendlich, erinnerte ihn an den frischgebackenen Staatsanwalt von einst, der damals, als sie sich kennenlernten, kaum mehr als ein junger Heißsporn gewesen war. Auch das wellige rote Haar hatte sich nicht verändert, und wie immer spiegelte sich Kerrys Stimmung in seinen blaugrünen Augen wider, die mal kalt, mal entrückt und fast geistesabwesend blickten, dann wieder vor Energie sprühten oder in den Winkeln von Falten umkräuselt wurden, wenn er schmunzelte oder lachte. Und dennoch. Kerry hatte sich im Verlauf der strapaziösen Vorwahlen verändert.

Am wenigsten überraschte Kerrys unbändiger Kampfgeist: seine Fähigkeit, jeden Morgen in einer anderen Stadt aufzuwachen, sechs- oder siebenmal mit derselben Frische dieselbe Rede zu halten, bis er wieder ins Bett fiel, mit Dutzenden von wichtigen Lokalpolitikern zu konferieren, gegen die allgemeine Erschöpfung anzukämpfen und keinen Zweifel daran aufkommen zu lassen, daß er Dick Mason schlagen konnte. Clayton kannte diese manchmal rücksichtslose und an Wut grenzende Beharrlichkeit seit damals, als Kerry seinen ersten großen Fall bearbeitet hatte. In Claytons Augen war sie der unvorteilhafteste und nun vielleicht notwendigste Charakterzug seines Freundes.

Nein, der entscheidende Punkt war, daß Kerry die Menschen in einer Weise rühren konnte, die Clayton noch nie erlebt hatte – bei keinem anderen und früher nicht einmal bei Kerry selbst.

Am Ende eines langes Tages in New Hampshire war es ihm erstmals aufgefallen. Kerry sprach auf einer kleinen Versammlung in einem Seniorenheim. Er war heiser und nicht gut in Form, und weil er es merkte, faßte er sich kurz und gab Gelegenheit zum Fragen.

Eine alte Frau stand auf, die Beine so dünn, daß ihr Anblick Clayton schmerzlich berührte. Sie sei so arm, sagte sie mit zitternder Stimme, daß sie an jedem Monatsende entscheiden müsse, ob sie sich etwas zu essen oder Medikamente kaufe.

Dann versagte ihr die Stimme. Sie brach in Schluchzer aus und schlug die Hände vors Gesicht.

Ein Pfleger eilte herbei, doch Kerry war bereits vom Podium herabgestiegen. Er nahm die alte Frau in die Arme und flüsterte ihr etwas zu, das niemand verstand.

Hinterher verweigerte Kerry jede Auskunft darüber, was er zu ihr gesagt hatte. Es war die alte Frau selbst, die CBS Aufklärung gab. »Ich werde nicht zulassen, daß es Ihnen noch einmal so ergeht«, hatte Kerry zu ihr gesagt. »Das verspreche ich Ihnen.«

Es war Instinkt, davon war Clayton überzeugt – irgendwie hatte Kerry mit seinen zweiundvierzig Jahren gelernt, sich in die Vergangenheit zurückzuversetzen und die Ängste seiner Jugend zu vergegenwärtigen, bis er nachempfinden konnte, wie einem anderen zumute war. Die Bilder von ihm, wie er die alte Frau tröstete, liefen auf allen Kanälen.

»Kilcannons Botschaft ist unmißverständlich«, hörte Clayton die CNN-Reporterin zusammenfassen. »Er spricht Dick Mason die Fähigkeit ab, jenen Menschen zu helfen, die am dringendsten der Hilfe bedürfen. Nicht einmal der Versprecher von gestern, als Senator Kilcannon erklärte, daß ein ungeborener Fötus ›Leben‹ sei, scheint seiner Beliebtheit bei den Frauen geschadet zu haben...«

Kerry lehnte sich in seinem Sessel zurück und schloß die Augen.

Er war müde gewesen. In einer Fernsehdiskussion von einer

Abtreibungsgegnerin in die Enge getrieben, hatte er offen seinen Standpunkt dargelegt: Als Politiker trete er entschieden für das Recht auf Abtreibung ein, doch als Katholik glaube er persönlich, daß mit der Befruchtung das Leben beginne und daß die Behauptung, bis zum dritten oder sechsten Monat existiere kein Leben, moralische Haarspalterei sei.

»So etwas dürfen Sie nicht sagen«, murrte Frank Wells. »Die Frauen sind zu verunsichert.«

Kerry schlug die Augen auf. Einen Augenblick lang ärgerte er sich über Frank. Mit seinem glatten grauen Haar und den Diplomatenmanieren erweckte Frank manchmal den Eindruck, als habe es ihn aus einem vornehmen Salon in Georgetown direkt in den Wahlkampf verschlagen. Doch in den letzten zwanzig Jahren hatte er für viele prominente Demokraten hervorragende Arbeit geleistet, auch für James Kilcannon. Kerry spürte, daß Clayton ihn beobachtete.

»Ich war müde«, sagte er versöhnlich. »Die Wahrheit zu sagen ist nur ein Trick von mir, um Dick zu verwirren.«

Kit Pace beugte sich vor. »Das meiste war gar nicht so schlecht. Aber bitte streichen Sie die Vokabel ›Leben‹ aus Ihrem Wortschatz, dann bleibt es bei diesem einmaligen Ausrutscher. Die Andeutung, daß Frauen ›Leben‹ vernichten, stößt eingefleischte Abtreibungsbefürworter vor den Kopf und ruft die Presse auf den Plan, speziell nach der Geschichte in Boston heute morgen.«

Kerry nickte. »Ein Wahnsinniger. Drei Tote. Wer tut so etwas?«

»Weiß der Himmel.« Kit hielt kurz inne. »Ich habe eine Erklärung herausgegeben – Mitgefühl mit den Hinterbliebenen, die richtige Mischung aus Empörung und Fassungslosigkeit.« Ihr Ton wurde trocken. »Sie waren recht eloquent.«

Kerry lächelte sie fragend an. »Habe ich das Wort ›Leben‹ verwendet?« Und dann erschien Dick Mason auf dem Bildschirm.

Der Vizepräsident wurde von seiner Frau Jeannie und ihren drei Kindern flankiert – einem Mädchen und zwei Jungen, alle bereits erwachsen, die Gesichter so glatt und vertrauenerweckend wie das ihres Vaters. Nur fehlte den Kindern das schauspielerische Talent des Vaters. Sie lächelten gequält in die Menge, während er übers ganze Gesicht strahlte und herausfordernd das Kinn reckte. Kerry stellte sich vor, wie Dick Mason jetzt zumute sein mußte bei dem Gedanken, daß er sich womöglich ein Leben lang umsonst abgerackert hatte. Woher nahm er nur die Kraft zum Weitermachen? Ob er es noch immer für ausgeschlossen hielt, daß ...

»Sie können nicht gewinnen«, hatte der Präsident zu Kerry gesagt. »Dick wird es verhindern.«

Es war vor knapp fünf Monaten gewesen, an einem bitterkalten Dezembertag. Der Präsident hatte ihn lange im Westflügel des Weißen Hauses warten lassen, ehe seine Assistentin erschien und Kerry ins Oval Office führte.

Der Präsident wirkte abgezehrt und müde, und Kerry fragte sich, ob an den Gerüchten über seinen Gesundheitszustand etwas dran war. Ein einsamer Job, wie es immer hieß.

Der Präsident schenkte Kerry ein schwaches Lächeln. »Sie haben es also auf diesen Stuhl abgesehen«, sagte er ohne lange Vorrede.

Kerry gefiel die Eröffnung. Der Präsident wußte, daß er höfliche Floskeln verabscheute.

»Ich habe die Absicht zu kandidieren«, erwiderte Kerry ebenso offen. »Ich weiß, daß Sie Dick unterstützen. Aber ich hoffe, daß Sie von einer offiziellen Parteinahme absehen, bis wir wissen, was die Vorwahlen bringen.«

»Sie meinen, ich soll neutral bleiben? So wie Sie, als die Presse mich zu Unrecht beschuldigte, ich hätte eine längst zerrüttete Ehe zerstört, und Dick sich vor mich stellte?« Der Präsident faltete die Hände und mäßigte seinen Ton. »Tatsache ist, daß Sie gegen mich antreten werden. Wenn Sie gegen Dick antreten, müssen Sie das. Und Dick ist immer loyal und tüchtig gewesen.«

Kerry musterte sein Gesicht. »Loyal schon, das gebe ich zu. Aber was ist der Preis dieser Loyalität? Ein republikanischer Kongreß und ein republikanischer Präsident? Wollen Sie das?«

»Oh, ich glaube nicht, daß es so schlecht um uns steht.« Der Präsident lächelte, aber seine Augen blickten durchdringend. »Es hat Sie gepackt, stimmt's? Sie haben die Lage gepeilt und sind zu dem Ergebnis gelangt, daß Sie besser sind als alle anderen. Dick und mich eingeschlossen.«

Kerry zuckte mit den Schultern und lächelte. Als Kind hatte er gelernt, vorsichtig abzuwarten.

»Das ist nur der erste Schritt«, sagte der Präsident nach einer Weile. »Der leichteste und trügerischste. Erst später merken Sie, daß ein Präsidentschaftswahlkampf viel höhere Anforderungen stellt, als Sie erwartet haben, und wie entwürdigend es ist, ständig im Blickpunkt der Öffentlichkeit zu stehen. Und das schiere Ausmaß der Aufgaben – von Ihren Siegeschancen ganz abgesehen – droht Sie zu erdrücken. Die wenigen Männer, die Präsident werden, weigern sich, Tatsachen zur Kenntnis zu nehmen, vor denen jeder andere kapitulieren würde: daß sie jede Hoffnung auf ein Privatleben begraben müssen, daß andere über ihr Leben bestimmen, daß sie den Anforderungen des Amtes wahrscheinlich gar nicht gewachsen sind.« Der Präsident hielt inne, dann setzte er sanft hinzu. »Es genügt nicht, daß Jamie es wollte, Kerry. Zum ersten Mal in Ihrer Karriere müssen Sie selbst es wollen.«

Kerry spürte, wie er vor Zorn rot anlief.

Der Präsident hob die Hand. »Ich wollte Sie nicht beleidigen. Was ich sagen will, ist, daß Sie sich total erniedrigen müssen, wenn Sie quasi aus dem Stand eine Kampagne aufziehen wollen. Sie müssen Leute, die Sie verabscheuen, um Geld anbetteln und gute Miene zum bösen Spiel machen. Und damit ist es nicht getan. Einmal, in New Hampshire, habe ich einen geschlagenen Nachmittag damit verschwendet, nach einem Keramikpudel zu suchen, weil ich die Stimme einer Delegierten aus Iowa brauchte, die solchen Nippes sammelte.«

Kerry rang sich ein Lächeln ab.

»Dick Mason versteht mich, weil er seit acht Jahren Vizepräsident ist. Sie nicht, Kerry. Wie könnten Sie auch? Und Dick ist der einzige Kandidat für das höchste Amt, dem die Medien und Tugendwächter bereits auf den Zahn gefühlt haben und der es überstanden hat. Wenn Sie dem Club beitreten, Kerry, dann auf eigene Gefahr.« Abermals machte der Präsident eine Pause und mäßigte seinen Ton. »Sie haben mich um Neutralität gebeten, nicht um meinen Rat, Senator. Aber mit mehr als mit Ratschlägen kann ich nicht dienen …«

Mit perfektem Timing hatte sich der Präsident unmittelbar vor den Vorwahlen in New Hampshire für Dick Mason ausgesprochen.

Es hatte Kerry die Vorwahlen gekostet. Seiner Kampagne, der es an Geld und Helfern fehlte, drohte das Aus.

Doch Kerry und Clayton gaben nicht auf. Und dann die ersten Überraschungen – knappe Niederlagen im Süden, ein unerwarteter Durchbruch in Florida, ein Patt in Illinois und Ohio, ein warmer Spendenregen, nachdem Kerry zugesichert hatte, von Einzelpersonen nicht mehr als zweihundert Dollar zu nehmen. Dann die Siege in Michigan, Pennsylvania, Nebraska und jetzt in Oregon. Begünstigt durch eine Reihe von Ereignissen, die sich Dick Masons Kontrolle entzogen, hatten sie mit ihren Gegnern – dem amtierenden Präsidenten, seinem Vize und unzähligen Parteiführern – gleichgezogen.

Dick Mason hatte stets geglaubt, daß ihm Kalifornien, ihre letzte Station, nicht zu nehmen war. In den vergangenen vier Jahren hatte er dem Bundesstaat dreiunddreißig Besuche abgestattet; Kerry konnte in keiner kalifornischen Zeitung einen Bericht über sich lesen, ohne dabei auf ein Foto von Dick Mason zu stoßen, wie er gerade Computer an Schulkinder verteilte oder Spenden für Erdbebenopfer überreichte. Nun mußte Kalifornien die Entscheidung bringen. Nach den letzten Umfragen führte Dick noch mit drei Prozent Vorsprung.

Doch es gab ein historisches Faktum, das Dick nicht außer acht lassen durfte: Kerrys Bruder war in Kalifornien gestorben.

Kerry knöpfte sich das Hemd zu und beobachtete dabei, wie Dick Mason im Fernseher seine Anhänger beruhigte.

»Kannst du dir Dick Mason als Präsident vorstellen?« fragte er Clayton.

»Wenn ich Dick sehe«, antwortete Clayton, »muß ich immer an einen Androiden denken. Aber er selbst kann sich sehr wohl als Präsident vorstellen – er denkt an nichts anderes, und keiner war jemals so scharf drauf. Unterschätze ihn bloß nicht, jetzt, wo es eng für ihn wird.«

Das stimmte. Kerry wußte, daß Mason selten Fehler machte, nie eine Diskussion entfachte, ohne daß er sich einen Vorteil davon versprach, und sich mit der Zähigkeit eines Terriers in praktische Fragen des Alltags verbiß – Renten, Sicherung der Arbeitsplätze, Gesundheitsfürsorge. Einen wie ihn wünschte sich jeder als Nachbar: freundlich, etwas übergewichtig, allzeit hilfsbereit, ein Mann, der gerne lachte und einen grundehrlichen Eindruck machte. Im Wahlkampf wurde sein Blick nie müde, sein Händedruck nie schlaff, seine Stimme nie zittrig. Er war ein Energiebündel, und obendrein verfügte er über die erstaunliche Fähigkeit, in Sekundenschnelle genau das richtige Gefühl abzurufen und, je nach Bedarf, vor Freude zu strahlen, sich stumm zu entrüsten oder bewegt den Blick zu verschleiern. Bei Beerdigungen war Dick Mason eine Klasse für sich.

Dicks Gesicht wurde jetzt ernst. »Bevor ich Senator Kilcannon beglückwünsche« – Buhrufe ertönten, und Dick hob beschwichtigend die Hand – »oder etwas zum Wahlkampf sage, möchte ich um eine Schweigeminute für die drei Opfer des brutalen Terroraktes bitten, der heute morgen in der Bostoner Frauenklinik verübt wurde.«

Beifälliges Gemurmel erhob sich. Dann senkte der Vizepräsident den Kopf, und Stille trat ein. Als er wieder aufschaute, drückten seine schmalen Lippen Entschlossenheit aus.

»Ich möchte den Angehörigen der Opfer versichern, daß wir nicht ruhen werden, bis wir den Mörder für seine feige Tat zur Verantwortung gezogen haben. Und ich möchte allen Bürgern versichern – ob sie für oder gegen uns sind –, daß wir ohne Wenn und Aber für die freie Entscheidung der Frau Stellung beziehen. Jetzt sind klare Positionen gefordert ...«

Frank Wells runzelte die Stirn. »Dann solltest du auch was zu den Waffengesetzen sagen, du Blödmann.«

Kerry, der gerade seine Krawatte band, hielt inne und betrachtete Dick Mason. »Die Morde in Boston kommen ihm wie gerufen«, murmelte er.

»Es geht um die Frage«, sagte der Vizepräsident gerade, »wie die Demokratische Partei in Zukunft geführt werden soll. Zur Wahl stehen zwei sehr unterschiedliche Führungsstile. Der eine stützt sich auf Erfahrung, bewährte Führungsqualitäten und eine Vision, die jeder Form von Extremismus eine Absage erteilt und allen Amerikanern im neuen Jahrhundert gute Chancen eröffnet.«

»Wie provokant«, sagte Kit Pace. »Geradezu revolutionär.«

»Der andere ...« Dick Mason machte eine bedeutungsvolle Pause, »der andere zeichnet sich durch impulsives Handeln, mangelnde Erfahrung und einen Hang zum Kostspieligen und Extremen aus.«

»Und für welchen stehe ich?« fragte Kerry.

Clayton stieß ein kurzes Lachen aus, ohne den Blick vom Bildschirm zu wenden.

Soeben hob Mason den Kopf, so daß sein Haar im Scheinwerferlicht silbern glänzte. »Senator Kilcannon möchte ich zwei Dinge sagen. Erstens, meinen Glückwunsch zu dem hartumkämpften Sieg, Kerry. Zweitens fordere ich Sie zu einem letzten Rededuell über die Zukunft unserer Partei und unseres Landes heraus, egal wo, egal wann.« Dick Mason grinste, dann rief er über den Jubel seiner Anhänger hinweg: »Sie können vielleicht davonlaufen, Kerry, aber Sie können sich nicht verstecken.«

»Was soll der Unfug?« rief Kit Pace. »Die einzige Debatte, der er sich bisher gestellt hat, haben Sie klar gewonnen, und seitdem kneift er.«

Kerry bemerkte, daß der neben ihm sitzende Clayton in nachdenkliches Schweigen verfallen war. Gemeinsam sahen sie zu, wie Dick mit seiner Familie in die Menge winkte. Die CNN-Reporterin kommentierte, doch Clayton interessierte sich offenbar nur für das Bild.

»Sieh ihn dir an«, sagte er zu Kerry. »Als auf der High-School alle anderen nur auf Dates aus waren, hat Dick schon seine First Lady gesucht. Der will noch aus dem Grab heraus Präsident werden.«

Kerry beobachtete weiter das Bild. Der Kleinbürger in ihm wollte glauben, daß ein Monomane wie Dick Mason unausstehliche Sprößlinge verdiente, die ihn haßten und bei Rockkonzerten Klebstoff schnüffelten. Aber diese Kinder machten einen sympathischen Eindruck, arbeiteten hart für ihren Vater und schienen ihn zu lieben und zu respektieren. Und Jeannie Mason war einfach großartig.

Beileibe nicht nur, weil sie schön war – was außer Frage stand –, sondern auch, weil sie Humor hatte und zugab, daß auf der politischen Bühne häufig absurdes Theater gespielt wurde. Selbst ihr Versuch, die bewundernde Politikergattin zu mimen, hatte etwas Unverkrampftes und Amüsiertes. Kerry hatte sie schon immer gemocht.

Er hatte sie auf einer Dinner-Party in Washington kennengelernt. Gastgeberin war Patricia Hartman, die wohlhabende Witwe eines namhaften Politikers, die mit ihren Millionen als Spendenbeschafferin beträchtlichen Einfluß ausübte. Mit ihrer Einladung hatte sie signalisiert, daß Kerrys Ankunft in der Hauptstadt mit größtem Interesse zur Kenntnis genommen wurde. Daß dieses Interesse daher rührte, daß sein Bruder einem Mordanschlag zum Opfer gefallen und er selbst noch ein unbeschriebenes Blatt war, hätte Kerry auch dann befangen gemacht, wenn ihm der Anblick eines so sorgfältig zur Schau gestellten Luxus vertraut gewesen wäre.

»Das ist ein Matisse«, klärte ihn Patricia Hartman auf, als er vor einem Gemälde stehenblieb, und in ihrer Stimme schwangen Genugtuung und die Erwartung, daß Kerry um nähere Erläuterungen bitten würde. Kerry beließ es bei einem Nicken – eine Bemerkung zu dem Bild wäre ihm töricht erschienen, und bereits jetzt quälte ihn der Gedanke, daß er beim Dinner die falsche Gabel aufnehmen könnte.

»Wird Ihre Frau bald nachkommen?« fragte die Gastgeberin. »Ich kann es kaum erwarten, sie kennenzulernen.«

Das war ein Test, Kerry wußte es. Sie fühlte ihm auf den Zahn, doch er wollte ihr nichts vormachen. »Vorläufig nicht«, antwortete er. »Möglicherweise überhaupt nicht.«

Die Unverblümtheit seiner Antwort und seine Abneigung, eine weitere Erklärung zu geben, überraschten sie sichtlich. »Oh«, sagte sie bestimmt, »sie muß. Eine politische Karriere erfordert totale Hingabe.« Sie rückte näher, und ihr Ton wurde vertraulich. »Ich habe Jamie bewundert, Gott gebe seiner Seele Frieden. Doch ich hatte immer den Eindruck, daß ihm das Fehlen einer Frau schadete.«

Nicht so sehr wie der Schuß in den Kopf, hätte Kerry am liebsten geantwortet – der wissende, vereinnahmende Ton, in dem sie von seinem Bruder sprach, ärgerte ihn. Statt dessen sagte er verbindlich: »Vermutlich war Jamie der Ansicht, das habe noch Zeit.«

Anscheinend gab ihr das zu denken. Auf dem Weg zur Tafel sagte Patricia Hartman: »Ich habe Sie neben Jeannie Mason gesetzt, Gouverneur Masons Gattin. Fragen Sie sie um Rat – sie ist ihm eine große Hilfe. Sie haben mehrere Jahre hier gelebt, als Dick Kongreßmitglied war.«

Noch zwei Stunden gönnerhafte Herablassung! dachte Kerry. Mit der Freudlosigkeit eines Todeskandidaten schlurfte er zu Tisch.

Eine Blondine mit blühendem Gesicht und amüsierten blauen Augen stellte sich ihm als Jeannie Mason vor. Und trocken fügte sie hinzu: »Ich habe gesehen, daß Patricia Sie eingewiesen hat. Haben Sie die Regeln schon intus?«

Ihre Ironie überraschte ihn. »Nur eine«, antwortete er. »Daß Meg ihren Job aufgeben und herkommen soll. Patricia meint, ich soll Sie um Rat fragen.«

Die blauen Augen verengten sich leicht. »Weil ich eine Zierde meines Geschlechts bin?« murmelte sie, und dann zuckte ein Lächeln um ihre Mundwinkel. »Ich hoffe nur, sie hat mich nicht als ›Gewinn‹ für meinen Mann bezeichnet. Das klingt nämlich so, als sei unsere Ehe eine Art persönliche Bilanz meines Mannes.«

Kerry hatte den Eindruck, daß sie sich im Spiegelsaal wohl fühlte und dennoch distanzierte Beobachterin blieb. »Ich glaube, davor hat Meg Angst«, wagte er zu sagen. »Aber weniger davor, ein Gewinn zu sein, als völlig vereinnahmt zu werden.«

Jeannie sah ihn nachdenklich an. »Dazu hat sie auch allen Grund. Ich persönlich habe mich bei meinen Entscheidungen stets davon leiten lassen, was das Beste für uns beide gemeinsam ist. Und das ist nicht immer leicht.« Sie lächelte wieder. »Aber solange Sie wiedergewählt werden, wird Patricia Ihrer Frau verzeihen. Sie braucht immer einen zusätzlichen Mann beim Dinner.«

Kerry entspannte sich. Jeannie besaß eine natürliche Freundlichkeit und Offenheit, und vielleicht war das der Grund, warum er es nicht für nötig hielt, auf der Hut zu sein. Erst am Ende des Dinners dämmerte ihm noch ein anderer Grund: Jeannie Mason sprach ihn nicht auf seinen Bruder an.

Damals hatte er sich gedacht, daß er unbedingt Dick Masons

Bekanntschaft machen müsse. Ein Mann, der eine solche Frau hatte…

Jetzt, zwölf Jahre später, kam ihm beim Anblick von Jeannie und den Kindern erneut der Gedanke, daß an Dick möglicherweise doch mehr dran war, als er bisher angenommen hatte. Und widerwillig mußte er sich eingestehen, daß er Dick Mason sogar beneidete, und beileibe nicht nur, weil ihm seine Familie im Wahlkampf eine große Hilfe war.

»Jeannie Mason ist wirklich eine großartige Frau«, murmelte er.

Clayton knurrte. »Gewinn in Kalifornien, dann kannst du ihr Dicks Job anbieten.«

Kerry verstand die Bemerkung so, wie sie gemeint war: als unwirschen Hinweis auf ein Manko, das Patricia Hartman als erste erkannt hatte und das kein Wahlmanager beheben konnte – daß Kerry keine Kinder und nicht einmal eine Frau hatte, die ihn demonstrativ bewunderte.

Doch bereits vor ihrer Scheidung hatte Meg seine erste Kandidatur für den Senat als Verrat betrachtet, der einem Ehebruch gleichkam. Sie wäre nur ungern hierhergekommen.

Clayton stand abrupt auf. »Gehen wir, junger Held«, sagte er zu Kerry. »Die Show geht weiter.«

DREI

Im Lastenaufzug, mit dem sie in den Saal hinunterfuhren, plauderte Kerry ungezwungen mit Joe Morton und Dan Biasi, zwei Sicherheitsbeamten vom Secret Service. Clayton fiel auf, daß Kerry trotz des Tunnelblicks, den eine Präsidenschaftskandidatur nun einmal erforderte, die Menschen in seiner Umgebung noch wahrnahm. Auch ohne fremde Hilfe erinnerte er sich an ihre Frauen, ihre Kinder, ihre Hobbies, an die Dinge, auf die sie stolz waren, die Gefälligkeiten, die sie ihm erwiesen hatten.

Ein Teil von Kerrys Erfolgsgeheimnis war, daß er die Menschen wirklich mochte – bis auf die, wie Clayton ironisch bei sich dachte, die er nicht ausstehen konnte. Neben der Tatsache, daß Kerry sie nie belog, war dies einer der Gründe, warum so viele Kollegen im Senat ihn trotz aller politischen Risiken unterstützten.

»Trainieren Sie noch?« fragte Kerry Joe Morton.

Joe nickte. »Wie sollen wir sonst mit Ihnen mithalten, Senator?«

»Schön.« Kerry grinste. »Wie wär's morgen in San Diego, um fünf Uhr früh? Das Hotel wird unserem Kreuzzug sicher die Gefälligkeit erweisen und den Fitneßraum beizeiten öffnen.«

Joe grinste zurück. »Wenn Sie so verrückt sind«, sagte er zum möglichen künftigen Präsidenten der Vereinigten Staaten, »kann ich schlecht nein sagen.«

»Brauchst du keinen Schlaf, Kerry?« fragte Clayton.

Kerry lächelte nicht mehr, als er sich ihm zuwandte. »Die Liste der Dinge, die ich brauche, ist sehr lang, mein Freund. Aber Adrenalin ist mir wichtiger als Schlaf.«

Clayton fing den kühlen Blick aus Kerrys blaugrünen Augen auf, eine stumme Anspielung, die kein anderer verstanden hätte. Und wann, so fragte sich Clayton, hätte sich Kerry Kilcannon Zeit für *sie* genommen, wenn die Welt so wäre, wie er sie sich wünschte?

Der Saal war brechend voll. Mit einem Blick erfaßte Clayton, daß alles in Ordnung war. Auf dem Podium saßen statt lokaler Parteigrößen junge Leute, die Kerrys Image als Mann der Zukunft unterstrichen. Zwei Beamte des Secret Service standen vor dem Podium zwischen den Journalisten und Kameraleuten. Clayton hatte es sich schon vor Wochen zur Gewohnheit gemacht, auf die Männer vom Secret Service zu achten. »Irgendwo da draußen«, hatte er zu Peter Lake, dem verantwortlichen Special Agent, gesagt, »ölt ein Spinner seine Waffe und träumt von einer Duplizität der Ereignisse.«

Kerry erklomm das Podium. Die Menge verstummte, und er bedankte sich namentlich bei seinen wichtigsten Helfern und riß ein paar Witze über Dick Mason. Dann begann der Teil der Rede, der wirklich seiner war – die Rede des Außenseiters, des Helden wider Willen, der aufgerufen war, seinen Landsleuten zu sagen, wie die Dinge standen und wie sie sein sollten.

Kerry sprach frei. Zwölf Jahre zuvor, in seinen ersten Reden, hatte er noch Texte abgelesen, die andere geschrieben hatten, und sich dabei immer wie ein Hochstapler gefühlt. Doch er hatte dazu gelernt. Heute war das Meer von Gesichtern, in das er blickte, für ihn eine Quelle der Kraft und der Inspiration.

»Kerry ...«, skandierten die Zuhörer.

Kerry lächelte. »Das bin ich.«

Gelächter und Jubel ertönten, dann hob Kerry die Hand. »Es gibt noch eine Menge zu tun«, rief er, und die Menge verstummte wieder.

»Es gibt noch eine Menge zu tun«, wiederholte er, »wenn die Bürger den Eindruck haben, daß sich ihre Regierung von gewissen Interessengruppen kaufen läßt, wenn sie sehen, daß Männer, die sich um ein öffentliches Amt bewerben, ihre Integrität in einem System quasi-legaler Bestechung verschachern ...«

Die Menge jubelte. Die Anspielung auf Dick Masons jüngste Schwierigkeiten mit der Tabaklobby war verstanden worden. Kerry hielt inne und tat, was er immer tat: Er konzentrierte sich auf ein paar Gesichter in der Menge – eine junge Asiatin, einen Gewerkschafter mittleren Alters –, bis er meinte, sie fast berühren zu können.

»Es gibt noch eine Menge zu tun«, sagte er, »und gemeinsam werden wir es schaffen. Wir werden Müttern und Vätern eine vernünftige Ausbildung ihrer Kinder ermöglichen, und wir werden ihnen bei der Erziehung ihrer Kinder helfen, anstatt tatenlos zuzuschauen, wie sich deren Zukunft in Rauch auflöst. Wir werden Selbstbestimmung und Wahlfreiheit verteidigen, im tiefsten und umfassendsten Sinne. Denn nicht nur die Frau hat Anspruch auf freie Entscheidung, sondern jeder Bürger, der sich entschließt, für einen besseren Job und eine bessere Zukunft zu arbeiten.«

Paß auf, sagte sich Kerry. Die Menge war kaum mehr zu bändigen.

Er machte nochmals eine Pause, und dann fand er die Worte, die er gesucht hatte. »Keine Mutter, kein Vater, kein Sohn, keine Tochter, niemand mehr möchte durch einen bewaffneten Feigling einen geliebten Menschen verlieren.«

Ein Sturm der Begeisterung brach los.

Erst Minuten später konnte Kerry die Rede mit seinem obligatorischen Schlußsatz beenden: »Unterstützen Sie mich und geben Sie mir Ihre Stimme, und wir werden gemeinsam eine neue Demokratie aufbauen.«

Clayton Slade sah vom Rand des Podiums aus zu. Tu es nicht, beschwor er Kerry im stillen. Aber Kerry tat es natürlich: Er trat hinter dem Rednerpult hervor, stieg die Stufen hinunter und mischte sich unter die Zuhörer. Mit steinernen Mienen bahnten sich die Sicherheitsbeamten des Secret Service einen Weg an seine Seite.

Zum Teufel mit dir, dachte Clayton.

Die Energie der tausend Menschen verscheuchte Kerrys Müdigkeit. Er ergriff jede Hand, registrierte jedes Gesicht, sah der Person, die jeweils vor ihm stand, in die Augen. »Danke«, wiederholte er immer wieder. »Danke!« Zu dem asiatischen Mädchen sagte er: »Ich bin davon überzeugt, daß wir es schaffen.« Er fand den Mann in der Gewerkschaftsjacke, faßte ihn am Arm und sagte: »Danke für Ihre Unterstützung.« Neben ihm drängelten sich Leibwächter, Kameraleute und Kevin Loughery.

»Senator«, rief ein junger NBC-Reporter und schob sein Mikrofon zwischen zwei Anhängern hindurch. »Dick Mason hat das Abtreibungsrecht zum Wahlkampfthema gemacht. Wird Ihnen das in Kalifornien Schwierigkeiten bereiten?«

Kerry, ganz mit seinen Anhängern beschäftigt, ignorierte ihn.

»Senator«, unternahm der Reporter einen zweiten Versuch. Er beugte sich vor, stach mit dem Mikrofon in Richtung Kerry und stürzte plötzlich zu Boden.

Kerry erschrak. Unruhe erfaßte die Menge. Dan Biasi zog Kerry instinktiv auf die Seite und schirmte ihn ab.

»Das ist Mike Devore von NBC«, stieß Kerry hervor. »Irgendwas stimmt nicht mit ihm.«

Joe Morton postierte sich in Kerrys Rücken. Kerry sah den Reporter auf dem Boden liegen; der Mann warf den Kopf hin und her und verzog vor Schmerz das Gesicht.

Die Sicherheitsbeamten blickten nach allen Seiten. »Ich habe keinen Schuß gehört«, murmelte Joe.

Dan Biasi stieß die Schaulustigen beiseite und beugte sich über den Gestürzten. Er betastete den Fuß des Mannes, dann kehrte er zu Joe und Kerry zurück. »Der Typ ist gestolpert. Wie's aussieht, hat er sich den Knöchel gebrochen.«

»Holt Hilfe«, sagte Kerry. »Die Ambulanz draußen.« Den Rest brauchte er nicht auszusprechen: *die ihr für mich bereithaltet.*

Dan schüttelte den Kopf. »Tut mir leid, Senator. Das geht nicht.« Er zückte sein Handy und wählte die Notrufnummer.

Zehn Minuten später trafen Sanitäter mit einer Bahre ein und brachten den Reporter weg. Kerry setzte das Bad in der Menge fort, doch mit einem Mal fühlte er sich wie erschlagen.

Clayton Slade tauchte hinter ihm auf. »Alles startklar«, sagte er knapp, und die Leibwächter begleiteten sie zum Wagen. Clayton ging mit keinem Wort auf den Zwischenfall ein.

Mit flackernden Warnlichtern rollte die Kolonne der schwarzen Lincolns durch die Dunkelheit zum Flughafen. Kerrys Wagen wurde von zwei Motorrädern der Polizei flankiert. Zwei Sicherheitsbeamte des Secret Service saßen vorn, er und Clayton hinten und starrten in die gesichtslose Nacht einer Stadt hinaus, die jede hätte sein können.

»Was bezweckt Dick mit dem Rededuell?« fragte Kerry.

In Claytons Goldrandbrille spiegelte sich das wirbelnde Rot der Blinklichter. Er strich sich mit dem Zeigefinger über den graumelierten Schnurrbart.

»Ich versuche, es herauszufinden«, erwiderte er. Mehr sagte er nicht. Es war ihnen zur Gewohnheit geworden, nicht mehr zu sagen als nötig.

Kerry verfiel in Schweigen.

»Ellen Penn hat heute angerufen«, sagte Clayton nach einer Weile.

»Was wollte sie?«

»Fragen, ob du noch alle Tassen im Schrank hast.«

Eine Erklärung erübrigte sich. Die quirlige Senatorin Ellen Penn leitete Kerrys Kampagne in Kalifornien. So leidenschaftlich sie das Recht auf Abtreibung verteidigte, so leidenschaftlich war auch ihre Abneigung gegen die zweite kalifornische Senatorin Betsy Shapiro, die Mason unterstützte. Ellen Penn war das Wagnis, für Kerry die Werbetrommel zu rühren, aus verschiedenen Gründen eingegangen: aus Idealismus, aus dem Wunsch heraus, Betsy Shapiro zu schlagen und in der Hoffnung, Kerrys Vizepräsidentin zu werden. Doch in Anbetracht der neuen Lage – die Abtreibungsgegner im Kongreß waren erstarkt, und der Oberste Gerichtshof drohte mit einer Verschärfung der Abtreibungsgesetze – konnte sie in Kerrys Äußerung nicht nur einen peinlichen Ausrutscher sehen. Und dann auch noch Boston.

Kerry sank in den Ledersitz zurück. Es war fast Mitternacht. Der Flug nach San Diego dauerte drei Stunden. Hoffentlich konnte er schlafen.

Im ersten Pressebus der Fahrzeugkolonne dachte Nate Cutler über sein Leben nach.

Seit Januar berichtete er über Kilcannons Kampagne, und in den drei Monaten, die er mittlerweile unterwegs war, hatte er sein Washingtoner Apartment nur zweimal von innen gesehen. Seit sechs Wochen hatte er sich nicht mehr die Haare schneiden lassen, und bis auf ein letztes Paar Unterhosen war sein Vorrat an sauberer Wäsche erschöpft. Selbst für einen Präsidentschaftskandidaten war Kilcannon hyperaktiv, und manchmal beschlich Nate der Verdacht, daß sein eigenes größtes Talent darin bestand, in Provinznestern, in denen es keine Hotels mit Wäscheservice gab, Waschsalons aufzuspüren.

Nate sah sich im Bus um. Er war neununddreißig Jahre alt, klein, dunkelhaarig, drahtig und unverwüstlich, und das war auch nötig, denn seine Journalistenkollegen – in der Mehrzahl Frauen – waren dynamische Leute und nicht selten zehn Jahre jünger. Normalerweise redeten sie ziemlich viel, scherzten und tauschten Sticheleien oder Informationen aus. Doch jetzt, am Ende eines langes Tages, wirkten sie erschöpft. Einige unterhielten sich mit gedämpfter Stimme, andere versuchten zu schlafen, wieder andere stierten in die Nacht hinaus.

»Heute abend war Kilcannon stark«, hörte er jemand hinter sich sagen – er tippte auf Ann Rush von der *New York Times.*

»Wie immer, wenn er glaubt, was er sagt.« Die Stimme gehörte Ed Foster vom *Globe.* »Ich glaube, Masons Abtreibungsgeschichte hat ihn ziemlich genervt. Kilcannon hält den Typ sowieso für korrupt.«

Ann lachte. »Dabei sorgt sich Mason nur um meine Rechte als Frau.«

»Das tun wir doch alle«, erwiderte Ed. »Aber Kilcannon sorgt sich um dein seelisches Wohlbefinden.«

Das war es, was Nates Leben Schwung gab – er berichtete über den einzigen interessanten Politiker im Wahlkampf.

Für Nate und seine Kollegen war Kerry Kilcannon eine willkommene Abwechslung. In den letzten Jahren hatten sich weder die Politiker noch die Journalisten mit Ruhm bekleckert. Die Politiker hatten kein Format: unbedeutende Leute, die aus selbstsüchtigen Motiven minimale Risiken eingingen und auf eine zynische Öffentlichkeit gerade soviel Einfluß zu nehmen versuchten, wie für ihre Wiederwahl nötig war. Mit der deprimierenden Folge für die Journalisten, daß auch ihre Bedeutung schrumpfte. Sie berichteten über Politik, als handele es sich um ein Pferderennen, und ihre Artikel wurden von der Titelseite ins Innere der Blätter verbannt, noch hinter die Berichte über den letzten Prominentenmord. Ebenso abträglich für alle Beteiligten war die konkurrierende Berichterstattung über private Skandale, die, angeheizt durch Boulevardzeitungen und Klatschspalten im Internet, das journalistische Niveau insgesamt drückte und den Ruf der Politiker beschädigte. So daß am Ende weder die Journalisten noch die Politiker, über die sie berichteten, ihren eigenen Ansprüchen gerecht wurden – außer vielleicht Kerry Kilcannon.

Nate glaubte nicht, daß Kilcannons »Lapsus« vom Vortag ein Versprecher gewesen war; Kilcannon hatte das Wort sagen müssen, um gegen das Schubladendenken zu protestieren und seine Glaubwürdigkeit zu wahren. Er war jederzeit für eine Überraschung gut, und das half Nate, das geisttötende tägliche Einerlei des Wahlkampfs zu ertragen.

Wie die meisten seiner Kollegen betrachtete er Kerry Kilcannon mit einer Mischung aus journalistischer Distanz und persönlichem Respekt. Im Umgang mit der Presse war Kilcannon offen und ehrlich und vermittelte den Eindruck, daß er Reporter mochte und ihre Rolle akzeptierte. Und Nate rechnete ihm hoch an, daß er im Unterschied zu den meisten anderen Politikern wirklich glaubte, was er sagte, und auch bereit war, Risiken einzugehen.

Natürlich bildete er sich nicht ein, Kerry Kilcannon wirklich zu kennen; das tat wahrscheinlich niemand außer Clayton Slade. Für einen Politiker hatte Kilcannon ein ungewöhnlich kompliziertes Innenleben, wie Nate fand. Und dieser Eindruck wurde dadurch noch verstärkt, daß er nie mit vermeintlichen Enthüllungen über persönliche Traumata und Familientragödien aufwartete. Tatsächlich konnte ein Journalist keinen größeren Fehler begehen, als Kerry Kilcannon nach seinem Bruder zu fragen. Was in dem Menschen Kilcannon vorging, blieb ein Rätsel.

Nate zuckte zusammen. Er spürte ein Vibrieren in der Tasche seines Sakkos. Müde wie er war, brauchte er einen Augenblick, bis ihm wieder einfiel, daß dort sein Pager steckte.

Er zog sein Handy heraus und wählte die Nummer des Auftragsdienstes. Die Nachricht war kurz. Rufen Sie so bald wie möglich Katherine Jones an, unter einer Nummer in San Diego.

Nate lehnte sich zurück. Die einzige Katherine Jones, die er kannte, war die Vorsitzende von Anthony's Legions, einer nach Susan B. Anthony benannten Gruppe, die Spenden für Kandidatinnen aus dem Lager der Abtreibungsbefürworterinnen sammelte. Nate kannte sie nicht persönlich. Ihr Anruf konnte nur mit dem Wahlkampf zu tun haben.

Nate schielte zu seinen Kollegen und beschloß, erst nach der Ankunft auf der Landebahn zurückzurufen.

Kilcannons Chartermaschine stand auf dem Rollfeld, ein silbrig-schwarzer Schatten. Der Bus setzte die Journalisten am Heck des Flugzeugs ab. Ein Beamter des Secret Service stand vor der Gangway bereit, um die Ausweise zu kontrollieren. Nate wußte aus Erfahrung, daß ihm diese Prozedur die Zeit verschaffte, die er für sein Telefonat benötigte.

Er trat so weit auf das dunkle Rollfeld hinaus, daß ihn niemand hören konnte, und wählte die Nummer, die man ihm gegeben hatte.

Nate landete im Hotel Meridian in La Jolla und fragte nach Katherine Jones. Einen Augenblick später meldete sich schroff eine weibliche Stimme.

»Hier spricht Nate Cutler.«

»Schön. Ich möchte mich morgen mit Ihnen treffen, in aller Frühe. Vertraulich.«

Möglicherweise lag es an der Uhrzeit, daß Nate sich über ihren gebieterischen Ton ärgerte. »Worum geht's?« fragte er.

Ein kurzes Zögern, dann antwortete die Frau: »Kerry Kilcannon.«

Kerry Kilcannon erhob die Stimme. »Wir werden Selbstbestimmung und Wahlfreiheit verteidigen, im tiefsten und umfassendsten Sinne. Denn nicht nur die Frau hat Anspruch auf freie Entscheidung ...«

Sean Burke stellte lauter.

Kilcannon schien ihm jetzt direkt in die Augen zu sehen. »Keine Mutter, kein Vater, kein Sohn, keine Tochter, niemand mehr möchte durch einen bewaffneten Feigling einen geliebten Menschen verlieren ...«

Seans Hände zitterten. Abrupt verschwand Kilcannon vom Bildschirm, und eine Journalistin erschien an seiner Stelle.

»Senator Kilcannons Rede«, begann sie, »war der Versuch, das Thema Abtreibung vom Tisch zu bekommen. Durch sein Eintreten für das Recht auf Abtreibung hat sich Kilcannon die Kritik seiner Kirche zugezogen, und mit seiner gestrigen Bemerkung zu der Frage, wann ›Leben‹ beginnt, hat er nun auch führende Abtreibungsbefürworterinnen gegen sich aufgebracht. Damit sitzt Kilcannon in einer Zwickmühle, denn bei den kalifornischen Vorwahlen seiner Partei vor vier Jahren stellten die Frauen achtundfünfzig Prozent der Wählerschaft.«

Er war von Natur aus nicht gewalttätig, sagte sich Sean. Vor dem heutigen Tag hatte er niemals getötet. Die Schwester und die Empfangsdame hatte er nicht erschießen wollen. Doch als Soldat, so lehrte die Geschichte, mußte man Aggressoren und ihre Helfershelfer töten, damit die Unschuldigen leben konnten.

Die Wände des Hotelzimmers kamen langsam auf ihn zu, und Sean überkam das Gefühl, in der Falle zu sitzen und zu ersticken. Er sprang vom Bett auf und schaltete die beiden Nachttischlampen, die Deckenleuchte und die Neonröhre im Badezimmer an. Sein Magen schmerzte.

Als er sich wieder dem Fernseher zuwandte, sah er eine Leiche auf einer Bahre.

Er zuckte zusammen. Sanitäter trugen die Leiche durch dieselbe Glastür, durch die er heute morgen gegangen war und von der ihn jetzt dreitausend Meilen trennten. Sean fragte sich, wer wohl auf der Bahre lag, die Empfangsdame, die Schwester oder der Abtreibungsarzt. Jeder von ihnen konnte die Leiche unter dem weißen Tuch sein.

Eine andere Reporterin sprach gerade. »Die einzige Zeugin, eine zweiundzwanzigjährige Frau, die sich beraten lassen wollte, gab der Polizei folgende Beschreibung des Täters: schlank, etwa einsachtzig groß, dunkles Haar, blaue Augen.«

Sean schloß die Augen. Er kehrte ins Badezimmer zurück, spuckte Blut ins Waschbecken und schluckte zwei Tabletten seines Antazidums.

Er spürte, daß das Fernsehen seine Entschlossenheit untergrub, daß es ihn schwächte, und zwang sich, abzuschalten.

Sean sank wieder aufs Bett und lauschte in die Stille.

Das tat er seit seiner frühesten Jugend, wenn er, die Bettdecke über den Kopf gezogen, auf die Wutausbrüche seines Vaters gewartet hatte – das Gebrüll, das Türenschlagen, das Weinen seiner Mutter. Jetzt hörte er nur das Sirren von Autoreifen, das Motorbrummen schwerer Lastwagen, das unheimliche Knakken der Klimaanlage in dem billigen Motelzimmer – fremde Geräusche in einer fremden Stadt. Sean war zugleich ängstlich und wütend, ein Zwerg, besessen von seiner letzten, großen Aufgabe.

Er hielt es im Zimmer nicht mehr aus.

Er riß die Tür auf und trat auf den Parkplatz an der Lombard Street. Er atmete tief durch und nahm die neue Umgebung in sich auf – den trägen nächtlichen Verkehr, die kühle Luft, die Nebelschwaden, die um ihn wirbelten und die Neonreklame der Tankstelle auf der anderen Straßenseite verhüllten. Er war zum erstenmal in San Francisco. Er hatte nicht damit gerechnet, daß es hier so kalt sein würde.

Fröstelnd gelobte sich Sean, gleich morgen mit der Arbeit zu beginnen. Sechs Tage waren nicht viel Zeit.

VIER

Um vier Uhr morgens, als der Chef des Washingtoner Büros anrief, lag Lara Costello bereits seit Stunden wach.

Drei Wochen zuvor war sie nach fast zweijährigem Aufenthalt im Nahen Osten, in Bosnien und Ruanda – wo immer es eine Wahl, eine Konferenz, eine Hungersnot oder einen Krieg gegeben hatte – nach Washington zurückgekehrt. Drei Wochen waren genug Zeit, um seine Schlafgewohnheiten umzustellen. Lara machte etwas anderes zu schaffen.

Sie war nicht ausgebrannt, sagte sie sich. Es fiel ihr nur schwer, sich einzugewöhnen. Ihre Erinnerungen schienen unauslöschlich. Erinnerungen an Trinkgelage in Sarajevo, während um sie herum Granaten einschlugen, an verstümmelte Leichen ohne Genitalien, an ihre Dolmetscherin Mira, die beim Wiederaufflammen der Kämpfe unter den Trümmern ihres Hauses begraben wurde, an sterbende Kinder mit aufgeblähten Bäuchen, an gefolterte Gefangene. Sie konnte sich noch nicht damit abfinden, daß dies alles für ihr Leben und ihre Arbeit plötzlich keine Bedeutung mehr haben sollte. Sie brauchte Zeit.

Zeit. Seit ihrer Rückkehr aus Afrika hatte sie begriffen, daß zwei Jahre für eine einunddreißigjährige Frau eine lange Zeit sein konnten. In Übersee hatte sie sich mit fremden Kulturen auseinandersetzen müssen, neue Freunde gefunden und neue Fähigkeiten erworben – mit anderen Worten, gelernt, wie man überlebt. Diese beiden Jahre hatten eine Leere gefüllt; und dies alles jetzt hinter sich zu lassen, selbst für eine größere Beförderung, tat weh. Es mochte melodramatisch klingen, aber selbst die schlimmsten Erlebnisse waren ein Teil von ihr.

Wie sollte sie das erklären? Verwandte und alte Freunde konnten nicht nachempfinden, was sie erlebt hatte. Bosnien oder Afrika waren für sie nur weiße Flecke auf der Landkarte, halbvergessene Schlagzeilen. Doch sie selbst verband damit Menschen, denen sie mit ihren Berichten manchmal geholfen hatte, weil sie etwa an das Gewissen einer Kriegspartei appellierte, eine Nahrungsmittellieferung durchzulassen, oder ihre eigene Regierung nötigte, Hungerhilfe zu leisten oder das systematische Abschlachten der einen Gruppe durch die andere zu beenden. Es war schwer, so hart zu arbeiten und sich so für eine Sache einzusetzen und dann alles aufzugeben. Doch Lara hatte sich einen Namen gemacht, und der Sender wollte sie unbedingt zu Hause haben.

Sie wußte, warum: Eine junge Frau, die aus Krisengebieten berichtete, erregte Bewunderung, und in Übersee war die Konkurrenz längst nicht so groß. Außerdem hatte sie etwas, das, wie der Chef der Nachrichtenredaktion ironisch bemerkt hatte, ebenso wichtig war wie ihr Geschlecht oder ihre halb-lateinamerikanische Herkunft: hohe Wangenknochen. Lara hatte schwarzes Haar, dunkle Augen, ein ebenmäßiges Gesicht und einen hellen, makellosen Teint. Sie war eine schöne Frau, auch wenn ihr das nie sonderlich viel bedeutet hatte, und darauf kam es im Fernsehen an. Insbesondere wenn die nächste Aufgabe ein Traumjob war: Moderatorin der Wochenendnachrichten und eines wöchentlichen Politmagazins zur Hauptsendezeit.

Sie mußte sich hier in Washington, in der Stadt, aus der sie einst geflüchtet war, ein neues Leben aufbauen. Sie würde sich schon damit abfinden, sagte sie sich süffisant, daß sie jetzt berühmt war, eine Million Dollar im Jahr verdiente und einen Job hatte, für den die meisten ihrer Kollegen über Leichen gehen würden. Sie erwartete von niemandem Verständnis. Immerhin hatte sie vor nicht einmal zwei Jahren noch als unterbezahlte Reporterin für die *New York Times* gearbeitet. Die einzigen Menschen, die ihre innere Unruhe verstanden hätten, waren in Übersee: Journalisten in Schwarzafrika, Diplomaten, Entwicklungshelfer, Menschenrechtler …

Er hätte sie verstanden, dachte sie plötzlich; manchmal hatte sie das Gefühl gehabt, daß er nachempfinden konnte, was in einer alten Frau oder einem kleinem Kind vorging. Doch beim Gedanken an ihn fühlte sie sich nur noch einsamer.

»Wir gehen allein durchs Leben«, hatte er einmal gesagt, »und dann sterben wir.« Er sagte es ironisch, als glaube er eigentlich gar nicht daran. Er hatte eine nette Art, Leute aufzuziehen, die ihre Probleme zu wichtig nahmen. Sie würde sich in den kommenden Wochen daran erinnern.

Daran dachte sie, als das Telefon klingelte.

Es war Hal Leavitt, der Bürochef. Er entschuldigte sich nicht wegen der Uhrzeit.

»Wir haben ein Problem«, sagte er ohne Vorrede. »Mike Devore hat sich den Fuß gebrochen. Wir haben niemanden in Kalifornien, der über Kilcannon berichtet.«

Lara war wie vor den Kopf geschlagen. Sie saß auf der Bettkante und rang um Fassung.

»Sind Sie noch dran?« fragte Hal.

»Ja. Ich bin noch nicht ganz wach.«

»Hören Sie, ich weiß, daß Sie noch eine Woche Urlaub haben, aber ich dachte sofort an Sie. Diese Vorwahlen bringen die Entscheidung, und Sie stammen aus Kalifornien und kennen Kilcannon von ihrer Arbeit auf dem Capitol Hill.«

Lara holte Luft. »Ich war zwei Jahre in Übersee. Ich habe die Vorwahlen nicht verfolgt, kenne die Themen nicht und könnte mir den Vorwurf der Parteilichkeit einhandeln – der Präsident und Masons Leute haben mir alle paar Monate vorgeworfen, ich würde auf ihnen herumhacken. Haben Sie das vergessen?«

Hal blieb ruhig. »Es sind nur sieben Tage, Lara. Um Mason kümmere ich mich schon, falls er Ärger macht.«

»Das ist nur der eine Punkt. Ich habe immer geglaubt, daß Unkenntnis im Journalismus problematisch sei. Ich habe jedenfalls ein ungutes Gefühl dabei.«

Zum ersten Mal klang Hals Stimme ärgerlich. »Wir haben eine Mappe mit Presseartikeln zusammengestellt. Sie können sie im Flugzeug lesen. Wenn Sie in Los Angeles landen, rufen Sie vom Wagen aus Mike Devore an. Er bringt Sie auf den neuesten Stand.« Sein Ton wurde lebhaft: »Wir machen Ihnen die Sache so leicht wie möglich – Wagen, Flugticket, alles, was Sie brauchen. Der Wagen holt Sie um neun ab.«

Verzweifelt suchte Lara nach einer Ausrede. »Da ist noch etwas.«

»Was?«

»Ich bin voreingenommen.« Sie wog sorgsam ihre Worte ab. »Als ich auf den Capitol Hill kam, half mir Kerry Kilcannon, mich zurechtzufinden. Ich mochte ihn und lernte ihn als Senator respektieren. Dick Mason bewundere ich nicht: In meinen Augen gehört er zu den Politikern, die alles, auch tote Kinder in

Afrika, nur unter dem Blickwinkel ihrer Karriere betrachten. Wenn sich Kilcannon nicht total verändert hat, weiß ich, für wen ich stimmen würde. Ich fürchte, ich könnte nicht objektiv sein.«

Eine kurze Stille trat ein, dann entgegnete Hal mit der Stimme eines Mannes, dessen Geduld arg strapaziert wurde: »Jeder Journalist hat eine persönliche Meinung, Lara. Wir alle gehen wählen.«

Lara war verzweifelt. Sie konnte Hal übergehen und sich direkt an den Chef von NBC News wenden, aber was sollte sie ihm sagen? Nur die Wahrheit konnte sie vor dem Auftrag retten. Und die Wahrheit konnte nicht nur ihre Karriere zerstören, sondern auch seine.

»Sieben Tage«, sagte sie nach einer Weile.

»So ist es.«

Mechanisch ging Lara zum Schreibtisch und ergriff einen Stift. »Ich brauche ein paar Namen – Wahlkampfleiter, Kommunikationschef, usw.«

Er gab sie ihr durch. Laras Augen blieben an dem Namen Clayton Slade hängen.

»Haben Sie Kilcannons Terminplan für morgen?«

»Klar. Ich faxe Ihnen alles.«

Lara bedankte sich und legte auf.

Sie saß am Schreibtisch und hatte das Gesicht in den Händen vergraben, als das Fax ankam.

Sie überflog es. Der Kilcannon-Troß übernachtete im Hyatt in San Diego. Wegen der drei Stunden Zeitverschiebung war es dort jetzt halb zwei.

Lara wartete bis Viertel vor neun, ehe sie anrief.

Clayton wartete bereits, als Kerry um sechs in sein Zimmer zurückkehrte. Er hatte schon eine Kanne Kaffee gekocht.

Kerry wischte sich den Schweiß von der Stirn. »Gut trainiert?« fragte Clayton.

Kerry blieb stehen und sah ihn an. Wenn Clayton eine Schwäche hatte, dann daß es ihm Unbehagen bereitete, wenn er Kerry mit privaten Dingen behelligen mußte. Und dieses Unbehagen war ihm jetzt anzusehen – schmale Augen und eine Leidensmiene wie bei einem Mann, der einen ungewohnten Kater hatte. Er ließ seine massige Gestalt in den Sessel plumpsen.

»Was ist los?« fragte Kerry.

Clayton lehnte sich zurück. »Lara Costello hat mich gerade angerufen.«

Kerry erstarrte.

»Sie springt für Mike Devore ein.« Claytons Stimme klang freudlos. »Sie weiß natürlich nicht, ob ich im Bilde bin, aber sie vermutet es.«

»Was hat sie gesagt?« brachte Kerry mühsam hervor.

»Sie war sehr zurückhaltend, geschäftsmäßig. Sie stößt heute in Los Angeles zu uns. Am Dienstag verläßt sie uns wieder. Der Sender fand keinen anderen Ersatz für Mike.« Clayton faltete die Hände. »Sie gab mir indirekt zu verstehen, daß sie nicht ablehnen konnte. Ich glaube, sie wollte dich vorwarnen, hielt es aber für falsch, direkt mit dir zu sprechen. Worin ich ihr nur beipflichten kann.«

Kerry versuchte, die Nachricht zu verdauen. »Wie hat sie geklungen?«

»Wie ich schon sagte, geschäftsmäßig.«

Kerry stand mit gesenktem Kopf und verschränkten Armen da.

»Tut mir leid«, sagte Clayton. »Ein denkbar ungünstiger Zeitpunkt.«

Kerry rieb sich den Nasenrücken. Nach einer Weile murmelte er: »Es wird schon gehen.«

»Es muß.« Clayton stemmte sich aus dem Sessel. »Weißt du noch damals in der Staatsanwaltschaft? Wir wußten jederzeit, wer mit wem vögelt. Ahnungslos waren immer nur die Betroffenen selbst – irgendwie hielten sie sich immer für unsichtbar. Du willst Präsident der Vereinigten Staaten werden. Die Journalisten, die du bei dir hast, sind Topleute, geübte Beobachter. Du brauchst Lara Costello nur ein paar vielsagende Blicke zuzuwerfen, und schon gerät einer von denen ins Grübeln.«

Kerry funkelte ihn an. »Ich bin nicht von gestern, Clayton. Und sie hat kein Interesse.«

Clayton sah ihn unverwandt an. »Eine Menge Leute haben viel Zeit und Geld in dich investiert. Wäre ich nicht dein

Freund, sondern nur dein Wahlmanager, würde ich sagen: ›Du mußt dich zwischen dieser Frau und deiner Kandidatur entscheiden. Wenn du dich für die Frau entscheidest, schön, aber dann gehe ich. Wenn du dich für die Präsidentschaft entscheidest, dann halte dich von ihr fern.‹«

Kerrys Blick irrte durch den abhörsicheren Raum. »Niemand weiß davon.«

Clayton runzelte die Stirn. »Zumindest drei Leute wissen davon – sie, du und ich, weil du es mir erzählt hast.«

»Ich war durcheinander ...«

»Und sie nicht?«

Kerry schüttelte den Kopf. »Sie wollte mich nicht mehr sehen. Ich kann nur vermuten, wie es ihr ging.«

Er fühlte Claytons Hand auf seiner Schulter. »Tut mir leid, Kerry. Ehrlich. Ich weiß, wie dir zumute ist.« Er wartete einen Augenblick. »Aber ich kenne dich, und ich weiß, daß du die Kandidatur nicht aufs Spiel setzen wirst.«

Kerry musterte ihn. »Und was empfiehlst du mir? Außer daß ich sie wie Luft behandeln soll.«

Clayton machte eine Pause. »Ich denke, ich sollte mit ihr reden, Kerry. Wir haben keine Ahnung, wer noch davon weiß. Wenn Sie uns begleitet ...«

»Wenn jemand mit ihr redet«, fiel ihm Kerry ins Wort, »dann ich. Schließlich war das eine Sache zwischen ihr und mir.«

Claytons Züge wurden hart. »Gerade deshalb sollte ich mit ihr reden, findest du nicht? Wenn irgendein Reporter dich mit ihr sieht und kapiert, ist deine Zukunft im Eimer. Und ihre auch.«

Kerrys Zorn verebbte.

Er trat ans Fenster und blickte auf den Hafen von San Diego. Die ersten Sonnenstrahlen färbten das Wasser hellgrau.

Wie bin ich hierhergekommen? fragte er sich. Zweiundvierzig Lebensjahre. Dreißig Jahre bis zu Jamies Tod, und dann zwölf Jahre, die ganz anders verlaufen waren, Jahre, in denen auch Lara ein Teil seines Lebens geworden war. Doch der Weg, der ihn hierhergeführt hatte, war so lang und verschlungen, daß die Antwort nicht leicht war.

NEWARK

1964–1976

EINS

Kerry Kilcannons deutlichste Erinnerung an seine frühe Kindheit war, wie sein Vater einmal blutete.

Der Abend begann so, wie viele andere begonnen hatten – mit dem Zuknallen einer Tür, als Michael Kilcannon betrunken nach Hause kam. Kerry lag ganz still und hörte, wie er schimpfend und keuchend die Treppe in den ersten Stock heraufstapfte. Bis zu dieser Nacht war Michael immer an seinem und Jamies Zimmer vorbei zum elterlichen Schlafzimmer am Ende des Flurs gewankt, und dann hatten die Schläge begonnen. Unter Tränen hatte sich Kerry jedesmal das Gesicht seiner Mutter beim morgigen Frühstück vorgestellt – ein Auge blau, eine Lippe geschwollen.

Doch in dieser Nacht flog die Tür zu Kerrys Zimmer auf.

Michael knipste die Deckenlampe an. Der sechsjährige Kerry blinzelte in die plötzliche Helligkeit, starr vor Angst.

Sein Vater trat näher und blieb am Fußende des Bettes stehen. Blut tropfte von seinem Unterarm.

Entsetzt beobachtete Kerry, wie sich auf der Bettdecke rote Flecken ausbreiteten.

Michael funkelte ihn wutentbrannt an. »Sieh her«, bellte er. »Sieh her, was du angerichtet hast.«

Kerry starrte fassungslos auf die Blutflecken.

»Du hast deinen Leiterwagen im Weg stehen lassen, du Nichtsnutz.«

Entsetzt schüttelte Kerry den Kopf. »Tut mir leid, Dad«, brachte er noch hervor, dann begann er zu weinen.

Mary Kilcannon erschien in der Tür.

Ihr langes schwarzes Haar war zerzaust, ihre Haut blaß. Kerry wollte zu ihr laufen, fürchtete sich aber zu sehr.

Sie warf ihm einen mitfühlenden Blick zu, dann trat sie näher und legte ihrem Mann vorsichtig eine Hand auf die Schulter. »Was ist los, Michael?« fragte sie sanft.

»Der Leiterwagen!« Michael sah verwundert auf die Bettdecke hinab. »Scharfe Kanten …«

»Das muß verbunden werden, Michael.« Zitternd sah Kerry zu, wie seine Mutter den Vater bei der Hand nahm. »Wir müssen ins Krankenhaus.«

Langsam ließ sich der Vater von ihr aus dem Zimmer führen.

Kerry konnte kaum atmen. Seine Mutter sah sich zu ihm um. »Mach dir um deinen Vater keine Sorgen.«

Kerry verstand, was sie ihm damit sagen wollte. Sie wollte ihm sagen, daß er heute abend sicher sei. Dennoch stand er erst auf, als er hörte, wie die Haustür ins Schloß fiel.

Sein achtzehnjähriger Bruder Jamie – groß und gutaussehend, der Stolz der Familie – lehnte in der Tür zu seinem Zimmer. »Mann«, murmelte er vor sich hin, »das ist vielleicht ein Gespann.«

Kerry haßte ihn dafür.

Damals begann sie, die Sache zwischen Kerry und seinem Vater.

Zwei Tage später nahm ihn Michael Kilcannon zu einem Spiel der Mets mit. Michael verstand wenig von Baseball – er war erst als Teenager aus dem irischen County Roscommon eingewandert. Doch mit seinen roten Haaren und seiner blühenden Gesichtsfarbe war er ein stattlicher, gutaussehender Mann und, in nüchternem Zustand, ein Vater, auf den Kerry sehr stolz sein konnte: ein Polizist, der für seinen Mut bekannt war, so etwas wie ein Held. Michael kaufte ihm Popcorn und einen Hot dog, und Kerry wußte, daß er sich auf diese Weise für das Unaussprechliche entschuldigen wollte. Als die Mets im neunten Durchgang gewannen, umarmte ihn sein Vater.

Er fühlte sich groß und warm an. »Ich liebe dich, Dad«, murmelte Kerry.

Am selben Abend ging Michael in die Lynch's Ark Bar, eine Kneipe an der Ecke. Doch Kerry fühlte sich sicher, noch beglückt von diesem Tag.

Er erwachte, als seine Zimmertür geöffnet wurde.

Sein Vater torkelte auf ihn zu und setzte sich keuchend auf den Rand des Bettes. »Bastard!« Seine Stimme klang feindselig, bedrohlich.

Kerrys Herz klopfte. »Was ist denn, Dad?«

Sein Vater schüttelte den Kopf und sagte, wie zu sich selbst: »Mulroy...«

Kerry verstand nicht. Er wartete ab.

»Ich bin genauso gut, besser«, sagte Michael unvermittelt. »Aber er wird Sergeant, nicht ich. Nur Speichellecker werden befördert.«

Wie zwei Nächte zuvor erschien Mary Kilcannon in der Tür. »Michael«, sagte sie mit sanfter Stimme.

Kerrys Vater drehte sich nicht um. »Halt die Klappe«, knurrte er. »Wir unterhalten uns.«

Besorgt blickte Kerry zur Mutter. Ihre Stimme nahm eine ungewohnte Schärfe an. »Laß den Jungen in Ruhe.«

Michael Kilcannon zuckte mit den mächtigen Schultern und stand auf. Mit einer Bewegung, die so träge und doch so kräftig war, daß sie Kerry an eine große Katze erinnerte, schlug er Mary Kilcannon auf den Mund.

Sie taumelte rückwärts. Tränen schossen Kerry in die Augen, und als er sah, wie seine Mutter das Gesicht in den Händen begrub, packte ihn Ekel vor der eigenen Hilflosigkeit.

»Wir unterhalten uns.« Michaels Stimme klang wie die eines vernünftigen Mannes, dessen Geduld über Gebühr strapaziert wurde. »Geh ins Bett.«

Kerry nicht aus den Augen lassend, wich sie auf den Flur zurück.

Michael sank wieder auf die Bettkante.

»Mulroy«, wiederholte er.

Kerry wußte nicht, wie lange sein Vater blieb und vor sich hin schimpfte. Er wagte nicht, einzuschlafen.

Danach wußte er nie, wann es wieder passieren würde. An manchen Abenden kam sein Vater nach Hause und verprügelte seine Mutter. An anderen öffnete er Kerrys Tür und redete sich seinen Ärger von der Seele. Kerry lernte, Laute oder Bemerkungen von sich zu geben, die Michael glauben machten, er höre ihm zu. Er lernte, gegen den Schlaf anzukämpfen und jedes Anzeichen von Unaufmerksamkeit zu vermeiden, das seinen Vater erzürnen konnte. Michael krümmte ihm nie ein Haar.

Und Kerry wußte, solange er ihm zuhörte, würde er seine Mutter nicht schlagen.

So sehr er seinen Vater fürchtete, so sehr liebte er seine Mutter.

Sie stammte ebenfalls aus dem County Roscommon. Mit einundzwanzig hatte sie James Joseph geboren, mit dreiunddreißig Kerry Francis. Dazwischen hatte sie mehrere Fehlgeburten gehabt.

Mary hatte sich eine verblaßte Schönheit bewahrt, und Kerry liebte besonders ihre lachenden grünen Augen, die wie Mondsicheln waren. Der bloße Anblick ihres jüngeren Sohnes brachte sie zum Lächeln.

Sie wohnten im Stadtteil Vailsburg in Newark, in dem Iren und vereinzelt Italiener lebten. Die ruhigen Straßen waren von Bäumen und hübschen, zweistöckigen Holzhäusern gesäumt, in denen Stadtbedienstete und kleine Geschäftsleute mit ihren Familien wohnten. Die Kinder liefen herum und spielten auf der Straße, behütet von Müttern wie Mary, die Autofahrer zusammenstauchten, wenn sie zu schnell fuhren. Es gab mehrere Spielplätze, und im Winter wässerte die Feuerwehr einen Teil des Ivy Hill Park und verwandelte ihn in eine Eisbahn.

Mary Kilcannon brachte Kerry das Schlittschuhlaufen bei, lachte, wenn er mit den Armen ruderte, klatschte vor Vergnügen, als er sicherer wurde. Sie ließ ihn vergessen, was bereits offensichtlich war – daß er niemals so groß oder ein so guter Sportler werden würde wie Jamie. Kerry wußte, daß sie der einzige Mensch auf der Welt war, der ihn so liebte, wie er war.

Kerry und seine Mutter wurden zu Verbündeten.

Was Michael Kilcannon ihnen des Nachts antat, war ein schändliches Geheimnis, über das niemals gesprochen wurde. Kerry wußte, daß seine Mutter nicht zur Polizei gehen konnte. Sein Vater *war* die Polizei, und eine Anzeige hätte ihn bloßgestellt. Womöglich wäre er noch brutaler geworden. Er legte großen Wert auf seinen Ruf.

Jeden Morgen betete Mary Kilcannon in der Kirche Sacred Heart.

Auch Kerry fand die Kirche tröstlich – die Stille, die zwanzig Meter hohe Decke und die schönen Buntglasfenster, den Marmoraltar, den ein Fresko von Christi Himmelfahrt zierte. Manchmal blieben sie eine ganze Stunde.

Einmal, an einem verschneiten Wintermorgen, machten sie auf dem Heimweg ein Spiel: Kerry sollte versuchen, in die Fußstapfen seiner Mutter zu treten und selbst keine Spuren zu hinterlassen.

Zur Belohnung bekam er eine Tasse heiße Schokolade. Als sie am Küchentisch saßen, lächelte ihn seine Mutter an, und Kerry meinte, vor Liebe zu vergehen. »Kerry Francis«, sagte sie, »ich liebe dich mehr, als Worte ausdrücken können.«

Tränen traten ihm in die Augen, und als könne sie seine Gedanken lesen, fügte sie hinzu: »Dein Vater ist ein guter Mann, wenn er nüchtern ist. Er sorgt gut für uns. Er ist nur enttäuscht, weil er nicht den Erfolg hat, den er verdient.«

Ihre Worte waren als Trost gemeint. Doch Kerry entnahm ihnen, daß sie in der Falle saßen: Irgendwie wußte er aus den langen Nächten mit seinem Vater, daß dessen berufliches Scheitern mit seiner Unbeherrschtheit zusammenhing und daß die Mißhandlungen erst aufhören würden, wenn ihnen jemand ein Ende machte.

Kerry drückte seiner Mutter die Hand.

Außerhalb der Familie war und blieb Mary Kilcannon immer vor allem die Mutter von James.

Es begann damit, daß Jamie ihr sehr ähnelte. Mit siebzehn war er bereits über einsachtzig und sah blendend aus. Ganz Vailsburg bewunderte ihn: Er war Schülersprecher an der Vorbereitungsschule Seton Hall, Kapitän seines Footballteams, zweitbester seiner Klasse. Er war immer tipptopp angezogen und der Schwarm aller Mädchen.

Kerry argwöhnte, daß Jamie seine Eltern insgeheim verachtete und ihnen unter keinen Umständen nachschlagen wollte. Jamie war von klein auf so erfolgreich, daß Michael ihn nicht herabsetzen konnte und zähneknirschend eine Art Waffenstillstand mit ihm schloß. Öffentlich erntete er Lob für seinen älteren Sohn, privat wurde er durch ihn an sein eigenes Versagen erinnert. Jamie erhob nie die Hand oder die Stimme, um seiner Mutter beizustehen.

Jamie erhielt ein Vollstipendium für Princeton, glänzte durch gute Noten und engagierte sich in der Hochschulpolitik. Seine Kommilitonen mochten glauben, daß ihm alles leicht von der Hand ging, doch sein jüngerer Bruder wußte es besser. Wenn er abends bang auf die Rückkehr des Vaters wartete, hörte er durch die dünne Wand manchmal, wie Jamie nebenan Reden einstudierte, Sätze und Pausen ausprobierte …

Kerry vergaß nie die Weihnachtsferien in Jamies zweitem Studienjahr.

Jamie kandidierte für irgendein Amt. Er feilte bis tief in die Nacht an einer Rede, und Kerry lauschte schlaflos der gedämpften Stimme des Bruders.

Dann kam Michael Kilcannon nach Hause.

Kerry hörte seine Schritte und fragte sich, ob der Vater die Tür öffnen oder ins Schlafzimmer gehen würde. Er setzte sich auf. Die Schritte entfernten sich.

Sekunden später schrie seine Mutter vor Schmerz.

Nur die Stille auf der anderen Seite der Wand verriet, daß Jamie alles gehört hatte. Kerry liefen Tränen über die Wangen.

Nein, er wollte nie wie sein Bruder James werden.

ZWEI

Kerry konnte unbesorgt sein: An der Sacred Heart School verwechselte ihn niemand mit Jamie.

Kerry war klein, schmächtig und aufsässig. Widerwillig unterwarf er sich der Schulordnung und lernte, in einer Reihe zu gehen, in den Stunden still zu sein und auf die Glocke zu hören, die das Ende der Pause verkündete. Einmal, als er mit dem Lineal eine Biene zerquetschte, gab ihm Schwester Mary Catherine eine Ohrfeige. »Das war ein wehrloses Geschöpf Gottes«, tadelte sie ihn.

Mit klingenden Ohren wollte Kerry sagen: »Das bin ich auch.« Doch die Worte der Nonne blieben ihm im Gedächtnis: Er prügelte sich oft, aber nie mit Schwächeren.

Kerrys Zorn war selbstzerstörerisch: Er legte sich nur mit Jungen an, die größer und älter waren und kein Erbarmen kannten. Es genügte, daß sie ihn oder einen anderen kleineren

Jungen beleidigten, und schon schlug er zu und zettelte damit eine Prügelei an, die häufig erst endete, wenn jemand dazwischenging. Mit zwölf prügelte er sich so oft und so heftig, daß er am Rande eines Schulverweises stand.

Dann geriet er an den Schläger Johnny Quinn.

Johnny hatte sich das neue Fahrrad von Timmy Scanlon »geborgt«, einem Neunjährigen, den Kerry mochte. Lachend gab er das Rad zurück: Es war völlig verdreckt.

Als Timmy in Tränen ausbrach, schlug Kerry Johnny Quinn auf die Nase.

Der Kampf dauerte eine Stunde, und Kerry bezog Prügel. Blind vor Schmerz, aus Mund, Nase und einer Platzwunde über dem Auge blutend, verlor er schließlich das Bewußtsein.

Seine Mutter saß weinend bei ihm, als er wieder zu sich kam. »Warum tust du das?« fragte sie ihn. »Warum?« Er konnte ihr keine Antwort geben.

Verzweifelt wandte sie sich an Kerrys Patenonkel.

Als Pater Roarke, der Schuldirektor, Kerry in sein Büro bestellte, war Liam Dunn bei ihm.

»Hallo, Kerry«, grüßte Liam.

Kerry war überrascht. Obwohl Liam oft nach ihm fragte und nie seinen Geburtstag oder Namenstag vergaß, war er doch eher aus Prestigegründen zu seinem Patenonkel auserkoren worden. Es war lange her, daß er mit Michael Kilcannon Streife gefahren war. Er war mittlerweile Stadtrat und eng mit Monsignore Conroy von Sacred Heart befreundet. Bereits mit zwölf wußte Kerry, daß die grüne Linie, die am Saint Patrick's Day den Weg der Parade markierte, deshalb an Dunn's Tavern endete, weil Liam es so wünschte, daß arbeitsuchende Einwanderer bei Liam Dunn Hilfe fanden, weil er einflußreiche Freunde hatte, daß die Dunn Association, Liams Wohltätigkeitsverein, sich großzügig für die Belange des Viertels einsetzte und daß Liam die Beerdigungskosten übernahm, als Frankie Burns, der schwachsinnige Sohn armer Eltern, von einem Auto überfahren worden war. Liam selbst sprach nie über solche Dinge. Das taten andere.

Mit respektvoller Stimme und Haltung wandte sich Liam an Pater Roarke: »Dürfte ich mit Kerry einen Spaziergang machen, Pater?«

Der Priester nickte. »Aber gewiß doch.«

Liam Dunn faßte Kerry sachte am Ellbogen und bugsierte ihn aus dem Raum.

Liam verriet nicht, wohin sie gingen. Sie schlenderten einfach durch die Straßen von Vailsburg. Hin und wieder wechselten sie ein paar Worte, und zuweilen verlor sich Liams Blick in der Ferne.

Am Ivy Hill Park blieben sie stehen.

»Setzen wir uns eine Weile hin«, schlug Liam vor.

Sie fanden eine grüne Holzbank. Eine Zeitlang schwieg Liam und ließ den Blick durch den Park schweifen. Kerry musterte ihn: Er war Mitte vierzig, wie sein Vater, und ebenfalls sehr groß. Sein kurzes Haar war leuchtend rot, sein zerfurchtes Gesicht nur um die Kinnpartie weich, seine scharfe Nase eher spanisch als irisch. Seine Lider waren so schwer, daß die Augen halb geschlossen wirkten. Doch als er den Kopf wandte, sah er Kerry durchdringend an.

»Wie ich höre, prügelst du dich.«

Kerry konnte nur nicken; sein Gesicht war der Beweis.

»Du hast ordentlich was abgekriegt. Weißt du überhaupt, warum du dich prügelst?«

Eigentlich wollte Kerry nicht antworten. Doch Liam Dunn war nicht irgendwer.

»Ich kann Schläger nicht ausstehen.«

In Liams Augen schien sich etwas zu bewegen. »Deine Mutter ...«

Kerrys Magen krampfte sich zusammen. »Deine Mutter«, wiederholte Liam, »hat Angst um dich. Willst du das?«

Kerry konnte ihn nicht ansehen. Er spürte Liams große Hand auf seiner Schulter. »Wenn du kämpfen willst, mußt du lernen, wie. Ich kenne einen Mann, der dir das Boxen beibringen kann.«

Kerry hob langsam die Augen. Ihre Blicke trafen sich.

»Was hältst du davon?«

Kerry nickte.

»Unter einer Bedingung«, sagte Liam.

Kerry erstarrte. »Ja?«

»Keine Prügeleien mehr, bis du boxen gelernt hast. Deiner Mutter zuliebe.«

Liam streckte ihm die Hand entgegen, Kerry schlug ein.

»Schön«, sagte Liam. »Dann sind wir uns also einig.«

Sie gingen schweigend zur Schule zurück. Am Spielplatz blieb Liam stehen. »Du könntest mir einen Gefallen tun.«

»Einen Gefallen?« fragte Kerry verdutzt.

»Sonntags nach der Messe gehe ich in die Bars, unterhalte mich ein wenig, treffe Leute, die mit mir reden wollen. Du könntest gelegentlich mitkommen und mich an gewisse Dinge erinnern.«

Kerry wunderte sich. Liam hatte vier Söhne, die er um diesen Gefallen hätte bitten können.

»Was ist mit meinem Vater?« fragte Kerry.

Liam kniff die Augen zusammen. »Michael hat bestimmt nichts dagegen.«

Jeden Dienstag- und Freitagnachmittag ging Kerry von nun an zum Boxen in die Sporthalle der katholischen Jugend. Am ersten Tag forderte ihn Trainer Jack Burns auf, gegen den schweren Sandsack zu schlagen, der von der Decke baumelte, und Kerry feuerte mit der Linken eine Serie wilder Schwinger ab. Irgendwann schlug er daneben, und der fünfundzwanzig-Kilo-Sack schwang zurück und warf den Zwölfjährigen zu Boden.

»Aha«, sagte Jack, »du bist Linkshänder.«

Jack war groß und grauhaarig, hatte die Tonsur eines Mönchs und das dazu passende friedfertige Gesicht. Nach dem dritten Trainingstag gelangte Kerry zu der Ansicht, daß ein Mann, der nie brüllte oder die Beherrschung verlor, vom Kämpfen nichts verstehen konnte. Kerry ging nur noch hin, weil er es Liam versprochen hatte.

Es war hart. In den ersten drei Wochen versuchte Jack, ihm beizubringen, wie ein Linkshänder zu boxen: mit der Rechten, seinem schwächeren Arm, Jabs zu schlagen und dann die Linke folgen zu lassen. Doch Kerry wollte nur linke Haken schlagen und weghauen, was ihm im Weg stand.

Dann ließ ihn Jack gegen Terrence McCaw kämpfen, einen gleichaltrigen Jungen, der etwas erfahrener und viel disziplinierter war. Kerrys ungestüme Linke traf nie; der ebenso schmächtige Terrence trat einfach vor und deckte ihn mit Jabs ein. Nur den übergroßen Handschuhen war es zu verdanken, daß Kerry unverletzt blieb.

Jack ging dazwischen und nahm Kerry beiseite. »Du hast ordentlich Prügel bezogen. Genau wie draußen.«

Kerry schlug die Augen nieder.

»Du kannst dich verbessern«, fügte Jack hinzu, »besonders deine Linke. Aber du mußt trainieren, deinen Grips zu gebrauchen. Also, wie willst du durchs Leben gehen? So gut wie möglich, oder so schlecht, wie du jetzt bist?«

Das tat weh. »Ich möchte besser werden«, antwortete Kerry.

Jack nickte. »Das läßt sich machen. Mit etwas Geduld.«

Er brachte Kerry bei, wie ein Rechtshänder zu boxen.

In der neuen Auslage mußte Kerry mit der Linken Jabs statt Schwinger schlagen. Stunde um Stunde stand er vor dem Sandsack und feuerte kurze linke Gerade ab, die nur verhindern sollten, daß der zurückschwingende Sack ihn traf.

Kerrys linker Jab wurde immer härter, kräftiger, schneller. Er fühlte die Wut in jedem Schlag, und mit einem Mal wurde die Wut, die er nicht verstand, sein Freund, sein Diener. Er trainierte unermüdlich.

So ging es monatelang, und eines Tages merkte Kerry, daß er den Schweißgeruch mochte, daß es ihm gefiel, wenn er schwitzte und gegen die Müdigkeit ankämpfte. Er stellte sich vor, vor Johnny Quinn zu stehen.

»Ich will einen Kampf«, sagte er zum Trainer.

»Den kriegst du noch früh genug«, erwiderte Jack. »Zuerst mußt du etwas mit deiner Rechten anfangen.«

Dieses Etwas war einfach: Hatte Kerry linke Jabs geschlagen, wich er nach rechts aus, trat vor und schlug eine Rechte zum Kopf des imaginären Gegners. Noch war seine Rechte schwach, aber Jack versicherte ihm, daß sich das ändern würde.

Schließlich durfte er erneut gegen Terrence McCaw antreten.

»Du hast nichts gegen ihn«, sagte Jack. »Du willst nur siegen.«

Den ersten Treffer landete Terrence, als Kerry gerade zu einem linken Schwinger ausholte. Mit dem zweiten schickte er Kerry auf die Bretter.

Tränen der Wut traten Kerry in die Augen. »Was habe ich dir beigebracht?« hörte er Jack rufen.

Kerry rappelte sich auf.

Terrence griff sofort wieder an. Kerry zwang sich, keinen Jungen, sondern einen Sandsack zu sehen.

Drei linke Jabs.

Terrence blinzelte, verlor das Gleichgewicht, und dann schlug Kerry seine Rechte.

Sie war kraftlos, nur ein Klaps. Aber Terrence war so verdutzt, daß er über die eigenen Füße stolperte und zu Boden ging.

Kerry jubelte. Er konnte es kaum erwarten, daß Terrence aufstand.

Jack trat dazwischen. »Das reicht, Jungs«, sagte er. »Ihr habt beide dazugelernt.«

Kerrys Puls beruhigte sich. Er verspürte nicht mehr den Wunsch, auf Terrence einzudreschen. Er wollte seine Rechte trainieren.

Auf dem Heimweg fiel ihm auf, daß er sich seit einem halben Jahr nicht mehr geprügelt hatte. Er hatte Liam Dunn gegenüber Wort gehalten.

Seine zweite neue Betätigung bestand darin, daß er sonntags mit Liam in die Bars ging.

Bars waren für Kerry geheimnisvolle Orte, an denen sich sein launischer Vater in jenen Teufel verwandelte, der jede Nacht seine Mutter prügelte oder ihn als Geisel nahm.

»Die irische Krankheit«, sagte Liam über die Trunksucht. »Aber in den Kneipen wird nicht nur getrunken.«

Das stimmte.

Sonntags nach der Messe waren sie immer gerammelt voll. Liam nannte dies ein spirituelles Zugeständnis an das Weltliche. Die Bars dienten als Gemeindezentrum, Stellenvermittlungsbüro, Nachrichtenbörse und Treffpunkt für alleinstehende Männer und Frauen. Ein Politiker, der sie nicht besuchte, war in Liams Augen ein Narr.

Und so ging Liam mit Kerry in die Bars von Vailsburg und schärfte ihm ein, sich Namen einzuprägen: Innerhalb von sechs Monaten lernte Kerry in Newark annähernd dreißig irische Wirte kennen.

»In Newark«, erklärte ihm Liam, »haben jahrzehntelang die Iren in der Politik den Ton angegeben. Erst vor kurzem haben die Italiener Bürgermeister Addonizio gewählt. Aber die Italiener werden sich nicht lange halten.«

Es dauerte Monate, bis Kerry begriff, was Liam damit meinte.

Kerry lernte die Bars lieben, die gemütliche Atmosphäre, den Biergeruch, das Gelächter von Männern und Frauen, die Musik, die großen »Familienstuben«, in denen Liam und andere Politiker gelegentlich Partys gaben. Kerry hörte zu und lernte.

Liam mischte sich unter die Leute und hatte stets ein offenes Ohr, wenn sie für sich oder einen Cousin aus Irland einen Job suchten oder Geld brauchten für die Ausbildung eines vielversprechenden Jungen oder die Behandlung einer Tochter, deren Leukämie die Ersparnisse der Familie aufgezehrt hatte. Liam belog sie nie: Er versprach nur, sein Möglichstes zu tun, und dann tat er gewöhnlich mehr, als billigerweise zu erwarten war.

Kerry hatte den Eindruck, daß Liam sich wirklich um die Hilfsbedürftigen kümmerte. Er konnte sich nicht vorstellen, daß Liam Reden einübte wie Jamie, obgleich er es durchaus verstand, einen ganzen Saal von Zuhörern zu fesseln. Einmal, als Kerry ihn fragte, warum er nicht Jamie zu seinem politischen Zögling mache, antwortete er knapp: »Er ist ein begabter Junge, er wird auch so seinen Weg machen. Er kann es weit bringen.«

»Aber sollte er nicht mit dir zusammenarbeiten?«

Die Frage entlockte Liam ein Lächeln. »Das wäre das letzte, was er braucht oder will, Kerry. Das hier ist ihm zu popelig. Vielleicht kann er die eine oder andere Straße für uns bauen.«

Kerry wurde aus der Antwort nicht schlau. Doch privat war Liam Dunn längst nicht so gesprächig wie in der Öffentlichkeit und beließ es allzuoft bei vagen Andeutungen.

Eines Tages, als sie von der Lynch's Arks Bar nach Hause gingen, versuchte Liam, es ihm zu erklären.

»Die Leute«, sagte er, »sehen zunächst einmal zu, daß es ihrer Familie gut geht – finanziell, gesundheitlich und so weiter. Wenn sie in dieser Beziehung keine Sorgen haben, überlegen sie, wie sie anderen helfen können. Das ist das Schöne an unserem Viertel. Man kennt sich und fühlt sich einander verbunden. Bei uns in Vailsburg leidet niemand Hunger. Wir greifen Witwen unter die Arme und kommen für den Unterhalt ihrer Kinder auf. Die Leute helfen gern, weil sie wissen, daß sie ebenfalls

Hilfe bekommen, wenn sie welche brauchen.« Sie blieben vor dem weißen Holzhaus der Kilcannons stehen. »Daß wir alle Iren sind, macht es natürlich leichter. Oder Italiener.«

Kerry nickte. Er dachte an Liams Bemerkung, daß die Italiener sich nicht lange halten würden.

»So«, sagte Liam unvermittelt, »du hast mich jetzt viele Monate begleitet. Was macht den Leuten die größten Sorgen?«

Kerry wußte, worüber die Leute nach dem dritten Bier murrten, und plötzlich begriff er: Liam glaubte, daß sich alles ändern würde.

»Die Schwarzen«, antwortete er.

Liam nickte. »Die Schwarzen. Und wer glaubt, daß man etwas gegen sie unternehmen könnte oder sollte, ist ein Schwachkopf.«

»Dad haßt sie«, sagte Kerry.

Liam schwieg eine Weile. Dann fragte er: »Willst du bei uns übernachten? Mrs. Dunn würde sich darüber freuen.«

Kerrys Herz schlug höher. Er blickte voller Zuneigung in Liams rotes Gesicht. Dann dachte er an seine Mutter, die in dem dunklen Haus allein auf die Rückkehr seines Vaters wartete. Er konnte sie nicht im Stich lassen. Sein Vater wurde immer schlimmer.

Kerry wußte nicht, was er sagen sollte. Er starrte auf einen Riß im Gehweg.

Er spürte Liams Blick, dann eine Hand auf seiner Schulter. »Ich verstehe«, sagte Liam. »Du hast zu tun.«

Er fragte nie wieder.

»Nigger«, schnaubte Michael so haßerfüllt, daß Kerry erschauderte. »Zuerst verwüsten sie bei den Krawallen die halbe Stadt, und jetzt will einer von diesen Affen auch noch Bürgermeister werden. Sie werden die Stadt in Brand stecken, und dann werden sie mich über dem Feuer rösten.«

Kerry verstand nicht, was sein Vater mit der letzten Bemerkung meinte. Aber er erinnerte sich an die Krawalle, an den Gestank und den Lärm. Er war damals neun gewesen. Alles begann mit einem Zusammenstoß zwischen der Polizei und Schwarzen im Westen der Stadt. Durch das Fliegengitter seines

Zimmers roch er den Rauch und hörte die Sirenen. Ein älterer Junge, der näher an der South Orange Avenue wohnte, beteuerte am nächsten Tag, daß er gesehen habe, wie Flammen zum Nachthimmel loderten.

In den folgenden fünf Nächten hörte Kerry vom Bett aus Sirenengeheul und mehrere Schüsse. Vailsburg blieb zwar verschont, doch in Kerrys Viertel herrschte eine seltsame Belagerungsstimmung. Die Kneipen blieben geschlossen, die Türen wurden verrammelt, und überall fuhren Polizeiautos Streife. Dann, eines Morgens, kehrte wieder Ruhe ein, und in Newark war nichts mehr wie zuvor.

Ein paar Tage später nahm ihn sein Vater im Streifenwagen mit. In der Nähe geplünderter Geschäfte lungerten immer noch Schwarze herum. Kerry war schockiert, als er in der Umgebung des Rathauses mehrere ausgebrannte Ruinen sah.

»Das haben diese Bestien angerichtet«, sagte Michael. »Und sie werden es wieder tun, wenn wir sie nicht aufhalten.«

Der Anblick empörte Kerry.

»Aber du wirst sie doch aufhalten, nicht?« fragte er seinen Vater.

Michael Kilcannon hatte ein grimmiges Gesicht gemacht.

»Weißt du«, sagte er abends zu Kerry, »vorgestern nacht habe ich einen erschossen, einen Plünderer. Neunzehn Jahre alt, und es ist ein Segen, daß er krepiert ist, bevor er anständige Menschen umbringen konnte. Die Freunde von diesem Gibson, dem Nigger, der hier den King spielen will, wollen uns Weiße übergehen und ihre Leute zu Sergeants befördern, ehe sie lesen gelernt haben.« Plötzlich beugte sich Michael übers Bett und packte Kerry am T-Shirt. »Sie behaupten, daß dein Vater ein Mörder ist.«

Kerry erschauderte.

»Jawohl, ein Mörder«, wiederholte Michael, »und dein Freund Liam, der Hundesohn, rührt keinen Finger.«

Liam Dunn beschloß, bei den bevorstehenden Bürgermeisterwahlen den schwarzen Kandidaten, Kenneth Gibson, zu unterstützen, und nicht Hugh Addonizio. Kerry konnte es nicht verstehen.

In den Bars ernteten sie böse Blicke, und anonyme Anrufer

drohten Liam mit der Ermordung seiner Söhne. Liam ging wie gewohnt seinen Geschäften nach und schien keine Notiz davon zu nehmen, daß in Dunn's Tavern die Gäste ausblieben, daß ihn kaum noch jemand ansprach und daß der beliebte Lokalpolitiker Paul Slattery sonntags die Runde machte und die Absicht bekundete, bei den nächsten Kommunalwahlen gegen ihn anzutreten.

Ihre Kneipentour geriet zum Spießrutenlauf. Doch Kerry hielt zu seinem Patenonkel, aus Loyalität und aus Ärger darüber, wie einige Leute ihn schnitten. Er hielt das für unverzeihlich.

An einem dieser unerquicklichen Sonntage führte ihn Liam zu der Bank im Ivy Hill Park.

»Wie ich höre, machst du beim Boxen Fortschritte«, begann Liam. »Und in der Schule auch – ordentliche Noten, keine Schlägereien.« Er klopfte Kerry auf die Schulter. »Und langsam steigst du auch in der Politik durch. Aus dir kann noch was werden.«

Beim Gedanken an Jamie und die feindseligen Mienen in den Bars ballte Kerry die Fäuste. »Ich werde nie für ein Amt kandidieren.«

»Das brauchst du auch nicht«, erwiderte Liam. »Du wirst schon das richtige für dich finden.« Er hielt kurz inne. »Aber was mich angeht: Nimm nicht alles so ernst, was im Moment mit mir geschieht. Die Leute brauchen das einfach.«

»Wie meinst du das?«

»Ich meine damit, daß sie Angst haben und deshalb aufgebracht sind. Sie wollen von mir hören, daß der ganze Spuk bald vorüber ist. Es macht ihnen angst, daß immer mehr Schwarze kommen, daß ihre Freunde in die Vororte flüchten und sie selber immer weniger zu melden haben. Doch es wäre idiotisch, Haß auf die Schwarzen zu predigen. Das ist keine Lösung. Geschweige denn ein Programm.« Er wandte sich Kerry zu. »Politisches Kapital ist dazu da, daß man die Wahrheit sagt, auch wenn sie unbequem ist.«

Aber sind die Schwarzen das wert? fragte sich Kerry und sagte: »Die Leute scheinen dich zu hassen.«

Liam sah ihn an. »Aber du doch nicht, oder?«

Entschieden schüttelte Kerry den Kopf.

Kerry spürte die Anspannung hinter Liams gelassener Miene. »Tu das Rechte, Kerry, dann kann sich alles noch zum Guten wenden. Aber nur das erste liegt in deiner Macht. Im Frieden mit sich abends ins Bett zu gehen, das will jeden Tag aufs Neue verdient sein.« Zum ersten Mal lächelte Liam. »Aber einige von diesen Pfeifen können einfach nicht rechnen. Wie Slattery.«

»Was meinst du damit?«

»Daß ich schwarze Stimmen brauchen könnte und die Schwarzen eventuell auch ein paar von mir. Und daß die dünne Mehrheit, auf die Paul Slattery spekuliert, in die Vororte abwandert.« Liams Blick wurde traurig. »Ich weiß nicht, ob sich die Entwicklung noch aufhalten läßt. Und manchmal frage ich mich, ob dein Bruder James nicht alles vorausgesehen hat.«

»Was denn?«

»Daß unser Leben in Vailsburg in dieser Form langsam, aber sicher zu Ende geht.« Er machte abermals eine Pause. »Aber das braucht Jamie nicht zu kümmern, wenn er in Princeton für den Senat von New Jersey kandidiert.«

Kerry beschlich das Gefühl, daß Liam mit James gesprochen hatte, und zwar erst kürzlich. Im nächsten Augenblick begriff er, daß es nicht nur für seine Mutter und ihn ein schwerer Schlag wäre, wenn sein Vater des Mordes an einem jungen Schwarzen für schuldig befunden werden sollte, sondern auch für Jamies Karriere. Und plötzlich fügte sich alles zusammen: Zur hämischen Freude seines Vaters hatten die Wortführer der Schwarzen plötzlich ihre Forderung nach einem Strafverfahren gegen ihn fallenlassen. Liams neue Verbündete…

Kerry packte Liam am Ärmel. »Hast du meinen Vater gerettet?«

Eine Weile sah Liam ihn forschend an. »Wie gesagt, tu das Rechte, dann kann sich alles noch zum Guten wenden. Das gilt auch für deinen Vater.«

An jenem Tag, an dem James Kilcannon in den Senat von New Jersey gewählt wurde, sprach er kaum über seine Familie. Damit behielt er den Kurs bei, den er mit dem Wechsel nach Princeton eingeschlagen hatte, wo er sich auf dem Reformflügel der Partei profiliert hatte. Seine Anhänger sahen in ihm einen attraktiven und eloquenten Politiker, der frischen Wind in die Partei brachte. Für seine Familie interessierten sie sich nicht.

Gleichwohl fuhren Michael und Mary Kilcannon zu Jamies Siegesfeier. Ihr Besuch war ihm sichtlich unangenehm, und die längste Ansprache, die er an die Familie richtete, galt Kerry. In Anspielung auf dessen Alter sagte der Wahlsieger grinsend: »Du bist der nächste, Kerry – wenn du deine Noten etwas verbesserst.« Die Bilder waren so bemerkenswert, daß das Fernsehen sie brachte: Der gutaussehende neue Senator im Bundesstaat New Jersey war selber erst vierundzwanzig.

Kerry machte ein finsteres Gesicht, als er Jamie im Fernsehen sah; es war Wochen her, daß sie miteinander gesprochen hatten. Ihn interessierte viel mehr die Frage, wer neuer Bürgermeister von Newark wurde, Gibson oder Addonizio. Davon hing Liam Dunns Zukunft ab.

Am Wahlabend stand Liams Haus unter Polizeischutz. In der Woche davor hatten Unbekannte einen in Benzin getränkten Ziegelstein angezündet und durch ein Fenster geworfen.

Liam wollte nicht, daß Kerry ihn an diesem Abend begleitete, doch Kerry bestand darauf. »Du sagst, daß heute Geschichte geschrieben wird. Da will ich dabei sein.« Und so fuhren sie gemeinsam in einem Streifenwagen zu Kenneth Gibsons Siegesfeier.

Die überwiegend aus Schwarzen bestehende Menge jubelte überschwenglich. Obwohl schwarze Wähler in Newark mittlerweile die Mehrheit bildeten, war noch niemals einer der ihren zum Bürgermeister gewählt worden. Als Kerry zusah, wie Gibson zum Sieger erklärt wurde, empfand er eine Sympathie, die ihn selbst überraschte. Die Machtlosigkeit dieser Menschen hatte als selbstverständlich gegolten, und jetzt war ihre große Stunde da.

»Newark kriegt nie wieder einen weißen Bürgermeister«, murmelte Liam auf der Heimfahrt. In Vailsburg herrschte Friedhofsstille.

Einen Monat später wurde Stadtrat Liam Dunn mit Unterstützung des künftigen Bürgermeisters zum Vorsitzenden der Demokratischen Partei von Essex County gewählt. Liams Gegner, Paul Slattery, kandidierte nie wieder für ein Amt.

DREI

Mit sechzehn kämpfte Kerry Kilcannon bei den Golden Gloves.

Jack Burns hatte ihn so lange wie möglich zurückgehalten. Doch Kerry wog inzwischen zweiundsiebzig Kilo und war einen Meter dreiundsiebzig groß; er hatte Schaukämpfe bestritten und unermüdlich trainiert. Nun wollte er wissen, wie gut er wirklich war.

Seine Eltern kamen zu seinem ersten Kampf und saßen unter den wenigen hundert Zuschauern – Michael mit einer geringschätzigen Meinung über die Siegeschancen seines schmächtigen Sohnes, Mary unsicher, ob sie würde zusehen können.

Sein erster Gegner war ein Italiener namens Joey Giusti. Kleiner und stämmiger, versuchte Joey, Kerry in die Seile zu drängen und ihn dort mit Schlägen einzudecken. Kerry duckte sich einfach hinter seine Deckung und ließ sich treffen – an den Armen, den Schultern, überall, nur nicht am Kinn. Die italienischen Zuschauer jubelten, und Kerrys Vater brüllte: »Schlag zurück, verdammt noch mal.«

Gegen Ende der ersten Runde landete Kerry drei Treffer.

»Okay«, meinte Jack in der Pause. »Er hat sich ausgetobt und unterschätzt dich. Jetzt kommt deine Runde.«

Der Gong ertönte, und Joey rannte förmlich durch den Ring. Kerry las die Verachtung in seinen Augen, die Erregung des Schlägers.

Als Joey seinen ersten linken Haken schlug, duckte sich Kerry. Die Linke, etwas langsamer jetzt, flog über seinen Kopf hinweg, dann traf Kerry den italienischen Jungen mit einem linken Jab an der Nase.

Joey blinzelte verblüfft, und Kerry traf ihn noch dreimal. Joey blutete aus der Nase, nahm die Deckung hoch, und Kerry zielte auf seine Rippen.

Links, rechts, links. Immer wieder schlug Kerry zum Körper. Joey schluckte schwer, und langsam sanken seine müden Fäuste.

Wieder schlug Kerry einen linken Jab zum Kopf. Die Wucht des Schlags durchzuckte seinen Arm. Ein frischer Blutstrahl schoß aus Joeys Nase, und plötzlich war der Ringrichter zwischen ihnen.

In den nächsten drei Kämpfen brauchte Kerry seine Rechte zum Kinn nie einzusetzen.

Er sparte sie auf. Allmählich begriff er, wie wichtig Training und Disziplin waren und daß Taktik sich auszahlte – er mußte bis zum Ende durchhalten, wie lange der Kampf auch dauern mochte. Kerry fiel auf, wie sehr er sich von dem Schläger unterschied, der er mit zwölf gewesen war, nicht nur durch sein Können, sondern auch durch seine Einstellung. Und das machte ihn stolz.

»Endlich bist du mal zu was nütze«, lobte ihn sein Vater, und als bekannt wurde, daß Kerry im Finalkampf gegen Marcus Lytton, einen schwarzen Jungen, antreten mußte, war Michael Feuer und Flamme: »Ich habe den Burschen gesehen. Ein Angeber, ohne Mumm. Beim ersten schweren Treffer klappt der zusammen wie ein Pappkarton.« Als Ansporn setzte er zweihundert Dollar auf seinen Sohn und sorgte dafür, daß er es auch erfuhr.

Als Kerry an jenem Abend in den Ring stieg, war die Halle mit Schwarzen und Iren gefüllt.

Es kam zu einem Handgemenge, und die Polizei führte zwei Betrunkene ab, einen Schwarzen und einen Weißen. Kerry spürte, wie die Spannungen in der Stadt auf den Ring übergriffen, und versuchte, sich ganz auf Marcus Lytton zu konzentrieren.

Als Kerry vorgestellt wurde, brachen die Iren in Jubel aus.

Einen Augenblick lang schien die Zeit stillzustehen. Dann spürte Kerry, wie die Erregung sich seiner bemächtigte: Sein Herz klopfte, das Blut pochte ihm in den Schläfen, ein Prickeln lief durch seinen Körper. Er musterte Marcus Lyttons geschmeidige Gestalt, seine gelassene Miene, seine undurchdringlichen Augen. Der Gong ertönte.

Bevor Kerry die Ringmitte erreichte, erwischte ihn Marcus mit einer Dreierkombination.

Kerry wich zurück. Er hatte noch nie so schnelle Fäuste gesehen. Marcus ließ ihm keine Zeit zum Nachdenken und setzte nach – Linke zum Kopf, Rechte zum Körper, ein rascher Schritt zur Seite, dann eine Rechte zum Kinn. Jeder Schlag war hart und überlegt: Marcus Lytton war kein Boxer, der seine Kräfte frühzeitig verausgabte.

Der Jubel der Iren war verstummt.

Marcus traf Kerry in die Magengrube und ließ eine Gerade ans linke Auge folgen. Kerry wußte sofort, das Auge würde sich schließen.

Marcus ließ nicht locker. Kerry wich einem linken Haken aus und schlug einen Jab auf den Mundschutz des anderen, dann war die Runde zu Ende.

Den Beifall für Marcus in den Ohren, sank Kerry auf seinen Hocker. »Du mußt jetzt die Initiative ergreifen«, sagte Jack. »Jabs zum Kopf, dann die Rechte. Du darfst keine Runde mehr verlieren.«

Sobald der Gong ertönte, stürmte Kerry durch den Ring. Er traf Marcus mit einem Jab, dann mit zwei weiteren. Marcus war verdutzt, und gleich darauf überraschte ihn Kerry mit einer Rechten an die Stirn; etwas tiefer, und der schwarze Junge wäre möglicherweise zu Boden gegangen. Ein verbissener Kampf entbrannte – Schlagen, Ausweichen, wieder Schlagen, Abwehren. Marcus traf Kerry im Gesicht, Kerry bearbeitete die Rippen des Gegners. Am Ende der Runde standen die Schwarzen und die Iren auf ihren Sitzen und reckten die Fäuste in die Höhe.

Kerry hatte sich noch nie so müde gefühlt. Seine Unterarme waren bleischwer, seine Rippen schmerzten.

»Gut gemacht«, munterte ihn Jack auf. »Die Runde geht an dich, also entscheidet die letzte. Halt ihn auf Distanz und bring die Rechte.«

Als Kerry aufstand, erhoben sich auch die Iren und feuerten ihn an.

»Kerry, Kerry, Kerry ...«

»Mach ihn fertig.« Plötzlich spürte Kerry die Hoffnungen, den Haß und die Enttäuschung einer Stadt und einer zu Ende gehenden Ära. Sein Magen krampfte sich zusammen.

Marcus erwischte ihn mit einer kurzen Rechten.

Kerry wich unter dem Jubel der Schwarzen zurück, fing sich wieder und traf den angreifenden Marcus. Als der Kopf des schwarzen Jungen nach hinten flog, fühlte Kerry, daß die Iren wieder standen.

»Mach ihn fertig«, brüllte die Stimme wieder, und Kerry erkannte, daß sie seinem Vater gehörte. Er blutete aus der Lippe, und das linke Auge hatte sich fast geschlossen.

Mit wütendem Blick griff Marcus an und traf ihn erneut mit einer Dreierkombination. Es war eine persönliche Sache geworden: In den nächsten neunzig Sekunden, in denen Kerry mit dröhnendem Schädel und wackeligen Beinen einen Hagel von Schlägen zu überstehen hatte, mußte sich zeigen, wer der Bessere war.

»Noch eine Minute«, rief Jack ihm zu. »Knock ihn aus.«

Kerry wich einem Schlag aus, drehte sich und traf Marcus mit voller Wucht in die Magengrube.

Marcus riß die Augen auf, und sein Mundschutz flog weg.

Die Menge schrie vor Begeisterung. Kerry sah sofort, welchen Schlag er anbringen mußte – eine Rechte zum ungeschützten Mund des schwarzen Jungen, und der Kampf war wahrscheinlich zu Ende.

»Bring die Rechte«, bellte sein Vater.

Kerrys Rechte war einen Moment lang wie gelähmt. Als sie endlich kam, war es zu spät. Sie prallte an Marcus' erhobenem Unterarm ab.

Die Menge stöhnte.

Den Rest erlebte Kerry wie in Zeitlupe. Marcus trippelte mit blutunterlaufenen Augen rückwärts, und er verfolgte ihn mit bleiernen Armen und Beinen. Der Schlußgong. Der Ringrichter erklärte Marcus zum Sieger. Die Schwarzen standen, die Weißen saßen.

Auf der Heimfahrt stellte sein aufgebrachter Vater immer wieder die eine Frage: »Warum hast du Angst, die Rechte zu bringen?«

Kerry sagte nichts.

Er stieg nie wieder in den Ring. Doch wochenlang ging er in die Sporthalle und drosch auf den Sandsack ein, bis die Kräfte ihn verließen.

VIER

Mit siebzehn war Kerry ausgewachsen: Mit seinen ein Meter achtundsiebzig war er volle acht Zentimeter kleiner als sein gutaussehender Bruder, der Senator, und sein Vater, der Polizist. Außer Boxen gab es nur wenig reizvolle Sportarten für einen Jungen, der weder besonders groß noch besonders schnell war und aus Frust über seine Talentlosigkeit immer noch leicht die Beherrschung verlor.

Kerry wurde ein passabler Fußballtorhüter, und passabel waren auch seine schulischen Leistungen, mehr nicht. Michael riet ihm, die Polizeilaufbahn einzuschlagen. »Mach dir nichts draus, daß du nicht so wie dein Bruder bist. Wer ist das schon?«

Kerry erwiderte nichts. Das Versagen hatte sich tief in das faltige Gesicht des Vaters eingegraben. Seine Frau zu schlagen und seinen Sohn herabzusetzen, war das einzige, was ihm neben dem Trinken Erleichterung verschaffte. Mary Kilcannon war eine gebrochene Frau, und Kerry hatte das sichere Gefühl, daß die Affären seines Vaters sie vollends gedemütigt hatten.

Michael kam noch immer an Kerrys Bett, doch neuerdings sprach er häufig über die Frauen, die er in Bars oder im Dienst kennenlernte, Frauen, die viel jünger waren und ihn bewunderten. Im stillen angewidert und selbst unerfahren, hoffte Kerry, daß diese Eskapaden seiner Mutter irgendwie zugute kamen. Doch Michael wurde immer brutaler, inbesondere nach seinem zweiten Disziplinarverfahren: Diesmal hatte er einen Schwarzen wegen eines angeblichen Fluchtversuchs so zusammengeschlagen, daß der Betroffene eine Gehirnerschütterung davontrug. Michael erhielt einen Verweis, und in derselben Nacht mußte Mary Kilcannons Oberlippe mit zwei Stichen genäht werden.

»Verlaß ihn, Mom«, beschwor Kerry sie, als sie das Krankenhaus verließen. »Bitte! Es kann nicht Gottes Wille sein, daß du bei ihm bleibst.«

»Es liegt nur am Alkohol.« Mary schloß die Augen. »Scheidung ist eine Sünde, Kerry. Und was sollte ich dann anfangen?«

Als sie nach Hause kamen, lag Michael betrunken im Bett

und schlief. Kerry spielte mit dem Gedanken, ihn im Schlaf umzubringen.

Mary betrachtete das Gesicht ihres Sohnes. »Ich hole Pater Joe«, sagte sie.

»Gut«, sagte Kerry. »Hol Pater Joe.«

Am Samstag darauf besuchte der Priester die Kilcannons und sprach mit Kerrys Vater. Mary blieb in ihrem Zimmer. Stundenlang saß Kerrys Vater reglos da, und dann, vor dem Abendessen, ging er aus.

Er kehrte nach Mitternacht zurück.

Kerry hörte seine schweren Tritte auf der Treppe, dann das Keuchen, als er oben anlangte. Er ging an Kerrys Zimmer vorüber.

Kerry lag im Bett, nur mit Boxershorts bekleidet, und lauschte.

Seine Mutter schrie laut auf vor Schmerz. Kerry schloß kurz die Augen. Dann sprang er auf und rannte ins Schlafzimmer seiner Eltern.

Mit zerrissenem Morgenrock lag seine Mutter in der Ecke. Ihre Nase war gebrochen und blutete. Ihr Mann stand vor ihr und sah auf sie hinab.

Kerry trat näher.

Michael fuhr herum. »Du?« rief er überrascht.

Kerry verpaßte ihm einen Jab mit der Linken.

Blut schoß ihm aus der Nase. »Du kleiner Scheißer«, schrie er auf.

Kerry schlug noch dreimal zu, dann war Michaels Nasenbein ebenso zertrümmert wie das seiner Frau. Kerry hatte keine Angst mehr vor ihm.

Er trat vor.

»Nein«, schrie seine Mutter, und Michael schlug brutal zu.

Er traf Kerry an der Schulter. Kerry heulte vor Schmerz auf, und Michael stürzte sich auf ihn, um ihn zu packen.

Kerry tauchte unter seinen Armen weg und rammte ihm die Faust in den Bauch.

Das weiche Fleisch wabbelte. Michael stöhnte, ließ aber nicht locker. Er wehrte Kerrys nächsten Schlag ab, dann schlang er die Arme um ihn und drückte zu.

Hilflos spürte Kerry, wie die Luft aus seinen Lungen wich. Er sah schwarze Flecken, dann Lichtblitze, merkte, wie ihm die Sinne schwanden. Mit letzter Kraft stieß er Michael das Knie in den Unterleib.

Sein Vater zuckte zusammen und riß die Augen auf. Kerry schnappte nach Luft, senkte den Kopf und rammte ihn von unten gegen Michaels Kinn.

Die Umklammerung lockerte sich. Kerry riß sich vollends los, taumelte nach rechts und schlug einen linken Haken in den Unterleib seines Vaters.

Sein Vater stöhnte laut auf, seine Augen quollen hervor. Kerrys Mutter warf sich dazwischen. »Nein, Kerry, nicht!«

Keuchend nahm er sie am Arm und führte sie zum Bett. »Bleib da«, befahl er. »Laß mich das zu Ende bringen.«

Er drehte sich wieder um.

Michael hob mühsam die Fäuste. Kerry trat vor und schlug nochmals zu.

Sein Vater taumelte rückwärts, mit offenem Mund. Plötzlich mußte Kerry an Marcus Lytton denken.

Wie damals von seinem Vater gefordert, brachte er jetzt seine Rechte.

Sie krachte gegen den Mund. Sein Vater sackte zu Boden.

Kerry stand über ihm und sog in kurzen Zügen die Luft ein. Ihm war schlecht vor Wut, Entsetzen und Erstaunen. Mit halb geschlossenen Augen spie Michael Blut und Zähne.

Kerry ging vor ihm in die Hocke. »Wenn du sie noch einmal anrührst, bring ich dich um.«

Nach dieser Nacht schlug Michael Kilcannon nie wieder seine Frau. Und sein jüngerer Sohn schlug nie wieder einen Menschen.

Im Jahr darauf wurde Kerrys Bruder James im Alter von dreißig Jahren in den Senat der Vereinigten Staaten gewählt.

DIE KAMPAGNE

Erster Tag

EINS

Clayton hob ab, als das Telefon klingelte.

Kerry starrte weiter auf den Hafen von San Diego hinaus, ohne ein Auge für die Morgensonne, deren Licht auf dem Wasser blitzte.

Irgendwann heute würde er sie wiedersehen.

»Kerry?«

Kerry spürte, daß sein Freund schon einige Augenblicke wartete, und drehte sich um. Clayton hatte den entschlossenen Blick, den er immer hatte, wenn er Kerrys Gedanken las.

»Was gibt's?« fragte Kerry.

»Mason hat seine Wahlkampfauftritte abgesagt.«

Die Überraschung holte Kerry vollends in die Gegenwart zurück. »Er wird doch nicht aufgeben!«

»Nie und nimmer.«

Kerry blickte auf seine Uhr. Es war halb sieben. Noch eine halbe Stunde bis zur Strategiesitzung. Und danach sechzehn Stunden lang Reden halten, Interviews geben, Hände schütteln.

»Dann probiert er was Neues«, sagte Kerry und ging duschen.

Nate Cutler saß allein auf der Terrasse des Meridian und nahm die Umgebung in sich auf, die Palmen, die sanfte Meeresbrise und das merkwürdige subtropische Licht, eine Atmosphäre, die er immer mit Kalifornien verband, wenn er nach einer Metapher suchte: Traumwelt, Filmkulisse oder Gebrauchtwagenhandlung in Pastell.

Er wußte es besser – Kalifornien hatte viele Gesichter. Doch Nate war ein Kind des Ostens: Jugend in Manhattan, Collegestudium in Dartmouth, Journalistenschule in Columbia, berufliche Laufbahn in Washington. Es befremdete ihn, daß der nächste Präsident der Vereinigten Staaten von den leichtblütigen Bürgern dieses gigantischen Shopping-Centers auserkoren werden sollte, die ihre politische Bildung meist aus dreißigsekündigen TV-Spots bezogen. Nate mochte verrauchte Bars, Scotch und die Kühle des Herbstes, hitzige Diskussionen zwischen Leuten mit politischem Sachverstand, den Großstadtdschungel Manhattans, die Monomanie Washingtons. Darwinistisch gesprochen, brachte Washington die scharfsinnigsten und findigsten Journalisten hervor, die zähesten Bürokraten, die dynamischsten und rücksichtslosesten Politiker und die kultivierteste und selbstgefälligste Elite, die eine Metropole zu bieten hatte.

In Nates Augen besaß Washington die schreckliche, immer wieder faszinierende Fähigkeit zu verführen und zu zerstören. Und sein eigenes Selbstbild, darüber war er sich schon lange im klaren, beruhte auf der Überzeugung, daß er zu clever und zu ehrgeizig sei, um zu scheitern. Um so mehr irritierte es ihn, daß er sich innerlich dagegen sträubte, über das zu berichten, was er soeben erfahren hatte.

Seit ein paar Minuten lag die Nominierung des demokratischen Präsidentschaftskandidaten in seinen Händen.

Bei der ersten Lektüre des Dokuments hatte es ihm die Sprache verschlagen.

»Woher haben Sie das?« hatte er gefragt.

Katherine Jones zündete sich eine Zigarette an. »Wichtig ist doch nur, ob es echt ist. Und ob die Geschichte der Psychologin stimmt.«

Nate sah sie forschend an. Trotz ihres kurzen, strohblonden Haars erinnerte sie ihn an eine Buddha-Figur ohne das dazugehörige Mitgefühl: bohrende Augen, dicke Lippen, selbstzufriedene Miene.

»Nicht ganz, Katherine. Schließlich sind Sie zu mir gekommen.«

Jones zog an der Zigarette. Nate spürte ihr Bemühen, gelassen zu wirken. »Seit seinen jüngsten Äußerungen ist Kilcannon in der Abtreibungsfrage kein verläßlicher Partner der Frauen mehr. Dieses Dokument entlarvt ihn als Ehebrecher und Opportunisten.«

»Selbst wenn es stimmt«, fiel ihr Nate ins Wort, »dasselbe

könnte man von vielen Kongreßmitgliedern behaupten, die Ihre Position vertreten. Ist das fair?«

»Wenn es stimmt«, konterte sie, »ist Kilcannon obendrein ein Heuchler.«

»Vielleicht.«

Jones drückte die halbgerauchte Zigarette aus. »Sie brauchen es nur zu sagen, wenn Ihnen die Sache nicht schmeckt«, sagte sie unvermittelt. »Dann gehen wir zur *Times* oder zur *Post.*«

Von wegen, dachte Nate. Du weißt genau, daß man bei der *Times* und der *Post* gegen eine solche Story Bedenken anmelden würde. Du hast dir *Newsworld* ausgesucht, weil du weißt, daß wir die Geschichte groß herausbringen, wenn wir von ihrer Richtigkeit überzeugt sind.

Du, oder wer immer sich hinter dir verbirgt.

»Wenn meine Chefs die Sache für berichtenswert halten«, antwortete Nate ruhig, »werden wir sie bringen. Aber sie werden auch von mir wissen wollen, wie mein Informant in den Besitz vertraulicher Unterlagen gelangt ist, ob Sie mit dieser Psychologin gesprochen haben und wer Sie mit ihr in Kontakt gebracht hat.«

Jones zögerte, dann erwiderte sie leicht ungeduldig: »Die Person, von der ich den Bericht habe, hat die Verfasserin niemals getroffen oder gesprochen. Und ich auch nicht.«

»Und diese Dame will anonym bleiben, richtig?«

Jones zuckte mit den Schultern. »Vielleicht kann Ihr Blatt sie dazu bewegen, an die Öffentlichkeit zu gehen.«

Plötzlich lächelte Nate. »Die Politik stiftet doch seltsame Ehen, finden Sie nicht?«

Ihr Mund verzog sich zu einem flüchtigen Grinsen. »Manchmal bleibt den Frauen keine Wahl.« Sie deutete auf das Dokument. »Sie kennen sie, stimmt's? Aus Ihrer Zeit bei der *Times.*«

Nates Lächeln erlosch. »Ein früherer Chefredakteur von mir pflegte zu sagen: ›Wir heben die Chancengleichheit auf.‹«

»Wie wahr. Denn wenn Sie die Story bringen, sind Kerry Kilcannon und Costello erledigt.«

Das stimmte vermutlich. Nate sah sie über den Tisch hinweg an. »Sie wollen die Sache unbedingt durchziehen«, fragte er, »aber Sie sind für Mason?«

Ihre Miene wurde verschlossen. »Wenn Fanatiker Morde begehen, um Frauen zum Kinderkriegen zu zwingen, müssen wir von Anthony's Legions Heuchlern wie Kilcannon das Handwerk legen, die öffentlich für das Recht auf Abtreibung eintreten und gleichzeitig über Abtreibung jammern, um in beiden Lagern Stimmen zu sammeln.« Jones zündete sich eine weitere Zigarette an und wedelte das Streichholz aus. »Aber wir begnügen uns nicht damit, der Presse Dokumente zuzuspielen. Passen Sie auf, was heute nachmittag bei Kilcannons Auftritt in Los Angeles geschieht.«

Als sie gegangen war, las Nate noch einmal den Bericht der Psychologin.

In seinem Beruf hatte man es nicht leicht. Schon des öfteren hatten ihm Politiker Vertrauensbruch vorgeworfen, und in einem Fall war sein Informant, der Mitarbeiter eines Kongreßmitglieds, von seinem aufgebrachten Chef sogar gefeuert worden. Doch nur schwer konnte er sich vorstellen, die Chancen eines Mannes, Präsident zu werden, zunichte zu machen, zumal er diesen Mann im großen und ganzen für einen anständigen Kerl hielt. Noch weniger konnte er sich mit dem Gedanken anfreunden, wegen einer Affäre, die, bei aller moralischen Fragwürdigkeit, im Grunde doch eine Privatsache war, die Karriere einer Freundin zu zerstören. Doch was Nate am meisten beunruhigte, waren nicht seine persönlichen Bedenken, sondern die Erregung, die ihn angesichts dieser Story erfaßte, von der man als Journalist nur träumen konnte.

Es war sieben Uhr. Er hatte noch ungefähr eine halbe Stunde Zeit, um ins Hotel zurückzukehren und sich Kerry Kilcannons Wagenkolonne anzuschließen.

Nate ging hinein und rief seine Chefredakteurin an.

ZWEI

Clayton Slade setzte sich an den langen Holztisch in einem der Konferenzräume im San Diego Hyatt und machte Anstalten, die morgendliche Strategiesitzung zu eröffnen. Sieben Tage vor der Entscheidung verströmte er gute Laune; soeben hatte er dem

Leiter von Kerrys Kampagne in Kalifornien, einem ehemaligen Anwalt aus der Unterhaltungsbranche, erklärt, daß Politik »Showbusineß für Häßliche« sei. Kerry stimmte in das Gelächter mit ein.

Clayton, so dachte er, war einfach unentbehrlich. Seine Gelassenheit war ein Geschenk des Himmels. Dem Team standen hektische Tage bevor. Wenig Schlaf, ständig auf Achse. Die Nerven würden blank liegen, die Gemüter würden sich erhitzen, Leute, die seit Monaten zusammenarbeiteten, würden auf einmal feststellen, daß ihre Kollegen Stümper seien. Doch Kerry spürte auch die Spannung und Erregung: Die Männer und Frauen in diesem Raum hatten die volle Aufmerksamkeit des Kandidaten, und noch sieben Tage, um das Rennen für sich zu entscheiden.

Clayton war ihr Kopf. Seine Autorität, für Kerry zu sprechen, war unbestritten. Er stellte die richtigen Fragen. Er traf rasche Entscheidungen. Er verlor nie die Nerven. Ohne laut zu werden, brachte er die Leute dazu, seine Anweisungen zu befolgen. Während Kerry von Stadt zu Stadt flog, las Clayton die Ergebnisse der neuesten Umfragen, entschied, welche Fernsehspots liefen, segnete Terminpläne ab, verfolgte die Berichterstattung in der Presse, behielt Mason im Auge, beobachtete Kerry bei wichtigen Auftritten, entwarf mit Kit Pace die Erklärungen, mit denen die Presse täglich gefüttert wurde, prüfte Vorschläge, schlichtete Streitigkeiten, ehe sie für böses Blut sorgten, feuerte jeden, der nicht spurte, und schenkte dem Kandidaten reinen Wein ein, ohne deshalb um seine Stellung fürchten zu müssen.

»An die Arbeit«, sagte Clayton. »Kerry hat eine Stunde.«

Clayton blickte in die Runde. Kerry und er hatten die fünf Berater für Kalifornien ausgesucht. Die ersten drei Personalentscheidungen waren ihnen leicht gefallen. Für Kit Pace, die redegewandte Pressesekretärin, hatten sie sich unter anderem deshalb entschieden, weil eine Frau einem ledigen Kandidaten nützlich sein konnte. Für Frank Wells, den begabten Medienberater, fiel die Entscheidung, weil niemand wollte, daß er für Dick Mason arbeitete, und dieser Wunsch den Umstand aufwog, daß Frank zur Selbstüberhebung neigte. Und für den bärtigen und großspurigen jungen Meinungsforscher Jack Sleeper, weil Kerry Querdenker mochte.

Die beiden letzten Berater waren Nat Schlesinger, der wohlhabende Werbemanager, der bereits unter Kerrys Bruder Wahlkampferfahrung gesammelt hatte, und Mick Lasker, der Leiter der Kampagne in Kalifornien, ein Anwalt aus Los Angeles und Mittfünfziger mit scharfen Gesichtszügen, der Jamies kalifornischen Wahlkampf gemanagt hatte. Kerry hatte erkannt, daß er eine funktionierende Organisation bekam, wenn er auf die Leute seines Bruders zurückgriff, auch wenn er argwöhnte, sie könnten ihn mit seinem Bruder verwechseln oder in ihm nur eine zweite Chance sehen, sich im Glanz der Macht zu sonnen. Der rundliche, grauhaarige Schlesinger wirkte nach außen hin ruhig, während Mick Lasker ein etwas fahriger Typ war, der mit seiner Überheblichkeit möglicherweise eine gewisse Unsicherheit überspielte. Aber keiner von beiden war ein Dummkopf. Clayton war aufgefallen, wie selten sie Kerrys Bruder erwähnten.

»Fangen wir mit Kerrys Terminplan an«, sagte Clayton zu Mick.

»Okay«, begann Mick in seiner abgehackten Sprechweise. »Erstens, in Kalifornien spielen die Medien die entscheidende Rolle. Wir sind hier nicht in New Hampshire – Kerry kann unmöglich zwanzig Millionen Menschen die Hand schütteln. Von heute bis Dienstag wird es jeden Tag darauf ankommen, wer im Äther dominiert: Wer die besten Spots bringt und wem in den Lokalnachrichten die ersten dreißig Sekunden gewidmet sind.«

Mick blickte in die Runde: »Normalerweise ist nur dort eine ausführliche Berichterstattung zu erwarten, wo der Kandidat an dem Tag aufgetreten ist. Deshalb haben wir ›Thementage‹ ausgearbeitet – Kerry wird nicht Tag für Tag dieselbe Rede halten, sondern jeden Tag einen neuen Themenschwerpunkt setzen. Wir müssen rüberbringen, daß Kerry der Kandidat der Veränderung ist, kein Vertreter einer Lobby – der einzige Kandidat, der ehrlich und couragiert genug ist, um für die Menschen wirklich etwas zu bewirken.«

Mick gestattete sich ein flüchtiges Lächeln. »Wie es der Zufall will, ist heute Frauentag. Wir beginnen in San Diego mit dem Thema Ausbildungsförderung, dann reden wir in Sacramento über Kindertagesstätten, in Oakland über die Verlängerung des Mutterschaftsurlaubs, und schließlich besuchen wir in Los Angeles ein Frauenhaus.« Er wandte sich an Jack Sleeper, den Meinungsforscher. »Jede Umfrage bestätigt, daß der Kampf gegen Gewalt in der Ehe bei Frauen aller Einkommensschichten gut ankommt. Und daß die Morde in Boston psychologische Auswirkungen haben.«

Jack Sleeper nickte. »Nach unserer Umfrage von gestern abend bezeichnen neun Prozent der potentiellen weißen Wählerinnen das Abtreibungsrecht als Thema Nummer eins. Das ist ein Anstieg um fünf Prozent. Wir sehen darin vor allem eine Reaktion auf die Morde.«

»Sie müssen bei Ihrem Auftritt in San Diego unbedingt auf die Morde eingehen«, sagte Mick Lasker zu Kerry. »Das erhöht die Chance, daß die lokalen Sender berichten.«

»Und am Donnerstag?« fragte Kerry. »Wenn ich mich von dem Schock über Boston erholt habe?«

»Sie werden sich nicht von ihm erholen. Morgen steht das Thema Kriminalität im Mittelpunkt. Besonders wichtig ist eine Rede über die Waffengesetze vor Angehörigen von Opfern.« Er machte eine Pause und schloß dann: »Dagegen macht Dick keinen Stich, Kerry.«

Kerry sah ihn an. Für einen Augenblick wurde es still im Raum. Morgen jährte sich Jamies Ermordung zum zwölften Mal. »Ich möchte die Rede sehen«, sagte Kerry ruhig. »Und zwar vorher.«

Clayton machte sich eine Notiz. Mit verbindlicher Stimme sagte er zu Mick: »Kommen wir zu Freitag.«

Mick fummelte an seiner Brille herum, offensichtlich dankbar für die Rettung. »Eine Rede zum Thema neue Arbeitsplätze, Förderung der High-Tech-Industrie, Asienhandel. Ein kurzes Treffen mit Vertretern der Schwarzen und Latinos, die für uns ...«

»Kurzes Treffen?« fragte Kerry. »Ist von denen keiner erschossen worden?«

Mick zuckte zusammen. Die ruhige Bemerkung erinnerte Clayton daran, wie sarkastisch Kerry sein konnte, wenn ihn jemand verärgert hatte. »Der Kandidat will damit zum Ausdruck bringen«, witzelte Clayton, »daß er Afro-Amerikaner mag.«

Jetzt grinste Kerry. »Zumindest ein paar.« Und an Mick gewandt, fügte er hinzu: »Ich verstehe, daß Sie praktisch denken, Mick. Aber ich werde Minderheiten nicht wie ein schmutziges Geheimnis behandeln.«

Mick beugte sich vor. »Kerry«, sagte er mit Nachdruck, »wir alle wünschen uns, wir hätten jetzt das Jahr 1968, als die Menschen für die Bürgerrechte kämpften und Bobby Kennedy die Vorwahlen in Kalifornien gewann, weil Schwarze und Latinos für ihn stimmten. Ich habe als Student an dieser Kampagne mitgewirkt. Mir sind solche Dinge durchaus wichtig.«

Kerry nickte. »Das weiß ich.«

»Dann hören Sie mich bitte zu Ende an. Viele Minderheitenführer bewundern Sie. Die haben Sie bereits im Sack.« Mick nickte in Richtung Jack Sleeper. »Jack wird es bestätigen. Daß die meisten Kalifornier keine Weißen sind, spielt keine Rolle: Sie gehen sowieso nicht zu den Vorwahlen. Bei den letzten Vorwahlen lag der Anteil der nichtweißen Wähler bei dreiundzwanzig Prozent, und einige werden auf jeden Fall für Mason stimmen, ganz gleich, was Sie sagen. Damit bleiben siebenundsiebzig Prozent Weiße, die darüber entscheiden, wen die Partei zum Kandidaten kürt. Und viele von denen könnten sich fragen, ob sie Ihnen genauso am Herzen liegen wie Schwarze und Latinos.«

Erstmals ergriff Frank Wells das Wort. »Dem muß ich widersprechen, wenigstens teilweise. Um zu gewinnen, müssen Sie nichtweiße Wähler mobilisieren, Kerry, und das traue ich Ihnen zu. Allerdings dürfen Sie nicht die weiße Mittelschicht vor den Kopf stoßen, und das tun Sie, wenn Sie die wertvollen dreißig Sekunden Sendezeit ausschließlich den Schwarzen widmen, es sei denn, ein schwarzes Kind ist erschossen worden.« Franks Ton wurde etwas weltverdrossen. »Mir gefällt das auch nicht. Aber zuerst müssen Sie die Wahl gewinnen, dann können Sie tun, was Sie für richtig halten. Wir müssen Schwarze und Latinos auf eine andere Weise mobilisieren, die niemand im Fernsehen mitkriegt.«

Kerrys Blick wurde kühl. »Ich weiß Ihre Überlegungen zu schätzen«, erwiderte er höflich. »Manchmal sieht man klarer, wenn man sich alle Argumente zu Ende anhört. Und diese Sache ist mir ziemlich klar. Am Freitag gehe ich ins Latino-Viertel von

San Francisco und anschließend nach South Central Los Angeles, und damit basta.«

Abermals trat eine kurze Stille ein. Mick breitete mit verzweifelter Miene die Arme aus, halb im Ernst, halb im Scherz. »Nur schade, daß am Freitag nicht mexikanischer Nationalfeiertag ist.«

Alle lachten.

»Ich habe noch zwanzig Minuten«, sagte Kerry. »Welche Fehlentscheidungen habe ich noch zu treffen?«

Micks Lächeln wurde entspannter. »Ein Kandidat sollte Reden halten, Kerry, keine Entscheidungen treffen. Entscheidungen sind zu wichtig.«

Kerry verstand sich darauf, durch Selbstironie Spannungen abzubauen, dachte Clayton einmal mehr. Doch Micks Erwiderung war nicht nur ein Scherz; da Kerry es ablehnte, sklavisch die Vorschläge seiner Berater zu befolgen, hielten sich ihre Bewunderung und ihr Frust in etwa die Waage.

»Was ist mit dem Thema Wirtschaft?« fragte Kerry.

»Wirtschaftspolitik ist enorm wichtig«, antwortete Mick. »Deshalb sollten Sie erst kurz vor dem Wahltag darauf eingehen, Samstag oder Sonntag, und mit Fernsehspots. Aber Clayton sagt, daß Sie eventuell noch eine Debatte dazwischenschieben müssen.«

Kerry nickte. »Jedenfalls hat Dick Mason gestern abend eine gefordert. Ich werde ihr kaum aus dem Weg gehen können, selbst wenn ich wollte.«

Mick hielt für einen Moment inne. »Das bringt mich auf ein weiteres Problem, Kerry. Abtreibung. Mason wird an dem Thema dranbleiben.«

»Ich weiß. Aber Dick Mason verplempert seine Zeit. Trotz allem, was passiert ist, rangiert das Thema Abtreibung erst an vierzehnter Stelle. Kein Mensch gewinnt eine Wahl, nur weil er für das Recht auf Abtreibung ist, es sei denn, ein Wiedergeborener rennt herum und wedelt mit Fotos von abgetriebenen Kindern. Das halten die Wähler nämlich für geschmacklos. Und was ich über ›Leben‹ gesagt habe, ist gar nicht so neu – die Leute hören nur genauer hin. Es hat mir weder in Iowa noch in New Hampshire geschadet.«

»Kerry hat recht«, schaltete sich Nat Schlesinger ein. Alle Köpfe fuhren herum. Nat ergriff selten das Wort, und wenn, dann lauschten die anderen aufmerksam. »Moralische Bedenken sind gar nicht so schlecht«, fuhr er fort, »solange der Kandidat klar für das Recht auf Abtreibung eintritt. Welcher normale Mensch findet Abtreibung schon schön?«

»Die Mitglieder von Anthony's Legions«, erwiderte Mick. »Und jeder anderen Gruppe, die glaubt, daß moralische Bedenken der erste Schritt auf dem Weg zu einem Abtreibungsverbot sind.«

Clayton sah, daß Kerrys Blick hart wurde. »Drei Prozent«, sagte Kerry. »Wenn überhaupt. Ich bin ebenfalls für das Recht auf Abtreibung, schon vergessen? Ich habe lediglich darauf hingewiesen, daß ein Schwangerschaftsabbruch keine Blinddarmoperation ist.«

Jack Sleeper runzelte die Stirn. »Vor den Morden in Boston hatten Sie mit den drei Prozent recht, Kerry. Dick Mason ist kein Dummkopf, und er kann Umfragen genauso lesen wie jeder andere. Nach den Zahlen von gestern abend hat er zwei Punkte Vorsprung. Schön, so genau weiß man das nicht. Aber in Kalifornien bilden die Frauen Ihre Basis – fünfzig Prozent, stabil seit fünf Wochen –, und bei den Männern verlieren Sie. Dick will von diesen drei Prozent so viel einsacken, daß es zum Sieg reicht.«

»Und was schlagen Sie vor?«

»Sie sagen klipp und klar, daß Sie für das Recht auf Abtreibung sind, und wenden sich dann anderen Fragen zu. Und lassen Sie sich um Gottes willen nicht in eine Abtreibungsdebatte verwickeln.« Jack schüttelte den Kopf. »Ihnen kann gar nichts passieren, Kerry. Das wäre vielleicht anders, wenn Dick die Sache an einer Charakterfrage aufhängen könnte. Wenn Sie beispielsweise die Frauen anderer Männer vögeln würden, könnte er Ihre bisherigen Äußerungen so hindrehen, daß Sie wie ein moralischer Heuchler dastünden. Aber er hat nichts in der Hand, also läuft da nichts. Es sei denn, Sie leisten ihm weiter Schützenhilfe.«

Zum ersten Mal sah Clayton, daß Kerry mit seinen Gedanken woanders war. Kerry schaute auf die Uhr und ließ den Blick durch den abhörsicheren Konferenzraum schweifen: Kunst von Sears, künstliche Blumen, cremefarbene Tapeten.

»Kerry«, sagte Clayton, »wir haben noch eine halbe Stunde, um uns Franks Meisterwerke anzusehen. Dreißig-Sekunden-Spots, die dich von deiner Schokoladenseite zeigen.«

»Das lasse ich mir nur ungern entgehen«, erwiderte Kerry und stand auf. »Aber ich muß zu *Good Morning San Diego*. Volle fünfzehn Minuten, und das kostenlos.«

Das Telefon klingelte. Clayton hob ab, lauschte einen Moment und bedeutete Kerry zu bleiben.

»Was gibt's?« fragte Kerry.

Clayton brauchte einen Moment, ehe er antworten konnte. »Dick Mason ist soeben in Boston gelandet. Er spricht in einer Stunde vor der Abtreibungsklinik.«

Wir hätten es wissen müssen, dachte Kerry.

Im Raum wurde es wieder still. Dann zuckte Nat Schlesinger mit den Schultern. »Die Geschichte ist nur eine Eintagsfliege.«

Frank Wells schaute zu Kerry auf. »Vielleicht sollten Sie zur Beerdigung einer der beiden Frauen gehen – der Schwester oder der Empfangsdame.«

»Nein«, befand Clayton knapp. »Kerry wird die Angehörigen anrufen. Aber er wird nicht hinter Dick Mason herhecheln und versuchen, ihn zu übertrumpfen. Dieser Wahlkampf wird in Kalifornien gewonnen, und wir wissen auch, wie.«

Clayton gab sich sehr zuversichtlich. Doch das sorgenvolle Gesicht, mit dem Kerry den Raum verließ, spiegelte seine eigenen Zweifel wider.

DREI

Um acht Uhr, als Nate Cutler ins Hyatt zurückkehrte, herrschte am Sammelpunkt der Journalisten bereits hektisches Treiben.

Einige Kollegen hatte soeben ihre Wäsche abgeholt und stellten nun ihre Koffer auf dem Teil des Gehwegs ab, den der Secret Service gekennzeichnet hatte. Mit einem Metalldetektor und einem Spürhund, der Sprengstoff erschnüffeln konnte, überprüften ein Sicherheitsbeamter und zwei Polizisten aus San Diego das Gepäck, das erst am Abend im nächsten Hotel zurückgegeben werden würde. Niemand beklagte sich über die Sicherheitsmaßnahmen. Nate hängte sich seinen Presseausweis um den Hals und ging in den für den Kilcannon-Troß reservierten Speisesaal.

Er war wegen seiner Verabredung mit Katherine Jones noch nicht zum Frühstücken gekommen, und so holte er sich eine Portion Rühreier und setzte sich zu Lee McAlpine von *Time* und Sara Sax von *Newsday*. Lee war eine kleine, lebhafte Schwarzhaarige, Sara war gertenschlank und manchmal so übermütig, daß Nate sich immer wieder über ihre gescheiten und sachlichen Artikel wunderte. Nate erhoffte sich von den beiden etwas Ablenkung. Er hatte seiner Chefredakteurin eine etwas rätselhafte Nachricht hinterlassen müssen, und das Dokument, das zusammengefaltet in der Tasche seines Sakkos steckte, bereitete ihm nach wie vor Unbehagen.

»Gibt's was Neues?« fragte er Lee.

Sie zuckte mit den Schultern. »Du kennst ja den Terminplan. Heute gibt uns Kilcannon die Antwort auf die uralte Frage, was Frauen wünschen.«

Nate grinste. »Und das wäre? Meine Ex hat vergessen, es mir zu sagen.«

Lee warf Sara einen boshaften Blick zu. »Ich kann mich nur für das verbürgen, was Sara will.« Sie nickte in Richtung Dan Biasi vom Secret Service, der, dunkelhaarig und schlank, allein an einem Tisch saß und frühstückte. »Er ist Sara gestern abend in Portland aufgefallen. Er schützt den Kandidaten vor Fernsehfritzen, die über ihre eigenen Füße stolpern. Und jetzt will sie mit ihm vögeln ...«

»Lee«, protestierte Sara. »Herrgott, noch mal!«

Nate wandte sich ihr zu. »Ist das wahr, Sara? Du bist ein Groupie des Secret Service?«

Sara verdrehte die Augen. »Er sieht doch gut aus, oder etwa nicht? Ich bin dreißig, ich bin scharf, und ich habe seit drei Monaten keinen mehr gehabt.«

»Wer hat das schon?« fragte Nate und legte ihr onkelhaft die Hand auf die Schulter. »Aber wir können dir helfen, Sara. Sieh dich um – du hast hier Freunde. Wieso zu Fremden gehen?«

Sara hob die Augenbrauen, ließ demonstrativ den Blick über die Tische wandern und hielt unter den Medienleuten nach geeigneten Kandidaten Ausschau. Nate und Lee folgten ihrem Blick. Er blieb an drei kräftigen Kameraleuten vom Fernsehen hängen – der erste hatte einen Pferdeschwanz, der zweite einen Cowboy-Hut, der dritte eine Tätowierung der Marines. Als Mr. Tattoo auch noch eine Zigarre hervorzog, brach Lee in Lachen aus.

»Ich verzichte«, sagte Sara.

»Wie?« fragte Nate. »Wolltest du etwa ein Vorspiel?«

»Eigentlich schon«, erwiderte Sara.

»Der Cowboy-Hut ist vielversprechend«, bemerkte Lee.

Nate grinste. »Manchmal ist ein Hut bloß ein Hut. Aber eine Zigarre stinkt immer.«

Lee grinste ihn an. »Wie schlau wir heute wieder sind. Und das so früh am Morgen.«

»Nate ist im Vorteil«, warf Sara ein. »Er hat gestern abend seinen Artikel abgeliefert, sieht nicht verkatert aus, und irgendwie hat er sich die Haare schneiden lassen.«

»Ich habe sie ihm geschnitten«, sagte Lee.

Nate nickte feierlich. »Eigentlich wollten wir miteinander ins Bett, aber wir waren beide zu schlapp, und so habe ich ihr stattdessen die Nägel poliert.«

Plötzlich hatte Lee von der Blödelei genug. »Was haltet ihr von Masons Abstecher nach Boston?«

Nate zog es vor, nicht zu antworten; er hatte Angst, ein Wort zuviel zu sagen. »Was meinst du?« fragte er Sara. »Ich habe keine Ahnung.«

Sara überlegte einen Moment. »Ich könnte mir vorstellen, daß Mason nachts wachliegt und denkt: In Kalifornien wurde sein Bruder erschossen, und jetzt glauben die Leute, sie seien ihm was schuldig. Es geht nicht nur um die Abtreibungsfrage. Mason will Sympathiepunkte machen und speziell die Frauen daran erinnern, was für ein sensibles Kerlchen er ist. Klar, Boston ist nicht Oklahoma City, aber im Moment ist das die einzige Tragödie, die wir haben. Zumindest bis zum nächsten Flugzeugabsturz.«

Lee nickte und wandte sich an Nate. »Gar keine Theorie? Normalerweise hast du zwei oder drei.«

Vergiß nicht, sagte sich Nate, wie gewieft diese Frauen sind. »Nicht eine«, antwortete er, dann piepste sein Pager.

Nervös las er die Nachricht und stand auf. »Ich muß mich sputen. Der Bus fährt in fünfzehn Minuten.«

Lee sah ihn forschend an. »Was ist los?« fragte sie. »Das Pulitzer-Preis-Komitee?«

Nate grinste. »Ja. Sie wollen sich entschuldigen.«

Er eilte fort und suchte nach einem Münzfernsprecher.

Nate machte in der offenen Telefonkabine einen Buckel. Neben ihm schwadronierte ein Geschäftsmann über Computerchips. Jane Booth, Nates Chefredakteurin, sprach so laut, wie sie konnte. Sie hatte ihm versichert, daß ihre Bürotür geschlossen sei und niemand sie hören könne.

»Die Geschichte ist Dynamit«, sagte sie, »und sie wirft zwei Fragen auf: Können wir sie beweisen, und wenn ja, bringen wir sie?«

»Was ist Ihre Meinung?« fragte Nate. »Bringen wir sie, wenn sie stimmt?«

»Auf jeden Fall.« Jane schlug einen kämpferischen Ton an, als wappne sie sich für eine Diskussion mit ihrem männlichen Kollegen. Nate stellte sich vor, wie sie, grauhaarig und hager, beim Sprechen auf und ab ging. »Die Geschichte wirft ein Licht auf Kilcannons Charakter, und deshalb ist sie von öffentlichem Interesse. Wir müssen die Menschen aufklären.«

Nate schielte zu seinem Nebenmann. »Aber das käme seiner Vernichtung gleich.«

»Kilcannon«, bellte Jane, »hat mit einer Journalistin geschlafen, die über ihn berichtet hat. Und nicht mit irgendeinem Model.«

»Dann sehen Sie nach, was sie über ihn geschrieben hat. Vielleicht hat sie ihn geschont, vielleicht auch nicht.«

»Finden Sie etwa, wir sollten sie schonen, Nate?«

Ihre Stimme klang gereizt, und ihre Frage war vielschichtig: Wollte er die Sache forcieren? Hatte er eine Schwäche für Lara Costello? War er nach dreimonatiger Berichterstattung über Kilcannon befangen? Wollte er den Knüller der Konkurrenz überlassen? »Nein«, antwortete er leiser. »Aber wir haben vertrauliche Unterlagen über eine psychologische Beratung. Die Frau war in einer extremen emotionalen Verfassung und sprach mit einer Fremden, die zur Geheimhaltung verpflichtet war. Wenn ich daran denke, was ich meinem Eheberater alles erzählt habe ...«

»Kein Mensch interessiert sich für Ihre Macken«, unterbrach Jane ihn, »und sie gehen auch niemanden was an. Sie wollen ja nicht Präsident werden.«

»Niemals, das können Sie mir glauben. Aber ich verstehe, worauf Sie hinaus wollen.«

Besänftigt wandte sich Jane der praktischen Seite zu. »Das eigentliche Problem sind die Quellen. Auch hier gilt die Regel: mindestens zwei Quellen. Und wie Sie sagen, scheut diese Psychologin die Öffentlichkeit.«

»Die eigentliche Frage ist«, erwiderte Nate, »ob wir die Sache beweisen können. Theoretisch kann jeder Spinner, der ein politisches Interesse daran hat, irgendwelche Phantasiegeschichten zu Papier bringen und Stein und Bein schwören, daß sie wahr sind.«

»Sie glauben, daß Costello eine Patientin war, stimmt's? Würde diese Psychologin sich so etwas ausdenken?«

»Wohl kaum, und wir können es wahrscheinlich beweisen, auch wenn es eigentlich vertraulich ist.« Nate schaute auf die Uhr. »Hören Sie, Jane, nur zwei Menschen kennen die Wahrheit. Früher oder später werden wir sie fragen müssen, ob alles nur gelogen ist. Ich muß wissen, wann und wie ich an Kilcannon herantreten soll.«

Eine Pause trat ein. »Warten Sie damit noch, okay? Costello ist hier in Washington. Ich bitte jemand, der sie kennt, sie zum Lunch einzuladen.«

Nate war nicht wohl bei dem Gedanken. Er wußte, daß *Newsworld* Lara unter Druck setzen konnte, falls sie leugnete. Man brauchte ihr nur damit zu drohen, ihre Nachbarn und Ex-Kollegen zu befragen.

»Wenn jemand gesehen hat«, sagte er, »wie sie morgens um fünf aus seinem Apartment kam, hatten sie wahrscheinlich ein Verhältnis. Dann wäre die Geschichte der Psychologin um einiges glaubwürdiger. Die Sache hat nur einen Haken: Wenn wir losziehen und Freunde und Nachbarn befragen, bekommt die Konkurrenz davon Wind.«

»Richtig«, erwiderte Jane. »Deshalb schlage ich vor, wir schicken heute nachmittag jemand zu der Psychologin nach Maryland.«

»Man soll sie fragen, wem sie die Unterlagen gegeben hat. Anthony's Legions anscheinend nicht. Jedenfalls beteuert Katherine Jones, daß sie nie mit der Dame gesprochen hat.«

»Von wem hat sie dann das Dokument? Was glauben Sie?«

»Ich versuche, es herauszufinden.« Nate äugte zur Nachbarkabine. Der Geschäftsmann war fort. »Vielleicht steckten die Republikaner dahinter. Vielleicht glauben sie, daß Dick Mason leichter zu schlagen ist.«

»Aber würden sie dann nicht warten, bis Kilcannon nominiert ist?« wandte Jane ein. »Und die Bombe erst dann platzen lassen? Der Wahlkampf wäre dann ein Spaziergang.«

Das leuchtete ein, wie Nate zugeben mußte. »Und wenn sie die Psychologin für eine unsichere Kantonistin halten?« erwiderte er. »Wenn es Mason wäre, würde einer seiner Leute doch einfach zu einem befreundeten Journalisten gehen und sagen: ›Hier hast du die Story deines Lebens, aber du mußt unseren Namen heraushalten.‹ Wozu der Umweg? Es sei denn, die Republikaner stecken dahinter und wollen nicht dabei erwischt werden, wie sie den Bewerber der Demokraten demontieren.«

»Möglich. Auf jeden Fall versuchen wir rauszukriegen, wie das Papier zu Katherine Jones gelangt ist.« Janes Stimme wurde nachdenklich. »Der Zeitpunkt spricht eher für Dick Mason. Aus seiner Sicht muß die Sache vor Dienstag publik werden.«

»Wenn er dahintersteckt«, sagte Nate, »muß er die Information einem anderen zuspielen, wenn wir uns bis zum Wochenende nicht rühren. Eventuell sogar dem *National Enquirer,* in der Hoffnung, daß irgendein Blatt den Bericht des *Enquirer* aufgreift und der Rest von uns nachzieht. Mit größtem Widerwillen, versteht sich.«

Jane kicherte.

»Ich muß los«, sagte Nate. »Geben Sie Bescheid, wenn ich Kilcannons Pressetante ansprechen soll. Und halten Sie mich über Voicemail auf dem laufenden.«

»Wird gemacht.«

»Oh, und noch etwas. Schicken Sie jemand in meine Wohnung. Ich brauche ein paar Klamotten, leicht und paradiestauglich. Dieser Wollsakko trägt sich hier wie ein Kettenhemd.«

Jane kicherte wieder. »Ich lasse Ihnen ein paar Hawaiihemden schicken.«

Eine Minute vor der Abfahrt traf Nate bei den Pressebussen ein.

Nur im dritten Bus waren noch Plätze frei. Nate ging mit seiner Aktentasche nach hinten und setzte sich neben den Kameramann von NBC, den mit dem Cowboy-Hut. Der Mann nickte kurz. Nate ließ sich normalerweise nicht herbei, mit ihm zu reden, und so kam er sich nun wie ein Snob vor, als er ihn spaßhalber ansprach.

»Na«, fragte er, »wie geht's Mike Devore?«

Der Mann zuckte mit den Schultern. »Mäßig. Der Fuß bleibt einen Monat in Gips.«

»Grüßen Sie ihn von mir. Und bestellen Sie ihm, daß er jetzt in einer besseren Welt lebt.«

Der Kameramann lachte. Ermutigt fragte Nate: »Und wer ersetzt ihn?«

Der andere grinste. »Nichts gegen Mike, aber wir verbessern uns. Lara Costello.«

Nate lehnte sich zurück. »Lara«, sagte er. »Wie schön, sie wiederzusehen.«

VIER

Ein paar Minuten, nachdem Kerry die Sitzung verlassen hatte, sah Kit Pace auf ihre Uhr.

»Ich muß runter«, sagte sie, »und unseren Freunden von der Presse sagen, was wir heute vorhaben. Sie werden unruhig, wenn sie nicht wissen, was Sache ist.«

Clayton lächelte; Kit verstand sich glänzend darauf, die Journalisten mit Informationshäppchen zu füttern und ihnen zu sagen, was sie denken sollten. »Ich schätze«, meinte er trocken, »daß Kerry heute abend mal wieder mehr geleistet haben wird als erwartet.«

Kit erwiderte sein Lächeln. »Er ist in dieser Hinsicht ein Phänomen. Aber ein paar Journalisten sind so faul, daß sie für jede Hilfe dankbar sind. Die besten natürlich nicht, aber auch sie sind für Freundlichkeiten empfänglich.«

Mick Lasker goß sich gerade eine Tasse Kaffee ein. Über die Schulter fragte er: »Haben sie Zugang zu Kerry?«

Kit stand auf. »Ab und zu geht er zu ihnen, sagt Hallo und beantwortet Fragen.«

Mick drehte sich um. »Ich frage, weil er manchmal etwas eigenwillig ist und jetzt einfach zuviel auf dem Spiel steht, als daß wir uns noch eine Panne leisten könnten. Vielleicht sollten Sie ihn etwas zügeln.«

Ein Schatten der Verärgerung huschte über Kits Gesicht. »Ich weiß nicht, wie sein Bruder war, aber Kerry läßt sich nicht an die Leine legen. Kerry kann amüsant und liebenswürdig sein, wenn er will, und die Presse weiß, daß er sie nicht verschaukelt.« Sie verschränkte die Arme. »Ich beobachte das jetzt seit drei Monaten. Unsere Journalisten drücken ihm mittlerweile die Daumen. Ich werde Kerry nicht auftragen, daß er sich auf dem Lokus verstecken soll.«

Clayton schaltete sich ein. »Kit hat ein Problem, Mick. Der Kandidat glaubt doch tatsächlich, er habe die Vorwahlen gewonnen.«

»Kit sollte wenigstens neue Prioritäten setzen«, schlug Mick vor. »In den kommenden Tagen ist die nationale Presse nicht so wichtig wie die lokalen Fernsehsender und die größeren kalifornischen Zeitungen. Die sollten offizielle Interviews bekommen.«

»Sind Sie einverstanden?« fragte Clayton Kit.

Sie nickte. »Das klingt vernünftig. Selbst Starreporter werden begreifen, warum wir das tun.«

»Schön«, sagte Clayton. »Danke.«

Kit stürmte zur Tür hinaus.

»Die große Frage ist«, sagte Frank Wells plötzlich, »wieviel Geld wir in die Werbung stecken.«

Clayton nickte. »Im Moment fehlen uns noch rund vier Millionen bis zur staatlichen Ausgabengrenze. Wenn wir sie erreichen, dürfen wir bis zur Nominierung keinen Dollar mehr ausgeben. Kalifornien ist ein Faß ohne Boden. Man investiert zwei Millionen und merkt nichts davon.«

»Geben Sie nicht alles jetzt aus«, erwiderte Frank, »sonst können wir die Nominierung abschreiben.«

»Was meinen Sie?« fragte Clayton Jack Sleeper.

Der Demoskop starrte auf den Tisch. »Es wird eng«, antwortete er. »Die Spots bringen noch am meisten, keine Frage.«

»Dann sehen wir sie uns an«, schlug Clayton vor.

Frank Wells trat ans Videogerät. »Unsere Grundidee ist vergleichen und gegenüberstellen. Im Klartext: Kerry stellt Mason in den Schatten. Dick hat das Temperament eines norwegischen Milchbauern und das Rückgrat einer Schnecke. Und er ist käuflich.«

»Das wissen die Leute«, sagte Jack Sleeper zu Clayton. »Fragen Sie die Kalifornier, wen sie für integrer halten, dann liegt Kerry klar vorn. Das Problem ist, daß sie Kerry im Vergleich zu einer bekannten Größe wie Mason als Risiko empfinden. Eigenschaften wie Begeisterungsfähigkeit und Spontanität können bei einem Präsidenten etwas Beunruhigendes haben.«

»Mit den Spots erheben wir sie zur Tugend«, erklärte Frank. »Außerdem ist Kerry jung, klug und attraktiv, und er ist der erfolgreichste politische Senkrechtstarter seit seinem Bruder. Er verkörpert die Ideale vieler sozialer Aufsteiger.« Frank hielt einen Moment inne. »Das Problem ist nur, daß er keine Familie hat, bloß eine Mutter, die wir in Ruhe lassen müssen, und eine Ex-Frau, die wir nicht um Hilfe bitten dürfen.«

»Untersteht euch«, sagte Clayton scharf. »Meg bleibt an ihrer Schule in New Jersey.«

Frank wirkte enttäuscht. »Ich würde die Leute gern daran erinnern, daß Kerry nicht schwul ist. Es wird nämlich schon gemunkelt.«

Clayton lächelte kühl. »In San Francisco kann das zehn Prozent bringen. Lassen Sie die Finger davon, Frank.«

»Warum nicht seine Mutter?« fragte Jack Sleeper. »Mag er sie nicht?«

»Das ist es ja«, sagte Clayton. »Er mag sie sogar sehr.« Er wandte sich an Frank. »Zeigen Sie mir die Spots.«

Frank legte eine Kassette ein. »Wir haben die Spots bei Zielgruppen getestet«, erläuterte Jack Sleeper. »Was Sie jetzt sehen, ist am besten angekommen.«

Der erste Spot zeigte Filmmaterial aus dem Wahlkampf: Kerry im Gespräch mit Kindern unterschiedlicher Hautfarbe an einer Inner-City-Schule. »Ich vermute«, kommentierte Clayton, »daß die Kinder von Minderheiten auf Weiße weniger bedrohlich wirken als ihre Eltern.«

»Genau«, antwortete Frank und legte den nächsten Spot ein: Kerry in einem Wohnzimmer, diesmal im Gespräch mit jungen Erwachsenen. Wie gewöhnlich hatte er die Krawatte gelockert und die Hemdsärmel hochgekrempelt.

»Menschen umzubringen«, sagte er, »ist der einzige Zweck einer Angriffswaffe. Es wird Zeit, daß wir die Waffenlobby und Waffenhändler für diese Art von Mord zur Verantwortung ziehen.«

»Gut«, bemerkte Clayton.

Ohne den Blick vom Bildschirm zu wenden, sagte Frank: »Mason ist gegen Angriffswaffen, aber halten Sie es für denkbar, daß er sich mit der Waffenlobby anlegt? Wenn man ihn reden hört, könnte man meinen, all die Waffennarren hätten ihr AK-47 im Garten gefunden.«

»Jedenfalls bis Boston«, fügte Clayton hinzu. »Mal sehen, was er jetzt sagt.«

»Kilcannon!« schloß der Begleitkommentar des Spots. »Für die Wahrheit, für eine Wende.«

»Was ist mit der Sozialversicherung?« fragte Mick Lasker. »Mason attackiert in seinen neuen Spots Kerrys Reformvorschläge.«

»Damit bestätigt er nur, daß Kerry gewillt ist, eine Entscheidung zu treffen«, sagte Frank. »Selbst wenn Dick behauptet, daß Kerry die Leistungen kürzen will – die Masche zieht nicht mehr.«

»Die Leute sind nicht dumm«, pflichtete ihm Jack Sleeper bei. »Laut unserer Umfrage wissen sie, daß die Sozialversicherung in der Klemme steckt. Kein Mensch glaubt, daß er von Uncle Sam noch einen Cent bekommt.«

Ein anderer Spot begann.

»Die Amerikaner wissen«, sagte Dick Mason, »daß ich mich für die Reinhaltung von Luft und Wasser einsetze ...«

Die Szenerie wechselte, und man sah den Vizepräsidenten in

Wasserstiefeln über einen ölverseuchten Strand stapfen. »In den letzten vier Jahren«, sagte der Sprecher, »hat Dick Mason von Umweltverschmutzern aus der Wirtschaft mehr Spenden erhalten als jeder andere Präsidentschaftskandidat vor ihm.«

Dick Mason schüttelte am Strand bestürzt den Kopf.

»Tut uns leid, Dick«, sagte die Stimme. »Jetzt ist es zu spät.«

»Wir wollen nicht zu viele Spots bringen«, bemerkte Clayton. »Statt unsere Botschaft zu verwässern, sollten wir uns lieber an Kerry halten. Dick sieht in den Stiefeln ziemlich albern aus, aber nicht so bescheuert wie Dukakis im Panzer.«

Frank blickte zu Jack Sleeper, dann verstohlen zu Nat Schlesinger. »Wir hätten da noch einen Spot, über den Jack und ich gerne reden würden.« Er wirkte ungewöhnlich zaghaft.

»Was für einen?« fragte Clayton.

»Nun ja«, antwortete Frank, »Kerry hat keine Frau, keine Kinder und, aus politischen Gründen, keine Mutter. Aber er hat, auch wenn es vielleicht respektlos klingt, den Heiligen Geist.«

Clayton sah von Frank zu Jack. »James Kilcannon«, sagte er mit tonloser Stimme.

»Hören Sie«, bedrängte ihn Jack Sleeper. »Denken Sie daran, was Bobby Kennedy groß gemacht hat. Die Leute sahen seinen Bruder in ihm und hofften irgendwie, sie könnten das Rad der Geschichte zurückdrehen und John F. Kennedy wieder zum Leben erwecken. James Kilcannon war zwar nie Präsident, aber er kann seinem jüngeren Bruder eine große Hilfe sein.« Jack stützte die Hände auf die Stuhllehne und blickte in die Runde. »Wir haben unsere Zielgruppen nach James Kilcannon gefragt. Sein Sympathiewert liegt bei dreiundachtzig Prozent. Frank arbeitet an einem Spot mit Material von Jamies letzter Kampagne. Morgen ist der Film fertig.«

»Und wie soll er heißen?« fragte Nat Schlesinger. »›Nekrophilia‹?«

Nat hatte als James Kilcannons Pressesekretär das Attentat miterlebt. Er war es, der mit Tränen in den Augen die Presse von Jamies Tod unterrichtet hatte. »Ich habe James Kilcannon sehr gemocht«, fuhr er mit ruhiger Stimme fort. »Oh, er war ein ziemlich reservierter Mensch, aber er wird schon seine Gründe dafür gehabt haben, und er hätte unserem Land alle Ehre gemacht. Aber das ist nicht der Grund, warum mir die Sache nicht gefällt. Jamie war auch der cleverste Politiker, den ich kannte – cleverer als Kerry, was in gewisser Weise für Kerry spricht. Und James Kilcannon würde es als schlechten Stil bezeichnen, wenn man die Leute mit aller Gewalt daran erinnert, daß Kerry sein Bruder ist. Die Wähler mögen so etwas nämlich nicht.«

»Und Kerry ebensowenig«, setzte Clayton hinzu. »Ist Ihnen das entgangen?«

»Aber es funktioniert«, konterte Frank Wells. »Sehen Sie sich Jacks Umfrageergebnisse an. Dick Mason würde keine Sekunde zögern.«

»Reden Sie mit Kerry, Frank. Er wird an die Decke gehen.«

Franks Diplomatengesicht verfinsterte sich. »Er hat sich mit seinen Äußerungen zum Thema Abtreibung in Schwierigkeiten gebracht. Er sollte sich überlegen, wie er da wieder herauskommt, ehe ihm Dick Mason den Rest gibt. Kerry muß endlich aufhören, seinen Bruder wie ein Tabuthema zu behandeln.« Frank beugte sich vor. »Ich führe ihm den Spot vor. Und Jack zeigt ihm die Umfrageergebnisse. Wir halten den Kopf dafür hin.«

Clayton sah ihn an. »Na schön«, sagte er. »Wir versuchen es. Morgen.«

Das Feuer in Franks Blick erlosch, und mit einem Mal wirkte er müde. »Wobei immer noch zu klären wäre, ob wir das ganze Geld in Kalifornien verbraten sollen oder nicht.«

»In Kalifornien«, sagte Mick Lasker, »geht es keineswegs um alles oder nichts. Kerry kann knapp verlieren und bekommt trotzdem fast die Hälfte der Delegierten.«

»Wenn Kerry hier verliert«, bellte Jack Sleeper, »ist es aus.«

Clayton äußerte sich nicht dazu. Statt dessen erhob er sich, nahm die Kassette aus dem Videogerät und schaltete CNN ein.

Dick Mason erschien auf dem Bildschirm. Er stand vor der Abtreibungsklinik und rief mit klarer Stimme: »Im Namen derer, die hier gestorben sind, schleudere ich den Urhebern von Terror und Gewalt entgegen: Jetzt ist Schluß. Wir lassen nicht zu, daß noch ein einziges Leben geopfert wird, daß noch eine einzige Frau ihrer Rechte beraubt wird …«

Clayton wandte sich vom Fernseher ab. »Gebt das Geld aus«, sagte er.

FÜNF

Sean Burke stand allein an der Ecke.

Die Van Ness Avenue glänzte regennaß. Einen Augenblick zuvor war ein mit Pendlern besetzter Stadtbus durch eine Pfütze gefahren und hatte Seans Hosenbeine naß gespritzt. Fröstelnd spähte er über die Straße zu dem ehemaligen Autohaus, das mit Kilcannon-Wahlplakaten tapeziert war.

Sean war verwirrt. Es war neun Uhr morgens; gestern um diese Zeit hatte er den Abtreibungsarzt und seine Komplizinnen getötet. Alles erschien ihm jetzt unwirklich, alles bis auf die Frau, die er verschont hatte.

Er sah ihre entsetzten grünen Augen und stellte sich vor, wie sie dem Polizeizeichner den Täter beschrieb. Bald würde man die Zeichnung Mitgliedern von Operation Life zeigen.

Wer von ihnen würde ihn verraten? Wer würde von der Zeichnung aufsehen und seinem Gesicht einen Namen geben?

Vielleicht Paul Terris. Er würde sich an ihre Meinungsverschiedenheiten erinnern und mit gespieltem Widerwillen sagen: »Er hat eine entfernte Ähnlichkeit mit Sean Burke.« Und dann würde die Polizei Pater Brian aufsuchen und feststellen, daß er, Sean, verschwunden war.

Das Flugticket würde sie hierherführen. Er konnte nur hoffen, daß er im Labyrinth dieser Stadt lang genug unentdeckt blieb, um das zu tun, was getan werden mußte.

Sieben Tage, und er brachte nicht den Mut auf, die Straße zu überqueren.

Er spürte den kühlen Nieselregen im Gesicht und roch die Autoabgase. San Francisco war häßlich: gedrungene Gebäude, billige Restaurants, keine Bäume, eine gesichtslose sechsspurige Straße, die überall hätte sein können.

Ein Streifenwagen hielt am Straßenrand neben ihm.

Sean trat zurück und sah sich nach einer Fluchtmöglichkeit um. Überall nur Straßen, die er nicht kannte.

Mit pochendem Herz schielte er wieder zum Streifenwagen. Er hatte nur gehalten, weil die Ampel Rot zeigte; der Beifahrer sah geradeaus und schlürfte Kaffee aus einem Plastikbecher.

Das soll mir eine Warnung sein, sagte sich Sean. Sein Magen schmerzte, und seine Tasche erschien ihm leer ohne Waffe.

Die Ampel schaltete um. Er ging über die Straße und betrat Kilcannons Wahlkampfzentrale.

Das Gebäude war so geräumig wie eine Kirche und so schäbig wie ein altes Hotel. Stimmen quollen hinter billigen Trennwänden hervor und hallten von den gefliesten Böden und der fünfzehn Meter hohen Decke wider. An einem runden Tisch saß eine Empfangsdame unbestimmten Alters.

»Ich möchte für Senator Kilcannon arbeiten«, sagte er.

»Schön. Nehmen Sie bitte Platz und füllen Sie das Formular für Wahlhelfer aus.«

Mit der Unbeholfenheit eines Kindes schrieb Sean den Namen »John Kelly«. Als Adresse gab er das Golden Gate Motel an.

Im zweiten Abschnitt wurde gefragt, welche Tätigkeit er bevorzugte. Die Liste der Aufgaben sagte ihm nichts; ihn interessierte nur, daß Kilcannon nach San Francisco kam und daß man hier, in seiner Zentrale, mit Sicherheit seine Termine kannte. Er kreuzte fast jede Tätigkeit an, von der er annahm, daß sie hier im Gebäude ausgeübt wurde.

Zuletzt wurde gefragt, wann er seine Dienste zur Verfügung stellen wolle. Sorgfältig schrieb er »Jeden Tag bis nächsten Dienstag« und reichte das Formular der Empfangsdame.

Sie las es. »Sie haben viel Zeit mitgebracht«, sagte sie und griff zum Telefon.

»Es wird eine Weile dauern, bis wir einschlafen«, raunte Kerry dem neben ihm sitzenden Kevin Loughery zu, als die Maschine in San Diego abhob.

Er war erschöpft, aber hellwach, wie jemand, der zuviel Kaffee getrunken hatte. Er hatte bereits *Good Morning San Diego* hinter sich und seine erste Rede gehalten. Vor ihm lagen Auftritte in Sacramento, Oakland und Los Angeles und am Schluß eine Cocktailparty in Beverly Hills mit Filmstars und Studiobossen. »Die meisten von denen suchen nur die Nähe zur Macht«, hatte Clayton gesagt, »und wollen vielleicht mal eine Nacht im Weißen Haus verbringen. Gefährlich sind nur diejenigen, die diese Nacht mit dir verbringen wollen.«

Morgen früh, so sagte sich Kerry, würde Lara hinten im Flugzeug sitzen.

Er würde durch die Reihen der Journalisten schlendern, mit ihnen plaudern, bis er ihren Platz erreichte, und dann vor zwanzig Zeugen sagen, daß er sich freue, sie wiederzusehen. Er fürchtete den Augenblick wie den Tod – so zu tun, als habe er ihr nie in die Augen gesehen und sich ein anderes Leben gewünscht.

Er starrte aus dem Fenster.

Es war nicht mehr wie vor zwei Jahren, als Lara und er noch die Wahl gehabt hatten. Heute gab es für ihn nur noch eine Frage: »Bist du gut genug?« Er stellte sie sich häufig im Flugzeug, wenn er auf die Lichter einer Großstadt hinabblickte, die grauen, zerklüfteten Rockies überquerte oder, wie jetzt, grünes Ackerland überflog.

Bist du gut genug?

Vor zwölf Jahren war Jamie gestorben, bevor er es herausfinden konnte.

Kerry beobachtete, wie die Erde unter ihm näherkam. »Waren Sie in letzter Zeit mal wieder in Vailsburg?« fragte er Kevin Loughery.

Kevin schüttelte den Kopf. »Nicht mehr seit Weihnachten«, antwortete er. »Ich war mit meiner Mutter in der Messe, aber in Sacred Heart hat sich alles so verändert, daß ihr die Tränen kamen. Früher, sagt sie, war die Kirche immer bis auf den letzten Platz gefüllt – und jetzt sieht man viele leere Bänke und kaum noch vertraute Gesichter.«

»Es war ein gutes Viertel«, sagte Kerry. »Schade, daß wir uns nicht arrangiert haben, sondern weggezogen sind.«

Er verfiel wieder in Schweigen. Dann setzte die Maschine auf, hüpfte und rollte dann über die Landebahn. Die Fahrzeugkolonne wartete bereits.

Der Mann, der hinter der Trennwand hervortrat, hatte lockiges Haar, eine hohe Stirn und ein sympathisches Lächeln. Er war schlacksig und trug ein T-Shirt und Bluejeans. Er konnte nicht viel älter als Sean sein. Er warf einen Blick auf das Formular und drückte Sean kräftig die Hand.

»Rick Ginsberg«, sagte er. »Toll, daß Sie so viel Zeit für uns haben.«

Sean schlug die Augen nieder. »Ich bin sozusagen auf Urlaub.«

»Sie sind wohl nicht von hier?«

Sean schüttelte den Kopf. »Nein, aus New York.«

Ginsberg lächelte wieder. »Ach ja? Ich habe dort studiert. In welchem Bezirk wohnen Sie?«

Sean hatte am Morgen den Reiseführer studiert. Der traditionelle irische Stadtteil erschien ihm am glaubwürdigsten. »Manhattan«, antwortete er zögernd. »Yorkville.« Das Wort hatte für ihn nicht mehr Bedeutung als irgendein Name auf dem Monopoly-Brett.

Ginsberg legte den Kopf schief. »Hat sich ziemlich verändert, was? Viele Yuppies.«

Sean dachte an seine Kindheit. »So ist es überall.« Er sprach mit leiser, monotoner Stimme. »Die Leute ziehen weg. Aber vielleicht gehe ich zurück.«

»Hoffentlich nicht in den nächsten sieben Tagen«, witzelte Ginsberg. »Kerry Kilcannon braucht uns.«

Sean schob die Hände in die Taschen. »Ich fand ihn schon immer sympathisch.«

Ginsberg nickte beifällig und legte Sean die Hand auf die Schulter. »Kommen Sie. Wir suchen Ihnen eine Arbeit.«

Nate konnte seine Chefin erst anrufen, als Kerry Kilcannon seine Rede – einen Appell, mehr Kindertagesstätten einzurichten – beendet hatte. Er stand vor dem Informationszentrum, einem behelfsmäßig errichteten Zelt neben der Landebahn von Mather Field, und sprach so leise wie möglich in sein Handy.

»Lara Costello ist auf dem Weg hierher«, sagte er. »Der Typ von NBC hat sich den Fuß gebrochen.«

Für einen Augenblick verschlug es Jane Booth die Sprache. »Nicht zu fassen, die Arroganz dieser Frau.«

Nate schaute sich um. Etwa zehn Meter entfernt war Lee McAlpine aus dem Zelt getreten und blinzelte in die Sonne. »Vielleicht blieb ihr keine andere Wahl«, murmelte er. »So was tut doch niemand freiwillig.«

»Sollte man jedenfalls meinen.« Janes Ton war kühl. »Bezweifeln Sie immer noch, daß es eine Story ist?«

Eine Antwort erübrigte sich. »Waren Sie bei der Psychologin?« fragte er.

»Sheila Kahn ist in Maryland und versucht, mit ihr zu reden.« Jane machte abermals eine Pause. »Wann kommt die Costello?«

»Heute nachmittag.«

»Sie werden sich mit ihr zusammensetzen. Ein Drink nach Feierabend – unter alten Kollegen.«

»Soll ich sie etwa zur Rede stellen? Jetzt schon?«

»Das kann ich erst sagen, wenn ich Näheres über die Psychologin weiß. Rufen Sie mich zu Hause an, gegen neun Uhr östlicher Zeit.« Jane sprach etwas langsamer. »Es ist einfach unglaublich, daß sie sich dorthin schicken läßt. Jedenfalls, wenn die Geschichte stimmt.«

Nate fühlte sich von Lee McAlpine beobachtet. »Wenn sie stimmt«, erwiderte er, »kann Lara Costello ja niemand davon erzählen.«

SECHS

Sean stand mit Rick Ginsberg in einer Art Großraumbüro, in dem etwa zwanzig Wahlhelfer an langen Tischen saßen und telefonierten. Ihnen gehörten die geisterhaften Stimmen, die Sean im Empfangsbereich gehört hatte.

»Wir arbeiten hier seit Januar«, erläuterte Ginsberg. »Aber in den letzten sieben Tagen haben wir die Aufgabe, Kilcannon-Wähler aufzuspüren und an die Urnen zu bringen. Und dazu brauchen wir Sie.«

Sean schwieg. Daß die Wahlhelfer so jung waren, schüchterte ihn noch mehr ein, und viele waren Asiaten, Latinos und Schwarze, Menschen, die sein Vater gehaßt hatte. Er fühlte sich wie am ersten Schultag, als er sich gefragt hatte, was die anderen über ihn wußten oder zu wissen glaubten. Dieses Gefühl der Einsamkeit hatte ihn nie wieder verlassen.

»Eine Menge Leute hier«, sagte Sean. Es war halb eine Feststellung, halb ein Einwand. Vielleicht hatte Rick eine andere Arbeit für ihn.

Ginsberg nickte. »Abends werden es noch mehr. Die Sache ist ziemlich einfach. Jeder Helfer bekommt eine Liste mit Wählern, aufgeschlüsselt nach Wahlbezirk, Wohnviertel, Parteizugehörigkeit und, wenn möglich, ethnischer Zugehörigkeit. Bis zum Wahltag sollte jeder Helfer eine Liste mit erklärten Kilcannon-Anhängern haben, die ihre Stimme abgeben – per Briefwahl oder persönlich.«

Er wandte sich Sean zu. »Wenn Sie den Bogen raushaben, sollten Sie zwanzig Anrufe in der Stunde anpeilen. Halten Sie sich einfach an den Text, den wir Ihnen geben.«

Sean wäre am liebsten davongelaufen. Wenn er sich hier wie ein Vertreter hinters Telefon klemmte, kam er nie an Kilcannon heran.

Er zögerte noch immer. Rick musterte ihn einen Augenblick, dann sagte er: »Ich weise Sie ein, John. Es dauert nur eine Minute.«

Sean fühlte sich wie ein Sträfling, als er den Raum durchquerte. Es ist wie bei Operation Life, versuchte er sich einzureden. Wenn du erst mal dazugehörst, akzeptieren sie dich. Wenigstens für eine gewisse Zeit.

Rick fand am Ende eines langen Tisches einen freien Platz neben einer Rotblonden mit Pferdeschwanz und Uni-Sweatshirt. Sie legte gerade den Hörer auf und notierte etwas in ihrem Buch. Im Profil wirkten ihre Gesichtszüge fein, wie Porzellan, und ihre Augen waren blau.

»Okay«, sagte Rick. »Neben jedem Telefon liegt ein Computerausdruck mit einer Liste von Leuten, die angerufen werden sollen, dazu ein Formular, in das die Zahl der Anrufe eingetragen wird, und ein Text. Halten Sie sich einfach an den Text und notieren Sie das Wesentliche – ob Sie jemanden erreicht haben und wen der Befragte wählen will, Kilcannon oder Mason.«

Er klopfte Sean auf die Schulter und verschwand.

Reglos las Sean den vor ihm liegenden Text, Zeile für Zeile.

»Hallo. Ich heiße [Name des Helfers] und rufe aus der Wahlkampfzentrale von Kerry Kilcannon an.

Ist [Name des Wählers] zu Hause?«
Wenn nicht: »Kann ich eine Nachricht hinterlassen?«
Wenn ja: »Schön! Ich rufe an, um Sie zu fragen, ob Sie Kerry Kilcannons Präsidentschaftskandidatur unterstützen wollen.«

Gestern, so dachte Sean, hatte er im Namen des Lebens drei Menschen hingerichtet. Heute rührte er die Werbetrommel für einen Mann, der Mörder wie Dr. Bowe verteidigte.

Die Rotblonde neben ihm tätigte ihren nächsten Anruf. »Hallo«, sagte sie fröhlich, »ich bin Kate Feeney …«

Sean nahm den Hörer ab und wählte die erste Nummer auf seiner Liste.

Robert Walker, 2406 Miles Avenue, Oakland.

»Hallo?« antwortete eine Stimme.

Sean schluckte. »Hier spricht John Kelly. Ich rufe an, um Sie zu fragen, ob Sie Kerry Kilcannons Präsidentschaftskandidatur unterstützen.«

»Oh, ja«, antwortete der Mann ohne Umschweife. »Er erinnert mich an seinen Bruder.«

Sean fühlte sich erleichtert. »Möchten Sie per Briefwahl abstimmen?« fragte er. »Wir können Ihnen Stimmzettel zuschikken.«

»Schön, Mr. Kelly. Das wäre fein.«

Seltsam, dachte Sean. Plötzlich verband ihn etwas mit diesem Mann. Er stellte Walker die vorgesehenen Fragen, bedankte sich bei ihm und legte auf.

Kate Feeney sah herüber. »Gleich beim ersten Anruf einen Kilcannon-Wähler«, sagte sie mit angenehmer Stimme. »Nicht übel.«

Sean hielt kurz inne, und als er erneut zum Telefon griff, war er schon selbstsicherer.

»Hallo«, begann er. »Ich heiße John Kelly, und ich rufe aus der Wahlkampfzentrale von Kerry Kilcannon an.«

Als das Flugzeug abgehoben hatte, telefonierte Kerry zunächst mit zwei Parteifreunden, dann kehrte Kit Pace aus dem Pressebereich zurück und setzte sich ihm schräg gegenüber.

»Wollen Sie das Band mit Masons Rede sehen?« fragte sie.

Kerry lächelte müde. »Ich weiß nicht, Kit. Haben Sie *Forrest Gump?«*

»Mehr oder weniger«, antwortete sie und legte das Band mit Mason ein.

Gemeinsam warteten sie – Kerry, Kit, Kevin und zwei Sicherheitsbeamte vom Secret Service –, und dann erschien Dick Mason auf dem Bildschirm.

Er machte ein betrübtes, würdevolles Gesicht, und seine Stimme klang ruhig und feierlich. Kerry wußte sofort, daß er den richtigen Ton treffen würde.

»Wir sind nach Boston gekommen«, begann Mason, »um die Tragödie zu beklagen, die sich hier ereignet hat – den Tod von drei unschuldigen Menschen, einem Mann und zwei Frauen. Im Grunde ist es ohne jede Bedeutung, ob wir als einzelne für oder gegen das Recht auf Abtreibung sind. Wichtig ist allein, daß wir uns alle darin einig sind, daß Gewalt in dieser Debatte keinen Platz hat, und daß das Morden ein Ende haben muß.«

Die Kamera fuhr näher heran. Hinter dem Vizepräsidenten stand eine schlanke Frau in Schwarz – Dr. Bowes Witwe. Ihr blasses Gesicht wirkte gefaßt. Kerry empfand Mitleid mit ihr, auch weil ihre Trauer öffentlich zur Schau gestellt wurde.

»Wer außer Dick hätte sie darum gebeten?« murmelte Kerry.

Kit zuckte mit den Schultern.

»Aber diese Morde«, fuhr Mason fort, »sind nicht im luftleeren Raum geschehen. In einer Gesellschaft, deren Gesetze die Wahlfreiheit schützen, muß jeder der Stimme seines Gewissens folgen und selber eine Entscheidung treffen – mit Sorgfalt und, wie wir hoffen, unter gebührender Berücksichtigung aller Aspekte.

Doch die Zeit für öffentliche Ausflüchte ist vorbei. Wir alle, die wir im öffentlichen Leben stehen, müssen dieses Recht des einzelnen schützen – ohne Zögern, ohne Wenn und Aber, ohne Ausnahme –, oder wir laden Schuld auf uns.«

»Das geht wohl gegen mich«, sagte Kerry. »Klingt fast so, als hätte ich sie umgebracht...«

»Jetzt ist Schluß.« Der Vizepräsident hielt inne und blickte in die Kamera. »Im Namen derer, die hier gestorben sind, schleudere ich den Urhebern von Terror und Gewalt entgegen: Jetzt ist Schluß. Wir lassen nicht zu, daß noch ein einziges Leben geopfert wird …«

Kerry stand auf und schaltete den Bildschirm ab. Im Umdrehen sagte er: »Ich glaube, ich weiß, worauf er hinauswill.«

Kit schaute zu ihm auf. »Das ist die Topmeldung der Sechs-Uhr-Nachrichten. Gehen Sie nicht darauf ein. Das ist das Beste, was Sie tun können.«

Kerry nahm wieder Platz. Er spürte, wie seine Wut in Entschlossenheit umschlug. »Ich werde nach Los Angeles gehen«, sagte er, »und über mißhandelte Frauen sprechen. Vielleicht kommt wenigstens ein Teil davon rüber.«

Bei der Landung in Los Angeles sah Nate Cutler, daß neben den Pressebussen eine schwarze Limousine wartete.

Er ließ seinen Kollegen den Vortritt. Müde stiegen sie aus dem Heck der Maschine und schlurften zu den Bussen. Und wie immer eilte Kilcannon allen voraus.

Nate beobachtete, wie die hintere Tür der Limousine aufschwang.

Eine schlanke, dunkelhaarige Frau trat auf das Rollfeld und sah zu Kilcannon hinüber. Sie verharrte reglos, bis er in einem schwarzen Lincoln verschwunden war. Nate sah zu den Bussen. Die beiden ersten waren bereits voll.

Zufrieden überquerte er die Landebahn und kletterte in den letzten Bus.

Sara Sax und Lee McAlpine saßen vorn. Nate blieb stehen und fragte: »Na, euer Eindruck?«

Lee zuckte mit den Schultern. »Es geht so – Kilcannon ist ganz gut, aber nicht überwältigend. Vielleicht glaubt er, Mason habe ihm die Show gestohlen, und hat den Tag schon abgeschrieben.«

Nate zog eine Grimasse. »Viele kann er nicht mehr abschreiben«, sagte er, ging nach hinten und setzte sich.

Er sah auf die Uhr, dann zur Tür, erblickte sie aber nicht.

Nate lehnte sich zurück, schloß die Augen und lauschte dem Geplapper um ihn herum: Der zweijährige Sohn einer Kollegin hatte in der Toilette vierzig Tampons runtergespült und eine Rohrverstopfung verursacht, die ihren Mann zum Wahnsinn trieb. »David wußte nicht, daß sie sich so ausdehnen können«, sagte Anne Rush. »Der Klempner hat eine Sonde mit einer Miniaturkamera ins Rohr eingeführt, und so haben wir jetzt neben einem Wasserfleck an der Eßzimmerwand ein Video, dem David den Titel ›Der Tampon-Stau‹ gegeben hat.«

Nate mußte unwillkürlich grinsen, und dann bemerkte er, wie es im Bus plötzlich still wurde. Er öffnete die Augen.

Vorn stand Lara Costello mit ihrem Kameramann und hielt nach einem Platz Ausschau.

Lee McAlpine erhob sich. »Lara«, rief sie und umarmte ihre Kollegin, die einen halben Kopf größer war.

»Wie läuft's bei euch?« fragte Lara.

»Beschissen. Menschenrechtsverletzungen ohne Ende – verlorene Unterwäsche, ungenießbare Sandwiches, Sklavenarbeit. Du mußt dafür sorgen, daß die Welt davon erfährt.«

Lara lächelte. »Mit dreihundert Dollar am Tag«, sagte sie mit verstellter Stimme, »können Sie diesem Mädchen helfen. Bitte senden Sie das Geld an die Aktion Kreditkarte.«

Lee lachte. Möglicherweise fiel nur Nate auf, daß Laras Augen nicht lächelten.

Lara drückte Lees Arm. »Ich muß mir jetzt einen Platz suchen. Wir könnten heute abend zusammen essen. Einverstanden?«

Nate beobachtete, wie Lara den Gang herunterkam. Hier und da blieb sie stehen und begrüßte jemanden, aber die meisten jungen Kollegen kannte sie offenbar nicht. Es mußte ein merkwürdiges Gefühl sein, praktisch über Nacht zu verschwinden, zwei Jahre unter weiß Gott welchen Entbehrungen aus dem Ausland zu berichten und dann wieder zurückzukehren, berühmt und mit einem Gehalt, das zehnmal höher war als das aller anderen hier. Reporter von der schreibenden Zunft waren gegen Neid auf das Geld und den Ruhm der TV-Leute keineswegs gefeit, und einige neigten dazu, ihre Kollegen vom Fernsehen für journalistische Dünnbrettbohrer zu halten.

Dann entdeckte ihn Lara.

»Nate« rief sie. Ihre Freude wirkte echt. Er stand auf, und sie umarmte ihn ungestüm, dann lehnte sie sich zurück und musterte ihn.

»Gut siehst du aus«, sagte sie und neigte den Kopf. »Bis auf den Haarschnitt.«

Nate empfand dieselbe Mischung aus tiefer Sympathie und simplem männlichen Begehren, die ihn vor zwei Jahren in ihrer Gesellschaft immer etwas verunsichert hatte. Ein so schlechtes Gewissen wie jetzt hatte er allerdings nie gehabt.

»Du hast nie angerufen«, sagte er leichthin. »Du hast nie geschrieben. Du hast dich nicht mal richtig verabschiedet.«

Sie schüttelte lächelnd den Kopf. »Es war eine verrückte Zeit. Ich nahm den Job bei NBC an, und plötzlich fand ich mich in Bosnien wieder.« Sie küßte ihn sanft auf die Wange. »Jedenfalls tut es mir leid.«

Es tat ihr wirklich leid, Nate spürte es. »Schwamm drüber«, sagte er. »Du siehst gut aus.«

»Danke. Aber erzähl, wie ist es dir ergangen?«

Nate zuckte mit den Schultern. »Da gibt es nichts zu erzählen. Keine Frau, keine Kinder. Mein Leben ist Kerry Kilcannon.«

Ein Flackern in ihren Augen, dann lächelte sie wieder. »Das gilt wohl für jeden hier. Zumindest bis Dienstag.«

Nate zögerte und versuchte, sein Unbehagen zu verbergen. »Das läßt uns nicht viel Zeit, Versäumtes nachzuholen. Darf ich dich später zu einem Drink einladen?«

Ihre Miene schien sich zu entspannen, und sie berührte seine Hand. »Sehr gern, Nate.« Er konnte ihr kaum in die Augen sehen.

SIEBEN

Clayton stand neben Peter Lake, dem verantwortlichen Special Agent, und wartete auf Kerrys letzte Rede an diesem Tag.

Sie befanden sich auf dem Campus eines Colleges in Los Angeles, das wegen eines Projekts für mißhandelte Frauen ausgewählt worden war. Es war fünf Uhr. Ein paar Wolken sprenkelten den blauen Himmel, und die Palmen leuchteten sattgrün in der verblassenden Sonne. Der Platz, auf dem Kerry sprechen sollte, lag in einem parkähnlichen Gelände, das zu beiden Seiten leicht anstieg; der Hügel, auf dem Clayton und Peter standen, bot die beste Aussicht.

In Claytons Augen war alles in Ordnung – die Sicherheitsbeamten des Secret Service kontrollierten die Besucher mit Metalldetektoren, die Wahlhelfer versammelten sich vor der Bühne und hielten beidseitig beschriebene Plakate mit Parolen für Kilcannon in die Höhe, die Pressetribüne auf der anderen Seite des Platzes war besetzt. Ein einzelnes dreistöckiges Gebäude überragte den Platz. Clayton wußte aus Erfahrung, daß der Secret Service bereits alle Räume mit Blick auf die Rednertribüne kontrolliert und Scharfschützen auf dem Dach postiert hatte. Die Lautsprecheranlage funktionierte: fröhliche Rockmusik rieselte aus den Boxen, und soeben hatte eine junge Bezirksrätin das baldige Erscheinen »des nächsten Präsidenten der Vereinigten Staaten« angekündigt. Sie lagen noch gut im Zeitplan; mit etwas Glück würde das Fernsehen bereits am frühen Abend über die Rede berichten.

»Wie's scheint, ist alles gut vorbereitet«, sagte Peter.

»Bis jetzt wenigstens«, erwiderte Clayton.

Peter lächelte, aber Clayton bemerkte, daß er seine Leute keine Sekunde aus den Augen ließ. Clayton hatte ein gutes, ja sogar herzliches Verhältnis zu ihm. Kerry Kilcannon gehörte im Jargon des Service zur »Hochrisiko-Gruppe«, und Clayton war froh, daß Peter Lake die Sondereinheit befehligte.

Peter war fünfunddreißig Jahre alt und hatte die stämmige Gestalt und die verbeulte Nase eines ehemaligen Football-Verteidigers. Er war gelernter Jurist, ein Freund klassischer Literatur und ein zutiefst religiöser Mensch. Seine Liebe zum Secret Service hatte er bereits mit dreizehn entdeckt, als ihn sein Vater zu einer Rede John F. Kennedys mitnahm. Sein Vater verehrte Kennedy, doch Peter war vor allem von den Sicherheitsbeamten des Secret Service angetan. »Ich glaube, ich begriff überhaupt nicht, wozu die da waren«, hatte er zu Clayton gesagt, doch Clayton wußte es inzwischen besser. Der Wunsch, andere zu beschützen, entsprach Peters innerster Natur.

Gelegentliche Reibereien konnten da nicht ausbleiben – in Kerrys Natur lag es, daß er dem Secret Service Alpträume verursachte. Kerry wollte unter allen Umständen den Eindruck vermeiden, er habe Angst. Dies war der Grund, warum er das Bad in der Menge suchte, spontan vom Zeitplan abwich und sich weigerte, eine kugelsichere Weste zu tragen, obwohl ihn Peter Lake mehrmals darum gebeten hatte.

»Der Senator ist ein Fatalist«, hatte Peter einmal zu Clayton gesagt. »Und mein Job ist es, keiner zu sein. Ich brauche Ihre Hilfe.« Das Gespräch war nicht ohne Folgen geblieben: Kerry Kilcannon hatte dieselbe Anzahl von Leibwächtern wie der Präsident erhalten, und Clayton hatte es sich zur Aufgabe gemacht, Peter persönlich über alles auf dem laufenden zu halten.

Jetzt, als sie auf Kerrys Erscheinen warteten, sah Clayton, wie Peters Augen das Dach des dreistöckigen Hauses absuchten. Clayton wußte, daß Veranstaltungen unter freiem Himmel am gefährlichsten waren. In einem Saal konnte der Service für die Sicherheit garantieren, doch im Freien boten sich einem Schützen mit Präzisionsgewehr einfach zu viele Möglichkeiten, auf einen Kandidaten zu schießen. Daran mußte Peter Lake denken, wenn er sich an John F. Kennedy erinnerte.

Peter hatte fünfzig Mann abgestellt, die Kerry Kilcannon rund um die Uhr in Acht-Stunden-Schichten bewachten. Die Planung der Sicherheitsmaßnahmen war ebenso anstrengend wie die Bewachung selbst – ein Fehler in der Planung konnte Kerry das Leben kosten. »Niemand lockt so viele Verrückte an wie Präsidenten und Präsidentschaftskandidaten«, hatte Peter zu Clayton gesagt. »Und einigen potentiellen Attentätern ist es völlig egal, was mit ihnen passiert. Sie wollen nur nahe genug rankommen.«

Claytons Blick fiel auf Dan Biasi und Joe Morton. Sie standen vor der Bühne und beobachteten die Menge. Daß sie Sonnenbrillen trugen, war ein zweifelhafter Tribut an John Hinckley, jenen Mann, der auf Ronald Reagan geschossen hatte. Nach dem Attentat hatte ihn der Service auf alten Filmen entdeckt, die bei einer Rede Jimmy Carters aufgenommen worden waren. Hinckley hatte sich unter die Zuhörer gemischt. Im Verhör hatte er zugegeben, daß er Carter hatte erschießen wollen. Nur ein Sicherheitsbeamter des Secret Service mit Sonnenbrille hatte ihn davon abgehalten. Hinckley hatte seine Augen nicht sehen können und angenommen, er beobachte ihn.

»Vielleicht hat er das auch«, hatte Peter Lake zu Clayton gesagt. »Wir halten nach Gesichtern Ausschau, die aus der Menge hervorstechen – nach Leuten, die ein ernstes Gesicht machen, während alle um sie herum jubeln, die uns beobachten, statt zu dem Kandidaten zu sehen. Wenn man sich die Filme ansieht, fällt einem Hinckleys Gesicht in der Menge einfach auf. Auch wenn man nicht weiß, wer er ist.«

In diesem Moment fuhr hinter der Bühne der erste Wagen der Fahrzeugkolonne vor. Clayton blickte zur Pressetribüne, und zum ersten Mal machte er Lara Costello aus. Dann stieg Kerry Kilcannon aus dem schwarzen Lincoln und schritt, flankiert von zwei Leibwächtern, zur Rednerbühne.

Die Menge brach in Jubel aus.

»Kerry, Kerry, Kerry ...«

Peter Lake blickte angespannt und ernst. Mit einem Mal begriff Clayton, wie ausgelaugt sich Peter und seine Männer abends fühlen mußten. »Man fragt sich ständig«, hatte Peter einmal bei einem Drink gesagt, »wann es passieren wird.«

Clayton legte ihm eine Hand auf die Schulter. »Nur noch sechs Tage.«

Nervös wartete Lara Costello neben Lee McAlpine und Nate Cutler auf Kerrys Erscheinen.

Sie ließ den Blick über die Menge schweifen und notierte sich Details, die sie eventuell verwenden konnte: Eine zornig dreinschauende Abtreibungsgegnerin hielt ein Plakat mit der Aufschrift »Treibt Kilcannon ab« in die Höhe, und ein junger Schwarzer hatte auf sein Plakat die Buchstaben »KFK« gemalt. Plötzlich mußte sie daran denken, wie sie Kerry an jenem letzten Wochenende am Strand gefragt hatte, warum er es ablehne, seine Initialen zu verwenden.

»Verändere einen Buchstaben«, hatte er geantwortet, »und ich bin ein Typ mit weißer Kapuzentracht.«

»Oder ein Kennedy«, entgegnete sie.

Kerrys Lächeln erstarb. »Ich bin der Sohn eines Polizisten aus Newark. Alles, was ich mit den Kennedys gemeinsam habe, ist, daß mein Bruder ermordet wurde. Ich finde es abscheulich, wie die Leute den Tod romantisieren. Ein Blick auf Jamies Hinterkopf ...«

Sie hatten nie wieder darüber gesprochen.

»Kerry, Kerry, Kerry...« skandierte die Menge.

Plötzlich stand er auf der Bühne, etwa dreißig Meter entfernt, eine schlanke Gestalt in Hemdsärmeln, die Krawatte gelockert.

Lara stockte der Atem, ihr Puls raste. Sein Gesicht war aus dieser Entfernung nur schlecht zu erkennen, aber er wirkte ungemein dynamisch und versetzte die Menge in Aufregung. Die Inszenierung stimmte: Auf der Bühne warteten eine schwarze Kongreßabgeordnete aus South Central und mehrere Vertreterinnen von Frauenhäusern.

Kerry wechselte mit jeder ein paar Worte und trat dann ans Rednerpult. Möglicherweise bildete Lara es sich nur ein, doch sie hatte das Gefühl, daß er wartete, bis er sie entdeckt hatte, oder daß dieser Augenblick – er stand plötzlich ganz still – länger als nur ein paar Sekunden dauerte. Und in dieser kurzen Zeitspanne empfand sie wieder das Bedauern und die Schuldgefühle, die sie in den vergangenen zwei Jahren nie ganz verlassen hatten. Dann verschwand alles wie hinter einem Vorhang, und Kerry begann zu sprechen.

Kerry sprach bereits mehrere Minuten, als er die Frauen bemerkte – es waren fünf oder sechs, und sie standen zwischen den jubelnden Anhängern verteilt. Sie machten verdrossene Gesichter und klatschten nicht.

Jetzt rückten sie näher zusammen.

»Doch nicht nur mißhandelte Frauen leiden.« Kerry hielt inne, und seine Augen wanderten über die Gesichter. »Bei Kindern, die Zeugen der Brutalität ihrer Väter werden, hinterläßt diese Erfahrung tiefe Wunden, ein Gefühl der Ohnmacht und des Zorns, und aus bitterer Erfahrung wissen wir, daß viele von ihnen später als Erwachsene selbst gewalttätig werden.«

Die Menge lauschte jetzt andächtig. Kerry sah eine Asiatin mit Tränen in den Augen und fragte sich, an welche Gefühle er gerührt, welche Erinnerungen er wachgerufen hatte. Doch die besagte Gruppe von Frauen blieb reserviert und unbeeindruckt.

»Sollen wir Kinder dafür bestrafen«, fragte Kerry, »daß ihr Vater gewalttätig ist und ihre Mutter keinen Beruf erlernt hat? Sollen wir Frauen im Stich lassen, für die eine Trennung von ihrem Mann der einzige Schutz ist?«

Plötzlich hatten die Frauen eine Reihe gebildet und hielten ein Transparent in die Kameras, auf dem stand: »Abtreibung ist ein Recht, keine Gnade.«

Und dann riefen die Frauen im Chor:

»Wir werden uns nicht entschuldigen.«

Für Nate Cutler, der von der Pressetribüne aus zusah, fügte sich mit einem Mal alles zusammen: der Bericht in seiner Tasche, Masons Rede in Boston und jetzt diese Störung.

»Wer ist das?« fragte Lara Costello, die neben ihm stand.

»Anthony's Legions, nehme ich an – militante Abtreibungsbefürworterinnen. Kilcannons Organisatoren haben offensichtlich Mist gebaut, und jetzt kommt das in den Nachrichten.«

Er sah Lara an. Sie war ziemlich blaß.

Lara spürte, daß Nate sie beobachtete.

»Ich verlange nicht, daß Sie sich entschuldigen«, sagte Kerry zu den Frauen. »Niemand hier verlangt das.«

Eine adrette Frau mit Brille und langen grauen Haaren rief: »Wir wollen gehört werden.«

Kerry zögerte, dann nickte er. »Kommen Sie rauf.«

»Riskant«, murmelte Nate.

Alle Fernsehkameras richteten sich auf die Frau, die sich einen Weg auf die Bühne bahnte.

Kerry winkte sie zum Rednerpult. Mit einem kurzen Nicken trat sie ans Mikrofon. Verstärkt klang ihre Stimme schrill und nervös.

»Im Namen der Frauen, die für das Recht auf Abtreibung eintreten«, begann sie, »verlange ich Antworten auf unsere Fragen. Sie haben gesagt, daß ein Fötus Leben sei. Hat er gesetzlich verankerte Rechte? Halten Sie eine Frau, die einen Schwangerschaftsabbruch vornehmen läßt, für eine Mörderin?«

Gespannt beobachtete Lara Kerrys Gesicht. Doch auf die Entfernung konnte sie nur erkennen, daß er aufmerksam zuhörte.

»Außerdem behaupten Sie«, fuhr die Frau fort, »daß Sie für das Recht auf Abtreibung sind. Heißt das, daß Sie für das uneingeschränkte Recht der Frau eintreten, selbst zu entscheiden? Sind Sie für die Zulassung der Abtreibungspille RU 486? Wäre ein Präsident Kilcannon aufgrund seiner persönlichen und religiösen Anschauungen eine Gefahr für die Rechte der Frauen?«

Jäh sah sie Kerry an. »In den letzten zwei Jahren wurde das Abtreibungsrecht im Kongreß und in der Rechtsprechung ausgehöhlt. Ihre Partei ist unser einziger Schutz. Der Vizepräsident vertritt eine klare Position. Ihre jüngsten Äußerungen stimmen uns besorgt, deshalb müssen wir Klarheit haben, wer Sie wirklich sind.«

»Bin ich jetzt dran?« fragte Kerry höflich und trat ans Mikrofon. Die Menge wartete lautlos.

»Erstens«, sagte er knapp, »ich bin für die freie Entscheidung der Frau. Ich bin für die Zulassung der Abtreibungspille RU 486. Ich habe nicht die Absicht, anderen meine persönlichen und religiösen Überzeugungen aufzuzwingen, geschweige denn Frauen und ihre Ärzte zu Kriminellen zu stempeln. Nur eine Frau kann diese schwierige Entscheidung treffen.«

Kerry wandte sich an die Frau. »Klarer kann ich meine Position nicht darlegen. Es ist dieselbe Position, die Dick Mason und viele andere Politiker in diesem Land vertreten. Und«, setzte er hinzu, »sie hat überhaupt nichts mit komplizierten moralischen Erwägungen zu tun.«

»Mein Gott«, sagte Nate. »Er hatte schon fast den Kopf aus der Schlinge.« Die Zuhörer lauschten gespannt.

Kerry blickte in die Menge. »In einem Klima, in dem fanatische Abtreibungsgegner Andersdenkende schikanieren und sogar zur Gewalt greifen, mag es wie ein Rückschritt anmuten, wenn man einräumt, daß Abtreibung ein schwieriges Thema ist. Ich kann das durchaus verstehen. Aber der Entschluß zu einem Schwangerschaftsabbruch ist für so manche Frau die schwierigste Entscheidung, die sie in ihrem Leben zu treffen hat, und welche Position ich selbst vertrete, ändert daran überhaupt nichts. Warum haben so viele Menschen Bedenken gegen eine Spätabtreibung? Weil sie ihnen schmerzlich vor Augen führt, daß ein Schwangerschaftsabbruch keine normale Operation ist. Die Ausdrücke, die wir gebrauchen, um die Wahrheit zu verschleiern – Worte wie Eingriff oder Wahlfreiheit –, gehen an der eigentlichen Frage vorbei, die jede Frau selbst beantworten muß.«

Er senkte die Stimme. »Alle Eltern, die schon einmal ein Sonogramm gesehen oder den Herzschlag eines Ungeborenen gehört haben oder Gott dafür danken, daß die Ärzte ihr zu früh auf die Welt gekommenes Kind retten konnten, wissen das.«

»Oh, Kerry«, entfuhr es Lara. Die Menge war völlig still.

»Ich bin nicht hierhergekommen, um über Abtreibung zu sprechen. Einem Senator – oder einem Präsidenten – steht es nicht zu, schwangere Frauen zum Kinderkriegen zu zwingen.« Wieder wandte sich Kerry der Frau zu. »Ihre Rechte sind bei mir in guten Händen. Sie brauchen sich für nichts zu entschuldigen. Aber ich lehne es meinerseits ab, mich für meine Überzeugungen zu entschuldigen.«

Einen Augenblick lang blieb es still. Dann setzte Applaus ein und schwoll langsam an, ein feierlicher Applaus, kein Jubel. Für Lara war er ein Ausdruck des Respekts.

Nate neben ihr schwieg.

ACHT

Nate blickte auf die Uhr. Es war kurz vor sechs.

Die Menge zerstreute sich, und die Zeitungsreporter eilten zum Pressezelt auf dem Hügel. Nate selbst hatte heute keinen Redaktionsschluß; er brauchte nur einen Artikel pro Woche abzuliefern und Material für ein *Newsworld*-Sonderheft »Wahlkampf 2000« zu sammeln.

Der heutige Vorfall würde in dem Sonderheft sicherlich Erwähnung finden. Doch diese andere Geschichte hatte das Zeug, zum zentralen Thema des Wahlkampfs zu werden. Sie schöpfte aus dem prallen Leben und hatte für Nates Geschmack sogar tragische Züge. Trotz gewisser Skrupel konnte er sich vorstellen, als der Journalist in die Geschichte einzugehen, der Kerry Kilcannon zu Fall gebracht hatte.

Er entdeckte Lara auf dem Rasen neben dem Pressezelt.

Sie bereitete sich gerade darauf vor, ihren Bericht zu drehen, ging auf und ab, und aus der Ferne schien es, als übe sie ihren Text ein und warte auf ihren Einsatz. Nate konnte nicht anders, er mußte einfach zusehen.

Er schritt über den Rasen und blieb neben ihr stehen.

Lara starrte konzentriert zu Boden. »Wenn ich ›privates

Trauma‹ sage«, sprach sie in ihr Mikrofon, »fahrt ihr das Band ab.«

Sie neigte den Kopf und lauschte. »In Ordnung«, antwortete sie und blickte in die Kamera.

Ein Augenblick verging. »Mit einem Auftritt in Los Angeles«, begann sie, »beschloß Kerry Kilcannon einen Tag, der sogenannten Frauenthemen gewidmet war – Erziehung, Kinderbetreuung, Hilfe für mißhandelte Frauen. Doch seine letzte Rede wurde von militanten Abtreibungsbefürworterinnen gestört, die von ihm eine Klarstellung seiner jüngsten Äußerung verlangten, wonach ein Fötus ›Leben‹ sei. Kilcannon erwiderte, daß Abtreibung zwar ein gesetzlich verankertes Recht sei, aber – zumindest für einige Frauen – auch ein privates Trauma ...«

Lara hielt abrupt inne. Nate begriff, daß die Techniker im Ü-Wagen jetzt das Band einspielten. Lara lauschte reglos. Dann blickte sie wieder in die Kamera.

»Dies war nicht die Rede«, fuhr sie fort, »die Senator Kilcannon geplant hatte. Die Wählerinnen entscheiden über den Ausgang der Vorwahlen in Kalifornien, und Kilcannons Team hatte gehofft, von weiteren Anfeindungen in der Abtreibungsfrage verschont zu bleiben. Der Senator hat noch einmal klargestellt, daß er für das Recht auf Abtreibung eintritt. Mit seinem Hinweis, daß solche Positionen an den tieferen moralischen Fragen vorbeigingen, dürfte er allerdings mehr gesagt haben als nötig. Die Frage ist nun, ob die Wählerinnen sich an seine politische Position oder an seine persönlichen Bedenken erinnern werden – und wie sie zu beidem stehen. Lara Costello für NBC News.«

Lara verharrte einen Moment. Dann drehte sie sich um, und Nate begriff, daß sie ihn längst bemerkt hatte. Ihr Blick war kühl und gelassen.

»Na?« fragte sie.

Plötzlich fühlte er sich unbehaglich. »Kilcannon ist zu weit gegangen.«

Etwas in ihrem Blick veränderte sich. »Ich schätze, das ist sein größter Fehler.«

Nate nickte. »Wir sehen uns im Hotel«, sagte er und ging, um seine Chefin anzurufen.

Nate stand im Treppenhaus vor dem Notausgang des Gebäudes und sprach gedämpft in sein Handy.

»Habt ihr die Psychologin erreicht?« fragte er.

»Haben wir.« Jane Booth klang nervös. »Sie heißt Nancy Philips. Sie hat bestätigt, daß Costello Patientin war. Costello führte ein vertrauliches Gespräch mit ihr und erzählte ihr von der Affäre mit Kerry Kilcannon. Anscheinend war sie mit den Nerven am Ende.«

»Ja«, bestätigte Nate leise. »Das geht klar aus dem Bericht hervor.«

»Leider will die Philips nicht öffentlich aussagen. Sheila Kahn sagt, daß sie langsam Gewissensbisse bekommt.«

»Ist doch verständlich«, sagte Nate. »Laras Vertrauen zu mißbrauchen ist eine Sache. Aber ihr Leben zu ruinieren, das sollte dieser Dame wenigstens etwas zu denken geben.«

»Die Sache gefällt Ihnen wohl noch immer nicht?« fragte Jane.

»Ich bin fasziniert und abgestoßen zugleich.«

»Hören Sie auf, sich wegen Lara Costello Gedanken zu machen. Niemand hat sie gezwungen, mit ihm zu schlafen.«

»Hat die Psychologin verraten, wem sie den Bericht gegeben hat?«

»Nein. Aber sie gibt zu, daß sie der Ortsgruppe von Christian Commitment beigetreten ist. Das könnte eine Spur sein.«

»Dann glauben Sie jetzt also, daß die Republikaner das Dokument in die Hände bekamen und Katherine Jones zugespielt haben? Ich bin mir da nämlich nicht mehr so sicher.« Nate ging beim Sprechen auf und ab. »Jones gibt mir das Dokument, Mason fliegt nach Boston und jetzt diese Störung bei Kilcannons Rede. Vielleicht haben sich Masons Leute gestern abend die Wahlergebnisse in Oregon angesehen und beschlossen, aufs Ganze zu gehen.«

»Wie auch immer«, sagte Jane. »Wir brauchen eine zweite Quelle. Noch haben wir keine Story.«

Nate zögerte. »Was soll ich also tun?«

»Reden Sie mit Lara Costello. Fragen Sie sie nach Kilcannon.«

Nate stellte sich Laras Gesicht vor. »Ohne ihr vorher den Bericht zu zeigen?«

»Ja. Mal sehen, was sie sagt.«

»Und wenn sie Kilcannon davon erzählt?«

»Egal.« Jane sprach jetzt leiser, wie Nate. »Sie sagen ja selbst, daß wir dasselbe Risiko eingehen, wenn wir Costellos Nachbarn befragen. Morgen fangen wir damit an. Und wenn Kilcannon plötzlich der Presse aus dem Weg geht, ist das ebenfalls aufschlußreich.«

»Aber deshalb muß er noch lange nicht Laras Liebhaber …«

»Wir haben nicht viel Zeit«, fiel ihm Jane ins Wort. »Sie könnten die Geschichte jemand anders geben. Vor allem, wenn Mason dahintersteckt.«

Nate blieb stehen. »Aus Masons Sicht hätte die Frau, die Kilcannons Rede gestört hat, ihre Sache nicht besser machen können. Wie sagte sie noch: ›Wir müssen Klarheit haben, wer Sie wirklich sind.‹ Das war schon ein merkwürdiger Zufall.«

»Zufall oder nicht«, erwiderte Jane, »unser Job ist es, ihr eine Antwort zu geben.«

Kerry starrte aus dem Fenster, als die Fahrzeugkolonne auf der sechsspurigen Autobahn nach Beverly Hills raste. Seit Minuten hatte er kein Wort mehr gesprochen.

»Heute hat mir Mason den Todesstoß versetzt«, sagte er schließlich. »Gott stehe jedem in dieser Partei bei, der sagt, daß Abtreibung nicht nur eine juristische Frage ist.«

Clayton runzelte die Stirn. »Wenigstens war deine Antwort ehrlich. Aber in dreißig Sekunden kommt das im Fernsehen nicht rüber.«

Kerry sah blaß und abgespannt aus. »Oh, das war mir klar. Heute war einfach nicht mein Tag.«

Abermals verfiel Kerry in Schweigen.

Nachdenklich musterte Clayton sein Gesicht. »Du hast sie gesehen, nicht?«

Kerry wandte ihm nicht den Kopf zu. »Ja. Ich habe sie gesehen.«

Sean Burke blickte auf seine Uhr.

Es war fünf vor neun. An den langen Tischen saßen dichtgedrängt gutgekleidete Leute, die nach der Arbeit hierhergekommen waren, und der hohe Raum hallte von Stimmen wider, die in unterschiedlichem Tempo und Rhythmus denselben Text hersagten. Um neun sollten die Wahlhelfer das Telefonieren einstellen; Sean blieb Zeit für einen letzten Anruf.

In den letzten zwölf Stunden hatte er hundertsiebenundneunzig Telefonnummern gewählt, aber er war nicht dazu gekommen, eine Schußwaffe zu besorgen.

Neben ihm telefonierte Kate Feeney, die Ellbogen erschöpft auf den Tisch gestützt. Im Laufe des Tages hatten sie sich miteinander bekannt gemacht: In der ersten Stunde hatten sie kein Wort gewechselt, und danach hatte ihm Kate, wenn sie sah, daß er gerade nicht telefonierte, Mut zugesprochen oder, als er an Sicherheit gewann, hin und wieder zugelächelt. Am Spätnachmittag hatte sie ihr Truthahnsandwich mit ihm geteilt.

Sean wählte die letzte Nummer.

»Hallo?« meldete sich eine Frau.

»Mein Name ist John Kelly«, begann er. »Ich arbeite für die Kilcannon-Kampagne. Spreche ich mit Louise Degnan?«

»Am Apparat.« Die Stimme klang nach einer Frau mittleren Alters, höflich, aber reserviert. »Ich habe mich noch nicht entschieden, falls Sie deswegen anrufen. Ich entscheide mich vermutlich erst am Dienstag.«

Es war seine Mission, dachte Sean, dafür zu sorgen, daß die Wahl am Dienstag nicht stattfand. Plötzlich sah er sich im Geiste auf Kerry Kilcannon zugehen und eine Waffe auf ihn richten. Mit hohler Stimme fragte er: »Haben Sie die Absicht, an den Vorwahlen teilzunehmen?«

»Ja.« Die Stimme der Frau wurde etwas freundlicher. »Ich möchte Sie nicht entmutigen, Mr. Kelly. Ich bin auch nicht für Vizepräsident Mason. Ich höre mir nur an, was die beiden zu sagen haben. Wissen Sie, ob es zu der Fernsehdebatte kommt?«

»Ich bin überzeugt, daß Senator Kilcannon eine Debatte wünscht«, sagte er aufs Geratewohl, und dann fielen ihm die Wahlkampfbroschüren ein, die er in einer Pause durchgeblättert hatte. »Sie kennen doch sicher die Positionen des Senators in Frauenfragen? Wie etwa seine Forderungen zum Schutz mißhandelter Frauen und Kinder.«

Die Frau zögerte. »Ich weiß nicht recht, um ehrlich zu sein.«

»Nun, so war er schon immer.« Sean hatte ein flaues Gefühl im Magen. »Als junger Staatsanwalt hat er Männer vor Gericht gebracht, die ihre Frauen schlugen. Einem Kind hat er sogar das Leben gerettet ...« Sean fühlte Kate Feeneys Blick auf sich ruhen – eigentlich war es nicht erlaubt, mit Wählern zu diskutieren oder vom Text abzuweichen. Er senkte die Stimme. »Dürfen wir Ihnen ein paar Broschüren zusenden?«

»Das wäre nett, Mr. Kelly.«

Sean schloß die Augen. »Vielen Dank«, sagte er, und dann erinnerte er sich an den Text. »Ich danke Ihnen im Namen des Senators.«

Mit ungeschickter Hand legte er auf.

»Das war gut«, hörte er Kate sagen. »Was du über Kerry erzählt hast.«

Sean errötete. »Eigentlich ist das nicht erlaubt.«

»Aber du warst nett, und du warst ehrlich. Das spüren die Leute.«

Kate lächelte schwach, doch Sean vermochte nicht zu sagen, ob aus Mitleid oder um ihn zu täuschen. Er wußte noch, wie ihm zum ersten Mal aufgefallen war, daß er aus Mädchen nicht schlau wurde.

Er würde niemals ihren Namen vergessen – Ann Regan –, und wie sie aussah: rotblondes Haar, helle Sommersprossen, voller Mund, Grübchen, wenn sie lächelte. Sie saß im Religionsunterricht zwei Bänke weiter, und wenn er im Jungenheim in Charlestown in seinem Etagenbett lag, dann wagte er sich im Schutz der Dunkelheit vorzustellen, daß sie ihn mochte.

An einem Frühlingstag, als er morgens das Heim verließ, nahm er sich vor, nach der Schule auf sie zu warten.

An jenem Tag sah er in jeder Stunde sehnsüchtig auf die Uhr. Im Religionsunterricht, zwei Stunden vor Schulschluß, beobachtete er sie. Sie schien ihn nicht zu bemerken, bis Schwester Helen ihn fragte, ob er bete oder nur träume. Ann Regan hatte wie alle anderen gelacht, und er hatte beschämt den Kopf gesenkt.

Eine Hand legte sich auf Seans Schulter.

Erschreckt zuckte er zusammen.

Rick Ginsberg lächelte zu ihm herunter. »Sie haben gute Arbeit geleistet, John. Danke, daß Sie so lange geblieben sind.«

Sean war überrascht, dann erleichtert, und schließlich durchströmte ihn ein Gefühl der Dankbarkeit. Rick tätschelte ihm die Schulter. »Wenn Sie wiederkommen, lernen Sie ihn vielleicht noch persönlich kennen. Manchmal können wir das für unsere Wahlhelfer arrangieren.«

Rick eilte weiter. Sean blieb sitzen, sprachlos über die unverhoffte Aussicht, Kerry Kilcannon vielleicht doch noch zu treffen. Um ihn herum hatten die Helfer eine angeregte Unterhaltung begonnen. Ein Student mit zerzaustem Haar stellte einen Stapel Pizzakartons auf den Tisch.

»Bleibst du noch?« hörte er Kate fragen. »Hier kann man nette Leute kennenlernen.«

Wieder überkam ihn panische Angst, erkannt zu werden. Er schüttelte den Kopf, wagte aber nicht, Kate in die Augen zu sehen. »Ich kann nicht«, murmelte er.

NEUN

Zehn Minuten, bevor Lara mit Nate Cutler in der Bar verabredet war, klopfte es an die Tür ihres Hotelzimmers.

Sie hatte gerade geduscht und stand im Badezimmer. Ohne Hast schlüpfte sie in ihren blauen Bademantel und öffnete beim zweiten Klopfen.

Es war Nate.

»Darf ich reinkommen?« fragte er, ohne zu lächeln.

Halb überrascht, halb besorgt musterte sie sein Gesicht. Sie nickte und trat zurück. Übertrieben behutsam schloß Nate die Tür hinter sich.

»Stimmt was nicht?« fragte sie.

Nate sah sie an. »Es geht um Kerry Kilcannon.«

Lara erbleichte. Sie legte den Kopf auf die Seite und wartete ab.

Nate quittierte ihr Schweigen mit einem freudlosen Grinsen. »Wir wissen, daß du eine Affäre mit ihm hattest, Lara. Vor zwei Jahren, als er noch verheiratet war. Kurz bevor er beschloß, Präsident zu werden.«

Instinktiv wandte sich Lara ab. Er hatte sie überrumpelt. Sie trat ans Fenster und blickte hinaus auf das nächtliche Los Angeles, ein unregelmäßiges Gitter aus funkelnden Lichtern. Tränen traten ihr in die Augen, doch ihre Stimme war fest.

»Wenn du das alles weißt, warum kommst du dann zu mir?«

Die Frage war albern, ein Versuch, Zeit zu gewinnen. Nates Ton war ruhig und bestimmt. »Du weißt, warum. Wir wollen hören, was du dazu zu sagen hast.«

Sie drehte sich um, und dann stieg Wut in ihr auf, Wut über seine Frage, seinen Verrat an ihrer Freundschaft. »Du bittest mich um Hilfe? Das ist ein uralter Reportertrick: Man stellt eine Behauptung auf und hofft darauf, daß das Opfer sie bestätigt.«

Nate sah ihr forschend in die Augen. »Mir fällt das nicht leicht. Aber es ist mein Job. Du selber hast das schon hundertmal gemacht. Und du würdest dasselbe mit mir machen, wenn du müßtest.«

Sie hatte ihn in die Defensive gedrängt. Das verschaffte ihr mehr Zeit, darüber nachzudenken, wer von Kerry wissen konnte – neugierige Nachbarn allein genügten nicht. »Was soll das, Nate? Du hast nichts gegen mich in der Hand, und wie könntest du auch.«

»Du streitest es also ab?«

Ihre Gedanken überschlugen sich. »Ich werde nichts dazu sagen, weder inoffiziell noch offiziell. Du spielst auf irgendein Gerücht an, das weiß der Teufel wer kurz vor der Wahl in die Welt setzt, und erwartest von mir eine Stellungnahme? Wenn du etwas von mir willst, dann sag mir, was du zu wissen glaubst und von wem du es hast.«

Nate verschränkte die Arme. Lara schöpfte wieder Mut: Nate brauchte zwei glaubwürdige Informanten, und die konnte er unmöglich haben. Dann sagte er: »Besser, du setzt dich hin, Lara.«

Das Mitgefühl in seiner Stimme entmutigte sie. Langsam durchquerte sie den Raum und setzte sich aufs Bett.

Nate nahm neben ihr Platz. Er zog Papiere aus der Tasche – zwei zusammengeheftete Blätter – und drückte sie ihr in die Hand.

Lara las die ersten Worte.

Sie erschrak, dann wurde ihr schlecht. Ein Schleier von Tränen hinderte sie am Weiterlesen. »Geh«, sagte sie. »Bitte.«

»Du weißt, daß ich das nicht kann. Noch nicht.«

Lara wandte sich von ihm ab und wartete, bis sie in der Lage war, weiterzulesen.

Der Bericht der Psychologin war konfus, weitschweifig. Aber für Lara war jede Zeile eine niederschmetternde Erinnerung an all das, was sie verdrängt hatte. Sie entsann sich, wie sie damals im Büro der Beraterin geschluchzt hatte, hilflos, mit ihren Kräften am Ende.

Sie zwang sich, den Bericht zu Ende zu lesen. Nates Geduld erinnerte sie an die einer Katze, die ihre Beute belauerte.

Leise sagte sie: »Wie kommst du darauf, daß das echt ist?«

»Nun mach mal halblang, Lara..«

Sie fuhr herum. »Das sagst du mir? Jeder Spinner oder Verleumder kann so etwas zu Papier bringen, nur damit es echter wirkt.«

Nate tippte auf das Memo. »Das ist O-Ton Costello. Ich kann förmlich deine Stimme hören, Lara.« Er blieb ruhig. »Ich weiß noch, wie überstürzt du damals die *Times* verlassen hast. Und das war der Grund, stimmt's?«

Lara erinnerte sich an alles – an den brennenden Wunsch, allem zu entfliehen, sich in eine völlig neue Aufgabe zu stürzen, mit der Vergangenheit so radikal zu brechen, daß sie Kerry Kilcannon aus ihren Gedanken verbannen konnte.

Lara stand auf. Die Blätter in der Hand, sagte sie: »Wenn das alles wahr wäre, dann hätte jemand aus niederen Motiven meine Privatsphäre verletzt. Stört dich das gar nicht?«

Nate hatte anscheinend seine Linie gefunden. »Persönlich, ja. Beruflich, nein. Die Geschichte ist zu wichtig.« Er stand auf und sah sie an. »Es ist also wahr, nicht?«

Lara zwang sich, die Sache nüchtern zu betrachten und wie eine Journalistin zu denken. Vielleicht hatte sie ein Nachbar aus Kerrys Apartment kommen sehen, aber das allein bewies nichts, es konnte sich sogar um eine Verwechslung handeln: Vor zwei Jahren war sie noch kein bekanntes Gesicht gewesen. *Newsworld* war aggressiv, verstieß aber nicht gegen das Berufsethos – auch wenn die journalistischen Sitten zusehends verkamen, brauchte das Blatt doch mehr, als es bislang in der Hand hatte.

»Nun?« fragte Nate.

»Es ist nicht wahr, Nate.« Ihr Mund war trocken. »Nicht, was Kilcannon angeht.«

»Du warst bei dieser Beraterin?«

»Inoffiziell, ja. Ich hatte eine Affäre. Aber nicht mit Kerry Kilcannon.« Sie hielt inne, suchte nach unverfänglichen Worten. »Er war ein Informant, ein guter Informant. Ich mochte ihn – so wie eine Journalistin einen Politiker mögen kann. Wir waren in gewisser Weise sogar befreundet. Aber das war auch alles.«

»Ihr wart kein Liebespaar?«

Für einen Moment mußte Lara daran denken, wie Kerry sie angesehen hatte, als sie sich zum letzten Mal geliebt hatten. Der Hurrikan war weitergezogen, und der Strand war mit Steinen und Trümmern übersät. Im Haus selbst war es still. Kerry lag auf dem Kissen und streichelte ihr Gesicht.

»Ich liebe dich«, hatte er gesagt. »Mehr als alles andere auf der Welt.«

Lara holte Luft. »Wir waren kein Liebespaar«, sagte sie ruhig zu Nate. »Das ist eine gemeine Lüge.«

Nate spürte, daß sie nicht die Wahrheit sagte.

Er hatte sie beobachtet. Sie hatte alles begriffen – in welcher Lage sie war, was er bezweckte, was er von ihr brauchte. Ihm war nicht entgangen, daß sie mit ihren Antworten zögerte, mit ihren Gefühlen kämpfte.

»Er war nie in deinem Apartment?« fragte er. »Oder du in seinem?«

Lara richtete sich auf. »Schluß mit den Fragen, Nate. Es wird Zeit, daß du gehst.« Unvermittelt ging sie zur Tür. Bevor sie öffnete, drehte sie sich um. »Trotzdem danke, daß du mich zu einem Drink eingeladen hast. Es war schön, dich wiederzusehen.«

Nate zuckte innerlich zusammen. Er schlich zur Tür und nahm ihr sanft den Bericht aus den Händen. »Du bist dir deiner Sache sehr sicher, Lara.«

»Wärst du das nicht?«

Ihre Stimme klang klar und entschlossen. Nate hatte schon immer bewundert, wie gelassen sie blieb, wenn sie unter Druck geriet. Selbst jetzt war er noch fast verliebt in sie. Vielleicht würde er Kerry Kilcannon niemals verstehen, aber seine Gefühle konnte er sehr gut nachempfinden.

»Falls du mit mir reden ...« begann er, aber dann sah er den Ausdruck auf ihrem Gesicht.

Im Gehen hörte er, wie die Tür mit einem leisen Klicken hinter ihm zufiel.

Lara lehnte von innen das Gesicht an die Tür.

Es war still, nur ihr Atem war zu hören. Dann wurde ihr schlecht, und sie stürzte ins Badezimmer. Am ganzen Leib zitternd übergab sie sich.

Genau wie damals, dachte sie.

Sie rappelte sich hoch, kehrte ins Zimmer zurück und ließ sich quer aufs Bett fallen.

Jetzt war es soweit. Ihre Affäre mit Kerry drohte ans Licht zu kommen. Selbst wenn *Newsworld* die Geschichte nicht druckte, würden Reporter des Magazins doch ihre und Kerrys Nachbarn befragen und Freunde aushorchen und auf diese Weise Gerüchte in die Welt setzen. Die Frage war nur, ob sie Kerry warnen sollte.

Noch war sie Journalistin. Allerdings fühlte sie sich kaum noch wie eine; sie hatte zum ersten Mal gegen ihr Berufsethos verstoßen, als sie Kerrys Geliebte wurde, und heute abend hatte sie etwas noch Schlimmeres getan. Wenn sie ihn jetzt auch noch warnte, würde sie sich nur noch tiefer hineinreiten und am Ende als korrupte Journalistin dastehen, die nur Kerry Kilcannons Interessen im Auge hatte. Nate würde Kerrys Leute beobachten; sie bezweifelte, daß es gut wäre, Kerry mit der Sache zu belasten. Sie hatte bereits für ihn gelogen, und nichts brauchte er im Moment so dringend wie eine Lüge.

Das Telefon klingelte.

Lara zögerte, dann hob sie ab.

»Hier spricht Clayton Slade. Ich würde gern mit Ihnen reden. Hätten Sie Zeit?«

Lara schloß die Augen. »Warum nicht. Ich habe sowieso noch nicht geschlafen.«

ZEHN

Clayton Slade ging zu einem Stuhl, nahm Platz und betrachtete Lara mit unverhohlener Neugier.

Sie setzte sich auf das Bett. »Sie wissen alles?« fragte sie.

Clayton nickte langsam. »Ja.«

»Und Sie sind hier, um ihn zu beschützen.«

Clayton kniff die Augen zusammen. »Ich bin hier, um Ihnen zu sagen, daß ich Ihren Anruf zu schätzen weiß. Und um Sie zu bitten, vorsichtig zu sein – in seinem und in Ihrem Interesse.«

Lara lächelte sarkastisch. »Vielleicht kann ich Ihnen helfen, Clayton. Sie wollen, daß ich ihm aus dem Weg gehe. Und wenn ich es nicht tue, werden Sie persönlich dafür sorgen, daß ich in irgendeinem Provinznest über Abwasserfragen berichten darf.«

Ein Lächeln huschte über Claytons Gesicht. »Ich hätte es höflicher ausgedrückt. Aber Sie haben es erfaßt.«

Trotz ihrer Erschöpfung spürte Lara Wut in sich aufsteigen. »Wofür halten Sie mich eigentlich? Meinen Sie vielleicht, mir ist das alles egal? Ich wäre jetzt überall lieber als hier.«

Clayton schwieg einen Moment lang. »Tatsächlich?« fragte er.

Laras Wut verrauchte. »Es tut sehr weh«, sagte sie. »Aber das können Sie nicht verstehen.«

Claytons Blick wurde milder. »Doch, ich glaube schon.«

Sie spürte einen Kloß im Hals. »Wie geht es ihm?« fragte sie.

Clayton lächelte ironisch. »Kerry? Oh, bestens – er ist der beste Kandidat der Partei seit Jahren. Wenn er nicht noch irgendwelchen Mist baut, wird er der dreiundvierzigste Präsident der Vereinigten Staaten.« Abrupt senkte er die Stimme, und seine Miene wurde ernst. »Er spricht fast nie von Ihnen.«

Lara fuhr sich über die Augen. »Und ich nicht von ihm. Das wollen Sie doch hören, oder?«

»Ich muß Sie was fragen.«

»Was?«

Sein Blick wurde kühl. »Wer weiß noch davon?«

Lara stand auf und verschränkte die Arme. Sie hatte ein flaues Gefühl im Magen. Sollte sie abermals ihre Prinzipien verraten und einen Menschen anlügen, diesmal Kerry Kilcannon? Sein bester Freund beobachtete sie und wartete.

Lara wandte sich ihm zu. »*Newsworld* weiß davon«, sagte sie einfach nur.

Clayton hörte ihr zwanzig Minuten lang zu. Als sie schloß, war ihr Gesicht aschfahl.

Aus Höflichkeit verbarg er sein Entsetzen. Seine ersten Worte waren sachlich und direkt. »Glauben Sie, daß es die Psychologin war?«

»Oder jemand, der Zugang zu ihren Unterlagen hat.« Lara sah nachdenklich zu Boden. »Seit Nate fort ist, versuche ich, mich an sie zu erinnern. Ich war damals so verzweifelt, daß ich mich jedem anvertraut hätte, solange die Sache unter uns blieb.« Sie sah ihn an, und ihr Ton wurde plötzlich schroff. »Kommen Sie bloß nicht auf die Idee, zu ihr zu gehen, sonst mache ich die Sache selber publik. Ich bin schon zu weit gegangen.«

»Das tun wir schon allein deshalb nicht«, entgegnete Clayton knapp, »weil Masons Leute davon Wind bekommen würden. Mit Ihren moralischen Grundsätzen hat das nichts zu tun.«

Lara sank wieder aufs Bett. »Wieso glauben Sie, daß Mason dahintersteckt?«

»Die Republikaner hätten damit noch gewartet.«

Lara sah ihn an. »Egal wer es ist, wir werden nie wieder darüber reden. Sie müssen allein damit klarkommen.«

Clayton musterte sie und versuchte, sich über seine Gefühle klarzuwerden. In den letzten Stunden war für diese Frau eine Welt zusammengebrochen. Die Vergangenheit hatte sie eingeholt, und sie hatte zweimal alles verraten, was ihr als Journalistin heilig war. Doch sie versuchte, ihre Gefühle im Zaum zu halten und sich einen Rest von Selbstachtung zu bewahren. Sie erregte in ihm keineswegs Mitleid, sondern Bewunderung.

Er holte tief Luft. »Soll ich ihm etwas von Ihnen ausrichten?«

Ihre Blicke begegneten sich, dann sah sie weg. »Nein.«

Er zögerte. »Tja«, sagte er schließlich, »die Arbeit ruft.«

Lara stand gleichzeitig mit ihm auf, die Hände in den Taschen ihres Bademantels. »Viel Glück.«

»Ihnen auch«, sagte er und ging.

Als Clayton seine Zimmertür öffnete, lag ein weißer Umschlag auf dem Fußboden. Es dauerte einen Moment, bis er begriff, daß er Jack Sleepers Zahlen enthielt, die neuesten Umfrageergebnisse. Clayton hätte beinahe laut losgelacht, so absurd erschien ihm das.

Er setzte sich und überflog die Zahlen. Das gehörte zu seinen Aufgaben, und Jack Sleeper wartete auf seinen Anruf. Er durfte Jack nicht das Gefühl geben, daß etwas nicht stimmte.

Clayton legte sich ausgestreckt aufs Bett und rief den Meinungsforscher an.

»Wie ich erwartet hatte«, sagte Clayton zu ihm. »Drei Punkte Vorsprung für Mason – statistisch ein Patt. Die Debatte könnte den Ausschlag geben.«

»Und was ist mit den Frauen?« fragte Sleeper. »In der San Francisco Bay liegen wir sechs Prozent hinten, und bei den Abtreibungsbefürworterinnen sind es in ganz Kalifornien zwei Prozent. Und das war vor Kerrys heutigem Auftritt. Ich fürchte, Mason legt noch zu.«

»Könnte ein Strohfeuer sein. Die Zahlen eines einzigen Abends sind nicht aussagekräftig genug ...«

»Ich finde, wir sollten in die Offensive gehen«, unterbrach ihn Sleeper. »Bitten Sie Ellen Penn, eine Veranstaltung mit prominenten Frauen zu organisieren, die ihn unterstützen. In San Francisco.«

»Warten wir die nächsten Umfrageergebnisse ab, dann wissen wir, ob wir tatsächlich ein Problem haben. Kerry will unbedingt das Thema wechseln.«

»Das muß er auch.« Selbst durchs Telefon war Jacks Besorgnis zu spüren. »Morgen jährt sich der Tag, an dem sein Bruder ermordet wurde. Hoffentlich verschafft uns das etwas Rückenwind.«

»Damit würde ich Kerry lieber nicht kommen.«

»Alles hat auch sein Gutes, Clayton. Und das weiß auch der Senator.«

»Ja, das weiß er«, sagte Clayton und legte auf.

Er setzte sich auf und lehnte sich an die Wand. Mit geschlossenen Augen überlegte er, wen er brauchte. Kit Pace auf jeden Fall. Nat Schlesinger, seiner Erfahrung und seiner Verbindungen wegen. Beiden vertraute er.

Widerstrebend setzt er auch Frank Wells auf die Liste – Wells würde merken, daß etwas im Busch war, und er kannte die Medien zu gut.

Er beschloß, alle drei heute abend noch anzurufen. Kerry wollte er nicht anrufen; der brauchte Ruhe. Das hatte bis morgen früh Zeit.

Er griff zum Telefon und weckte Kit Pace. »Entschuldigung«, sagte er rüde. »Wir haben ein Problem. Wir treffen uns morgen früh um sieben in meinem Zimmer. Und zu niemand ein Wort.«

Als Sean die Nachrichten anschaltete, war das Bild unscharf, und er begriff, daß die Nachttischlampen schuld daran waren. Sie waren zu hell, und das Hotelzimmer spiegelte sich im Gesicht des Moderators. Sean ließ die Lampen brennen und rückte näher an den Fernseher.

Sean war sieben gewesen, als er im Dunkeln eingesperrt wurde. Er erinnerte sich noch, wie er über den Eßtisch gelangt und dabei das Weinglas umgestoßen hatte, an die roten Spritzer auf dem T-Shirt des Vaters, sein wutentbranntes Gesicht. Der Vater zerrte ihn vom Stuhl, schleifte ihn über den Wohnzimmerteppich und riß im dämmrigen Flur die Schranktür auf.

»Rein da«, befahl er. Seine Stimme war klebrig wie Blut.

Sean sah dem Vater in die Augen und zwang sich, nicht mehr zu weinen. Von der Mutter erwartete er keine Hilfe.

Langsam trat er in die Dunkelheit. Hinter ihm schloß sich die Tür. Mit einem leisen Klicken schnappte der Riegel zu.

Es war stockfinster. Er stand mit geschlossenen Augen da und weinte so hemmungslos, daß es ihn schüttelte.

Als er die Augen öffnete, sah er nichts. Die Luft war heiß und stickig.

Er geriet in Panik, tastete im Dunkeln. Der erste Gegenstand, den er berührte, war dick und rauh; es war der Wollmantel seiner Mutter.

Er streifte den Mantel vom Bügel und breitete ihn auf dem harten Holzboden aus, legte sich darauf und zog die Knie an die Brust. Plötzlich sah er sie, auf der anderen Seite der Schranktür, hilflos, die Augen glasig vom Alkohol. Oft schienen ihn diese Augen gar nicht wahrzunehmen.

Im Winter davor war sie schwanger gewesen, und wenn er sich auf der Parkbank an sie lehnte, hatte er durch den Wollmantel ihren kleinen Bauch gespürt. Manchmal hatte er gehofft, das Baby würde nie kommen.

Sean schluckte und erinnerte sich.

Eines Abends hatte seine schwangere Mutter den Vater gefragt, ob sie nicht in eine größere Wohnung ziehen könnten. Sie hatte Wein getrunken, und wenn sie trank, wurde sie unvorsichtig. Sean hörte, wie sie miteinander stritten, wie der Vater über ihre Forderung lachte und ihr Vorhaltungen machte, weil er noch ein Kind ernähren sollte. Hinterher saß er stundenlang grübelnd im Wohnzimmer und trank Whisky. Als die Mutter ihn abermals fragte, fuhr er zornig aus seinem Sessel hoch und schlug ihr mit der Faust in den Bauch. Die Mutter brach zusammen. Sie wurde ins Krankenhaus eingeliefert, und Sean sah Blutflecken auf dem Teppich. Als sie wieder nach Hause kam, hatte es kein Baby mehr gegeben.

Der Schrankboden war hart, trotz des Mantels. Sean wälzte sich herum, weil ihm alles wehtat, konnte aber nicht einschlafen, meinte zu ersticken. Seine Blase schmerzte. Er litt Qualen, und schließlich machte er sich naß. Dann endlich öffnete sie die Tür. Sein Vater war fort, und es war Morgen. Besudelt und beschämt hatte er ins Licht geblinzelt.

Jetzt saß er mit dem Rücken ans Bett gelehnt auf dem Boden und blickte verdutzt auf den Bildschirm.

»Nach einer aufsehenerregenden Reise nach Boston«, sagte der Moderator, »hielt Vizepräsident Richard Mason vor der Bostoner Frauenklinik eine Rede zu den gestrigen Morden.«

Mason erschien auf dem Bildschirm. »Wir werden alle Mittel des Staates ausschöpfen«, rief er, »um diesen feigen Mörder aufzuspüren und für sein Verbrechen zur Verantwortung zu ziehen.«

Unwillkürlich sah Sean sich um. Die Tür war verriegelt, die Kette vorgelegt, die Vorhänge waren zugezogen. In spätestens zwei Tagen dürfte die Fahndung nach ihm anlaufen. Er hatte nicht viel Zeit.

Eine Frau erschien auf dem Bildschirm. »Mit einer Rede in Los Angeles«, begann sie, »beschloß Kerry Kilcannon einen

Tag, der ausschließlich sogenannten Frauenthemen gewidmet war – Erziehung, Kinderbetreuung, Hilfe für mißhandelte Frauen. Doch seine letzte Rede wurde von militanten Abtreibungsbefürworterinnen gestört, die von ihm eine Klarstellung seiner jüngsten Äußerung verlangten, wonach ein Fötus ›Leben‹ sei. Kilcannon erwiderte, daß Abtreibung zwar ein gesetzlich verankertes Recht sei, aber – zumindest für einige Frauen – auch ein privates Trauma ...«

Im Fernsehen wirkte Kerry Kilcannon kämpferisch. Und Sean spürte seine Offenheit.

»Die Ausdrücke, die wir gebrauchen, um die Wahrheit zu verschleiern – Worte wie ›Eingriff‹ oder ›Wahlfreiheit‹ – gehen an der eigentlichen Frage vorbei, die jede Frau selbst beantworten muß. Alle Eltern, die schon einmal ein Sonogramm gesehen oder den Herzschlag eines Ungeborenen gehört haben oder Gott dafür danken, daß die Ärzte ihr zu früh auf die Welt gekommenes Kind retten konnten, wissen das.«

Sean erstarrte vor Wut. Du bist Katholik, dachte er. Du hast deine Herkunft verraten, und alles, was du sagst, läuft auf das hinaus, was Paul Terris ›Abtreibung mit menschlichem Antlitz‹ genannt hat.

Sean fuhr in die Höhe und ging auf und ab. Ein Bild stieg vor ihm auf – die Augen seines Vaters bei ihrer letzen Begegnung.

Kerry Kilcannon spritzte sich Wasser ins Gesicht.

Er hatte beim Einschlafen an Lara gedacht und dann von Jamie geträumt. Der Traum hatte dort geendet, wo Jamie geendet hatte – in einer Leichenhalle in Newark, wo sein kleiner Bruder, der nächste US-Senator aus New Jersey, in sein wächsernes Gesicht gestarrt hatte.

Das Gesicht, das Kerry nun aus dem Badezimmerspiegel entgegenblickte, sah abgespannt aus. Es hatte wenig Ähnlichkeit mit dem jugendlichen Retter, den einige in ihm sahen.

Kerry Kilcannon, der Held, der einem kleinen Jungen das Leben gerettet hatte. So hatte es in den Nachrichten geheißen. Kerry betrachtete die Narbe an seiner Schulter, als gehöre sie einem anderen.

Das Gesicht im Spiegel verschwand.

An seine Stelle trat Laras Gesicht. Und dann, lange Zeit später, folgten andere Gesichter – Meg, Liam Dunn, ein kleiner, dunkelhaariger Junge, der ihn verehrt hatte, und, wie immer, Jamie.

»Mein Leben fließt dahin wie ein Strom«, hatte Yeats geschrieben, »von Veränderung zu Veränderung …« Doch Kerry empfand sein Leben als eine Folge schmerzlicher, unvorhersehbarer Zwischenfälle, und den letzten hatte Lara verursacht. »Lebenspläne sind töricht«, hatte er einst zu ihr gesagt. »Der Zufall spielt eine große Rolle.«

Mit sechsundzwanzig hatte er nicht gewußt, wie wahr das war.

NEWARK

1984–1988

EINS

Kerry konnte es nicht ahnen, aber in dem Augenblick, als er Vincent J. Flavio sagte, er solle sich zum Teufel scheren, stellte er die Weichen für eine juristische Karriere, die ihn beinahe das Leben kosten sollte.

Als Liam Dunn ihm den Posten verschaffte, dachte Kerry nicht im entferntesten daran, sich mit dem Staatsanwalt von Essex County anzulegen. Er war einfach nur dankbar – dankbar dafür, daß ihm Liam das Studium ermöglicht hatte, für die Entdeckung, daß er neben einer überraschenden dichterischen Ader auch ein leidliches Talent für die Juristerei besaß, und für den gerührten Blick seiner Mutter, als Richter Thomas Riordan ihn in seinem Amtszimmer vereidigte.

Zwei Jahre zuvor war Michael Kilcannon einem Herzinfarkt erlegen. Seine Frau Mary blieb in dem Haus, in dem sie ihre Söhne großgezogen hatte, obwohl das Viertel sich veränderte. Kerry kümmerte sich um sie. Jamie kam nur noch selten nach Vailsburg, obwohl man dort sehr stolz auf ihn war – der gutaussehende Senator hatte glänzende Aussichten, in noch jüngeren Jahren als Kennedy Präsident zu werden.

Doch Kerry interessierte sich wenig für Jamie oder seine Welt. Er hatte bescheidenere Ziele: Er wollte Staatsanwalt werden. Abgesehen von einer Reise nach Florida als Student war er selten aus Newark herausgekommen, und er hatte auch nicht die Absicht, fortzugehen.

Newark war zu einem Ort der Gegensätze geworden – moderne Glaspaläste standen neben Abbruchhäusern, das prunkvolle Rathaus beherbergte eine nahezu bankrotte Stadtverwaltung –, und dies galt auch für das Gerichtsgebäude. Als Kerry das erste Mal seine Stufen erklomm, blieb er am Fuß des massiven Säulenbaus stehen und betrachtete ehrfürchtig die pseudogriechische Statue über dem Portikus. Doch das Innere wirkte trotz seiner imposanten Konstruktion unansehnlich und renovierungsbedürftig. Wie andere stellvertretende Staatsanwälte teilte sich Kerry mit einem Kollegen ein kleines Büro, vollgestopft mit einem Aktenschrank, zwei Schreibtischen mit Resopalplatte und wackeligen Stühlen.

Das Büro lag am Innenkorridor, so daß man im Sommer vor Hitze verging. Um sich vor neugierigen Blicken zu schützen, tapezierten Kerry und sein rothaariger Bürogenosse Tommy Corcoran das einzige Fenster mit Filmplakaten, damit die Zeugen, die sie vernahmen, nicht noch paranoider wurden, als sie ohnehin schon waren. Doch selbst die Staatsanwälte hatten Angst. Obwohl Newark eine gewalttätige Stadt war, gab es weder in den Gerichtssälen noch in den Räumen der Staatsanwaltschaft einen Sicherheitsdienst oder auch nur Metalldetektoren. Wie zahlreiche Kollegen bewahrte Tommy in seinem Schreibtisch eine Pistole auf.

Kerry hielt nichts von Waffen. Allerdings fühlte er sich auch nicht bedroht. Als Neuling bearbeitete er nur Verkehrsdelikte und andere Bagatellfälle. Und Vincent J. Flavio, der amtierende Bezirksstaatsanwalt, hütete sich, die Leidenschaften anzustacheln.

»Flavio ist ein Opportunist«, hatte Liam zu ihm gesagt. »Du darfst eines nie vergessen: Er hat lange warten müssen, bis er Bezirksstaatsanwalt wurde, und er ist wild entschlossen, es auch zu bleiben. Wenn man an seinem Stuhl sägt, kann er sehr unangenehm werden. Außerdem kennt der Mann viele Geheimnisse. Die beiden letzten Senatoren – einen Demokraten und einen Republikaner – hat er mühelos dazu überredet, ihn wiederzuernennen. Den können wir nur loswerden, wenn wir ihn unter Anklage stellen. Oder zum Richter machen.«

Nach dieser humorigen Erinnerung an die Unvollkommenheit der Welt wurde Liams Miene wieder ernst. »Vincent mag deinen Bruder nicht besonders – manchmal habe ich das Gefühl, daß der liebe Gott Jamie nur erschaffen hat, um Leute wie Flavio neidisch zu machen. Nimmt dich also in acht. Wir beide wissen, daß du dort nur deinen Beruf erlernen willst. Aber in Flavios Augen macht dich allein der Name Kilcannon zu einem potentiellen Rivalen, der es auf seinen Posten abgesehen haben könnte. Behandle ihn mit Respekt und informiere ihn über alles, was dir wichtig erscheint.«

An seinem ersten Tag wurde Kerry von Carl Nunzio, Flavios rechter Hand – einem Glatzkopf mit einem Gesicht voller Runzeln wie eine Walnuß –, ins Büro des Bezirksstaatsanwalts geführt. Vincent Flavio saß hinter seinem Schreibtisch. Er war groß und kräftig gebaut wie Kerrys Vater, doch darin erschöpfte sich die Ähnlichkeit auch schon. Seine Schuhe glänzten, seine grauen Locken dufteten schwach nach Friseurladen, und die goldenen Manschettenknöpfe und die Krawatte mit Monogramm untergruben sein Bemühen, eine amtliche Pose einzunehmen, mit einer Spur Eitelkeit.

Als Flavio sich erhob und ihn begrüßte, spürte Kerry, daß Eitelkeit keineswegs ein komischer, sondern der gefährlichste Zug an diesem Mann war. Vincent Flavios Händedruck war kräftig und sein Lächeln so breit, daß sich seine Augenwinkel kräuselten. Doch seine Blicke durchbohrten Kerry. Kerry fühlte sich klein und unbehaglich.

Flavio nahm wieder Platz. »So«, sagte er, »Sie wollen also Prozeßanwalt werden.«

Kerry nickte. Er suchte nach Worten der Dankbarkeit, die sein Gegenüber beruhigten. »Vielleicht eröffne ich eines Tages eine eigene Praxis. Aber etwas lernen kann man nur hier. Ich kann von Glück sagen, daß ich hier sein darf.«

Wieder erschien Flavios Lächeln und entblößte weiße Zähne. »Mit Glück hat das nichts zu tun. Liam Dunn hält große Stücke auf Sie.« Kerry verstand, was er damit sagen wollte: Er war nicht aufgrund seiner Verdienste hier, sondern mit Vincent Flavios stillschweigender Duldung, der Liam damit einen Gefallen erwies. Kerry stellte sich die lange Liste der Parteifreunde vor, deren Söhnen, Cousins oder Neffen er vorgezogen worden war, und fühlte sich, wie von Flavio zweifellos beabsichtigt, in die Defensive gedrängt.

»Ich werde mein Bestes tun«, sagte Kerry und verachtete sich deswegen.

Als habe ihm Kerry Kilcannons Unbehagen das Herz erwärmt, fuhr Flavio freundlicher fort: »Davon bin ich überzeugt, Kerry.«

Verlegen stand Kerry auf. »Ich danke Ihnen, daß Sie mir eine Chance geben, Mr. Flavio.«

Flavio stand nicht auf. »›Vincent‹, Kerry. Solange Sie hier sind, steht Ihnen meine Tür jederzeit offen. Sie halten mich auf dem laufenden, abgemacht? Oder Carl.«

Hinterher fiel Kerry auf, daß der Bezirksstaatsanwalt Jamie mit keinem Wort erwähnt hatte. Die Botschaft war klar: Kerry hatte die Welt des Vincent J. Flavio betreten, und dort hatte James Kilcannon nichts zu melden.

Na schön, dachte Kerry voller Tatendrang und freute sich auf seine ersten Fälle.

Im folgenden Jahr rackerte er unermüdlich. Es mochte Kollegen geben, die besser waren, aber mit Sicherheit keinen, der mehr arbeitete. Kerry lernte, das Vertrauen von Polizisten zu gewinnen, mit Zeugen umzugehen oder zynischen Richtern zu trotzen. Tommy Corcoran staunte über Kerrys Überstunden, und selbst Vincent Flavio nahm davon Notiz. Im ersten Jahr bearbeitete Kerry mehr Bagatellfälle als jeder andere. Er war vielleicht nicht brillant, aber langsam wurde ein anständiger Jurist aus ihm.

Dann kam Carl Nunzio in sein Büro und überreichte ihm einen leeren Umschlag. »Für die Blumenkasse«, sagte er.

Kerry erschrak und starrte Nunzio an. Er war nicht umsonst Liams Schüler; wenn er den Umschlag zurückgab, durfte er nicht leer sein. Mit gespielter Ahnungslosigkeit fragte er: »Blumenkasse? Was ist das?«

Nunzio kniff ärgerlich die Augen zusammen. »Eine Beteiligung an Vincents Auslagen. Ich bitte sozusagen seine Mitarbeiter, die Blumen zu gießen.«

Kerry saß in der Falle. Liam verfügte nicht über die Mittel, um Flavio kaltzustellen, und die Parteifreunde, deren Macht dafür ausgereicht hätte, fürchteten ihn. Kerry fragte sich, ob sein Geld in Flavios Anzüge oder sein Eigenheim in Florida fließen würde und wieviel davon bei Nunzio hängenblieb.

»Wieviel?« fragte er unverblümt.

Nunzio legte den Kopf schief. »Zehn Prozent des Bruttogehalts.« Sein Ton wurde scheinheilig. »Es ist natürlich freiwillig. Aber wir hoffen, daß alle mitziehen.«

Kerry ärgerte sich über seine Machtlosigkeit. Liams Freundschaft und der Name seines Bruders konnten ihn allenfalls vor einem Rauswurf bewahren, mehr nicht. Wenn er nicht zahlte, drohte ihm die Versetzung auf einen unbedeutenden Posten ohne Zukunft. Mit der Ausbildung zum Prozeßanwalt wäre es jedenfalls vorbei.

Kerry nickte bedächtig.

Zu seiner Überraschung ergriff Nunzio einen Stuhl und nahm ihm gegenüber Platz. »Da wäre noch etwas.«

Kerry wußte, wann Schweigen angezeigt war. Er wartete ab.

»Sie haben da eine Akte«, fuhr Nunzio fort. »Der Fall Frankie Scaline. Nächste Woche ist die Vorverhandlung.«

Kerry hatte viele Fälle und diesen speziellen kannte er nicht. Doch der Name Scaline war ihm vertraut. »Ich habe die Akte noch nicht gelesen«, sagte er.

Nunzio hob die Hände. »Ehekrach – die Frau regt sich auf und erzählt der Polizei, daß ihr Mann sie geschlagen habe.«

Kerry fühlte, wie sein Blick kalt wurde. »Ja und?« fragte er leise.

Nunzio erwiderte seinen Blick. »Die Anklage steht auf schwachen Füßen. Wie immer. Ich möchte nicht, daß Sie Ihre Zeit verschwenden.«

»Dann geben Sie den Fall doch einem anderen.«

Nunzio lehnte sich zurück und faltete die Hände unter dem Kinn. »Ich finde, Sie sollten die Anklage fallenlassen.«

Mit einem Mal verstand Kerry. Wenn der Frau später etwas zustieß und der Fall noch einmal aufgerollt werden mußte, wäre er der Dumme. Flavio selbst wollte sich nicht die Finger schmutzig machen. »Vielleicht sollte ich mal mit der Frau reden«, erwiderte Kerry.

Einen Moment lang schwieg Nunzio. »Wie man hört, tut es ihr inzwischen leid.« Eine Spur von Ungeduld klang aus seiner Stimme. »Es besteht kein Grund, die Dame zu behelligen. Es ist deren Ehe, nicht Ihre oder meine.«

Kerry hatte ein beklemmendes Gefühl in der Brust. Die Frau hatte nicht lockergelassen, und daraufhin hatte jemand zum Telefon gegriffen. Wie immer in solchen Fällen.

»Lassen Sie mich die Akte lesen«, sagte er.

Nunzio stand auf. »Tun Sie das. Bis morgen.«

Kerry saß reglos da, nachdem Nunzio gegangen war, und starrte ins Leere. Eine halbe Stunde verstrich, ehe er zum Telefonhörer griff.

»Wer ist Frankie Scaline?« fragte er Liam.

»Peter Scalines Sohn«, antwortete Liam. Wie gewohnt stellte er keine Fragen.

»Hab ich mir's doch gedacht«, sagte Kerry.

»Du solltest wissen«, setzte Liam hinzu, »daß Peter ein Busenfreund von Vincent Flavio ist. Vincent ist außerdem Frankies Patenonkel, wenn mich mein Gedächtnis nicht trügt.«

Und du bist meiner, dachte Kerry. »Danke, Liam.«

Er fand die Akte Scaline in einem Stapel auf dem Aktenschrank.

Laut Polizeibericht war Frankie Scaline vierundzwanzig Jahre alt. Elaine Scaline, seit knapp einem Jahr seine Frau, hatte sich im Schlafzimmer eingeschlossen und die Polizei gerufen. Als die Beamten eintrafen, hatte sie einen Bluterguß im Gesicht und eine geschwollene Lippe. Sie behauptete, ihr Mann habe oralen Sex von ihr verlangt und sie geschlagen, als sie sich weigerte. Frankie behauptete, sie sei gestolpert. Für Leute wie Vincent Flavio eine Lappalie.

Es war Elaine Scalines zweite Anzeige, und obwohl der Bericht in einem hölzernen Stil geschrieben war, konnte sich Kerry ein Bild von ihren Leiden machen. Intuitiv spürte er, daß Frankie seine Frau verprügelte. Elaine wußte, daß er immer brutaler werden würde, und deshalb hatte sie nicht nachgegeben.

Jeder andere Fall wäre Kerry lieber gewesen.

Er fragte sich, warum. Anderen hätte es genügt, daß solche Fälle immer sehr undankbar waren. Man konnte sie eigentlich nur verlieren – meist stand Aussage gegen Aussage, häufig zog die Klägerin selbst die Klage zurück. Schon allein deshalb wären die meisten Kollegen Nunzios Bitte liebend gern nachgekommen. Doch Kerry wußte, daß seine Gründe tiefer gingen: Er wollte über solche Dinge nicht sprechen, er wollte vergessen.

Dieser Abschnitt seines Lebens war vorüber. Er wünschte ihn sich nicht zurück.

Am Morgen der Vorverhandlung lief alles wie geplant. Im

Namen des Staates beantragte der stellvertretende Staatsanwalt Kerry Kilcannon die Einstellung des Verfahrens gegen Frankie Scaline. Frankie war abwesend, ebenso seine Frau. Der unangenehmste Teil war bereits erledigt – Kerry hatte Elaine Scaline angerufen und ihr eröffnet, daß sie wenig Chancen habe, den Prozeß zu gewinnen; sie hatte geweint. Frankie Scalines Anwalt brauchte kein Wort zu sagen. Beim Verlassen des Gerichtssaals drückte er Kerry die Hand und dankte ihm.

Zwischen Wut und Selbsthaß hin und her gerissen, ging Kerry in sein Büro. Der Umschlag lag noch auf dem Tisch.

Er riß ein Blatt von seinem Notizblock ab, kritzelte vier Wörter darauf und steckte es in den Umschlag. Dann lief er zu Vincent Flavios Eckbüro und öffnete die Tür.

Flavio telefonierte gerade. Er schaute zu ihm auf, bot ihm aber weder einen Stuhl an, noch unterbrach er sein Gespräch. Kerry wartete.

Schließlich legte Flavio auf. »Was gibt's?« fragte er unwirsch.

Kerry schritt über den Orientteppich und drückte ihm den Umschlag in die Hand. Flavio zog das Blatt Papier heraus, und Kerry sah, daß er rot anlief.

Der Staat gegen Scaline, hatte Kerry darauf geschrieben.

Kerrys Stimme zitterte. »Das ist mein Beitrag, Vincent. Ich finde, das ist genug.«

Ehe Flavio antworten konnte, drehte er sich um und ging.

Er brauchte nicht lange zu warten. Wenige Stunden später wurde seinem Freund Tommy Corcoran ein anderes Büro zugewiesen. Tommys Nachfolger war ein kräftiger und nicht besonders gesprächiger Schwarzer namens Clayton Slade.

Zwei Tage später wurde Kerry in Carl Nunzios Büro bestellt. »Ich gebe Ihnen eine neue Aufgabe«, sagte Nunzio und wartete auf Fragen.

Es kamen keine.

»Die Anzeigen gegen gewalttätige Ehemänner häufen sich«, fuhr Nunzio fort. »Vincent meint, daß wir einen Spezialisten brauchen.« Ausnahmsweise einmal drückte das runzlige Gesicht Belustigung aus. »Natürlich dachte ich sofort an Sie, Kerry. Sie haben auf dem Gebiet doch Erfahrung.«

ZWEI

Zwei Wochen später bekam er den Fall Musso auf den Tisch.

Das Opfer hieß Bridget Musso. Als die Polizei eintraf, war ihr Mann verschwunden, und die Frau lag bewußtlos auf dem Fußboden im Wohnzimmer. Sie hatte Blutergüsse im Gesicht, und mehrere Zähne waren ausgeschlagen. Ihr achtjähriger Sohn saß neben ihr, und zwar so apathisch, daß die Polizisten ihn für geistig zurückgeblieben hielten. Seine einzigen Worte waren: »Ich glaube, meine Mommy ist tot.«

Bridget wurde ins Krankenhaus eingeliefert, und der Junge kam in ein katholisches Heim. Diese Maßnahme erschien Kerry sinnvoll, denn der Vater, Anthony Musso, galt in der Nachbarschaft als Trinker und Choleriker. Von der Polizei in einer Bar aufgespürt, behauptete er, seine alkoholsüchtige Frau sei im Badezimmer ausgerutscht und mit dem Gesicht gegen das Waschbecken gefallen. Nach seinem Sohn fragte er nicht.

Das zweite Problem war Bridget selbst.

Nach dem Bericht des Krankenhauses hatte sie unter dem Einfluß von Medikamenten gestanden und war obendrein betrunken gewesen. Die Medikamente nahm sie gegen ihre epileptischen Anfälle, doch in Verbindung mit übermäßigem Alkoholgenuß führten sie zu Ausfallerscheinungen.

Nach Auskunft der Nachbarn war Bridget häufig benommen und nicht ansprechbar. Allem Anschein nach hatte John Musso Eltern, die diesen Namen nicht verdienten.

Kerry wußte, daß ein guter Verteidiger Bridget Mussos Aussage anfechten konnte. Auch daß Betrunkene zuweilen stolperten und sich dabei verletzten, wußte er nur zu gut.

Zuallererst mußte er mit Bridget sprechen.

Aus Angst vor ihrem Mann lebte sie mit ihrem Sohn inzwischen in einem Frauenhaus. Er reservierte ein Vernehmungszimmer und ließ sie unter Polizeischutz herbringen.

Sie hatte rotes Haar und war laut Akte fünfunddreißig, sah aber älter aus. Ihre Haut war fleckig, und Kerry bemerkte geplatzte Äderchen an ihren Wangen. Obwohl es noch Vormittag war, hatte sie bereits eine Whiskyfahne.

»Können Sie mir erzählen, was passiert ist?« fragte er.
Sie fuhr sich über das Gesicht, wie um ihrem Gedächtnis nachzuhelfen. Der Bluterguß verfärbte sich bereits grünlich-gelb. Als sie schließlich sprach, sah Kerry ihre Zahnlücken und die Stiche innen an ihrer Lippe. »Das war Anthony«, sagte sie und zuckte mit den Schultern. »Aber so sind sie nun mal, die Männer.«
Ein Schauder ergriff Kerry. »Hat Ihr Vater Ihre Mutter geschlagen?« fragte er. »Oder Sie?«
Sie blickte an ihm vorbei. »Uns beide.«
Mein Gott, dachte Kerry verzweifelt. Doch er verkniff sich weitere Fragen zu diesem Thema. Sie schien jetzt schon mit den Nerven am Ende. »Was hat Ihr Mann an jenem Abend mit Ihnen gemacht?«
Fast eine Stunde lang stellte Kerry Frage um Frage, und am Ende hatte sich ihm der Abend, so wie er ihn aus Bridgets Schilderung und den Akten rekonstruiert hatte, unauslöschlich eingeprägt.

Bridget Musso saß allein in ihrem schäbigen Wohnzimmer. John hielt sich wahrscheinlich in seinem Zimmer auf, aber das war ihr gleichgültig. Die Lampe verströmte ein trübes Licht, und der bittere Geruch von angebrannter Pastasoße erinnerte sie vage daran, daß sie die Herdplatte nicht abgedreht hatte.
Anthony war nicht zum Abendessen nach Hause gekommen.
Bridget goß sich noch einen Whisky ein. Die Musik des Softrock-Senders klang wie aus weiter Ferne. Sie hörte es kaum, als die Wohnungstür sich öffnete und wieder schloß.
Ihr Mann tauchte groß aus der Dunkelheit auf.
Bridget schreckte hoch. Er baute sich vor ihr auf. »Warum tust du mir das an, Bridget?«
Seine Stimme war ein weinerliches Flüstern. So hatte ihn Bridget fürchten gelernt.
Benommen schüttelte sie den Kopf.
»Warum?« fragte er wieder.
Bridget fühlte Urin an ihrem Bein hinablaufen.
Ihr Mann starrte auf den Fleck, der sich auf dem Polster ausbreitete. »Wie ein Tier.« Seine Stimme klang jetzt heiser. »Eine Hündin.«

Bridget begann zu weinen. Als er sie aus dem Sessel riß, schrie sie vor Schmerz.

Es wurde dunkel um sie.

Dann war sie im Badezimmer und saß, das Kleid bis zur Taille gerafft, rittlings auf der Toilette. Ihr Mann gab ihr eine so kräftige Ohrfeige, daß ihr Kopf gegen die Wand schlug.

»Jetzt kannst du pissen«, befahl er. »Los, mach schon.«

Sie schloß die Augen und versuchte es, am ganzen Leib vor Anstrengung zitternd.

Seine Stimme wurde lauter. »Wird's bald?«

Wieder schlug er sie. Sie kippte zur Seite, hielt sich jedoch am Waschbecken fest. Sie zog sich hoch und stand auf, da packte er sie mit einer Hand im Genick und schmetterte ihr Gesicht gegen das Waschbecken.

Sie schrie vor Schmerz. Sie spuckte Zähne, taumelte rückwärts zur Tür.

Ihr Sohn stand auf der Schwelle, panische Angst in den Augen. Bridget wankte an ihm vorbei in die Dunkelheit.

An mehr erinnerte sie sich nicht. Es war ihr achtjähriger Sohn, der die Polizei verständigt hatte.

Kerry musterte sie über den Tisch hinweg. Der Raum, in dem sie saßen, schimmerte grünlich im Neonlicht. Es war heiß und stickig.

»Sie müssen aussagen«, sagte er mit sanfter Stimme.

Sie schüttelte den Kopf. »Er bringt mich um.«

»Bridget«, erwiderte Kerry ruhig, »er wird Sie umbringen, wenn Sie es nicht tun.«

Ihre grünlichen Augen waren wie tot. Nur ihre Tränen verrieten, daß sie ihn gehört hatte.

Wieder in seinem Büro, lockerte Kerry seine Krawatte und lehnte sich müde im Stuhl zurück.

»Na«, fragte Clayton Slade, »wie war's?«

»Eine Katastrophe. Sie hat größere Gedächtnislücken und war betrunken, als es passierte. Außerdem will sie aus Angst nicht aussagen.«

»Was ist mit den Verletzungen?«

»Sie behauptet, er habe ihr Gesicht gegen das Waschbecken

geschlagen. Er behauptet, sie sei gestürzt und obendrein so betrunken gewesen, daß sie sich vollgepinkelt habe. Und das hat sie tatsächlich.«

Clayton runzelte die Stirn und faltete die Hände über dem Bauch. »Sie werden sich an den Jungen halten müssen.«

An diesem Abend ging Kerry in seine Wohnung, ließ Kassetten von Bruce Springsteen und Southside Johnny laufen und zog eine Bilanz seines Lebens.

Er war siebenundzwanzig und ledig, der weniger begabte jüngere Bruder eines Senators, und er hatte einen Chef, der ihn haßte und ihm das Leben schwer machte. Er hätte Jamie um Hilfe bitten können; bei seinem ersten Besuch in Washington hatte Jamie sich erboten, ihm einen Job in der Senatsverwaltung zu verschaffen. Aber Washington reizte ihn nicht, und wenn er sich jetzt von Jamie abhängig machte, würde er ein Leben lang im Schatten des Bruders stehen.

»Sie werden sich an den Jungen halten müssen«, hatte Clayton Slade zu ihm gesagt.

Unwillkürlich mußte Kerry an seinen Vater denken.

In seinen letzten Jahren war Michael Kilcannon zum Grübler geworden, zum einsamen Trinker, der sich dafür schämte, was aus ihm geworden war, und der es nicht fertigbrachte, seine Frau oder seine Söhne um Verzeihung zu bitten. Für Kerry war er gestorben, noch ehe er tot war. Er war froh, daß seine Mutter vor ihm sicher war, und wechselte kaum noch ein Wort mit ihm. Dann starb er, und Kerry mußte weinen. Er erkannte, daß er sich zeitlebens vergeblich nach einem Vater gesehnt hatte.

John Musso war acht Jahre alt.

Ganz gegen seine Gewohnheit zwang sich Kerry, an früher zu denken.

Mit acht hatte er gewußt, daß es keine Hilfe für sie gab: Jamie hatte sich von ihnen abgewandt, und seine Mutter schreckte davor zurück, die Polizei zu rufen. Und wenn sie es getan hätte? Hätte er den Mut aufgebracht, für sie zu sprechen?

Wollte er Anthony Musso hinter Gitter bringen, mußte er das Vertrauen dieses Jungen gewinnen.

John Musso sah Kerry nicht an, als sie im Vernehmungszimmer saßen.

Er war blaß, hatte strähniges dunkles Haar und biß die Zähne aufeinander, als müsse er sich gegen das Kommende wappnen. Seine Angst äußerte sich in krampfartigen Schluckbewegungen.

»Ich heiße Kerry.«

John schaute nicht auf. Er gab durch nichts zu erkennen, daß er ihn gehört hatte. Sein Körper war völlig unbeweglich, nur seine Gurgel zuckte. Kein Wunder, dachte Kerry, daß die Polizisten ihn für einen Autisten gehalten hatten.

»Ich arbeite für die Polizei«, fuhr Kerry fort. »Ich will dir und deiner Mutter helfen.«

John schwieg. Kerry zog einen Gummiball aus der Tasche und legte ihn auf den Tisch.

Der Junge blickte verstohlen zu dem Ball. »Magst du Bälle?« fragte Kerry.

Keine Antwort.

»Ich schenke ihn dir. Streck die Hand aus.«

Der Junge verharrte reglos, die blauen Augen auf den Tisch gerichtet. Dann glitt seine Hand auf Kerry zu, als führe sie ein Eigenleben. Kerry legte ihm den Ball in die offene Hand. Er zuckte zusammen, dann umklammerte er die rote Kugel so fest, daß seine Fingerknöchel weiß anliefen.

»Roll ihn zu mir, dann roll ich ihn zurück. Das ist ein Spiel.«

John schluckte wieder. Offensichtlich wollte er den Ball nicht hergeben. »Keine Sorge«, beruhigte ihn Kerry, »du darfst ihn behalten.«

Ängstlich ließ der Junge den Ball aus der Hand gleiten und über den Tisch rollen. Kerry nahm ihn und legte ihn erneut in Johns Hand.

»Noch mal?« fragte er.

Als Antwort rollte John den Ball zu Kerry, und während Kerry ihn zurückrollte, fragte er sich, wer sonst mit dem Jungen spielte. Von seinem Klassenlehrer wußte er, daß John ein schlechter Schüler war und anderen mit Mißtrauen begegnete. Er tat sich nur durch Wutausbrüche hervor.

Schweigend rollten sie den Ball hin und her, und Kerry überlegte, was er sagen sollte. Dann plötzlich hatte er die Antwort. Sie öffnete ihm ein Fenster zur Seele des Jungen und zu seiner eigenen.

»Soll ich dir etwas erzählen?« fragte er.

Johns Hand verharrte mit dem Ball. »Als ich acht war«, begann Kerry, »machte mein Vater mit meiner Mutter bestimmte Sachen.«

Der Junge rührte sich nicht.

»Er hat sie geschlagen. Genau wie dein Dad. Ich konnte ihn nicht daran hindern.«

Der Junge schluckte wieder.

»Ich lag im Bett«, fuhr Kerry fort, »und wünschte mir, daß uns jemand zu Hilfe käme.«

John schwieg. Zum ersten Mal nahm ihm Kerry den Ball aus der Hand und rollte ihn dann zu ihm zurück. »Ich fand es furchtbar, was Dad mit meiner Mom machte. Und du findest es ebenfalls furchtbar.« Kerry sprach sanft weiter. »Wenn ich dafür sorge, daß er damit aufhört, wird es deiner Mom vielleicht wieder besser gehen. Aber dazu brauche ich deine Hilfe.«

John schluckte wieder krampfhaft, dann lockerte er seinen Griff und der Ball entglitt seiner Hand.

Kerry fing ihn auf. »John, erinnerst du dich an den Abend, als deine Mom ins Krankenhaus kam? Was hat dein Dad mit ihr gemacht?«

Ein längeres Schweigen trat ein, dann schaute John Musso mit bebenden Lippen auf, schloß die Augen und flüsterte: »Er hat sie mit dem Gesicht gegen das Waschbecken geschlagen.«

Diesmal fuhr Kerry zu Bridget Musso ins Frauenhaus.

Es war ein warmer Frühlingsmorgen, und Kerry hatte das Verdeck seines zehn Jahre alten Volkswagens heruntergeklappt. Das Wochenende versprach schön zu werden, und das erinnerte ihn daran, daß er keine Freundin und keine Pläne hatte. Auch in dieser Hinsicht war er ganz anders als sein Bruder, sinnierte er wehmütig. Aber solche Gedanken waren vergessen, als er Bridget Musso sah.

Sie rekelte sich auf einem ramponierten Sofa und hatte eine

rote Nase. Kerry sah sich in dem kahlen Besucherzimmer um und fragte: »Wollen Sie, daß Ihr Sohn in einer solchen Umgebung aufwächst?«

Sie sah durch ihn hindurch und schwieg. Kerry setzte sich neben sie. »Er will nicht, daß Sie geschlagen werden. Er will nicht, daß Sie sich betrinken.« Kerry hielt inne und milderte seinen Ton. »Hören Sie mir eigentlich zu?«

Sie nickte kaum merklich.

»Dann passen Sie jetzt auf.« Er sah sie scharf und durchdringend an. »Ihr achtjähriger Sohn hat Angst, aber er ist bereit, für Sie vor Gericht auszusagen. Wollen Sie nicht dasselbe für ihn tun, Bridget?«

Sie öffnete die Lippen, gab aber keinen Laut von sich. Er spürte ihre Unschlüssigkeit. »Wenn Ihnen der Junge etwas bedeutet«, sagte er, »ändern Sie Ihr Leben, sonst wird er genauso wie sein Vater.«

Die Frau blinzelte und wandte sich ab.

»Sehen Sie mich an, Bridget.«

Sie gehorchte langsam.

»Wenn Sie John helfen«, sagte Kerry, »bringe ich Anthony ins Gefängnis. Dann wird er es nie wieder wagen, John oder Ihnen weh zu tun.«

Sie sah ihm lange in die Augen. Dann nickte sie.

DREI

An diesem Abend beschloß Kerry, von Selbstzweifeln geplagt und einsamer, als ihm lieb war, auf ein Bier ins McGovern's zu gehen.

Es war Freitag, und die Kneipe war von Rauch und Lärm erfüllt. Zu seinem Erstaunen entdeckte er niemand aus dem Büro, obwohl das McGovern's das Stammlokal vieler Juristen war. Er spielte mit dem Gedanken, wieder zu gehen, doch die Aussicht auf einen weiteren Abend mit Southside Johnny bewog ihn, auf den einzigen leeren Hocker an der Bar zu klettern.

Augenblicklich erschien der Wirt Bill Carney, ein strammer Sechziger mit grauem Schnurrbart, und brachte Kerry eine Flasche seines Lieblingsbiers Killian's Red. »Kerry Kilcannon«, grinste er, »der streitbare Advokat, Held der Wahrheit.«

Kerry grinste zurück. Sie spielten dieses Spiel seit dem Abend nach Kerrys Vereidigung, und jeder Besuch verlangte eine neue Begrüßung. »Bill Carney«, erwiderte Kerry, »Steuerhinterzieher, flüchtiger Rechtsbrecher und Geißel der englischen Krone.«

Bill lachte. »Wenn es nur wahr wäre – speziell das mit dem Steuerhinterzieher.« Er goß Kerrys Bier ein. »Und was macht die Juristerei?«

Kerry nippte an seinem Bier und beschloß, eine Antwort zu geben, die der Wahrheit einigermaßen nahe kam.

»Knifflige Fälle, Überstunden, speziell heute.«

Bill sah ihn verschmitzt an, und seine Augen wanderten zu der Frau auf dem Nachbarhocker. »Kennt ihr euch?«

Kerry hatte kaum Notiz von ihr genommen. Sie drehte den Kopf und bedachte ihn mit einem gespielt-kritischen Blick. Sie war hübsch, das sah er sofort – kurzes kastanienbraunes Haar, Stupsnase mit Sommersprossen, große grüne Augen, voller Mund. Als sie Bill anlächelte, zeigten sich Grübchen. »Sollte ich?« fragte sie.

Bill zuckte mit den Schultern. »Das ist noch nicht heraus. An manchen Tagen kenne ich ihn selbst kaum.« Er wandte sich einem anderen Gast zu und überließ die beiden sich selbst.

Leicht verlegen sagte Kerry: »Bill ist ein alter Kuppler.«

Wieder erschienen die Grübchen, doch diesmal hatte ihr Lächeln etwas Boshaftes. »Meine Eltern haben sich hier kennengelernt. Bill glaubt, daß sie eine harmonische Ehe führen, und ich bringe es nicht übers Herz, ihm zu sagen, wie unglücklich sie sind.«

Diese Bemerkung kam so unerwartet, daß Kerry lachen mußte. Mit wenigen offenen Worten nahm sie ihm die Befangenheit. »Ich heiße Kerry Kilcannon«, sagte er und streckte ihr die Hand entgegen.

Ihre Hand fühlte sich kühl und trocken an. »Meg Collins. Ich kenne Sie übrigens. Von der Sacred-Heart-Schule.« Sie lächelte erneut. »Sie waren viel älter. Etwa zehn Jahre.«

Kerry betrachtete sie verdutzt und stellte eigene Kombinationen an. »Ich glaube, ich habe Sie auf einer Juristen-Party gesehen. Sind Sie nicht die Frau von Pat Curran?«

»Gewesen. Unsere Ehe hat die Party nicht lange überlebt.«

»Tut mir leid«, sagte er und meinte es auch so.

»Oh, ist schon in Ordnung.« Sie sagte es fröhlich und aufgeräumt, als wolle sie bloß kein Mitleid aufkommen lassen. »Wenn keine Kinder da sind, ist das halb so schlimm. Plötzlich ist dein Mann fort, und du brauchst nicht mehr mit ihm zu reden.«

Was war geschehen? fragte sich Kerry. Er bezähmte seine Neugier und erwiderte: »Manchmal ist Alleinsein gar nicht so schlecht, finde ich. Man hat zwar niemand zum Reden, aber dafür kann man tun, was man will.«

Meg nickte. »Das versuche ich gerade zu lernen. Wie zum Beispiel ohne Freundin ins Kino zu gehen oder hierherzukommen. Finden Sie es nicht merkwürdig, daß man Frauen so etwas nicht beibringt?«

Die Frage hatte einen resoluten Unterton, und Kerry fragte sich, ob er vielleicht im Weg war. »Nicht daß Sie das Gefühl haben, Sie müßten mir Gesellschaft leisten«, sagte er.

Lächelnd drückte sie seinen Arm. »Wenn ich gehen wollte, hätten Sie das längst bemerkt. Mein Blick wird dann so leer wie am Ende von Pater Joes Predigten.«

Kerry lächelte erleichtert. »Und was machen Sie beruflich?« fragte er.

»Ich bin Anwaltsgehilfin.« Sie schlug einen gleichgültigen Ton an. »Ich wollte in dem Job arbeiten, bis Pat mit dem Jurastudium fertig war, und danach das College beenden. So war's geplant. Statt dessen mache ich jetzt abends eine Lehrerausbildung.«

Kerry spürte, daß ihre Gleichgültigkeit nur gespielt war. In Wahrheit grübelte sie noch immer über das Scheitern ihrer Ehe nach. »Pat war wohl kein guter Ehemann«, wagte er zu sagen.

Sie sah ihn an, dann starrte sie plötzlich nachdenklich auf den Tresen. »Er war jung. Er sehnte sich nach Abwechslung, er wollte aufregende neue Dinge erleben. Die Ehe kann das nicht bieten, wie ich feststellen mußte.«

Für einen Moment fühlte Kerry mit ihr; sie hatte ihm ein

Stück Ehrlichkeit zurückgegeben und einen kurzen Blick in ihr Inneres gewährt. Aber er selbst hatte keinerlei Erfahrungen, und über ihre Erfahrungen wußte er zu wenig, um etwas zu sagen. Sie saßen schweigend nebeneinander.

»Auf jeden Fall«, sagte sie schließlich, »sollte ich jetzt nach Hause gehen. Am Montag beginnen die Abschlußprüfungen.«

Kerry fragte sich, ob das stimmte, und zögerte. Aber Meg war hübsch, und sie interessierte ihn. Beim Aufstehen fragte er: »Darf ich Sie wenigstens nach Hause bringen?«

Meg sah ihn lange an, dann lächelte sie wieder. »Ich fand schon immer, daß Sie nett sind, Kerry. Zumindest zu Mädchen.«

Sie wohnte in Down Neck, dem alten portugiesischen Viertel. Unterwegs plauderten sie über Vailsburg und tauschten Erinnerungen aus. »Sie haben immer so ernst gewirkt«, sagte sie. »Manchmal habe ich mich gefragt, was mit Ihnen los war.«

»Nichts Ernstes«, erwiderte er. »Ich habe nur gebetet. Das war meine einzige Chance, anständige Noten zu bekommen.«

Er brachte sie bis an die Tür.

»Es war schön, Sie wiederzusehen«, sagte sie.

Kerry wußte, daß der Abend vorüber war. Aber noch hatte sie ihn nicht entlassen. Er sah ihr ins Gesicht und faßte ihr zärtlich unters Kinn. Ihre großen Augen sahen ihn fragend an, und als er sich zu ihr hinabbeugte, schlossen sie sich.

Ihr Mund war warm und weich. Er spürte das leichte Zittern ihres Körpers, und dann beendete sie langsam den Kuß.

Ihr Blick war ernst. »Auch das war schön«, sagte sie. Dann wich sie langsam zurück und öffnete, ohne den Blick von ihm zu wenden, die Tür.

Auf der Heimfahrt fühlte er sich unbeschwert wie selten.

In den folgenden beiden Wochen gingen sie zusammen essen oder ins Kino und trafen sich nach der Arbeit im McGovern's. Meg lachte viel und sprach bereitwillig über ihre Eltern. Mit einer Nüchternheit, die ihren Groll nur unzureichend verbarg, schilderte sie ihren Vater als autoritären Frauenfeind, der es nicht verstand, daß Frauen aufs College gingen. Kerry spürte, daß sie nach den Erfahrungen mit ihrem Vater und Pat Curran gegenüber Männern mißtrauisch war.

Langsam lernten sie einander besser kennen. Doch sie sprach selten über ihre Ehe, und ihm fiel es schwer, von seiner Arbeit zu erzählen, obwohl sie ihn häufig danach fragte. Das lag zum Teil am Fall Musso. Der Gerichtstermin rückte näher, und Kerry fühlte sich für Mutter und Sohn so verantwortlich, daß er aus Angst, den Prozeß zu verlieren, nachts nicht schlafen konnte. Er wollte Meg nicht mit seinen beruflichen Sorgen behelligen, und am Ende eines Tages hob ihr bloßer Anblick seine Stimmung.

An einem warmen Abend im Juni gingen sie ins Iberia, Megs Lieblingsrestaurant. Zu den Klängen portugiesischer Fado-Musik tranken sie Sangria und aßen köstliche Fleischspieße. Meg lachte und sprühte vor Lebenslust.

»Meine Freundinnen haben recht«, sagte sie.

»In welcher Beziehung?«

Ihre Augen lächelten. »Daß du besser aussiehst als dein Bruder. Er ist viel zu perfekt.«

Kerry war überrascht und gekränkt. Nicht einmal Meg ersparte ihm den Vergleich mit Jamie. »Dann bin ich also nicht wie er. Und was heißt das?«

Meg sah ihn forschend an, und dann ergriff sie seine Hand. »Es macht dich menschlich, Kerry. Menschlich.«

Sie gingen in ihre Wohnung.

Als Kerry sie küßte, schwankte er zwischen Vorfreude und einem anderen, weniger angenehmen Gefühl: dem Wunsch, ihr etwas zu beweisen. Ihre Bemerkung über Jamie ging ihm nach, und einen Augenblick lang hatte er das Gefühl, sie seien zwei Fremde, die ihre Bedürfnisse voreinander verbargen. Dann küßte ihn Meg noch leidenschaftlicher, und er verscheuchte den Gedanken.

Sie drückte sich an ihn, als er den Reißverschluß ihres Kleides öffnete. Sie hatte volle Brüste und Sommersprossen. Als sie ihren Slip auszog, sah sie ihn unsicher an. »Hab Geduld. Ich habe es lange nicht mehr getan.«

Kerry spürte, wie sein Herz pochte. »Wir beide«, erwiderte er und nahm sie an der Hand.

Sie gingen zusammen zum Bett.

In seinem leidenschaftlichen Verlangen wußte Kerry nicht

recht, wie er sie anfassen sollte, wann sie bereit war. Meg versuchte, ihn zu führen und ihm mitzuteilen, was ihr Vergnügen bereitete oder ihre Billigung fand. Schließlich drang er, immer noch zaudernd, in sie ein.

Selbst als ihre Körper sich zusammen bewegten, war er sich ihrer Fremdheit zu sehr bewußt. Plötzlich erstarrte Meg unter ihm und stieß einen leisen Schrei aus. Einen Augenblick später hielt er inne.

Sie lag schweigend in seinen Armen. »Bist du in Ordnung?« fragte er.

»Du warst lieb, Kerry.« Sie küßte ihn zärtlich. »Das erste Mal ist immer schwierig, sagt man.«

Kerry legte sich neben sie. »Pat«, sagte er. »Was war mit ihm?«

Sie sah weg. »Was spielt das für eine Rolle?«

Er streichelte sanft ihren Arm. »Vor drei Wochen haben wir uns kaum gekannt, und jetzt liegen wir hier.«

Meg drehte sich auf den Bauch und starrte an die Wand hinter ihm. »Er hat mich verlassen. Wegen einer Frau aus der Kanzlei, einer Anwältin. Er fand sie interessanter. Es machte ihm keinen Spaß mehr mit mir.«

Die letzten Worte kamen gedämpft. Kerry strich mit den Fingern leicht über ihre Wirbelsäule, bis sie sich an ihn kuschelte. Er spürte, daß sie weinte.

Später schlief sie ein. Er nicht. Sie waren zwei Kinder aus zerrütteten Ehen, dachte er, die nicht wußten, wie man es besser machte. Es war kein Wunder, wenn sie ins Straucheln gerieten.

Er hielt sie eng umschlungen.

VIER

Als Kerry vor dem Gerichtsgebäude auf Bridget Musso und ihren Sohn wartete, dachte er an Clayton Slades Rat.

Er konnte Clayton nicht als Freund bezeichnen – sie sprachen nur über die Arbeit und auch das nur in Maßen. Doch Clayton war drei Jahre älter, hatte mehr Prozeßerfahrung und schien Kerrys Besorgnis zu spüren.

Tags zuvor hatte ihn Clayton dabei beobachtet, wie er sich

auf die Verhandlung vorbereitete. »Ist die Mutter inzwischen trocken?« fragte er.

Kerry schaute überrascht auf und nickte. »Seit drei Monaten.«

»Und was ist mit dem Jungen?«

Kerry zögerte. »Ich habe keine Ahnung, was er tun wird, wenn ich ihn aufrufen lasse.«

Clayton runzelte die Stirn. »Sagen Sie das den Geschworenen vorher. Falls der Junge umkippt, sind sie wenigstens vorgewarnt.«

Kerry hatte tief Luft geholt. »Wenn er nicht umkippt, muß ich gewinnen. Sonst gnade Gott den beiden.«

Jetzt sah er John Musso an der Hand seiner Mutter die Treppe heraufkommen.

Es war bemerkenswert. Er hatte diese Frau eigentlich schon aufgegeben, und jetzt war sie hier. Ihr Teint war blaß, aber nicht mehr so fleckig, und ihren Augen waren klar. Es war für sie kein leichter Gang, denn sie hatte nichts, womit sie ihre Angst hätte betäuben können.

»Ich wußte, daß Sie es schaffen«, sagte er zu ihr, und als sie den Kopf hob, wußte er, daß er das Richtige getan hatte: Es war besser, sie an das bereits Erreichte zu erinnern, als ihr große Versprechungen zu machen.

Er ging vor John in die Hocke.

Kerry hatte stundenlang mit ihm geübt. Doch die Augen des Jungen starrten, verschleiert hinter dunklen Wimpern, auf die Stufen aus Stein. Sanft sagte Kerry: »Ich freue mich, daß du deiner Mom hilfst.«

John schaute nicht auf, doch er straffte die Schultern, und als sie die restlichen Stufen erklommen, faßte er seine Mutter und Kerry an der Hand.

Kerry empfand ein großes Unbehagen, als er die kleinen Finger umklammerte, und fragte sich, was er einem Achtjährigen wohl bedeuten konnte. In wenigen Stunden mußte sich John Musso zwischen seinem Vater und seiner Mutter entscheiden. Zwischen seinem Vater und Kerry Kilcannon, der ihn hierhergebracht hatte.

Oben an der Treppe wartete eine Sozialarbeiterin, die Mutter und Sohn betreuen sollte, bis sie aufgerufen würden.

Zum ersten Mal fing Kerry den ängstlichen Blick des Jungen auf. Mit dünner Stimme fragte John: »Du wirst doch dasein, nicht? Im Gerichtssaal?«

Kerry nickte und legte ihm die Hand auf die Schulter. »Wenn du die Fragen beantwortest, sieh nur mich an und sonst niemand.«

Kerry wartete, bis Mutter und Sohn mit der Frau verschwunden waren. Dann ging er allein in den Gerichtssaal.

Er war noch leer. Kerry setzte sich auf seinen Platz und wartete auf das Erscheinen Anthony Mussos, eines Mannes, den er noch nie getroffen, aber bereits hassen gelernt hatte, und der diesen Haß nach dreimonatiger Untersuchungshaft ohne Zweifel erwiderte.

Langsam füllte sich der Saal und erwachte zum Leben – der Gerichtsdiener kam, der Protokollführer, die Jury, der Pflichtverteidiger Gary Levin, ein scharfsinniger alter Fuchs mit einer Vorliebe für Fliegen und wallendem grauen Haar, Richter Frederick Weinstein, ein hagerer Glatzkopf mit einem Hang zum Sarkasmus. Und dann, endlich, Anthony Musso.

Er war kleiner, als Kerry ihn sich vorgestellt hatte, kaum größer als er selbst, allerdings kräftiger und stämmiger. Von der Großspurigkeit eines Schlägers war wenig zu spüren, und als er neben seinem Anwalt Platz nahm, war er unnatürlich still. Seine Gesichtszüge waren flach, wie auf einem Amboß geschmiedet, und sein Haar war so schwarz wie seine Augen. Als er diese Augen endlich auf Kerry richtete, blickten sie groß und kalt, ohne zu blinzeln. Kerry war, als blicke er in die Augen eines Pferdes.

Er stellte sich vor, er sei John Musso und schaue zu seinem Vater auf. Er verspürte Angst, aber nicht nur vor der Brutalität, sondern vor dem, was ihr zugrunde lag und unendlich viel schlimmer war – seiner Gefühlskälte und Gleichgültigkeit. Plötzlich war Kerry ein kleiner Junge, der in der Tür stand und zusah, wie Anthony Musso das Gesicht seiner Mutter gegen das Waschbecken schmetterte. Das Krachen der Zähne, der Anblick des Bluts ließen den Vater ungerührt.

Dich kriege ich, versprach ihm Kerry quer durch den Gerichtssaal, und dann begann die Verhandlung.

Der Morgen verging schnell. Die Beweisaufnahme begann

mit dem Polizisten, der als erster am Tatort eingetroffen war. Er beschrieb Bridgets Verletzungen; im Kreuzverhör stellte Levin klar, daß John Musso lediglich gesagt habe, er glaube, daß seine Mutter tot sei. Der Notarzt hatte nicht viel hinzuzufügen. Die Verletzungen an Bridgets Mund und Gebiß waren zwar schwer, doch konnte er nicht mit Gewißheit sagen, wie sie entstanden waren, und angesichts von Bridgets Epilepsie und Blutalkoholgehalt räumte er die Möglichkeit ein, daß sie gefallen war und sich dabei die Verletzungen zugezogen hatte. Um zwei Uhr nachmittags sah es für Kerry nicht rosig aus.

Er rief Bridget Musso in den Zeugenstand.

Als sie zwischen den leeren Zuschauerbänken hindurchging, sah Kerry ihr an, wieviel Mühe es sie kostete, nicht zu Anthony Musso hinüberzusehen. Instinktiv ging er ihr entgegen, faßte sie am Ellbogen und führte sie zum Zeugenstand.

Ihr Gesicht war zur Maske erstarrt. »Sie müssen der Jury zeigen, daß sie Angst hat«, hatte ihm Clayton geraten, denn ein emotionsloses Opfer kam bei den Geschworenen ebenso schlecht an wie jemand, der laut nach Rache schrie. Doch selbst in nüchternem Zustand sparte Bridget mit Worten und Gefühlsäußerungen.

Bei Kerrys ersten Fragen schaute sie nicht auf, und ihre Stimme war ein tonloses Flüstern. »Wo waren Sie, als Anthony nach Hause kam?«

Sie kniff die Augen zusammen. Obwohl Kerry alle Winkel ihres Gedächtnisses ausgeleuchtet hatte, strengte sie jede Einzelheit an. »Im Wohnzimmer«, antwortete sie schließlich. »Es war dunkel.«

»Und Sie hatten getrunken.«

Ihr Blick wurde abwesend. »Ja.«

»Wo war John?«

Sie zögerte. Verlegen sagte sie: »Ich weiß nicht.«

Sieh mich an, flehte Kerry im stillen und trat näher. »Wie war das, als Anthony nach Hause kam?«

Beinahe flüsternd antwortete sie: »Zuerst war er nur ein Schatten. Dann fiel Licht in sein Gesicht.«

»Er stand vor Ihnen, nicht? So wie ich jetzt?«

Bridget nickte. Ruhig fragte Kerry: »Was taten Sie?«

Sie schluckte. »Ich habe mich vollgepinkelt.«

Kerry atmete aus. »Ihr Mann hat es gesehen?«

Sie senkte den Kopf. »Er nannte mich ein Tier.«

»Sagte er es so?« Plötzlich knallte seine Stimme wie eine Peitsche. »›Du bist ein Tier – eine Hündin?‹«

Bridget zuckte zurück und drehte sich zur Seite. »Einspruch«, bellte Levins Stimme hinter Kerry. »Suggestivfrage.«

»Stattgegeben«, entschied Weinstein.

Kerry ignorierte es. »Ihr Mann nannte Sie also ein Tier. Was geschah dann?«

Sie schloß die Augen, und ein Zittern lief durch ihren Körper. »Er zerrte mich an den Haaren in die Toilette. Dann riß er mir den Slip herunter und befahl mir zu pinkeln.« Von der Seite sah Kerry, wie sie sich aufsetzte und mit einer Mischung aus Angst und Entschlossenheit das Kinn vorschob. »Ich habe es versucht.«

Kerry trat nach rechts, in ihre Blickrichtung. Es dauerte lange, bis sich ihre Blicke begegneten. »Machte ihn das wütend?«

»Er schlug mir ins Gesicht.« Sie zuckte zusammen, wie von einem Schlag. »Ich stieß mit dem Kopf gegen die Wand.«

Aus dem Augenwinkel sah Kerry, wie eine Geschworene sich an den Hals faßte. »Dann schlug er Sie noch einmal?«

»Ja.« Sie sprach mit erstickter, heiserer Stimme. »Ich bekam das Waschbecken zu fassen und wollte mich hochziehen. Ich sah sein Gesicht im Spiegel ...« Abermals schloß sie die Augen.

Bitte, flehte Kerry im stillen, halte durch. »Was tat Anthony daraufhin?«

Zum ersten Mal blickte sie zu ihrem Mann. Sie öffnete den Mund, ohne einen Laut von sich zu geben, und dann traten ihr Tränen in die Augen.

»Was tat er?« wiederholte Kerry.

Sie holte tief Luft. »Er stieß mich mit dem Gesicht gegen das Waschbecken.«

»Stieß?«

»Ich brach mir mehrere Zähne aus.« Ihre Stimme bebte. »Ich fühlte sie lose im Mund.«

Kerry wartete einen Moment. »Was geschah dann?«

Sie faltete die Hände, ihre Lippen zitterten. »Ich wurde ins Krankenhaus ...«

»Bevor Sie ins Krankenhaus kamen, Bridget.«

Bridget blinzelte verwirrt. Kerry spürte, wie sich sein Magen verkrampfte. »Bridget?«

Plötzlich liefen ihr Tränen übers Gesicht. »Mein Sohn«, sagte sie leise. »John stand in der Badezimmertür.«

Als sich Gary Levin zum Kreuzverhör erhob, wirkte Bridget erschöpft. Levin blieb neben Anthony Musso stehen, eine Taktik, die Kerry sofort durchschaute: Er wollte Bridget zwingen, ihren Mann anzusehen.

»Was haben Sie an dem fraglichen Abend getrunken?« begann Levin forsch.

Bridget sah weg. »Whisky.«

»Wieviel?«

Bridget spielte mit dem Saum ihrer Bluse. »Ich weiß nicht mehr.«

»Mehr als zwei Gläser? Oder drei?«

Bridget zuckte mit den Schultern. »Ich erinnere mich nicht.«

»Sie erinnern sich nicht?« Levins Stimme und Haltung – die Hände in die Hüften gestemmt, die Augen starr auf Bridget gerichtet – sollten demonstrieren, wie unbeeindruckt er war. »Sie waren betrunken, nicht wahr? Eigentlich waren Sie ständig betrunken.«

Bridget zögerte. »Ich bin Alkoholikerin.«

»Und wenn Sie trinken, setzt Ihre Erinnerung aus?«

»Einspruch«, rief Kerry. »Wann? Jedesmal? Immer? Das kann Mr. Levin doch unmöglich meinen.«

»Stattgegeben«, entschied Weinstein.

Gewandt fuhr Levin fort: »Erinnern Sie sich an den fraglichen Abend?«

Verwirrt schaute Bridget von Levin zu Kerry. »Ja.«

»Wissen Sie noch, was Sie der Polizei gegenüber ausgesagt haben?«

»Ja.«

»Aber Sie haben ihr nicht erzählt, daß Sie uriniert haben?«

»Ich hatte Angst.«

»Oder daß Ihr Mann Sie angeschrien hat?«

Bridget faßte sich an die Stirn. »Ich weiß nicht mehr …«

»Tatsächlich«, unterbrach sie Levin, »haben Sie der Polizei nur erzählt, daß Ihr Mann sie geschlagen habe.«

Bridget schüttelte den Kopf. »Ich hatte Angst.«

»Sie waren betrunken, nicht wahr?«

Bridget schüttelte den Kopf. »Zu dem Zeitpunkt nicht.«

Levin blickte kurz zu Kerry. »Aber Sie haben sich an keine dieser Einzelheiten erinnert, bis Sie mit Mr. Kilcannon zusammenkamen, richtig?«

Bridget starrte ins Leere. »Mr. Kilcannon hat mir geholfen. Wegen John.«

»John«, wiederholte Levin. »Sie erinnern sich nicht, wo John war, als Ihr Mann nach Hause kam und als Sie sich besudelten und was angeblich sonst noch alles passiert ist?«

Bridget schloß die Augen. »Nein.«

»Aber Sie erinnern sich, John gesehen zu haben, als Sie mit ausgeschlagenen Zähnen und blutenden Lippen einer Ohnmacht nahe waren?«

»Ja.«

»Aber auch davon haben Sie der Polizei nichts gesagt?«

Kerry wäre am liebsten dazwischengegangen, aber jetzt eine Pause zu beantragen hätte auf die Geschworenen einen schlechten Eindruck gemacht. Levin hob die Stimme. »Warum sehen Sie mich nicht an, Mrs. Musso?«

Kerry verlor die Beherrschung. »Vielleicht weil Mr. Levin neben ihrem Mann steht. Und sich genauso aufführt wie er.«

Weinstein beugte sich vor, Zornesröte im Gesicht. »Mr. Kilcannon …«

»Er kann sie doch befragen, ohne sie unter Druck zu setzen.« Kerry fuhr wütend in die Höhe. »*Ein* Rüpel genügt.«

Die Lippen des Richters zuckten, als habe er etwas Bitteres geschmeckt. »Wenn ich Sie wegen Mißachtung des Gerichts verdonnern soll, machen Sie nur so weiter, Mr. Kilcannon.« Und an Levin gewandt: »Die Zeugin kann hinschauen, wohin Sie will, Herr Verteidiger. Fahren Sie fort.«

Levin ging langsam auf Bridget zu. Die Geschworenen folgten ihm mit gespannten Gesichtern. In freundlichstem Ton fragte er: »Sie leiden auch unter epileptischen Anfällen, nicht wahr?«

Bridget nickte. »Ja.«

»Bei diesen Anfällen verlieren Sie das Bewußtsein, richtig?«

»Ja.«

»Und manchmal stürzen Sie und verletzen sich?«

»Ja.«

Levin wartete eine Sekunde. »Und können sich hinterher an nichts mehr erinnern?«

Bridget rang um Fassung. »Ja«, antwortete sie. »Manchmal.«

Noch ehe Kerry den Blick des Verteidigers auffing, wußte er, daß Levin sein Ziel erreicht hatte. Von nun an bestanden begründete Zweifel.

»Keine weiteren Fragen«, sagte Levin, und damit ruhte Kerrys Anklage auf den Schultern eines achtjährigen Jungen.

FÜNF

In dieser Nacht lag Kerry wach.

Auf seinen Antrag hin hatte Richter Weinstein die Verhandlung vertagt, ohne John in den Zeugenstand zu rufen. Kerrys Begründung, daß einem Achtjährigen zwei Verhandlungstage nicht zuzumuten seien, entsprach durchaus der Wahrheit. Was ihm den Schlaf raubte und sein Gewissen belastete, war etwas anderes: Er fragte sich, ob er seine eigenen Interessen über die des Kindes stellte.

Er konnte die Anklage immer noch fallenlassen; vielleicht würde Anthony Musso, eingeschüchtert durch das Verfahren, seine Frau und seinen Sohn künftig in Ruhe lassen. Er, Kerry, wäre der einzige Leidtragende, und John bliebe die Notwendigkeit erspart, seinen Vater hinter Gitter zu bringen, um seine Mutter zu schützen. Wenn Kerry an Anthony Mussos Augen dachte, hatte er das Gefühl, Johns Leben liege in seinen Händen.

Warum hatte er das alles getan? Wo hörten die Mussos auf und wo begann er selbst, sein Ich und sein Ehrgeiz, seine eigenen bitteren Erinnerungen, sein Kindheitswunsch nach einem Retter? Sah er sein Spiegelbild, wenn er in John Mussos Gesicht blickte? Oder war er doch besser? Hatte er das alles getan, weil er aus eigener leidvoller Erfahrung wußte, daß die Mißhandlungen niemals aufhören würden, wenn er ihnen kein Ende setzte?

Kerry knipste die Nachttischlampe an. Das trübe Licht warf Schatten ins Zimmer. Er dachte an seine Kindheit, an die Schritte des Vaters auf der Treppe, und dann an Anthony Musso, wie er sich im Halbdunkel vor Bridget aufbaute. Er spürte instinktiv, daß dieser Musso im Unterschied zu seinem Vater geisteskrank war.

Er stand auf und machte sich für das Gericht fertig. Es gab kein Zurück mehr.

John Mussos Gurgel zuckte, als er im Zeugenstand Platz nahm. Er war blaß, und seine Füße reichten nicht bis zum Boden, als er saß.

Kerry stellte sich dicht neben ihn und achtete sorgfältig darauf, daß der Vater, der ihn vom Tisch der Verteidigung aus unverwandt anstarrte, nicht ins Blickfeld des Jungen geriet.

Zunächst einmal mußte Kerry dafür sorgen, daß John Musso als Zeuge überhaupt zugelassen wurde; und dann mußte er verhindern, daß Johns Aussage – so er denn eine machte – Gründe für eine Anfechtung des Urteils lieferte. »Kinder im Zeugenstand sind heikel«, hatte ihm Clayton erklärt. »Sie verstehen nicht, daß sie nur erzählen sollen, was für die Anklage relevant ist, und nicht alles, was sie gesehen haben.« Vor der Verhandlung hatte Weinstein alle Beweismittel ausgeschlossen, die belegten, daß Anthony Musso seine Frau vor der fraglichen Nacht geschlagen hatte. Kerry fand es deprimierend, daß die Darlegung des wahren Sachverhalts – Bridgets jahrelange Mißhandlung durch ihren Mann – Anthony die Freiheit bringen und die Vernehmung seines Sohnes zu einem noch größeren Risiko machen konnte.

Kerry sah den Jungen an. »Kannst du Richter Weinstein deinen Namen sagen?« fragte er.

John schluckte. Seine Stimme klang dünn. »John Musso.«

»Du kennst mich, nicht wahr?«

Der Junge zögerte kurz, dann strahlte er Kerry an. »Du bist Kerry.«

Kerry trat näher. »Weißt du, warum du hier bist?«

Wieder schluckte der Junge. »Ich bin hier…« John unterbrach sich und begann noch einmal von vorn. »Ich bin hier, um zu sagen, was mit meiner Mom geschehen ist.«

»Hat dir jemand gesagt, was du sagen sollst?«

John zögerte, sah Kerry hilfesuchend an, dann antwortete er: »Du.«

Kerry wurde nervös. Wenn der Richter oder die Geschworenen Johns Antwort falsch verstanden, konnte das verheerende Folgen haben. »Was genau habe ich dir gesagt?«

»Daß ich die Wahrheit sagen soll.« Kerry atmete erleichtert auf, und dann fügte John hinzu. »Und daß du meinen Dad ins Gefängnis bringst, wenn ich es tue.«

Der Schreck fuhr Kerry durch alle Glieder. Richter Weinstein warf ihm einen argwöhnischen Blick zu und fragte John: »Weißt du, was die Wahrheit ist, John? Ist die Wahrheit das, was dir Mr. Kilcannon vorgesagt hat?«

Der Junge blickte ängstlich zu Weinstein.

Noch schärfer fragte der Richter: »Hat dir Mr. Kilcannon gesagt, was du sagen sollst?«

Wieder zuckte Johns Gurgel. Mit kaum vernehmlicher Stimme antwortete er: »Kerry hat mir gesagt, daß ich erzählen soll, was passiert ist.«

Kerry sah den Richter an und hob den Arm. Widerstrebend nickte Weinstein. Kerry wandte sich wieder an John und fragte: »Du weißt doch, was mit Menschen geschieht, die lügen, nicht wahr? Du hast mir davon erzählt.«

John nickte energisch. »Lügen ist Sünde. Jesus bestraft die Lügner.«

Kerry zog die Augenbrauen hoch und blickte zu Weinstein. Der Richter nickte zufrieden. »Fahren Sie fort, Mr. Kilcannon.«

Kerry bemerkte, daß die Geschworenen aufmerksam zusahen. Die nächsten Fragen konnten über den Ausgang des Prozesses entscheiden. »John«, fragte er ruhig, »erinnerst du dich an den Abend, an dem deine Mom verletzt wurde?«

Zum ersten Mal schielte John verstohlen zu seinem Vater. Sein Blick wanderte weiter zu seiner Mutter, die hinter Kerry saß.

»Ich habe gedacht, daß meine Mommy tot ist«, antwortete

er, und Kerry hörte die Angst, die Hilflosigkeit heraus, die der Junge empfunden haben mußte.

»Darum hast du die Polizei gerufen«, sagte Kerry.

»Ja.«

»Weißt du, wie sich deine Mutter verletzt hat?«

John zog die Schultern zusammen und sah weg. Es war die Geste eines Jungen, der die Erfahrung gemacht hatte, daß seine Lage hoffnungslos war, daß reden gefährlich war und Vertrauen sich rächte.

»John, hast du meine Frage verstanden?«

John sah zu ihm auf. Kerry las aus seinem Blick, daß er seine gesamte Lebenserfahrung gegen die jüngsten Erfahrungen mit Kerry Kilcannon abwog. »Ich war in meinem Zimmer.«

Kerry atmete auf. »Und was geschah dann?«

John schloß die Augen. »Er hat geschrien.«

»Wer?«

Es arbeitete in Johns Gesicht. »Mein Dad.«

Die Geschworenen lauschten atemlos. Was immer John jetzt aussagen mochte, es war unverkennbar, daß er Angst hatte. Gary Levin betrachtete ihn mit zusammengekniffenen Augen.

»Bist du in deinem Zimmer geblieben?« fragte Kerry.

Der Junge nickte. »Ich habe mir die Decke über den Kopf gezogen.«

»Wie konntest du dann wissen, daß deine Mommy verletzt wurde?«

Der Junge starrte auf seine gefalteten Hände und schielte dann zu seiner Mutter. »Ich hörte meine Mom schreien.«

Kerry schritt zum Zeugenstand und stellte sich, eine Hand auf die Brüstung legend, neben John, so daß die Geschworenen ihre Gesichter sehen konnten. »Hattest du Angst um sie?«

Der Junge hob langsam den Blick. »Ja.«

»Was hast du getan?«

John verschränkte die Arme, als friere er. »Ich bin aufgestanden.«

»Wohin bist du gegangen?«

»Ins Wohnzimmer. Aber da war niemand.«

»Was geschah dann?«

Der Junge schluckte wieder, dann bekam er einen so heftigen

Hustenanfall, daß es ihn schüttelte und Speichel aus seinem Mund trat. Kerry wischte ihm mit einem Papiertaschentuch die Lippen ab. »Geht es wieder, John?«

John sah ihn flehentlich an. Kerry fühlte sich elend.

»Sollen wir eine Pause machen?« fragte Weinstein.

Kerry spürte, daß der Junge fort wollte. Aber wenn er ihn jetzt gehen ließ, würde er niemals zurückkehren. »Nein«, entschied Kerry kühl. »Ich habe nur noch ein paar Fragen. John, hast du etwas gehört, als du im Wohnzimmer warst?«

Er durchbohrte den Jungen mit Blicken und verlangte Antwort. John schluckte abermals, dann murmelte er: »Sie waren im Badezimmer.«

»Was hast du getan?«

Der Junge leckte sich die Lippen, ohne den Blick von Kerry zu wenden. »Ich bin ins Bad gegangen.«

»Hast du deine Mommy gesehen?«

John nickte und schlug, plötzlich verlegen, die Augen nieder. »Sie saß auf dem Klo und weinte.«

»War dein Dad auch da?«

Der Junge schloß wieder die Augen. »Ja.«

»Was hat er getan?«

John blickte zu seiner Mutter. Tränen schimmerten in ihren Augen. Der Junge sah sie an, dann warf er einen kurzen Blick auf seinen Vater. »Mein Dad hat sie geschlagen.«

Kerry atmete auf. »Was geschah dann mit deiner Mom?«

John schaute wieder zu seiner Mutter. »Sie ist vom Klo gefallen.«

»Ist sie aufgestanden?«

»Ja.«

»Und was geschah dann?«

In der langen Pause, die nun folgte, schloß der Junge wieder die Augen. Die Geschworenen beugten sich vor, und seine Mutter senkte den Kopf wie zum Gebet. Kerry fühlte Schweiß auf seiner Stirn, und als John endlich antwortete, klang seine Stimme dumpf und monoton.

»Mein Dad hat Mommy an den Haaren gepackt und mit dem Gesicht gegen das Waschbecken geschlagen.«

Gary Levin schritt langsam auf John zu. Er hatte die Richtung bewußt gewählt. Wenn der Junge ihn ansah, mußte er zwangsläufig auch den hinter ihm sitzenden Anthony Musso sehen.

»Deine Mommy trinkt Whisky«, begann Levin, »nicht wahr?«

John schüttelte den Kopf. Mit verhaltenem Stolz entgegnete er: »Mommy trinkt nicht mehr.«

»Aber früher hat sie.«

»Ja.«

Levin hielt inne und erkundigte sich dann in freundlichem Ton. »Manchmal hat sich deine Mommy wehgetan, nicht?«

»Sie hat Epilepsie«, antwortete der Junge mit einer gewissen Würde. »Wenn sie einen Anfall bekommt, fällt sie hin.«

»Und dabei tut sie sich weh?«

Johns Blick fiel auf seinen Vater, der ihn, wie Kerry fand, mit einer Mischung aus Haß und Gleichgültigkeit ansah. John schaute weg, und seine Stimme klang ängstlich. »Manchmal.«

»Und als du die Polizei angerufen hast, hast du nur gesagt, daß deine Mommy möglicherweise tot sei.«

John schluckte. »Ich weiß nicht mehr.«

»Aber mehr hast du doch nicht gesagt, als die Polizei kam, oder?«

John schüttelte verwirrt den Kopf.

Levin trat näher. »John, hast du Mr. Kilcannon gern?«

Der Junge sah zu Kerry und nickte. »Ja.«

»Und du willst, daß er stolz auf dich ist.«

John blickte von Kerry zu Bridget. »Mom auch.«

Levin lächelte. »Sie möchten, daß du die Wahrheit sagst, nicht wahr? Mehr möchte Mr. Kilcannon nicht.«

Der Junge nickte. Seine Augen ruhten jetzt auf dem Verteidiger.

»Schön«, fuhr Levin fort, »aber es stimmt doch, daß du mit Mr. Kilcannon gesprochen und dabei festgestellt hast, daß es ihm recht wäre, wenn du sagst, daß dein Dad deiner Mom wehgetan hat?«

John zögerte lange, bevor er antwortete: »Ich wollte ihm helfen.«

Levin nickte. »Das hast du auch getan, John. Indem du gesagt hast, daß dein Dad deine Mom gegen das Waschbecken gestoßen habe. Aber in Wahrheit weißt du gar nicht, was geschehen ist, stimmt's?«

John verschränkte trotzig die Arme. »Doch.«

Beinahe mitleidig meinte Levin: »Deine Mommy trinkt. Und dann tut sie sich weh.«

Zornig fuhr John in seinem Stuhl hoch und funkelte den Verteidiger an. »Daddy tut ihr weh. Er tut ihr ständig weh ...«

»Euer Ehren«, rief Levin, doch John hatte sich der Jury zugewendet und platzte mit schriller Stimme heraus: »Er schlägt sie ins Gesicht und in den Bauch ...«

Kerry bemerkte, wie eine schwarze Geschworene erschauderte.

»Euer Ehren«, rief Levin unvermittelt. »Ich beantrage die Einstellung des Verfahrens.«

Sie saßen in Weinsteins luftigem Amtszimmer – der Richter, Kerry, Levin und ein Gerichtsreporter.

»Die Zeugenaussage ist unzulässig«, beharrte Levin. »Meinem Mandanten wird in diesem Verfahren nur ein einziges Vergehen zur Last gelegt – das einzige, das jemals zur Anzeige kam. Und plötzlich steht er als brutaler Kerl da, der regelmäßig seine Frau verprügelt. Unter diesen Umständen ist keine faire Verhandlung mehr möglich.«

Weinstein wandte sich an Kerry. »Ich pflichte der Verteidigung bei, daß wir ein Problem haben. Wozu weitermachen und riskieren, daß das Urteil in der Berufung aufgehoben wird?«

Kerry sammelte seine Gedanken. »Mr. Levin soll ruhig Berufung einlegen, wenn er sich etwas davon verspricht. Aber ein Verfahrensfehler? Ich habe John die Frage nicht gestellt, obwohl seine Antwort niemanden überraschen dürfte – am wenigsten Anthony Mussos Anwalt.« Kerry hielt inne und wandte sich an Levin. »Mr. Levin hat einen achtjährigen Jungen dazu getrieben, daß er ...«

»Er ist Ihr Zeuge«, schoß Levin mit rotem Kopf zurück. »Ihre Aufgabe ist es, ihn mit den Spielregeln vertraut zu machen.«

»Euer Ehren«, sagte Kerry zu Weinstein, »Mr. Levin hat John Musso praktisch der Lüge bezichtigt, und der Junge hat mit der einzigen Waffe zurückgeschlagen, die er hatte – der Wahrheit. Die Verteidigung hat bekommen, was sie verdient.« Er senkte die Stimme. »Nicht verdient hat sie eine Einstellung des Verfahrens. Der Junge hat genug durchgemacht. Es wäre grausam, ihm das alles noch einmal zuzumuten.«

Weinstein nickte. »Ich stimme Mr. Kilcannon zu. Er kann nichts dafür, daß es zu der Aussage kam. Daß der Junge leidet, ist offensichtlich. Wenn er noch einmal vor Gericht muß, dann nicht meinetwegen, sondern weil es das Berufungsgericht so will.« Er wandte sich an Levin. »Mr. Levin, ich werde die Geschworenen darauf hinweisen, daß sie Aussagen über andere vermeintliche Mißhandlungen ignorieren müssen. Antrag abgelehnt.«

Zurück im Gerichtssaal, ermahnte Richter Weinstein die Jury eindringlich, John Mussos Antwort nicht zu beachten. Doch Kerry wußte, daß das den Geschworenen nicht möglich war. Das Malheur war passiert und stand im Protokoll, eine tickende Zeitbombe. Um den Mussos weiteres Leid zu ersparen, würde er zweimal gewinnen müssen – jetzt und in der Berufung.

Levin nahm vorsichtig sein Kreuzverhör wieder auf. »John, bevor du Mr. Kilcannon kennengelernt hast, hast du nie jemandem erzählt, daß dein Dad deine Mom geschlagen habe. Ist das die Wahrheit?«

»Ja«, antwortete John.

»Und du hast oft mit Mr. Kilcannon gesprochen.«

»Ja.«

»Und deine Aussage geprobt, damit du auch alles richtig machst.«

»Ja.«

Levin stemmte die Hände in die Hüften. »Mr. Kilcannon hat dir ein Versprechen gegeben, hast du gesagt. Das Versprechen, daß dein Dad ins Gefängnis kommt, wenn du ihm hilfst.«

Ein Blick zu Kerry, ein nervöses Nicken. »Das hat er versprochen.«

»Und deine Mom will das auch. Daß dein Dad ins Gefängnis kommt.«

Plötzlich wirkte John erschöpft. Die Frage bezog sich auf die Wahl, die er getroffen hatte, und deshalb war sie ihm peinlich.

»Ja«, antwortete er mit der Stimme eines schuldbewußten Kindes oder eines möglichen Lügners.

Levin hatte wieder etwas Boden gutgemacht. »Keine weiteren Fragen.«

Kerry erhob sich unschlüssig. Mit etwas Glück konnte er den Schaden reparieren. Doch Johns Augen baten um Erlösung.

Freundlich sagte Kerry: »Danke John, das war's.«

SECHS

Bei seinen abschließenden Worten vor den großen Schlußplädoyers fühlte sich Kerry von Anfang an verunsichert und in die Defensive gedrängt.

Gary Levin hatte Anthony Musso nicht in den Zeugenstand gerufen und ihn damit der Chance beraubt, Musso als das zu entlarven, was er in seinen Augen war. Kerry wußte sofort, daß Levin ihn selbst aufs Korn nehmen würde: Daß der Verteidiger seine ganze Hoffnung auf die Behauptung setzte, er, Kerry, habe sich die ganze Geschichte nur ausgedacht, und daß er im Falle einer Niederlage Revision einlegen würde. Kerry gab sich selbst daran die Schuld; plötzlich ging es bei dem Prozeß viel zu sehr um seine Person, um seine Gefühle, seine Fehler.

Er versuchte, sich gelassen zu geben, als er nun noch einmal daran erinnerte, daß die Aussage des Jungen die Darstellung der Mutter stützte, und daß Anthony Musso nicht die Polizei verständigt hatte. »Ich möchte«, schloß er, »daß Sie Anthony Musso einer Tat für schuldig befinden, deren er sich bewußt war, als er aus der Wohnung flüchtete – eines brutalen Verbrechens, das er unter den Augen eines hilflosen Kindes an einer wehrlosen Frau verübte.«

Bedrückt nahm Kerry Platz. Die Geschworenen wirkten weder skeptisch noch überzeugt, als wollten sie mit ihrem Urteil noch hinterm Berg halten.

Gary Levin erhob sich – ruhig, zuversichtlich, unbekümmert. »Wir alle«, begann er, »bedauern die Vorgänge, die Mr. Kilcannon uns geschildert hat. Aber genau hier liegt das Problem. Denn so sehr sich Mr. Kilcannon in diesem Fall auch engagieren mag, er selbst ist kein Zeuge.« Er blickte kurz zu Kerry. »Seine Zeugen sind eine kranke Frau und ein achtjähriger Junge.«

Levin wandte sich wieder an die Geschworenen. »Bridget Musso verdient unser Mitgefühl. Am fraglichen Abend war sie betrunken, wie häufig während ihrer Ehe. Darüber hinaus leidet sie als Epileptikerin unter Blackouts und stürzt gelegentlich.« Levin schüttelte den Kopf. »Alkoholismus und Epilepsie – eine verheerende Kombination. Speziell für das Erinnerungsvermögen, wie uns Bridget Musso deutlich vor Augen geführt hat. Aber vergessen Sie ihren Auftritt als Zeugin, obwohl er eigentlich Beweis genug sein sollte. Erinnern Sie sich: Wenige Stunden nach der Verletzung, als die Erinnerung an das von Mr. Kilcannon geschilderte Trauma noch ganz frisch hätte sein müssen, erinnerte sich Mrs. Musso an nichts. Die große Frage ist: Warum hat sie der Polizei nichts erzählt? Und warum erzählt sie einen Monat später Mr. Kilcannon mehr, als sie nach menschlichem Ermessen wissen kann?«

Levin machte eine Pause. »Und damit wären wir wieder bei Mr. Kilcannon und seinem zweiten Zeugen, einem leicht zu beeindruckenden kleinen Jungen. Er glaube, seine Mutter sei tot, sagte John Musso der Polizei.« Die Augen des Verteidigers glitten über die Geschworenen. »Er war imstande, das in Worte zu fassen, was ein Kind am meisten fürchtet – den Tod eines Elternteils. Doch zu keinem Zeitpunkt erzählte er der Polizei, wie es zu der schrecklichen Tragödie gekommen war. Nein.«

Levins Stimme wurde traurig. »Nein, er erzählte es Mr. Kilcannon. Mehr noch als seine Mutter verdient John Musso unser Mitgefühl, und nicht nur wegen seines bisherigen Lebens. Als Mr. Kilcannon den Jungen in den Zeugenstand rief, stellte er ihn vor eine schreckliche Wahl.« Levin hielt inne und deutete auf John Musso. »Vor die Wahl zwischen seinem Vater, den er über drei Monate lang nicht gesehen hatte, und der Mutter, mit der er zusammenlebte. Vor die Wahl zwischen einem Mann, der im Gefängnis saß, und einem Mann, der sich stundenlang um ihn bemühte – Mr. Kilcannon.«

Kerry blickte sich um. Bridget Musso saß beschämt und angsterfüllt da, und ihr Mann beobachtete sie gefühllos mit halbgeschlossenen Lidern. Kerry mußte an John denken, der in einem kleinen Raum wartete, und war empört darüber, wie Levin die Wahrheit verzerrte.

»Ich suche nicht nach Entschuldigungen für Anthony Musso«, fuhr Levin fort. »Und ich behaupte keineswegs, daß er ein vorbildlicher Ehemann oder Vater ist. Aber er genießt den Schutz des Gesetzes, den jeder Angeklagte genießt, wenn begründete Zweifel an seiner Schuld bestehen. Und wer wollte behaupten, daß die ›Wahrheit‹, die uns Mr. Kilcannon mit Hilfe eines verstörten Kindes und einer Frau ohne Erinnerungsvermögen präsentiert hat, über jeden begründeten Zweifel erhaben sei.«

Levin nahm unter dem nachdenklichen Schweigen der Jury wieder Platz. Kerry stand auf und trat vor die Geschworenen. Die Worte kamen ihm in den Sinn, ohne daß er überlegen mußte.

»Sie sind acht Jahre alt«, begann er leise. »Sie sind allein in Ihrem Zimmer. In der Wohnung ist es dunkel, und Ihre Mutter trinkt. Ihr Vater ist außer Haus – wahrscheinlich in einer Bar. Sie haben niemanden. Dann hören Sie, wie die Wohnungstür geht, und Sie wissen, es ist Ihr Vater. Andere Jungs aus Ihrer Schule würden jetzt zur Tür rennen und ihren Vater umarmen. Aber Sie sind anders. Und Sie wissen es bereits. Sie hören seine Stimme und ziehen sich die Decke über den Kopf. Und dann hören Sie Ihre Mutter schreien.«

Kerry hielt inne und ließ den Blick über die Geschworenen schweifen.

»Sie wissen, was mit Ihrer Mutter los ist. Sie kennen ihre Probleme. Aber Sie brauchen einen Menschen, den Sie lieben können und der Ihre Liebe erwidert. Als Ihre Mutter schreit, geht Ihnen ein Stich durchs Herz. Sie sind starr vor Angst.« Er senkte die Stimme. »Aber Sie sind allein, und Sie haben Angst, Ihre Mutter zu verlieren. Also kriechen Sie aus dem Bett und gehen den Schreien Ihrer Mutter nach.«

Mit den zaghaften Schritten eines kleinen Jungen ging Kerry auf die Jury zu. »Im Wohnzimmer ist es dunkel. Nur im Badezimmer brennt Licht. Sie gehen hin, in der Hoffnung, daß niemand Sie bemerkt, und in banger Erwartung dessen, was Sie sehen werden. Und dann sehen Sie es. Sie sehen, wie Ihr Vater Ihre Mutter brüllend auf den Toilettensitz drückt und wie ihr Tränen über das Gesicht laufen.«

Plötzlich richtete sich Kerry auf. »›Jetzt kannst du pissen‹«, brüllte er. »›Los. Mach schon.‹ Sie weichen erschrocken zurück. Aber Sie können nicht anders, Sie müssen hinsehen. Denn es sind Ihre Eltern. Er gibt ihr eine Ohrfeige. Ihr Kopf knallt gegen die Wand. Er schlägt sie erneut. Sie stürzt zur Seite, hält sich am Waschbecken fest. Sie beugt sich über das Becken.« Seine Stimme wurde heiser, er dehnte jedes Wort. »Und dann packt er Ihre Mutter bei den Haaren und schmettert ihr Gesicht gegen das Waschbecken.«

Im Gerichtssaal war es völlig still. »Ihre Mutter wankt an Ihnen vorüber. Sie blutet aus dem Mund, spuckt Zähne, der Vater steht hinter ihr. Sie schlüpfen in die Dunkelheit zurück, verstekken sich vor ihm. Sie halten sich versteckt, bis er die Wohnung verläßt. Ihre Mutter, der einzige Mensch, den Sie auf der Welt haben, liegt im Wohnzimmer auf dem Boden, und Sie sind der einzige, der ihr helfen kann. Also gehen Sie zum Telefon, wie Sie es in der Schule gelernt haben, und verständigen die Polizei. Die Polizei kommt, und Sie äußern die Befürchtung, ihre Mutter sei tot. Aber da ist noch etwas anderes, das Sie nicht zu sagen wagen. Und ein anderer, den Sie mehr fürchten als alles andere auf der Welt.«

Kerrys Gestalt straffte sich. »Sie wissen, was passiert ist«, rief er, drehte sich um und deutete auf Anthony Musso. »Sie wissen, was dieser Mann getan hat.«

Er starrte in Anthony Mussos wuterfüllte Augen, dann wandte er sich Bridget zu. »Schützen Sie diese Frau. Schützen Sie diesen Jungen. Sagen Sie John Musso, daß sein Vater ein Unrecht begangen hat. Sagen Sie ihm, daß es richtig von ihm war, seine Mutter zu schützen.« Er machte eine Pause und sah nacheinander jeden Geschworenen an. »Sagen Sie John Musso, daß er wie andere Jungs ein Leben verdient.«

Ohne ein weiteres Wort nahm er Platz.

Als die Jury instruiert und die Sitzung vertagt war, verabschiedete sich Kerry von Bridget und richtete sich auf eine lange Nacht des Wartens ein. Dann entdeckte er zu seiner Überraschung Clayton Slade hinten im Gerichtssaal.

»Sind Sie schon lange hier?« fragte Kerry.

»Lange genug.«

Seine Miene war wie immer undurchdringlich, und Kerry machte sich wenig Hoffnung, Lob zu ernten. Doch er war überzeugt, daß Clayton ihm die Wahrheit sagen würde und daß es sich lohnte, seine Meinung zu hören. »Hätten Sie Zeit für ein Bier?« fragte er.

Clayton nickte. »In Ordnung.«

Kerry fuhr ins McGovern's, nervös, weil Clayton schwieg. Sie setzten sich an einen Tisch in der Ecke und bestellten zwei Bier.

»Nun?« fragte Kerry.

Clayton nippte an seinem Bier und lehnte sich zurück. »Sie haben ein paar Fehler gemacht. Levin hatte mit seinem Antrag eine reelle Chance, und Sie hätten deutlicher herausstellen müssen, warum Bridget den Cops nichts erzählt hat – aus Angst, genau wie ihr Sohn.«

Die Kritik war berechtigt und bestärkte Kerry in seinen Selbstzweifeln. »Und?« fragte er schließlich. »Wer gewinnt?«

Claytons Augen strahlten hinter den Brillengläsern. Anscheinend amüsierte er sich. »Sie natürlich.«

»Wieso?«

»Wegen Ihres Schlußplädoyers.« Sein Gesicht wurde wieder ernst. »Zuerst dachte ich, daß Sie den Bogen überspannten, vor allem, als Sie nachmachten, wie Musso seine Frau anbrüllte. Dann wurde mir klar, daß das an mir lag – ich könnte so etwas nicht, und ich habe so etwas auch noch nie gesehen. Innerhalb von Sekunden hatten Sie die Jury so im Sack, daß Levin nicht mehr zählte.« Er hielt inne und musterte Kerry mit unverhohlener Neugier. »Das war nicht einstudiert, oder?«

Kerry schüttelte den Kopf. »Es ist einfach passiert.«

Clayton trank noch einen Schluck Bier und dachte kurz nach. »Warum gehen Ihnen solche Fälle so nahe?«

Die Frage war so direkt, daß sie Kerry überraschte. Er hatte noch nie mit einem Menschen darüber gesprochen. Die Bierflasche anstarrend hörte er sich sagen: »Wegen meiner Mutter.«

Clayton schwieg einen Augenblick. »Das ist die Erklärung.«

Kerry schaute auf. »Wie meinen Sie das?«

»Wenn Ihnen etwas am Herzen liegt, können Sie eine Jury dazu bringen, dasselbe zu empfinden. Darin liegt Ihre Begabung.«

Kerry war sehr erleichtert, daß Clayton sein Vertrauen nicht mit aufdringlichen Fragen mißbrauchte, und mit einem Mal ging ihm auf, daß sich hinter der Ruhe dieses intelligenten Mannes eine tiefe Menschenfreundlichkeit verbarg.

»Darf ich Sie zum Essen einladen?« fragte Kerry.

Am nächsten Tag sprachen die Geschworenen Anthony Musso schuldig.

Kerry eilte in den Zeugenraum, in dem Bridget und John warteten. John spielte in der Ecke mit Lego-Bausteinen. Bridget sah Kerry aus rotgeränderten Augen ängstlich an. Er setzte sich ihr gegenüber.

»Schuldig!«

Sie faßte über den Tisch und ergriff Kerrys Hand. »Sie haben mir das Leben gerettet.«

»Sie haben sich selbst gerettet«, erwiderte er. »Sie und John.«

Er trat zu dem Jungen und ging vor ihm in die Hocke. »Es ist vorbei. Er kann euch nichts mehr tun.«

John starrte ihn an, als habe er nicht verstanden. Dann fiel er Kerry um den Hals, drückte ihn ungestüm und begann, lautlos zu weinen.

Als Kerry nach Hause kam, klebten Luftballons an der Wohnungstür.

Überrascht suchte er nach einer Nachricht, dann schloß er auf.

Im Wohnzimmer war es still. Er ging weiter ins Schlafzimmer.

Meg lag nackt auf dem Bett und hielt ihm ein Glas Champagner entgegen.

»Gratuliere«, rief sie und lachte so herzhaft über sein verdutztes Gesicht, daß Champagner auf die Bettdecke schwappte. Verwirrt nahm er ihr das Glas ab und stellte es auf den Nachttisch. Dann setzte er sich zu ihr. »Woher weißt du es?« fragte er.

»Ich habe deinen Kollegen angerufen. Clayton.« Sie ergriff seine Hand. »Ich weiß, daß du dir große Sorgen gemacht hast –

neulich nachts hast du kaum geschlafen. Ich freue mich sehr für dich, Kerry.«

Kerry sah ihr in die Augen, und dann verscheuchte ein Gefühl der Behaglichkeit seine Zweifel. Der Fall Musso, der ihn so in Anspruch genommen hatte, war ausgestanden. Bridget und John waren in Sicherheit, vielleicht sogar gerettet. Die Einsamkeit fiel von ihm ab; Meg hatte verstanden, ohne daß er es ihr zu erklären brauchte. Und sie war hier bei ihm.

»Und«, fragte sie, »willst du ins Kino?«

Lächelnd schüttelte er den Kopf.

Meg löste den Knoten seiner Krawatte, Kerry erledigte den Rest. Als er in sie eindrang, schlang sie die Arme und Beine um ihn, als wolle sie ihn nie wieder loslassen.

Sie liebten sich wie nie zuvor – intensiv, leidenschaftlich, ohne Hemmungen. Und hinterher lagen sie sich schweißnaß und erschöpft in den Armen.

»Heirate mich«, sagte er.

SIEBEN

Im folgenden Jahr brachte Kerry zwanzig gewalttätige Ehemänner vor Gericht und gewann in siebzehn Fällen.

Dies sei eine berufliche Sackgasse, warnten viele Kollegen und rieten ihm, sich mit Flavio zu versöhnen. Aber er hörte nicht auf sie. Er besuchte Frauenhäuser, kooperierte mit der Polizei und plädierte für wirksamere Gesetze. Er hielt öffentliche Vorträge – eine Rolle, die ihm gar nicht behagte –, sprach vor Bürgerinitiativen, warb um Solidarität mit den Opfern und forderte eine strengere Bestrafung der Täter. Er kämpfte unermüdlich für seine Sache, und bald wurden erste Stimmen laut, die ihm vorwarfen, er bringe aus eigennützigen Motiven Männer ins Gefängnis. Kerry war gekränkt, tat aber nichts, um den Eindruck zu korrigieren. Er sprach nie über seine Mutter. Außer mit Clayton Slade sprach er nie über seine Kindheit.

Je mehr er sich engagierte, um so mehr dachte er über Politik nach, nicht etwa weil er eine Karriere angestrebt hätte, sondern weil die Politik mit Dingen befaßt war, die ihm am Herzen lagen. Männer vor Gericht zu bringen, die ihre Frauen mißhandelten, war eine Sache. Eine andere war es, dafür zu sorgen, daß sie härter bestraft wurden. Als einer der ersten forderte er, solchen Männern den Erwerb von Schußwaffen zu verbieten. Er wandte sich mit diesem Anliegen an Ralph Shue, einen aufgeblasenen Kongreßabgeordneten, der mit einer Kandidatur für den Senat liebäugelte, heimlich aber auch mit der Waffenlobby verbandelt war. Shue reagierte ausweichend und ließ ihn schließlich abblitzen, und so fragte ihn Kerry, ob ihn Spenden des Nationalen Schützenverbands zu seinem Verhalten bewogen hätten. Shue brauste auf und Kerry konterte: »Ein Sitz im Senat ist Ihnen wohl wichtiger als das Leben von Menschen, was? Aber denken Sie daran – wenn das nächste Mal einer dieser Kerle seine Frau und seine Kinder erschießt, haben auch Sie den Finger am Abzug.«

Bei einem Bier sprach er darüber mit Clayton Slade. »Shue ist ein Hundesohn«, meinte Clayton. »Aber da du nicht jeden Typ entwaffnen kannst, der seine Frau verprügelt, solltest du es mal mit Erziehung probieren.« Sein Ton wurde bestimmt. »Die wollen doch nicht alle so sein, wie sie sind, Kerry. Und selbst wenn, würdest du nicht so rachsüchtig rüberkommen.«

Kerry lehnte sich nachdenklich zurück. Sein Vater war für ihn immer das Paradebeispiel eines Mannes gewesen, der ohne Grund zuschlug. Doch mittlerweile wußte er auch, daß viele von denen, die er vor Gericht brachte, den Zorn von ihren gewalttätigen Vätern gelernt hatten. Zudem ahnte er – und bei dem Gedanken war ihm nicht sonderlich wohl –, daß sein eigener Zorn, den er gegen die Täter richtete, den Zorn Michael Kilcannons widerspiegelte. Er gab Clayton keine Antwort. Doch die Forderung nach Beratungsmöglichkeiten für Männer floß fortan in jede Rede ein, und die kritische Prüfung seiner eigenen Beweggründe nahm in seinen Überlegungen mehr Raum ein.

Vincent Flavio beobachtete ihn, und Liam Dunn bemerkte dazu bei einem Abendessen: »Vincent kann nicht glauben, daß du das alles nur zur Übung machst. Er glaubt, du führst was im Schilde, und das macht ihn nervös.« Liam sah Kerry verschmitzt an, ließ aber offen, ob er sich dasselbe fragte.

»Wieso glaubt Vincent«, erwiderte Kerry, »daß jeder so sein will wie er?«

Liam sah ihn lange prüfend an, dann lächelte er. »Vincent ist leicht paranoid. Und du heißt nun mal Kilcannon. Er an deiner Stelle würde daraus Kapital schlagen.«

Nichts lag Kerry ferner.

Er sah Jamie nur selten. Ein einziges Mal besuchte ihn sein Bruder im Büro. »Wieviel Familientragödien kannst du noch ertragen?« fragte er.

»So viele wie nötig.«

Jamie schenkte ihm ein flüchtiges Lächeln, doch seine Augen blickten ernst und zweifelnd. »Ach, Kerry, kommst du denn nie von zu Hause los?«

Kerry ermittelte weiter gegen gewalttätige Ehemänner. Schon allein wegen des Falles Musso. Immerhin hatte er Vincent Flavio dafür bezahlt, daß er ihn behalten durfte.

Für Berufungsverfahren war eine andere Abteilung zuständig. Doch Kerry fühlte sich für Bridget und John verantwortlich und wollte, ja mußte das Verfahren selbst übernehmen. Als er sich jedoch an den Leiter der betreffenden Abteilung wandte, antwortete der: »Wenn Sie den Fall Musso behalten wollen, reden Sie mit Carl Nunzio.«

Kerry tat es widerwillig.

»Sie bitten mich um einen Gefallen?« fragte Nunzio amüsiert. »Dann wird es Zeit, daß Sie dem Team beitreten.«

Kerry schluckte seinen Zorn hinunter und nickte.

Nunzio grinste. »Wenn es Sie tröstet, werden wir zusehen, daß der Essex County ihr Gehalt aufbessert. Im öffentlichen Interesse, versteht sich.«

Als Kerry ging, fühlte er sich schmutziger als je zuvor.

Die Monate vergingen, und Kerry hielt Kontakt zu Bridget und John. Ihr Leben war in vielerlei Hinsicht schwierig. Ohne Anthonys Einkommen waren sie arm, und Bridget war aufgrund ihrer gesundheitlichen Probleme und ihrer fehlenden Ausbildung auf staatliche Unterstützung angewiesen. Aber sie blieb trocken, und John ging regelmäßig zur Schule. Eines Sonntags unternahmen sie einen Ausflug nach Manhattan, und Kerry lud sie in den Zoo im Central Park ein. Bridget berichtete ihm, daß sie einen Buchführungskurs besuche; sie hatte einen ausgeprägten Sinn für Zahlen, und Johns Noten in Mathematik ließen vermuten, daß er ihr darin nachschlug. Sie führten ein völlig anderes Leben als früher mit Anthony, und Kerry glaubte fest, daß es noch besser werden würde. Auf diese Leistung war er stolz.

Stolz war er auch auf seine Freundschaft mit Clayton Slade.

Mit der Zeit lernte Kerry ihn besser kennen. Clayton war der Sohn eines lieblosen Stadtangestellten und einer wohlmeinenden, aber unfähigen Mutter; von klein auf Beobachter, hatte Clayton zu beiden ein distanziertes Verhältnis. Um so mehr liebte er seine scharfzüngige Frau Carlie und seine beiden lebhaften fünfjährigen Zwillingstöchter, Kelsey und Marissa.

Die Slades wohnten am Rande von Vailsburg, nur ein paar Blocks von Mary Kilcannon entfernt. Kerry aß gern bei ihnen zu Abend, und Carlie behandelte ihn so, wie sie ihren Mann behandelte: mit einer gewissen ironischen Zuneigung.

Er bewunderte sie beide. Carlie, die an einem Junior-College unterrichtete, war intelligent und wie ihr Mann geradeheraus. Clayton war ein hervorragender Jurist, der – methodisch, gewissenhaft und weitblickend – in komplizierten Fällen besonders glänzte. Kerry erlebte nie, daß ihm eine Fehleinschätzung unterlief; er schien jede Situation richtig zu beurteilen, gleich wie kompliziert oder neu sie war. Er durchschaute die politischen Machenschaften in der Behörde und besaß eine gute Menschenkenntnis. Kerry, der sich mehr von Intuition und Impulsen leiten ließ, konnte nicht mehr zählen, wie oft er ihn um Rat gefragt hatte. Als Clayton für das doppelte Gehalt zu einer großen Newarker Anwaltskanzlei wechselte, war er nicht überrascht.

Obwohl sie gern zusammen waren, wußte Kerry nicht recht, was Clayton eigentlich an ihm fand. Aber über solche Dinge sprachen sie selten. »Anfangs«, gestand Clayton ihm einmal, »habe ich dich für einen primitiven Iren gehalten, einen Raufbold mit beschränktem Horizont. Dann habe ich gemerkt, wie falsch ich damit lag.« Doch Kerry fragte ihn nie, warum er seine Meinung über ihn geändert hatte, und Clayton sagte es nie von sich aus.

Über Rassenprobleme sprachen sie selten. Doch die waren

allgegenwärtig. Die Iren flüchteten aus Vailsburg, und es war offensichtlich, daß das Viertel herunterkam. Die Spannungen zwischen Schwarz und Weiß wuchsen, und selbst Mary Kilcannon, die ihr altes Haus tadellos sauber hielt, klagte neuerdings über Schaben in der Küche.

»Sie will wegziehen«, sagte Kerry zu Clayton. »Sie fühlt sich hier nicht mehr sicher.«

Sie saßen im Vailsburg Park, wo sie mit Juristen aus der Gegend Football gespielt hatten. Bei dem vergeblichen Versuch, den Paß zum entscheidenden Touchdown abzufangen, hatte sich Kerry den Arm aufgeschürft und säuberte nun mit einem Sweatshirt die Wunde.

»Und? Ist sie nicht mehr sicher?« fragte Clayton.

»Bis jetzt ist ihr nichts passiert. Aber sie begreift nicht, was mit Vailsburg geschieht.«

Clayton verfiel in Schweigen. Dann holte er tief Luft und sagte müde: »Wenn die Iren die Kurve gekriegt und ihre Kinder zu Staatsanwälten und Senatoren gemacht haben, warum nicht auch die Schwarzen?«

»Eine ähnliche Frage«, sagte Kerry, »habe ich mir früher auch gestellt.«

Clayton ließ den Blick durch den Park schweifen. »Als deine Leute aus Irland herüberkamen, fanden sie im Gegensatz zu den Afro-Amerikanern eine Gemeinschaft vor, die fast genauso war wie zu Hause – und Freunde oder Verwandte, die nur darauf warteten, ihnen einen Job zu besorgen.«

»Das stimmt«, sagte Kerry. »Obwohl auch die Iren der ersten Einwanderungswelle kaum mehr als Bodensatz waren. Aber was ist heute?«

»Oh, keine Ausflüchte. Es gibt eine Menge zu tun, und heutzutage bekommt man nicht viel Unterstützung. Auch das leuchtende Vorbild der Familie Kilcannon ist keine große Hilfe.« Er sah Kerry an. »Vorurteile gegen Menschen, die anders aussehen, wurzeln tief im menschlichen Denken. In zehn Jahren werden weiße Kids vielleicht James Kilcannon nacheifern, so wie sie früher John F. Kennedy nachgeeifert haben. Aber ich bin mir verdammt sicher, daß sie nicht Jesse Jackson nacheifern werden.«

Kerry betrachtete die Umgebung. »Trotzdem, es ist eine Schande.«

»Aber nicht die einzige«, entgegnete Clayton. »Und mit Sicherheit nicht die größte. Immerhin sitzen deine alten Freunde jetzt wohlbehütet in den Vororten.«

Jetzt war es an Kerry, still zu sein. »Ich wollte eigentlich nie darüber reden«, sagte er schließlich.

Clayton zuckte mit den Schultern. »Es ist mir egal, ob wir darüber reden. Ich möchte nur, daß du darüber nachdenkst.«

Als Kerry und Meg drei Tage vor Kerrys neunundzwanzigstem Geburtstag heirateten, fungierte Clayton als Trauzeuge.

Nach der Trauung klappte Kerry das Verdeck seines Golfs herunter und fuhr mit einer strahlenden Meg auf eine viertägige Hochzeitsreise nach Manhattan.

Ursprünglich sollte die Reise nach Florida gehen, doch ausnahmsweise einmal befolgte Kerry den Rat seines weltläufigen Bruders. »Nach Florida fahren die Leute zum Sterben«, hatte Jamie gesagt. »Reserviert euch ein Zimmer im Pierre, seht euch ein paar Broadway-Stücke an, geht in hübsche Restaurants. Ich kenne eine Frau, mit der ich das sofort tun würde, wenn es mich nicht hunderttausend Wählerstimmen kosten würde, weiß Gott.«

Der noch ledige James Kilcannon stand am Beginn einer Reise, die ihn durch das ganze Land führen sollte und, nach Meinung der Presse, in der Ankündigung seiner Kandidatur für das Präsidentenamt gipfeln würde. Jamies wehmütiger Hinweis auf die Schwierigkeiten seines Liebeslebens – Gerüchten zufolge hatte er eine Affäre mit der attraktiven Rocksängerin Stacey Tarrant – machten Kerry deutlich, daß er selbst noch ein Privatleben hatte und tun und lassen konnte, was er wollte. Beim Anblick der Skyline von Manhattan ergriff er Megs Hand und sagte: »Ich möchte mit niemand auf der Welt tauschen.«

Das Zimmer im Pierre war klein, aber geschmackvoll eingerichtet, mit Blick auf den Central Park. Kerry zog die Vorhänge zu und wandte sich von Staunen erfüllt seiner Frau zu.

Sie küßte ihn zärtlich. »Gehen wir noch aus?« fragte sie. »Ich bin von der Hochzeit ziemlich aufgekratzt.«

Kerry unterdrückte seine Enttäuschung. Sie schliefen seit einem Jahr miteinander, aber heute würden sie es zum ersten Mal als Mann und Frau tun, und das war für ihn etwas Besonderes. Aber Meg hatte möglicherweise andere, schmerzlichere Erinnerungen. »Wohin du willst«, sagte er. »Wir haben noch die ganze Nacht vor uns.«

Sie bummelten zwei Stunden lang durch die Straßen und gingen dann ins Restaurant La Côte Basque, das Jamie ihnen empfohlen hatte. Umgeben von bunten Wandgemälden und unaufdringlicher Eleganz hielt Meg seine Hand. Sie genoß das Ambiente, die aufmerksame Bedienung und fragte, ob sie nicht noch Zeit für ein Dessert hätten, dann für ein Glas Portwein, um auf ihre Hochzeit anzustoßen. Es war fast Mitternacht, als die Rechnung kam.

Kerry bezahlte. Er sehnte sich danach, mit Meg allein zu sein, doch als sie im Pierre ankamen, schielte Meg zur Bar und fragte, ob sie nicht noch einen Brandy trinken könnten. Es war ein Uhr, als sie ihr Zimmer betraten.

Im matten Schein einer Nachttischlampe packte Meg aus.

Kerry sah zu, wie sie für jedes Kleidungsstück eine Schublade oder einen Bügel suchte. Als er sich auszog, verschwand sie im Badezimmer.

Kerry wartete eine halbe Stunde lang, ehe sie wieder auftauchte. Sie sagte nichts, und als Kerry die Hand nach ihr ausstreckte, glitt sie in seine Arme und kehrte ihm den Rükken zu.

Zögernd küßte Kerry ihren Nacken, dann wurde er von seinen Gefühlen überwältigt. Dies war der Beginn ihres gemeinsamen Lebens, der erste Schritt auf dem Weg zu einer Familie und Kindern, zu einem tieferen Verständnis. Er streifte ihr die Träger des Nachthemds von den Schultern.

»Ich bin müde«, sagte sie.

Kerry schlang die Arme fester um sie. »Das ist unsere Hochzeitsnacht, Meg. Wir können bis in die Puppen schlafen.«

Sie antwortete nicht. Sanft zog ihr Kerry das Nachthemd aus. Mit einem Seufzer rollte sie sich auf den Rücken.

Kerry fiel nicht auf, daß sie sich nur seinem Willen beugte, als sie die Beine spreizte, und daß ihre Bewegungen nicht so leidenschaftlich waren wie sonst. Berauscht von ihrer weichen Haut, ihren Brüsten, ihrem Haar hauchte er: »Ich liebe dich, Meg Kilcannon.«

Meg begann unter ihm zu weinen.

Kerry erstarrte. Die plötzliche Erkenntnis, daß sie nicht eins waren, daß sie litt, ohne daß er es merkte, war wie ein Schlag ins Gesicht. »Mein Gott, Meg, was ist denn?«

Sie schlüpfte unter ihm hervor und setzte sich auf die Bettkante. »Tut mir leid. Ich hätte es wissen müssen.«

Mit klopfendem Herzen kniete Kerry sich neben sie. »Was tut dir leid?«

Sie schloß die Augen. »Ich fühle mich in diesem Zimmer wie in einem Gefängnis. Bitte, laß uns nach Hause fahren.«

Am nächsten Morgen fuhr Kerry, verwirrt und fassungslos, mit seiner Frau in ihre neue Wohnung in Down Neck.

»Wir müssen miteinander reden, Meg.«

»Es liegt nicht an dir, Kerry. Vielleicht liegt es an Pat. Vielleicht habe ich Angst davor, wieder verletzt zu werden.«

»Ich bin jetzt dein Mann. Nicht Pat. Bitte, gib uns Zeit.«

Eine Woche später sprach sich Kerry vor einem dreiköpfigen Richtergremium gegen ein Berufungsverfahren im Fall Musso aus. Als er nach Hause kam, lag ein Zettel von Meg auf dem Küchentisch. Eine alte Freundin sei in der Stadt. Sie hoffe, daß alles gut gelaufen sei, und könne es kaum erwarten, Näheres zu erfahren.

In den Monaten, die Kerry auf die Entscheidung im Fall Musso warten mußte, wurde sein Leben mit Meg besser, doch niemals so, wie er es sich erträumt hatte.

Er war aufmerksam und nahm auf ihre Stimmungen Rücksicht, doch wenn er offen ihre Probleme ansprach, zog sie sich gekränkt zurück. Er spürte, daß sie ihm eine stillschweigende Übereinkunft anbot: Solange sie sich an den Wochenenden morgens liebten, könne er sicher sein, daß ihre Ehe noch intakt sei. An den guten Tagen, wenn sie mit ihm lachte, war er glücklich und voller Hoffnung. Und manchmal legte sie ihm einen Zettel in die Aktentasche, auf dem sie ihm Glück für eine Verhandlung wünschte oder einfach nur »Ich liebe dich« schrieb. Wenn er dann an seinem Schreibtisch saß und den Zettel las, mußte er lächeln.

Manchmal wünschte sich Kerry, er könnte mit Clayton darüber reden. Doch die beiden Paare waren miteinander befreundet, und wenn sie die Slades besuchten oder auf eine Party gingen, war Meg ganz anders – gutgelaunt, temperamentvoll und kontaktfreudig – als die Frau, die Kerry manchmal erlebte. Mit einer Mischung aus Stolz und Erleichterung nahm er zur Kenntnis, daß andere seinen heimlichen Groll gegen Meg nicht wahrnahmen. Nur er hatte darunter zu leiden, wenn sie sich zurückzog, wenn sie am Wochenende ohne jede Vorwarnung bis weit in den Nachmittag hinein im Bett blieb und kein Wort mit ihm sprach. Nur er wußte, was sie ihm zum Thema Kinder gesagt hatte.

Sie waren in der Küche und bereiteten das Abendessen zu. Kerry war von einem Besuch bei John und Bridget zurückgekehrt. John hatte ihm stolz das Modell eines Flugzeugträgers gezeigt und Kerry gefragt, ob er ihm beim Zusammenbauen helfen wolle. »Es macht Spaß, mit einem Kind zu spielen«, schwärmte er. »Für John gab es nichts Wichtigeres auf der Welt, als mit mir dieses Schiff zusammenzubauen.«

Meg sah ihn nachdenklich an. »Es ist schön, daß du gern mit ihm zusammen bist. Hast du schon mal daran gedacht, ihn zu adoptieren?«

»Oh«, erwiderte er mit gespielter Lässigkeit, »ich hätte eigentlich gern eigene Kinder. Wann wäre es dir denn recht?«

Meg senkte den Blick. »Ich weiß nicht. Im Moment nicht.«

Kerry erstarrte. Doch das Thema war zu wichtig, um es fallenzulassen. »Im Moment nicht? Oder überhaupt nie?«

In die Enge getrieben sah ihn Meg an. »Wie altmodisch du bist«, sagte sie. »Ich weiß überhaupt nicht mehr, was ich will.«

Am nächsten Morgen beschloß das Berufungsgericht, Anthony Musso eine neue Verhandlung zu gewähren, und verfügte seine Haftentlassung.

ACHT

Am Morgen der Berufungsverhandlung im Fall Musso war es kühl und regnerisch.

Kerry fuhr mit John und Bridget zum Gerichtsgebäude. Trübes Licht sickerte durch die gläserne Kuppel, als sie die Marmortreppe in den ersten Stock erklommen. John war still und blaß. Kerry dachte an den Augenblick, als er ihm mitgeteilt hatte, daß sein Vater wieder auf freiem Fuß sei – der panische Blick des Jungen war so vielsagend gewesen wie Bridgets Tränen. An der Tür zum Gerichtssaal nahm Kerry Johns Hand. »Ein letztes Mal«, versprach er, »dann ist es überstanden.«

Bridget strich dem Jungen das Haar zurück und sagte zu Kerry: »Das wissen wir. Sie waren immer für uns da.«

Kerry sah sie an, Mutter und Sohn, und dachte: Ihr seid kurz vor dem Ziel. Wenn es mir auch diesmal gelingt, euch …

Er dachte den Gedanken nie zu Ende.

Anthony Musso kam den Gang herunter, die rechte Hand in der Tasche seiner dicken Wolljacke. Nur Kerry sah ihn, nur Kerry hatte genügend Zeit, um seinen langsamen, angespannten Gang zu registrieren, seine verkniffenen, auf Bridget gerichteten Augen, und zu ahnen, daß er nicht wegen seines Prozesses hier war.

Sonst war niemand in der Nähe. Aus dem Augenwinkel sah Kerry einen Hilfssheriff, der in einer Bürotür stand, Kaffee trank und mit jemand plauderte. Musso blieb stehen. Ruhig und bedächtig zog er eine schwarze Pistole aus der Tasche.

Kerry erstarrte.

Die nächsten Sekunden erlebte er wie in Zeitlupe, als eine Abfolge von Eindrücken: wie Musso die Waffe hob und in aller Ruhe zielte, wie Bridget die Lippen öffnete, als sie das Entsetzen auf seinem, Kerrys, Gesicht sah, dann der dumpfe Knall und das Zucken von Johns Fingern in seiner Hand.

Bridgets Kopf schnellte nach vorn.

Ihre Augen weiteten sich. Aus dem dritten Auge in ihrer Stirn spritzten Blut und Hirn in Kerrys Gesicht.

Bridget taumelte gegen Kerry, und im gleichen Moment legte Anthony Musso auf ihn an.

Eine Frau schrie. In einem plötzlichen Reflex sprang Kerry, ohne Johns Hand loszulassen, zur nächsten Tür.

Ein brennender Schmerz durchzuckte seine Schulter. Sein Kopf stieß dumpf gegen die schwere Tür und drückte sie auf. Benommen hörte er ein zweites dumpfes Geräusch, als Bridgets Körper auf dem Boden aufschlug.

Er rollte sich auf den Rücken, John in den Armen, blendende Lichtpunkte vor den Augen. Bridget lag neben ihnen. Weitere Schüsse krachten. Anthony stürzte durch die Tür, als habe er von hinten einen Stoß erhalten. Das letzte, woran sich Kerry erinnerte, war, daß der neben ihm liegende John Musso einen Schreikrampf bekam, als er das Gesicht seiner Mutter sah.

Kerry war ein Held.

Der Hilfssheriff hatte gesehen, wie er John Musso das Leben gerettet hatte. So berichteten es die Medien, und so erzählte es auch Vincent Flavio, als er, Reporter im Schlepptau, Kerry im Krankenhaus besuchte.

Kerry hatte den rechten Arm in der Schlinge, denn Mussos Kugel hatte ihm das Schlüsselbein zerschmettert. Er war nicht in der Stimmung für Flavios geheuchelte Sorge, und so trat Flavio bald den Rückzug an. Nur Liams Bemerkung – »Tot mag Vincent seine Helden am liebsten, dann können sie nicht an seinem Stuhl sägen« – hielt Kerry davon ab, die Wahrheit zu sagen und den Vorfall aus seiner Sicht zu schildern. Mythen hatten, wie Feigheit, ihre nützlichen Seiten.

Eine Frau war tot, ein Junge Vollwaise.

»Man sucht nach den nächsten Verwandten«, berichtete ihm Clayton. »Er hat irgendwo eine Großtante – die Schwester von Bridgets Mutter.«

Sein Freund saß neben ihm. Kerry starrte an die Decke. »Gott steh ihm bei.«

Clayton schüttelte den Kopf. »Du konntest nicht mehr tun.«

Kerry wandte sich ihm zu. Der Schmerz in der Schulter ließ ihn zusammenzucken. »Ich hätte sie retten können. Ich habe die Waffe gesehen und bin wie angewurzelt stehengeblieben.«

Clayton sah ihn forschend an. »Es hat zwei Sekunden gedauert. Niemand konnte damit rechnen.«

»Ich schon. Sofort, als ich ihn sah.« Kerry blickte wieder zur Decke. »Weißt du, was mir da, glaube ich, durch den Kopf ging? ›Besser sie als ich.‹ Daß John noch lebt, ist reiner Zufall.«

Clayton erhob sich von seinem Stuhl. »Das kannst du nicht wissen, Kerry. Du wirst es nie erfahren. Es ging zu schnell.«

Kerry antwortete nicht.

Clayton legte ihm die Hand auf den Arm. »Du wirst es nie erfahren. Vielleicht hat man zu Unrecht einen Helden aus dir gemacht. Aber du darfst dich nicht so quälen.«

Kerry schaute zu ihm auf. »Mit anderen Worten, ich muß damit leben.«

Clayton nickte.

Kerry schwieg lange. Dann sagte er: »Ich will John sehen.«

In den nächsten beiden Tagen schlief Kerry viel. Sein Bruder rief aus Kalifornien an und witzelte: »Wie ich höre, hast du vergessen, dich zu ducken.«

»Nein«, erwiderte Kerry. »Ich habe dran gedacht, nur eben zu spät.«

Im Glauben, dies sei ein Scherz, lachte Jamie. »Das nächste Mal machst du es besser.«

Kaum hatte Kerry aufgelegt, sah er wieder Bridgets Gesicht, wie es in seines explodierte.

Diese letzten Sekunden spielte er unablässig in seiner Erinnerung durch, seit er aufgewacht war und erkannt hatte, daß Bridgets Tod kein Traum, sondern ein realer Alptraum war, an dem er schuld war. Jedesmal nach dem Aufwachen fühlte er sich wie in seinem früheren Leben, als Anthony Musso noch nicht seine Pistole gezückt hatte, und für einen Augenblick war er wieder frei von Schuld. Doch dann sah er Bridgets Gesicht und hörte den Schrei des Jungen …

Als er abermals erwachte, war es dunkel im Zimmer, und Meg betrachtete ihn schweigend.

Kerry sah frische Tränen in ihrem Gesicht. »Was hast du?« fragte er.

Sie ergriff seine Hand und antwortete mit erstickter Stimme. »Ich hätte dich verlieren können.«

Ein Schatten der Verzweiflung lag auf ihrem Gesicht. Sie tat ihm leid. »Es ist vorbei, Meg, und ich lebe noch.«

Sie kämpfte vergeblich gegen die Tränen an. »Der Mann hätte dich beinahe umgebracht. Bitte versprich mir, daß du von solchen Fällen künftig die Finger läßt.«

Beim Gedanken an Bridget Musso zuckte er innerlich zusammen. »Das kann ich nicht.«

»Bitte.« Sie drückte fest seine Hand. »Versprich mir wenigstens, daß du nie wieder ein so hohes Risiko eingehst.«

Kerry schloß die Augen, dann setzte er sich auf. »Es war ein Unfall, Meg. Ich bin Jurist, kein Polizist, und im Gericht werden jetzt überall Metalldetektoren angebracht.«

Meg schüttelte den Kopf und machte ein trotziges Gesicht. »Versprich es. Das ist doch nicht zuviel verlangt. Ich bin deine Frau.«

Müde sank Kerry ins Kissen zurück. »Na schön«, sagte er und schloß wieder die Augen.

Clayton stand mit John in der Tür und nickte in Kerrys Richtung. »Siehst du, mein Junge, Kerry geht es gut.«

Ausnahmsweise einmal konnte John nicht die Augen von Kerry wenden, und was Kerry in ihnen las, ging so weit über Erleichterung hinaus, daß es ihn schmerzte. Zögernd trat der Junge näher.

»Ich bin unten in der Halle«, sagte Clayton und verschwand.

John legte die Hand auf die Bettdecke, Zentimeter von Kerrys Arm entfernt. Er hatte eingesunkene Augen und machte ein verwundertes Gesicht. Seit er aufgehört hatte zu weinen, so hatte der Sozialarbeiter Kerry berichtet, sprach er kaum ein Wort. Er hatte weder nach seinem Vater noch nach seiner Mutter gefragt. Er bekam Schlaftabletten.

Was sollte Kerry ihm sagen? Er ergriff seine Hand. »Deine Mom hat dich sehr liebgehabt. Sie wird dich immer liebhaben.«

John schluckte, dann sah er weg. Seine Lippen zitterten, als wolle er etwas sagen.

»Was ist?« fragte Kerry.

John legte das Gesicht aufs Bett. »Ich möchte bei dir bleiben«, flüsterte er.

Kerry überkam ein beklemmendes Gefühl.

Ich möchte bei dir bleiben...

Was meinte er? fragte sich Kerry. Heute abend, oder für immer? Und warum nicht – war er ihm das nicht schuldig?

Kerry strich dem Jungen übers Haar. Es gab viel zu bedenken – seine Arbeit, seine Ehe, seine Gesundheit. Er dachte an seine letzte spontane Entscheidung. Wie wenig hatte er über die Liebe gewußt, als er Meg Collins einen Heiratsantrag gemacht hatte, und wie wenig verstand er sie heute. Er wußte nur, daß die Gründe, warum Meg ihn nicht lieben konnte, nicht bei Pat, sondern in ihrer Kindheit zu suchen waren und daß dort ihr, wie er immer deutlicher spürte, unbewußter Wunsch wurzelte, niemals Kinder zu haben. Keine eigenen, und schon gar nicht diesen Jungen.

Kerry brauchte nicht lange darum herumzureden. Die schlichte Wahrheit war, daß er Bridget Musso nicht gerettet hatte und daß er Johns Leben nicht in seine Hände nehmen konnte.

Sanft erzählte er dem Jungen von seinem neuen Heim und der Großtante, die ihn erwartete. John sprach kein Wort mehr. Als Clayton kam und ihn mitnahm, sah er sich nicht einmal um.

NEUN

Nach seiner Entlassung aus dem Krankenhaus stürzte sich Kerry in die Arbeit. Wäre er nur eine Idee langsamer gewesen, dachte er oft, hätte ihn die Kugel am Kopf erwischt. Seitdem empfand er jede Stunde als Geschenk, und seine Schuldgefühle trieben ihn zusätzlich an. Einmal, an einem Montagabend, als Clayton im Büro anrief und feststellte, daß Kerry nach zehn noch arbeitete, sagte Clayton zu ihm: »Es ist nicht deine Schuld, daß du noch lebst.« Doch Kerry wollte nicht hören.

Er rief Johns Großtante an, aber der Junge wollte nicht mit ihm sprechen.

John sei so verschlossen, erzählte ihm die Frau, daß sie sich nicht mehr zu helfen wisse. Woche für Woche weigerte sich John, ans Telefon zu kommen, Woche für Woche erstattete die Großtante denselben Bericht. In ihre alt und hilflos klingende Stimme mischte sich ein gewisser Fatalismus: John Musso war das Kreuz, das sie zu tragen hatte, und es stand ihr nicht zu, an Gottes Ratschluß zu zweifeln.

Von Zeit zu Zeit dachte Kerry an Jamie. Im Ringen um die Nominierung der Demokraten hatte Jamie mit seinem Gegner, einem ehemaligen Vizepräsidenten, praktisch gleichgezogen. Und dann gab er zu Kerrys Erstaunen seine Beziehung mit Stacey Tarrant bekannt; daß ein möglicher künftiger Präsident mit einer Rocksängerin liiert war, löste heftige Diskussionen aus. Mit einer Leidenschaft, die ihn selbst überraschte, hoffte Kerry, daß diese Offenheit des Bruders kein politischer Schachzug war, sondern Ausdruck einer neuen Haltung, der Bereitschaft, um jeden Preis zu lieben. Bei ihrem einzigen kurzen Gespräch sagte Jamie allerdings nur: »Wenn du so leichtsinnig bist, dir eine Kugel zu fangen, kann ich mich wenigstens mit einer Frau in der Öffentlichkeit zeigen.«

Es sollte ihr letztes Gespräch bleiben.

Es war ein warmer Aprilabend, und Kerry arbeitete noch spät. Jamie war mittlerweile in Kalifornien, und den Berichten zufolge rackerte er im Wahlkampf bis zur Erschöpfung. Er durfte die Vorwahlen nicht verlieren, sonst konnte er die Nominierung abschreiben. Zwei Tage zuvor hatte er im Fernsehen so erschöpft ausgesehen, daß Kerry regelrecht erschrocken war. Vielleicht würde er um elf die Nachrichten einschalten.

Das Telefon klingelte.

Megs Stimme klang hohl, fassungslos. »Deine Mutter hat angerufen. Es geht um deinen Bruder. Man hat auf ihn geschossen.«

Kerry war wie vor den Kopf geschlagen. Es dauerte einen Augenblick, bis er fragen konnte: »Ist er schwer verletzt?«

»Das weiß man noch nicht. Es kam gerade im Fernsehen.«

»Geh zu meiner Mutter, Meg. Ich bin gleich da.«

Wie ein Roboter stapfte Kerry über die leeren Korridore zu Vincent Flavios Büro. Der Fernseher stand auf einem alten Schränkchen in der Ecke. Kerry schaltete ihn ein.

Jamie stand auf einer Konzertbühne, Hand in Hand mit Stacey Tarrant. Die Menge feierte ihn, und der Saal hallte von seinem Namen wider.

»Kil-cannon …«

Stacey strahlte Jamie an. Sie standen am Schnittpunkt zweier Scheinwerfer, und es sah so aus, als schwebten sie im Dunkeln.

»Kil-cannon…«

Lächelnd richtete sich Jamie zu seiner ganzen Größe auf. Alle Anzeichen von Müdigkeit waren verschwunden. Er hob die Hand.

Ein hagerer Mann trat aus einer Ecke der Bühne nach vorn.

Bei seinem Anblick zuckte Kerry zusammen.

Wie in Trance hob der Mann eine Pistole. Nur Kerry schien sie zu bemerken.

Er sah, wie sich Staceys Mund zu einem stummen Schrei öffnete.

Der Mann machte einen letzten Schritt und feuerte.

Jamie erstarrte in der Bewegung. Sein Haarschopf schien sich zu heben.

Er brach zusammen, fiel auf die Seite, dann auf den Rücken. Stacey warf sich über ihn, und im nächsten Moment waren sie von Agenten des Secret Service umringt, und die Fernsehkameras suchten zwischen Armen und Beinen nach Jamie.

Als er wieder ins Bild kam, bewegte er die Lippen. Blut glänzte unter seinem Kopf.

Kerry stand reglos auf Vincent Flavios Perserteppich und sah, wie sein Bruder starb.

Man überführte ihn nach Newark.

Auf Mary Kilcannons Bitte hin machte Niall Callahan, der Bestattungsunternehmer, Jamies Leichnam zurecht. Mary war gefaßt, weinte nicht, schöpfte Kraft aus dem Gebet und Kerrys Anwesenheit. Als Niall fertig war, bestand sie darauf, ihren ältesten Sohn zu sehen.

»Laß mich zu Niall gehen«, sagte Kerry. »Ich hole dich dann.«

Mary nickte. Er brauchte ihr keine Erklärung zu geben.

Mit wenigen Worten führte ihn Niall in den Raum, in dem Jamie aufgebahrt war, und ließ ihn allein.

Kerry blickte in das Gesicht seines Bruders.

Jamie war wachsbleich im Tod, und Kerry kannte die Folgen einer Autopsie mittlerweile nur zu gut. Er wußte, daß der schlanke Körper unter dem Nadelstreifenanzug hohl und von Stichen durchlöchert war. Der Mann, der sein Bruder gewesen war, existierte nicht mehr.

Mein Gott, Jamie. Wofür das alles?

Kerry blieb lange bei ihm, Tränen in den Augen, die Fäuste in den Jackentaschen geballt.

Wie ich höre, hast du vergessen, dich zu ducken.

Ich habe dran gedacht, nur eben zu spät.

So viele Tote, dachte Kerry. Und jetzt du. Wie gern hätte ich dich besser verstanden oder, Gott steh mir bei, geliebt. Ich wollte nie so werden wie du, und doch litt ein Teil von mir darunter, daß ich nur dein kleiner Bruder war. Wie wichtig, so frage ich mich, war dir das alles?

»Aber du warst mir wichtig«, sagte Kerry. »Immer.«

Später holte er seine Mutter, und an seine Schulter gelehnt, betrachtete sie ihren älteren Sohn. »Er würde nicht wollen, daß man ihn so in Erinnerung behält«, meinte sie einfach nur.

Beim Gehen sagte Kerry zu Callahan: »Machen Sie ihn zu.«

Nat Schlesinger, Jamies Berater, organisierte die Begräbnisfeierlichkeiten. Selbst von tiefster Trauer erfüllt, behandelte er die beiden Kilcannons mit größter Rücksichtnahme. Als er Kerry fragte, ob er die Rede halten wolle, antwortete dieser: »Das sollte jemand tun, der ihn kannte.« Und Nat schien zu verstehen, wie er das meinte.

Am Morgen vor der Beerdigung besuchte Kerry Stacey Tarrant in ihrem Hotelzimmer. Sie wirkte erstaunlich gefaßt, als sie aufstand und ihm ziemlich förmlich die Hand gab.

»Mein Beileid«, sagte Kerry.

Ihre blauen Augen blickten überrascht– vielleicht weil er ihr kondolierte –, dann wissend.

»Jamie hat oft von Ihnen gesprochen«, sagte sie.

Kerry fragte nicht, in welchem Zusammenhang, und wollte das Thema auch nicht vertiefen. Alles, was ihn mit dieser schönen Frau verband, die in seinem Alter war, jedoch in einer anderen Welt lebte, war ein Mann, von dem sie beide jeweils nur einen Teil kannten – sie Jamies Gegenwart, er dessen Vergangenheit.

Sie machten Konversation. Erst als Kerry nach ihren Plänen fragte, verlor sie die Fassung.

Sie starrte zu Boden und schüttelte langsam den Kopf. »Ich weiß nicht, wie ich jemals wieder öffentlich auftreten soll. Ich fühle mich so schuldig ...« Sie schloß die Augen. »Ich muß immer an diesen letzten Augenblick denken, als Jamie versuchte, mit mir zu sprechen, weil er spürte, daß es zu Ende ging.«

Was, so fragte sich Kerry, hatte Jamie ihr unbedingt sagen wollen? Zögernd fragte er sie.

»Was in der Zeitung stand«, antwortete sie. »›Ist alles in Ordnung?‹«

Kerry dachte an die Fernsehbilder, auf denen sein Bruder die Lippen bewegt hatte. »War das alles?«

Stacey musterte ihn. »Nein, nicht ganz.« Sie hielt inne und holte Luft. »›Zum Totlachen‹, sagte er zu mir. ›Aber was hat es zu bedeuten?‹«

Jamie wurde in Princeton beigesetzt. Der Präsident hielt sich in Europa auf, doch Vizepräsident Bush kam ebenso wie viele Kongreßabgeordnete und die meisten Senatoren. Wie Abgesandte aus Jamies Leben defilierten sie feierlich an Kerry und Mary Kilcannon vorbei, und Kerry hoffte, daß seine Mutter Trost daraus schöpfte.

Eine Woche später rief Liam Dunn an.

Ob Kerry zu ihm kommen könne? Er habe eine vertrauliche Angelegenheit mit ihm zu besprechen.

»Wie geht es deiner Mutter?« fragte Liam, als Kerry das spartanisch eingerichtete Büro betrat, das Liam als Parteivorsitzender von Essex County unterhielt, und bot ihm mit ungewohnter Förmlichkeit einen Platz an.

»Sie hat sich damit abgefunden.«

Liam nickte. »Und du?«

»Ich habe meine Arbeit.«

Liam sah ihn lange abschätzend an. Sein Blick war anders als sonst, beinahe kühl, und Kerry wurde unbehaglich zumute. »Ich muß dich etwas fragen«, sagte Liam schließlich. »Es fällt mir nicht leicht. Und wahrscheinlich ist es auch nicht fair. Aber die Politik duldet keinen Stillstand.«

»Worum geht's?«

»Um die Wahlen im November. Jemand muß Jamies Platz einnehmen.« Liam senkte die Stimme. »Du erinnerst dich doch an den Abgeordneten Shue. Den Intimus der Waffenlobby.«

Kerry sah seinem Patenonkel ins Gesicht. »Du kennst die Geschichte?«

»Soviel ich weiß, hast du Ralph Shue praktisch der Beihilfe zum Mord bezichtigt. Stimmt das?«

»Ja. Und mit Recht.«

Liam faltete die Hände. »Er wird Jamies Platz einnehmen. Nach einer angemessenen Frist wird ihn der Gouverneur in den Senat berufen. Bis zu den Wahlen.«

»Dieser korrupte Kerl soll Jamies Nachfolger werden? Der wird nie gewinnen.«

»Und ob. Er hat in den Vororten viele Wähler und soviel Geld, wie er braucht. Es ist keiner da, der ihn schlagen könnte.«

Liam hielt abrupt inne. Was er nicht gesagt hatte und nun auch nicht mehr auszusprechen brauchte, traf Kerry wie ein Schlag in die Magengrube.

Liam sah ihn ruhig an. »Ich habe mit dem Vorsitzenden von New Jersey gesprochen und mit den meisten Mitgliedern des Parteikomitees. Wir wissen, was wir von dir verlangen, mein Junge. Trotzdem, wir wollen dich.«

Kerry lehnte sich erschüttert zurück. »Ich wollte nie ein Amt, nicht einmal, als er noch lebte. Und ich will es auch jetzt nicht, schon gar nicht unter diesen Umständen.«

Liam musterte sein Gesicht. »Dann will ich dich nur um eins bitten, Kerry: Schlaf eine Nacht drüber.«

Erregt sprang Kerry auf. »Was habe ich denn zu bieten? Einen toten Bruder und den Namen Kilcannon, mehr nicht. Die Leute würden einen Toten wählen, nicht mich. Warum sollten sie das tun?« Er beruhigte sich wieder. »Sie kennen mich doch überhaupt nicht. Ich bin nicht Jamie.«

Liam lächelte freudlos. »›Meine Arme sind zu kurz, um mit Gott zu boxen.‹ Willst du das damit sagen?«

Kerry errötete. »Es ist viel banaler. Mir fehlt die nötige Qualifikation.«

»Du bist ein guter Jurist, Kerry, ein Anwalt der Frauen. Du bist ein Held. Jawohl, und du bist Jamies Bruder. Auf das alles kannst du stolz sein. Das reicht zum Senator.« Liam machte eine Pause. »Wenn du nur willst.«

Kerry schüttelte langsam den Kopf.

»Du hast viel durchgemacht, Kerry, und es ist dein gutes Recht abzulehnen. Aber bevor du es tust, stell dir eine Frage, um deiner selbst willen. Frage dich, wie du dich später fühlen wirst, wenn du dich jetzt aus der Verantwortung stiehlst.« Liam stemmte sich aus dem Stuhl hoch und trat vor ihn hin. »Du verstehst genug von der Politik. Ich hab's dir beigebracht. Du hast ja keine Ahnung, was in dir steckt.«

Kerry sah dem Patenonkel ins Gesicht. »Neulich«, sagte er, »habe ich erfahren, was Jamie sagte, bevor er starb. Ganz zum Schluß.«

»Und was?«

Kerry sagte es ihm.

Liam schwieg einen Augenblick. »Geh beten«, sagte er.

ZEHN

Der Blick seiner Mutter verschleierte sich, als er ihr von Liams Bitte erzählte, und sie verfiel in tiefes Schweigen. Sie saßen im Wohnzimmer, es war später Nachmittag, und das Zimmer lag im Schatten.

»Was hast du ihm geantwortet?« fragte sie schließlich.

»Noch nichts.«

»Und du erwartest von mir, daß ich dir sage, du sollst ablehnen?«

Er faßte sie am Arm. »Ich weiß, wie dir zumute ist, Mom.«

Tränen traten ihr in die Augen. »Seit deiner Geburt habe ich für dich gebetet, wie jede Mutter. Aber ich habe immer auch geglaubt, daß es für alles einen Grund gibt, mit dem ich nicht hadern darf.« Sie ergriff seine Hand. »Hör auf die Stimme deines Gewissens, Kerry. Denn ich weiß, daß Gott dich noch mehr liebt als ich.«

Kerry betrat Sacred Heart.

Um diese Zeit, fünf Uhr nachmittags, war die Kirche fast leer. Er kniete vor dem Altar nieder, bekreuzigte sich und wartete, bis sich seine aufgewühlten Gefühle beruhigten.

Jamie war noch keine Woche tot, und jetzt wollten sie ihn. Kerry schloß die Augen.

Zum Totlachen, dachte er bei sich. Aber was hat es zu bedeuten?

Sie wollten Jamie, nicht ihn. Sein Bruder war gestorben. Hatte er deshalb die Pflicht, das Leben seines Bruders zu führen?

Du bist der nächste, Kerry – wenn du es schaffst, deine Noten etwas zu verbessern.

Wie Kerry ihn dafür verachtet hatte! Wie sehr wünschte er sich jetzt, daß Jamie noch am Leben sei. Wie konnten sie ihn bitten, Jamies Platz einzunehmen, wo er sich doch über seine Gefühle für den Bruder völlig im klaren war?

Dieser korrupte Kerl soll Jamies Nachfolger werden? hatte er gefragt. Der wird nie gewinnen.

Wovor hatte er mehr Angst – vor Jamies Schatten oder seiner eigenen Unfähigkeit?

Du bist ein Held.

Wieder sah Kerry, wie Anthony Musso die Pistole hob.

Vielleicht hatte er davor am meisten Angst. Vor einem weiteren Irren mit einer Pistole.

Es ist dein gutes Recht abzulehnen.

Ein letztes Mal, hatte er John Musso versprochen, dann ist es überstanden.

Es ist nicht deine Schuld, hatte Clayton zu ihm gesagt, daß du noch lebst.

Kerry schloß die Augen und betete.

Als er die Augen wieder öffnete, sah er Pater Joe Donegan in der Tür hinter dem Altar stehen.

Kerry erhob sich. Der Priester zögerte, dann kam er auf ihn zu.

»Die Stille hilft mir beim Nachdenken«, sagte Kerry.

Pater Donegan musterte ihn. Es war dreizehn Jahre her, daß er vergeblich versucht hatte, Michael Kilcannon davon abzubringen, seine Frau zu schlagen. Er war im Dienst für die Kirche ergraut, während seine Gemeinde schrumpfte.

»Möchtest du mit mir reden?« fragte er freundlich.

Nein, dachte Kerry, darüber nicht. Es gibt nur einen Menschen auf der Welt, dem ich das alles sagen würde. »Ich wollte Ihnen dafür danken«, antwortete Kerry, »daß Sie sich um meine Mutter kümmern.«

»Mütter rechnen nicht damit, daß sie ihre Söhne begraben müssen. Manchmal ist der Glaube an Gott die einzige Antwort. Deshalb kommt sie.«

Kerry klopfte Pater Joe auf die Schulter und ging.

Auf der Heimfahrt dachte er über Liam nach.

Du verstehst genug von der Politik. Ich hab's dir beigebracht. Du hast ja keine Ahnung, was in dir steckt.

Meg saß im Wohnzimmer und büffelte für ihre letzte Prüfung. Im Herbst wollte sie als Englischlehrerin anfangen.

So ruhig wie möglich berichtete er ihr, was geschehen war.

Megs Augen weiteten sich. »Mein Gott, du denkst ernsthaft darüber nach, stimmt's? Nach allem, was passiert ist!«

»Aber das ist doch das mindeste, Meg. Welche Entscheidung ich auch treffe, ich werde lange mit ihr leben müssen.«

»Du machst dir Hoffnungen.« Sie stand auf und verschränkte die Arme. »Du hast eben erst deinen Bruder begraben. Wie kannst du nur?«

»Bitte, ich habe nicht gesagt, daß ich es mache. Aber Liam hat mich nicht ohne Grund gefragt. Wenn ich nicht kandidiere, wird voraussichtlich Ralph Shue Jamies Platz einnehmen. Und das will ich auf gar keinen Fall.«

Sie starrte ihn verständnislos an. »Ralph Shue?« Ihre Stimme überschlug sich. »Er wird einer von hundert Senatoren.« Sie faßte sich, trat zu ihm und lehnte den Kopf an seine Brust. »Es tut mir leid, Kerry. Ich hätte dich beinahe verloren ...«

Kerry streichelte ihr Haar. »Mir tut es auch leid.«

»Bitte«, flehte sie mit tränenerstickter Stimme. »Du hast es versprochen.«

»Ich weiß«, murmelte er. »Aber da war Jamie noch am Leben.«

Sie sah ihm in die Augen. »Und jetzt willst du wie er werden? Weil er tot ist?«

Kerry holte tief Luft. »Nein, Meg. Ich will nicht wie Jamie werden.«

Sie wandte sich von ihm ab, das Gesicht tränennaß. »Tut mir leid. Aber wenn du das tust, helfe ich dir nicht. Ich habe hier ein Leben und einen Beruf, für den ich hart gearbeitet habe. Selbst wenn ich keine Angst um dich hätte – ich finde es abscheulich, was die Politik aus den Frauen macht.« Sie schüttelte fassungslos den Kopf. »Ich möchte dir nicht im Wege stehen. Wenn du nach Washington gehst, komme ich zu dir, wenn du mich brauchst. Aber ich werde nicht mit dir gehen.«

Kerry sah sie an. »Gut«, sagte er leise, »wenigstens haben wir keine Kinder, die mich vermissen könnten.«

Wieder füllten sich ihre Augen mit Tränen. Sie drehte sich um und ging aus dem Zimmer.

In dieser Nacht lagen sie schweigend nebeneinander. Kerry tat kein Auge zu.

Am Morgen rief er Clayton Slade an. »Ich muß dich was fragen.«

Vier Tage später traf sich Kerry mit Liam und drei Mitgliedern des Parteikomitees von New Jersey – Joseph Auletta, dem Vorsitzenden, Walter Shipman, dem Chef einer wichtigen Gewerkschaft, und Carl Cash, einem schwarzen Bürgerrechtler und Freund des Bürgermeisters von Newark. Beim Blick in die Runde überlegte Kerry, wieviel taktisches Geschick Liam und auch Jamie hatten aufbieten müssen, um unter diesen konkurrierenden Kräften zu bestehen. Aber alle Anwesenden wollten den Sitz im Senat behalten, und dazu brauchten sie seine Hilfe.

»Eine Kandidatur meinerseits ist völlig sinnlos«, sagte er, »wenn die sechzig Demokraten, die dafür geeigneter wären, dies öffentlich auch sagen. Und darauf wird Shue setzen, wenn er Wind davon bekommt.«

Seine Direktheit schien Auletta zu überraschen. »Ich kann nichts garantieren. Aber wenn Sie uns jetzt eine Zusage geben, werden wir, glaube ich, alle Probleme aus dem Weg räumen können.«

Kerry sah die anderen an. »Sind Sie einverstanden?«

Sie nickten.

»Was sonst noch?« fragte Auletta.

»Ist genug Geld da?«

Auletta nickte. »In dieser Hinsicht hat Senator Kilcannon gut vorgesorgt.«

Senator Kilcannon, dachte Kerry bei sich. Wie lange würde es dauern, bis diese Männer in ihm mehr als nur einen Ersatz für Jamie sahen? »Ich weiß ihr Angebot zu schätzen«, erwiderte er. »Aber wenn ich es mache, dann kandidiere ich als Kerry Kilcannon und nicht als billige Kopie meines Bruders. Jeder wird wissen, wie Sie auf mich gekommen sind. Wozu es noch schlimmer machen?«

Auletta nickte zustimmend.

»Und noch etwas«, fuhr Kerry fort. »Ich würde meinen Wahlkampfmanager auf jeden Fall selbst ernennen wollen. Und ich würde erwarten, daß alles über ihn läuft.«

Auletta hob die Brauen. »Haben Sie schon jemanden im Auge?«

»Clayton Slade. Ein früherer Kollege.«

»Kenne ich nicht. Hat er so etwas schon mal gemacht?«

»Nein. Aber er lernt schnell. Mit Ihrer Hilfe schafft er das schon.«

Auletta sah ihn forschend an. Laß dir ruhig Zeit, dachte Kerry. Wir wissen beide, wer mich hergebeten hat und daß ich einfach wieder gehen kann.

»In Ordnung«, sagte Auletta schließlich. »Wir können ihm ein paar gute Leute an die Seite stellen. Aber Sie müssen sich bald entscheiden, Kerry.«

»Morgen.« Kerry blickte in die Runde. »Eine Frage noch, aus purer Neugier. Die beiden Senatoren haben doch großen Einfluß darauf, wen der Präsident zum Bundesanwalt ernennt. Auch in dem Bezirk, der für Newark zuständig ist.«

Noch nicht mal Senator, las er in Aulettas Miene, und schon Ämter verteilen. »Sehr großen sogar«, antwortete Auletta. »Vorausgesetzt, im Weißen Haus sitzt ein Demokrat.«

»Das dachte ich mir«, sagte Kerry.

Sie gaben sich die Hand. Erst als die anderen gegangen waren, fragte Liam: »Du willst Vincent Flavio ans Leder, stimmt's? Dein Bundesanwalt würde Anklage gegen ihn erheben.«

Kerry grinste. »Du hast Nunzio vergessen.«

Es war nicht leicht.

»Ein Sitz im Senat ist kein Erbhof«, hieß es im *Newark Star-Ledger*, und der Kommentator wurde noch deutlicher: »Die Demokratische Partei hat beschlossen, einen Anwärter auf die Präsidentschaft durch einen Iren aus dem Parteiapparat zu ersetzen, dessen Name, merkwürdig genug, zufällig ebenfalls Kilcannon lautet.«

Kerry und Clayton kämpften nach Kräften dagegen an. Doch Kerrys Unerfahrenheit blieb nicht verborgen, und Ralph Shue strich ständig seine langjährige Erfahrung heraus. Frustriert polterte Kerry bei einer Versammlung: »Wo hat Mr. Shue gelernt, Männchen zu machen, wenn die Waffenlobby pfeift? Oder zu sabbern wie ein Pawlowscher Hund, wenn Umweltverschmutzer zum Essen läuten? Das muß seine vielbeschworene Erfahrung sein.«

Kerry bedauerte die Äußerung schon im nächsten Moment; jetzt konnte Shue der Liste von Adjektiven, mit denen er ihn abqualifizierte, »unbeherrscht« und »unreif« hinzufügen. Einigen Wählern, die Jamie unterstützt hatten, konnte Kerry gar nicht weit genug gehen, anderen – und einem Großteil der Presse – erschien er zu impulsiv. Um etwas gegen sein Image als Heißsporn zu tun, ließ er Shues Attacken wochenlang unbeantwortet.

Den Höhepunkt bildete ihre letzte Fernsehdebatte. Shue, mittlerweile mit einem Prozent vorn, attackierte mit frischer Kraft, um seinen Kontrahenten zu einer Unbeherrschtheit zu verleiten. Am Ende sagte er zu Kerry: »Würden Sie Kerry Francis heißen, Sir, wäre Ihre Kandidatur ein Witz.«

Einen Augenblick lang schwieg Kerry und blickte in Shues kantiges, selbstgefälliges Gesicht. »Würde ich Kerry Francis heißen«, entgegnete er ruhig, »wäre mein Bruder noch am Leben.«

Shue blinzelte, und Kerry erkannte, daß er seit jener Nacht, in der er seinen Vater verprügelt hatte, keinen so geschlagenen Mann mehr gesehen hatte. Allenfalls Clayton konnte ermessen, wieviel Überwindung ihn diese Antwort gekostet hatte.

Als Dreißigjähriger, wie sein Bruder, wurde Kerry mit einer knappen Mehrheit in den Senat der Vereinigten Staaten gewählt.

DIE KAMPAGNE

Zweiter Tag

EINS

Clayton beobachtete seinen Freund genau, als er ihm von Lara erzählte, von dem Bericht der Psychologin, von Cutlers Frage und Laras Lüge.

Kerry saß völlig reglos da. Nur seinem Blick war zu entnehmen, was in ihm vorging, und so war Clayton nicht überrascht, als Kerry zuallererst fragte: »Wie geht es ihr?«

Sie saßen einander in Kerrys Suite gegenüber. Es war kurz nach sechs. Kerry war eben vom Training zurückgekehrt, das Haar zerzaust, Schweißperlen auf der Stirn. Rings um sie herrschte die Stille eines großen Hotels, kurz bevor das Geklapper der Servierwagen einsetzte, Türen sich leise öffneten und schlossen. Sie führten dieses Leben, fern von zu Hause und doch von Menschen umgeben, schon so lange, daß Clayton zuweilen vergaß, wie einsam es im Grunde war.

»Sie ist am Boden zerstört«, antwortete er einfach. »Auch wenn sie es sich nicht anmerken läßt.«

Kerry zuckte zusammen. Er litt so offensichtlich mit Lara, daß Clayton wegsehen mußte.

»Sie hat nicht nur deinetwegen gelogen, Kerry. Es ist das Beste für euch beide.«

Kerry faltete die Hände. »Das hat sie vor zwei Jahren auch geglaubt. Ich frage mich, ob sie heute immer noch der Meinung ist.«

»Wie auch immer, jedenfalls hättest du niemals kandidieren können. Sie hat dir die Wahl überlassen. Genau wie heute.« Er machte eine Pause und setzte dann ruhig hinzu: »Sie will dich nicht sehen. Weil es besser so ist, für euch beide.«

Diesmal sah Kerry weg.

»Damit wäre noch ein Punkt zu klären«, fuhr Clayton fort. »*Newsworld* wird versuchen, die Geschichte vor Dienstag zu bringen. Das heißt, daß Cutler demnächst bei dir aufkreuzen wird. Kit kann etwas Zeit schinden. Aber allzulange kannst du Cutler nicht hinhalten, und dann mußt du dich entscheiden.«

»Muß ich das, ja?« Kerry fuhr wütend in die Höhe. »Die Sache zwischen Lara und mir hat nichts damit zu tun, ob ich ein guter Präsident wäre. Wenn ich antworte, heißt das, daß er ein Recht hat zu fragen.«

»Du willst dich nicht dazu äußern?« fragte Clayton. »Jeder weiß, daß das einem Geständnis gleichkommt. Und es wird *Newsworld* nicht davon abhalten, sich deine Handy-Abrechnung zu besorgen, deine Nachbarn auszuhorchen und einen Kellner aufzutreiben, der euch zusammen gesehen hat. Was willst du Cutler antworten, wenn er dich fragt, warum du sie morgens um drei angerufen hast oder um sechs aus ihrem Apartment gekommen bist? Daß ihn das nichts angeht?« Clayton stand auf und sah Kerry an. »Er hat genug in der Hand, um dir zu schaden. Ohne ein klares Dementi druckt er alles.«

Kerry verschränkte die Arme. »Dann soll ich also wegen Nate Cutler zum Lügner werden.«

»Oder die Vorwahlen verlieren.«

Wieder verharrte Kerry bewegungslos. Nur ein fragender Blick verriet seine Überraschung.

»Wenn du verlierst«, erklärte Clayton, »ist die Story nichts wert. Aber wenn du nominiert wirst und die Geschichte kommt hinterher heraus, bist du der gescheiterte Kandidat, der seine Partei ins Verderben geführt hat.«

Kerry starrte ihn an. Nach einer Weile fragte er: »Wie wollen wir sicherstellen, daß ich verliere, wenn wir nicht einmal wissen, wie ich gewinnen kann?«

»Ich ziehe die geplanten TV-Spots zurück und begründe dies damit, daß wir das Geld in der Zeit vor dem Konvent brauchen. Frank Wells und Jack Sleeper glauben, daß Mason gewinnt, wenn er mehr Sendezeit hat. Ich auch.« Zum ersten Mal zeigte Clayton ein freudloses Lächeln. »Die beiden haben einen Ruf zu verlieren. Wenn ich die Spots absetze, erzählen sie es brühwarm der Presse, und ich stehe als der Trottel da, der dich um die Nominierung gebracht hat. Das nächste Mal nimmst du dir einen Besseren.«

Kerry legte den Kopf schräg und musterte ihn.

»Du bist noch jung«, fuhr Clayton fort. »Du hast einen großartigen Wahlkampf geführt. In vier oder acht Jahren kannst du nochmal kandidieren.«

»Und wenn ich lüge?«

»Keine Garantie. Aber *Newsworld* hat noch gewisse Prinzipien, und es ist fraglich, ob sie die Geschichte ohne Beweise bringen. Zumindest besteht die Hoffnung, daß sie in weniger renommierten Blättern erscheint. Oder sogar in der Boulevardpresse, dann können wir sie als eine der üblichen Skandalgeschichten abtun.«

»Obwohl sie wahr ist.«

»Wenn du die Wahrheit sagst, ruinierst du Laras Karriere. Und deine.« Clayton betonte jede Silbe. »Wenn du nicht lügen willst, muß du die Vorwahlen verlieren. Doch zuvor stell dir folgende Frage: Bist du bereit, all das zu opfern, wofür du gekämpft hast, und all jene zu enttäuschen, die für dich gerackert haben? Frage dich, mit welcher Sünde du leben willst.«

Kerry trat ans Fenster und zog die Vorhänge auf. Von Sonnenstrahlen durchzogener Smog lag über Los Angeles. Kerry sprach in verbittertem Ton. »Ich darf nicht mit ihr zusammen sein, aber ich kann sie vernichten. Und alles, weil ich glaube, daß ich ein besserer Präsident wäre als Mason.« Er schüttelte den Kopf. »Was meinst du? Was hätte mein Bruder getan?«

Heute vor zwölf Jahren, so sagte sich Clayton, war James Kilcannon ermordet worden. Er wartete noch einen Augenblick. »Kerry, in fünf Minuten treffe ich mich mit Kit, Nat und Frank. Was soll ich ihnen sagen?«

Kerry drehte sich nicht um. »Sag ihnen, sie sollen Zeit schinden.«

Um sechs Uhr stand Sean Burke vor der Glastür von Kilcannons Wahlkampfbüro.

Es war ein sonniger Morgen, und die Wolken über San Francisco hatten sich verzogen. In Seans Rücken brauste der übliche Verkehr, quietschten Bremsen, röhrten Motoren. Im nächsten Augenblick tauchte Rick Ginsberg, der Koordinator, wie ein Gespenst hinter der Scheibe auf. Sean öffnete die Tür und trat ein.

Obwohl Rick vor Übermüdung kaum aus den Augen sehen

konnte, rang er sich ein Lächeln ab. »Danke, daß Sie so früh gekommen sind, John. Gehen wir nach hinten.«

Sean folgte ihm. Über die Schulter fragte Rick: »Haben Sie gestern abend Kerrys Rede gehört?«

Allein schon Kilcannons Name machte Sean nervös. »Ja«, antwortete er.

»Hoffentlich kapieren die Leute, daß Kerry für das Recht auf Abtreibung ist – er hat nur seine eigene Meinung dazu.« Zweifel mischten sich in Ricks Stimme. »Aber wer hört denn überhaupt noch zu, seit dieser Verrückte in Boston die Leute umgebracht hat? Mason schlachtet die Sache weidlich aus.«

Sean bekam Gänsehaut. Wie lange würde es noch dauern, bis sie seine Spur nach San Francisco verfolgt hatten und ein Foto von dem »Verrückten« im Fernsehen brachten? Und noch immer hatte er keine Waffe.

Rick blieb an einem Tisch stehen, auf dem Zeitungen und zwei Scheren lagen. »Fangen Sie mit dem *Chronicle* an«, sagte Rick. »Wir schneiden alles über den Wahlkampf aus und faxen es an die Zentrale in L. A.«

Sean beugte sich über die Zeitungen. Von einer Titelseite sprang ihm die Schlagzeile ins Auge: »Kilcannon morgen in der Bay Area.«

Sean starrte auf die Lettern. »Wenn ich fertig bin«, murmelte er, »muß ich für eine Stunde oder so weg.«

Mechanisch griff er zur Schere.

»Mein Gott«, stöhnte Nat Schlesinger.

Es war sieben Uhr. Clayton saß mit Nat, Kit Pace und Frank Wells in seiner Hotelsuite und wartete, bis die anderen das Gehörte verdaut hatten. Die Stimmung war gedrückt.

Kits rundes Gesicht sah verschwollen aus, als sei sie mitten aus dem Schlaf gerissen worden, und Clayton beobachtete, wie sie mühsam ihren Denkapparat in Gang setzte. Vorsichtig fragte sie: »Was wird Kerry sagen, wenn Nate an ihn herantritt?«

Kit, das wußte Clayton, würde niemals fragen, ob die Geschichte stimmte. Auch keiner von den anderen. Wie Strafverteidiger wollten sie es nicht wissen und würden Kerry auch nie darauf ansprechen. Das war Claytons Aufgabe.

»Im Moment«, sagte Clayton, »sieht er keinen Grund, warum er antworten sollte.«

Kits Kaffeetasse verharrte auf halbem Weg zum Mund. »Das funktioniert nicht.« Sie sah Clayton über den Rand der Tasse hinweg an. »Kerry muß reagieren, so oder so.« Sie nippte an ihrem Kaffee. »Er geht doch sonst nie einer Entscheidung aus dem Weg.«

Clayton spürte, daß die anderen ihn beobachteten. Sie vermuteten, daß er die Wahrheit kannte, und warteten auf einen Fingerzeig. »Er weiß es erst seit knapp einer Stunde«, sagte er.

Kit setzte die Tasse ab. Dann stimmt es also, las er ihre Gedanken.

»Was ist mit dieser Frau?« fragte Frank Wells. »Dieser Psychologin. Sollte nicht jemand zu ihr fahren und mit ihr reden?«

Clayton schüttelte den Kopf. »Das würde nur ihre Glaubwürdigkeit erhöhen.«

»Wir sollten wenigstens einen Blick ins Internet werfen«, warf Kit ein. »Wenn wir Glück haben, taucht sie dort als politische Aktivistin oder weiblicher Prozeßhansel auf. Hauptsache, es bringt sie in Mißkredit. Wie man es auch betrachtet: Sie hat Mist gebaut.«

»Sie kennen die Grundregel«, sagte Frank Wells zu Clayton. »Wenn man ein Problem hat, heraus damit und dazu stehen. Vielleicht finden wir ja über Mason etwas heraus, das noch schlimmer ist.«

»Was sollte das sein?« fragte Kit. »Wer Cutler das zugespielt hat, weiß genau, daß Kerry wie ein gesinnungsloser Schurke dastehen wird, der alles tun würde, um seinen Hals zu retten.« Sie wandte sich an Clayton. »Das ist doch das Problem, nicht wahr?«

»Ja«, räumte Clayton ein. »Oder bestreitet hier jemand, daß Cutler eine Story hat, wenn *Newsworld* Beweise beibringt? Und das die Geschichte Kerrys Siegeschancen zunichte machen würde?«

»Die Wähler sind heutzutage toleranter«, entgegnete Frank Wells. »Ich kann mir durchaus vorstellen, daß ein Kandidat hinsteht und zugibt, daß er einen schweren inneren Konflikt durchmacht, wie Tausende andere auch.«

»Sie meinen, wir sollen Kerry als Opfer einer Tragödie hinstellen?« fragte Kit mit ungläubiger Stimme. »Und Lara Costello den Wölfen zum Fraß vorwerfen? Dann hätte er es bei den Frauen verscherzt.«

Frank wandte sich an Clayton. »Machen wir wenigstens eine Umfrage, auf die Schnelle. Wir nehmen als hypothetischen Kandidaten einen verheirateten Mann, der in den Kongreß will, schreiben ein Schuldbekenntnis und schauen, wie die Leute darauf reagieren. Warum halten wir uns diese Möglichkeit nicht offen?«

Clayton wußte, daß das Gespräch damit eine entscheidende Wendung genommen hatte. Offener als Kit ging Frank bei seinem Vorschlag davon aus, daß die Geschichte stimmte. »Das würde eine Woche dauern«, erwiderte Kit. »Kerry darf sich nicht erst in einer Woche entscheiden. Das wäre ein schwerer Fehler. Außerdem ist Beichten nicht sein Stil.«

Clayton beendete den Streit. »Auf jeden Fall ist die Sache gefährlich. Und wenn sie erst mal in der Zeitung steht, hat Kerry nur noch eine Chance: Er muß alles abstreiten. Reden wir also über die nächsten Tage.«

Wieder trat Stille ein. Die anderen blickten aus dem Fenster und betrachteten die Bürotürme der Stadt, die unwirklich aus dem Dunst ragten. »Dann fassen wir doch mal die positiven Aspekte zusammen«, sagte Kit nach einer Weile. »Erstens, es geht nicht um ein charakterliches Problem. Anders als beim amtierenden Präsidenten wird niemand behaupten können, Kerry habe einen großen Verschleiß an Frauen. Zweitens, er ist inzwischen geschieden. Ehebruch ist also kein aktuelles Thema.«

»Was ist mit seiner Ex-Frau?« fragte Frank Wells. »Was wird sie sagen, wenn *Newsworld* zu ihr kommt?«

Eine gute Frage, dachte Clayton. Ruhig sagte er zu Frank: »Ich glaube nicht, daß Meg von der Sache weiß. Aber notfalls kann ich mit ihr reden.«

»Drittens«, fuhr Kit mit ihrer Analyse fort, »und das ist der wichtigste Punkt: Wie wissen bereits, daß Lara alles abgestritten hat. Das ist ein großer Vorteil. Außer Kerry ist sie die einzige, die wirklich weiß, was passiert ist. Möglich, daß Cutler ihr nicht glaubt. Aber *Newsworld* kann sich nicht auf eine anonyme Quelle und Notizen verlassen, die eine schmutzige Fälschung sein könnten. Deshalb muß Nate mit uns reden.« Ihr Ton wurde süffisant. »Aber er muß es heimlich tun. Oder können Sie sich vorstellen, daß er Kerry über die Absperrung hinweg zuruft: ›Haben Sie in den letzten drei Jahren eine NBC-Reporterin gevögelt?‹ Er wäre seine Exklusivgeschichte los. Aber was ist, wenn *Newsworld* auch zu Laras Freunden geht? So nach der Masche: ›Wir wissen, daß Sie Lara Costello nahestehen. Und wir wissen, daß sie eine Affäre mit Senator Kilcannon hatte. Was hat sie Ihnen darüber erzählt?‹ Hier liegt für uns ein Problem.«

Richtig, dachte Clayton. »In Laras Umfeld werden sie niemand finden«, sagte er.

Kit lehnte sich zurück. »Hat sie das gesagt?«

»Ja. Und Kerry will, daß wir alles unterlassen, was Cutler verraten könnte, daß sie mit mir gesprochen hat.«

»Wie soll das gehen?« fragte Kit. »Bis Kerry eine Entscheidung getroffen hat, müssen wir verhindern, daß Nate ihn irgendwo abpaßt. Kerry kann nicht mehr wie gewohnt durchs Flugzeug gehen und mit den Journalisten plaudern.«

»Das ist gar nicht mal so schlecht«, warf Frank Wells ein. »Unser Mann ist nur erschöpft. Wir haben ja bereits angekündigt, daß wir seine Zeit für die kalifornische Presse reservieren wollen. Zumindest ein paar Tage lang wird niemand auf die Idee kommen, daß wir *Newsworld* ausgrenzen.«

»So machen wir's«, sagte Clayton zu Kit. »Wir müssen Zeit gewinnen.«

»Bis nächsten Dienstag, meinen Sie? Das bringt nur was, wenn Kerry die Absicht hat, alles abzustreiten, oder wenn er verliert. Sonst macht er alles nur noch schlimmer.«

Wieder bewunderte Clayton Kits Scharfsinn. »Das weiß er«, erwiderte er gelassen.

»Es ist unfaßbar«, sinnierte Nat. »Diese Pressefritzen wollen Kerry fertigmachen, und wir nehmen es einfach hin. Wir sind überhaupt nicht empört.«

»Oh«, erwiderte Kit, »ich mache mir über diese Leute keine Illusionen. Sie tun nur ihre Arbeit, genau wie ich. Manchmal hauen sie daneben, aber normalerweise liegen sie einigermaßen richtig. Ich halte Cutler für einen anständigen Kerl. Warum sollte ich sauer auf ihn sein?«

»Weil Kerry ein anständiger Kerl ist«, erwiderte Clayton und wandte sich an Nat. »Sie kennen doch den Verleger von *Newsworld?* Und sind mit dem Chefredakteur befreundet, nicht wahr?«

»Na ja, ich war auf seiner Hochzeit.« Nat grinste. »Seiner ersten. Später ließ er Janie und die Kinder wegen einer Reporterin von der *Baltimore Sun* sitzen.«

»Was würden Sie Ihrem tugendhaften Freund sagen«, fragte Clayton, »wenn Cutler an Kerrys Tür klopft?«

»Daß er nur eine inoffizielle Quelle hat. Daß ein renommiertes Nachrichtenmagazin verläßlichere Beweise braucht, ehe es entscheidend in wichtige Vorwahlen eingreift. Daß nach dem Konvent noch genug Zeit für gründlichere Recherchen bleibt.«

Nat machte eine Pause, blickte in die Runde und sprach dann mit Nachdruck weiter. »Und daß er eindeutig für Mason Partei ergreift, wenn er die magere Geschichte jetzt bringt. Daß er den Wahlkampf in eine Schlammschlacht verwandelt und uns zwingt, aus allen Rohren zurückzuschießen. Daß die Öffentlichkeit von solchen Geschichten die Nase voll hat, und daß dieser ›Skandal‹ die Politik nur noch tiefer in den Schmutz zieht.«

»Dann sollten Sie nach New York fliegen«, schlug Clayton vor, »und ihm das erzählen, sobald Cutler zu uns kommt.«

Nat lehnte sich vor. »Aber Kerry muß dementieren, und das Dementi muß hieb- und stichfest sein, sonst erweist es sich für uns als Bumerang.« Er holte Luft. »Es ist das altbekannte Spiel. Keiner wird zugeben, daß er seine tote Großmutter geschändet hat, aber sobald dich jemand danach fragt und du lügst, hat die Presse die Pflicht, dich als Lügner zu entlarven.«

»Wenn Cutler auf der Story sitzenbleibt, könnte er sein Material einem kleineren Blatt zuspielen und den Dreck dort drukken lassen. So könnte er seine Geschichte komplett bringen, ohne daß *Newsworld* dafür verantwortlich ist. Ich kenne Journalisten, die so was machen.«

»Eine Frage«, warf Clayton ein. »Von wem hat Cutler die Information?«

Nat runzelte die Stirn. »Von den Republikanern. Von wem sonst?«

Frank Wells schüttelte den Kopf. »Von Mason. Es paßt zu den Ereignissen der letzten beiden Tage. Dabei fällt mir ein...« Er wandte sich an Clayton. »Suchen unsere Schnüffler eigentlich noch nach der Wunderwaffe, die wir gegen Mason einsetzen können?«

»Dazu sind sie da. Doch bislang haben wir nur Gerüchte. Obwohl die es in sich haben.«

Clayton spürte, wie ein Ruck durch das Team ging. Frank hob die Augenbrauen. »Zum Beispiel?«

Clayton schüttelte den Kopf. »Wenn es mehr als Gerüchte sind, lasse ich es Sie wissen. Wenn nicht, könnte der Schuß nach hinten losgehen.«

Die anderen akzeptierten es schweigend.

»Schön«, sagte Clayton, »dann fassen wir zusammen: Kerry geht Cutler aus dem Weg, indem er die Presse meidet. Wenn Cutler um ein vertrauliches Gespräch bittet, fragt ihn Kit, worum es geht. Und sowie Cutler die Katze aus dem Sack läßt, geht Nat zu *Newsworld*. Aber nur, wenn Kerry zu einem klaren Dementi bereit ist.«

Die anderen nickten.

»Dann wäre da noch eine Sache«, fuhr Clayton fort. »Wir sprechen hier über Kerrys politische Zukunft. Und Kerry ist mein bester Freund. Ihre erste Pflicht ist es jetzt, so zu tun, als sei nichts geschehen. Und zweitens: zu niemandem ein Wort. Für mich ist das nicht nur eine Frage der Loyalität, sondern auch eine Frage der Moral. Es gibt Wahlkampfberater, die sich ihrem Kandidaten gegenüber loyal verhalten, und andere, die Indiskretionen begehen. In Washington wird mangelnde Loyalität belohnt: Ein politischer Berater ist am besten beraten, wenn er seinen Chef hintergeht.« Clayton sah Frank Wells direkt in die Augen. »Natürlich besteht die eigentliche Kunst darin, Indiskretionen zu begehen und sich selbst dabei ins rechte Licht zu rücken – man kritisiert den Kandidaten, weil er nicht tut, was man ihm sagt, und läßt durchblicken, daß das nicht unbedingt für sein Urteilsvermögen spricht, um so mehr aber für das eigene. Ich will nie erleben, daß Kerry Kilcannon so etwas widerfährt. Schon gar nicht in dieser Angelegenheit.« Clayton senkte die Stimme. »Wenn doch, sollte sich der Verräter lieber gleich begraben lassen.«

Frank Wells wandte keinen Blick von ihm. Clayton ließ seine Worte wirken, dann sah er einen nach dem anderen an. »Schön«, sagte er, »gleich beginnt unsere morgendliche Sitzung. Es gibt Arbeit. Laut Jack Sleepers Umfragen haben wir ein kleines Problem in der Abtreibungsfrage.«

ZWEI

»Beim Thema Abtreibung sieht es immer noch schlecht aus«, sagte Jack Sleeper im Konferenzraum des Hotels. »Nach den Zahlen von gestern sacken Sie bei den Befürworterinnen weiter ab.«

Kerry blickte in die Runde: Kit Pace, Frank Wells und Nat Schlesinger gaben sich betont gelassen, aber wahrscheinlich fiel nur ihm auf, daß ihr Lächeln gekünstelt war und daß sie ihr Unbehagen hinter allzu aufgeräumten Mienen verbargen. Die beiden anderen – Jack, sein Demoskop, und Mick Laster, der Wahlkampfchef für Kalifornien – wirkten dagegen wie Naivlinge.

»Was schlagen Sie vor?« fragte Clayton.

Jack blickte zu Frank Wells, und der wandte sich direkt an Kerry. »Ihre Rede gegen Gewalt ist gestern wirkungslos verpufft. Wir müssen rüberbringen, daß sie Frauen und Kindern buchstäblich das Leben gerettet haben.«

Kerry fing Franks Blick auf. Leise sagte er: »Nicht allen.«

Frank schien zu zögern. »Sie haben den Jungen gerettet, Kerry. Und was hat Dick getan?« Er stand auf, ging zum Videorecorder und drückte den Knopf. »Den Spot, den wir uns gestern angeschaut haben, würde ich gern durch den hier ersetzen. Jack und ich halten ihn für besser.«

Auf dem Bildschirm erschien ein jüngerer Kerry: ein Pressefoto aus der Zeit, als er für den Senat kandidierte, wie er selbst vermutete. Aus der Zeit nach Jamie, vor Lara. Er betrachtete das Bild und dachte daran, wieviel dieser junge Mann noch zu lernen hatte.

Die Sprecherin begann mit ruhiger Stimme:

»Am 12. Februar 1988 betrat ein junger Staatsanwalt das Gericht.

Schon seit vier Jahren widmete er sich der Aufgabe, Frauen vor Gewalt zu schützen. Und nun war er gekommen, um wieder eine Frau und ihren Sohn zu schützen.

Doch auch ein anderer kam an diesem Tag ins Gericht – ein Mann mit einer Pistole. Der gewalttätige Ehemann der Frau.«

Ein dumpfer Knall war zu hören, wie von einem Schuß, und dann wechselte das Bild.

Kerry starrte auf den Bildschirm.

Sekunden nachdem der Wachmann Anthony Musso erschossen hatte, war der Fotograf an Ort und Stelle gewesen. Auf seinem Foto stand der Polizist über Musso. Neben ihnen lag mit ausgestreckten Armen Bridgets Leiche. Ihr Gesicht war zum Glück abgewandt.

Dann folgte ein Foto von Kerry.

Mit geschlossenen Augen lag er in der Tür. Er blutete an der Schulter, und mit dem einen Arm umklammerte er einen Jungen, der entsetzt die Augen aufriß.

»Kerry Kilcannon«, schloß die Frauenstimme, »denn Taten sind mehr als Worte.«

Der Bildschirm wurde schwarz.

»Taten sind mehr als Worte«, sagte Kerry nach einer Weile. »Ich weiß nicht mal, was aus dem Jungen geworden ist. Sie?«

Frank sah ihn forschend an. »Kerry, ein Foto von Ihnen, wie Sie eine tote Möwe aus verseuchtem Wasser ziehen, wiegt zehn halbstündige Reden über die Rettung von Feuchtbiotopen auf. Gestern hat sie niemand gehört. Aber das hier kapieren die Leute.«

Kerry schwieg. »Etwas anderes«, schaltete sich Clayton ein. »Ich habe nochmal über das Geld für die Fernsehspots nachgedacht. Wenn wir in der Zeit zwischen Wahl und Konvent pleite sind, verschwindet Kerry völlig von der Mattscheibe. Das Problem hatte Dole letztes Mal.«

Frank kam an den Tisch zurück und ließ sich in den Stuhl fallen. »Wenn wir in Kalifornien verlieren«, seufzte er müde, »ist Kerry sowieso weg vom Fenster.«

»Darüber reden wir später.« Claytons Stimme klang leicht gereizt. »Was habt ihr noch?«

Frank sah von Clayton zu Kerry. »Dieser letzte Spot hilft Ihnen beim Thema Kinder. Aber Sie müssen mehr tun.«

»Thema Kinder?« fragte Kerry.

»Sie haben keine, und das ist ein Nachteil.«

»Ach so«, sagte Kerry. »Ist es für eine Adoption zu spät?«

Nur die Nichteingeweihten – Jack Sleeper und Mick Lasker – lächelten. »Denken Sie an die Fotos von Dick und Jeannie mit ihren drei Blondies«, fuhr Frank fort. »Leute, denen die Familie über alles geht, ziehen den Kandidaten vor, der ein guter Ehemann und Vater zu sein scheint. Und das ist Mason. Aber laut unseren Umfragen hat das auch eine Kehrseite. Ein Single als Präsident, das hat für unverheiratete Frauen fast die Bedeutung einer Bürgerrechtsfrage. Sie können das Gerede vom ›Schutz der Familie‹ nicht mehr hören, als würden sie überhaupt nicht zählen. Deshalb möchte ich, daß Sie ins Studio gehen, Kerry, und noch einen Spot mit Kids aufnehmen.«

Frank zögerte und spähte zu Jack Sleeper. »Wir verwenden Ihren Ausspruch: ›Eine zivilisierte Gesellschaft sollte für die ersten fünf Lebensjahre eines Menschen ebensoviel ausgeben wie für seine letzten beiden Wochen.‹ Wir müssen ihm nur eine persönlichere Note geben.«

»Und wie?«

»Sie blicken in die Kamera und sagen, daß Sie schon immer Kinder wollten und hoffen, eines Tages welche zu haben. Als Präsident hätten Sie jedoch die Absicht, jedem Kind der großen amerikanischen Familie zu helfen.«

Kerry erstarrte. »Kommt nicht in Frage. Meine persönlichen Wünsche gehen niemand etwas an.«

»Können wir dann wenigstens den ersten Spot verwenden?« fragte Frank.

Eine lange Pause trat ein, dann antwortete Kerry leise: »Ich bin angeschossen worden. Das kann niemand bestreiten.«

Jack schürzte die Lippen. »Schön. Dann wäre da noch das Waffenproblem. Besonders die Frauen wollen, daß etwas dagegen getan wird.«

Der Tod seines Bruder wurde nicht angesprochen, doch Kerry spürte, daß das Thema im Raum stand. »Ich auch«, erwiderte er.

»Die Frage ist nur, was.« Sleeper blieb zögerlich. »Ob es einem paßt oder nicht, viele Leute unterscheiden zwischen Handfeuerwaffen und Angriffswaffen. Einige besitzen Handfeuerwaffen zur Selbstverteidigung, finden aber, daß sich nur Spinner ein AK-47 zulegen.«

Kerry bemerkte, daß Mick Lasker neben ihm das Wort ergreifen wollte, sich dann aber anders besann. »Wollten Sie etwas sagen, Mick?« fragte er.

Mick zögerte, dann nickte er. »Ich finde, Jack hat recht. Die Kontrolle von Handfeuerwaffen ist ein heikles Thema. Beschränken wir uns daher auf Angriffswaffen.«

»Aber mein Bruder«, entgegnete Kerry, »und die Frau auf dem Foto, das wir gerade gesehen haben, wurden mit Handfeuerwaffen erschossen.«

Frank Wells stand auf und ging zum Fernseher. »Ich möchte Ihnen noch einen Spot zeigen. Und bevor Sie etwas dazu sagen, denken Sie bitte darüber nach, was Sie gesehen haben.«

Die Haltung des Medienberaters drückte grimmige Entschlossenheit aus. Kerry nickte.

Auf dem Bildschirm erschien James Kilcannon.

»Kilcannon ...« skandierte die Menge. Jamie ließ Stacey Tarrants Hand los und trat vor. Wie in Kerrys Alptraum tauchte ein Mann aus einem Winkel der Bühne auf. James Kilcannon lächelte ahnungslos und genoß die letzten Sekunden seines Lebens.

Das Bild blieb stehen.

Die Großaufnahme zeigte Jamies Lächeln. Dann zerfloß sein Gesicht und nahm Kerrys Züge an.

»Es hat unsere Geschichte verändert«, sagte der Sprecher, »und es hat sein Leben verändert. Kerry Kilcannon – er wird uns beschützen, und wenn es das letzte ist, was er tut.«

Kerry sah, daß Nat Schlesinger den Kopf schüttelte. »Nicht das letzte, hoffe ich. Ich wollte doch Kinder, schon vergessen?«

»Ich verstehe Ihre Gefühle«, sagte Frank. »Aber wir haben unsere Zielgruppen nach Ihrem Bruder befragt. Die Antworten waren durchweg sehr positiv. Bei diesem Spot weinten einige sogar. Für die Wähler war James Ihre Familie, Kerry, und

Sie haben ihn verloren, weil ein Verrückter auf ihn schießen konnte.«

Er blickte in die Runde, dann wieder zu Kerry. »Bringen Sie diesen Spot, und vielen Leuten ist es egal, was Sie von Abtreibung halten oder was Dick Mason sagt. Und sie werden Ihre Meinung über Handfeuerwaffen teilen, ohne daß Sie ein Wort darüber verlieren müssen.«

»Der Spot ist zu geschmacklos«, schaltete sich Clayton ein. »Die Presse würde über uns herfallen.«

»Auch das wäre den Leuten egal«, entgegnete Frank. »Denn die Aussage ist klar und überzeugend. Und Mason könnte nicht meckern, denn das wäre so, als würde er auf James Kilcannons Grab spucken.«

Alle Augen richteten sich auf Kerry. »Das erinnert mich an etwas«, sagte er ruhig. »Vor zwölf Jahren, als ich meine Kandidatur für den Senat bekanntgab, riet mir Liam Dunn, das Grab meines Bruders zu besuchen. Ich wußte, daß er die Presse informieren wollte, zwecks Fotos. Letztes Jahr, kurz bevor ich meine Kandidatur für die Präsidentschaft bekanntgab, riet mir Ihr Vorgänger dasselbe.« Er machte eine Pause und schloß dann: »Sie wußten nicht, daß ich nie Jamies Grab besuche. Was ich tue, tue ich auf meine Weise und weil ich es will.«

Kerry stand auf und wandte sich zum Gehen.

»Ist das Ihre Antwort?« hakte Frank nach. »Wir sollen also mit dem weitermachen, was wir haben?«

Kerry drehte sich um. »Wenn das hier vorbei ist, werde ich Jamies Grab besuchen. Aus rein persönlichen Gründen. Und ganz allein. Aber diesen Spot könnte ich niemals bringen.«

Damit dankte Kerry kurz und ging.

Nach der Besprechung bat Clayton Frank, noch zu bleiben.

»Drängen Sie ihn nicht«, sagte er. »Nicht in dieser Sache. Heute nachmittag tritt er in Sacramento mit Stacey Tarrant auf, und es war schon schwer genug, ihn dazu zu überreden. Außerdem hat er recht. Wohin er heute auch kommt, überall wird man von seinem Bruder reden, auch ohne sein Zutun.« Clayton beugte sich vor. »Kerry hat seine Grundsätze, aber er ist kein Narr. Sein Gespür wiegt die Umfragen eines Monats auf.«

»Um so verwunderlicher«, erwiderte Frank, »welchen Schlamassel er mit dieser Abtreibungsgeschichte angerichtet hat. Das grenzt ja an Selbstmord.«

Clayton zuckte mit den Schultern. »Ein Fauxpas ist, wenn man zum falschen Zeitpunkt die Wahrheit sagt.«

»Einen falscheren hätte er sich nicht aussuchen können.« Frank blickte kühl, dann verzog er den Mund zu einem schiefen Grinsen. »Sie glauben, daß ich ihm in den Rücken falle, falls die Sache den Bach runter geht, stimmt's?«

Der Augenblick der Wahrheit war da, Clayton wußte es. »Sie sind hier, um Geld zu verdienen, Frank. Sie wollen nicht für die Fehler eines Kandidaten büßen. Deshalb lassen Sie Informationen durchsickern.«

Franks Blick wurde hart. »Da muß ich Sie enttäuschen. Ich könnte meine Brötchen leichter verdienen. Ich bin in der Politik, weil ich ein Idealist bin. Sie sind keiner. Aber Kerry ist einer. Ein guter Kandidat muß einer sein. Denn ein Idealist will nicht nur etwas verändern, sondern bildet sich auch ein, daß er es kann.«

Frank goß sich eine Tasse Kaffee ein. »Mit Dick Mason wäre ich besser gefahren – er macht selten Fehler, und ihm ist jedes Mittel recht. Aber ich bin Idealist, Clayton. Kerry ist ehrlich und mit Leidenschaft bei der Sache, und ich kann nur hoffen, daß wir ihn nicht verlieren. Denn auf einen solchen Kandidaten warten Leute wie ich seit zwanzig Jahren.«

Clayton schwieg und beobachtete ihn.

»Klar«, fuhr Frank fort, »ich bin seinetwegen manchmal frustriert. Aber soll ich Ihnen sagen, wer Leuten aus meiner Branche das Leben wirklich schwer macht? Kandidaten wie Mason. Denn sie sind leer und wollen, daß man sie füllt.«

Frank sah Clayton unverwandt an. »Sie sind Kerrys bester Freund, zugegeben. Aber nicht sein einziger. Ich würde für Kerry Kilcannon durchs Feuer gehen. Können Sie das verstehen?«

Zum ersten Mal an diesem Morgen entspannte sich Clayton. »Ja«, antwortete er, »das kann ich verstehen.«

DREI

Lara saß im hinteren Teil der Maschine und wartete auf den Start, müde nach einer schlaflosen Nacht und nervös von den zwei Tassen Kaffee, die sie auf nüchternen Magen getrunken hatte.

Zwei Reihen hinter ihr fragte Lee McAlpine gerade Sara Sax, ob sie letzte Nacht einen Sicherheitsbeamten vom Secret Service vernascht habe, und bat, falls ja, um nähere Einzelheiten – »für diejenigen unter uns, die nicht mehr wissen, ob Nippel A noch in Lasche B paßt«. Sekunden zuvor hatte Nate Cutler auf der anderen Seite des Mittelgangs Platz genommen, ohne Lara zu bemerken, und sie hatte ihm teilnahmslos zugesehen.

Die Gefahr bestand darin, daß den anderen das frostige Verhältnis zwischen ihnen auffiel. Doch es ging über ihre Kraft, Freundschaft zu heucheln. Sie mußte versuchen, Nates Existenz zu vergessen und irgendwie bis Dienstag durchzuhalten.

Lara lehnte sich zurück und schloß die Augen.

Sie war allein in ihrer Wohnung, zwei Jahre zuvor. Im Zimmer war es dunkel, und Kerry flehte sie über den Anrufbeantworter an: »Lara, verstehst du denn nicht, was du uns damit antust …«

Denk an etwas anderes.

Danach warst du eine gute Reporterin – engagierter, aber auch menschlicher. Du hast nicht zu dem Haufen intelligenter, begabter Leute gehört, die für eine Menge Geld aus Routinegeschichten Nuancen herauskitzeln. Du hast etwas bewegt.

Kenia. Ein Freund von ihr, ein einheimischer Anwalt und Verehrer von Thomas Morus, hatte sie gebeten, vor ihrer Kamera gegen die Folterung politischer Häftlinge protestieren zu dürfen. Lara entsprach seiner Bitte, und ihr Freund wurde verhaftet. Niemand protestierte, die Regierung in Washington schwieg. Als der kenianische Präsident zu einem Staatsbesuch nach Washington kam, überredete Lara NBC, einen ausführlichen Bericht über Menschenrechtsverletzungen in Kenia zu bringen, in dessen Mittelpunkt die Inhaftierung ihres Freundes stand. Dem Staatsgast und der US-Regierung war die Sache äußerst peinlich. Laras Freund kam aus der Haft frei, und die Folterungen ließen – zumindest vorübergehend – nach.

Kerry brauchte man solche Dinge nicht zu erklären. Ihn mußte man nicht auffordern, sich in die Lage eines Folteropfers zu versetzen. Das war einer der vielen Gründe, warum er und nicht Mason Präsident werden sollte. Und nun drohte er ihretwegen zu scheitern.

Lara sah aus dem Fenster.

Auf dem Rollfeld wartete der sogenannte Pool auf Kerrys Wagenkolonne, eine kleine Gruppe von Journalisten mit Kameras und Galgenmikrofonen. Vor vier Jahren, als Lara vorübergehend über Dick Mason berichtete, hatte sie erfahren, wie die Reporter den Pool nannten: Totenwache.

Offiziell hatte der Pool natürlich die Aufgabe, über den Kandidaten zu berichten, Bilder, Zitate und Informationen zu liefern. Doch seit der Ermordung John F. Kennedys bestand seine zweite Aufgabe in der Berichterstattung über ein etwaiges Attentat. Dem Pool verdankte die Welt die Fotos vom sterbenden Bobby Kennedy, vom verstümmelten George Wallace, vom angeschossenen Ronald Reagan. Und von James Kilcannon, wie er Augenblicke vor seinem Tod die Lippen zum Sprechen öffnete.

Jeder wußte, was heute für ein Tag war.

Die Journalisten im Pool würden heute wachsamer sein als sonst. Damals, als Lara über Mason berichtete, hatte sie für den Fall eines Attentats jeden Schritt genau geplant. Und immer wieder hatte sie sich die eine Frage gestellt: Würde sie, wenn die Schüsse fielen, in Deckung gehen oder die Stellung halten und beobachten, wie es ihre Aufgabe war? Schon bevor sie sich in Kerry verliebte, hatte sie inständig gehofft, daß nichts passierte, solange sie dem Pool angehörte.

Das hing allein vom Zufall ab. Jeden Tag wurde der Pool neu besetzt, wobei sich die Journalisten nach der alphabetischen Reihenfolge ihrer Auftraggeber abwechselten: Jede Agentur, Zeitung, Zeitschrift oder Fernsehgesellschaft hatte ihre Vertreter. Irgendwann vor Dienstag würden auch Lara und ihr Kameramann an die Reihe kommen.

Die Fahrzeugkolonne traf ein.

Lara beobachtete, wie sich die Reporter auf den schwarzen Lincoln stürzten. Kerry stieg aus, eine undeutliche Gestalt mit welligem roten Haar, die neben den Leibwächtern beinahe zierlich wirkte. Gestern nachmittag war er stehengeblieben, hatte mit den Reportern gesprochen und den Polizisten die Hand gedrückt. Heute stürmte er an ihnen vorbei, und keine Minute später war er im Flugzeug verschwunden.

Das also war ihre Taktik. Es würde nicht lange dauern, bis den Journalisten auffiel, daß sie nur noch Kit Pace zu sehen bekamen, und bis Nate erriet, daß sie, Lara, zu Kerry oder einem seiner Mitarbeiter gegangen war. An Kits Stelle hätte sie Gerüchte über Morddrohungen anläßlich des Todestags seines Bruders ausgestreut. Das hätte ihnen ein, zwei Tage Luft verschafft.

Die Maschine rollte an. Augenblicke später war sie in der Luft. Erst jetzt wurde Lara bewußt, daß sie mit niemand gesprochen hatte, außer im stillen mit Kerry.

Sean stieg in der Van Ness Avenue in den Bus ein.

Er hatte wieder Magenschmerzen. Verstohlen fischte er eine Tablette aus der Innentasche seiner Jacke, steckte sie in den Mund und zerkaute sie.

Es war Viertel vor elf. In knapp zwei Stunden hatte er achtunddreißig Anrufe getätigt und dabei elf Kilcannon-Wähler ermittelt. Kate Feeney hatte neben ihm gesessen. Selbst beim Wählen konnte er sie nicht vergessen, ihr blasses Gesicht, das im Profil so fein wirkte, das glänzende rotblonde Haar, das sie zu einem Pferdeschwanz zusammengebunden hatte. Doch Mädchen hatten ihn nie gemocht und nie verstanden, daß er sie beschützen und ihnen helfen wollte, bessere Menschen zu werden. Wenn Kate ihn zwischen zwei Telefonaten anlächelte, schwankte er zwischen Verwirrung und Argwohn.

Er sah sich verstohlen im Bus um.

Die Gesichter waren ihm fremd. Dieses Gemisch aus Weißen, Asiaten, Latinos und Schwarzen gab ihm das Gefühl, ziellos durch eine fremde Stadt zu irren, und seine Angst vor Entdekkung wuchs. Er fühlte sich wie damals, als er ins Heim kam. Mit vierzehn allein auf der Welt, lag er wach im Schlafsaal und fürchtete sich vor dem Tag, an dem die anderen die Wahrheit über ihn und seine Eltern erfuhren. Denn schon damals wußte Sean, daß Menschen, nach deren Liebe man sich sehnte, einen mißhandelten, im Stich ließen oder starben.

Selbst Pater Brian, dessen Glauben er sich zu eigen gemacht hatte, würde ihn verraten, wenn er von seinen Plänen wüßte. Bei dem Gedanken traten ihm Tränen in die Augen.

Sean hatte sich nirgendwo so geborgen gefühlt, wie im Heim. Und Pater Brian verstand, daß er sich nur prügelte, um sich oder jüngere zu schützen. Der Priester war es, der ihn lehrte, daß Gott die Schwachen und Unschuldigen liebte. Die ungeborenen Kinder.

Es war wie eine Erleuchtung. Mit sechzehn erkannte Sean urplötzlich den Sinn seines Lebens. Es war eine erschütternde und zugleich erhebende Erkenntnis. Gott hatte ihn mit der Gabe des Zorns gesegnet, damit er ihm als Soldat diente.

Als er jetzt aus dem Fenster blickte, las er das Straßenschild »McAllister«.

Es war eine üble Gegend – Sex-Shops, schmierige Läden, billige Absteigen. Sean sah einen Bärtigen mit Einkaufswagen, dann eine Frau, die auf der Eingangstreppe eines Hotels saß und mit dem leeren Blick einer Drogensüchtigen vor sich hin brabbelte. Die Seele einer Gesellschaft, hatte Pater Brian einmal gesagt, erkennt man an den Menschen, die sie auf der Straße sich selbst überläßt. Doch Sean empfand nur Ekel. Das Gesicht der Frau erinnerte ihn an seine Mutter.

Als Pater Brian ihm kurz vor den Zeugnissen schonend beigebracht hatte, daß Gott ihn wohl nicht zum Priester ausersehen habe, bewarb er sich bei der Bostoner Polizei. Ein Psychologe zeigte ihm Bilder, fragte ihn nach seinen Eltern, sogar nach seinen Träumen. Ein paar Wochen später erhielt er den Ablehnungsbescheid. Aus Mitleid bot ihm Pater Brian einen Job an.

Sean Burke, der Soldat Gottes, sollte bei der Instandhaltung des Jungenheims Saint Anne's und des gleichnamigen Gotteshauses helfen.

Er betete allein in der Kirche und hoffte auf Antworten.

Es war ein kühler Morgen in Boston gewesen, wie Sean sich

erinnerte – genau wie vor zwei Tagen, als er den Abtreibungsarzt exekutiert hatte. Doch Gott hatte ihm kein Zeichen gegeben. Zwischen Hoffnung und Verbitterung schwankend, war er aus der Kirche ins Freie getreten.

Am Fuß der Treppe wartete ein Mann.

Er war um die Dreißig, hatte lockiges braunes Haar, ein hageres Gesicht und schwarze Augen, die ihn so durchdringend ansahen, daß er unwillkürlich an einen Erzengel dachte. Der Mann kam auf ihn zu und hielt ihm ein Flugblatt hin.

Sean erstarrte.

Der Mann drückte ihm das Blatt in die Hand. »Bitte, lesen Sie das.«

Seine Stimme klang sanft und doch so eindringlich, als ob viel von Seans Antwort abhänge. Sean las, und schon bei den ersten Worten fühlte er, wie ein Strom von dem Fremden zu ihm herüberfloß.

Wenn das Leben heilig ist, stand in dem Flugblatt, wie können wir dann dulden, daß gemordet wird?

Sean blickte dem Fremden in die Augen. »Ich bin Paul Terris«, hatte der Mann gesagt, »von Operation Life ...«

Seufzend kam der Bus jetzt zum Stehen.

Aus seinen Gedanken aufgeschreckt, sah Sean zuerst die Straßenschilder und dann den Laden, den er suchte. Gun Emporium.

Mit gesenktem Blick und in der Hoffnung, nicht erkannt zu werden, stieg er aus dem Bus.

In der Maschine nach Fresno sah Nate Cutler auf die Uhr. Vielleicht bildete er es sich nur ein, aber er hatte das unbestimmte Gefühl, daß ihn Lara von der anderen Seite des Ganges aus beobachtete.

Seit drei Stunden versuchte er, Kit Pace anzusprechen. Aber Kit war ständig von Journalisten aus Kalifornien umringt. Im Moment stand sie nur zwei Reihen von ihm entfernt. »Das ist immer ein schlimmer Tag für Kerry«, hörte er sie zu einer jungen Frau von der *Sacramento Bee* sagen. »Jedes Jahr. Ich weiß nicht, ob er nach hinten kommen wird. Aber auf dem Flug nach Sacramento wird er vorn Zeit für Sie haben.«

Zum Teufel mit der *Sacramento Bee,* dachte Nate.

Um sieben Uhr heute morgen hatte ihn seine Chefredakteurin ermächtigt, Kilcannon zu fragen.

Als er aufstand und Kit ansprechen wollte, schlüpfte sie hinter den Vorhang.

Clayton Slade schnellte in die Höhe. »Können Sie das beweisen?« rief er in seiner Hotel-Suite in den Telefonhörer.

»Wir haben keine Gewißheit«, antwortete der Chef der Gruppe, die in seinem Auftrag Nachforschungen anstellte. »Wir versuchen, an die Akten heranzukommen. Aber die sind über zwanzig Jahre alt, und wie es aussieht, hat Mason sie versiegeln lassen.«

Clayton überlegte; auf der anderen Leitung wartete Tony Lord, der Anwalt, der mit Masons Leuten die Regeln für die Fernsehdebatte aushandelte. »Tun Sie alles, was sich im Rahmen der Gesetze bewegt«, ordnete Clayton an.

Der höhlenartige Laden war leer, nur ein stämmiger Mann mit borstigem Haar stand am Tresen und polierte ein Gewehr.

Das Knarren seiner eigenen Schritte auf dem Holzboden ließ Sean innehalten. Verlegen ließ er den Blick über die Gewehrschränke und die Vitrinen mit Handfeuerwaffen wandern, die im Neonlicht metallisch schwarz oder silbern glänzten.

Der Händler legte das Gewehr weg und lächelte. »Womit kann ich dienen?«

Sean trat näher. Im Verein mit dem Lächeln gaben die wässrig-braunen Augen dem Händler das angenehme Aussehen eines Mannes, der einem Obdachlosen sein Kleingeld gab.

»Ich hätte gern eine Handfeuerwaffe«, murmelte Sean. »Zur Selbstverteidigung.«

Der Mann nickte beflissen – hier waren Erklärungen überflüssig. »Was für eine?«

»Neun Millimeter.«

Der Mann bückte sich, schloß einen Schrank auf und legte eine schmale schwarze Pistole auf den Ladentisch.

Sean zuckte zusammen. Die Waffe sah genauso aus wie die, die er in Boston benutzt hatte. Eine Sekunde lang glaubte er, der Händler habe ihn erkannt.

Wortlos nahm er die Pistole in die Hand.

»Gefällt sie Ihnen?« fragte der Händler. »Unterschreiben Sie die Formulare, und in vierzehn Tagen gehört sie Ihnen.«

Verwirrt blinzelte Sean.

Der Händler nahm ihn genauer in Augenschein. »Sie wissen doch von der Wartefrist, oder etwa nicht?«

Sean schüttelte langsam den Kopf.

»Vierzehn Tage.« Die Stimme des Mannes klang angewidert. »Das ist hier Gesetz, seit dieser Typ Kilcannon erschossen hat, den Bruder von *dem* Kilcannon.«

Sean starrte ihn sprachlos an.

»Ja, ja«, sagte der Mann, »ich weiß. Aber vielleicht tut uns noch mal jemand einen Gefallen.«

Sean verspürte ein Prickeln. »Vierzehn Tage«, murmelte er.

»Tja, wenn am dreizehnten Tag ein paar Dreckskerle Ihre Frau vergewaltigen, kriegen Sie zwei Freikarten zum Ball der Amerikanischen Bürgerrechtsunion. Falls sie noch lebt.«

Mit geschlossenen Augen strich Sean über den Abzug. »Aber wenn man unbedingt eine Waffe braucht?«

»Fragen Sie die Politiker.« Der Mann senkte die Stimme. »Sie können es ja auf der Straße probieren, mein Freund, oder in einer Pfandleihe, falls die das Risiko eingehen.«

Sean legte die Waffe hin. »In vierzehn Tagen bin ich weg.«

Der Mann zog einen Flunsch. »Vielleicht kommen Sie ja wieder.«

Sean schob beide Hände in die Jackentaschen und trat hinaus in die grelle Mittagssonne.

Er ging zwei Blocks weit, bis er einen Bus kommen sah, rannte über die Straße, stieg ein und setzte sich hinter den Fahrer.

Morgen kam Kerry Kilcannon nach San Francisco, und er hatte noch immer keine Pistole. Ein Soldat Gottes ohne Waffe.

Ein Versuch in einer Pfandleihe erschien ihm zu riskant.

Die Gegend, durch die er kam, wurde wieder schäbiger. »Reden Sie mit einer nackten Frau«, stand auf einem Schild, »75 Cents pro Minute.«

Sie können es ja auf der Straße probieren, mein Freund.

Sean zog an der Schnur. Eine Glocke läutete. An der nächsten

Ecke fuhr der Bus rechts ran, blieb ruckartig stehen, und Sean taumelte hinaus auf die Straße.

VIER

»Machen Sie sich auf eine verkehrte Welt gefaßt, Clayton.« Tony Lords Stimme klang forsch und ein wenig süffisant. »Sie haben doch erst vor ein paar Monaten eine Debatte zwischen dem Senator und Mason nach den Lincoln-Douglas-Regeln vorgeschlagen? Einen offenen Schlagabtausch, bei dem die Kandidaten sich gegenseitig Fragen stellen können?«

»In New Hampshire. Aber Dicks Leute wollten nichts davon wissen.« Clayton, der auf und ab ging, fühlte sich durch die Telefonschnur behindert. »Kerry ist schlagfertiger, und Mason improvisiert nicht gern. Spontanität ist nicht sein Ding.«

»Das war mal. Der neue Mason will folgendes: jeweils zehn Minuten für vier vorher festgelegte Themen, und die letzten zwanzig Minuten ohne thematische Beschränkung. Jeder kann den anderen fragen, was er will.«

»Das ergibt doch keinen Sinn«, sagte Clayton vorsichtig.

»Wir müssen herausfinden, was sie umgestimmt hat.«

»Kerry ist der Bessere«, erwiderte Clayton. »Und Masons Sekundanten wissen das.«

»Könnte es eine Verzweiflungstat sein?«

»Kaum. Nach unseren Umfragen liegt Mason ein bis zwei Punkte vorn.«

»Gut, aber es muß einen Grund für diesen Sinneswandel geben. Und ich würde ihn gern erfahren, bevor ich ihnen sage, daß wir mit Freuden annehmen.«

Lords Ton hatte eine gewisse Schärfe. Stacey Tarrants Mann war ein erstklassiger Strafverteidiger, und obwohl er seine Kanzlei vor vier Jahren überraschend aufgegeben und sich öffentlichen Aufgaben zugewandt hatte, war er nach wie vor ein scharfsinniger Beobachter. Aus diesem Grund hatte ihn Clayton um Hilfe gebeten.

»Mich dürfen Sie nicht fragen, Tony. Sie selbst haben doch mit ihnen verhandelt.«

Tony überlegte. »Masons Leute kamen mir aggressiver vor. Kerry ist über das Thema Abtreibung gestolpert, und Mason will unbedingt Kapital daraus schlagen. Vielleicht glaubt er, daß Kerry bisher nur Glück gehabt hat, daß er ihn endlich pakken kann.«

»Das haben schon viele geglaubt«, unterbrach Clayton lachend. »Dick ist als einziger noch übrig.«

»Und vielleicht«, fuhr Tony mit ruhiger Stimme fort, »hat Mason einen Trumpf in der Hinterhand und will ihn bei dieser Gelegenheit ausspielen.«

Clayton setzte sich. »Ich frage mich, was das sein könnte.«

Nach kurzer Pause sagte Tony: »Ich könnte eine Podiumsdiskussion vorschlagen, bei der Bürger die Fragen stellen.«

Clayton spürte, daß Tony ihm nicht glaubte. »Nein«, antwortete er. »Wenn wir Bedingungen ablehnen, die wir in New Hampshire selbst vorgeschlagen haben, informiert Mason die Presse. Außerdem ist es nicht Kerrys Art, sich zu verstecken. Er nutzt jede sich bietende Gelegenheit.«

»Dann nehme ich den Vorschlag an?«

»Ja.«

Langsam legte Clayton auf.

Sean stand allein auf dem Gehweg und trat von einem Fuß auf den anderen, ein glattrasierter Fremder mitten unter Sex-Shops und billigen Absteigen, einem schmuddeligen vietnamesischen Restaurant und einem Schnapsladen mit Neonreklamen für billigen Wein und Whisky. Es stank nach Müll und Urin.

Die letzten fünfzehn Minuten waren ihm wie eine Vorschau auf die Hölle vorgekommen. Menschlicher Abschaum war an ihm vorübergezogen, der ihn mit Abscheu erfüllte – ein Penner mit Lumpen an den Füßen und zitternden Händen, eine buckelige Frau, die mit leerem Blick vor sich hin geredet hatte, ein kleiner, heimlichtuerischer Mann, der durch die rote Tür mit der Aufschrift »Reden Sie mit einer nackten Frau« verschwunden war, eine dürre Prostituierte mit wunden Stellen im Gesicht, die Sean oralen Sex angeboten hatte. Ab und zu sah er jüngere Männer, die anscheinend hier wohnten: einen hageren Schwarzen, der übertrieben lässig die schmale Straße entlangschlenderte, einen Latino mit mahagonifarbenem Gesicht, der nervös an ihm vorbeiflitzte. Ein anderer junger Schwarzer lehnte, die Hände in den Taschen seines Sweatshirts vergraben, an der Wand des Hotels gegenüber und bedachte Sean mit abschätzigen Blicken.

Irgendwann stieß sich der Schwarze von der Wand ab und schlappte wie zufällig in Seans Richtung. Drei Schritte vor ihm blieb er stehen und blickte um sich. Er war kleiner und schmächtiger als Sean, doch als er ihn endlich ansah, durchbohrte er ihn mit seinen dunklen Augen.

»Suchst du was?«

Seine Stimme klang ungeduldig. Sean legte den Kopf schief. »Was denn zum Beispiel?« fragte er.

Der Mann zuckte schwach mit den Schultern. »Crack vielleicht?«

Sean trat näher. »Keine Drogen.«

Die Augen des Mannes wurden Schlitze. »So einen Mist mach ich nicht, such dir einen anderen.«

Sean brauchte einen Augenblick, ehe er verstand. Vor Scham und Wut lief er rot an. »Ich will eine Waffe.«

Der Mann schielte nach allen Seiten. »Eine Kanone?«

Sean nickte.

»Ich weiß von keiner Kanone, Mann. Dir so was zu verkaufen wäre illegal.«

Sean sah ihn ernst an. »Hundert Dollar.«

Der Mann blickte zu Boden und spitzte die Lippen zu einem tonlosen Pfiff.

»Was Spezielles?« fragte er.

»Pistole. Neun Millimeter.«

Ein Mundwinkel des Mannes zuckte. »Glaubst du vielleicht, ich habe ein ganzes Arsenal? Wie in West Point oder was?« Er schaute wieder zu Sean auf. »Du nimmst, was du kriegst.«

»Morgen früh.« Seans Stimme klang jetzt fest. »Ich möchte sie vor neun.«

Der Mann zuckte mit den Schultern. »Das ist außerhalb meiner Geschäftszeiten.«

Sean packte ihn vorn am Sweatshirt. »Neun Uhr.«

Bedächtig löste der Mann Seans Finger und sah ihn an. »Weil du die Kanone so dringend brauchst, sagen wir vier.«

Sean fühlte eine ohnmächtige Wut in sich aufsteigen. »Also um vier«, sagte er schließlich. »Hier.«

»Sag ich doch.«

Ohne ein weiteres Wort drehte sich der Mann um und schlurfte über die Straße.

Als Claytons Telefon erneut klingelte, war Peter Lake dran, der verantwortliche Special Agent.

»Wo sind Sie?« fragte Clayton.

»In Fresno. Ich bin auf dem Wege nach Elk Frove und Sacramento. Deswegen rufe ich an. Bei drei Lokalsendern ist eben eine Morddrohung eingegangen.«

Clayton seufzte. »Wie lautet sie diesmal?«

»›Wissen Sie nicht, was heute für ein Tag ist? Wir killen ihn in den Sechs-Uhr-Nachrichten.‹ Das läßt auf Sacramento schließen.«

»Was soll ich tun?«

»Reden Sie mit dem Senator.« Peters Stimme klang ruhig. »Wahrscheinlich handelt es sich nur um einen Dummenjungenstreich. Aber heute ist der Tag, an dem sein Bruder erschossen wurde, und er will hier über die Waffengesetze sprechen. Die Waffennarren haben übers Internet überall die Leute aufgefordert, zu der Kundgebung zu gehen und Rabatz zu machen. Das könnte brenzlig werden.«

»Wir können die Kundgebung nicht absagen«, sagte Clayton. »Und Kerry würde es auch nicht wollen. Ich höre ihn schon – ›Wenn ich nicht spreche, haben sie gewonnen.‹«

»Darum würde ich ihn niemals bitten. Ich möchte nur, daß er bei der Wahl von Ort und Zeitpunkt gewisse Sicherheitsfaktoren berücksichtigt.« Peter hielt einen Augenblick inne. »Wir haben es bereits durchgekaut, ich weiß. Aber wenn es nach mir ginge, würde er die heutige Rede nicht in einem Park halten, sondern in einem Saal.«

»Kerry besteht darauf. Sie wissen, warum.«

»Dann wird es Zeit, daß er eine Weste trägt.« Peters Stimme wurde sanft. »Tot nützt er niemand.«

»Ich rede mit ihm.«

FÜNF

Auf dem Flug nach Sacramento fühlte sich Nate Cutler an *Herr der Fliegen* erinnert. Alle wirkten nervös. Bis auf die Journalisten des Pools hatte niemand Kilcannon aus der Nähe gesehen; er war überhaupt nicht nach hinten gekommen. Selbst Kit Pace wuselte noch mehr als sonst. Und der Typ von *Newsweek* hatte sich beim Start ein Kunststofftablett geschnappt und war damit zur allgemeinen Belustigung auf dem Hintern den Mittelgang entlanggesurft.

Sara Sax kritzelte mit einem Magic Marker etwas auf eine Grapefruit und gelobte, »den eisernen Vorhang zu durchdringen«. Stolz zeigte sie ihr Werk herum. Auf der Grapefruit stand: »Senator K. – sind Sie für Spätabtreibungen, um die psychische Gesundheit der Mutter zu schützen?«

Schwungvoll unterzeichnete sie mit »in Liebe Sara« und rollte die Grapefruit unter dem Vorhang durch, der die Journalisten von Kerry Kilcannon trennte.

Nate stand nervös im Gang und sah sich um. Am Tisch mit dem kalten Buffet spielten vier Reporter lustlos Karten, und im hinteren Teil der Maschine maulten die Kameraleute: Die neue Journalistin von Fox hatte ihre Pin-up-Fotos heruntergerissen und damit, wie sie meinten, ihre Grundrechte mit Füßen getreten. Nate wollte gerade nach einem Sandwich greifen, als etwas gegen seinen Fuß stieß.

Er sah nach unten und erblickte die Grapefruit.

Nate hob sie auf. Unter Saras Frage stand: »Ich weiß nicht, Sara – wie verrückt sind Sie?« In seiner unverwechselbaren Handschrift hatte der Kandidat mit »Kerry« unterzeichnet.

Nate überreichte Sara feierlich die Frucht. »Ich kann es nicht beschwören«, sagte er, »aber in der vorderen Kabine scheint es Leben zu geben.«

Sara las Kilcannons Antwort und grinste: »Es ist ein Zeichen«, rief sie und ließ die Grapefruit herumgehen. Nate bemerkte, daß Lara Costello als einzige bei der Lektüre nicht schmunzelte.

Während Nate sie beobachtete, kniete Rich Powell von Reuters, der Lara aus dem Kongo kannte, neben ihrem Sitz nieder und küßte ihr mit ernster Ehrerbietung die Hand. »Laut *TV Guide* verdienst du jetzt Millionen«, fragte er. »Kann das stimmen?«

Lara lächelte. »Jedes Wort. Morgen gründe ich eine Firma und bringe eine eigene Strumpfhosenkollektion auf den Markt. Du bekommst zwei gratis.«

Rich legte sich die Hand aufs Herz. »Gebraucht, hoffe ich.«

Lara neigte den Kopf: »Und wie geht's sonst, Rich?«

»Bestens. Wenn ich mir einen Kandidaten aussuchen müßte, würde ich Kilcannon nehmen.« Er hielt einen Augenblick inne. »Du kennst ihn, nicht?«

Nate spürte auf seinem Beobachtungsposten, daß Lara sich seiner Gegenwart bewußt war. »Kannte«, antwortete sie. »Seit er kandidiert, habe ich ihn weder aus der Nähe gesehen noch mit ihm gesprochen.«

Rich setzte sich mit gekreuzten Beinen auf den Boden. »Stacey Tarrant stellt ihn in Sacramento vor. Irgendwie erstaunlich, finde ich. Oder ist es nur ein PR-Trick?«

Lara zuckte mit den Schultern. »Stacey wird viele Leute anlocken.«

»Das auf jeden Fall. Aber eins will ich dir sagen, Lara: Ich würde lieber mit dir schlafen als mit Stacey Tarrant.«

Lara schenkte ihm ein schwaches Lächeln und tätschelte seinen Arm. »Ich fürchte, ich bleibe nicht lange genug auf dem Narrenschiff. Aber danke der Nachfrage.«

Rich schüttelte traurig den Kopf. »Du lebst immer noch wie eine Nonne.«

»Oho! Wie soll ich meinen Job machen, wenn ich die ganze Zeit nur an dich denke?«

Rich lachte. Nate wandte sich ab und nahm nachdenklich wieder Platz.

Laras Botschaft war klar: Sie hatte Kilcannon weder gesehen noch gesprochen, und wenn sie die Kampagne wieder verließ, nahm sie auch ihr berufsethisches Problem mit. Dies würden Kilcannons Leute gegenüber Nates Vorgesetzten ins Feld führen, wenn sie – sowie Nate die Frage gestellt hatte – die Veröffentlichung der Geschichte zu verhindern versuchten. Davon war er überzeugt.

Die Zeit drängte. In fünf Tagen wurden die Wähler an die Urnen gerufen. Die wahre Geschichte der kalifornischen Vorwahlen fand nun, unbemerkt von allen seinen Kollegen außer Lara, in einer dunklen Ecke statt, in der Kerry Kilcannon und er miteinander kämpften. Ungeduldig hielt er wieder nach Kit Ausschau.

Es war nichts Persönliches, ganz gleich was Lara glauben mochte. Er hatte Kerry Kilcannon eine berechtigte Frage zu stellen, und aus Gründen, die er zwar verstand, aber nicht gutheißen konnte, ging ihm Kilcannon offensichtlich aus dem Weg.

Der Vorhang ging auf.

Statt Kit Pace erschien Saras neuer Schwarm, Dan Biasi vom Secret Service. Nate entnahm seinem gehetzten Blick, daß er auf der Suche nach einer freien Toilette war. Dan hastete vorbei, und Nate stand auf und folgte ihm lässig. Niemand außer Lara schaute auf.

Die Toilettentür war verriegelt, als Nate hinten ankam.

Er lehnte sich gegen den Gepäckschrank, als warte er. Die Tür ging auf und Dan Biasi trat heraus, das dunkle Haar frisch gekämmt.

»Erleichtert?« fragte Nate.

Dan lachte gutgelaunt. »Zuviel Kaffee.«

»Könnten Sie jetzt, wo Sie den Kopf wieder freihaben, Kit Pace bestellen, daß ich sie sobald wie möglich sprechen muß? Ich muß ein Detail überprüfen.«

Dans Lächeln erstarb. Strikt unpolitisch, lehnten die Sicherheitsbeamten normalerweise jedes Ansinnen ab, das nicht unter ihren Auftrag fiel. »Na schön«, sagte er schließlich, »das kann ich machen. Wenn sie nicht gerade beschäftigt ist.«

»Danke. Ich weiß das zu schätzen.« Damit schlüpfte Nate in die Toilette, verweilte dort einige Augenblicke und kehrte dann zu seinem Platz zurück.

Er nahm die Beobachtung des Vorhangs wieder auf.

Ein paar Minuten vor der Landung erschien Kit. Mit einem professionellen Lächeln kauerte sie sich neben ihm nieder. »Wie ich höre, brauchen Sie eine Information?«

»Hätten Sie nach der Rede in Elk Grove ein paar Minuten Zeit für mich?«

Kits Lächeln wurde schmaler. »Mal sehen. Aber versprechen kann ich nichts. Wer weiß, was Kerry alles sagt, wenn ich ihn zu oft allein lasse.«

Nate lächelte nicht. »Es wird nicht lange dauern.«

Die Kundgebung in Elk Grove fand in einer ländlichen Umgebung statt. Ställe, Traktoren und Heuballen säumten die Bühne, und in der Ferne sah man Silos und wogende Kornfelder.

Lara stand auf der Pressetribüne zwischen ihren mit Kassettenrecordern, Laptops und Kameras bewaffneten Kollegen. Aus der Lautsprecheranlage schallte Bruce Springsteens *Born in the USA,* und auf dem Platz zwischen Bühne und Pressetribüne wartete ein Publikum, das in seiner Zusammensetzung typisch für Kerry Kilcannon war: Farmer, Kleinunternehmer, Asiaten, High-School-Kids, mexikanische Landarbeiter. Es war vier Uhr, und die schwächer werdende Sonne tauchte die Bühne in sanftes Licht – ein Sinnbild für die letzten Wahlkampftage, wie Lara in den Sinn kam, oder für das Ende einer Karriere.

Zwei Schritte hinter ihr stand Nate. Sie wußte, daß er in den kommenden fünf Tagen nicht von ihrer Seite weichen würde.

Jubel brandete auf, als Kerry zum Rednerpodest schritt, in der Hand ein Blatt Papier, auf dem zweifellos die Namen der Ortsgrößen standen, denen er danken sollte – Bürgermeister, Bezirksräte. Doch als er das Blatt hinlegte, wehte es der Wind davon.

Kerry erstarrte und sah dem Blatt nach, als es in die Menge flatterte. »Oh, nein«, rief er verdutzt, »da fliegt mein Agrarprogramm!«

Es war ein riskanter Scherz – Selbstironie mit einem Körnchen Wahrheit. Doch er erntete fröhliches Gelächter, hauptsächlich von den Farmern. Ohne sich ein einziges Mal zu irren, begrüßte Kerry jeden auf der Bühne mit Namen.

Lara vernahm ein leises Summen aus der Tasche ihres Blazers. Ohne den Blick von Kerry zu wenden, zog sie ihr Handy heraus und meldete sich: »Ja?«

»Lara?« Es war ihr Chef. Der bloße Klang seine Stimme erschreckte sie. Für einen Moment dachte sie, sie sei entlarvt worden. »Es gibt Morddrohungen gegen Kilcannon«, sagte Hal. »Jemand hat unser Büro in Sacramento angerufen.«

Lara war wie betäubt. »Und was hat er gesagt?«

»Daß man ihn während der Sechs-Uhr-Nachrichten umbringen will. Wir vermuten, daß die Kundgebung in Sacramento gemeint ist.«

Lara holte tief Luft. »Ich frage den Service. Und Kit.«

»Gut. Übrigens, Ihr Bericht gestern hat mir gefallen.«

Lara dankte ihm und schob das Handy in die Tasche zurück.

Ihr Blick glitt über die Bäume und Dächer in der Umgebung. Auf dem Dach einer Scheune entdeckte sie drei Scharfschützen des Secret Service. Wie mochte Kerry jetzt zumute sein?

Sie sah wieder zur Bühne. Die Menge lauschte inzwischen andächtig.

»Die Todesstrafe«, sagte Kerry gerade, »ist eine der schwierigsten Fragen, vor denen eine zivilisierte Gesellschaft steht. Einige Jahre bevor ich Senator wurde, besichtigte ich ein Gefängnis. Ich sah die Gesichter der Männer, die auf ihre Hinrichtung warteten, und der Gedanke an ihr vergeudetes Leben und ihren gewaltsamen Tod stimmte mich traurig.«

Lara sah, daß Kerry frei sprach. Seine Stimme klang ruhig und besonnen.

»Eine Zeitlang konnte ich nur an diese Gesichter denken. Doch seitdem hatte ich Gelegenheit, an all die anderen Gesichter zu denken, die ich niemals sehen würde: die der Männer, Frauen und Kinder, die diese Männer getötet hatten. Denn wenn wir den Begriff der persönlichen Rache aufgeben, dann doch in der Erwartung, daß unsere Gesetze das Leben in gebührender Weise schützen und daß der Tod des Unschuldigen mit dem Tod des Mörders gesühnt werden kann, wenn es gerechtfertigt ist.«

Wie oft hatten sie darüber diskutiert, erinnerte sich Lara, allein in seinem Apartment, weil sie nicht zusammen gesehen werden durften. »Wie auf dem College«, hatte er gewitzelt. »Bier, Pizza und die Todesstrafe.«

»Aber bevor wir ein Leben nehmen«, fuhr Kerry fort, »müssen wir sicherstellen, daß der Rasse und Stellung des Mörders kein größeres Gewicht beigemessen wird als der Rasse und Stellung des Opfers. Das mindeste, was verlangt werden muß, wenn man sich für die Todesstrafe entscheidet, sind eine unparteiische Auswahl der Geschworenen, ein fairer Prozeß und ein faires Berufungsverfahren. Die Rechte des Angeklagten dürfen in keinster Weise verletzt werden. Wenn wir dem Ruf nach Recht und Ordnung nicht Folge leisten – ein Schnellverfahren hier, eine Rechtsbeugung dort –, machen wir uns mitschuldig an der Ermordung Unschuldiger. Und dieser Preis ist für jeden von uns zu hoch.«

In diesem Augenblick spürte Lara, daß Nate neben sie trat.

»Habt ihr jemals darüber geredet?« fragte Nate. »Ich kann mich gut an deinen Standpunkt erinnern.«

Lara sah ihn an. Du Mistkerl, dachte sie. »Nein«, antwortete sie kühl. »Wie kommst du darauf?«

Sie wandte sich ab und hielt nach ihrem Kameramann Ausschau.

Die Frage hatte ihr wehgetan. Nate hatte es ihr angesehen.

Sie log. Sie mußte lügen. Er war sich seiner Sache fast sicher, doch das nützte ihm wenig.

Nate machte sich auf die Suche nach Kit.

Die Ausrede, sie müsse bei Kilcannon bleiben, zog diesmal nicht. Die Leibwächter hatten ihn eilends zum Wagen gebracht, und Kit stand neben der Bühne in einer Gruppe von Journalisten, die sich nach und nach zerstreuten. Nate stand nur wenige Schritte entfernt, doch sie schien ihn nicht zu bemerken.

Er schob die Hände in die Taschen und wartete.

Schließlich war der letzte Journalist in Richtung Bus gezokkelt, und Kit kam langsam zu ihm herüber.

»Also«, fragte sie, »was wollen Sie wissen?«

Nate blickte sich um. »Ich muß mit dem Senator sprechen.«

Kit runzelte die Stirn. »Nicht vor Dienstag, Nate. Nicht daß wir Sie nicht mögen würden, aber die meisten Ihrer Leser sind keine kalifornischen Wähler, und die brauchen wir im Augenblick am meisten.«

Nate schüttelte den Kopf. »Die Angelegenheit ist ziemlich heikel und duldet keinen Aufschub. Er sollte persönlich Stellung nehmen.«

Kit hob die Augenbrauen und verschränkte die Arme. »Sprechen Sie von irgendwelchen gesetzwidrigen Handlungen?«

Sie weiß Bescheid, dachte Nate. Sie versucht, Kilcannon abzuschirmen. »Nein, darum geht es nicht. Es geht um das Privatleben des Senators.« Er schlug einen schärferen Ton an. »Also, wann kann ich ihn sprechen?«

»Sobald Sie mir sagen, worum es geht. Und warum wir Kerry vor Dienstag damit behelligen sollten.«

»Lassen Sie die Mätzchen, Kit.« Er senkte die Stimme. »Sie wollen doch nicht, daß ich Kilcannon vor versammelter Mannschaft frage! Wenn er die Sache dementieren kann, dann wird er es unter vier Augen tun wollen. Und dazu will ich ihm Gelegenheit geben.«

»Und wenn ich ablehne?«

»Dann bringen wir die Geschichte nächsten Dienstag. Und stützten uns auf das, was wir haben.«

Kit sah ihn forschend an.

Wenn seine Vermutung stimmte und Lara tatsächlich zu Kilcannon gegangen war, konnte er sich vorstellen, was jetzt in Kits Kopf vorging: Hatte *Newsworld* genug in der Hand, um die Geschichte zu drucken?

»Ich lasse mir die Sache durch den Kopf gehen«, sagte Kit schließlich. »Und Sie können sich inzwischen überlegen, ob Sie mir nicht mehr erzählen wollen.«

»Zweiundsiebzig Stunden«, sagte Nate.

Kit lächelte schwach, doch ob sie ihm glaubte oder nicht, vermochte er nicht zu sagen. Dann ließ sie ihn stehen.

Nate ging ins Pressezelt und tippte seine Notizen ab. Als er Kit das nächste Mal sah, stand sie allein neben der Scheune und sprach in ihr Handy.

SECHS

»Mein Gott«, murmelte Stacey Tarrant amüsiert. »Jamie würde aus dem Staunen nicht herauskommen, meinst du nicht?«

Kerry lächelte. »Über mich vielleicht.«

Sie saßen im Fond seines Wagens und fuhren auf die Skyline von Sacramento zu. Auf Kerrys Wunsch hatte man Stacey von einem Privatflugplatz abgeholt, damit sie Zeit zum Plaudern hatten. Obwohl er sie seit Jamies Tod nur selten gesehen hatte, fühlte er sich ihr verbunden. Stacey war eine einfühlsame Frau, die mit ihrer Meinung nicht hinterm Berg hielt, und er war selbst überrascht, wie offen er mit ihr reden konnte. Das erinnerte ihn an Lara.

»Oh«, meinte Stacey und erwiderte sein Lächeln, »er fand immer, daß du begabt bist. Er fragte sich nur, was passieren mußte, bis du es selber merkst.«

»Ich bin froh, daß er es nicht wußte.« Kerry sah aus dem Fenster und betrachtete die Bürotürme der City, das Spiel von Licht und Schatten in der tiefstehenden Sonne. »Zum Totlachen«, fügte er leise hinzu. »Aber was hat es zu bedeuten?«

Stacey schwieg eine Sekunde. »Hast du manchmal Angst?« fragte sie.

Kerry nickte. »Manchmal fragt man sich: Wer ist da draußen? Irgend jemand. Aber man weiß nicht, wer und wo.«

Stacey legte den Kopf schief. »Warum hast du dich dann zur Kandidatur entschlossen?«

»Das ist kompliziert«, sagte er. »Es hat mit meinem persönlichen Leben zu tun, mit den Dingen, die ich besaß und die ich verlor, mit den Dingen, die ich vielleicht niemals bekommen werde. Vor ein paar Jahren stand ich am Scheideweg. Niemand konnte mir einen Rat geben. Da ich Jamies Bruder war, wollten mich unentwegt Leute zur Kandidatur überreden, und irgendwie fühlte ich mich auch dazu verpflichtet. Aber wofür sollte ich mich entscheiden – genügte es nicht, wenn ich als Senator etwas tat, woran ich glaubte? Wozu Präsident werden? Dann sah ich mir die anderen an. Die Republikaner hatten auf alles eine Antwort, aber in vielem war ich anderer Meinung. Mason hat keine Antworten. Woran glaubt er? Ich weiß es nicht. Was fühlt er? Bei der Beerdigung von Leuten, die er verabscheut hat, bekommt er feuchte Augen, und in New Hampshire redet er über die Waffengesetze, weil ihm ein Demoskop sagt, daß das Stimmen bringt.«

Kerry schüttelte den Kopf. »Die Menschen sind zynisch, Stacey. Und wir haben dazu beigetragen, daß sie es geworden sind. Wir versuchen, ihnen zu schmeicheln, wir verunglimpfen unsere Gegner, und wir zeichnen ein verlogenes Bild von uns selbst.

Ein Präsident Mason wäre ein weiterer Nagel zu unserem Sarg.« Kerry faßte sich und lächelte schwach. »Ich kenne Leute, die besser wären als wir beide. Leider haben sie keine Chance zu gewinnen. Deshalb bin ich hier und tue mein Bestes.«

Stacey blickte nachdenklich vor sich hin. »Aber du fragst dich, ob du gut genug bist.«

»Ja, immerzu.«

Sie hob den Kopf und sah ihn lange an. »Jamie hätte so etwas niemals zugeben können.«

»Warum auch?«

»Weil er so cool und selbstbeherrscht war? Auch dein Bruder hatte viele Ängste. Nur verstand er es glänzend, sie zu überspielen. Ich glaube, er fürchtete sich davor, nur ein Schwindler zu sein, ein Möchtegern-Kennedy, der Sohn kleiner Leute, über die er nicht sprechen konnte. Aber du warst wahrscheinlich zu jung, um das zu merken.«

Das Bild eines unter Selbstzweifeln leidenden Jamie erschreckte Kerry. »Vielleicht gab es gewisse Hinweise«, sagte er. »Und ich habe sie nur nicht verstanden.« Er machte eine Pause, dann fragte er: »Aber warum hast du ihn dann geliebt?«

Stacey lächelte wehmütig. »Weil er eben kein Schwindler war! Aber ich hätte viel darum gegeben, wenn er das gesagt hätte, was du gerade gesagt hast.« Ihr Lächeln erstarb, und sie sah ihn prüfend an. »Selbsterkenntnis ist eine Gabe, sofern man den nötigen Mut hat. Das ist ein weiterer Grund, warum du Präsident werden solltest. Oder sogar, Gott stehe dir bei, Vater.«

Sie und ihr Mann, Tony Lord, hatten unlängst ein Mädchen adoptiert, das inzwischen drei Jahre alt sein mußte. »Wie fühlt man sich denn als Mutter?« fragte Kerry.

»Es ist unbeschreiblich.« Stacey lächelte wieder. »Ich habe eine ganz neue Form von Liebe kennengelernt – laut vorlesen, wenn du müde bist, immer aus demselben Buch über eine Katze und einen Hund, ohne ein einziges Wort auszulassen. Obwohl es deine Tochter nie merken würde.«

»Integrität«, sagte Kerry. »Vertrauen. Opferbereitschaft. Hättest du nicht Lust, Vizepräsidentin zu werden?«

Sie schüttelte den Kopf. »Nein, danke. Ich bin mit dem zufrieden, was ich bin.«

Einen Augenblick lang dachte Kerry wieder an Lara. Und dann spürte er, wie der Wagen das Tempo drosselte, und er sah, daß sie durch die Innenstadt in Richtung Park glitten.

Der Park lag in der Altstadt von Sacramento an einer von Bäumen und Holzhäusern gesäumten Straße, die Wohnlichkeit und Heiterkeit verströmte. Clayton war überzeugt, daß die Schießerei, bei der hier ein Jahr zuvor ein Kind ums Leben gekommen war, das ganze Viertel zutiefst erschüttert hatte.

Der Park selbst, der sich über drei Blocks erstreckte, bestand aus einer großzügigen Grünanlage mit Schaukeln und einer Rutschbahn. Der Secret Service hatte Absperrungen errichtet und kontrollierte die Besucher mit Metalldetektoren. Seit dem frühen Morgen durchkämmten Sicherheitsbeamte den Park nach Bomben und sicherten die angrenzenden Gebäude.

Clayton stand mit Peter Lake auf der Bühne und blickte über die Journalisten des Pools hinweg zu dem Teil des Rasens, auf dem sich Kerrys Anhänger mit ihren Plakaten drängten, dann zur Pressetribüne mit den übrigen Journalisten und schließlich zu jener Ecke, die für Nichtgeladene, Neugierige und Gegner reserviert war. Für Claytons Geschmack standen dort viel zu viele Männer mit grimmigen Gesichtern und Plakaten mit Parolen wie »Nieder mit Kilcannon«. Eine knisternde Spannung lag in der Luft.

»Stacey Tarrant«, raunte ihm Peter zu, »der Todestag seines Bruders, eine Rede über die Waffengesetze. Das übt auf Verrückte eine magische Anziehungskraft aus.« Er nickte in Richtung Menge. »Da hinten, das sind die lokalen Milizen und Schießclubs. Das Internet war voll mit Aufrufen wie: ›Jeder Waffenbesitzer sollte Kilcannon den Empfang bereiten, den er verdient.‹ Sie arbeiten für einen ›totalitären Linken‹, Clayton, falls Sie es noch nicht wissen sollten.«

Clayton wandte sich ihm zu. »Hat Kerry Ihnen gesagt, warum er die Weste nicht tragen will?«

»Er hat nur gesagt: ›Vor einem Kopfschuß schützt sie auch nicht, oder?‹ Das war die deutlichste Anspielung auf seinen Bruder, die er je gemacht hat.« Er blickte zu den angrenzenden Häusern. »Und irgendwie hat er ja recht. Ein geübter Schütze wie einer von den Spinnern da hinten könnte ihn aus hundert Metern erwischen. Aber nicht, wenn ich aufpasse.«

»Was könnte passieren?« fragte Clayton.

»Von einem Scharfschützen abgesehen?« Peter holte Luft. »Alles mögliche. Ein Metalldetektor könnte versagen. Ein Journalist oder ein Wahlhelfer könnte nicht der sein, für den man ihn hält. Bei der Vergabe von Akkreditierungen und der Überprüfung von Personen, die irgendwie mit der Kampagne zu tun haben, sind wir verdammt pingelig. Aber wenn uns die Leute nicht ausreichend informieren...« Er zuckte mit den Schultern. »Dann könnte was passieren. Besonders, wenn dem Betreffenden nichts am Leben liegt.«

Gegen seinen Willen schaute Clayton in die Runde.

Hinter der Bühne stand der Krankenwagen. Bei ihrer ersten Besprechung hatte ihm Peter geschildert, was im Fall eines Anschlags geschah. Die Sicherheitsbeamten, die Kerry am nächsten waren, sollten seinen Körper decken, die anderen sollten auf ihren Posten bleiben. Möglicherweise war ein zweiter Schütze da, und Malcolm X war deshalb gestorben, weil seine Leibwächter, abgelenkt durch eine Störung, ihn nicht geschützt hatten. Die Beamten sollten versuchen, den Attentäter dingfest zu machen – möglichst lebend –, und dann Kerry zum Krankenwagen bringen. Vor jeder Kundgebung machte der Service eine Klinik ausfindig, die innerhalb von zehn Minuten zu erreichen war.

»Wie haben Sie Stacey Tarrant dazu gebracht, hier aufzutreten?« fragte Peter.

Clayton drehte sich wieder um. »Sie möchte, daß Kerry Präsident wird.«

Er spähte zu den Demonstranten hinüber. Ihre Zahl wuchs unaufhörlich.

Besonders wenn dem Betreffenden nichts am Leben liegt...

Peter hatte den Attentäter gemeint, nicht Kerry. Aber es gab einige Dinge, die Clayton ihm lieber nicht anvertraute, so etwa, daß er Kerry von den massiven Attacken gegen die Waffenlobby abgeraten und angefleht hatte, auf die Kundgebung in diesem Park zu verzichten. Und daß er den Verdacht hegte, daß Kerrys Hartnäckigkeit in dieser Sache einer Art Todeswunsch entsprang, dem Bedürfnis, sich in Gefahr zu begeben, und der Überzeugung, daß er sich seines Bruders oder der couragierten Bridget Musso nur würdig erwies, wenn er starb.

Was auch immer der Grund sein mochte, seit New Hampshire wußte Clayton, daß Kerry nicht klein beigeben würde.

Der Schützenverband hatte damals alle Kandidaten zu einer öffentlichen Podiumsdiskussion über die Waffengesetze nach Manchester eingeladen. Alle sechs Republikaner hatten angenommen, aber Dick Mason hatte abgelehnt, da Waffenbesitz in New Hampshire eine lange Tradition hatte. Obwohl Mason nur halbherzig für schärfere Waffengesetze eintrat, war seine Position eine Hypothek. »Eine unglaubliche Anmaßung«, sagte Kerry zu Clayton. »Wir bewerben uns für das Präsidentenamt, und diese bornierten Fanatiker möchten, daß wir vor ihnen zu Kreuze kriechen.«

Clayton nickte. »Ich sage ab.«

»Nichts da«, entgegnete Kerry. »Ich gehe hin.«

Es war ein kalter Januarabend, und auf dem Weg zur Halle knirschte der Schnee unter ihren Füßen. Walt Rogers, der Vorsitzende des Schützenverbands von New Hampshire, führte Kerry mit eisiger Höflichkeit auf die Bühne, auf der die anderen sechs Kandidaten bereits nebeneinander auf Klappstühlen saßen – »wie Delinquenten, die auf ihre Hinrichtung warten«, raunte Kerry Clayton zu.

Clayton wartete bei den Reportern und Kameras. Der Diskussionsleiter stellte nacheinander die Republikaner vor. Die ersten fünf plädierten dafür, Schwerverbrechern den Kauf einer Schußwaffe zu verbieten, und bekräftigten dann noch einmal, daß jeder andere das Recht habe, Waffen zu besitzen, wobei zwei eine Aufhebung des Verbots von Angriffswaffen verlangten. Der sechste riß das Publikum zu Begeisterungsstürmen hin, als er rief: »Hätte King George den Amerikanern Waffengesetze aufgezwungen, hieße unsere Hauptstadt immer noch London.«

Bei Kerrys Vorstellung mischten sich Buhrufe und Pfiffe in den lauen Applaus.

»Diese Buhrufe«, begann Kerry ruhig, »müssen King George gegolten haben, denn ich habe ja noch gar nichts gesagt.« Er lächelte. »Keine Sorge, Sie bekommen noch Ihre Chance. Geben Sie mir also auch eine.«

Es wurde still im Saal, und Kerry wandte sich den anderen Kandidaten zu. »Seit einer Stunde erlebe ich hier, wie sechs intelligente Männer so tun, als hätten wir mit Schußwaffen kein Problem. Ihnen selbst muß das doch ebenso peinlich sein wie mir als Zuschauer.«

Das Publikum schwieg, möglicherweise verdutzt über seine Dreistigkeit.

»Ich kandidiere für das Amt des Präsidenten der Vereinigten Staaten und nicht für den Vorsitz des Schützenverbands. Meine einzige Pflicht besteht darin, die Wahrheit zu sagen, so wie ich sie sehe. Sie alle kennen meinen Werdegang. Ich gehe davon aus, daß jeder hier weiß, wie ich zu den Waffengesetzen stehe und daß mir niemand das Recht abspricht, so zu denken, auch wenn er selbst ganz anderer Meinung ist. Da Sie mich aber eingeladen haben, lassen Sie mich meinen Standpunkt darlegen.

In diesem Land werden mit Schußwaffen zu viele Gewaltverbrechen verübt. Wie Sie sich erinnern, drang vor drei Wochen ein Mann in eine Kindertagesstätte ein und erschoß sechs Kinder, darunter sein Sohn, mit einem halbautomatischen Gewehr. Einer Angriffswaffe, deren einziger Zweck darin besteht, Menschen so schnell wie möglich zu töten. Menschen wohlgemerkt, keine Rehe oder Kaninchen. Und in diesem Fall Kinder.«

Wieder blickte Kerry zu den anderen Kandidaten. »Wie meine Kollegen hier wissen, war der Mann nicht vorbestraft. Mit ihren Vorschlägen hätten sie die Tragödie also nicht verhindern können. Meines Erachtens ist das Leben von Menschen wichtiger als das Recht, jede Waffe zu erwerben, die man sich wünscht. Und keine Strafe der Welt kann die erschossenen Kinder wieder zu ihren Eltern zurückbringen.« Kerry hielt inne und richtete sich auf. »Wenn Sie verhindern, daß dieser irrsinnige Handel mit todbringenden Waffen gesetzlich eingedämmt wird, machen Sie sich an Tragödien wie dieser mitschuldig. Falls ich zum Präsidenten gewählt werde, werde ich alles tun, um solche Tragödien zu verhindern. Was genau, werden Sie in den kommenden Monaten erfahren.«

Er wandte sich an Walt Rogers und nickte höflich. »Nochmals vielen Dank für Ihre Einladung.« Und damit verließ er die Bühne.

Einen Augenblick lang herrschte Stille, dann machte das Publikum seinem Ärger mit Buhrufen und Pfiffen Luft. Als Kerry bei Clayton ankam, flüsterte er ihm im Gedränge zu: »Wetten, daß die sechs anderen jetzt liebend gern mit mir tauschen würden? Ich kann nämlich verschwinden.«

Clayton sah sich um. Manche Gesichter waren wie versteinert, andere vor Wut und Haß verzerrt. Ein hagerer Mann mit Schnurrbart schrie: »Du bist ein toter Mann, Kilcannon.« Kerry schien ihn nicht zu hören. Nur seine Blässe verriet, daß er den Haß spürte, und daß er seine Offenheit mit Angst bezahlte.

In aller Eile bugsierten ihn die Männer vom Secret Service zur Tür hinaus und in den wartenden Van.

Anfangs hatte Clayton gedacht, der Auftritt habe Kerry Stimmen, vielleicht sogar die Vorwahlen gekostet. Erst später, in Florida, als Kerry den ersten Sieg einfuhr, hatte Clayton seine Meinung geändert. Doch bis heute wußte er nie genau, ob Kerry gerade aus einem Impuls heraus handelte, seinem untrüglichen politischen Gespür folgte oder seinen bösen Geistern gehorchte.

Jetzt sah Clayton zu, wie Stacey Tarrant die Bühne betrat.

Schlank und aufrecht wartete sie, bis der Beifall abebbte und Stille eintrat. »Viele von Ihnen«, sagte sie zu Kerrys Anhängern, »haben bei Schießereien auf tragische Weise einen geliebten Menschen verloren und müssen mit dieser Erfahrung weiterleben. Niemand braucht Kerry Kilcannon zu erklären, was das bedeutet.«

Ein glänzender Einstieg, dachte Clayton, denn sie ließ unausgesprochen, daß dasselbe auch für sie galt. »Ich wollte heute bei Kerry sein«, fuhr sie fort. »Und Kerry wollte bei mir sein.« Damit wandte sie sich nach Kerry um und rief: »Der Präsident, den wir verdienen, Kerry Kilcannon.«

SIEBEN

Lara stand auf der Pressetribüne, wo sie den Demonstranten näher war als Kerry. Warum, so hatte sie ihn immer fragen wollen, willst du Präsident werden? Sie hatte daran gedacht, wenn sie ihm beim Essen gegenübersaß, wenn sie auf Martha's Vineyard zusammen den Sonnenuntergang bewunderten, wenn sie morgens erwachte und sein schlafendes Gesicht betrachtete. Doch sie war nicht seine Frau. Sie hatte ein eigenes Leben gehabt, das Leben einer Journalistin, und es hatte ihr nicht zugestanden, über ihn zu bestimmen.

Kerry trat vor. »Du bist als nächster dran«, übertönte eine rauhe Stimme die Jubelrufe.

Trotz ihrer Angst und Empörung versuchte Lara, Ruhe zu bewahren. Kerry war auch ein pragmatischer Politiker. Er hatte genau gewußt, daß sein Auftritt die Gemüter erhitzen würde, und vielleicht sprach er nur deshalb in diesem Park, weil er hier mit Demonstranten rechnete.

»Heute«, begann Kerry, »jährt sich der Tod eines Menschen.«

Die Menge verstummte.

»Sein Name war Carlos Miller, und er war neun Jahre alt. Er wurde in diesem Park ermordet, von einem Rassisten aus einem fahrenden Auto heraus mit einem AK-47 erschossen. Er starb wie viele andere Menschen Tag für Tag in diesem Land, betrauert von den Angehörigen, weitgehend unbemerkt von uns übrigen, schnell vergessen von den Medien.« Kerry machte eine Pause, dann hob er die Stimme. »Denn das Gemetzel ist so groß, daß uns nur noch ein Massenmord oder der Tod eines Prominenten aufhorchen lassen. Letztes Jahr wurden über vierzigtausend Amerikaner erschossen. Einhundertundzehn Menschen jeden Tag.«

Kerry senkte die Stimme wieder. »Und heute vor einem Jahr war Carlos Miller einer von ihnen. ›Waffen töten nicht‹, hält uns die Waffenlobby entgegen, ›Menschen töten Menschen.‹ Dann sehen wir uns doch einmal an, wie viele Menschen letztes Jahr in aller Welt mit Handfeuerwaffen getötet wurden: sechsunddreißig in Schweden, dreiunddreißig in Großbritannien, hundertachtundzwanzig in Kanada, dreizehn in Australien, sechzehn in Japan.« Kerry hielt einen Augenblick inne. »Und in den Vereinigten Staaten vierzigtausendvierhundertfünfundneunzig. In unserem Land begingen Leute mit Handfeuerwaffen über eine Million Straftaten. In unserem Land sind Schußverletzungen die häufigste Todesursache bei männlichen Schwarzen unter fünfunddreißig. In unserem Land sterben dreiundfünfzig Prozent der Gattenmordopfer an Schußverletzungen.«

Die Argumente, die Kerry Punkt für Punkt auflistete, waren in Laras Augen überwältigend. Die Demonstranten schwiegen.

»Was sind die Gründe für dieses Gemetzel?« fragte Kerry. »Sind Amerikaner brutaler als Japaner, Australier oder Schweden? Glauben die Amerikaner, Massenmord sei ein geringer Preis für das uneingeschränkte Recht, Schußwaffen zu kaufen und zu verkaufen?« Jetzt wurde Kerrys Stimme beinahe sanft. »Oder daß das Leben eines Carlos Miller ein geringer Preis sei? Ganz und gar nicht. Die Tragödien geschehen, weil in keinem anderen Land der Welt so wenig Anstrengungen unternommen werden, den Handel mit Waffen einzudämmen. Und aus Respekt vor Carlos Miller und den vielen anderen, die sinnlos gestorben sind, muß noch etwas anderes gesagt werden.« Kerry blickte zu den Demonstranten und hob zornig die Stimme. »Die Vorstellung, James Madison habe die Bill of Rights geschrieben, damit Rassisten und Psychopathen mit Angriffs- oder Handfeuerwaffen Männer, Frauen und Kinder abschlachten können, gehört zum Verächtlichsten, was eine verantwortungslose Minderheit ihren potentiellen Opfern jemals weismachen wollte.«

Kerrys Anhänger jubelten, und die Demonstranten versuchten, sie niederzubrüllen. Lara sah einen untersetzten Mann auf einem Klappstuhl, der mit wutverzerrtem Gesicht durch ein Megaphon brüllte: »Wo ist dein Bruder?« Sein Haß war so groß, daß Lara ihn körperlich zu spüren meinte.

»Er wird nicht lange genug leben, um Präsident zu werden«, stöhnte Lee McAlpine, die neben Lara stand. »Und ich möchte nicht dabei sein, wenn es passiert.«

Unwillkürlich ließ Lara die Augen über die Dächer wandern, dann sah sie wieder zur Bühne – Kerry wirkte auf die Entfernung beinahe zerbrechlich, ein Mensch, der sich zur Zielscheibe der Leidenschaften gemacht hatte.

Warum, fragte sie ihn. Warum?

»In der zweiten Hälfte dieses Jahrhunderts«, rief Kerry gegen den Lärm an, »stahlen uns Männer mit Waffen die Zukunft, indem sie immer wieder unsere Besten ermordeten – allein in einem Jahr Martin Luther King und Robert Kennedy. Und Tag für Tag stehlen sie uns unsere Träume, indem sie Menschen ermorden, die wir lieben. Damit muß Schluß sein. In New Hampshire habe ich ein Programm versprochen. Hier ist es. Erstens, jeder Waffenhalter muß einen Waffenschein führen, und diesen Schein erhält nur, wer zuvor einen Kurs besucht und sich einer Sicherheitsüberprüfung unterzieht.«

Wieder antworteten die Demonstranten mit Buhrufen und Pfiffen.

»Nichts anderes verlangen wir im Straßenverkehr«, rief Kerry. »Oder ist ein Betrunkener mit Schußwaffe weniger gefährlich als ein betrunkener Autofahrer?«

Kerrys Anhänger jubelten und schwenkten ihre Schilder. »Zweitens«, fuhr er mit fester Stimme fort, »sollten wir alle Schußwaffen und Munitionsarten verbieten, deren einziger Zweck darin besteht, Menschen zu töten.« Und an die Demonstranten gewandt: »Kein Jäger benutzt ein Gewehr, mit dem er in weniger als dreißig Sekunden zwanzig Hirsche – oder zwanzig Menschen – töten kann. Kein Schütze benötigt Munition, die einem Menschen die Eingeweide zerfetzt.«

»Die ist für dich«, rief der Untersetzte durch sein Megaphon.

»Wer einer Person«, fuhr Kerry fort, »die keinen Waffenschein besitzt, eine Waffe verkauft, macht sich strafbar. Und das bringt uns zum Kern des Problems – Robert Kennedy und Carlos Miller wurden mit Waffen erschossen, die illegal verkauft und erworben worden waren. Um das Gemetzel zu beenden, müssen wir den Waffenschiebern das Handwerk legen. Und zu diesem Zweck schlage ich folgendes vor.«

Wieder blickte Kerry zu den Demonstranten hinüber. »Jede Person sollte nur eine Schußwaffe pro Monat kaufen dürfen, damit illegale Waffenhändler nicht en gros weiterverkaufen können. Und man sollte strafrechtlich gegen Personen vorgehen, die für den illegalen Wiederverkauf, das organisierte Verbrechen und die sogenannten Milizen Waffen horten.«

Die Demonstranten stimmten hinter der Absperrung ein wütendes Geheul an, drohten mit den Fäusten und schwenkten ihre Schilder. Auf einem Schild las Lara »Macht Kilcannon unschädlich, nicht unsere Waffen«.

»Er macht sich zur Zielscheibe«, raunte Lee Lara zu. »Weiß er denn nicht, wie durchgeknallt diese Leute sind?«

Angespannt verschränkte Lara die Arme. »Genau darum geht's ihm offensichtlich. Heute abend kann sie jeder im Fernsehen bewundern.«

Lara sah, wie die Sicherheitsbeamten des Secret Service das Knäuel der aufgebrachten Demonstranten beobachteten. Kerrys Stimme aus den Lautsprechern übertönte ihre höhnischen Zurufe. »Jeder Halter, der mehr als zehn Waffen besitzt, braucht eine Sonderlizenz. Keine Lizenz, keine Waffensammlung. Wer hat etwas dagegen? Sehr wenige. Neunzig Prozent der Amerikaner sind für ein Verbot von Angriffswaffen, und achtzig Prozent befürworten schärfere Gesetze bei Handfeuerwaffen. Nein, der Tod hält reiche Ernte, weil unsere Regierung von einer starken Lobby, der Waffen mehr bedeuten als Menschenleben, unter Druck gesetzt und bestochen wurde.«

Laras Blick glitt rasch über die Dächer. »Wir kriegen dich, Kilcannon«, brüllte der Untersetzte mit dem Megaphon.

Kerry hielt inne und sah ihn an. »Ja, glauben Sie denn, das würde etwas ändern? Es gibt viele engagierte Menschen, die nicht ruhen werden, bis die Gewalt ein Ende hat. Und ihre Zahl wächst mit jedem Mord in diesem Land. Der Verlust jedes einzelnen bringt uns dem Tag ein Stück näher, an dem der Kampf gewonnen wird, und zwar dort, wo er gewonnen werden sollte, nämlich an den Wahlurnen, im Kongreß, im Weißen Haus.«

Wieder ließ Kerry den Blick über die Zuhörer schweifen. »Das sind wir Carlos Miller und all den anderen Opfern schuldig.«

Applaus brandete auf und übertönte die Buhrufe, Pfiffe und

Schmähungen. Plötzlich stand Kerry in der Menge, schüttelte Hände und sprach mit Angehörigen von Opfern.

Mach, daß du in deinen Wagen kommst, flehte Lara im stillen.

Neben ihr stieß Lee McAlpine einen Seufzer aus. »Also, so was!«

Lara spürte den kalten Schweiß auf ihrer Stirn. »Ich mach mich am besten gleich an die Arbeit«, sagte sie und ging auf die Suche nach ihrem Kameramann.

Zehn Minuten später stand Lara auf einem Rasenstück vor der Kamera, während ihr Produzent Steve Shaffer mit Nate Cutler plauderte.

Lara war mittlerweile davon überzeugt, daß Nates Story auch darauf eingehen würde, wie Kilcannons Geliebte über seinen Wahlkampf berichtet hatte. *Newsworld* würde jeden Bericht, jedes Wort von ihr unter die Lupe nehmen. Und die Presse würde ihren Sturz für ebenso unvermeidlich halten wie den Kerrys. Sie fühlte, wie die frische Abendluft kühl über ihre feuchte Haut strich.

Ohne auf Nate zu achten, überflog sie ihre Notizen. Durch ihren Kopfhörer fragte ein Techniker: »Fertig?«

Lara nickte. »Das Stichwort«, sagte sie in ihr Mikrofon, »ist ›Demonstranten als Komparsen‹.«

Lara richtete sich auf, blickte in die Kamera und begann.

»In einer Rede, die von Gegnern strengerer Waffengesetze mit wütenden Zwischenrufen gestört wurde, plädierte Kerry Kilcannon leidenschaftlich für eine Gesellschaft ohne Handfeuerwaffen und Angriffswaffen. Seine Vorschläge dürften weiter gehen als alle bisherigen Initiativen im Kongreß – Waffenscheine für alle Waffenhalter und Sammler, Verbot aller Angriffswaffen, keine Lizenzen für Vorbestrafte.«

Nun folgte ihre Analyse. »In absehbarer Zeit haben diese Vorschläge kaum Aussicht, Gesetzeskraft zu erlangen. Doch nachdem Kilcannon bei anderer Gelegenheit für die Todesstrafe eingetreten ist, hat er in dieser Rede eine Forderung erhoben, die den Liberalen besonders am Herzen liegt, auch wenn er dabei sein Talent demonstrierte, Demonstranten als Komparsen zu benutzen ...«

Im Ü-Wagen wurde das Band abgefahren. Lara hörte die wütenden Zwischenrufe der Waffennarren und dann Kerry.

»In der zweiten Hälfte dieses Jahrhunderts stahlen uns Männer mit Waffen die Zukunft, indem sie immer wieder unsere Besten ermordeten ...«

»Heute«, sagte Lara in die Kamera, »jährt sich James Kilcannons Todestag zum zwölften Mal. Kerry Kilcannon erwähnte es mit keiner Silbe. Aber das war auch nicht nötig. Von seiner Vorstellung durch Stacey Tarrant bis zu seinem Bad in der Menge war seine Botschaft klar: ›Ich habe einen moralischen Auftrag und stehe hier an meines Bruders Stelle.‹ Lara Costello, NBC News, von der Kilcannon-Kampagne in Sacramento.«

Nach ihrem Schlußsatz schwieg sie einen Augenblick.

»Schön«, sagte Steve Shaffer.

Lara legte das Mikrofon weg und ging zu ihm. Nate stand noch bei ihm.

»Perfekt«, meinte Nate. »Du hast alles herausgearbeitet, politischen Inhalt und kalkulierte Symbolik.«

Lara sah ihn ungerührt an. »Dazu bin ich da«, sagte sie und knüpfte eine Unterhaltung mit ihrem Kameramann an.

ACHT

In Begleitung der Sicherheitsbeamten Joe Morton und Dan Biasi strebte Kerry seinem Wagen zu. Bei jedem Schritt ermahnte er sich, langsam zu gehen, sich unbekümmert zu geben. Doch als er in den Wagen stieg und neben Clayton in den Sitz sank, atmete er erleichtert auf.

Clayton schwieg. Wenig später glitten sie auf dem Highway in Richtung Flughafen und verursachten Verkehrsstaus, weil Polizisten auf Motorrädern die Auffahrten sperrten. Beim Blick aus dem Fenster stellte sich Kerry die aufgebrachten Pendler vor, die zu spät zum Essen nach Hause kommen würden.

»Ich hoffe, wir haben Mason-Aufkleber auf den Stoßstangen«, sagte er zu Clayton.

Clayton stieß ein kurzes Lachen aus, aber es klang nicht fröhlich. »Keine schlechte Idee. Dann schießen sie vielleicht nicht auf uns. Wo du doch keine Weste trägst.«

»Ihretwegen werde ich mich nicht ändern«, erwiderte Kerry.

»Wen meinst du? Peter Lake? Und all die anderen, die verhindern wollen, daß du umgebracht wirst? Jedesmal, wenn du ein Bad in der Menge nimmst, erschwerst du ihnen unnötig die Arbeit.«

»Das war nicht nur eine Menge, zum Donnerwetter. Einige von denen haben bei Schießereien Angehörige verloren, und ich soll nicht zu ihnen gehen? Wozu kandidiere ich dann überhaupt?«

Clayton blickte ihn finster an. »Ich dachte, damit du gewählst wirst.«

»Verschone mich mit solchen Scherzen«, bellte Kerry, zügelte sein Temperament jedoch sofort wieder. »Es war ein harter Tag.«

»Ich weiß, aber es bringt doch nichts, wenn du dein Leben riskierst.«

Kerry lehnte sich zurück. »Wer Präsident werden will, darf sich nicht verstecken. Aber siehst du, wie weit es schon mit mir gekommen ist? In New Hampshire, als niemand an meinen Sieg glaubte, hatten wir nicht dieses Gefolge. Ich konnte mit den Menschen reden, ihnen in die Augen sehen. Jetzt bin ich ständig von Leibwächtern, Journalisten und Helfern umringt. Die letzten ›richtigen‹ Menschen, die ich getroffen habe, waren reiche Filmproduzenten in Beverly Hills, und die habe ich um Geld gebeten, nicht um ihre Stimme.«

»Na, na«, erwiderte Clayton, »heute hast du doch ein paar ›richtige‹ Menschen getroffen. Zum Beispiel den Psychopathen mit dem Megaphon.«

Kerry sah aus dem Fenster. Die Dämmerung ging in ein dunstiges Grau über, und die Lichter von Sacramento schimmerten schwach in der Ferne. »Wie wird ein Mensch so?« murmelte er. »Vermutlich gibt es dafür viele Gründe. Wie bei dem Kerl, der Jamie ermordet hat.«

Merkwürdig, dachte Kerry. Zwölf Jahre war es jetzt her, und er brachte den Namen Harry Carson noch immer nicht über die Lippen. Vielleicht war der Traum daran schuld.

»Wenn ich mir überlege«, fuhr er fort, »was dieser Cutler Lara und mir antut, sehe ich keinen großen Unterschied zu unserem Freund mit dem Megaphon. Politisch läuft es doch auf dasselbe hinaus.« Kerrys Stimme wurde gereizt. »Bei *Newsworld* scheint man zu glauben, daß von der Geschichte die Zukunft unseres Landes abhängt.«

Clayton faltete die Hände vor dem Bauch. »Cutler hat heute Kit angesprochen. Er verlangt ein Gespräch mir dir unter vier Augen, in einer ›privaten Angelegenheit‹. Er gibt dir drei Tage, dann will er bringen, was er hat.«

Kerry fühlte seine Wut zurückkehren. »So, will er? Ohne weitere Recherchen? Sag Kit, sie soll ihn schmoren lassen. Er kommt wieder, verlaß dich drauf. Und wir gewinnen Zeit.«

Clayton musterte ihn. »Aber das nützt uns nichts, wenn du keine Enscheidung triffst.«

Kerry blickte vor sich hin. »Hätte Mason das heute getan?« fragte er schließlich. »Wird er es tun, wenn er Präsident ist? Nein, er wird bei der Beerdigung eines bedauernswerten Opfers aufkreuzen und die Hinterbliebenen umarmen. Und hinterher wird er sich mit Trivialitäten abgeben, die ihm laut Umfragen Punkte bringen. Etwa mit Verkehrserziehung im Kindergarten.« Einen Augenblick später schaute er auf. »Bringt diese Spots. Ich will das Rennen nicht verlieren.«

Clayton sah ihm fest in die Augen. »Dann mußt du lügen.«

»Ich stelle mir vor, was in Lara vorgeht«, erwiderte er. »Sie wartet darauf, daß ich eine Entscheidung treffe. Für uns beide.«

»Da ist noch etwas anderes«, sagte Clayton. »Es betrifft Mason.«

»Um was geht's?«

»Wir haben einen Tip bekommen, von einem Polizisten aus Darien, wo Mason seine politische Laufbahn begonnen hat.« Clayton senkte die Stimme. »Er hat seine Frau geschlagen, Kerry.«

Kerry war perplex. »Jeannie?«

»Sie hat die Polizei verständigt, sagt unser Mann, und dann Anzeige erstattet. Aber Mason hat die Akten versiegeln lassen.«

Kerry atmete hörbar aus. Nach einer Weile fragte er: »Wissen wir, ob er es wieder getan hat?«

»Nein, aber wenn Mason tatsächlich seine Frau verprügelt hat, und sei es auch nur einmal, haben wir ihn.«

»Jeannie Mason«, murmelte Kerry. »Das muß Jahre her sein.«

»Über zwanzig. Wenn du nichts dagegen hast, stellen wir überall, wo sie später gewohnt haben, Nachforschungen an. Vielleicht stoßen wir auf einen jüngeren Vorfall.« Clayton machte eine kurze Pause. »Wenn Mason derjenige war, der *Newsworld* informiert hat, können wir ihn mit dieser Geschichte davon abhalten, Dritte einzuweihen. Vorausgesetzt, Masons Leute haben noch alles unter Kontrolle. Sie werden mit uns einen Handel machen. Sie haben keine andere Wahl.«

»Wenn es Mason war«, erwiderte Kerry. »Aber das wissen wir nicht.«

»Weshalb hat er die Debatte vorgeschlagen? Alles paßt zusammen – die Störer gestern, Masons Flug nach Boston, Lara. Wenn Dick Jeannie geschlagen hat, und das mehr als einmal, dann spielt es keine Rolle mehr, wer die Geschichte mit Lara der Presse zugespielt hat. Der Presse ist es jedenfalls egal.«

Kerry starrte ihn an. »Aber mir nicht.«

»Aber wieso denn? Das Ergebnis ist dasselbe – er steht dümmer da als du.« Clayton senkte die Stimme wieder. »Ich weiß, daß dir das nicht gefällt. Mir gefällt es auch nicht. Aber ich versuche, praktisch zu denken. Du hast es nicht verdient, wegen der Sache mit Lara zu verlieren.«

Kerry wandte sich von seinem Freund ab. Er betrachtete die Scheinwerfer der Fahrzeugkolonne, die durch die Dunkelheit schnitten und Palmen und Kasernengebäude am Rande des Flugplatzes Mather Field anstrahlten. Auf dem Rollfeld machte er den Schatten seiner Maschine, der *Shamrock,* aus, die sie nach San Francisco bringen sollte. Doch mit den Gedanken war er bei Jeannie Mason und ihrer Familie.

»Der Präsident hatte recht«, sagte er. »Man glaubt zu wissen, was alles zu einer Kandidatur gehört. Aber das ist ein Irrtum.«

Clayton sah geradeaus. »Und?«

»Ich bin Katholik, kein Quäker. Sucht weiter.«

»Na«, fragte Kate Feeney, »wie ist es gelaufen?«

Die Frage riß Sean aus seinen Gedanken. Er hatte noch immer keine Waffe, es war bereits neun Uhr abends, und er saß in Kilcannons Wahlkampfzentrale, nachdem er stundenlang mit Fremden telefoniert hatte.

»Ganz gut«, brachte er hervor. »Aber viele sind noch unentschlossen.«

Kate runzelte nachdenklich die Stirn. »Einige wollen die Debatte abwarten. Das ist gut für Kerry, meinst du nicht?«

Sean nickte. Das Sprechen fiel ihm schwer.

»Morgen kommt Kerry hierher«, sagte sie. »Das hilft ihm bestimmt.«

Sean starrte auf den Tisch. »Ob wir ihn zu sehen kriegen?«

»Mein Gott, das wäre toll.« Kate klang nicht mehr müde. »Ich glaube, er wäre der ideale Präsident. Er ist so warmherzig und ehrlich, er macht den Leuten nichts vor.«

Warmherzig, dachte Sean verbittert. Ehrlich. Was wußte sie denn schon von diesem Kerl, der mit den Kinderschlächtern gemeinsame Sache machte, seine Versprechen brach und seinen Glauben verriet? Er stand auf und schob beide Hände in die Taschen seiner Bluejeans.

»Bleibst du nicht zur Pizza?« fragte sie.

Im ersten Moment wollte er bleiben. Nur um allein mit ihr zu sein, ihr sein Schweigen verständlich zu machen. Dann erwachte wieder dieses Mißtrauen in ihm, die Angst vor Zurückweisung.

»Nein«, antwortete er. »Ich komme morgen ganz früh.«

Er drehte sich um und ging.

Rick Ginsberg stand bei einer Gruppe von Helfern, lauschte, nickte, gab Tips. Sean wollte sich nicht dazu gesellen und wartete ein paar Schritte entfernt.

Schließlich bemerkte ihn Rick. »Was gibt's, John?«

»Nichts Besonderes. Es ist nur, weil doch Senator Kilcannon morgen kommt. Ich wollte fragen …« Er zuckte mit den Schultern und sah zu Boden.

»Sie würden ihn gern sehen, stimmt's?« fragte Rick geduldig. »Morgen dürfte das schwierig werden. Wir haben schon Leute für die Veranstaltungen eingeteilt, und Sie waren am Telefon große Klasse.«

Sean schaute auf. »Es würde mir viel bedeuten.«

Rick musterte ihn. Ruhig erwiderte er: »Ich will sehen, was ich tun kann.«

Es war halb zehn, als die Journalisten müde im Saint Francis Hotel in San Francisco eintrafen, und Nate mußte sich eine weitere Stunde gedulden, ehe er sein Gepäck abholen und auf sein Zimmer gehen konnte. In Washington war es bereits halb zwei Uhr morgens, als er seine Chefin zu Hause anrief. Nach dem fünften Klingeln hob sie ab. Ihre Stimme klang belegt und verschlafen.

Ohne sich zu entschuldigen, sagte Nate: »Ihre Nachricht klang dringend.«

»Ja«, erwiderte Jane. »Es gibt etwas Neues.« Mit einem Mal wirkte sie hellwach. »Sheila Kahn hat mit einem Nachbarn der Costello geredet – einem Colonel a. D., dem Kilcannons politische Ansichten nicht gefallen. Der Mann hat Sheila erzählt, daß er ›den Kerl‹ vom Sehen kenne. Er behauptet, er habe eines schönen Morgens im Frühjahr seinen Windhund Gassi geführt und dabei gesehen, wie Kilcannon im Smoking aus der Haustür kam. Kilcannon sei seinem Blick ausgewichen, sagt der Colonel. Er sei in ein altes Auto gestiegen und weggefahren.«

Ob das in jener Nacht war? fragte sich Nate. »Hat der Mann ihn mal mit Lara zusammen gesehen?«

»Nein. Mit ihr zusammen nie. Und auch allein nur das eine Mal.«

Nate legte sich aufs Bett. Es überraschte ihn nicht, daß er sich noch so deutlich an den Abend erinnerte. Lara hatte in ihrem weißen Abendkleid einfach atemberaubend ausgesehen. An dem Abend hatte er aufgehört, sich etwas vorzumachen. »Das müßte drei Jahre her sein«, sagte er. »Stimmt's?«

»Woher wissen Sie das?«

»Lara und ich waren damals bei der *Times*. Sie hatte Kilcannon zum Dinner der Kongreßkorrespondenten eingeladen. Aber ich hätte nicht gedacht, daß sie miteinander bumsten.«

»Aber das haben sie anscheinend. Und unklugerweise hat er die Nacht bei ihr verbracht.«

Wieder schwieg Nate einen Augenblick. Er wußte noch,

wann Lara das erste Mal von Kilcannon gesprochen hatte. Monate vor diesem Dinner. Und jetzt fragte er sich, wann die beiden sich nähergekommen waren.

»Das genügt nicht«, befand er schließlich.

»Natürlich nicht.« Janes Stimme klang ungeduldig. »Aber es reicht, um Kilcannon eine Frage zu stellen oder bei einer Lüge zu ertappen. Wann treffen Sie sich mit ihm?«

»Kit Pace mauert. Ich versuche, ihr klarzumachen, daß die Sache nur für seine Ohren bestimmt ist, und sie kommt mir mit der alten Tour von wegen ›Wieso soll ich ihn ausgerechnet jetzt damit behelligen?‹«

»Weil Sie für *Newsworld* arbeiten«, bellte Jane, »und nicht für irgendein Käseblatt.«

»Ich habe ihnen eine Frist gesetzt – zweiundsiebzig Stunden. Möglicherweise hat Lara mit Kilcannon gesprochen. Kit geht davon aus, daß wir die Story nicht bringen können, ohne vorher mit ihnen darüber zu reden, und spielt auf Zeit.«

»Ohne uns«, erwiderte Jane knapp. »Teilen Sie Kit mit, daß wir morgen mit Kilcannon reden müssen und was wir ihn fragen wollen. Falls sie vergessen haben sollte, was sie bereits weiß.« Ehrlicher Zorn färbte ihre Stimme. »Ich finde das ungeheuerlich: Costello ist keine Journalistin, sie ist Kilcannons fünfte Kolonne. Sie muß genau wie er die Konsequenzen tragen.«

NEUN

Um Viertel vor elf – Viertel vor zwei in Newark – sagte Clayton seiner Frau Carlie, daß er sie liebe, und legte sachte den Hörer auf.

Sie hatten eine Abmachung: Clayton durfte sie jederzeit anrufen, ganz gleich wie spät es war. Sie vermißte ihn, natürlich, aber da war noch etwas anderes, das keiner von beiden auszusprechen brauchte – Clayton konnte nicht schlafen, wenn er nicht wußte, wie es den Zwillingen ging, auch wenn sie mittlerweile aufs College gingen. Seit dem Tod seines Sohnes Ethan wäre es ihm wie eine Nachlässigkeit vorgekommen, nicht nach ihnen zu fragen.

Wie so oft, wenn er sich nach den Zwillingen erkundigt hatte, hatte ihn Carlie auch heute abend gefragt, wie es Kerry ging.

Auch dieser Zusammenhang war beiden klar. Als ihr Sohn im Krankenhaus im Sterben lag, hatte Kerry ihnen beigestanden. Carlie war der einzige Mensch, dem Clayton das größte Geheimnis aus Kerrys Leben anvertraut hatte. Und so war es nicht verwunderlich, daß sie vor zwei Nächten, als er ihr von Laras Rückkehr erzählte, einen langen Seufzer ausgestoßen hatte. Nicht wegen der möglichen politischen Folgen, sondern aus Mitgefühl mit Kerry.

Ruhelos schaltete Clayton jetzt den Fernseher ein, die Blätter mit den neuesten Umfrageergebnissen um sich herum verstreut auf dem Bett.

Nach fünfminütigem Zappen sah er sich zwei Wahlspots Dick Masons an, in denen der Vizepräsident »konsequentes Eintreten für die freie Entscheidung der Frau« gelobte. Und dann brachte der lokale CBS-Sender einen Bericht vom Tage über Mason.

Clayton wußte, daß der Vizepräsident am Vorabend von Boston nach San Francisco zurückgeflogen war, und der Bericht zeigte ihn bei einem Frühstück mit Unternehmerinnen. Mason sah gerade von seinem Manuskript auf und sagte: »Im übrigen möchte ich hier bekräftigen, was ich schon des öfteren gesagt habe: Chancengleichheit im Beruf geht Hand in Hand mit der freien Entscheidung der Frau ...«

Das Telefon klingelte.

»Schon einen Blick auf die Zahlen geworfen?« fragte Jack Sleeper ohne Vorrede.

»Oh, ja«, antwortete Clayton. »Immer noch drei Prozent hinten. Aber Kerry war heute stark, und er sagt, wir sollen den Spot bringen, in dem er niedergeschossen wird. Ich habe Frank bereits informiert.«

»Gott sei Dank«, rief Jack begeistert. »Dann kann er das Ding vielleicht doch noch gewinnen. Und Präsident werden.«

Wenn *Newsworld* nicht wäre, dachte Clayton. Jacks Erleichterung war offenkundig, und Clayton war froh, daß der Meinungsforscher nicht Bescheid wußte.

Auf dem Bildschirm erhoben sich die gut gekleideten Geschäftsfrauen und applaudierten Mason.

»Haben Sie Dicks Spots gesehen?« fragte Clayton Sleeper. »Den über die freie Entscheidung der Frau?«

»Er weiß, was wir wissen, Clayton. Bei den Abtreibungsbefürworterinnen wird der Abstand größer – in der Bay Area sind wir um weitere drei Prozent abgerutscht. Ich hatte gestern abend recht. Wir müssen in San Francisco eine Kundgebung mit Abtreibungsbefürworterinnen organisieren. Dort ist das Problem am größten.«

Müde überflog Clayton die Umfrageergebnisse. »Ich rede mit Senatorin Penn. San Francisco ist ihre Stadt. Wir brauchen unbedingt ihre Hilfe.«

Sean Burke starrte gebannt auf den Bildschirm.

Kerry stand in Hemdsärmeln vor Farmern und sprach Sean mit einem Mal aus dem Herzen: »Ich bin mir ziemlich sicher«, sagte Kerry Kilcannon, »daß jemand, der beschließt, einem anderen Menschen das Leben zu nehmen, selbst sein Recht zu leben verwirkt hat …«

Er hat verstanden, dachte Sean. Er weiß, daß ich seinetwegen komme, daß Kindermörder nach Gottes Gesetz mit dem Tod bestraft werden. Daß sein eigener Tod die verdiente Strafe ist.

Der Schauplatz wechselte. Jetzt stand Kilcannon in einem Park, jedes seiner Worte war eine Anklage.

»Die Vorstellung, James Madison habe die Bill of Rights geschrieben, damit Rassisten und Psychopathen mit Angriffs- oder Handfeuerwaffen Männer, Frauen und Kinder abschlachten können, gehört zum Verächtlichsten, was eine verantwortungslose Minderheit ihren potentiellen Opfern jemals weismachen wollte …«

Sean verspürte eine plötzliche Übelkeit.

Er rannte ins Badezimmer und beugte sich über das Waschbecken. Krämpfe schüttelten seinen Körper, Blut sprenkelte seinen Speichel. Kerrys Stimme klagte ihn immer noch an.

Sean trocknete sich das Gesicht ab. Das Leben hatte ihn gelehrt, daß er niemand trauen durfte. Am wenigsten diesem Typ, der ihm eine Waffe versprochen hatte.

Sean nahm eine Tablette seines Antazidums.

Das Messer war in seinem Koffer. Er hatte es in Boston zusammen mit der Pistole gekauft, ohne besonderen Grund, nur weil ihm gefallen hatte, wie es in der Hand lag.

Sean ging am Fernseher vorbei. Als er den kleinen Schrank öffnete, stellte er sich vor, er sei darin eingesperrt und höre die Stimme seines Vaters.

»Ja, glauben Sie denn, das würde etwas ändern?« fragte Kerry.

Mit zitternden Finger schob Sean das Messer in sein Jackett.

Als Kerry hinsah, füllte Laras Gesicht den Bildschirm aus.

»In absehbarer Zeit«, sagte sie, »haben diese Vorschläge kaum Aussicht, Gesetzeskraft zu erlangen. Doch nachdem Kilcannon bei anderer Gelegenheit für die Todesstrafe eingetreten ist, hat er in dieser Rede eine Forderung erhoben, die den Liberalen besonders am Herzen liegt, auch wenn er dabei sein Talent demonstrierte, Demonstranten als Komparsen zu benutzen.«

Kerry war so tief in ihren Anblick versunken, daß er für einen Augenblick meinte, er könne ihr antworten. Warum so zynisch? wollte er sie fragen.

Wie konntest du kandidieren, antwortete sie ihm in seiner Phantasie, wo du doch weißt, was geschehen kann.

Die Frage hatte immer unausgesprochen im Raum gestanden. Er konnte sie an jenem Morgen, als sie sich zum letzten Mal geliebt hatten, in ihren Augen lesen. Er konnte sie in ihren Fingern spüren, als sie zärtlich sein Gesicht streichelte.

Jetzt erschien sein eigenes Gesicht auf dem Bildschirm.

»In der zweiten Hälfte dieses Jahrhunderts stahlen uns Männer mit Waffen die Zukunft, indem sie immer wieder unsere Besten ermordeten ...«

Deswegen, antwortete er ihr nun. Und deinetwegen.

An jenem letzten Wochenende war sie nicht ans Telefon gegangen. Er rief sie unzählige Male vom Hotel aus an, und irgendwann wurde aus seinem Schmerz und seiner Verzweiflung schreckliche Gewißheit, und er wußte, daß sie es getan hatte. Und dann, auf seinem Anrufbeantworter zu Hause, ihre Nachricht, ihre müde, tonlose Stimme. Daß es aus sei. Daß ihre Gefühle nicht mehr wichtig seien. Daß sie ihn – um ihrer beider willen – nicht mehr sehen dürfe.

Und jetzt war sie hier, in diesem Hotel. Allein.

Bitte, Kerry. Versuche nicht, Kontakt zu mir aufzunehmen. Es ist aus.

Die letzten beiden Jahre kamen ihm wieder in den Sinn: seine Entscheidung zu kandidieren, seine Verpflichtung gegenüber Clayton und all den anderen, die an ihn glaubten. Und, wenn dies alles nicht genügte, der Respekt vor ihrem Wunsch.

Ihre Stimme erfüllte den Raum.

»Heute jährt sich James Kilcannons Todestag zum zwölften Mal. Kerry Kilcannon erwähnte es mit keiner Silbe. Aber das war auch nicht nötig. Von seiner Vorstellung durch Stacey Tarrant bis zu seinem Bad in der Menge war seine Botschaft klar: ›Ich habe einen moralischen Auftrag und stehe hier an meines Bruders Stelle.‹«

Kerry schaltete den Fernseher aus und löschte das Licht.

Allein in ihrem Zimmer, weinte Lara ohne Unterlaß. Es war, als sei ihre ganze Kraft nur dazu da, die anderen zu täuschen, die sie beobachteten, und als habe sie keine mehr, wenn sie fort waren.

Er wird nicht lange genug leben, um Präsident zu werden, hatte Lee McAlpine gesagt.

Und wenn er am Leben blieb, dachte Lara jetzt, würde er es möglicherweise dennoch nicht werden. Ihretwegen.

Ich liebe dich. Ich möchte bei dir sein. Tausendmal hatte sie davon geträumt, ihm das zu sagen, nachdem es dazu zu spät war. Sich vorgestellt, egoistisch zu sein, ohne Rücksicht auf die Folgen.

Und jetzt träumte sie wieder davon. Wie ein Kind, dem die Geschichte nicht gefiel, die es soeben gehört hatte, und das den Schluß ändern wollte.

Nur daß es ihre gemeinsame Geschichte war – Kerrys und ihre – und daß sie das Ende selbst geschrieben hatte.

WASHINGTON

Mai 1996 – April 1997

EINS

Nach ihrer ersten Begegnung mit Kerry Kilcannon war Lara Costello fasziniert und mehr als nur ein wenig neugierig.

Sie war zwar noch neu auf dem Capitol Hill, doch prominente Politiker beeindruckten sie schon lange nicht mehr. In Kalifornien hatte sie ein feines Ohr für hohle Phrasen entwikkelt und erlebt, wie man durch Wahlposen Leute beeinflußte. Sie richtete den Blick auf das Innenleben der Politiker, über die sie schrieb. Das war es, was sie von ihren Kollegen unterschied und was sie an jenem Nachmittag im Spätfrühling dazu bewog, neben dem für Senatoren reservierten Fahrstuhl zu warten, während der Senat über einen Verfassungszusatzartikel gegen Fahnenschändung debattierte. Kein sonderlich interessantes Thema, wie Lara fand. Faszinierend war nur, wie die Kontrahenten sich wanden, um ja nicht unpatriotisch zu erscheinen. Alles, was sie wollte, waren ein oder zwei Zitate für ihren Artikel.

Die Tür zu den Büros der Senatoren schwang auf, und heraus trat Ted Kennedy, gefolgt von Kerry Kilcannon. Welchen sollte sie ansprechen? Während sie noch überlegte, steuerte Kennedy zum Sitzungssaal, Kilcannon zum Aufzug.

»Senator?« sagte Lara. »Lara Costello von der *New York Times.*«

Kilcannon blieb stehen. Er war nicht groß, höchstens einsachtzig, aber zwei Dinge fielen ihr sofort an ihm auf: seine Jugendlichkeit – zerzaustes Haar, die schlanke Figur eines Teenagers – und im Kontrast dazu seine Augen, deren grün gesprenkelte blaue Iris ungewöhnlich groß war und in ihr das verwirrende Gefühl weckte, daß dieser Mann schon mehr erlebt hatte als andere, die doppelt so alt waren wie er.

»Sie sind wohl neu hier«, sagte er und streckte ihr die Hand entgegen.

Die Hand war kühl und trocken. »Seit zwei Wochen«, antwortete Lara.

Kilcannon lächelte. »Noch zwei, und Sie haben genug.« Er ging ein paar Schritte und drückte auf den Fahrstuhlknopf. »Was kann ich für Sie tun?«

»Ich wollte Sie nach dem Flaggen-Amendment fragen.«

Kilcannon setzte eine Leidensmiene auf. »Genügt es nicht, daß ich über die Sache abstimmen muß? Soll ich Ihnen auch noch sagen, was ich darüber denke?«

Lara wußte nicht recht, ob er Spaß machte oder ob sie sich eine Abfuhr geholt hatte. »Mir ist nie aufgefallen, daß Abstimmen dasselbe wie Denken wäre«, wagte sie zu sagen. »Aber es ist schön, wenn jemand beides tut, und noch schöner, wenn er andere daran teilhaben läßt!«

Kilcannon legte den Kopf schief und musterte sie. »Möchten Sie mich zum Russell Building begleiten?«

Sie folgte ihm in den Aufzug. Zusammen fuhren sie hinab in die Kongreßkatakomben, wo die U-Bahn des Senats wartete. Mit raschem Schritt winkte Kilcannon Lara in einen offenen Miniwagen. Er nahm ihr gegenüber Platz und blickte gedankenverloren vor sich hin.

Der Wagen rollte an. »Das Flaggen-Amendment«, sagte Lara.

Er schaute auf. »Ach ja. Wissen Sie, wieviel Fälle von Fahnenschändung es seit 1776 gegeben hat?«

»Keine Ahnung.«

»Ungefähr vierzig. Alle fünf Jahre einen. Nicht eben viel.« Kilcannon zuckte die Schultern. »Die wollen damit nur ablenken. Das ist einfacher, als Kinder zu ernähren. Und billiger. Und wenn man bei Mauscheleien mit der Tabakindustrie erwischt wurde, wie einige Befürworter, kann es nicht schaden, wenn man den Patrioten spielt.«

Überrascht über seine Offenheit zückte Lara ihren Block und notierte etwas. »Heißt das, daß Sie dagegen sind?«

Kilcannon lächelte nicht. »Für diese Fahne sind über eine Million Menschen gestorben, nicht weil ihnen die Farben gefielen, sondern weil sie für etwas steht. Beispielsweise für das Recht, frei seine Meinung zu äußern, auch wenn dabei gelegentlich dummes Zeug herauskommt.« Und augenzwinkernd fügte er hinzu. »Wie ich morgen ausführen werde, wenn ich mich gegen die Vorlage ausspreche.«

»Rechnen Sie mit einem Sieg bei der Abstimmung?« fragte Lara.

»Aber gewiß. Die Befürworter brauchen eine Zwei-Drittel-Mehrheit, und die meisten meiner Kollegen halten das Ganze für Unsinn. Das Problem ist nur: Wer ist der Glückliche, der es sagen muß?« Ein Lächeln huschte über sein Gesicht. »Wie Sie sich vorstellen können, sind alle ganz wild darauf.«

Der Wagen kam rüttelnd zum Stehen. Wieder strebte Kilcannon mit ausgreifenden Schritten zum Aufzug. »Aber warum spielen Sie dann den Wortführer?« fragte Lara.

Er legte den Kopf schief. »Inoffiziell?«

Lara zögerte. »Na gut.«

»Weil ich einigen Kollegen Deckung geben kann, ohne daß es mich allzuviel kostet.« Der Aufzug kam. Er ließ ihr den Vortritt. »In New Jersey wird man mich deswegen nicht in die Wüste schicken. Für einen Senator aus, sagen wir mal, Idaho gilt das nicht unbedingt. Und wenn die Republikaner mich als Kommunist beschimpfen – was soll's, die haben mich sowieso nie gemocht. Aber da sage ich Ihnen nichts Neues.«

Natürlich nicht. Lara sann bereits darüber nach, daß es sich für Kilcannon noch als sehr nützlich erweisen konnte, dankbare Kollegen zu haben, insbesondere wenn er, wie allgemein gemunkelt wurde, eines Tages beschließen sollte, für das Präsidentenamt zu kandidieren.

Rumpelnd öffnete sich die Tür des Aufzugs, und sie betraten den Marmorfußboden des Russell Building. »Ist Costello nicht ein irischer Name?« fragte er auf dem Weg zum Vorderausgang.

»Ja. Mein Vater war Ire, meine Mutter Mexikanerin.«

Sie blieben in der Tür stehen. »Dann können Sie unmöglich Republikanerin sein«, sagte er in einem Ton gespielter Herausforderung.

Lara lächelte schwach. »Ich bin absolut objektiv – keine Überzeugungen, keine Sympathien, keine Meinungen. Wie alle Journalisten.« Sie streckte ihm die Hand hin. »Danke, daß Sie mir Ihre Zeit geopfert haben, Senator. Sie haben mir wirklich geholfen.«

»*De nada*«, erwiderte er. Er wandte sich um und blickte auf die sonnenüberflutete Straße hinaus. Das gab ihr Gelegenheit, ihn genauer zu betrachten. Er hatte eine Narbe am linken Auge, und sein Gesicht war knochig, aber fein geschnitten. Er sah nicht im üblichen Sinne gut aus. Die Aura eines potentiellen Präsidenten machte sein Äußeres interessanter, als es war. Und die geheimnisvollen Augen. Ein leichter Wind zerzauste sein Haar, das in der Sonne rötlich schimmerte.

»Kein übler Tag«, bemerkte Kilcannon. »Und ich sitze hier im Senat und muß mir diesen Unsinn anhören. Dem Tod wieder eine Stunde näher, und wofür?«

Lara wußte nicht recht, was sie antworten sollte. Er sah sie wieder an. »Wenn Sie irgendwann mal einen halben Tag mit mir verbringen und zusehen wollen, wie der Laden hier läuft, rufen Sie einfach in meinem Büro an.« Er lächelte. »Nur zur Orientierung. Schreiben dürfen Sie darüber nicht, sonst kann ich nicht sagen, was ich möchte.«

Lara war überrascht. »Mit Vergnügen.«

Kilcannon nickte kurz. »Dann also bis bald«, sagte er und war verschwunden.

»Nimm ihn beim Wort«, meinte Nate Cutler. »Es kann nicht schaden, wenn du eine nähere Beziehung zu ihm entwickelst.«

Lara zog einen Stuhl heran und setzte sich an Nates Schreibtisch. Sie kannte Nate kaum, doch er war ein erfahrener Journalist, klug und nicht so leicht aus der Fassung zu bringen. »Wie in der guten alten Zeit«, erwiderte sie, »wenn ein berühmter Senator in seinem Amtszimmer Drinks spendierte und aus der Schule plauderte. Männerfreundschaften im Zentrum der Macht.«

Nate zuckte die Schultern. »So ein Kontakt ist nicht schlecht. Du erfährst so einiges, solange du nicht vergißt, wer du bist. Und wer er ist.«

Lara legte den Kopf schief. »Wahrscheinlich bilde ich es mir nur ein, aber ich habe das Gefühl, daß er sich um mögliche Konsequenzen wenig schert.«

Nate grinste. »Gut gesagt. Ich bin nie dahintergekommen, was der Grund dafür ist, Prinzipientreue oder Egoismus.«

»Wie ist er hier eine so große Nummer geworden? Lag es am Namen?«

»Der war seine Eintrittskarte. Als er herkam, machte er kaum den Mund auf, und jeder hielt ihn für den minderbemittelten kleinen Bruder. Später wurde mir klar, daß er nur beobachtet hatte – er wollte rauskriegen, wie der Laden funktioniert. Er hat ein sehr gutes politisches Gespür. Außerdem hat er immer hart gearbeitet, und das honorieren die Leute.«

Nate hielt inne und überlegte. »Ein weiteres Plus ist sein Engagement. Später, als er endlich den Mund aufmachte, setzte er sich für Menschen ein, die keine Lobby hatten: Kinder, Minderheiten oder Arbeiter, die der technische Fortschritt abgehängt hatte. Wenn ihm etwas am Herzen liegt, läßt er nicht locker. Aber ich weiß nicht, was hinter dieser Beharrlichkeit steckt.« Nate sah sie neugierig an. »Was hältst du von ihm? Persönlich, meine ich?«

»Weiß der Himmel.« Lara versuchte, ihre Eindrücke zu ordnen. »Manchmal wußte ich nicht recht, ob ich mit einem Politiker oder einer Romanfigur sprach. Man weiß nie genau, was in seinem Kopf vorgeht, und das macht neugierig.«

Nate lächelte. »Man bekommt ihn nie zu fassen. Manchmal glaubt man, ihn leidlich gut zu kennen, aber dann muß man feststellen, daß man ihn überhaupt nicht kennt.« Nate nahm seine Nickelbrille ab und untersuchte die Gläser nach Flecken. »Ich bin zu der Ansicht gelangt, daß er eigentlich kein komplizierter Mensch ist. Nur vier oder fünf unkomplizierte zugleich.«

»Wie meinst du das?«

»Zwei Beispiele. Letztes Jahr hörte ich mir in Georgetown eine Rede von ihm an. Es war eine glänzende Rede, über berufliche Bildung, und plötzlich wich er von seinem Manuskript ab und ließ sich über das Elend der Indianer aus – Ausbildungsmanko, Alkoholismus, die leeren Versprechungen der Weißen, und dann beschrieb er ein krankes Baby, das er gesehen hatte. Seine Erinnerungen waren so lebhaft, daß sie ihn zu überwältigen schienen – er war dort, nicht hier.« Nate setzte die Brille wieder auf. »Indianer. Das bringt doch keine Stimmen. Und daneben haben wir Kerry, den Harten. Erinnerst du dich noch an die Geschichte letzte Woche? Als der ehemalige Staatsanwalt von Newark in den Knast gewandert ist?«

Lara grinste. »Ein Staatsanwalt? Das ist ja ein Ding.«

»Und weißt du, wer ihn drangekriegt hat? Kilcannon.«

»Weswegen? Und wie?«

»Kilcannon hat vor dem Tod seines Bruders unter ihm gearbeitet – Vincent Flavio heißt er, und aus irgendeinem Grund war Kilcannon stocksauer auf ihn.« Mit leuchtenden Augen erwärmte sich Nate für die Geschichte. »Kilcannon wartete vier Jahre, bis ein Demokrat im Weißen Haus saß, und sorgte dafür, daß ein Freund zum Bundesstaatsanwalt ernannt wurde – ein Schwarzer namens Slade, der seinen Wahlkampf gemanagt hatte. Angeblich bestand zwischen ihnen die Abmachung, daß Slade, wenn er den Posten erst mal hatte, mit allen Mitteln gegen Flavio vorgehen sollte. Und das tat er auch, drei Jahre lang. Beim ersten Prozeß spielte die Jury nicht mit. Also versuchten sie es wieder, und diesmal bekamen Flavio und sein Geldeintreiber zehn Jahre. Als ich Kilcannon nach ihnen fragte, sagte er nur: ›Selbst in Newark kann man noch etwas verbessern.‹«

Lara lächelte. »Dann war Flavio ein Gauner?« fragte sie.

»Vermutlich. Aber für einige Demokraten hat die Sache einen unangenehmen Beigeschmack – die Rache des Kerry Kilcannon. Aber Kilcannon nimmt zu den Gerüchten niemals Stellung.«

Lara spielte nachdenklich mit ihrem Ohrring. »Vielleicht werde ich ihn eines Tages danach fragen.«

ZWEI

Zwei Wochen später sprach Lara morgens um neun bei Kerry Kilcannons Empfangsdame vor und nahm auf einer weichen Ledercouch Platz. »Der Senator kommt sofort«, sagte die junge Frau.

Lara schaute sich um. Der Empfangsbereich war elegant – hohe Decke, ein Spiegel mit Goldrahmen, zwei Kristalleuchter.

Als sie zum Eingang blickte, stand dort ein blasser junger Mann in der offenen Tür. Seine dunklen Augen irrten unsicher umher, sein Gesicht glänzte vor Schweiß, und sein graues Jackett sah wie geliehen aus. Er zögerte kurz, dann sagte er mit bebender Stimme zu der Empfangsdame: »Ich möchte Senator Kilcannon sprechen.«

Die Frau erstarrte. »Sind Sie angemeldet?« fragte sie vorsichtig.

Der Mann schüttelte den Kopf. Lara schätzte ihn auf höchstens zwanzig. Sein Haar war strähnig und schlecht geschnitten, Hemd und Hose paßten nicht. Ihr fiel auf, daß seine Hände zitterten.

Die Empfangsdame runzelte die Stirn. »Der Senator hat heute keinen Termin frei. Wenn Sie Ihren Namen hinterlassen wollen...«

»Nein«, stieß der Mann zwischen den Zähnen hervor. »Ich muß mit ihm sprechen. Bitte.«

Der dunkle Teint der Frau glänzte feucht, als sie zum Telefon griff. Lara spürte ihre Angst. Und dann hörte sie, wie neben ihr eine Tür ging.

Sie drehte sich um. Kerry Kilcannon kam, um sie abzuholen.

Er sah das besorgte Gesicht seiner Mitarbeiterin, dann den Grund ihrer Besorgnis. Er trat vor und blieb zwischen ihr und dem Mann stehen.

»Was kann ich für Sie tun?« fragte er.

Der junge Mann blinzelte, schluckte. Wortlos faßte er in die Innentasche seines Jacketts.

Lara beobachtete nervös seine Hand, die Empfangsdame fuhr halb von ihrem Stuhl hoch. Nur Kilcannon blieb ruhig.

Langsam zog der Mann eine Broschüre hervor.

Lara sah den Umschlag – das grauenhafte Foto einer Spätabtreibung, den zerquetschten Schädel eines Fötus. Mit Tränen in den Augen drückte der Mann dem Senator die Broschüre in die Hand.

»Wie können Sie Kinder im Stich lassen?« fragte er einfach nur.

Kilcannon kniff die Augen zusammen. Stille trat ein, und der blasse junge Mann und der Senator musterten einander.

Zwei Uniformierte erschienen und lösten die Erstarrung. Kilcannon schreckte auf wie aus einem Traum: »Schon in Ordnung. Dieser Mann wollte mir nur etwas geben.«

Einer der Uniformierten packte den Mann am Arm. Lara fand, daß er jetzt mitleiderregend aussah. Er öffnete den Mund, brachte aber keinen Ton heraus.

Kilcannon sah zu, wie er abgeführt wurde.

Plötzlich fiel ihm Lara wieder ein. »Verzeihen Sie, daß ich Sie warten ließ«, sagte er mit einem Anflug von Humor. »Aber hier ist immer was los.«

Er führte Lara durch mehrere Räume in sein Büro.

»Er wirkte etwas verstört«, sagte Lara im Gehen. »Haben Sie nie Angst um Ihre Sicherheit?«

Kilcannon legte die Broschüre auf den Schreibtisch und bot ihr einen Stuhl an. »Wir sind es gewohnt, daß Leute hier hereinplatzen, und einige haben sogar einen gewissen Charme. Mein momentaner Favorit ist ein fünfundachtzigjähriger Weltkriegsveteran, der als Schwerstbeschädigter anerkannt werden will. Wegen Impotenz.« Sein Ton wurde trocken. »Die fragliche Kriegsverletzung zog er sich 1944 in Italien zu, als er einen Fußball in den Unterleib bekam. Ich habe ihn gefragt, seit wann er impotent sei, und wissen Sie, was er geantwortet hat? Seit zwei Jahren.«

»Vermutlich Spätfolgen.«

»Und dann mußte ich dem Mann, der übrigens Vater von sechs Kindern ist, schonend beibringen, daß möglicherweise nicht die unliebsame Bekanntschaft mit einem Fußball, sondern sein Alter die Ursache seines Leidens ist. Aber ein Senator muß unbequeme Gespräche führen, wozu sonst ist er da?«

Lara sah sich im Büro um. Sie entdeckte nur drei Fotografien. Die erste zeigte eine weißhaarige Frau, die James Kilcannon ähnelte, die zweite einen Mann mit gutmütig-derbem Gesicht und listigen Augen, die dritte eine schwarze Familie, bestehend aus einem stämmigen Vater, einer schlanken Mutter, zwei fröhlich aussehenden Zwillingsschwestern knapp über zehn und einem hübschen Jungen, der nicht älter als vier sein konnte. »Ihre Eltern?« fragte Lara.

»Meine Mutter. Der Mann ist mein Patenonkel, Liam Dunn. Ich habe ihm viel zu verdanken.«

Kein Foto seines Vaters, dachte Lara, oder seines Bruders. Kein Foto von Meg Kilcannon. »Und die Familie?«

»Freunde. Clayton ist Bundesanwalt in Newark.«

»Der Mann, der Vincent Flavio vor Gericht gebracht hat?«

Er blickte kühl, wirkte aber nicht überrascht. »Nicht nur vor Gericht, sondern hinter Gitter.«

Sein Ton machte deutlich, daß er über dieses Thema nicht weiter zu sprechen wünschte. Beinahe träge ergriff er die Broschüre über Abtreibung, studierte sie schweigend und verfiel, nach seiner Miene zu urteilen, in tiefe Nachdenklichkeit. Das hatte Nate Cutler gemeint, dachte Lara. Eben war Kerry Kilcannon noch da, und schon im nächsten Moment war er mit seinen Gedanken weit weg.

»Kommen Sie«, sagte er unvermittelt. »Ich erzähle Ihnen unterwegs, was wir vorhaben.«

In den folgenden neun Stunden hetzte Kerry Kilcannon von Termin zu Termin – Unterausschußsitzungen, Besprechungen mit Mitarbeitern, ein Interview mit CBS zur Bosnienpolitik, Besuch des vietnamesischen Außenministers, Pressekonferenz, Privatbesuch des Vizepräsidenten – mit dem sich Kilcannon bekanntlich weder politisch noch privat besonders verstand – und schließlich ein Essen mit Schülern aus New Jersey, das Kilcannon sichtlich genoß.

Lara mußte feststellen, daß Kilcannon privat längst nicht so gesprächig war wie in der Öffentlichkeit. Doch er blieb jederzeit humorvoll und liebenswürdig. Seine Mitarbeiter redeten ihn mit dem Vornamen an, was im Senat ungewöhnlich war, und zeigten ebensoviel Elan und Engagement wie er. Lara war beeindruckt: Kilcannon hatte ein ausgezeichnetes Gedächtnis, konnte mühelos auf andere Themen umschalten, stellte die richtigen Fragen und traf schnelle Entscheidungen. »Eine Schutzmaßnahme«, sagte er zu ihr. »Sonst muß ich zuviel nachdenken.«

Zu ihrer Überraschung wurde es nicht nur ein interessanter, sondern auch vergnüglicher Tag. Mitunter wirkte er geistesabwesend, und dann wieder verblüffte er sie, indem er genau erriet, welche Aspekte sie am meisten interessierten. Durch sein Verhalten gab er zu verstehen, daß er Lara für eine intelligente Frau hielt, der man nur wenig erklären mußte. Um achtzehn Uhr eilte er zu einer Senatssitzung und ließ sie mit seinem Bürochef zurück.

Zwei Stunden später saß Lara mit dem eulenhaft aussehenden Bürochef vor dem Fernseher und sah Kilcannon auf C-SPAN. Er prangerte Menschenrechtsverletzungen in China an. »Je weniger Handel wir mit einem Land treiben«, sagte er, »desto vehementer kritisieren wir die dortige Menschenrechtslage. Wie kommt das? Haben wir begonnen, Redefreiheit in Aktienerträgen zu messen?«

Die pointierte Frage war ein Seitenhieb auf die Regierung. Fasziniert sann Lara noch darüber nach, was Kilcannon damit bezweckte, als er, das Jackett über der Schulter, das Büro betrat.

»Sie sind noch da?« fragte er erstaunt. »Haben Sie noch nicht genug?«

Lara lächelte. »Sie hatten recht, Senator, hier ist immer was los.«

Schmunzelnd sah er auf die Uhr und faßte offensichtlich einen Entschluß. »Für mich hört der Spaß auf, wenn ich Hunger habe«, sagte er. »Ich lade Sie zum Essen ein, das ist das mindeste, was ich tun kann.«

Kilcannon fuhr einen älteren Ford Taurus, und als er den Motor anließ, ertönte ein ungesundes Knirschen. Er verzog das Gesicht. »Ich treffe immer noch Leute«, bemerkte er, »die glauben, daß wir das wegen des Geldes machen. Wenn Sie die Stunden zusammenzählen und den Verlust der Privatsphäre dazunehmen, machen wir kein besonders gutes Geschäft.«

Kilcannon fuhr in Richtung Pennsylvania Avenue. Es dämmerte, und hinter ihnen leuchtete malerisch die Kuppel des Capitols. »Aber warum wollen Sie und Ihre Kollegen dann unbedingt Senatoren bleiben?« fragte Lara.

»Teils weil wir Gutes tun wollen, auch wenn die Wähler anderer Meinung sind. Das ist vielleicht das Deprimierendste an der Politik heute – viele Wähler verachten uns und halten uns für Flaschen, die nur an sich selber denken. Noch schlimmer sind die ständigen Skandale und der daraus resultierende Verfall unserer politischen Kultur. Ich habe aufgehört, die Sonderermittler zu zählen.« Seine Stimme wurde nachdenklich. »Aber genauso schädlich ist es, wenn sich Politiker an der eigenen Macht und Wichtigkeit berauschen. Wenn man nicht aufpaßt, kann das zur Sucht werden.«

»Und was tut man dagegen?«

»Mein Freund Bill Cohen schreibt Bücher – dabei gewinnt er den nötigen Abstand, sagt er. Ich habe dafür weniger Talent.« Und nach einer kurzen Pause setzte er hinzu: »Für andere ist es wohl die Familie.«

Meinte er Kinder? fragte sich Lara. Eine Frau hatte er ja. »Und was tun Sie?« fragte sie.

Er zuckte die Schultern. »Dinge, die nichts mit der Arbeit hier zu tun haben.«

»Zum Beispiel?«

»Ich engagiere mich im sozialen Bereich. Aber wenn ich mit Ihnen darüber rede, hat es ja wieder mit meinem Amt zu tun, nicht wahr? Ein karrieresüchtiger Senator, der sein Image als Wohltäter pflegen will.«

Das war nicht zu bestreiten, dachte Lara. Aber vielleicht ging Kilcannon einfach nur einen Schritt weiter und wickelte sie mit geschickt inszenierter Offenheit ein.

»Fühlt man sich nicht ziemlich einsam«, fragte sie, »wenn man ständig so auf seinen Ruf bedacht sein muß?«

Im Scheinwerferlicht der entgegenkommenden Autos sah sie, daß er süffisant lächelte. »Sind Sie Journalistin«, fragte er, »oder Psychiaterin?«

Sie entnahm seinem Ton, daß sie zu weit gegangen war. Obwohl er lächelte, fühlte sie sich ein wenig von oben herab behandelt. »Es war eine klare Frage, Senator. Ich dachte, wir reden über reale Menschen.«

Das Washington Monument glitt vorüber, und in der Ferne tauchte hinter Bäumen das Weiße Haus auf. »Seltsam«, murmelte er, »in letzter Zeit ertappe ich mich dabei, daß ich wie mein Bruder rede. Man hätte ein Leben mit ihm zubringen können und doch nie gewußt, was er denkt. Oder fühlt.«

Lara war überrascht. Kilcannon war dafür bekannt, daß er so gut wie nie über seinen Bruder sprach. Aus seiner indirekten Entschuldigung klang Wehmut.

»Einsam?« sagte er. »Gewiß. Man kennt seine Kollegen, aber selten sehr gut. Denn fast jede Beziehung beruht auf wechselseitiger Berechnung – was bringt sie mir, was kostet sie mich? Das Menschliche bleibt auf der Strecke.« Kilcannon deutete mit dem Kopf zum Weißen Haus hinüber. »Und je höher man kommt, desto schlimmer wird es. Ein Narr, wer davor die Augen verschließt.«

Lara sah ihn an. »Dann wollen Sie also nicht Präsident werden?« fragte sie skeptisch. »Nicht einmal im Jahr 2000?«

Er schmunzelte. »Ich erwarte nicht, daß Sie mir glauben. Aber ich denke nicht, daß ich ein Narr bin. Wenn nichts Unvorhergesehenes passiert, wird der Präsident im Herbst wiedergewählt, und das eröffnet Dick Mason beste Chancen für das Jahr 2000. Sollte sich daran etwas ändern, dann aus Gründen, die ich nicht vorhersehen oder beeinflussen kann.«

»Und Ihre Sticheleien gegen die Regierung in Sachen China?«

»Halte ich für richtig. Gelegentlich tue ich nämlich, was ich für richtig halte.« Er bog um eine Ecke und hielt vor einem Restaurant. »Auch das ist eine Lehre, die ich Jamie zu verdanken habe.«

Abermals war Lara überrascht. »Was für eine Lehre?«

Kilcannon starrte durch die Windschutzscheibe, als führe er ein Selbstgespräch. »Soweit ich zurückdenken kann, hat Jamie stets ein Ziel verfolgt und geglaubt, er habe sein Schicksal selbst in der Hand. Er hätte nie mit einem Attentat gerechnet.« Kilcannon schüttelte den Kopf. »Ich habe daraus eine Lehre gezogen, die zu ziehen ihm selbst nicht vergönnt war: daß man nie gefahrlos planen oder spielen kann. Denn das einzige, was man wirklich selbst bestimmen kann, ist, wer man selber ist.«

Lara empfand ein flüchtiges Gefühl von Intimität. Durch die besonderen Umstände – die späte Stunde, vielleicht auch sein Bedauern darüber, herablassend gewirkt zu haben – dazu verleitet, hatte ihr Kerry Kilcannon einen kurzen Blick in sein Innenleben gestattet. Dann erschien der Parkplatzwächter, und als sei nichts geschehen, sagte Kilcannon : »Kommen Sie. Ich rieche schon den gebackenen Tintenfisch.«

DREI

Das Kinkead's war für seine ungezwungene Atmosphäre und seine köstlichen Vorspeisen bekannt. Die junge Empfangsdame, die den Senator kannte, führte sie zu einem Ecktisch im Obergeschoß, wo das Licht gedämpft und die Atmosphäre intimer war.

»Der Mächtige«, sagte Lara, »braucht nie zu reservieren.«

Kilcannon lächelte. »Jetzt, wo wir einen Tisch haben, bin ich es leid, ich zu sein. Ich weiß alles über mich, und falls ich jemals etwas vergesse, kann ich ja in der *Times* nachschlagen. Aber von Ihnen weiß ich nur, daß Sie wissen wollen, wie die Menschen so geworden sind, wie sie sind.«

»Was wollen Sie sonst noch wissen?«

»Warum Sie uns Politiker belästigen, unsere Beweggründe hinterfragen, unangenehme Wahrheiten zu Tage fördern. Hätten Sie nicht Jura studieren können?«

»Wie dünkelhaft, Senator! Nun, ich habe tatsächlich mit dem Gedanken gespielt. Aber es wurde Zeit, daß ich mir einen Job suchte.«

»Wieso?« fragte er. »Eine intelligente Frau wie Sie? Sie bekamen doch sicher ein Stipendium.«

Lara nickte. »Das war nicht das Problem. Stipendien hatte ich immer. Aber das Geld reichte nicht.«

Der Kellner kam, ein korpulenter, bärtiger Mann mit australischem Akzent. Sie wählten ihre Vorspeisen aus, und nach kurzer Beratung mit Lara und der Entdeckung, daß der Kellner mehr von Wein verstand als sie beide zusammen, bestellte Kilcannon einen australischen Chardonnay. Sie waren bereits beim zweiten Glas, als er fragte: »Dann hatten Sie es also satt, ständig pleite zu sein?«

Nein, dachte Lara. Zu der Zeit hätte ich alles darum gegeben, Jura zu studieren. Sie wußte nicht recht, ob sie es ihm sagen sollte – es kam ihr wie ein Eingeständnis von Schwäche vor. Vielleicht lag es an seiner Geduld, an der Ruhe, die er ausstrahlte, vielleicht auch an ihrem zweiten Glas Wein. Jedenfalls antwortete sie: »Nein. Ich hatte es satt, daß meine Mutter ständig pleite war.«

Kilcannon legte den Kopf schief: »Was macht sie?«

»Sie putzt anderer Leute Häuser und hütet anderer Leute Kinder. Und zieht vier eigene groß.«

»Und Ihr Vater?«

»Keine Ahnung. Ich war fünf, als er mit einer anderen durchgebrannt ist. Vielleicht war er sogar so nüchtern, daß er wußte, was er tat.« Sie zuckte verächtlich die Schultern. »Ich habe versucht, die Sache nicht so wichtig zu nehmen.«

Sie spürte, daß Kilcannon sie musterte. »Ich glaube nicht, daß das geht«, sagte er. »Man kann nicht so tun, als sei nichts geschehen. Man sollte sich lieber fragen, wie einen so etwas geprägt hat.«

Seine Augen drückten kein Urteil aus, nur Interesse, und mit einem Mal wurde Lara bewußt, was für ein bemerkenswertes Gespräch sie führten. Wenn Politiker sich einzuschmeicheln versuchten, offerierten sie einem gewöhnlich das, was man ihres Erachtens am meisten von ihnen begehrte – ein Stück Innenleben, vorgekaut und leichtverdaulich. Kein Politiker hatte Lara jemals nach ihrem eigenen Innenleben gefragt.

»Es ist nicht besonders tiefsinnig«, fügte er hinzu, »aber manchmal habe ich das Gefühl, daß Menschen vor allem dann zu einer Gefahr werden – für sich und andere –, wenn sie den Zusammenhang zwischen ihrer Vergangenheit und ihrer Gegenwart leugnen.«

Lara spürte, daß ihm der Gedanke wichtiger war, als er zugab – vielleicht wegen seines Bruders. »Wie heißt es bei Wordsworth?« fragte sie. »›Das Kind ist der Vater des Mannes‹?«

»So ähnlich.« Kilcannon schmunzelte. »Mein Vater war ein schwieriger Mann. Und ist es noch.«

Die rätselhafte Bemerkung entlockte auch Lara ein Lächeln. »Sie haben mich an eines meiner Vorurteile erinnert. Ich habe einen Horror davor, wie meine Mutter zu werden, und das letzte, was ich wollte, wäre ein Ehemann wie mein Vater. Falls ich mir je einen zulege, erwarte ich ein gewisses Maß an Selbsterkenntnis.«

Kilcannon lachte. »Wie alt sind Sie? Siebenundzwanzig, achtundzwanzig? Da müssen Sie wohl noch eine Weile warten.«

»Sprechen Sie aus Erfahrung?«

»Selbstverständlich. Ich war mit achtundzwanzig verheiratet und sogar noch unbedarfter als heute. Meg könnte ein Lied davon singen.«

Er war das erste Mal, daß er seine Frau erwähnte. Eine liebenswürdige Bemerkung, die allerdings wenig verriet. »Möchte sie, daß Sie Präsident werden?« fragte Lara.

»Meg? Sie ist ganz wild darauf. Andere Mädchen wollen Miss America oder Astronautin werden. Meg hat immer nur davon geträumt, First Lady zu werden. Dafür würde sie alles opfern, auch mich.«

Lara lächelte höflich. Seine ironische Antwort war so grotesk, daß sie ihr wie eine Flucht nach vorn vorkam. Da jeder wußte, daß die Kilcannons eine Wochenendehe führten, war der Senator darauf vorbereitet, diesbezüglichen Fragen auszuweichen. Doch es gehörte zu ihrem Job, in die geheimen Winkel seines Lebens zu leuchten. »Sie will es also nicht«, hakte sie nach.

Kilcannon zuckte die Schultern. »Würden Sie es wollen? Wie Meg haben Sie sich eine eigene Existenz aufgebaut.«

Lara sah ein, daß sie ihm so nicht beikam. Seine Verteidigung war viel zu geschickt für eine neugierige Journalistin. Und vielleicht war die Wahrheit ja auch nicht komplizierter als bei hundert anderen Politikerehen, die auf Kompromissen zwischen Mann und Frau beruhten. Ungewöhnlich an den Kilcannons war nur, daß sie keine Kinder hatten, doch dem auf den Grund zu gehen, war nicht einfach.

»Jedenfalls«, sagte Lara, »wollte ich helfen, und deshalb bin ich Journalistin und nicht Anwältin geworden.«

»Und Sie schicken immer noch Geld nach Hause?«

Lara nickte. »Tiffany, meine jüngste Schwester, will nächstes Jahr aufs College.«

Das Essen kam. Als er ihr von seiner Vorspeise anbot und dafür von ihrer nahm, brachte der Kellner beiden noch ein Glas Wein. »Aber jetzt weiß ich immer noch nicht«, sagte Kilcannon, »wie Sie Journalistin geworden sind.«

Lara lehnte sich zurück und ließ das Spiel von Licht und Schatten im Restaurant auf sich wirken. Sie spürte, daß ihr der Wein zu Kopf stieg. »Alles, bloß das nicht.«

»Doch. Ich würde gern das Ende der Geschichte hören.«

Lara verdrehte die Augen. »›Wie ich Journalistin wurde‹, von Lara Costello. Ich wurde Journalistin, weil ...«

»Ja?«

»Weil ich von klein auf gerne gelesen habe – alles, sogar die Zeitung. Unser Pfarrer verschaffte mir ein Stipendium an einer der besten Schulen in der Stadt. Ich ging in eine reine Mädchenklasse und führte ein bewegtes Phantasieleben, in dessen Mittelpunkt meine Wenigkeit stand.« Sie lächelte. »Wenn ich nicht gerade schlechte Kurzgeschichten schrieb oder mir vorstellte, ich sei Gabriel García Márquez, war ich die Starreporterin unserer Schülerzeitung. Am Ende siegte die Realität über die Phantasie.«

»Sind Sie sicher?« sagte Kilcannon leichthin. »Oder haben Sie nur einen Weg gefunden, beides miteinander zu verknüpfen?«

Lara schüttelte den Kopf. »Die Schriftstellerei zahlt sich in der Regel nicht aus. Wenn man kein Geld hat, weiß man so etwas. Selbst an der High-School.«

»Sie würden also nicht gern noch einmal von vorn anfangen und etwas anderes machen?«

»Nein, ich arbeite sehr gern als Journalistin. Wenn überhaupt, dann würde ich dorthin zurückkehren, wo ich angefangen habe.«

Kilcannon legte die Gabel weg. »Wieso? Sie haben doch einen tollen Job hier.«

»So sieht man die Dinge in Washington.« Eigentlich hatte sie schon zuviel geredet, und das mit einem Politiker, den sie kaum kannte. Aber das gehörte dazu, sagte sie sich: Ein freundschaftliches Verhältnis zu Kerry Kilcannon wäre für jeden Journalisten ein Gewinn. »Ich halte Politik für wichtig«, fuhr sie fort. »Und die *Times* ist die beste Zeitung. Das sind Gründe, warum ich hier bin. Aber ein anderer Grund ist, daß man einfach keine Beförderung ausschlagen kann, wenn man aus meinen Verhältnissen kommt.«

»Was würden Sie lieber tun?«

»Vielleicht etwas mehr über Menschen und ihre Bedürfnisse schreiben, nicht nur über Politiker.« Lara trank ihr Glas Wein aus. »Als ich beim *Chronicle* anfing, schrieb ich eine Serie über Wanderarbeiter und ihre Lebensbedingungen, und heute ist die Landarbeitergewerkschaft wieder im Aufwind. Ich selbst bekam für die Serie einen Journalistenpreis. Das Dumme ist nur, daß ich heute, vier Jahre später, auf diese Arbeit immer noch stolzer bin als auf jede andere.«

»Wenn das stimmt«, sagte er nach einer Weile, »werden Sie doch sicher nicht wollen, daß das auch noch in vier Jahren so ist. Mir scheint, Sie haben genug für andere Menschen getan.«

Zu ihrer Überraschung berührte sie diese einfache Feststellung. Ob er damit auch sich selbst meinte? Und dann kam ihr ein Gedanke, der noch beunruhigender war: Sie hatte Kerry Kilcannons Gesellschaft mehr genossen als die jedes anderen Mannes in letzter Zeit.

»Es tut gut«, sagte sie, »wenn man von der Sünde der Selbstsüchtigkeit losgesprochen wird.«

Dies entlockte ihm wieder ein Lächeln. Als der Kellner die Rechnung brachte, war Lara überrascht.

»Das übernehme ich«, sagte sie.

Kilcannon schüttelte den Kopf. »Das wird durch Wahlkampfgelder abgedeckt«, versicherte er. »Von ausländischen Spendern.«

»Eine Story«, erwiderte Lara. »Endlich.«

Als sie das Restaurant verließen, blieben sie auf dem Gehweg stehen. Die Luft war lind, und es roch nach Regen.

»Darf ich Sie nach Hause bringen?« fragte Kilcannon.

Bei dem Gedanken, das Angebot anzunehmen, schrillten bei ihr die Alarmglocken. Erneut befürchtete sie, sie habe die nötige Distanz verloren. »Nein, danke«, antwortete sie, »ich kann mir ein Taxi nehmen. Sie hatten einen langen Tag.« Sie streckte die Hand aus. »Vielen Dank, Senator. Ihre Einführung hat mit sehr gefallen. Und das Essen war köstlich.«

Er spielte den Beleidigten. »Kerry«, sagte er. »Und viel Glück, Lara, wofür Sie sich auch entscheiden mögen.«

VIER

Zu ihrer nächsten längeren Begegnung kam es im August 1996 beim Parteikonvent der Demokraten in San Diego.

Lara hatte nie zuvor von einem Konvent berichtet, und ihre Reaktion schwankte zwischen Erstaunen und Belustigung. Rund um das moderne Kongreßzentrum wimmelte es von Sicherheitskräften, die sämtliche Zufahrtsstraßen gesperrt hatten und Autos nach Sprengstoff durchsuchten. Vor der Halle hielten Abtreibungsgegner eine ständige Mahnwache und beschimpften die Delegierten als Mörder. Drinnen wurde eine Party gefeiert: Luftballons und Batterien von Scheinwerfern hingen von der Decke, und in den Logen der Großspender und Lobbyisten, die zu dem hohlen Spektakel strömten wie Römer zu einem Triumphzug, standen reichlich alkoholische Getränke und Appetithäppchen bereit. Und es war tatsächlich ein hohles Spektakel, wie Lara schrieb. Die Delegierten umarmten sich und tauschten Adressen aus und lauschten dabei mit halbem Ohr leeren Parteiphrasen wie »Wohlstand für alle«. Der einzige Zweck der Veranstaltung bestand darin, den Präsidenten und Dick Mason möglichst ohne Mißtöne als Führungsduo zu bestätigen; der einzige Störenfried war Kerry Kilcannon.

Sie entdeckte ihn im Sitzungssaal, umlagert von Delegierten, die ihm die Hand drücken wollten oder ein Autogramm begehrten. Der Wirbel um ihn bestätigte Dick Masons bekannte Ansicht, daß Kilcannon sich in eine gute Ausgangsposition bringen wolle, um bei der Präsidentschaftskandidatur in vier Jahren gegen ihn anzutreten. Die Gefolgsleute des Vizepräsidenten hatten die Delegierten aus New Jersey für Kilcannons künftige Sünden bereits bestraft und in denkbar schlechten Hotelzimmern untergebracht, die obendrein weitab vom Kongreßzentrum lagen.

Kerrys aktuelle Sünde bestand freilich darin, daß er es ablehnte, die Rede, die er auf dem Konvent halten wollte, vorher mit Masons Mitarbeitern abzustimmen. Die Strafe folgte auf dem Fuß. Seine Redezeit wurde auf zehn Minuten beschnitten, der Redetermin auf den späten Dienstagabend verlegt, wenn die Fernsehkameras bereits abgeschaltet waren.

Als Kerry jetzt näherkam, schlüpfte Lara zwischen zwei Delegierten hindurch und trat mit dem Kassettenrecorder in der Hand vor ihn.

Kerry lächelte süffisant und schielte zu den Logen hinauf. »Wie ein Futtertrog für Lobbyisten, nicht? Stellen Sie sich vor, wie viele Wanderarbeiter Sie damit ernähren könnten.«

Wie so oft, dachte Lara, verbarg sich hinter seiner Ironie ein ernstes Anliegen. »Wie ich höre, wohnen Sie im Motel Six, Senator. In Tijuana.«

Er lachte amüsiert. »Nur solange, bis sie etwas noch Schlechteres für uns finden.«

Es macht Ihnen nichts aus, dachte Lara. Sie glauben, daß Mason Angst hat, und Sie gefallen sich in der Rolle des Underdogs. »Machen Sie den Vizepräsidenten dafür verantwortlich?«

»Aber woher denn«, erwiderte er. »Ich kann mir nicht vorstellen, daß der Vizepräsident Zeit hat, sich um Zimmerreservierungen zu kümmern. Sie etwa?«

»Hand aufs Herz«, sagte Lara. »Glauben Sie, daß der Ärger wegen Ihrer Rede mit dem Jahr 2000 zu tun hat?«

»Ginge es hier nur um Hotelzimmer und persönliche Ambitionen, wäre ich zu Hause geblieben.«

»Und worum geht es?«

»Um die Klärung von Fragen. Der Präsident und der Vizepräsident müssen eine Wahl gewinnen, und ich bin hier, um sie dabei zu unterstützen. Nur setzen wir zuweilen eben unterschiedliche Prioritäten. Ich bin nicht nur in die Politik gegangen, um ein Amt zu erringen oder mir zur besten Sendezeit einen Platz im Fernsehen zu sichern. Die Menschen erwarten mehr.«

»Haben Sie das dem Vizepräsidenten gesagt?«

»Oh, ich glaube, er versteht mich schon.« Lächelnd fügte er hinzu: »Es ist schön, Sie wiederzusehen.« Und dann war er fort, schüttelte wieder Hände, sprach in ein Mikrofon, das ihm vor die Nase gehalten wurde. Erst später, als sie ihn besser kannte, erzählte er ihr von der Unterredung, die er eine Stunde zuvor mit Dick Mason geführt hatte.

Auf Masons Bitte hin fand das Gespräch unter vier Augen statt.

Sie saßen in Masons Suite, zwei Blocks vom Kongreßzentrum

entfernt, und die zahlreichen Blumensträuße, die Anhänger Masons geschickt hatten, leuchteten in der Nachmittagssonne.

»Entschuldigen Sie die Verspätung«, sagte Kerry leichthin, »aber in Tucson ist Rush-hour. Worum geht's?«

Der Vizepräsident lehnte sich zurück, faltete die Hände und betrachtete Kerry mit entwaffnender Offenheit. »Der Präsident und ich wollen eine einige Partei. Und später möchte ich eventuell selber Präsident werden. Dabei hätte ich Sie lieber als Verbündeten statt als Gegner.«

»Aber vorher«, erwiderte Kerry, »wollen Sie mich um Verständnis bitten.«

Der Vizepräsident lächelte. »Wir müssen auf Tausende von Delegierten und Dutzende von Gouverneuren, Kongreßmitgliedern und Senatoren Rücksicht nehmen, die alle lautstark einen Platz zur besten Sendezeit fordern. Und Sie sind der einzige, der sich weigert, seine Rede auf die Botschaft der Partei abzustimmen.«

Kerry sah ihm in die Augen. »Dick, ich muß nicht unbedingt reden. Und Sie brauchen mich nicht, um Ihre Botschaft rüberzubringen.«

Mason lehnte sich vor; er beherrschte viele Posen und Gesichter, um zu signalisieren, daß ihm ein Gespräch besonders am Herzen lag. »Doch, Kerry, wir brauchen Sie. Sie haben eine Stimme im Senat. Sie repräsentieren ein Erbe ...«

»Ach so.«

»Ja. Ihre Unterstützung ist von großer symbolischer Bedeutung.« Masons Stimme wurde sanft. »Als ich das erste Mal für den Kongreß kandidierte, setzte sich Ihr Bruder für mich ein. Ich habe ihn sehr bewundert, so wie ich auch Sie bewundere. Und ich bin überzeugt, daß Jamie etwaige Differenzen hintangestellt hätte.«

»Ich bin aber nicht Jamie. Als ich seinen Platz einnahm, wußte ich, daß ich niemals so werden würde wie er. Ich konnte allenfalls versuchen, dieser Tragödie irgendeinen Sinn zu geben. Hätte ich mir dieses Leben gewünscht, ja, dann würden mir Ihre Worte vielleicht einleuchten. Aber wenn Sie versuchen, mich mit dem Hinweis auf Jamie kleinzukriegen, dann beweist das nur, daß Sie mich überhaupt nicht kennen.«

Zum ersten Mal huschte ein Schatten des Zweifels über Masons Gesicht. Möglicherweise reichte die Kenntnis seiner eigenen Motive doch nicht aus, um Kerrys Beweggründe zu verstehen. »Hören Sie«, sagte er in versöhnlichem Ton, »wir alle wissen, daß Wahlkampffinanzierung ein leidiges Problem ist. Aber die Republikaner treiben es noch schlimmer. Bis wir das in Ordnung bringen, dient jeder Dollar, den wir sammeln, nur der Selbstverteidigung. Wir brauchen für November mehr Geld, und wenn Sie in einer Rede auf dem Konvent unsere Geldbeschaffung kritisieren, dann schneiden Sie uns mit dem Buttermesser die Eier ab.«

»Wissen Sie denn so genau, daß die noch dran sind?«

Mason stieg die Zornesröte ins Gesicht, doch Kerry hob die Hand. »Ihre Leute sind mittlerweile so hinter Geld her, daß ihnen jedes Mittel recht ist, und jeder Spender. Eines Morgens werden Sie aufwachen und feststellen, daß Saddam Hussein zwischen Ihnen und Jeannie liegt. Die Wähler halten uns ohnehin schon für bestechlich – und unsere Methoden der Geldbeschaffung sind ja auch nur eine etwas elegantere Form der Bestechung, wie ich sie in Newark erlebt habe. Wann geben wir uns endlich einen Ruck und ändern das?« Kerry senkte die Stimme. »Wenn wir nicht bald etwas ändern, spielt es keine Rolle mehr, wer Präsident wird. Außer für Sie vielleicht.«

Mason starrte ihn an. »Sie haben leicht reden als Senator. Schwieriger wird es, wenn man vor der Alternative steht, selbst die Verantwortung zu übernehmen oder das Regieren Frömmlern und Reaktionären zu überlassen.« Er machte eine kurze Pause. »Was wollen Sie, mein Freund? Wie irgendein Jerry Brown als Zaungast zusehen oder selbst an schwierigen Entscheidungen mitwirken?«

Mason sammelte seine Gedanken und schlug wieder einen versöhnlichen Ton an. »Ich werde mich im Jahr 2000 nominieren lassen, Kerry – noch nie hat ein amtierender Vizepräsident verloren. Die Frage ist, ob Sie mich zwingen, Sie an den Rand zu drängen, um meine Interessen zu schützen, oder ob Sie sich endlich eine klügere Frage stellen.«

»Und die wäre?«

Der Vizepräsident lächelte verhalten. »Wer nimmt Dick Masons Platz ein, wenn er Präsident wird?«

Kerry musterte sein Gegenüber schweigend, einen Mann mit sympathischem Gesicht, der ihn anflehte, ebenso praktisch zu denken wie er.

»Tut mir leid«, sagte er. »Ich weiß Ihre Offenheit zu schätzen. Aber ich halte meine Rede wie geplant.«

Mason runzelte die Stirn und schüttelte den Kopf. »Dann tut es mir ebenfalls leid, Kerry. Um uns beide. Aber vier Jahre sind eine lange Zeit.«

»Wie wahr.«

Sie standen auf und gaben sich die Hand, und dann hörte Kerry, wie eine Tür ging.

Er drehte sich um und erblickte Jeannie Mason in einem schicken blauen Kostüm und mit neuer Frisur. Sie schenkte Kerry ein aufrichtiges Lächeln.

»Hallo, Kerry.« Jeannie kam auf ihn zu und küßte ihn auf die Wange. »Wir haben uns lange nicht gesehen. Wie geht es Ihnen?«

Kerry erwiderte ihr Lächeln. »Gut. Dick meint, ich verwandle mich in Jerry Brown.«

Jeannie grinste. »Jerry Brown?« fragte sie. »Der Name sagt mir nichts.«

Kerry mußte lachten. »Genau das war der Punkt.«

»Wir haben Konvent«, sagte Jeannie fröhlich. »Das bringt das Beste in jedem zum Vorschein.« Ihr Lächeln wurde schmaler. »Ist Meg hier?«

»Nein, zu Hause.«

Dick stand neben ihnen, scheinbar amüsiert. Doch Jeannies Blick wurde ernst und, wie Kerry fand, mild. »In meinem nächsten Leben«, sagte sie, »mache ich es wie Meg.«

Kerry lächelte abermals. »Ich werde es ihr sagen.« Doch als er zum Konferenzsaal fuhr, dachte er nicht sorgenvoll an die Zukunft oder seine Rede am nächsten Tag. Er empfand nur Neid auf Dick Mason und eine quälende Einsamkeit.

FÜNF

Am nächsten Morgen sprach Kerry schon vor neun Uhr mit drei verschiedenen Delegationen und sagte ihren Kandidaten im Herbst seine Unterstützung zu. Lara beobachtete ihn. Auch wenn er sich nicht anschickte, für die Präsidentschaft zu kandidieren, so tat er in ihren Augen doch genug, um Mason nervös zu machen. Er war der gefragteste Mann im Sitzungssaal, und Treffen mit Delegierten und Parteiführern aus dem ganzen Land füllten seinen Terminkalender.

Obwohl Lara um innere Distanz bemüht war, empfand sie doch eine gewisse Enttäuschung. Sie war zu dem Schluß gelangt, daß Kerry Kilcannons Bescheidenheit nur eine List war. Er tat das, was jeder ehrgeizige Politiker auf einem Parteikonvent tat, nur eben besser.

Um so mehr wunderte sie sich über Meg Kilcannons Abwesenheit. Politik war ein brutales Geschäft und nirgendwo brutaler als auf einem Konvent, wo alles vom Auftreten abhing, Gerüchte ins Kraut schossen und die Schwäche des einen die Chance des anderen war. Kilcannon wurde auf Schritt und Tritt von Masons Helfern bespitzelt, und der Vizepräsident auf Schritt und Tritt von seiner attraktiven Frau begleitet. Je deutlicher die Reibungen zwischen ihnen zu Tage traten, um so schlechter schnitt Kerry bei dem Vergleich ab. »Wo ist seine Frau?« hörte Lara eine Delegierte aus Texas fragen. »Wir brauchen einen Kandidaten mit Familie, und nicht nur ein Arrangement.«

Um neun Uhr dreißig sah Lara, wie Kerry aus einer weiteren Sitzung kam, seiner vierten an diesem Tag, und einem Mitarbeiter etwas zuflüsterte.

Der junge Mann, sichtlich erschrocken, protestierte, doch der Senator brachte ihn mit einem frostigen Blick zum Schweigen und sagte dann freundlich: »Dann nennen Sie mich eben trotzig. Trotzdem gehe ich.«

Kerry eilte davon. Lara folgte ihm.

»Wohin gehen Sie?« fragte sie.

»Nach Watsonville«, antwortete er über die Schulter. »Wollen Sie mit?«

Lara war verdutzt. Watsonville lag rund fünfhundert Meilen nördlich von hier, im Farmland bei Salinas. Sie kannte es von ihrer Serie über Wanderarbeiter. »Was wollen Sie dort?« fragte sie.

»Sie beeindrucken, natürlich.« Er stieß die Glastür auf, blieb in der grellen Morgensonne zwischen den Palmen stehen und hielt, die Hände in den Taschen, nach einem Wagen Ausschau. »Dort oben findet eine Versammlung der Landarbeiter statt. Der Gewerkschaftsvorsitzende hat mich gestern angerufen, und ich habe beschlossen, hinzufliegen.«

»Und Ihre Termine?«

Ungeduldig ließ er die Augen über die Reihe schwarzer Limousinen wandern. »Was sind schon ein paar beleidigte Delegierte? Es ist eine ideale Gelegenheit, mich als Mann der Mitte zu profilieren.« Er sah sie an, jetzt wieder ernst. »Denken Sie, was Sie wollen, Lara – das tut die Presse sowieso. Aber kein namhafter Politiker unserer Partei hat sein Kommen zugesagt. Außerdem bin ich da drin fast erstickt.«

Ein Wagen hielt vor ihnen an, und der Fahrer sprang heraus. »Wie ist es?« fragte Kerry. »Kommen Sie mit?«

Er meinte es tatsächlich ernst. »Ich muß meinen Chef anrufen.«

Der Chauffeur hielt ihnen die hintere Tür auf. »Das können Sie vom Wagen aus machen«, erwiderte Kerry.

Eine Stunde später flogen sie in einem kleinen Privatjet nach Norden, und Kerry lockerte seine Krawatte und grinste: »Endlich frei.«

Er machte einen fröhlichen Eindruck und wirkte in seiner Unbekümmertheit noch jünger, als er war – ein aufsässiger Schüler, der die Religionsstunde schwänzte und zum Spiel der Yankees ging.

Er lehnte sich in seinem Sitz zurück und nippte an einer Flasche Preiselbeersaft. »Wissen Sie, wo ich zum Lunch erwartet werde? Auf John Waynes alter Yacht. Ein Tabakkonzern gibt dort eine Party für die Delegierten. Wenn mich nicht alles täuscht, ist Wayne doch an Lungenkrebs gestorben. Jedenfalls nicht durch eine feindliche Kugel.«

Lara lächelte. »Und trotzdem nehmen sie seine Yacht.«

»Tja, die Tabakindustriellen haben eben keinen Sinn für Ironie. Und jetzt verkaufen sie an Kinder und die Dritte Welt, weil ihnen die Kundschaft buchstäblich wegstirbt. ›Der Tod – unser lästigstes Nebenprodukt.‹« Sein Lächeln verschwand: »So können Sie sich ein paar Politiker mehr kaufen. Und wir kommen nicht billig, denn Wahlkämpfe sind teuer.«

Gemeinsam blickten sie durch die ovalen Fenster auf das goldbraune kalifornische Küstengebirge. Nach einer Weile fragte Lara: »Warum tun Sie das?«

»Weil es kaum noch Idealismus gibt«, antwortete er. »Die neunziger Jahre verbindet nichts mehr mit den Tagen eines Cesar Chavez, als der Kampf der Landarbeiter noch eine romantische Sache war. Die Landarbeiter setzen sich zur Wehr. Die Agrarbetriebe beuten sie immer noch aus, und die Konservenindustrie droht ihren Beschäftigten mit der Verlegung der Produktion nach Mexiko. Genau wie Sie in Ihren Artikeln geschrieben haben.«

»Sie haben sie gelesen?«

»Sie sind gut, und sie treffen den Nagel auf den Kopf. Heute, vier Jahre später, haben sich die Verhältnisse kaum geändert. Und kaum jemand interessiert sich dafür.«

Lara war überrascht, blieb aber skeptisch. Sie war es gewohnt, daß Politiker – speziell männliche – ihr übertriebene Komplimente wegen ihrer scharfsinnigen Artikel machten. Doch falls Kerry Kilcannon versuchte, ihr zu schmeicheln, so gab er sich außerordentlich viel Mühe.

»Sie wissen, was einige Leute schreiben werden«, sagte sie zu ihm. »Daß Sie die Absicht haben, gegen Mason anzutreten, und nur versuchen, in Kalifornien eine Art Minderheitenkoalition zu schmieden.«

Kerry seufzte hörbar. »Und andere werden sagen, ich sei rücksichtslos. Als Politiker darf man eben nicht erwarten, daß einem jemand glaubt, selbst wenn man es ehrlich meint. Was werden Sie schreiben, Lara?«

Sie sah ihn ruhig an. »Ich bin unvoreingenommen.«

Er musterte sie einen Augenblick lang. Seine Augen waren das Markanteste an ihm. Sie schienen Lara zu durchbohren, aber sie vermochte nicht zu sagen, was sie in ihnen las. »Na ja«, sagte er, »ist ja auch egal.«

»Warum haben Sie mich dann gefragt, ob ich mitkommen will?«

Kerry zögerte, dann lächelte er. »Hätte die *Times* sonst über die Sache berichtet?«

Oder über Sie, dachte Lara. Doch sie war keineswegs mehr davon überzeugt, daß seine Beweggründe so durchsichtig oder so simpel waren – seine Einladung war ihr ebenso spontan vorgekommen wie die Reise selbst. »Möglicherweise nicht«, antwortete sie.

Er nickte kurz und schaute wieder aus dem Fenster.

»Zum Thema Präsidentschaftskandidatur«, sagte er nach einer Weile. »Zuerst müssen mehr Latinos zur Wahl gehen. Bisher waren es nicht genug.«

Die Maschine glitt in die Tiefe, die Triebwerke wurden leiser. Bis zur Landung sprachen sie kein Wort mehr.

Die Versammlung fand auf einem staubigen Platz bei Watsonville statt. In der Ferne erstreckten sich Erdbeerfelder, und die weißen Hemden der Pflücker verschwammen in der flimmernden Hitze. Die Menge war nicht sehr groß, nur ein paar tausend Arbeiter und junge Leute, die der sengenden Sonne trotzten. Lara bedauerte es, daß sie ein Kleid und Strumpfhosen statt Jeans trug. Doch ihre Sympathie für die Landarbeiter und ihr Interesse an Kerry Kilcannon waren so groß, daß sie sich glücklich schätzte, der vollklimatisierten Langeweile des Konvents entronnen zu sein – den wohlgenährten Delegierten, der Berieselung mit seichter Popmusik, dem endlosen Gerangel um die besten Plätze.

Vielleicht, so dachte sie, ging es Kerry genauso. Er stand in Hemdsärmeln bei den Gewerkschaftern und schien sich hier wie zu Hause zu fühlen. Obwohl seine Anwesenheit mehr Lokalreporter angelockt hatte, hielt er sich im Hintergrund und überließ dem Gewerkschaftsführer Raul Guerrero das Feld. In seiner Rede beließ es Kerry bei einigen einfachen Worten.

»Ich bin hier«, begann er, »weil es richtig ist, hier zu sein. Landarbeiter brauchen höhere Löhne. Sie brauchen sanitäre Anlagen. Sie brauchen eine Krankenversicherung, Altersruhegeld, das simple Recht, Verträge auszuhandeln. Kurzum alles, was der Arbeit Würde verleiht. Ihre Kinder brauchen Schulen.

Sie brauchen anständige medizinische Einrichtungen und die Hoffnung auf ein besseres Leben. Damit ihre Eltern nicht umsonst arbeiten.«

Nach seiner Rede mischte sich Kerry unter die Menge, schüttelte aber nicht nur Hände, sondern hörte auch zu und diskutierte, wobei er zwischen Englisch und holprigem Spanisch wechselte. Auf Lara wirkte er wie befreit, befreit von der Tyrannei des Terminkalenders und der Routine. Doch Lara sah auch die andere Seite: Wenn er jemals gegen Mason antreten wollte, dann mußte er verstärkt die Minderheiten an die Urnen locken, jene Wähler, die Mason offenbar nicht erreichte. Und das galt nirgendwo mehr als in Kalifornien.

Es war bereits halb sechs, als er Lara wieder auflas. »Kommen Sie«, grinste er. »Ich habe noch eine Rede zu halten. Auf dem Konvent in San Diego.«

SECHS

Vier Stunden später, um halb zehn, erklomm Kerry Kilcannon das Podium.

Im Osten war es eine halbe Stunde nach Mitternacht; das Fernsehen berichtete seit Stunden nicht mehr. Lara, die mit Nate Cutler und Lee McAlpine im Pressebereich saß, sah den Delegierten an, daß sie erschöpft waren. Aber niemand wußte, was Kilcannon sagen würde, und seine überraschende Visite bei der Gewerkschaftsversammlung hatte offenbar Aufsehen erregt. Er hob sich vom Parteitagseinerlei ab und verkörperte das, wonach viele Delegierte sich sehnten – Wagemut, Überzeugungskraft, Spontanität. Wieviel davon Berechnung war, vermochte Lara allerdings nicht zu sagen.

»Ker-ry ...«, begann die Delegation aus New Jersey zu skandieren, und andere folgten ihrem Beispiel. Immer mehr Delegierte erhoben sich von ihren Plätzen. Bescheiden lächelnd hob Kerry die Hand und bat um Ruhe.

»Ker-ry, Ker-ry, Ker-ry ...«

»Bitte«, rief er. »Die Leute versuchen zu schlafen ...«

Gelächter erscholl. Lara saß weit von Kerry entfernt, doch

sein Lächeln blitzte über ihr auf der Bildwand. »Im Ernst«, fügte er hinzu, »ich möchte euch danken, daß ihr meinetwegen aufgeblieben seid.«

Noch mehr Gelächter.

Kerry hob erneut die Hand. »Ich habe zehn Minuten, und dann drehen sie hier die Lichter aus. Ich will also versuchen, mich kurz zu fassen. Ich stehe hier, um den Präsidenten und den Vizepräsidenten zu unterstützen. Sie verdienen unsere volle Unterstützung, und ich werde alles tun, um ihre Wiederwahl zu sichern.«

Kerry wartete, bis erleichterter Applaus einsetzte, dann sagte er knapp: »Ich will aber auch über die Zukunft reden.«

Sein Gesicht nahm einen entschlossenen Ausdruck an. »Ein tiefer Riß geht durch unser Land. Die Menschen mißtrauen ihren Politikern. Sie glauben, daß wir sie belügen und manipulieren. Und allzuoft haben sie recht.«

Die Menge war überrascht und lauschte gespannt.

»Die große Lüge der anderen Partei besteht darin«, fuhr Kerry süffisant fort, »daß sie behauptet, man brauche nur Sozialhilfe, Entwicklungshilfe und Kunstförderung zu kürzen, und schon habe man einen ausgeglichenen Haushalt und ein besseres Leben. Und wenn das nicht funktioniert, legt man den Einwanderern Daumenschrauben an. Unser eigener Betrug besteht in der Behauptung, man brauche nur die Reichen zu besteuern und den Verteidigungsetat zu kürzen, und schon seien staatliche Gesundheitsfürsorge und Sozialversicherung saniert. Immer mehr Menschen erkennen, daß dies alles nicht stimmt. Aber sie glauben nicht, daß wir ein Reformprogramm haben. Sie wissen nicht mehr, wofür wir stehen.«

Nate pfiff leise. Bei den Delegierten aus Connecticut – Masons Leuten – machte sich Unruhe breit. Doch Lara spürte, daß die Aufmerksamkeit wuchs, daß Kerry seine Zuhörer fesselte.

»Wenn unsere Partei dieses Land führen will«, fuhr Kerry fort, »dann muß sie sich bestimmte Wahrheiten zu eigen machen: Daß es in unserem Land immer noch Rassendiskriminierung gibt und daß wir den Mut aufbringen müssen, sie anzuprangern und auszurotten. Daß homosexuelle Männer und lesbische Frauen keinswegs einen Kreuzzug führen, um das Verhalten anderer zu ändern, und daß es nicht unmoralisch, sondern ein Gebot der Sittlichkeit ist, sie vor Gewalt und Diskriminierung zu schützen.«

Die Delegierten blickten atemlos zu Kerry hinauf. Die Reporter um Lara herum waren verstummt.

Kerry sprach in knappen Sätzen weiter. »Daß der Erwerb von Schußwaffen zu leicht ist und daß viel zu viele Menschen durch Schußwaffen sterben. Daß zu vielen Kindern eine anständige medizinische Versorgung und Schulausbildung verwehrt werden. Daß zu viele Eltern keine berufliche Perspektive haben. Daß zu viele Menschen innerhalb und außerhalb der Familie unter Gewalttätigkeit leiden. Daß ein zu großer Teil unseres Wohlstands sich auf Hungerlöhne und zerstörte Träume gründet. Daß wir alle eine große Familie sind und daß es in unserem eigenen Interesse liegt, für das Wohl jedes Amerikaners zu sorgen.«

Obwohl Kerry zu Tausenden sprach, wurde sein Ton vertraulich. »Vielleicht können wir einen Teil des verlorenen Vertrauens wieder zurückgewinnen, wenn wir solche Wahrheiten nicht nur aussprechen, sondern auch danach handeln. Doch wir werden niemals danach handeln können, wenn wir nicht einer weiteren Wahrheit ins Gesicht blicken, der Tatsache nämlich, daß unsere Methoden der Wahlkampffinanzierung hoffnungslos korrupt sind.«

Kerry spähte zu den Luxuslogen hinauf und fuhr dann mit eindringlicher Stimme fort: »Wie sollen wir Vertrauen gewinnen, wenn wir zu unseren Gunsten lediglich anführen können, daß die andere Partei noch schlimmer ist? Kein Wunder, daß die Menschen die Nase voll haben.«

Die Zuhörer waren still, überrascht über seine Offenheit und seine indirekte Forderung an den Präsidenten und Mason, mit gutem Beispiel voranzugehen. Kerry richtete sich auf und blickte in die Runde. »Bereits die Hälfte unserer Bürger geht nicht mehr wählen. Sagt das nicht alles? Können sie ihre Resignation noch deutlicher zeigen? Es gehe um die Freiheit, behaupten die Interessengruppen. Aber wie viele von uns genießen die Freiheit, zehntausend Dollar auszugeben, um Einfluß auf eine politische Partei zu nehmen? Das ist die Freiheit zu korrumpieren, und sie untergräbt langsam unsere Demokratie.«

»Hoppla«, murmelte Lee. »Jetzt spricht er Klartext.«

»Es ist ein Gebot der Moral, damit Schluß zu machen«, fuhr Kerry fort. »Und der Anfang vom Ende ist ein Verfassungszusatz, in dem steht: ›Kein Artikel in der Verfassung soll dem Kongreß verbieten, Gesetze zur Regelung der Finanzierung von Wahlkampagnen für Bundesämter zu verabschieden.‹ Wenn wir einen solchen Zusatz durchbringen, können sich Lobbyisten und Politiker nicht mehr hinter Ausreden verschanzen. Und wenn sie dagegen sind, haben wir das Recht zu erfahren, welche Reformen sie statt dessen empfehlen.«

Der Vorschlag war eine weitere Überraschung und überdies ein riskanter Vorstoß. Einen Verfassungszusatz einzubringen, mochte vielen als zu radikal und zu schwierig erscheinen.

Kerrys Ton wurde leidenschaftlich. »In der Vergangenheit unserer Partei gibt es vieles, worauf wir stolz sein können. Doch auf unsere Zukunft werden wir nur stolz sein können, wenn wir den Bürgern die Macht zurückgeben. Ich bitte Sie alle, dabei mitzuhelfen.«

Einen Augenblick lang herrschte Stille, dann setzte tosender Beifall ein. Die Delegierten klatschten, trampelten mit den Füßen, stiegen auf ihre Stühle und feierten einen Parteiführer, der – zumindest zu dieser späten Stunde, in der die meisten Amerikaner schon schliefen – ihren Konvent verändert hatte. Nach mehreren Minuten wollte der Beifall noch immer nicht enden.

»Eindrucksvoll«, meinte Lee McAlpine. »Und er hat tatsächlich etwas gesagt.«

Nate sah auf seine Uhr und stoppte den Applaus. »Mason wird ihm die Gurgel durchschneiden, wenn er kann«, sagte er. »Aber woher nimmt Kilcannon das Geld, falls er tatsächlich kandidiert?«

»Selbstverständlich kandidiert er«, erwiderte Lee. »Und das Geld wird er schon auftreiben. Mit seinem Namen.«

Es war mehr als der Name, dachte Lara. James Kilcannon war, soweit sie sich erinnerte, ein vorsichtiger Politiker gewesen. Sein Bruder hingegen war leidenschaftlich und gefährlich, ein Mann, der die Partei umkrempeln und das System in Frage stellen konnte, auch auf die Gefahr hin, selbst dabei unterzugehen. Wenn er beschloß, für das Präsidentenamt zu kandidieren, dann ließ er sich dabei gleichermaßen von seinen Gefühlen wie von nüchternen Überlegungen leiten, davon war sie mittlerweile überzeugt. Während sie ihn beobachtete, überkam sie ein neues, verwirrendes Gefühl. Sie hatte Angst um Kerry Kilcannon.

»Gut möglich, daß er kandidiert«, sagte sie zu ihren Kollegen. »Aber ich bezweifle, daß er das viel früher als eine Minute vor uns wissen wird.«

In den beiden folgenden Tagen kehrte Kerry wieder zur Parteitagsroutine zurück, führte Gespräche und gab Interviews, in denen er gebetsmühlenartig wiederholte: »Ich habe nicht vor, im Jahr 2000 zu kandidieren. In meiner Rede ging es um Sachfragen, nicht um Personen.« Und nichts anderes sagte er Lara am Donnerstagabend mit sichtlich gelangweilter Miene.

Sie saßen in einem Raum neben dem Sitzungssaal. »Wirklich?« fragte Lara. »Sie hätten den anderen beinahe die Show gestohlen.«

Er zuckte bescheiden die Schultern, als sei er es leid, über seine Person zu sprechen.

»Aber angenommen, Sie entschließen sich doch noch zur Kandidatur«, beharrte sie. »Später. Werden Sie dann nicht Ihre Glaubwürdigkeit verlieren, wenn Sie Millionen sammeln müssen? Und wird Mason nicht das große Geld der Interessengruppen einsacken?«

Kerry sah sie von der Seite an. »Wie kommen Sie darauf, daß mich das interessiert?«

»Weil es Sie interessieren muß. Sie haben in New Jersey nicht zweimal gewonnen, weil Sie völlig unbeleckt sind. Was ist mit Ihren Spenden von den Anwaltskammern und Lehrergewerkschaften?«

Kerrys Augen blitzten. »Das spricht wohl gegen mich, wie? Ihr Journalisten macht es euch leicht. Als unbeteiligte Zuschauer findet ihr alles, was wir tun, zynisch und eigennützig, und euer einziges Risiko besteht darin, irgend etwas von dem zu glauben, was wir sagen.« Er stand abrupt auf und schob die Hände in die Taschen. »Sie hatten recht, Lara. Schreiben Sie über ›richtige‹ Menschen, nicht über uns. So können Sie selber Mensch bleiben.«

Lara fühlte sich gekränkt und wurde zornig. »Wenn Sie heute abend keine Fragen beantworten wollen, brauchen Sie es nur zu sagen.«

Kerry sah sie groß an, dann ließ er die Schultern hängen. »Entschuldigen Sie, das war ungerecht.«

Ihr Zorn flaute ab, und an seine Stelle traten Beunruhigung über den Schmerz, den ihr seine Worte zugefügt hatten, und Erstaunen, daß sie sich überhaupt darüber geärgert hatte.

»Gehen wir ein paar Schritte«, schlug er vor.

Ohne eine Antwort abzuwarten, verließ Kerry den Raum. Lara zögerte, dann folgte sie ihm.

Sie traten hinaus in die milde Abendluft. Ein paar Abtreibungsgegner demonstrierten im Licht des Vollmonds und trugen Schilder mit Fotos abgetriebener Babys, die das Halbdunkel gnädig verhüllte.

»Ich glaube, ich könnte das nicht«, murmelte Kerry.

»Abtreiben?«

»Die Vorstellung, daß mein Kind ...«

Seine Stimme verlor sich. Lara wandte sich ihm zu. »Aber Sie könnten nicht alleine darüber entscheiden.«

Er antwortete nicht. Sie schlenderten an den großen Hotels vorbei. Nach einer Weile fanden sie eine Bank auf einem hölzernen Pier. Kerry blickte auf den Hafen hinaus und lauschte dem Lärm der letzten Partys, der sich mit dem Plätschern des Wassers vermischte.

»Wenn es Sie wirklich interessiert«, sagte er schließlich, »werde ich Ihnen sagen, was ich zu tun gedenke. Inoffiziell.«

Lara nickte.

»Mason ist ein Taktiker«, fuhr er fort. »Er handelt nicht aus Überzeugung, er reagiert auf Druck. Wenn ich Menschen erreiche, die er nicht erreicht, wird er die Reform der Wahlkampffinanzierung und das Problem der Inner Cities vielleicht ernster nehmen, nur um mich auszustechen. So kann ich in der Partei etwas bewegen, ohne daß ich kandidieren muß.«

»Halten Sie das für möglich?«

»Vielleicht. Wenn ich auf Konfrontationskurs gehe, muß ich die richtigen Themen ansprechen. Das ist das Problem. Sonst bin ich nur ein lästiger irischer Querulant.«

Lara meinte leise Selbstzweifel in seiner Stimme zu hören. »Aber die Wahlkampfreform halten Sie für so ein ›richtiges Thema‹.«

»Ja. Diese Leute wollen gewinnen, ohne sich mit Inhalten auseinanderzusetzen. Dadurch entsteht ein programmatisches Vakuum, und wo politische Inhalte fehlen, nehmen gewöhnlich Skandale deren Platz ein – in diesem Fall die Methoden der Geldbeschaffung.« Kerry lächelte. »Nächstes Jahr um diese Zeit verwandelt sich Dick mit ein wenig Schützenhilfe von Freunden wie mir in einen engagierten Reformer. Insbesondere wenn ihr Journalisten eure Arbeit macht.«

Seine Analyse fiel sehr viel nüchterner aus, als Lara erwartet hatte. »Aber ein Verfassungszusatzartikel ...«

»Eine Sisyphusarbeit, und morgen werden alle Rechtsprofessoren Zeter und Mordio schreien. Trotzdem könnte es klappen. Warten wir ab, was der Präsident und Dick auf den Tisch legen, und ob es der Oberste Gerichtshof für verfassungsmäßig hält.«

»Und wenn Mason überhaupt nicht reagiert?« fragte Lara.

»Er muß. Wie will er sonst seine Kandidatur begründen? Nur damit, daß er an der Reihe ist?« Kerry sah sie an. »Die Welt ist voll von ehemaligen Staatsmännern, die als unschlagbar galten. Dicks Leute werden im Amt langsam träge und selbstzufrieden. Ich weiß nicht, wie sie auf eine basisdemokratische Kampagne örtlicher Aktivisten reagieren würden, die fest an ihre Sache glauben.«

Ihre Blicke trafen sich. »Und an das, was Sie ihnen sagen würden«, sagte Lara. »Nur Sie kämen dafür in Frage, nicht wahr? Es gibt keinen anderen.«

Kerry wandte sich ab und blickte zum Kai hinüber. In der Stille hörte Lara das Wasser unter ihnen gurgeln und gegen die Holzpfosten des Piers schwappen. »Bis dahin gibt es vielleicht andere, Lara. In vier Jahren kann viel passieren.« Sein Ton war nachdenklich. »Jamie hat davon geträumt, Präsident zu werden. Ich kann darauf verzichten.«

Wieder glaubte Lara, einen Anflug von Selbstzweifel zu hören. Sie faßte sich ein Herz und stellte die andere Frage, die noch offen war.

»Was ist mir Ihrer Frau, Kerry? Wird sie ihre Rolle spielen?«

Er sah sie gelassen an. Sie fühlte, daß er ihr eine fertige Antwort geben wollte: daß seine Frau, wie bei vielen Ehen ihrer Generation, einen eigenen Beruf habe und auf eigenen Beinen stehe. Doch dann wandte er sich ab und sagte leise: »Zu meiner Amtseinführung würde sie wohl kommen.«

SIEBEN

Zwei Monate später starb Liam Dunn, wie Kerrys Vater, völlig unerwartet an einem Herzinfarkt.

Er war wie jeden Tag früh aufgestanden, erzählte Kerrys Mutter, hatte einen Morgenspaziergang gemacht und anschließend in Sacred Heart gebetet. Dann war er in die Parteizentrale gefahren und an seinem Schreibtisch gestorben.

»Gibt es eine bessere Art zu sterben?« fragte seine Mutter.

»Nein«, antwortete Kerry. Doch als er den Hörer auflegte, gab er Anweisung, keine weiteren Anrufe durchzustellen, und saß allein in seinem Büro im Senat, in das ihn Liam Dunn gebracht hatte.

Du verstehst genug von der Politik, Kerry. Ich hab's dir beigebracht. Du hast ja keine Ahnung, was in dir steckt.

Langsam schüttelte Kerry den Kopf, ein Gefühl der Leere breitete sich in ihm aus.

Wenn du kämpfen willst, mußt du lernen, wie...

Für einen Augenblick war er wieder der Junge, der seinen Vater fürchtete und Angst um seine Mutter hatte, so einsam wie Senator Kerry Kilcannon jetzt.

Ach, Liam, wann habe ich dich das letzte Mal angerufen. Vor drei Wochen?

Tränen traten ihm in die Augen.

Du hattest selber Söhne, deshalb konnte ich dir niemals sagen, wie sehr ich dich liebte. Wußtest du es? Weißt du es jetzt?

Er stützte die Stirn in die gefalteten Hände und schloß die Augen. Die Welt um ihn herum versank.

Das Summen seiner Sprechanlage ließ ihn zusammenfahren. Ärgerlich griff er zum Telefonhörer.

»Verzeihen Sie die Störung«, sagte seine Empfangsdame. »Aber Lara Costello ist hier. Es wird nur eine Sekunde dauern, sagt sie.«

Kerry schwieg.

»Kerry?«

»Ja. Schicken Sie sie herein.«

Er sammelte sich und blickte zur Tür. Als Lara eintrat, kam sie ein paar Schritte auf ihn zu, blieb dann stehen und legte die Hände auf eine Stuhllehne. Ihr Blick war ernst, und sie machte keine Anstalten, sich zu setzen.

»Was gibt's?«

Sie holte Luft. »Die Nachricht kam über den Fernschreiber. Vom Tod Ihres Freundes Liam Dunn.« Ihr Ton war weder unpersönlich noch anmaßend vertraulich. »Ich hatte hier zu tun und wollte Ihnen nur mein Beileid aussprechen.«

»Ich danke Ihnen«, brachte er mühsam hervor. »Es geht mir sehr nahe.«

Lara nickte. »Ich habe noch nie jemanden verloren. Jedenfalls nicht so.«

Kerry vermutete, daß sie ihren Vater meinte. Vielleicht dachte sie auch an Jamie.

Sie neigte den Kopf zur Seite, sah ihn forschend an und rang offensichtlich mit sich. »Dann gehe ich jetzt wohl besser wieder.«

Verspätet stand Kerry auf. »Ich wäre Ihnen dankbar.«

Sie schenkte ihm ein schwaches Lächeln. »Ich verstehe.«

Die Tür schloß sich leise hinter ihr.

Er hatte sie bitten müssen zu gehen. Aber jetzt war es sehr still im Büro, und er fühlte sich einsamer als zuvor.

Er rief sich in Erinnerung, daß es viel zu tun gab. Er mußte Liams Witwe anrufen, auch den ältesten Sohn, sie fragen, ob sie Hilfe brauchten. Und dann mußte er natürlich Meg Bescheid geben, daß er nach Hause kommen würde.

Als dies alles erledigt war, setzte er sich an den Schreibtisch und brachte, nach vielen vergeblichen Anläufen und Streichungen, eine kurze Erklärung zu Papier – Worte, die von einem Senator zum Tode eines Parteiführers erwartet wurden.

Lara besuchte den Trauergottesdienst für Liam Dunn zusammen mit dem örtlichen Reporter der *New York Times*. Liam Dunn war ein namhafter Lokalpolitiker und Kerry Kilcannons Mentor gewesen; die *Times* witterte in seinem Ableben eine Story, denn möglicherweise markierte es den Beginn einer neuen Ära.

Sacred Heart war überfüllt wie seit Jahren nicht mehr. Bürgermeister und Gouverneur saßen mit mehreren Kongreßmitgliedern in der ersten Reihe. Senator Kilcannon saß bei den Hinterbliebenen, zusammen mit einer hageren älteren Frau, in der Lara Kilcannons Mutter erkannte, und einer hübschen jüngeren Frau mit kastanienbraunem Haar – vermutlich seine Frau Meg.

Der Nachruf des Priesters war ebenso bewegend wie die Reden, die Kerry und Liams ältester Sohn hielten. Während der ergrauende Ire über den Ehemann und Vater Liam sprach, erinnerte Kerry an den Politiker.

»In Vailsburg«, sagte er lächelnd, »verließen wir uns alle darauf, daß Liam Dunn sein Bestes für uns tat. In meinem Fall hat er sich selbst übertroffen.«

Ein gedämpftes Lachen ertönte, in Anerkennung dieser typisch irischen Herabwürdigung seiner selbst. Kerrys Gesicht wurde ernst. »Doch er hat mir – und uns – weit mehr als ein Erbe der Nächstenliebe hinterlassen: den Glauben, daß die Politik trotz allem ein ›ehrenhaftes Abenteuer‹ sein kann. ›Politisches Kapital‹, sagte er einmal zu mir, ›ist dazu da, daß man die Wahrheit sagt, auch wenn sie unbequem ist.‹« Wieder war ein Lachen zu hören, diesmal leiser. »Liam wußte«, fuhr Kerry fort, »daß Mut und Pragmatismus in der Politik keineswegs unvereinbar sind und daß das eine nicht ohne das andere auskommt. Als praktisch denkender und mutiger Mann wußte Liam, daß Schwarz und Weiß keine Feinde sein müssen, und er sprach es laut aus.«

Trauergäste beider Hautfarben nickten. »Es ist ein Glücksfall, wenn schlichter menschlicher Anstand zum Ratgeber eines mutigen und praktisch denkenden Politikers wird. Und so war es bei Liam Dunn. ›Tu das Rechte, Kerry, dann kann sich alles noch zum Guten wenden. Aber nur das erste liegt in deiner Macht. Im Frieden mit sich abends ins Bett zu gehen, das will jeden Tag aufs neue verdient sein.‹«

Lara sah Tränen in den Augen der Umsitzenden. Und zu ihrer Überraschung trauerte sie selbst um einen Mann, den sie gar nicht gekannt hatte.

Kerry ließ die Augen durch die Kirche schweifen, und ihre Blicke begegneten sich.

Er sah unsäglich traurig aus. In diesem Augenblick glaubte Lara, ihn besser zu verstehen: Was er zu sein versuchte und was er erstrebte, hatte längst nicht nur mit seinem Bruder zu tun. Und in dieser Überzeugung fühlte sie mit ihm; in seinem Innern gab es noch vieles, das er anderen nicht sagen konnte.

»Jeden Tag aufs neue«, schloß Kerry leise, »war Liam der Beste.«

Die Trauergäste kamen hinterher in dem zweistöckigen Holzhaus zusammen, aus dem Liam niemals ausgezogen war. Die Presse war willkommen, wie Liams Sohn Denis Lara versicherte. Sein Vater habe die Journalisten respektiert. »Und einige«, fügte er ironisch hinzu, »hat er sogar gemocht.« Und so plauderte Lara, ein Glas irischen Whisky in der Hand, am späten Abend mit Nachbarn und alten Lokalpolitikern, lauschte einer irischen Band und erfuhr, wie es in Newark und Vailsburg ausgesehen hatte, als die beiden Senatoren Kilcannon noch Kinder gewesen waren. »Dieser Jamie«, erzählte ihr eine alte Dame, »konnte rennen wie ein Wiesel, und mit seinem Charme wickelte er jeden um den Finger. Und wie er lächelte, wie ein Filmstar.«

Das Haus war voller Menschen – jungen und alten, Kindern und Enkeln –, und Lara fand keine Gelegenheit, mit Kerry zu sprechen. Er mußte seine Rolle als Politiker spielen, Hände schütteln, Klagen oder Ratschläge über sich ergehen lassen. Doch obwohl er auf Lara einen abgespannten Eindruck machte, wirkte er gefaßt, sprach mit sanfter Stimme und lächelte, wenn es verlangt wurde. Die anderen ließen ihm keine Zeit für seine Frau.

Meg war Lara ein Rätsel.

Sie war nicht mehr die ruhige Frau, die Lara beim Begräbnis erlebt hatte. Hier war sie lebhaft, suchte das Gespräch und huschte lächelnd von einem Bekannten zum anderen, ohne lange bei jemand zu verweilen. Am Buffet sprach Lara sie an.

»Verzeihen Sie«, sagte sie. »Sie müssen Meg Kilcannon sein, die Frau des Senators. Ich bin Lara Costello aus Washington. Ich berichte für die *Times* über den Kongreß.«

Die Wärme wich aus Megs Augen. »Klingt interessant«, sagte sie. »Was führt Sie hierher?«

»Liam Dunn. Der Senator stand ihm offensichtlich sehr nahe.«

Meg nickte. »Er hat Kerry sehr viel bedeutet.«

Eine zutreffende Bemerkung, dachte Lara. Nur Megs distanzierter Ton störte sie. Es war, als rede sie über ein Gerücht, das sie gehört hatte, und nicht über etwas, das sie wußte und fühlte. Dann war sie fort, lächelnd auf der Suche nach neuer Gesellschaft.

Zeit zum Aufbruch, dachte Lara.

Sie sah sich im Wohnzimmer nach Kerry um. Er sprach gerade mit dem schwarzen Paar, das Lara von dem Foto in seinem Büro kannte. Er wirkte jetzt müde. Er sagte etwas mit gesenktem Kopf, und die Frau küßte ihn auf die Wange. Dann faßte ihn der Mann wie zum Abschied an die Schulter, und Kerry trat allein durch die Haustür.

Verblüfft verabschiedete sich Lara von Denis Dunn und trat in die Dunkelheit hinaus.

Auf dem Rasen stand eine schmale Gestalt in Hemdsärmeln und blickte zum Mond hinauf.

Sie zögerte, dann ging sie auf ihn zu. Ein paar Schritte hinter ihm blieb sie stehen.

Kerry drehte sich nicht um. »Liam ist einen weiten Weg gegangen«, murmelte er. »Und doch ...«

Lara trat näher und sah die Tränen in seinem Gesicht.

»Ich weiß nicht, was ohne ihn aus mir geworden wäre. Als ich neun war ...« Er kam ins Stocken, und dann fuhr er leiser fort. »Im Angesicht des Todes bin ich kein Philosoph. Das ist sicher eine Schwäche.«

Laras Finger streiften seinen Ärmel. »Das ist keine Schwäche«, sagte sie und ging.

ACHT

Lara spürte, daß sich ihre Beziehung zu Kerry Kilcannon nach Liams Tod veränderte.

Sie sprachen nie über Liam oder den Abend nach seiner Beerdigung. Doch Lara hatte das Gefühl, daß Kerry nicht mehr nur eine Journalistin in ihr sah. Ihre Beziehung hatte das problematische Stadium einer Freundschaft zwischen Politiker und Journalist erreicht, bei der jeder den anderen für seine Zwecke benutzt, ehrliche Sympathie jedoch den Eigennutz zügelt. Ohne darüber zu sprechen, hatten sie bestimmte Regeln aufgestellt: Private Gespräche waren stets inoffiziell, Täuschung war tabu, keiner enthielt dem anderen nützliche Informationen vor. Lara stand es frei, jederzeit in seinem Büro vorbeizuschauen. Hin und wieder unternahmen sie einen Spaziergang ums Capitol. »Du bist inzwischen die Kilcannon-Expertin«, sagte Nate zu ihr. »Mit viel Glück wirst du eines Tages aus dem Weißen Haus berichten.«

Selbst Kerry zog sie damit auf. »Falls ich auf eine Kandidatur verzichte«, sagte er, »halten Sie sich eben Dick Mason warm.«

»Geben Sie mir nur rechtzeitig Bescheid«, antwortete sie. Doch sie war von ihm als Mensch fasziniert, von dieser komplizierten Mischung aus Härte und Sensibilität, Fatalismus und Zielstrebigkeit.

»Spricht er nie über seine Frau?« fragte Nate einmal bei einem Drink im Monocle.

»Nein«, antwortete Lara. »Eigentlich nicht.«

Nate lächelte verhalten. »Acht Jahre sind eine lange Zeit, wenn man allein in Washington lebt. Glaubst du, daß er jemanden hat?«

»Ich wüßte nicht«, erwiderte Lara schroff. »Außerdem glaubt Kerry Kilcannon wirklich, daß es so etwas wie Sünde gibt. Darin unterscheidet er sich wohltuend von den anderen hier.«

Das stimmte, davon war Lara fest überzeugt. Kerry wollte gut sein, ein guter Mensch und ein guter Politiker, und er bezweifelte, daß er es war. Gegen das eigene moralische Empfinden zu handeln, wäre für ihn einer Selbstkränkung gleichgekommen. Wie blind seine Frau dafür auch sein mochte, sie war die Nutznießerin, und Lara auch. Obwohl sie ihn gerade deshalb mochte, stimmte es sie auch ein wenig traurig.

»Wollen Sie irgendwann Kinder?« hatte Kerry sie tags zuvor gefragt.

Sie saßen auf dem Rasen vor dem Capitol Hill und genossen den ersten Frühlingstag. Lara hatte ihm erzählt, daß sie Tante geworden sei.

»Ich?« Lara blickte zu den Kirschblüten und versuchte, eine ehrliche Antwort zu geben. »Ich glaube schon. Aber ich habe auch Angst davor.«

Kerry legte den Kopf schief. »Wieso?«

»Wenn ich zulasse, daß der Wunsch zu groß wird, heirate ich vielleicht voreilig. Ich bin erst achtundzwanzig. Ich brauche meine Unabhängigkeit, einen eigenen Grund, morgens aufzustehen.« Ihre Stimme wurde nachdenklich. »Ich denke dabei wohl an meine Mutter. Wir Kinder waren der einzige Grund für sie, morgens aufzustehen.«

»Schließt denn das eine das andere aus?«

Seine Frage war ernst gemeint, und Lara vermutete, daß das Thema ihn selber beschäftigte. »Das hängt wohl auch davon ab, mit wem man zusammen ist. Ich bin mir noch nicht darüber im klaren.«

Kerry verstummte. Lara wurde sich bewußt, daß er sie nie zuvor so intime Dinge gefragt und daß sie nie darüber gesprochen hatte. »Na ja«, sagte er schließlich, »gottlob haben Sie Alternativen. Als meine Mutter in Ihrem Alter war, sah sie für sich keine Alternative mehr. Und im Grunde hatte sie recht.«

Lara erinnerte sich genau, wie sie als Fünfjährige nach Hause gekommen war und festgestellt hatte, daß ihr Vater fort war – daß er seine Familie nicht einmal genug geliebt hatte, um sie vorzuwarnen. Diese Erinnerung hielt sie jetzt davon ab, nach Michael Kilcannon zu fragen, doch eine bestimmte Frage konnte sie sich nicht verkneifen.

»Und was ist mit Ihnen, Kerry? Wollen Sie Kinder?«

Kerry riß einen Grashalm aus. »Ja«, antwortete er. »Nur ist es nie dazu gekommen. Und jetzt als Politiker ...«

Es schien ihn zu bedrücken. Wenn Sie Kinder wollen, hätte Lara beinahe gefragt, warum haben Sie dann keine?

Als habe er ihre Gedanken erraten, hob er den Blick. »Wenigstens bin ich der Patenonkel von Claytons und Carlies Kindern. Und dann ist da noch ein Junge, den ich so oft wie möglich besuche. Er ist fünf Jahre alt.«

»Den Sie besuchen?«

»Wir unternehmen zusammen was. Sonntags, wenn ich hier bin.«

Lara war überrascht. »Ist das eine Art Geheimnis?« fragte sie. »Ich habe nie davon gelesen.«

Kerry zuckte die Schultern, als sei ihm die Sache unangenehm. »Wozu auch?«

Plötzlich brannte Lara vor Neugier – anscheinend hatte sie eine weitere unbekannte Seite an ihm entdeckt. Spontan fragte sie. »Haben Sie schon mal jemand zu ihm mitgenommen?«

Er sah ihr in die Augen. »Ich will nicht, daß darüber geschrieben wird. Außerdem glaube ich, daß Kevin mich für sich allein haben will.« Er milderte seinen Ton. »Es ist schon traurig. Ein Erwachsener kann so viel bewirken, wenn er nur Interesse zeigt, aber viele Kinder bekommen nicht einmal das bißchen Zuwendung.«

»Wie haben Sie Kevin kennengelernt?«

»Auf einem Rundgang in einer Kindertagesstätte. Jedesmal wenn ich mich umdrehte, stand er hinter mir.« Kerry schüttelte den Kopf. »Manchmal sieht man einem Kind in die Augen und weiß, daß es Probleme hat. Kevin brauchte kein Wort zu sagen.«

»Und was tun Sie, wenn Sie nicht hier sind?«

»Dann rufe ich ihn an. Wenn man so etwas anfängt, muß man es richtig machen.«

»Es ist schön, daß Sie sich für ihn verantwortlich fühlen.«

»Man kann so großen Schaden anrichten.« Er kniff die Augen zusammen. »Vor zehn Jahren, als ich noch Staatsanwalt war, hängte sich ein Junge an mich. Ich hatte ihn dazu ermuntert. Ich habe gelernt, daß man keine zu großen Erwartungen wecken darf, und heute weiß ich, welche ich erfüllen kann.«

»Klingt so, als könnten Sie gut mit Kindern umgehen, Kerry. Überhaupt habe ich das Gefühl, daß Sie ein guter Vater wären.«

Er schwieg. Offensichtlich rang er mit sich, was er antworten sollte. »Irgendwann«, sagte er schließlich, »wurde sich Meg darüber klar, daß sie keine Familie wollte. Und wahrscheinlich hat die Politik alles noch schlimmer gemacht. Meine Karriere war für Meg eine mittlere Katstrophe. Sie wollte nichts damit zu tun haben.«

Lara sah ihn an, einen jugendlichen Neununddreißigjährigen, und versuchte sich vorzustellen, wie er vor neun Jahren, als sein Bruder starb, ausgesehen hatte. »Und welchen Preis müssen Sie dafür bezahlen?«

»Daß ich eine Frau habe, die ihr Leben nicht aufgeben will, um Staffage im Leben eines anderen zu werden. Wer kann ihr das verdenken?« Er senkte die Stimme: »Ich werde mich immer schuldig fühlen, weil ich zu einem Zeitpunkt hierherkam, als unsere Ehe meine ganze Aufmerksamkeit erfordert hätte, und daß ich so fühle, werde ich Meg immer übelnehmen.«

Und wie wird es nächstes Jahr sein? fragte sich Lara. Oder in zwei Jahren? Die Regierung sah sich zu Beginn ihrer zweiten Amtszeit massiven Vorwürfen wegen illegaler Spendenbeschaffung ausgesetzt, was erneut Spekulationen um eine Kandidatur Kerrys angeheizt hatte. »Was ist, wenn Sie doch gegen Mason antreten?« fragte sie.

Seine Miene verfinsterte sich. »Das würde uns noch größere Opfer abverlangen, Meg und mir. Und daran sind auch Sie und Ihre Kollegen schuld. Wenn ich kandidiere, fallt ihr über Meg her und zerrt alles über unsere Ehe ans Licht.«

»Darüber ist niemand glücklich«, erwiderte Lara. »Wir auch nicht. Aber seit Nixon und Gary Hart gelten neue Spielregeln. Wir können nicht wissen, was für Entscheidungen einem Präsidenten abverlangt werden, aber wir können uns fragen, was das für ein Mensch ist, der sie treffen wird.«

Kerry schüttelte den Kopf und lächelte. »Sie haben leicht reden. Sie werden nie auf der anderen Seite stehen.«

»Weil ich mich niemals dafür entscheiden würde. Aber jeder, der Präsident werden will, tut es.« Sie senkte die Stimme. »Könnte Sie das wirklich von einer Kandidatur abhalten?«

Kerry wandte sich ab und betrachtete die Bäume, deren Schatten in der Nachmittagssonne länger wurden. »Als ich angeschossen wurde und als dann Jamie starb, habe ich mich gefragt, warum er und nicht ich? Seitdem erscheint mir jeder Tag wie ein Geschenk. Heute frage ich mich: Womit hast du das verdient? Was tust du dafür?«

Oh, Kerry, dachte Lara unwillkürlich, das darf nicht alles in Ihrem Leben sein. Sie berührte kurz seinen Arm. »Sie haben Ihre Schulden bezahlt, Kerry. Sie verdienen ein eigenes Leben.«

Als er nicht gleich antwortete und sie auch nicht ansah, dachte sie schon, sie sei zu weit gegangen. Schließlich sagte er: »Ich bin als Jamies Bruder hierhergekommen, und irgendwie habe ich mich in mich selbst verwandelt. Nur manchmal fehlt mir etwas.«

Lara überkam ein seltsames Gefühl, und der Atem stockte ihr. Dann blickte Kerry auf seine Uhr und brach den Bann des Augenblicks. »Zeit zum Aufbruch«, sagte er zu ihr.

NEUN

Ein paar Tage später schaute Lara in Kerrys Büro vorbei. »Ich wollte Sie einladen«, sagte sie.

Kerry legte den Kopf schief. »Ins Kino mit anschließendem Abendessen?«

Lara lächelte. »Zum Dinner der Kongreßkorrespondenten. Es ist erst in sechs Wochen, aber ich weiß doch, was für ein gefragter Mann Sie sind. Außerdem bleibt Ihnen so genug Zeit, um einen Smoking zu leihen.«

»Ich besitze einen Smoking! Aber haben Sie denn keinen Freund?«

»Sie meinen, ich soll einen Mann mitnehmen, mit dem ich ausgehe?« erwiderte sie mit gespielter Entrüstung. »Die Leute würden denken, daß ich niemanden kenne. Sie dagegen rangieren an der Spitze der Nahrungskette.«

Kerry lachte. »Es ist eine kranke Gesellschaft, hier in Washington, und Sie haben die Regeln bereits gelernt. Fliehen Sie, Lara, solange noch Zeit ist.«

Lara kamen Zweifel. »Falls Meg kommt ...«

Er schüttelte den Kopf. »Oh, nein, keine Sorge. Ich nehme die Einladung gerne an.«

Beim Gehen blieb Lara auf der Treppe vor dem Russell Building stehen und genoß die warme Frühlingsluft. Es würde ihr Spaß machen, einen Abend mit ihm zu verbringen. Viel mehr Spaß als irgendein Rendezvous.

Fünf Tage vor dem Dinner rief Kerry sie zu Hause an.

Schon bei seinen ersten Worten wußte Lara, daß etwas passiert war. »Tut mir leid«, sagte er, »aber es gibt ein Problem. Ich bin in Newark, und ich weiß nicht, ob ich bis zum Dinner zurück sein kann. Wenn Sie jemand anders einladen wollen ...«

Lara war zutiefst enttäuscht. »Ist es wegen Meg?«

»Oh, nein, Meg geht es gut.« Seine Stimme klang müde. »Es geht um Claytons fünfjährigen Sohn Ethan. Er ist im Garten auf einen Baum geklettert und heruntergefallen. Beim Sturz hat er sich das Genick gebrochen.«

»Mein Gott«, sagte Lara. »Lebt er denn?«

Sie hörte ihn Luft holen. »Ja, aber er ist gelähmt.«

Lara zuckte innerlich zusammen. Kann ich etwas tun? wollte sie fragen, doch dann fiel ihr ein, daß sie die Slades gar nicht kannte und in diesem privaten Bereich von Kerrys Leben keinen Platz hatte. »Oh, Kerry«, sagte sie, »wie leid mir das tut.«

»Sie können sich nicht ...« Die Stimme versagte ihm, und dann fuhr er fort. »Sie sind hier im Krankenhaus und warten. Ihr Sohn liegt unter einem Sauerstoffzelt. Er rührt sich nicht und gibt keinen Laut von sich. Ich muß jetzt bei ihnen bleiben.«

»Machen Sie sich keine Sorge wegen des Dinners«, sagte Lara und fügte ruhig hinzu: »Falls es doch noch geht, rufen Sie mich an. Natürlich nur, wenn Sie wollen.«

»Ja.« Seine Stimme war kaum vernehmlich. »Ich muß jetzt Schluß machen.«

Lara legte auf und schloß die Augen. Es war seltsam, wie deutlich sie Kerry in diesem Augenblick vor sich sah – wie er sich zusammenriß und dann den tristen Krankenhausflur entlangging, zurück zu seinen verzweifelten Freunden.

Als er wieder anrief, war Ethan Slade tot.

Es war der Morgen vor dem Dinner. Seine Stimme war tonlos, als er es ihr mitteilte.

Lara saß an ihrem Schreibtisch und sprach so leise, daß Nate und die anderen nicht mithören konnten. »Wie geht es Ihren Freunden?« fragte sie.

»Den Umständen entsprechend.« Er machte eine Pause. »Ich weiß nicht, wie man mit so was fertigwerden kann.«

Er klang verzweifelt, und Lara spürte, daß ihn dieser Schlag trotz seiner Erfahrungen mit dem Tod völlig unvorbereitet getroffen hatte. »Es tut mir leid«, sagte sie. »Auch für Sie.«

Er schwieg einen Augenblick. »Nach der Beerdigung wurde mir klar, daß ich jetzt gehen mußte. Ich merkte, daß sie manche Dinge nicht einmal mich sehen lassen wollten.«

Wieder spürte Lara, wieviel ihm diese Familie bedeutete und wie einsam er sich fühlte. »Wo sind Sie?« fragte sie.

»Hier in Washington.« Und nach kurzem Nachdenken sagte er: »Falls Sie noch keinen Ersatz für mich haben, würde ich heute abend gerne mitkommen.«

Lara war überrascht. »Sie sind sicher? Wollen Sie sich das wirklich zumuten, nach dem, was passiert ist?«

Einen Augenblick lang war es still. »Ja. Ich glaube, es wird mir guttun.«

Lara war erleichtert. »Dann sehen wir zu, daß es nicht zu spät wird«, versprach sie.

Das Dinner fand im Bankettsaal des Grand Hyatt statt – mehrere hundert Männer im Smoking und Frauen in Abendkleidern, die sich neugierig umsahen, wer außer ihnen da war und mit wem. Die *Times* hatte mehrere Tische reserviert für ihre Korrespondenten und deren Gäste, darunter der Verteidigungsminister, der Botschafter bei den Vereinten Nationen, der Gouverneur von New York, ein berühmter britischer Schauspieler, der sich in der Politik engagierte, und Senator Kerry Kilcannon, der neben Lara saß.

Ihrem mittlerweile geübten Auge entging nicht, daß Kerry müde und abgespannt aussah, doch seine Gesellschaft war angenehm. Er beteiligte sich am Gespräch und lachte scheinbar amüsiert über den Vortrag eines Komikers nach dem Essen. Gleichwohl war sein Blick abwesend, und Lara spürte, daß er heute abend kein großes Interesse am gesellschaftlichen Leben der Hauptstadt hatte. Von leichten Schuldgefühlen geplagt, beugte sie sich zu ihm hinüber und raunte ihm zu: »Lassen Sie die anschließende Party ruhig sausen, wenn Ihnen nicht danach ist.«

Er sah sie an, und sie fühlte sich ihm sehr nahe – ein intimer Augenblick bei einer sehr öffentlichen Veranstaltung.

»Soll ich Sie mitnehmen?« fragte er.

Lara nickte. »Das wäre nett.«

Nach dem Dinner verließen sie den Saal und traten in die kühle Nacht hinaus. Sie war stolz auf seine Gesellschaft gewesen, und dies bestärkte sie in dem Gefühl, egoistisch gehandelt zu haben. »Ich bin noch gar nicht dazu gekommen, nach den Slades zu fragen«, sagte sie.

Kerry reichte dem Parkplatzwächter den Parkschein. Sich zu ihr umdrehend, schüttelte er langsam den Kopf. »Es war schlimm.«

Während der Fahrt schwiegen sie.

Lara wohnte in einem umgebauten Backsteinhaus gleich neben der Connecticut Avenue. Zu ihrer Überraschung fand Kerry direkt davor einen Parkplatz. Er sah sie an und sagte: »Danke, daß Sie mich gefragt haben, Lara, und daß Sie mit mir ausgegangen sind.«

Sie zögerte. »Darf ich Sie zu einer Tasse Kaffee einladen?«

Kerry überlegte. »Haben Sie Cognac?«

Laras Apartment lag im zweiten Stock – Wohnzimmer, kleine Küche, ein Schlafzimmer, das den Mondschein einfing. Sie besaß nur wenig Möbel, da sie ihrer Familie immer noch Geld schickte, aber alles war geschmackvoll und von guter Qualität.

Er sah sich mit unverhohlener Neugier um, als betrachte er eine weitere Facette ihres Lebens. »Und?« fragte sie.

»Ich finde die Wohnung viel hübscher als meine erste in Newark. Oder mein Apartment hier.« Er lächelte. »Ich bin jetzt neununddreißig und hause immer noch wie ein Collegestudent.«

Sie ging in die Küche und goß den Cognac in ihre einzigen Weingläser. Als sie zurückkam, saß er auf der Couch. Sie zögerte einen Augenblick. Daß Kerry Kilcannon in ihrem Wohnzimmer saß, verunsicherte sie. Sie reichte ihm das Glas, setzte sich in den Sessel gegenüber und stellte ihren Cognac auf den Tisch zwischen ihnen. Sie wartete, bis er einen Schluck getrunken hatte, dann sagte sie: »Erzählen Sie mir von den Slades. Was geschah nach Ihrem Anruf?«

Kerry blickte in das Glas in seinen Händen. »Ethan starb eine Stunde später.« Er schüttelte den Kopf. »Wenn ich daran denke, wie ... Am nächsten Morgen fuhren wir Ethan ins Bestattungsinstitut. Clayton und Carlie kamen mir vor wie Roboter – sie sagten dem Bestattungsunternehmer ganz genau, was sie wollten. Niemand weinte, bis wir zum Auto zurückkamen, dann brach Carlie völlig zusammen.« Kerry schloß die Augen. »Sie konnte es nicht ertragen, Ethan allein zu lassen. Clayton setzte sich zu ihr auf den Rücksitz und nahm sie in die Arme, und ich fuhr sie nach Hause. Als wir dort ankamen, blieb Clayton vor dem Haus stehen – dem schönen Haus im Tudorstil, für das sie so hart gearbeitet hatten. Ich sah ihm an, was er dachte: Hätten wir doch nur irgendein anderes Haus gekauft.«

Kerry nahm einen kräftigen Schluck Cognac. »Ich legte ihm den Arm um die Schulter, und er lehnte den Kopf an mich. Keiner sprach ein Wort.«

»Und die Beerdigung?« fragte sie. »Manchmal spendet sie etwas Trost.«

»Diesmal nicht.« Kerry sah sie an. »Carlie weinte ununterbrochen, Clayton überhaupt nicht. Als wir zurückkamen, holte er eine Kettensäge, ging in den Garten und machte aus dem Baum Kleinholz. Carlie sah zu, bis sie es nicht mehr aushielt.« Kerry zuckte bei dem Gedanken daran zusammen. »Diesmal nahm ich sie in den Arm.«

Außer beim Tod Liam Dunns hatte Kerry ihr noch nie so offen seine Gefühle gezeigt. Doch damals waren sie sich zufällig begegnet, heute nicht. Heute war er zu ihr gekommen. »Werden sie jemals darüber hinwegkommen, Kerry?«

»Ich glaube schon. Sie haben zwei Töchter und sind seit zwanzig Jahren verheiratet. Sie lieben sich und haben viel miteinander durchgemacht.« Seine Stimme wurde matt. »Diese Beerdigung, Lara! Vielleicht muß der Tod eines fünfjährigen Jungen unfaßbar bleiben. Aber in meinen Augen war die Beerdigung oberflächlich und banal, wie so viele Rituale. Ich mußte ständig daran denken, wie mir bei dem Gedenkessen zumute war, das unser

Parteivorsitzender Jamie zu Ehren gab – all diese hohlen, dummen Phrasen. Die schiere Herzlosigkeit der Veranstaltung hätte Jamie zum Lachen gebracht.«

Sie betrachtete ihn, diesen schlanken Mann, der nicht mehr nur Senator, sondern irgendwie auch Teil ihres Lebens war. »Wie war das für Sie«, fragte sie sanft, »als Sie Ihren Bruder verloren?«

Er sah sie unverwandt an. Eine Sekunde lang erwartete sie eine ausweichende Antwort. »Erhebend, selbstverständlich«, antwortete er. »Man hat mich gebeten, Jamies Platz einzunehmen, und ich habe mich aus Bruderliebe und Pflichtgefühl geopfert. So jedenfalls klingt die Geschichte aus dem Mund meiner PR-Leute.«

»Nur«, wagte Lara zu sagen, »daß Sie ihn eigentlich gar nicht mochten.«

Er schwenkte den Cognac in seinem Glas und betrachtete ihn. »Eine ziemlich komplizierte Geschichte«, sagte er endlich. »Damals wie heute. Plötzlich war Jamie tot, und ich stand da mit meiner inneren Zerrissenheit. Möglicherweise war ich sogar neidisch. Obwohl mir Jamies Gefühlskälte ebensowenig imponierte wie die Brutalität meines Vaters.« Dieses einfache Geständnis verblüffte sie; heute abend hatte Kerry seine Zurückhaltung aufgegeben. »Alles, was ich Ihnen über Politik gesagt habe, Lara – Ichverlust, Ehrgeiz, Tunnelblick, daß man Menschen opfert, die man liebt –, dies alles traf auf Jamie zu, und was noch schlimmer war, er wußte es.«

Lara konnte ihre Neugier nicht mehr zügeln. »Warum haben Sie dann seinen Platz eingenommen?«

Kerry lächelte freudlos. »Weil ich noch lebte und deshalb Schuldgefühle hatte, so lautet doch die Theorie, nicht? Jamie wäre Präsident geworden, und wenn man die Krone erbt, muß man etwas daraus machen. Manchmal beschleicht mich der Verdacht, sogar Clayton glaubt das.« Seine Stimme wurde wieder ruhiger. »Aber es ist komplizierter. Denn als ich das Amt übernahm, merkte ich, daß mich die Arbeit mit Stolz erfüllte, und das war allein meine Sache. Wollte ich das, was er gehabt hatte? War Jamie besser, als ich dachte, oder bin ich ihm ähnlicher, als mir bewußt ist?« Kerry schüttelte den Kopf. »Ich weiß darauf keine Antwort. Und es gibt noch eine andere Antwort, die ich nie erfahren will.« Wieder sah er sie an. »Angenommen, ich könnte Jamie zurückholen, indem ich das aufgebe, was mir durch seinen Tod zugefallen ist. Würde ich es tun?«

Lara verschlug es die Sprache. Ihr Schweigen schien ihn zu beschämen. »Sehen Sie mich an«, rief er mit einer Spur von Selbstverachtung. »Claytons Sohn ist gestorben, und ich rede ständig von Jamie. Genauer gesagt, von mir selbst.« Er senkte die Stimme. »Nur daß ich mir anscheinend abgewöhnt habe, Ihnen etwas vorzumachen. Und es auch nicht mehr will.«

Plötzlich trat alles scharf in ihr Bewußtsein – der Abstand zwischen ihnen, das gedämpfte Licht, die leichte Kühle auf ihren nackten Schultern. »Mit wem reden Sie sonst?« fragte sie.

Er sah weg. Nach einer Weile sagte er: »Es fällt mir schwer, über solche Dinge zu reden. Egal mit wem.«

Lara sah ihn wieder an, hin und her gerissen zwischen Vorsicht und dem Verlangen, die Hand nach ihm auszustrecken. Ruhig sagte sie: »Ich bin hier, Kerry. Jetzt bin ich hier.«

Ihre Blicke begegneten sich, und dann wandte sich Kerry ab. Er stand abrupt auf und lächelte gequält. »Besser, ich gehe jetzt. Bevor ich Ihre Geduld strapaziere.«

Lara schwieg verwirrt. »Sie müssen nicht«, sagte sie schließlich. »Noch nicht. Es sei denn …«

Er sah auf sie hinunter. Seine Lippen öffneten sich, als sei er mitten in einem Gedanken erschrocken.

Langsam stand sie auf.

Sie sah ihn groß an. Er spürte, wie das Blut in seinem Hals pochte.

»Ich bin mir nicht sicher«, brachte er hervor, »ob Sie wissen, was ich empfinde.«

Er sah ihre Überraschung, ihre Angst so deutlich, wie er seine fühlte. »Ich glaube schon«, antwortete sie.

Sie waren nur Zentimeter voneinander entfernt und berührten sich nicht. Er starrte in ihr erstauntes Gesicht, das so schön war, daß es ihn jetzt, aus dieser Nähe, fast schmerzte, sie anzusehen.

»Sind Sie sicher?« fragte er. Dann streiften seine Finger ihren Nacken, und sie schloß die Augen.

Ihr Mund war weich und warm.

Er drückte sich an sie, ihre kühle Haut gegen seinen warmen Körper, fühlte seine Lippen an ihrem Hals, hauchte ihren Namen. Der Atem stockte ihr.

Nach einer Weile war es nicht mehr genug.

Warum hast du es nicht kommen sehen? fragte er sich. Aber jetzt war nichts mehr wichtig, Meg nicht und seine Karriere nicht. Nur noch Lara.

Als er die Träger ihres Kleides abstreifte, durchlief sie ein Zittern. »Warte«, flüsterte sie, »man kann uns sehen.«

Sie entwand sich ihm und schlüpfte ins Schlafzimmer. Dann drehte sie sich um, das Kleid war bis zur Taille herabgerutscht.

Sie war schön. »Ich hätte nie gedacht…«, murmelte er.

Sie brachte ein Lächeln zustande, obwohl ihre Stimme zitterte. »Wenn du nicht zu mir kommst, Kerry, tun wir es nie.«

Er tastete nach dem Schalter und knipste das Licht aus.

Im Halbdunkel des Schlafzimmers kniete er nieder und küßte ihre Brüste, ihren Bauch. Seine Nerven zuckten vor Verlangen nach ihr.

Sie glitten ins Bett. Die Laken fühlten sich frisch und kühl an. Und dann drückte sie sich an ihn und flüsterte »Kerry«, und er fühlte sich nicht mehr einsam.

Sanft streichelte Kerry ihr Haar und sah ihr ins Gesicht.

Weißt du, was ich fühle?

Ja, erkannte Lara, mein Gott, ja.

Sein Mund glitt langsam hinab zu ihrem Bauch, und dann war Lara verloren.

Der Rest war Instinkt, seiner und ihrer, ein Verlangen, das sich in Monaten aufgestaut hatte. Als er in sie eindrang, erschauderte sie.

»Kerry«, hauchte sie wieder. Dann versank das Zimmer im Dunkel, und Lara konnte nichts mehr sagen.

Hinterher schmiegte sie sich an ihn, bis sie einschlief.

Als sie erwachte, war es kurz vor zwei. Er bewegte sich neben ihr, ruhelos. Sie war erschüttert, ratlos.

Alles hatte sich geändert.

Ihre Gedanken überschlugen sich. Sie dachte an Meg und an die Schuldgefühle, die er nun haben mußte, die sie selbst hatte. Alles stand zwischen ihnen – seine Ambitionen, ihr Beruf. Der

Verstoß gegen ihr Berufsethos, das hohe Risiko, wenn sie weitermachten. Ja, selbst das Bedauern, daß sie ihr intimes Wissen über Kerry Kilcannon als Journalistin niemals würde verwerten können.

Es war seltsam, aber sie war davon überzeugt, daß er ihre Gedanken erraten konnte. So wie sie davon überzeugt war, daß er seiner Frau nie zuvor untreu gewesen war. Und er wissen mußte, daß sie sich niemals mit einem verheirateten Mann eingelassen und es auch niemals gewollt hatte.

Wenn du mich morgen willst, oder am nächsten Tag, was werde ich dir antworten?

Sie lag neben ihm, konnte nicht schlafen, hatte Angst zu sprechen. In der Dunkelheit fühlte sie, wie seine Finger ihre Hand umschlossen.

DIE KAMPAGNE

Dritter Tag

EINS

Lara erwachte kurz vor Tagesanbruch.

Im Halbdunkel ihres Zimmers, im Durcheinander von Vergangenheit und Gegenwart, lag Kerry noch bei ihr. Sie spürte seine Erregung, die Berührung seiner Hände, das sanfte Timbre seiner Stimme.

Ich möchte dich wiedersehen, hatte er gesagt.

Wie naiv waren sie gewesen. Furchtsam, aber ahnungslos und blind für die Tücken der Zeit.

Erzähl mir von Meg, hörte sie sich sagen.

Kein »Nein«. Kein »Das dürfen wir nicht«. Nichts von dem, was sie hätte sagen sollen.

Erzähl mir von deiner Frau. Laß mich mir dir zusammen sein. Die Bitte tausender Frauen. Aber Lara war klüger geworden.

Sie stand auf, trat ans Fenster und zog die Rollos hoch.

Grünes Wasser, das Gewirr von Oakland Harbour, die Hochhäuser von San Francisco, die in der Ferne wie silberne Finger aus den Schwaden des Morgendunstes ragten. Eine Stadt, die sie immer geliebt hatte.

In einer Stunde wollte sie ihre Mutter anrufen. Anna Costello würde sie aufgeregt mit Fragen bestürmen, mit Fragen nach ihrem neuen Leben in Washington, dem aufregenden Wahlkampf, befreundeten Journalisten, die sie wiedergetroffen hatte. Und da sie ihre Mutter liebte, würde sie auf alles eine Antwort geben und dann nach ihren Geschwistern und ihrer dreijährigen Nichte Clara fragen. Um sie gab es keine Geheimnisse.

Ihr eigenes Geheimnis hatte sie streng gehütet, um ihrer beider willen. Und war doch verraten worden.

Erzähl mir vom Wahlkampf, würde ihre Mutter fragen.

Ich habe Angst um ihn, würde sie sagen wollen. Angst davor, daß ich ihn zugrunde richte, Angst vor bewaffneten Fanatikern.

Wo ist dein Bruder? hatte ihm der Mann mit dem Megaphon

zugerufen. Und seine Stimme hatte sich vor Haß überschlagen. Ein einziger würde genügen.

Auch das hätte sie verhindern können. Ja, hätte sie zu Kerry sagen können, wenn du bereit bist, dich dem zu stellen, dann bin ich es auch. Doch sie hatte es nicht getan, und jetzt war sie allein, und er war hier.

Sie wandte sich vom Fenster ab, ging zu ihrem Koffer und nahm frische Wäsche heraus.

Nate legte mit einer Hand Kleider zusammen und warf sie in den Koffer, während er telefonierte. »Was ist mit seiner Frau?« fragte er.

»Ex-Frau«, korrigierte ihn Jane Booth. »Läßt sich ganz gut an. Übrigens, wo sind Sie gerade?«

»In meinem Hotelzimmer.«

»Gut. Sheila war bei Kilcannons Ex und hat sie nach Lara Costello gefragt. Meg hat sie verständnislos angesehen, daraufhin hat ihr Sheila alles erzählt. Sie hat sogar erwähnt, von wann der Bericht der Psychologin stammt. Meg hat die Sache anscheinend sehr ruhig aufgenommen und am Schluß gesagt: ›Das erklärt alles.‹«

»Was meint sie damit?« fragte Nate.

»Die Scheidung. Kilcannon hat sie nämlich eine Woche später darum gebeten. Für sie völlig überraschend.«

»Wieso hat er das getan? Lara war doch schon auf dem Weg nach Afrika.«

»Genau das hat Sheila auch gefragt. Und Meg hat geantwortet: ›Sie kennen Kerry nicht. Er hatte bestimmt ein schlechtes Gewissen, wie so oft.‹« Janes Stimme wurde trocken. »Klingt ziemlich verbittert.«

»Na ja«, erwiderte Nate ruhig, »das ist sie jetzt mit Sicherheit auch. Wahrscheinlich so verbittert, daß sie öffentlich aussagt.«

»Hoffen wir's.« Jane schlug einen forschen Ton an: »Aber sie weiß nur, was wir ihr erzählt haben. Sie stehen immer noch unter Druck, Nate.«

Nicht nur ich, dachte Nate. »Ich rede mit Kit«, antwortete er. »Möglichst noch heute morgen.«

Kerry saß ihnen am Couchtisch in Claytons Suite gegenüber – Jack Sleeper, Frank Wells, Kit Pace, Clayton. Es war sieben Uhr morgens; der Name Lara Costello lag wie ein Schatten über der Besprechung.

»Seit zwei Tagen«, sagte Clayton unvermittelt, »verlieren wir bei den Abtreibungsbefürworterinnen an Boden. Vor allem in San Francisco. Jack möchte, daß wir etwas aufziehen, und Ellen Penn auch.«

»Wann?« fragte Frank. »Und was?«

»Eine Kundgebung mit Kerry«, antwortete Clayton, »und allen prominenten Frauen, die ihn unterstützen. Noch steht nichts fest – ich möchte die nächsten Umfrageergebnisse abwarten. Aber am Sonntagmorgen nach der Debatte hätten wir noch einen Termin frei. Wir könnten in einer schwarzen Kirche anfangen und von dort direkt zur Kundgebung fahren.«

»Am Sonntagmorgen in San Francisco?« Frank warf Kerry einen zweifelnden Blick zu, wie um sich zu vergewissern, daß er zuhörte. »Da ist die Innenstadt wie ausgestorben, und wir haben nur zwei Tage, um genügend Leute auf die Beine zu bringen. Wir werden uns mächtig ins Zeug legen müssen, sonst erleben wir eine Riesenblamage.«

Kerry schwieg einen Augenblick, dann fragte er Clayton: »Was macht Mason?«

Clayton runzelte die Stirn. »Gestern hat er vor Frauengruppen gesprochen und dich in der Abtreibungsfrage als unsicheren Kantonisten hingestellt. Heute spricht er vor der Lehrergewerkschaft und Managern aus dem Silicon Valley und setzt sich für den Schutz alter Mammutbäume ein.«

Frank lächelte matt. »Das übliche Blabla. Aber in seinen neuen Spots geht er hart zur Sache: Kerry sei noch nicht trocken hinter den Ohren und zu extrem, Kerry trete nur halbherzig für das Recht auf Abtreibung ein. Er dagegen ist besonnen, erfahren, abgeklärt.«

Und ein treuer Ehemann, wie Kerry Frank an den Augen ablas. Er dachte an Jeannie Mason und versuchte, sie sich als mißhandelte Ehefrau vorzustellen.

»Irgendwelche Vorschläge für die Kundgebung in San Francisco?« fragte Clayton.

»Wir müssen eine Menge Leute zusammentrommeln«, sagte Frank.

Clayton nickte. »Wir könnten Ginsberg anrufen, unseren Mann in San Francisco. Mick Lasker hält große Stücke auf ihn.«

»Leiten Sie alles in die Wege«, erwiderte Frank, »aber treffen Sie erst eine Entscheidung, wenn die Sache geklärt ist. Vielleicht können wir die Zeit anderweitig sinnvoll nutzen.«

»Da wäre noch ein anderes Problem – der Secret Service.« Clayton blickte zu Kerry. »Peter Lake hält nicht viel von Änderungen in letzter Minute.«

Kerry hob seine Kaffeetasse. »Warte noch einen Tag«, sagte er zu Clayton. »Bis Dienstag zählt jede Minute, und einen Reinfall können wir uns nicht erlauben. Der Service muß mitziehen.«

Clayton überlegte kurz, dann zuckte er die Schultern: »Wir könnten Peter schon mal vorwarnen. Vielleicht kann er uns einen Platz für die Kundgebung empfehlen.«

Kerry trank noch einen Schluck Kaffee. »Ich muß heute morgen nach San Francisco. Könnte ich da nicht in der Zentrale vorbeischauen?«

Clayton runzelte die Stirn. »Ein spontaner Besuch? Um eins fliegst du nach L. A., und die Rede in South Central ist wichtig. Ein Treffen mit Anhängern ist es nicht wert, daß du einen Termin platzen läßt.«

Kerry nickte. »Verstehe. Aber diese Menschen arbeiten hart, und ich habe nicht oft Gelegenheit, mich bei ihnen zu bedanken. Zumal wir sie bitten wollen, über Nacht eine Kundgebung zu organisieren.«

»Was ist eigentlich das Thema der Rede in South Central?« warf Jack Sleeper ein.

Kerry spähte über den Rand der Tasse zu Clayton. »Bildung«, antwortete sein Freund. »Sozialer Wohnungsbau. Jobs.«

»Alles sehr löblich, Clayton.« Jacks Blick blieb ruhig. »Solange kein Fehler gemacht wird.«

»Was meinen Sie damit?«

»Daß Kerry in einer Zwickmühle steckt. Waffengesetze verprellen Männer, so daß wir uns bei den Minderheiten und Frauen mehr Stimmen holen müssen. Hier liegt das Problem. Wenn Kerry sich zu sehr für die Minderheiten stark macht, verlieren wir mehr Weiße, als wir uns leisten können.« Jack wandte sich an Kerry. »Sie brauchen keine heißen Eisen anzufassen wie Programme gegen Diskriminierung und Ähnliches.«

Kerry lächelte. »Aber wie sollen mich die Leute dann von Dick unterscheiden?«

»Welche Leute, Kerry? South Central ist immer noch ein brisantes Thema. Viele Wähler denken dabei immer noch an Rodney King und diesen weißen Lastwagenfahrer, der zusammengeschlagen wurde, ja sogar an O. J. Simpsons Freispruch. Genügt es nicht, daß Sie sich dort überhaupt blicken lassen?«

Kerry lehnte sich zurück und sah die anderen an. »Wo kommen wir hin«, sagte er, »wenn Politiker in South Central nicht um Stimmen werben können? Ich mache das nicht nur zu meinem Vergnügen. Wann hat ein Präsidentschaftskandidat das letzte Mal ehrlich über Rassenprobleme gesprochen, ohne sich in Allgemeinplätze zu flüchten?«

»Ehrlichkeit ist schön und gut«, rief Frank Wells dazwischen. »Aber mit Selbstmord ist keinem gedient – Ihnen nicht und auch nicht den Leuten, die Ihnen helfen wollen, ob schwarz oder weiß.«

»Sie müssen Ihre Basis behaupten«, fügte Jack Sleeper hinzu. »Aber verschenken Sie keine weißen Stimmen mehr.«

»Oh«, erwiderte Kerry, »ich werde mich hüten. Schließlich haben wir ja so hart dafür gearbeitet, daß wir weiß sind.«

Aus dem Augenwinkel sah Kerry, daß Clayton grinste. »Ich telefoniere mit San Francisco«, sagte Clayton.

Kerry nickte. »Gut. Und sag ihnen bei der Gelegenheit, daß ich eventuell auf einen Sprung vorbeischaue.«

Als Sean Burke den Hörer auflegte, spürte er eine Hand auf der Schulter.

Er zuckte zusammen. Alle seine Ängste stiegen in ihm hoch – die Angst vor dem Versagen, der Verhaftung, dem Gefängnis. Die Angst, mit Verbrechern und Sodomiten eingesperrt zu werden, verabscheut von einer Welt, die der Tod von Kindern gleichgültig ließ. Er drehte sich um.

Rick Ginsberg lächelte zu ihm herunter. »Ich möchte keine falschen Hoffnungen wecken«, sagte er, »aber Senator Kilcannon kommt vielleicht hierher, in die Zentrale.«

Sean brachte keinen Ton hervor. »Kein Scherz«, beteuerte Rick. »Heute.«

Sean spürte, wie Kate Feeney sich neben ihm umdrehte. »Um wieviel Uhr?« fragte sie.

Vier Uhr, dachte Sean. Um vier Uhr war er mit dem Ganoven verabredet. »Wenn«, antwortete Rick, »dann gegen Mittag.«

»Mist.« Kate klang geknickt. »Da hab ich Dienst an unserem Stand am Union Square.«

Rick lächelte bedauernd. »Tut mir leid, Kate. Einer muß dort sein. Vielleicht tauscht ja jemand mit Ihnen.«

Instinktiv faßte Sean an die Innentasche seiner Armeejacke und tastete nach dem Messer. »Daß er ausgerechnet heute kommen muß«, stöhnte Kate.

ZWEI

Lara beobachtete von den Presseplätzen aus, wie sich Nate Cutler an Kit Pace heranpirschte.

Es war neun Uhr, Kerry hielt die erste Veranstaltung an diesem Morgen ab. Er sprach an der juristischen Fakultät der University of California in Berkley zu Studenten, die Angehörige von Minderheiten waren. Nate gehörte heute zum Pool. Er stand in einer Menschentraube neben der Bühne und arbeitete sich langsam zu Kit vor. Scheinbar ohne ihn zu bemerken, tuschelte Kit unentwegt mit Lokalreportern. Auf diese Weise war sie keine Sekunde allein und brachte ständig mehrere Leute zwischen sich und Nate. Halb besorgt, halb bewundernd verfolgte Lara ihre gekonnte Vorstellung.

Unterdessen provozierte Kerry sein Publikum. »Unser Land«, sagte er, »verlangt sehr wenig von überdurchschnittlich intelligenten jungen Leuten. Außer natürlich, daß sie ihre Studiendarlehen zurückzahlen.«

Er erntete vereinzelte Lacher. »Ist das nicht genug?« rief ein junger Schwarzer.

Kerry grinste. »Für einige von Ihnen eher zuviel. Als John F. Kennedy fragte, was man für sein Land tun könne, dachte er nicht an Zinseszinsen.«

Das Gelächter wurde lauter. »Aber das ist der entscheidende Punkt«, fuhr Kerry fort. »Wenn Sie hier Ihr Studium abschließen, werden die meisten von Ihnen in der Lage sein, ihr Darlehen zurückzuzahlen. Für viele von Ihnen sind die Ausbildungskosten eine Anzahlung auf einen Platz in der amerikanischen Elite, unabhängig von Ihrer Hautfarbe.«

Lara sah die Studenten auf ihren Stühlen hin und her rutschen. Neben ihr flüsterte Lee McAlpine: »Manchmal benimmt sich Kilcannon schon abartig. Warum wettert er denn nicht gegen Rassendiskriminierung?«

»Das wird er hübsch bleiben lassen«, murmelte Lara. »Denen geht es doch bestens.«

Sie schielte zu Nate. Er war stehengeblieben und machte sich Notizen. Als habe Kit es bemerkt, hatte sie aufgehört, ihm auszuweichen.

»Im Zweiten Weltkrieg«, fuhr Kerry fort, »hielten wir es noch für unsere staatsbürgerliche Pflicht, dem Allgemeinwohl Opfer zu bringen. Doch irgendwann in der zweiten Jahrhunderthälfte ist dieses Ideal auf der Strecke geblieben.«

Kerry ließ die Augen über die Zuhörer wandern. »Zu den häßlichsten Seiten des Kriegs in Vietnam gehörte, daß unverhältnismäßig viele Arme, Schwarze und Ungebildete dort starben. Und eines seiner schlimmsten Vermächtnisse ist die elitäre Vorstellung, daß unserem Land nur noch Männer und Frauen dienen müßten, denen das Militär zu einem Job verhilft. Menschen, um es deutlich zu sagen, die weniger Glück haben als Sie.«

Lara sah, wie der Zwischenrufer von vorhin auf seinem Stuhl erstarrte. »Ein Land«, fuhr Kerry fort, »ist nicht nur der Ort, an dem man wohnt. Und Gerechtigkeit ist mehr als die Garantie, weniger Steuern bezahlen zu müssen. Gerechtigkeit bedeutet Gleichheit zwischen den Rassen und zwischen Männern und Frauen. Aber sie bedeutet auch, daß alle jungen Menschen einen kleinen Teil ihres Lebens in den Dienst der Allgemeinheit stellen sollten. Sonst werden sich die Gräben in diesem Land vertiefen, zwischen dem Amerika der Armen und Ungebildeten und dem Amerika der Gebildeten, zu denen Sie gehören.«

Lee McAlpine beugte sich zu Lara herüber. »Das ist entweder eine bodenlose Frechheit«, flüsterte sie, »oder ein raffinierter Trick, sich bei den Minderheiten nicht anzubiedern.«

Es ist viel einfacher, hätte Lara am liebsten geantwortet. Wenn Kerry etwas Unkonventionelles tut, wollt ihr nur einen kultivierteren Dick Mason in ihm sehen und nicht einen Mann, der auf soziale Widersprüche hinweist und die Wahrheit bevorzugt. Lara erschrak: Sie hatte in Gedanken von der Presse als »ihr« gesprochen.

Unterdessen hatte Nate Cutler seine Pirsch wieder aufgenommen. Jetzt trennte ihn nur noch ein Reporter der *L. A. Times* von Kit Pace.

Auf der Bühne blickte Kerry in seine Notizen und dann wieder ins Publikum.

»Jeder junge Amerikaner, so mein Vorschlag, sollte eine zweijährige Dienstzeit ableisten, sei es im Friedenskorps, in wohltätigen Organisationen, in der Armee oder anderen staatlichen Einrichtungen – je nachdem, wo er seinem Land am besten dienen zu können glaubt.«

»Von wegen anbiedern«, sagte Lara zu Lee. »Wenn ich ihn richtig verstanden habe, hat er gerade die Wehrpflicht wiedereingeführt.«

»Ich erwarte nicht, daß Sie alle davon begeistert sind«, sagte Kerry. »Aber ich bitte Sie, darüber nachzudenken, nicht nur im Interesse Ihres Landes, sondern auch in Ihrem eigenen Interesse. Jedenfalls habe ich noch nie einen Menschen getroffen, der geringer von sich dachte, weil er einem Kind das Lesen beibrachte oder einem alten Menschen das Gefühl gab, geliebt zu werden. Und ich bin auch noch nie einem Menschen begegnet, dessen Selbstwertgefühl es gestärkt hätte, daß er Bedürftige links liegenließ.« Kerry blickte in die Runde und fuhr leiser fort. »Wie sagte Robert Kennedy einer anderen Generation von Berkley-Studenten: »Von Ihnen, nicht von Präsidenten oder Führern, hängen die Zukunft Ihrer Welt und die Ausbildung Ihrer besten Anlagen ab.«

Der Zwischenrufer von vorhin stand auf und applaudierte,

andere taten es ihm nach. Und in diesem Augenblick sah Lara, wie Nate Cutler bei Kit Pace anlangte.

Lara beobachtete sie. Nate flüsterte Kit etwas zu, und sie antwortete mit einem kaum merklichen Nicken.

Als Lara später den Saal verließ und mit Lee in die Sonne hinaustrat, lehnte Nate am Pressebus und redete wild gestikulierend auf Kit ein. »Was geht da vor?« fragte Lee.

»Das frage ich mich auch«, erwiderte Lara.

Nate sah, wie Kit ihren Ärger unterdrückte und die Augen zusammenkniff. »Woher haben Sie das, Nate?«

Er rang sich ein Lächeln ab. »Kommen Sie, Kit. Ich verlange doch nur ein paar Minuten mit ihm.«

»Ich kann ihn allenfalls fragen, ob er sich mit diesem Dreck befassen will, den Sie anscheinend von einer Klowand haben. Immerhin bewirbt er sich um das Präsidentenamt. Und das ist sehr zeitraubend.«

Nate funkelte sie an. »Glaubt ihr tatsächlich, ihr könnt die Sache unter den Teppich kehren? Wenn zwischen den beiden was war, kriegen wir es raus.«

Kit sah ihn abweisend an, und aus ihrer Stimme klang leise Entrüstung. »Und danach wollen Sie ihn fragen?«

»Unter anderem. Sie sitzt mit uns im Bus und berichtet über ihn. Wenn er nicht mit uns reden will, haben wir das Recht, die Sache zu drucken. Und was wir sonst noch wissen.«

»Als da wäre?«

Das Blut pochte in Nates Schläfen. »Sie haben achtundvierzig Stunden, Kit. Ich und der Senator, unter vier Augen.«

Kit starrte ihn an, dann nickte sie. »Sie hören von mir«, sagte sie und ließ ihn stehen.

Der junge Abgeordnete wollte gerade zu Kerry in den Wagen schlüpfen, da hielt ihn Kit Pace am Arm zurück.

»Verzeihung«, sagte sie, »aber ich muß dringend mit dem Senator sprechen.«

Kerry entschuldigte sich kurz. Noch ehe Kit neben ihm saß, wußte er, worum es ging.

Kit warf einen Blick auf Joe Morton und Dan Biasi, die

scheinbar teilnahmslos auf dem Vordersitz saßen. »Cutler ist heute im Pool«, sagte sie. »Die Sache kann nicht mehr warten.« Sie schielte erneut zu den beiden Sicherheitsbeamten. »Nate hat Klartext geredet. Wenn Sie ihm nicht binnen achtundvierzig Stunden Rede und Antwort stehen, bringt er, was er hat, sagt er.«

Kerry wandte sich ab und sah aus dem Fenster. »Wird er Sie als Mittelsperson akzeptieren?«

»Nein«, antwortete Kit. »Sie wissen, was das bedeutet.«

Kerry brachte ein Lächeln zustande. »Ich war früher Staatsanwalt, Kit. Wenn eindeutige Beweise fehlen, verleitet man den Verdächtigen zum Lügen.«

Kit nickte. »Er wird fragen, ob sie in Ihrer Wohnung war. Oder Sie in ihrer. Nach allem, was Sie belastet und wofür er Beweise zu haben glaubt.«

Kerry sah vor sich hin. »Dann bleibt mir wohl keine andere Wahl? Wenn ich bestreite, daß sie in meiner Wohnung war, stehe ich am Ende vielleicht als Lügner da. Und wenn ich es einräume, bohren sie weiter: ›Warum? Um welche Uhrzeit? Wann ist sie gegangen?‹ Das hört nie auf.«

Er hörte Kit seufzen. »Ich will nichts davon wissen, Kerry, und es ist mir auch egal. Wir haben einen Tag gewonnen, und jetzt hat *Newsworld* gesagt, was Sache ist. Ich brauche eine Antwort für Cutler.«

»Cutler«, sagte er angewidert. »Läßt sich die Sache nicht noch hinausschieben?«

Kit runzelte die Stirn. »Ich weiß nicht. Aber diese achtundvierzig Stunden sind keine willkürliche Frist. Länger kann *Newsworld* nicht warten, wenn die Story in die nächste Ausgabe soll.«

Kerry nickte. Doch er konnte es noch immer nicht fassen, daß ihn die Liebe zu Lara in eine solche Lage gebracht hatte. Daß er zwei Jahre lang umsonst gerackert haben sollte und seine Hoffnungen, Präsident zu werden, davon abhingen, was er Nate Cutler erzählte.

»Ich muß ständig an einen Satz denken, den ich mal gelesen habe, Kit: ›Charakter ist, was man im Dunkeln ist.‹« Seine Stimme klang belustigt. »Deshalb gebe ich mir solche Mühe, nicht zu lügen. In diesem Geschäft muß man eine gewisse Vorstellung davon haben, wer man ist, sonst ist man verloren. Das war seit jeher Dick Masons Problem.«

Kits Ton war entschlossen. »Deswegen ist es besser, wenn Sie Präsident werden, und nicht Mason. Ganz gleich, was Sie Cutler sagen.«

Kerry sah lange aus dem Fenster und betrachtete die näherrückende Skyline von San Francisco, als sie über die Bay Bridge fuhren. »Sagen Sie Cutler, daß ich am Sonntag mit ihm rede.«

DREI

Als die Fahrzeugkolonne den Mission District erreichte, überflutete Sonnenlicht den Dolores Park, und die Palmen stachen leuchtend grün gegen den makellos blauen Himmel ab.

Lara und Lee McAlpine stiegen mit den anderen aus dem Bus und zockelten zu der Tribüne auf der anderen Seite des Platzes. Die Bühne wurde von zwei Häuserblocks flankiert, deren Fenster auf den Park blickten. Ein Alptraum für den Secret Service, wie Lara wußte. Aber die Menge, die hauptsächlich aus Latinos bestand, war ansehnlich und festlich gestimmt. Schulkinder schwenkten bunte Fähnchen, und als Lara eine Gruppe von Nonnen entdeckte, lächelte sie in sich hinein, denn sie wußte, daß Kerry sich darüber freuen würde.

»Hast du die Umfrageergebnisse gelesen?« fragte Lee. »Mason führt mit zweiundvierzig zu einundvierzig Prozent, bei siebzehn Prozent Unentschlossenen. Das könnte die knappste Vorwahl aller Zeiten werden.«

»Hängt von der Wahlbeteiligung ab«, erwiderte Lara. »Kilcannon muß die Minderheiten an die Urnen bringen. Insbesondere die Latinos.«

Lee ließ den Blick über die Menge schweifen. »Mindestens dreitausend, schätze ich. Nicht schlecht.«

In diesem Moment betrat Kerry in Hemdsärmeln die Bühne.

Eine Bezirksabgeordnete stellte ihn vor, und während ihre vom Lautsprecher verstärkte Stimme in das Gemurmel der Menge schnitt, sah Lara drei Frauen mittleren Alters ein Transparent in die Höhe halten. »Senator«, stand darauf, »wenn ein Ungeborenes ›Leben‹ ist, warum dann morden?«

Einen Augenblick lang verharrte Lara reglos, dann blickte sie wieder nach vorn und versuchte, nur noch an ihre Arbeit zu denken.

Mehrere Meter entfernt musterte Nate Kilcannons Gesicht und suchte nach Anzeichen von Resignation.

»Diese Gemeinde«, begann Kilcannon, »befindet sich im Belagerungszustand. Es gibt gewisse Politiker in diesem Staat und diesem Land, die Wahlen gewinnen wollen, indem sie gegen Minderheiten Stimmung machen. Zum Beispiel gegen Einwanderer aus Lateinamerika, legale wie illegale.« Kilcannon hielt inne und blickte in die Menge. »Denn wer einen Sündenbock sucht, will nicht differenzieren oder Tatsachen zur Kenntnis nehmen. Und die Tatsachen sind erschreckend. Wir verweigern Älteren und Gebrechlichen öffentliche Unterstützung, weil sie die Sünde begangen haben, illegal einzuwandern. Wir verbauen den Kindern illegaler Einwanderer jede Aufstiegschance. Wir zwingen Erwachsene, auf Impfungen zu verzichten. Wir zwingen Mütter, auf Mutterschaftsvorsorge zu verzichten.«

Die Menge war still. »Aber mit jeder Person, der wir die medizinische Grundversorgung verweigern, erhöhen wir die Ansteckungsgefahr und die Kosten für Notbehandlungen. Mit jedem Kind, dem wir eine Ausbildung verweigern, weil wir es für den Sohn oder die Tochter illegaler Einwanderer halten, verstärken wir das Heer der Bandenmitglieder und Kriminellen, der Analphabeten und Hoffnungslosen.«

Nate beobachtete wieder die Menge. Die meisten lauschten aufmerksam, beinahe gierig, und wandten kein Auge von dem Kandidaten.

»Fragen Sie Polizisten«, sagte Kilcannon, »Ärzte und Lehrer, überhaupt jeden, der mit den Folgen dieser kurzsichtigen Politik zu tun hat.« Er hielt inne und fügte leise hinzu. »Fragen Sie sich selbst. Und dann stellen Sie sich folgende Frage: Wird es nicht Zeit, die Dinge selbst in die Hand zu nehmen? Gewiß, ich möchte, daß Sie mich unterstützen. Aber kein Politiker kann einer Gemeinde helfen, wenn die Menschen nicht stolz genug sind, um selbst für ihre Interessen zu kämpfen. Sagen Sie Ihren

Politikern und Stadträten, was Sie benötigen, und wenn das nichts nützt, sagen Sie es mir.«

Eine Hand legte sich auf Nates Schulter. Erschrocken fuhr er herum und erblickte Kit Pace. Ihr Gesicht war eine freundliche Maske. »Am Sonntag redet er mit Ihnen«, flüsterte sie. »Wenn sein Terminplan steht, teile ich Ihnen mit, wann.«

»Bitte«, rief Kerry, »überantworten Sie Ihre Kinder nicht der Apathie und Verzweiflung. Wie meine Eltern, die selbst Einwanderer waren, und alle Kinder von Einwanderern, die ich in meiner Jugend kannte, haben auch Sie dazu beigetragen, Amerika zu einem stärkeren und besseren Land zu machen. Jetzt helfen Sie sich gegenseitig, helfen Sie ihren Angehörigen, helfen Sie sich selbst.«

Diesmal hatte Kerry das Gefühl, daß der Applaus nicht Jamie galt, sondern ihm.

Strahlend wandte er sich Susan Estevez zu, einer Gemeindeaktivistin, deren schwarzes Haar in den Jahren seit dem Tod seines Bruders ergraut war. Zusammen stiegen sie von der Bühne und mischten sich, gefolgt von Polizisten und Sicherheitsbeamten, unter die Menge.

Hände wurden ihm entgegengestreckt, Kinder hingehalten. Kerry drückte jede Hand, die er fassen konnte, sah in die Gesichter, bedankte sich immer wieder, küßte ein kleines Mädchen, das er bemerkt hatte. »Die Leute mögen Sie«, sagte Susan Estevez neben ihm.

Langsam bahnten sie sich einen Weg durch das Gedränge bis zum Rand des Parks. »Ich habe Hunger«, sagte Kerry. »Und Sie?«

Susan lächelte. »Ich kenne eine *taquería* in der Guerrero Street. Kein Nobelrestaurant, wissen Sie noch?«

»Gehen wir«, erwiderte Kerry lachend.

Als sie durch die Seventeenth Street gingen, spürte Kerry das Gedränge um ihn herum – Leibwächter, Journalisten, Neugierige, die ihnen folgten. Er schüttelte noch mehr Hände. Er beschloß, sich die Zeit dazu zu nehmen, denn er hatte es satt, wie in einem Kokon zu leben, sich wegen *Newsworld* und einer Vergangenheit zu sorgen, die er nicht ändern konnte.

An der Ecke Guerrero und Seventeenth Street folgte er Susan in die kleine dunkle *taquería*.

Drinnen roch es nach Schweinefleisch, Gemüse und Gewürzen. Kerry setzte sich mit Susan an den Tresen. Der Inhaber, ein Mann mit graubraunem Haar und Schnurrbart, streckte ihm die Hand entgegen.

»Senator, ich bin Frank Linares. Sie sind mein Gast. Wie damals Ihr Bruder.«

Hinter dem Tresen hing ein Foto von Jamie und Linares. Kerry war so überrascht, daß es ihm für einen Moment die Sprache verschlug. Sein Bruder lächelte ihn an. »Wann war das?«

Linares blickte ernst. »Vor zwölf Jahren.« Er sagte nicht: Kurz vor seinem Tod.

Erst jetzt bemerkte Kerry, daß sich Journalisten in der Tür drängten, darunter auch Nate Cutler.

Als er sich wieder umdrehte, hatte Linares ein leeres Bierglas auf den Tresen gestellt.

»Zu früh für mich«, sagte Kerry lächelnd. »Ein Schluck Bier, und ich schlafe auf der Stelle ein.«

Linares sah ihn schüchtern an. »Ihr Bruder hat aus diesem Glas getrunken. Ich habe es aufbewahrt.«

Kerry sah in die braunen Augen des Mannes und begriff, wieviel es ihm bedeutete. »Welche Marke hatte Jamie?« fragte er.

»Dos Equis.«

Kerry nickte. »Trinken wir eine Flasche zusammen.«

Susan Estevez neben ihm lächelte. Linares goß Kerry ein paar Zentimeter Bier ein, bediente sich dann selbst und stieß mit ihm an. »Auf Sie, Sir. Mögen Sie Präsident werden.«

Was Ihr Bruder nie geworden ist, ließ er unausgesprochen. In dem Toast war ein Gebet eingeschlossen.

»Ich danke Ihnen«, sagte Kerry und nippte an seinem Bier. Dann wandte er sich an Susan Estevez. »Heute war ein guter Tag. Bevor wir gehen, würde ich gern unsere Zentrale besuchen.«

Sean Burke legte den Hörer auf, und einen Augenblick lang wähnte er sich wieder in Boston, als er den letzten Anruf von Paul Terris bekommen hatte, dem Ortsvorsitzenden von Operation Life. Es war kurz vor zehn Uhr abends gewesen, und Sean war in seinem Zimmer.

»Sean«, sagte Paul einfach nur, »bitte komm nicht mehr zu unseren Versammlungen.«

Seans Finger krallten sich um den Hörer. Er hatte ein beklemmendes Gefühl in der Brust. »Warum?«

»Du weißt, warum. Wir mögen vielleicht dieselben Ziele haben, aber was die Mittel angeht, sind wir völlig unterschiedlicher Ansicht.«

Sean sprang auf. »Weil wir Feiglinge sind und tatenlos zusehen, wie sie Kinder umbringen«, rief er wütend.

»Was verstehst du unter ›militanten Aktionen‹? Gewalttaten?« Pauls Stimme klang so ruhig und geduldig, daß sich Sean wie ein Kind behandelt fühlte. »Wenn wir Abtreibung als Mord anprangern, wie können wir dann für Mord eintreten?«

Sean hatte Paul nie gesagt, was genau er damit meinte. Doch jetzt wurde es ihm klar. »Weil diese Mörder gegen Gottes Gesetz verstoßen«, antwortete er. »In Amerika werden ständig Mörder hingerichtet. Nur keine Kinderschlächter.«

»Sean«, entgegnete Paul kühl, »wenn einer von uns so etwas laut sagt, kehren uns anständige Leute den Rücken. Und wenn einer von uns danach handelt, könnte dies das Aus für Operation Life sein.«

Sean spürte die dumpfe Angst vor Zurückweisung, vor Isolation, vor Verachtung. Und dann erkannte er in seinem Schmerz die Wahrheit seiner Einsamkeit – er allein besaß die Freiheit zum Handeln. Er würde diesen Pazifisten zeigen, was für Waschlappen sie waren.

»Und was haben die Kinder davon«, fragte er mit bitterem Hohn, »die vor euren Augen sterben?«

Mit zitternder Hand knallte er den Hörer auf und kappte damit die Verbindung zu dem Mann, der vier Jahre zuvor seinem Leben Sinn und Inhalt gegeben hatte.

Tief in der Nacht stieg damals ein Bild vor ihm auf.

Es war der Mann, der Rabin ermordet hatte, den Verräter an seiner Sache. Der Henker war aus der Menge getreten und hatte seine Waffe auf den Rücken des Verräters gerichtet, und durch diese Tat hatte er im Alleingang die Geschichte eines Landes und das Bewußtsein eines Volkes verändert.

»John«, sagte Rick Ginsberg jetzt. »Er kommt.«

»Wer?« fragte Sean.

»Der Senator. In einer Viertelstunde ist er hier.«

Sean schluckte. Keine Pistole, dachte er. Nur ein Messer, und zwischen ihnen Beamte des Secret Service.

»Mist«, fluchte Kate Feeney hinter ihm, »und ich muß weg.«

Wie lange brauchte er wohl, um das Messer aus der Jacke zu ziehen und Kilcannon ins Herz zu stoßen? Er stellte sich vor, wie seine Hand ihr Ziel verfehlte und wie die Kugel in seinen Kopf eindrang. »Fehlt Ihnen was?« fragte Rick.

Er hatte Angst, viel größere Angst als damals, als er den Abtreibungsarzt exekutiert hatte. Angst vor dem Ausdruck auf Kilcannons Gesicht. Angst davor, selbst zu Kilcannons Füßen zu sterben.

In panischem Schrecken drehte er sich herum. »Du kannst hierbleiben«, sagte er mit zittriger Stimme zu Kate. »Ich werde gehen.«

Sie sah ihn groß an. »Im Ernst?«

Sean nickte knapp.

Sie zögerte einen Augenblick. »Weißt du denn, welchen Bus du nehmen mußt?«

Fünfzehn Minuten, vielleicht weniger. Sean wandte sich zum Gehen. »Ich werd's schon finden.«

Auf dem Weg zur Tür hörte er Rick rufen: »Warten Sie, John.«

Sean blieb stehen und schielte nervös zu den Schaufenstern, die auf die Straße hinausgingen. Rick legte ihm die Hand auf die Schulter. »Es ist schön, daß Sie das für Kate tun. Ich weiß, wieviel Ihnen daran liegt, den Senator persönlich kennenzulernen. Vielleicht läßt es sich irgendwie nachholen.«

Sean fiel keine Antwort ein. Rick legte die Stirn in Falten, als spüre er, daß seine Worte nicht die erhoffte Wirkung hatten. »Wir haben noch drei Tage, John.«

Rick klopfte ihm auf die Schulter, und Sean wandte sich zur Tür. Seine Schritte hallten von der hohen Decke wider.

Durch die Scheibe sah er eine Menschenansammlung auf dem Gehweg – die Empfangsdame, Wahlhelfer, Männer mit Sonnenbrillen, die aussahen wie Sicherheitsbeamte vom Secret Service. Dann glitt wie in einem Stummfilm eine schwarze Limousine heran und hielt vor ihnen.

Drei Schritte vor der Tür erstarrte Sean.

Ein zweiter Wagen stoppte, voll besetzt mit Männern, die wie Sicherheitsbeamte aussahen. Sie sprangen heraus und umringten Kilcannons Limousine. Als einer der Beamten die hintere Tür öffnete, hämmerte Seans Puls.

Langsam stieg Kilcannon aus.

Reglos beobachtete ihn Sean durch die Scheibe.

Kilcannon winkte kurz in die Menge und lächelte merkwürdig schüchtern, als sei er von dem Beifall überrascht. Die Wartenden gingen ihm entgegen, und Sean trat, als sei er in ihren Sog geraten, durch die Tür, die Augen fest auf Kilcannons Gesicht gerichtet.

Männer mit Sonnenbrillen standen neben Kilcannon und beobachteten die Menge. Sean stand hinter der Gruppe, die den Senator umlagerte, und sah zu, wie er die Empfangsdame begrüßte. Er könnte zu ihm hingehen, dachte Sean plötzlich, und ihm das Messer in den Hals stoßen, ehe die Sicherheitsbeamten ihn erschossen.

Wenn er nur ihre Augen sehen könnte.

Kilcannon entdeckte ihn in dem Moment, als er Kate Feeney die Hand entgegenstreckte. Er schien zu zögern.

Sean zuckte zusammen, fuhr herum und rannte den Gehweg hinunter.

Wer war das? dachte Kerry. Ein bleiches Gesicht, anders als die anderen – fanatisch und ernst. Warum dieses seltsame Aufflackern von Angst, dieser Ausdruck des Wiedererkennens?

Eine falsche Vorahnung, sagte sich Kerry. Sein Instinkt für Gefahr veranlaßte ihn, Gesichter zu mustern und nach den Augen eines Mannes Ausschau zu halten, der ihm, wie Jamies Mörder, das Leben nehmen wollte. Aber er hatte in Zehntausende von Gesichtern geblickt und keine Zeit, darüber nachzudenken oder sich zu erinnern.

Er drehte sich um und streckte dem blonden Mädchen vor ihm die Hand entgegen. »Ich bin Kerry Kilcannon und möchte Ihnen danken.«

Sie ergriff zaghaft seine Hand, und dann strahlte sie, als könne sie nie wieder damit aufhören. »Ich heiße Kate Feeney.«

Kerry drückte ihr die Hand. »Danke, Kate. Ich werde an Sie denken.«

Sean rannte davon.

Er kämpfte gegen die Übelkeit an, die säuerlich aus seinem Magen heraufstieg, und wich Passanten aus, die über ihn erschraken. Er spürte ein Stechen in der Brust. Abrupt blieb er stehen und schnappte nach Luft.

Er beugte sich vor und stützte die Hände auf die Knie. Ein Husten schüttelte seinen Körper. Tränen der Angst und der Demütigung in den Augen, starrte er auf den blutigen Speichel zu seinen Füßen.

Feigling, sagte er sich. Er war wieder der furchtsame Knabe, der er früher gewesen war.

Als der Pressebus drei Blocks vor Kerrys Zentrale rüttelnd zum Stehen kam, sah ihn Lara – einen Mann, möglicherweise betrunken oder geistesgestört, der sich auf dem Gehweg übergab, während andere an ihm vorübereilten. Ein Gestrandeter, wie Lara schon viele gesehen hatte, Menschen mit herzzerreißenden Lebensgeschichten. Sie konnte nicht wegsehen.

Der Mann zitterte am ganzen Leib, und dann richtete er sich auf und starrte verwirrt den Bus an, als habe er ihn jetzt erst bemerkt.

Lara kniff die Augen zusammen und preßte das Gesicht gegen die Scheibe.

Sie hatte den Mann schon einmal gesehen, sie war sich sicher. Aber nicht in letzter Zeit, und sie wußte nicht mehr, wo. Es konnte eigentlich nur hier gewesen sein, sagte sie sich, in San Francisco.

Der Mann drehte sich um und rannte davon. Augenblicke später war er ihren Blicken entschwunden, und sie dachte nicht mehr an ihn. Die Autokolonne setzte sich wieder in Bewegung, in Richtung Flughafen.

VIER

Kurz nach drei Uhr nachmittags traf Kerry in South Central Los Angeles ein.

Es war drückend heiß, und Kerry stand vor der Third Baptist Church, einem schmucklosen Gipsbau aus den dreißiger Jahren, den Reverend Carl Wills in ein Sozialzentrum mit Armenspeisung, Kindertagesstätte, Lesekursen und Sportangeboten für Schüler umgewandelt hatte. Die Gemeinde bestand zwar hauptsächlich aus Schwarzen, doch wandte sich Wills auch an Asiaten, Latinos und Weiße. In einer von Rassenkonflikten geprägten Stadt unterschied er sich dadurch von anderen.

Monatelang hatte sich Kerry um seine Zustimmung bemüht, doch der Geistliche, ein ruhiger, aber willensstarker Mann, hatte stets abgelehnt, weil er sich von niemand ausnutzen lassen wollte. Erst vor wenigen Tagen hatte er völlig überraschend angerufen. »Gut«, hatte er zu Kerry gesagt, »ich glaube, Sie haben eine Chance zu gewinnen. Ich verstehe das als Zeichen Gottes.« Und leiser hatte er hinzugesetzt: »Enttäuschen Sie ihn nicht, Senator. Oder uns.«

Jetzt stand Wills neben ihm – ein Graubart mit gütiger Miene und listigen Augen – und sprach zu einer Gruppe von Anhängern.

»Wenn kein anderer Abgeordneter oder Senator in diesen Staat kommt und sagt, daß es falsch sei, die Programme gegen die Diskriminierung von Minderheiten einzustellen, Kerry Kilcannon tut es. Wenn kein anderer Kandidat es wagt, für die Landarbeiter einzutreten, Kerry Kilcannon tut es. Wenn kein anderer Politiker sich für die Innenstädte einsetzt, Kerry Kilcannon tut es. Und wenn beinahe jeder Präsident versucht hat, die Rassenprobleme unter den Teppich zu kehren, Kerry Kilcannon wird es nicht tun.« Wills legte Kerry die Hand auf die Schulter. »Er ist unser Mann.«

Die beiden sahen sich an. Einen solchen Moment hätte der junge Kerry Kilcannon, Sohn irischer Eltern und Kind einer durch Rassenkonflikte gespaltenen Stadt, niemals für möglich gehalten.

»Enttäuschen Sie ihn nicht«, wiederholte der Pfarrer leise.

Kerry lächelte. »Ihn vielleicht. Aber Sie niemals.«

Wills nickte, und dann trat Kerry ans Mikrofon. Die Menge bestand hauptsächlich aus Afro-Amerikanern, doch auch Asiaten, Latinos und Weiße waren darunter.

»Wenn ich einem Mann wie Carl Wills begegne«, begann Kerry, »wenn ich mir die Arbeit seiner Kirche ansehe, dann frage ich mich, wie jemand ein Amt anstreben kann, indem er uns auffordert, gegeneinander zu stimmen.«

In der Ferne heulte leise eine Polizeisirene. Kerry hob die Stimme. »Allzuoft erzählt man uns, in der Politik ginge es um Schwarz gegen Weiß, um Vorstadt gegen Innenstadt. Man erzählt uns, die Weißen hätten Angst, die Mittelschicht fühle sich bedroht. Das stimmt. Viele Weiße haben Grund, sich bedroht zu fühlen – sie arbeiten hart für weniger Geld, und ihre Kinder besuchen miserable Schulen. Und das ist nicht ihre Schuld.«

Kerry hielt kurz inne. »Doch es ist ebensowenig die Schuld von Asiaten, Latinos oder Afro-Amerikanern. Viele von ihnen haben dieselben Probleme. Ich sehne den Tag herbei, an dem die Bigotterie ein Ende hat. Aber dieser Tag ist noch fern. Und mit jedem Tag, an dem ein Politiker behauptet, daß die Probleme der Weißen behoben werden, wenn wir die Programme gegen Minderheitendiskriminierung streichen, rückt eine wirkliche Lösung unserer gemeinsamen Probleme in weitere Ferne.«

Mit halbem Ohr nahm er weitere Sirenen wahr. »Ich bin hier, um Ihre Fragen zu beantworten. Aber soviel kann ich Ihnen versprechen – ich werde jederzeit für diese Gemeinde eintreten. Und für die Hoffnung, nicht für die Angst.«

Der Applaus der Menge, schwächer als sonst, verklang in der Leere von nacktem Beton, Schutt und kahlen Ladenfronten, und Kerry dachte bei sich, daß die leeren Phrasen vieler Jahre hier keinerlei Spuren hinterlassen hatten. »Und jetzt«, schloß er mit einem Blick in die argwöhnischen, reservierten Gesichter, »sagen Sie mir, was Sie auf dem Herzen haben.«

Nate Cutler schaute auf seine Uhr.

Es war halb vier. Er wollte Jane Booth anrufen und fragen, ob sie etwas Neues über Kilcannon und Lara Costello herausgefunden hatten. Aber er gehörte heute dem Pool an, und wer im Pool war, mußte dicht am Kandidaten dranbleiben.

Das Sirenengeheul wurde lauter, penetranter. Kilcannons Leibwächter vom Secret Service wirkten nervös.

Was war da los? fragte sich Nate. South Central war nach wie vor ein Pulverfaß – hohe Kriminalitätsrate, Perspektivlosigkeit, Mißtrauen oder offener Haß zwischen Schwarzen, Asiaten und Latinos. Kilcannon konnte viel erzählen, hinterher würde sein Troß weiterziehen.

Ein junger Schwarzer mit Goldrandbrille fragte den Senator: »Was bringen uns Programme gegen Diskriminierung?«

»In diesem Stadtteil?« fragte Kilcannon. »Vielen von Ihnen verdammt wenig.« Er lockerte seine Krawatte. »Und Sie wissen das, sonst würden Sie nicht danach fragen. Aber ich will Ihnen eine Gegenfrage stellen: Was würden Sie tun, damit die Menschen hier eine neue Chance bekommen? Und wie können die Menschen hier die vorhandenen Chancen besser nutzen?«

Der Mann schüttelte den Kopf. »Haben Sie darauf eine Antwort, Senator?«

»Der Staat kann South Central nicht sanieren«, antwortete Kilcannon. »Oder Wagenladungen Geld hier auskippen. Wenn er das könnte, wäre der Kampf gegen die Armut gewonnen, und wir hätten hier einen blühenden Garten.«

Ein kurzes zynisches Gelächter ertönte. »South Central«, fuhr Kilcannon fort, »braucht vor allem mehr und bessere Jobs. Ein Ausbildungsniveau, das Unternehmen ermutigt, sich hier anzusiedeln. Es ist viel darüber geschrieben worden, was in schwarzen Familien schiefläuft, und vieles davon ist nicht gerecht. Familien, schwarze wie weiße, zerbrechen oft daran, daß sie keine Perspektive haben, keine Jobs, keine Zukunft. Aber Kirchen wie diese hier zeigen uns, wie lokale Initiativen zur Verbesserung der Situation beitragen können. Speziell, wenn man sich in Washington die Mühe macht, zuzuhören und zu lernen.« Kilcannon hielt inne und sah sich um, scheinbar erstaunt. »Wo ist übrigens Dick Mason? Hat er mal angerufen? Ab und zu eine Postkarte geschickt?«

Die Zuhörer lachten herzhafter, und Nate hatte den Eindruck, daß sie Kilcannon zu mögen begannen. »Tja«, sagte er zu dem

Fragesteller, »wie es aussieht, müssen Sie vorläufig mit mir vorlieb nehmen. Lassen Sie mich also sagen, was wir meines Erachtens tun können.«

Die Sirenen wurden lauter. Und dann verstummten sie jäh.

Die Stille sagte Lara, daß etwas nicht stimmte. Sie sah Carl Wills an, daß er es ebenfalls spürte. Er stand reglos da, neigte den Kopf zu Seite und schien auf etwas zu lauschen.

In dem Moment, als Kerry schloß, sah Lara einen Streifenwagen vorfahren. Ein Polizist stieg aus – den Goldtressen nach zu urteilen ein leitende Beamter – und eilte auf Wills zu.

Der Mann war kräftig gebaut, hatte ziegelrote Haut, ein narbiges Gesicht und blaßblaue Augen. Polizistenaugen, wie Kerry fand.

Wills kannte ihn offensichtlich. Der Polizist legte ihm eine Hand auf die Schulter und raunte ihm etwas zu.

»Verdammt«, entfuhr es Wills.

»Was ist los?« fragte Kerry. Er bemerkte, daß der Secret Service einen Ring um ihn bildete.

Der Polizist drehte sich um. »Eine Schießerei, Senator, zwischen einem koreanischen Kaufmann und einem jungen Schwarzen. Der Kaufmann wurde letztes Jahr zweimal überfallen, sagt er, daraufhin hat er sich eine Schrotflinte zugelegt.«

Jetzt sprach er zu Wills und Kerry. »Heute kamen zwei schwarze Kids nach der Schule in seinen Laden, der eine dreizehn, der andere zehn. Der ältere zieht eine Plastikpistole – nur zum Spaß, wie er behauptet – und verlangt von Young eine Schachtel Snickers. Und ehe er sich's versieht, blickt er in die Mündung eines Gewehrlaufs. Er läßt das Spielzeug fallen und rennt davon. Auf dem Weg zur Tür hört er einen Schuß. Seitdem fehlt jede Spur von dem Zehnjährigen. Wir wissen nicht, was mit ihm ist.« Der Polizist sah wieder Wills an. »Der Kaufmann hat den Laden verrammelt. Davor wartet eine Menge, und die Mutter des Jungen brüllt, daß wir ihren Sohn da rausholen sollen. Wir könnten Ihre Hilfe brauchen.«

Wills nickte. »Wir brauchen hier Ruhe. Wir alle.«

Kerry dachte an Newark, an die Stärke Liam Dunns, an die Häuserruinen, den Haß. »Ich würde gern mitkommen, Carl.«

»Senator ...«, protestierte Dan Biasi.

»Tut mir leid, Senator«, unterbrach ihn der Polizist. »Wir haben schon genug um die Ohren. Wir können nicht für Ihre Sicherheit garantieren.«

»Das erwarte ich auch gar nicht«, sagte Kerry. Und an Wills gewandt: »Vielleicht kann ich helfen. Ich kann den Leuten nicht sagen, daß ich mich dafür interessiere, was hier passiert, und dann mit dem Wagen davonbrausen.«

Wills warf dem Polizisten einen Blick zu. Die Miene des Mannes verfinsterte sich. »Ein paar von den Leuten dort sind bewaffnet, Senator, und einige haben getrunken.«

Wills nickte und wandte sich an Kerry. »Wenn Ihnen was zustößt, könnte das diesen Stadtteil und die Beziehungen zwischen den Rassen um Jahre zurückwerfen.«

Kerry antwortete nicht. Vielleicht, so sagte Wills sich, hatte er das erwartet, als er seine Hilfe angeboten hatte.

Wills eilte davon, und der Secret Service brachte Kerry zum Wagen.

Als Sean Burke um zwanzig vor vier am Treffpunkt eintraf, war von dem kleinen Ganoven nichts zu sehen.

Sean fühlte sich deprimiert, beschämt, jämmerlich in seinem Selbsthaß. Er war vor seiner großen Chance davongelaufen; jetzt war Kilcannon bereits in einer anderen Stadt, und er selbst hatte sich in einen wandelnden Toten verwandelt.

Ein Menschenleben war es her, daß ein anderer mit einer Pistole eine Abtreibungsklinik betreten hatte. Alles erschien ihm jetzt unwirklich – die Frau mit dem roten Loch in der Stirn, der Arzt, der in die Akten fiel, die am Boden liegende Krankenschwester. Seit er Kilcannon in die Augen geblickt hatte, wußte er nicht mehr, was real war.

Er war bereits tot – ihm jetzt eine Kugel in den Kopf zu jagen wäre so gewesen, als schneide man einem dahinsiechenden Körper die Sauerstoffzufuhr ab. Auf der anderen Straßenseite bummelte die Prostituierte mit den wunden Stellen im Gesicht und Augen wie Brandlöchern, eine Ausgeburt der Hölle; daß sie durch ihn hindurchguckte, überraschte ihn nicht.

Ein toter Mann.

Sean fühlte eine kräftige Hand auf der Schulter.

Er drehte sich um und sah den schwarzen Ganoven. Seine Augen waren wie Murmeln, glasig und trüb. »Ich habe die Spritze«, flüsterte er.

Die Worte rüttelten Sean auf. Der Schwarze klopfte an die Tasche seines Kolanis. »Hier drin. Aber ich verkauf sie dir nicht auf der Straße.«

Gestern, in einem anderen Leben, hätte Sean dem Kerl nicht über den Weg getraut.

»Komm mit«, sagte der Schwarze.

Wie benommen folgte ihm Sean in dichtem Abstand.

Zwischen dem Schnapsladen und einem Mietshaus bogen sie in eine von Mülltonnen gesäumte Gasse ein, in der es nach Urin und Abfällen stank. Der Mann drosselte seine Geschwindigkeit, ging neben Sean her, ließ sich dann etwas zurückfallen und schob Sean tiefer in die Gasse hinein. Die feuchte Kühle schien die Chemie in Seans Gehirn zu verändern und schickte Strom zu seinen Nervenenden.

Der Mann war jetzt in seinem Rücken. »Dreh dich um«, befahl er.

Noch ehe Sean der Aufforderung nachkam, fühlte er die Pistole an seinem Leib.

Die kalten Augen starrten ihn an. »Deine Brieftasche, Mann.«

Tot, dachte Sean. Seine Finger zitterten, doch sein Verstand blieb ruhig.

»In deiner hinteren Hosentasche ist sie nicht«, zischte der Schwarze, »das habe ich gesehen. Also, raus mit der Sprache, wo hast du sie?«

Langsam faßte Sean in die Innentasche seiner Armeejacke. Das Heft des Messers umschließend, beobachtete er die Augen des Mannes. Whiskygeruch stieg ihm in die Nase.

Laß dir Zeit, sagte sich Sean. Du bist ja schon tot.

Er zog das Messer unter der Jacke bis zum Bündchen heraus, so daß es immer noch verborgen war.

»Sachte, Mann, sonst mach ich dich kalt.«

Mit einer schnellen Drehung des Handgelenks setzte Sean dem Schwarzen die Spitze der Klinge an die Kehle.

»Wir sind beide tot«, hauchte Sean.

Der Schwarze blinzelte und schluckte. Eine Überlegung zuckte in seinen Augen: Wenn er abdrückte, konnte ihm Seans Messer in die Kehle fahren. Wenn er nicht abdrückte …

Sean umklammerte das Messer noch fester.

»Mann,« murmelte der Mann.

Sean rammte ihm das Messer in die Kehle.

Ein Schmerz fuhr in sein Handgelenk, als er auf Zähne stieß. In Erwartung der Kugel, die ihm die Bauchdecke zerreißen würde, schloß er die Augen; der Whiskyatem blies ihm ins Gesicht, ein Schrei ertönte.

Die Pistole fiel klirrend zu Boden.

Langsam öffnete Sean die Augen.

Der Schwarze glotzte ihn an, auf das Messer gespießt, und Spucke und Blut schäumte zwischen seinen Lippen. Die Klinge steckte im Gaumen, Blut sickerte aus dem Hals.

Sean faßte dem Mann unters Kinn und zog mit einem Ruck die Klinge heraus.

Der Mann sackte zusammen und fiel auf die Seite.

Angewidert trat Sean zurück. Die Augen des Mannes waren noch offen. Ein Röcheln entfuhr seinem Mund, und sein Atem ging flach.

Sean ließ das Messer fallen und spähte zum Eingang der Gasse.

Niemand zu sehen. Ein Auto fuhr vorbei, so schnell, daß es schon wieder weg war, ehe Sean erschrak.

Er war wieder am Leben.

Schwitzend packte er den Mann, der immer noch zuckte, und wuchtete ihn kopfüber in eine halbleere Mülltonne. Die Tonne wackelte, als der Schädel gegen das Metall schlug.

Sean drehte sich um.

Das Messer lag auf einem Ölfleck, daneben die Pistole.

Sean wischte die Klinge an der Sohle seines Stiefels ab und steckte das Messer in die Tasche. Als er die Pistole aufhob, entdeckte er Blutspritzer an seinem Jackenärmel.

Die Pistole war ölig und sah billig aus. Doch als er den Finger an den Abzug legte, sah er die Szene noch einmal, verändert: Kerry Kilcannons Augen weiteten sich vor Angst, als er die Waffe auf ihn richtete.

Ein Wimmern drang aus der Mülltonne.

Sean schaute auf. Die Beine des Mannes zappelten. Aber er empfand kein Mitleid. Der Mann hatte ihn ausrauben, vielleicht sogar erschießen wollen, und sein Tod hatte ihn ins Leben zurückgebracht.

In seinem anderen Leben als John Kelly warteten Menschen auf ihn.

Er schob die Pistole in die Tasche und verließ die Gasse.

FÜNF

Nate Cutler sah sich im Hotelzimmer die Bilder an, die von einem Hubschrauber aus gefilmt worden waren – ein Streifenwagen glitt mit dem koreanischen Kaufmann durch eine aufgebrachte Menge. »Haben Sie das gesehen?« fragte er in den Telefonhörer. »Auf CNN. Ich habe gehört, wie Kilcannon mitgehen wollte.«

»Reine Effekthascherei«, erwiderte Jane Booth. »Und absolut unverantwortlich. Was passiert, wenn er verletzt wird?«

Nate sah auf den Bildschirm. »Bis jetzt hat es keine weiteren Verletzten gegeben. Weil Wills hingegangen ist.«

»Und Kilcannon«, knurrte Jane, »erntet Lob und Anerkennung, weil er hin wollte.«

Nate lachte freudlos. »Hat Sheila Neuigkeiten für mich? In knapp zwei Tagen rede ich mit ihm.«

»Nur eine«, antwortete Jane, »aber die hat es in sich – von einer Frau, die auf Laras Etage gewohnt hat. Sie hat Kilcannon nur einmal gesehen. Aber bei der Gelegenheit hat er minutenlang an die Tür der Costello getrommelt, völlig außer sich, sagt die Frau. Und anscheinend ist es ihm völlig egal gewesen, ob ihn jemand sieht oder hört.« Wieder wurde ihr Ton beißend. »Kein Wunder, daß sie umgezogen ist – ihr Liebster war nicht ganz zurechnungsfähig. Wie er heute wieder bewiesen hat.«

Janes Hochnäsigkeit ging Nate auf die Nerven. »Wann war das?« fragte er.

»Etwa um die Zeit, als die Costello der Psychologin alles erzählte«, meint Sheila. »Kurz bevor sie für NBC ins Ausland ging.«

»Interessant«, sagte Nate. »Aber damit wissen wir immer noch nicht, wer den Bericht der Psychologin unseren Freundinnen von Anthony's Legions zugespielt hat.«

»Nein, obwohl es eine Verbindung zwischen dieser Frau und Christian Commitment gibt. Aber wir können nur darüber spekulieren, was eine Gruppe, die zu den erbittertsten Abtreibungsgegnern in Amerika zählt, bewogen haben könnte, ihn dem politischen Gegner zu geben.«

»Oder wer die Mittelsperson war.« Nate sah aus dem Fenster auf die Skyline von Los Angeles. Sie war ihm schon immer unwirklich vorgekommen, wie ein riesiger, vom Himmel gefallener Lego-Baukasten. »In meinen Augen«, fuhr er fort, »ist das genauso wichtig wie das, was zwischen Lara und Kilcannon gewesen ist.«

»Finden Sie?« fragte Jane zweifelnd. »Hängt das nicht davon ab, wer es war?«

Auf dem Bildschirm waren jetzt Sanitäter zu sehen, die eine mit einem weißen Tuch bedeckte Bahre zu einem Krankenwagen trugen. »Wenn es Mason oder die Opposition war«, erwiderte Nate, »ist das sehr wichtig. Denn wenn sie uns dazu benutzen, Kilcannons politische Zukunft zu zerstören, müssen die Leute auch das erfahren. Dann können sie selbst urteilen, wen sie für schlimmer halten.«

»Oh«, entgegnete Jane schroff. »Das ist doch klar – uns. Wir müssen immer als Sündenbock herhalten. Für das, was Politiker tun, und weil wir die Pflicht haben, es zu drucken.«

Nate war das zu einfach. »Sie geben uns allen die Schuld. Das ist einer der Gründe, warum sie nicht wählen gehen.«

»Vielleicht«, sagte Jane in ironischem Ton. »Aber sie lesen die Sachen, oder etwa nicht? Und sie suchen garantiert nie den Fehler bei sich.«

Als Sean in die Wahlkampfzentrale zurückkehrte, machte sich Kate Feeney gerade Notizen, und vor den Telefonen saßen bereits einige Berufstätige im Hemd und mit Schlips. Diese Atmosphäre von Normalität wirkte auf ihn bedrückend.

Bei seinem Anblick legte Kate Feeney den Stift weg und sprang auf.

Sean erstarrte. Er dachte an seinen blutbespritzten Ärmel, an den zuckenden Leib in der Mülltonne.

Kate strahlte. »Das war toll von dir«, rief sie. Mit trippelnden Schritten kam sie auf ihn zu und umarmte ihn linkisch.

Die spatzenhafte Leichtigkeit ihres Körpers verwirrte ihn, und Angst durchzuckte ihn, sie könnte die Pistole unter seiner Jacke spüren. Dann beugte sie sich zurück und faßte ihn an beiden Ärmeln. »Ich habe ihm die Hand gegeben«, sagte sie. »Kerry.«

»Wie war er?« fragte er mit erzwungener Ruhe.

»Unheimlich nett. Echt freundlich. Und diese Augen.« Sie schüttelte den Kopf, als suche sie nach Worten. »Es ist, als könnte er einem in die Seele schauen.«

Sean konnte nur nicken.

Kate runzelte die Stirn. »Es tut mir sehr leid, daß du ihn verpaßt hast. Wirklich. Aber das werde ich dir nie vergessen.«

Wie lange, fragte sich Sean, würde es dauern, bis jemand die Leiche fand?

»John.« Es war Rick Ginsbergs Stimme. »Ich habe Neuigkeiten.«

Sean sah ihn in banger Sorge an.

Rick lächelte. Seine gute Laune wirkte auf Sean unecht, aufgesetzt. »Ich habe heute zwei Anrufe von Clayton Slade bekommen«, sagte Rick. »Das ist Kerrys nationaler Wahlkampfleiter. Kerry schiebt vielleicht noch eine Kundgebung in San Francisco ein, nach der Debatte. Sonntag früh. Und wenn ja, braucht er unsere Hilfe.«

Sean war sprachlos. Kate biß sich auf die Lippe. »Wann entscheidet es sich?«

»Morgen früh, spätestens.« Rick lächelte Sean an. »Wenn die Kundgebung stattfindet, ist hier der Teufel los. Aber so bekommen Sie noch eine Chance.«

In diesem Augenblick trat alles besonders scharf in Seans Bewußtsein: die Pistole in seiner Tasche, Ginsbergs blödsinnige Fröhlichkeit, Kates Blick, die Erinnerung an die Berührung ihres Körpers, der Tote in der Gasse, das trockene Gefühl in seinem Mund. Es war zuviel für ihn. Er konnte nicht sprechen.

Kerry lag erschöpft in der Badewanne und dachte über die Tragödie in South Central und seine Reaktion nach. Er wußte, er hatte nicht hingehen wollen. Bei der Erwähnung von Schußwaffen war er verstummt.

Clayton klappte den Klodeckel herunter und nahm darauf Platz. »Ich bin untröstlich«, sagt Clayton, »aber noch winkt dem Müden keine Ruhe.«

Kerry hob den Kopf. »Was Neues über Mason?«

Clayton faltete die Hände vor dem Bauch. »Wir haben das Polizeiprotokoll. Aus Darien. Nur soviel: Wir haben es nicht widerrechtlich in unseren Besitz gebracht.«

Kerry stemmte sich etwas höher. »Und was steht drin?«

»Es ist von 1978; zwei Jahre später kam Dick in den Kongreß. Jeannie Mason erstattete Anzeige – nach ihrer Aussage war Dick betrunken. Sie sagte vor der Polizei aus, daß er sie früher schon geschlagen habe und daß für sie nun endgültig Schluß sei.«

»Und?« fragte Kerry. »Was hat die Polizei getan?«

»Sie wandte sich an den Bezirksstaatsanwalt. Und der war zufällig mit Dick befreundet. Man einigte sich in aller Stille. Die Anklage wurde fallengelassen, Dick gelobte, zum Eheberater zu gehen. Die Sache kam nie vor Gericht.« Clayton sprach abgehackt. »Das erklärt so manches. Zum Beispiel, warum Dick Apfelsaft trinkt – ›für ein gesünderes Familienleben‹.«

»Habt ihr etwas aus jüngerer Zeit?« fragte Kerry.

»Noch nicht.«

Kerry wischte sich mit einem Lappen über das Gesicht. »Dick muß Hilfe bekommen haben. Sonst hätte das Jeannie niemals mitgemacht, meinst du nicht auch?«

»Ich kenne sie nicht.« Clayton stand auf und verschränkte die Arme. »Aber ich bin mir ziemlich sicher, daß er hinter der Sache mit Lara steckt. Deshalb taucht der Bericht ausgerechnet jetzt auf, und deshalb verlangt er bei der Debatte so verrückte Regeln. Er will dich noch vor Dienstag damit konfrontieren.«

»Und deshalb willst du die Sache mit Jeannie lancieren, in der Hoffnung, daß sie jemand druckt.«

Clayton runzelte die Stirn. »Wenn ich recht habe, warum soll es Mason dann besser ergehen als dir?«

»Bring mir den Beweis, daß er es getan hat, und ich denke ernsthaft darüber nach, ob wir ihn in die Mangel nehmen. Jeannie hin oder her.«

Ihre Blicke begegneten sich, und dann schlug Clayton die Augen nieder. »Da wir gerade von Ehefrauen sprechen«, sagte er. »Ich habe heute mit Meg telefoniert.«

»Mit Meg?« fragte Kerry erschrocken. »Wieso denn?«

»Wieso wohl? *Newsworld* hat ihr einen Besuch abgestattet. Wie es aussieht, hat man sie ins Bild gesetzt.«

Kerry spürte, wie sich Bedauern, dann Trauer in seine Wut mischte. »Schweinehunde«, knurrte er. »Ich wollte nicht, daß sie es erfährt.«

»Sie auch nicht. Ich soll dir ausrichten, daß sie nichts mehr davon hören will. Egal von wem.«

Kerry rieb sich den Nasenrücken. »Was heißt das?«

»Daß sie ihnen nicht helfen will. Im übrigen wünscht sie dir viel Glück.«

Einen Moment lang dachte Kerry deprimiert an die Zeit, ehe sie sich zum ersten Mal liebten, als sie noch nicht ahnten, welcher Graben sie trennte. »Wenn du wieder mit ihr sprichst«, sagte er schließlich, »richte ihr meinen Dank aus.«

»Das bringt mich auf Cutler. Wir schicken Nat Schlesinger zu Cutlers Chefs nach New York. Er soll sie fragen, ob ihnen eigentlich klar ist, was sie tun.«

»Oh, mit Sicherheit.« Kerry schaute wieder auf. »Haben wir eine Erklärung zu dem erschossenen Jungen in South Central herausgegeben?«

»Ja. Kit hat sie so geschrieben, wie du es wolltest.«

Kerry schüttelte den Kopf. »Ich schätze, mein Aufruf zu mehr Toleranz war für die Katz.«

»Es war töricht von dir, daß du Reverend Wills begleiten wolltest«, sagte Clayton mit ausdrucksloser Stimme. »Und das weißt du auch. Die einzige Alternative ist schweigen und heroische Bescheidenheit üben.« Er lächelte schwach. »Mit etwas Glück hast du morgen früh einen Prozentpunkt aufgeholt.«

»›Heroisch.‹ Etwas Ähnliches hast du mir gesagt, als Musso mich angeschossen hatte. Je weniger ein ›Held‹ sagt, desto besser. Insbesondere wenn er weiß, wie es wirklich war.«

Clayton setzte sich wieder. »Kerry, falls du auf einen Tag wartest, an dem man dich nicht kritisch unter die Lupe nimmt, kannst du lange warten. Es sei denn, du verzichtest auf die Kandidatur.«

Kerry fühlte, wie ihn diese Wahrheit durchdrang. Ruhig antwortete er: »Ich kann nicht aufgeben. Nicht jetzt.«

»Dann überleg dir die Sache mit Mason. Über die Psychologin kriegen wir nichts heraus, jedenfalls nichts, was sie in ein schlechtes Licht rückt. Besser, wir halten uns an Dick.«

»Und was ist mit der Kundgebung in San Francisco?« erkundigte sich Kerry. »Ellen Penn glaubt, daß wir genug Leute auf die Beine bringen, und ich möchte sie nicht noch mehr verärgern, als ich es schon getan habe. Aber der Bürgermeister unterstützt Dick, so daß wir von dieser Seite keine Hilfe erwarten dürfen.«

Claytons Blick wurde nachdenklich. »In ungefähr drei Stunden«, sagte er, »liegen Jacks Umfrageergebnisse vor. Dann entscheiden wir uns.«

SECHS

Als Lara mit Lee McAlpine und Sara Sax im Citrus eintraf, saß Nate Cutler bereits an ihrem Tisch.

Lara fühlte sich hintergangen, denn eigentlich war nur ein Essen zu dritt geplant. »Ich habe beschlossen, mich euch anzuschließen, als ich erfahren habe, daß Lara kommt«, sagte Nate zu Lee und lächelte Lara an. »Die anderen sehe ich jeden Tag. Aber am Dienstag verschwindest du aus unserem Leben.«

Du Hundesohn, dachte sie und erwiderte sein Lächeln. »Aber ich werde immer an dich denken. Glaube mir.«

Die Frauen setzten sich. Vier Journalisten, dachte Lara mürrisch, die nach einem anstrengenden Tag in einem Luxusrestaurant in Los Angeles Erholung suchten. Doch für sie selbst gab es nun keine Erholung mehr.

»Und«, fragte Nate, nachdem sie ihre Drinks bestellt hatten, »was haltet ihr davon, daß Kilcannon heute Feuerwehr spielen wollte?«

»Bei Kilcannon«, erwiderte Lee, »weiß man nie genau, warum er etwas tut.«

Nate nippte an seinem Daiquiri. »Nach Ansicht meiner Chefin geht's immer nur um Wählerstimmen.«

»Und was glaubst du?«

Nate strich das Tischtuch glatt. »Kilcannon will zeigen, daß er bereit ist, Risiken einzugehen.«

»Glaubst du wirklich, daß das riskant war?« erwiderte Lee. »Die Cops hätten ihn niemals in die Nähe gelassen.«

»Und wenn doch?« Nate zuckte mit den Schultern. »Dick Mason würde warten, bis South Central niedergebrannt wäre, und dann mit Bundesgeldern für das Jugendzentrum ›Derek Baker‹ anrücken, oder wie dieser tote Junge noch hieß.« Er wandte sich an Lara. »Keine Meinung, Miss Costello? Wenn ihn jemand kennt, dann du.«

Laras Lächeln war kühl. »Deine Chefin hat recht«, sagte sie mit ausdrucksloser Stimme. »Man sollte diesen Leuten nie glauben. Man wird nur enttäuscht.«

»Für mich«, sagte Lee zu Nate, »besteht der eigentliche Spaß darin, ihren Charakter zu analysieren. Nicht was sie sagen, ist interessant, sondern wer sie sind.«

Nate nickte. »Und deshalb irrt meine Chefin. Zumindest in bezug auf Kilcannon.« Er sah in die Runde und ließ den Blick auf Lara ruhen. »Nehmt nur diese Abtreibungsgeschichte. Kilcannons Bemerkung, daß ein Fötus Leben sei, war aus politischer Sicht eine Dummheit, gerade in seiner Partei. Also muß er einen anderen Grund dafür gehabt haben.«

»Vielleicht ist es seine Überzeugung«, erwiderte Lara einfach. »Ganz gleich, was du und ich denken. Oder für zweckdienlich halten.«

Nate legte den Kopf schief wie ein Mann, der einen Punkt für sich verbuchen konnte. »Dann glaubst du also, daß er Grundsätze hat? Obwohl du einmal gesagt hast, Lebenserfahrung sei der Schlüssel zum Verständnis Kerry Kilcannons.«

Laras Miene wurde hart. »Das war eine Theorie, Nate. Aus einer Zeit, in der ich es mit Lee hielt: die Reportage als Psychoanalyse.«

»Und heute bist du nicht mehr dieser Ansicht?«

Lara zuckte die Schultern. »In Afrika erscheint einem so etwas ziemlich belanglos, das ist alles. Wenn Menschen verhungern, verschieben sich die Prioritäten.« Sie nippte an ihrem Gimlet. »Wir wissen jetzt, warum Lee Journalistin ist. Und was sind deine Gründe?«

Nate mußte wissen, daß sie nur ablenkte. Doch er sah sie nachdenklich an, als sei er ihr eine ernsthafte Antwort schuldig. »Es mag vielleicht wie eine Feiertagsrede klingen. Aber ich wollte Journalist werden, weil ich überzeugt war, daß der amerikanische Wähler die richtige – oder zumindest eine bessere – Entscheidung trifft, wenn man ihm sagt, was vor sich geht.«

»Oh«, sagte Lara grinsend, »dann hast du noch viel vor dir.«

Nate starrte sie an. »Der amerikanische Wähler«, warf Sara Sax ein, »ist dumm und apathisch. Trotzdem macht mir die Sache noch Spaß. Als die Initiative zu den Anti-Diskriminierungsprogrammen begann und ihre Anhänger Anzeigen mit Zitaten von Martin Luther King schalteten, mußte ich laut lachen. Natürlich war das absolut verwerflich, aber es hat Spaß gemacht.«

»Auch gegen diese Initiative hat Kilcannon Front gemacht«, erwiderte Nate. »Er hat eine Schwäche für Underdogs und scheinbar aussichtslose Kämpfe.«

»Aber warum?« fragte Lee. »Er redet nie über sich selbst, außer im Scherz, und alle Fragen bleiben offen.«

»Apropos«, sagte Nate »was ist eigentlich aus seiner Ehe geworden?«

»Ist das so wichtig?« fragte Lara über den Tisch hinweg.

Nate sah sie lange an. »Kommt drauf an. Aber als Reporter habe ich wohl das Recht, es zu erfahren. Dann kann ich mir ein Urteil bilden, ob die Öffentlichkeit es erfahren muß.«

Du willst den lieben Gott spielen, dachte Lara wütend, aber dann begriff sie, daß sie vor vier Jahren ähnlich argumentiert hätte. »Und was sind deine Kriterien?«

Lara spürte, daß Lee sie forschend ansah. Das Gespräch hatte einen feindseligen Unterton angenommen. »Das klarste Kriterium«, sagte Nate ruhig, »ist Heuchelei. Ein Politiker heuchelt, wenn er privat das Gegenteil von dem tut, was er öffentlich verkündet.«

Woher willst du das wissen, hätte Lara am liebsten gefragt,

wo ich doch die einzige bin, die es weiß? Sie merkte, wie Nate sie tiefer ins Gespräch hineinzog, und suchte fieberhaft nach einem Ausweg. »Gehen wir von einem hypothetischen Fall aus«, sagte sie, »der allgemeingültig ist. Nehmen wir einen Gouverneur von Florida. Ein überzeugter Anwalt der Familie, seit zwanzig Jahren verheiratet, nette Frau und zwei süße Kinder. Bei den Wählern deswegen sehr beliebt. Der einzige Haken: Wir haben entdeckt, daß er unsterblich in einen Mitarbeiter verknallt ist. Er ist kein Schwulenjäger, und soweit es die Verhältnisse in Florida erlauben, nimmt er Schwulen gegenüber in der Öffentlichkeit eine tolerante Haltung ein. Aber siebzig Prozent der Wähler in Florida finden, daß ein Homosexueller nicht zum Gouverneur taugt. Bringen wir die Geschichte?«

Lee blickte finster auf den Tisch. »Wenn der kein Heuchler ist …«

»Warum sein Leben zerstören?« fragte Lara. »Aber du mußt eins bedenken: Im Gegensatz zu vielen Wählern haben wir für Schwule Verständnis.«

»Dann sind wir elitär?«

»Natürlich. Und entgegengesetzter Meinung.«

»Aber decken sich meine Wertvorstellungen mit denen der Öffentlichkeit?« unterbrach Nate. »Und wenn ja, welcher Öffentlichkeit?«

»Gute Frage«, sagte Lara lächelnd. »Ich weiß nicht, ob ich sie beantworten kann.«

Zum ersten Mal wirkte Nate verunsichert. »Der Mann ist kein Heuchler, sagst du, und kein Lügner.«

»Oh, aber du kannst ihn zu einem machen.« Lara bemühte sich, ruhig zu bleiben. »Eines Tages interviewst du ihn, angeblich über kubanische Einwanderer. In Wahrheit hast du den Bericht eines Psychologen erhalten, in dem er verzweifelt gesteht, daß er einen Mitarbeiter liebe, aber niemals die Wahrheit sagen könne. ›Jetzt haben Sie Gelegenheit dazu‹, sagst du zu ihm. Aber dir ist natürlich klar, daß er mit der Wahrheit seine Ehe und seine Karriere zerstören würde. Also lügt er, genau wie von dir erwartet.« Sie senkte die Stimme. »Dann kriegst du ihn mit der Beichte eines Verflossenen dran und bringst die Sache als Titelgeschichte. Weil der Gouverneur von Florida dich belogen hat.«

Nate sah sie unverwandt an. »Ich glaube nicht, daß ich das tun würde.«

Lara lächelte wieder. »Nein? Das wollte ich hören.« Sie blickte in die Runde. »Wer von uns würde den Gouverneur abschießen?«

Die anderen schwiegen. »Niemand«, sagte Sara, und dann kam der Kellner.

Lara hatte keinen Appetit und bestellte nur der Form halber einen Salat und eine Vorspeise.

»Ist Chardonnay immer noch dein Lieblingswein?« fragte Nate sie.

»Ja«, antwortete sie und reichte dem Kellner ihre Karte.

»Ein Flasche Peter Michael«, sagte Nate lächelnd. »Und stellen Sie eine zweite kalt.«

Der Kellner ging. »Teuer«, bemerkte Sara Sax.

»Wir arbeiten schwer«, sagte Nate, »und müssen große Entbehrungen auf uns nehmen. Apropos, hast du den Typ vom Secret Service rumgekriegt?«

Sara lächelte wehmütig. »Wäre ich dann hier?«

»Klar«, erwiderte Lee, »weil du Hunger hast.«

»Da wir gerade von Sex reden«, sagte Nate, »ich hätte da einen anderen hypothetischen Fall. Interesse?«

»Immer«, antwortete Lee.

»Schön.« Nate sah in die Runde. »Derselbe Gouverneur, dieselbe Ehefrau, dieselben Kinder. Nur daß er jetzt Hetero und ein verbissener Abtreibungsgegner ist. Sein jüngstes Kind ist zehn, und seine Frau hat einen guten Job beim Fernsehen. Und will keine Kinder mehr. Doch eines Tages versagt ihr Diaphragma.« Nate machte eine Pause und sah Lara an. »Sie entschließt sich zu einem Abbruch. Und am selben Tag, an dem ihr Mann vor Geistlichen erklärt, daß Abtreibung selbst nach Vergewaltigung oder Inzest inakzeptabel sei, läßt sie das Kind wegmachen. Was sagst du, Lara? Bringen wir das?«

Lara fröstelte. »Frag Lee und Sara. Warum soll ich den ganzen Spaß haben?«

Nate wandte sich an Lee und hob die Brauen.

»Was sagt der Gouverneur hinterher?« fragte Lee und hielt dann inne. »Schätze, das ist egal. Wenn er immer noch gegen Abtreibung ist, ist er ein Heuchler. Wenn er seinen Standpunkt korrigiert, hat die Öffentlichkeit das Recht zu erfahren, warum.«

»Was ist mit der Privatsphäre der Frau?«

Lee runzelte die Stirn. »Normalerweise wäre das ein Aspekt. Aber sie ist mit einem hohen Amtsträger verheiratet, der sich lautstark zu diesem Thema äußert. Das geht vor.«

Nate wandte sich an Sara Sax. »Was meinst du?«

»Ich bin für das Recht auf Abtreibung, deshalb bin ich voreingenommen.« Sara faltete die Hände und überlegte. »Ja, ich würde es bringen. Weil die Doppelmoral dieser Tugendwächter zum Kotzen ist.«

»Zwei zu null.« Nate blickte über den Tisch zu Lara. »Jetzt bist du wieder dran.«

Lara sah ihm in die Augen. »Haben wir nicht was vergessen?«

»Was denn?«

»Wessen Entscheidung es war.«

Nate lächelte schwach. »Vermutlich die der Frau.«

»Dann sag mir, wie er dazu stand«, sagte Lara, »und ich gebe dir eine Antwort.«

Nate lächelte weiter. Doch sein Blick wurde ernst und nachdenklich. Während er schwieg, brachte der Kellner den Wein.

Nate kostete. »Herrlich«, sagte er. »Der ist jeden Penny wert, den *Newsworld* springen läßt.«

Die anderen lachten. Seit wann, fragte sich Lara verzweifelt, gehörte sie nicht mehr dazu? Seit Kerry sie das erste Mal berührt hatte, oder seit eben erst? Sie waren gute Journalisten, ehrgeizig und eingebildet, gewiß, aber Profis, die hart arbeiteten und ihren Beruf ernst nahmen. Nur daß sie selbst nicht mehr dazu gehörte.

»Da wir gerade von Lügen und Spesenkonten sprechen«, sagte Lee, »mit welcher Persönlichkeit speise ich heute abend?«

»Mit Kerry Kilcannon natürlich«, schlug Sara Sax fröhlich vor.

Nates Blick flog zu Lara. »Nicht glaubhaft. Der geht uns aus dem Weg.«

Lee wiederum sah Nate scharf an. »Wie wär's mit Kit Pace? Kit hat für dich anscheinend immer Zeit.«

Mit einem unschuldigen Lächeln erhob Nate sein Glas. »Auf Kit.«

Lara rührte ihren Wein nicht an.

SIEBEN

Allein in seinem Hotelzimmer, untersuchte Sean Burke das Magazin der Pistole.

Es war voll. Im nachhinein bekam er Angst. Der Kerl hätte ihn töten können, er selbst könnte jetzt in der Gasse liegen. Er schloß die Augen und wog die Waffe in der Hand. Der Ton des Fernsehers klang so gedämpft wie ein Gebet.

Die Zeit lief ihm davon. Wenn sie seine Spur bis nach San Francisco verfolgt hatten, schützte ihn nur noch der Name »John Kelly« vor der Polizei. Und ob er in sechsunddreißig Stunden eine letzte Chance bekam, hing allein von Kerry Kilcannon ab.

Kilcannon, dachte Sean aufgebracht, ein Mann, der nichtsnutzige, mit Drogen vollgepumpte Schwarze verteidigte statt ungeborene Kinder.

Eine weibliche Stimme drang aus dem Fernseher.

»Am 12. Februar 1988 betrat ein junger Staatsanwalt das Gericht.«

Sean riß die Augen auf.

Auf dem Bildschirm erschien Kilcannons Gesicht. »Schon seit vier Jahren«, fuhr die Stimme fort, »widmete er sich der Aufgabe, Frauen vor Gewalt zu schützen. Und nun war er gekommen, um wieder eine Frau und ihren Sohn zu schützen.«

Sean ging zum Fernseher, den Blick fest auf den Bildschirm gerichtet.

»Doch auch ein anderer kam an diesem Tag ins Gericht, ein Mann mit einer Pistole. Der gewalttätige Ehemann der Frau.«

Ein Schuß fiel. Die Pistole zitterte in Seans Hand.

Ein neues Bild.

Ein Wachmann stand über einem Toten. Daneben lag ausgestreckt auf dem Boden die Leiche einer Frau.

Langsam schwenkte die Kamera.

Neben ihr lag, an der Schulter blutend, Kilcannon. Mit seinem unversehrten Arm hielt er einen verängstigten dunkelhaarigen Jungen.

»Kerry Kilcannon«, schloß die Frauenstimme, »denn Taten sind mehr als Worte.«

Seans Augen schwammen in Tränen, als er die Pistole auf Kerry Kilcannons Kopf richtete.

Kerry spritzte sich im Badezimmer Wasser ins Gesicht. Er betrachtete kurz seinen blassen Teint, seine Tränensäcke. Vor der morgigen Fernsehdebatte würden die Maskenbildner viel Arbeit mit ihm haben.

Eine Stimme riß ihn aus seinen Gedanken.

»Die Bostoner Polizei«, sagte der Moderator von NBC, »hat ein Phantombild des Mannes veröffentlicht, der am Dienstag in der Bostoner Frauenklinik drei Menschen erschossen hat.«

Neugierig trat Kerry näher und betrachtete den jungen Mann mit der Skimütze.

Er empfand ein gewisses Unbehagen, vielleicht wegen der Morde selbst, vielleicht wegen des Gesichts auf dem Bildschirm. Es wirkte skrupellos, und die grimmig blickenden Mörderaugen hatte etwas Asiatisches: Kerry fragte sich, ob der Täter wirklich so aussah oder ob das Bild nur die Angst der Frau widerspiegelte, die ihn gesehen hatte.

Er betrachtete es mit einem leichten Schauder. Dann vernahm er ein Klopfen an der Tür.

Er schaltete den Fernseher aus und öffnete.

Clayton trat ein, ein Bündel Papiere in der Hand. Sein Blick streifte die Unterlagen, die auf dem Couchtisch verstreut lagen. »Ich hoffe, du hast für die Debatte alles auswendig gelernt.«

Kerry schnitt eine Grimasse. »Von dem Zeug über die Zahlungsbilanz bekomme ich Kopfschmerzen. Falls ich gewählt werde, muß sich ein anderer darum kümmern.«

Clayton sank in einen Sessel und lächelte verhalten. »Im Moment sieht es nicht schlecht für dich aus. Nach Jacks Zahlen hast du erstmals die Nase vorn. Ein Prozent ist kein dickes Polster, aber es könnte ein Trend sein.«

Kerry setzte sich ihm gegenüber. »Wo legen wir zu?«

»Du mobilisierst deine Basis – zumindest bei den Minderheiten. Die letzten Wahlkampftage und unsere Spots wirken zusammen. South Central könnte den Ausschlag geben: Eine große Mehrheit glaubt, daß du Rassenkonflikte besser lösen kannst als Dick.«

Kerry nickte. »Wieviel Unentschlossene?«

»Fast zwölf Prozent.« Claytons Miene wurde wieder ernst. »Drei Tage vor einer Wahl ist das ziemlich viel. Jack glaubt, daß viele die Fernsehdebatte morgen abend abwarten wollen.«

Kerry zuckte zusammen. »Nur weiter so, wenn du mich nervös machen willst.«

Clayton beugte sich vor. »Dick kennt die Zahlen auch und sieht seine Felle davonschwimmen. Er ist verzweifelt. Mach dich auf einiges von ihm gefaßt.«

»Wie sieht es beim Thema Abtreibung aus?« fragte Kerry.

»Nach wie vor mau.«

Kerry kniff die Augen zusammen und legte einen Finger an die Lippen. »Setzt die Kundgebung an«, sagte er schließlich. »Am Sonntagmorgen, nach meinem Gespräch mit Cutler. Ich werde persönlich Ellen Penn anrufen und ihr sagen, wie wichtig die Sache ist.«

Clayton nickte. »Und ich telefoniere mit San Francisco.«

Clayton ging, und Kerry blieb allein zurück.

Er war ein praktisch denkender Politiker mit einem praktischen Problem. Und alles, woran er denken konnte, war der sinnlose Wunsch, die Zeit zurückzudrehen.

Lara legte den Hörer auf und schloß die Augen.

Sie hatte ihre Voicemail bei NBC abgehört. Die üblichen Nachrichten, bis auf eine.

Sie stammte von einer früheren Nachbarin und war undeutlich und vorsichtig formuliert, als habe die Frau Angst, belauscht zu werden. Aber das Wesentliche wurde klar.

Die besorgte Frau hatte Besuch von einer *Newsworld*-Reporterin bekommen und ihr eine Szene geschildert, von der Lara möglicherweise gar nichts wisse: Ein Mann, der einem bekannten Senator ähnlich sehe, habe aufgelöst im Flur gestanden und Laras Namen durch die Tür gerufen.

Nein, dachte Lara, davon hatte sie nichts gewußt. Sie war bereits fort gewesen; hinter der Tür war niemand, der ihn hätte hören können.

Hätte sie doch nur gleich zu Anfang gesehen, wie es enden würde.

Erzähl mir von Meg.

WASHINGTON

April 1997 – September 1998

EINS

Beim Aufwachen schaute Kerry verwundert in ihr Gesicht. Sie lagen dicht nebeneinander und schwiegen. Ihr Blick war so ernst, daß er schon fürchtete, in wenigen Augenblicken würde alles zu Ende sein, er würde sie nie wieder so ansehen, nie wieder so offen mit ihr sprechen können wie gestern abend.

»Ich wußte nicht, was Einsamkeit ist«, sagte er endlich. »Bis jetzt.«

Ihre Augen blickten fragend. »Bedeute ich dir so viel?«

Er zögerte, dann begriff er, daß er die Einsamkeit, die ihm so vertraut geworden war, daß er sich mit ihr abgefunden hatte, nun, da er Lara kannte, nicht mehr ertragen konnte. »Am Abend nach Liams Beerdigung«, gestand er ihr, »wollte ich, daß du bei mir bleibst. Nicht Meg, nicht Clayton – du.« Er hielt inne, aus Angst, sie zu erschrecken. »Ich weiß, daß du keinen Politiker willst, ebensowenig wie Meg. Aber ich hoffe inständig, daß du einen anderen Teil von mir willst.«

Sie ergriff seine Hand. »Was wir tun, ist in vieler Hinsicht falsch. Ich brauche dir nicht zu sagen, warum. Aber ich will, daß du eines weißt – ich könnte niemals so mit dir zusammensein und gleichzeitig mit einem anderen zusammenleben. Und eines Tages würde ich es müssen, denn irgendwann möchte ich ein normales Leben.« Sie machte eine Pause und setzte hinzu: »Das könnte uns beiden weh tun, Kerry. Viel mehr, als wenn wir jetzt Schluß machen.«

Kerry kämpfte mit seinen Gefühlen – einer plötzlichen Besitzgier, der quälenden Angst, sie zu verlieren, dem heftigen Verlangen nach Glück. »Du bist ein aufrichtiger Mensch«, sagte er einfach. »Ich vertraue darauf, daß du mir sagst, wenn es soweit ist.«

Sie sah weg, und lange dunkle Wimpern verhüllten ihre Augen. »Es könnte an dem Tag sein, an dem du beschließt, für die Präsidentschaft zu kandidieren. Denn das wäre unmöglich.«

Der Gedanke an die Politik bedrückte Kerry. »Lara«, sagte er sanft, »wir haben uns gerade geliebt. Wir können ein andermal über meine Karriere reden – ich möchte es sogar. Aber jetzt will ich nur, daß wir uns wiedersehen.«

Lara holte Luft. »Ich weiß nicht, Kerry. Ich weiß nicht, was wir tun sollen.«

Die Vorstellung, sie zu verlieren, ließ ihn erschauern. Er zog sie an sich und drückte ihr Gesicht gegen seine Brust. Minutenlang sprachen sie kein Wort.

»Es wird spät«, sagte sie leise. »Und immer schwieriger, loszulassen. Wenigstens für mich.«

Er antwortete nicht. Sie rückte ein Stück zur Seite, so daß eine Lücke zwischen ihnen entstand. Er sah die Unschlüssigkeit in ihren Augen, all die privaten und beruflichen Hinderungsgründe, die sie schweigen ließen, die moralischen Bedenken, die Angst, verletzt zu werden. Doch als sie sprach, ging sie auf nichts davon ein.

Sanft sagte sie: »Erzähl mir von Meg.«

In der folgenden Stunde hörte sie zu und versuchte zu verstehen, was ihn zu ihr geführt hatte.

Natürlich fiel es ihm schwer, über Meg zu sprechen. Manches war ihm noch unklar: Meg hatte ihn widerstandslos sein Leben leben lassen. Doch Lara fühlte, daß er sich mit seinem Schmerz und Zorn noch nicht abgefunden hatte, oder mit der tieferen Wahrheit, daß ein abwesender Ehemann, der sich Vorwürfe machte und verpflichtet fühlte, nicht mehr verlangen würde, als Meg ihm zu geben vermochte.

»Du bist einsam gewesen«, sagte sie zu ihm. »Meg hat unsere Beziehung erst ermöglicht. Ich sage es nicht gern, aber wenn du nicht mit Meg zusammensein willst, solltest du dir eine Frau suchen, die das Leben, für das du dich entschieden hast, mit dir teilen möchte und bereit ist, euer gemeinsames Leben mit all den anderen Leuten zu teilen, die ein Stück davon abhaben wollen oder müssen. Ich weiß, daß es sie gibt, du mußt dich nur umsehen.«

Er betrachtete sie eine Weile schweigend, dann ergriff er ihre Hand. »Ich habe sie gefunden. Ich weiß nur nicht, ob sie mich will.«

»Oh«, erwiderte Lara, »sie will dich. Doch es wäre viel besser, sie wollte nicht.«

Monate verstrichen, ein Jahr.

Manchmal vergingen Tage, ohne daß sie ihn sah, manchmal, wenn er auf Reisen war, eine Woche oder mehr. Doch jeden Tag telefonierten sie miteinander. »Ich kann mir nicht vorstellen, dich nicht zu begehren«, sagte sie einmal zu ihm. »Und die Vorstellung, niemals mit dir zu sprechen …«

Sie hatte sich noch nie einem Menschen so nahe gefühlt.

Wenn sie sich etwas vom Herzen reden mußte, fand sie in ihm immer einen geduldigen Zuhörer, ob es nun ihren Beruf, ihre Familie oder ihre schwierige Affäre betraf. »Wenn du weg bist«, sagte sie nach ein paar Monaten, »stelle ich mir vor, wie du mit Meg zusammen bist. Obwohl du sagst, daß du nie mit ihr schläfst.«

Kerry sah sie fragend an. »Würdest du gern mit Meg tauschen, wenn du könntest?«

Sie nahm seine Hand. »Ich habe daran gedacht«, gab sie zu. »Trotz meines Berufs, und obwohl es einen Skandal geben würde. Aber der Mann, den ich begehre, ist von all dem anderen, das ich nicht möchte, nicht zu trennen.« Sie senkte die Stimme. »Du bist schon mit dreißig Senator geworden. Als etwas anderes kann ich mir dich nicht vorstellen, du etwa? Höchstens als Präsident.«

Er schlug die Augen nieder. »Wenn das stimmt, Lara, dann bin ich das geworden, wovor ich immer Angst hatte. Jemand ohne ein anderes Leben.«

»Vielleicht bist du nur das geworden, was du bist. Ich möchte nicht, daß du das verlierst, Kerry.« Sie küßte ihn. »Ich glaube, du weißt, was ich empfinde, sonst wäre ich nicht hier. Aber wenn ich jemals heirate, dann möchte ich einen Mann, der genug Zeit hat für eine gleichberechtigte Partnerschaft, und Kinder, die beide Eltern zu sehen bekommen. Mit einem Senator oder einem Präsidenten geht das nicht.« Sie wandte sich ab. »Und das tut mir so weh, daß ich manchmal verabscheue, was wir beide tun.«

Sie lebten nur in der Gegenwart, und in der Gegenwart gab es wenig, das sie nicht teilten. Oft brachten sie einander einfach nur zum Lachen. Eines Nachts, als sie sich gerade liebten, klapperte ein Müllauto unter Kerrys Fenster und verwandelte ihre Leidenschaft in einen Wettlauf zwischen Erfüllung und Ablenkung, bis der Schauer ihres Höhepunkts in Heiterkeit zerfloß und sie sich bogen vor Lachen.

»Timing ist alles«, sagte Kerry schließlich. »Zwei Sekunden länger, und wir hätten es nicht mehr gepackt.«

Lara küßte ihn. »Und es war so romantisch«, sagte sie trokken. »Wie vor einer Kampfrichterriege mit Stoppuhren.«

Kerry wälzte sich grinsend auf den Rücken: »Liebe in der friedlichen Natur kann ich mir nicht vorstellen. Wo liegt da der Reiz?«

»Vielleicht«, erwiderte sie zu ihrer eigenen Überraschung, »sollten wir es mal probieren.«

Kerry stützte sich auf den Ellbogen und streichelte ihr Haar. »Einfach mal allem entfliehen?« fragte er lächelnd.

Der Gedanke, ein paar Tage allein mit ihm zu verbringen, erschien ihr verlockend. »Wenn du es einrichten kannst«, sagte sie einfach.

Sein Lächeln erlosch, und er sah sie an. »Ich will's versuchen.«

Über ein Jahr lang war Lara der Entdeckung entgangen.

Wenn überhaupt, so wurden ihre Berichte über Kerry Kilcannon scharfsinniger, analytischer und kalkulierten stärker mit der Möglichkeit, daß er die zunehmenden Differenzen mit Mason zum Anlaß nehmen könnte, selbst für die Präsidentschaft zu kandidieren. Manchmal witzelte er beiläufig darüber. Aber er beklagte sich nie. Der scharfe Ton in ihren Berichten war beileibe nicht nur Tarnung. Nach Laras Verständnis schützte er ihre Integrität und ermöglichte es ihr dadurch erst, mit ihm zusammenzusein.

»Ich glaube, du hast recht«, sagte Nate Cutler eines Tages beim Lunch. »Er wird kandidieren. Seine Forderungen an Mason nehmen sich wie ein Wahlkampfprogramm aus.«

Lara schluckte den Bissen Thunfisch hinunter. »Vielleicht hält er sie einfach nur für richtig. Ganz bestimmt sogar.«

Nate nickte. »Dann wird er erst recht kandidieren und uns allen große Langeweile ersparen.«

Lara sah vor sich hin, der Appetit war ihr vergangen.

Nate beobachtete sie, sagte aber nichts. Sein Schweigen falsch deutend, kam sie zu dem Schluß, daß er irgendwie von ihrer Affäre mit Kerry erfahren haben mußte. »Hör mal«, sagte er schließlich. »Ich würde dich am Freitag gern zum Abendessen einladen.«

Er war zapplig und fühlte sich offenbar ebenso unbehaglich wie sie, wenn auch aus anderen Gründen. »Wir beide?« fragte sie leichthin. »Wir beide sollen miteinander ausgehen?«

Er rang sich ein Lächeln ab. »Ja, oder wäre das in deinen Augen Inzest?«

Lara faßte ihn am Arm und sagte leise. »Das ist es nicht, Nate. Aber es gibt einen anderen.«

Er schaute vom Tisch auf. »Du hast nie ein Wort gesagt. Die Sache ist wohl geheim?«

Lara lächelte. »Absolut«, antwortete sie. »Eines Tages brauche ich vielleicht einen Freund wie dich.«

Als sie an jenem Abend in Kerrys Wohnung kam – wie immer in der Angst, daß ihr jemand gefolgt sein könnte –, ging ihr das Gespräch noch im Kopf herum.

Kerry war noch nicht da. Sie ging in die Küchennische und verstaute den Wein, den sie mitgebracht hatte, im Kühlschrank. Die Wohnung war unpersönlich eingerichtet – eine Couch und ein Fernseher, ein paar Zeitschriften und Bilder – und wirkte leer ohne ihn. So leer, wie sich Lara bisweilen fühlte, wenn er fort war.

Er wird kandidieren.

Nate glaubte es also auch. Und aus gutem Grund, denn je tiefer der Graben zwischen Kerry und Mason wurde, desto mehr würde er sich genötigt sehen, selbst zu kandidieren. Und wenn er kandidierte, war in seinem Leben kein Platz mehr für sie.

Die Tür ging auf, und Kerry trat ein, die Krawatte schief, das Gesicht entrüstet.

Er küßte sie flüchtig. »Entschuldige. Ich war im Old Executive Office Building und habe mit Amerikas größtem beinahe lebenden Vizepräsidenten über die Zukunft unseres Landes diskutiert. Der Mann ist wahrlich eine Zierde seines Amtes.«

Lara reichte ihm ein Glas Chardonnay. »Keine Lösung in Sicht?« fragte sie.

Er setzte sich neben sie auf die Couch. »Es war lachhaft, Lara. Der Mann ist so freundlich, daß einem sein Zynismus den Atem verschlägt.« Verhaltene Wut schwang in seiner Stimme.

Es war soweit, dachte Lara. Mason packte Kerry falsch an – vielleicht weil er sich noch immer nicht vorstellen konnte, daß Kerry andere Motive hatte als er.

»Erzähl«, bat sie ihn.

Das Old Executive Office Building war wunderbar renoviert worden, Holz, Marmor und Filigran, wohin das Auge blickte. Mason empfing Kerry in seinem Büro und bot ihm mit huldvoller Würde einen Stuhl an. Doch Kerry war nicht in der Stimmung für Freundlichkeiten.

»Wir müssen die Reform der Wahlkampffinanzierung durchbringen«, sagte er ohne Umschweife. »Aus moralischen und politischen Gründen, das wissen Sie. Das System ist korrupt und morsch, und die Republikaner erledigen uns mit Fotos, auf denen Sie mit arabischen Waffenhändlern posieren.«

Mason lächelte nachsichtig, doch seine Augen blieben hart. »Ich bin untröstlich, Kerry, ich wußte nicht, wer die Leute waren. Solche Dinge sind schnell vergessen.«

»Vielleicht bis zum Jahr 2000«, sagte Kerry. »Aber in sechs Monaten haben wir Zwischenwahlen.« Er hielt inne und mäßigte seinen Ton. »Ich bin nicht hier, um Ihnen eine Gardinenpredigt zu halten.«

Mason hob die Brauen. »Nicht einmal, um mir zu drohen?« fragte er in spaßigem Ton.

Kerry starrte ihn an. »Aber ich drohe Ihnen durchaus.«

Mason strich sich übers Kinn, dann lächelte er wieder. »Wenn es immer noch an mir liegt, dann sagen Sie mir, was ich dagegen tun kann.«

Kerry beugte sich vor. »Unterstützen Sie meine Vorlage im Senat. Aber nicht nur mit Lippenbekenntnissen. Ich will, daß Sie eine Vorreiterrolle spielen und meine Kollegen um Unterstützung bitten – und daß Sie Partei und Regierung auf eine Linie bringen.« Seine Stimme wurde eindringlich, flehend. »Sie könnten eine Menge bewegen, Dick. Helfen Sie mir, und die vielen fragwürdigen Spenden sind vergessen. Sie werden als geläuterter Reformer dastehen, der aus eigener Erfahrung weiß, daß die derzeitigen Zustände untragbar sind.«

Mason lächelte wie ein Lehrer, der einen etwas begriffsstutzigen Schüler anlächelt – freundlich, geduldig und irgendwie herablassend. »Von den Republikanern werden Sie für Ihre Reform kaum Unterstützung bekommen. Die sammeln noch mehr Geld als wir. Für einige von denen sind Bestechungsgelder aus der Wirtschaft eine Art Ausgleich für die Zumutung, daß gewöhnliche Leute wählen dürfen.«

»Deshalb liegt eine Reform in unserem Interesse«, warf Kerry ein.

»Deshalb«, fuhr Mason ungerührt fort, »müßten wir jeden demokratischen Senator überzeugen und würden dennoch im Repräsentantenhaus verlieren. Und ich hätte gleich zweimal Mist gebaut – weil ich zuerst nicht klug genug war, das Geld abzulehnen, und dann nicht stark genug, die Sache in Ordnung zu bringen.«

»Dick«, sagte Kerry mit leiser Stimme, »es geht hier nicht nur um Sie.«

Masons Lächeln erlosch. »Stimmt. Wir reden über einen Gesetzentwurf der Senatoren Kilcannon und Hawkins.«

»Und Sie können dabei nur verlieren«, bellte Kerry. »Alles andere ist unwichtig, stimmt's?« Er empfand Ohnmacht und Wut. »Sie glauben, daß ich im Jahr 2000 kandidiere und daß Sie genug Geld zusammenkriegen, um mich wie eine Fliege zu zerquetschen. Folglich ist die Reform nur ein Trick von mir. Ich will die Geldhähne zudrehen und Ihnen so Ihren Platz in der Geschichte streitig machen.«

Masons Gesicht wurde eine undurchsichtige Maske. »Der Gedanke ist mir nie gekommen, Kerry. Aber Ihnen offensichtlich.«

Kerry starrte ihn an. »Kommen Sie sich nie klein vor, Dick? Mit jeder Minute, die wir zusammen sind, fühle ich, wie ich weiter schrumpfe.«

Mason hielt seinem Blick stand und zuckte die Schultern. »Denken Sie von mir, was Sie wollen. Jedenfalls glaube ich nicht, daß den Leuten da draußen die Sache das Risiko wert ist. Und meines Erachtens gehört es nicht zu den Aufgaben der Parteiführung, mit offenen Augen ins Verderben zu rennen.« Für einen Augenblick wurden seine Augen hart, dann lächelte er wieder. »Das fällt mehr in Ihr Ressort.«

»Wenn Sie das so sehen, dann tut es mir leid«, erwiderte Kerry und erhob sich. »Grüßen Sie Jeannie von mir.«

Mason stand auf und drückte ihm die Hand. »Wird gemacht«, sagte er leichthin. »Und Sie Meg. Wenn ihr euch wieder mal seht.«

Am Ende seines Berichts goß sich Kerry noch ein Glas Wein ein.

Sie saßen nebeneinander, und in der Wohnung lagen tiefe Schatten. Lara brauchte nicht viel zu sagen. Sie hatten beide verstanden: Die Wahlkampfreform war für diese Legislaturperiode gestorben, und der Vizepräsident hatte Kerry einer möglichen Kandidatur ein großes Stück näher gebracht.

»Weißt du noch«, fragte er sie, »wie wir darüber sprachen, einmal allem zu entfliehen?«

Zuerst war Lara überrascht, dann begriff sie. Offensichtlich hatte er, wie sie, das Gefühl, daß ihre gemeinsame Zeit zu Ende ging. »Ich erinnere mich«, antwortete sie leise.

ZWEI

Lara saß am Strand, mit dem Rücken an Kerrys Brust gelehnt, und sah zu, wie die Sonne versank und die zurückweichende See mit Glanz überzog.

Seit gestern waren sie auf Martha's Vineyard. »Hier spüre ich«, sagte sie zu Kerry, »daß wir ein Paar sind.«

Vier sorglose Tage standen ihnen bevor: Das Haus bei Dogfish Bar lag so einsam, daß nur wenige Menschen es kannten. Hier brauchten sie sich nicht zu verstecken. Morgens hatten sie bis zur Taille im Wasser gestanden, sich die leichte Brise übers Gesicht streichen lassen und die wärmende Sonne genossen. Kerry sah jung aus, war zufrieden und voller Lebensfreude.

»Ich habe eine Entdeckung gemacht«, hatte Lara zu ihm gesagt. »Du bist ein Naturliebhaber. Die Großstadt ist schlecht für dich gewesen.«

»Ich bin ein Lara-Liebhaber«, erwiderte er lachend. »Den Rest nehme ich nur in Kauf.«

Sie spritzte ihm Wasser ins Gesicht. »Wenn du mich willst«, erklärte sie, »möchte ich Hummer. Am Strand.«

Den übrigen Tag taten sie, was ihnen gerade in den Sinn kam, kletterten auf die Hügel oberhalb von Menemsha, bewunderten die Aussicht auf den mit weißen Segeln gesprenkelten Sund und die grünen Tupfer der Elizabeth Islands in der blauen Weite. Dann bummelten sie durch den Ort selbst, ein Fischerdorf, in dem Kerry hinter seiner Sonnenbrille unerkannt blieb. Am Ende kauften sie zwei Hummer. »Eine Anzahlung«, forderte Kerry, als er sie im Kühlschrank verstaute.

Hand in Hand gingen sie ins Schlafzimmer.

Durch die Fenster konnte sie niemand sehen. Sie lagen nackt im Sonnenlicht, und Lara strich über die Narbe an seiner Schulter, dann über den schmalen Saum aus Haaren, der von der Brust zum Bauch hinabführte. Am meisten jedoch faszinierten sie wie immer seine blaugrünen Augen, die für sie wie ein Fenster zu seiner Seele waren.

Ich liebe dich, dachte sie traurig. Ich werde nie wieder jemand so lieben.

Diese plötzliche Gewißheit gab ihr einen Stich. »Was ist?« fragte er.

»*De nada*«, murmelte Lara. Die Worte, die er bei ihrer ersten Begegnung vor zwei Jahren gebraucht hatte.

Er küßte ihren Hals. »Oh«, hauchte er. »Wenn das nichts ist!«

Später lag sie in seinen Armen. Wäre ein gemeinsames Leben für sie möglich, fragte sie sich, wenn er Senator bliebe?

»Woran denkst du?« fragte er.

Sie schüttelte den Kopf. »Wie es scheint, habe ich meine Gedanken nicht mehr im Griff.«

»In welcher Beziehung?«

»Laß mir Zeit«, erwiderte sie, »um mir darüber im klaren zu werden.«

Er drängte sie nicht. Er konnte schweigen, eine Gabe, die sie an ihm schätzte. Doch inzwischen war es mehr. Er kannte sie einfach.

»Ich habe Hunger«, sagte sie nach einer Weile.

Gemeinsam bereiteten sie das Abendessen vor, dann gingen sie an den Strand und sammelten Treibholz. Sie scharrten eine Mulde und entzündeten mit trockenem Seegras ein Feuer. Danach tranken sie Chardonnay aus Pappbechern und warteten darauf, daß das Hummerwasser kochte.

Das zarte Hummerfleisch schmeckte nach der Zitrone, die Kerry ausgepreßt hatte, und nach der Butter, die Lara in einer Pfanne hatte zergehen lassen. Zufrieden mit ihrer Leistung lehnten sie sich zurück und tranken Wein. »Nicht schlecht für zwei Städter«, sagte Kerry.

In der Dämmerung sahen sie zu, wie die Sonne von hinten ein dünnes Wolkenband anstrahlte und der Himmel sich kobaltblau färbte. Die Dinge wurden viel klarer, dachte Lara, wenn sie einen Gang zurückschaltete, Tempo und Rhythmus ihres Lebens veränderte. Und dann ging ihr so plötzlich die Wahrheit über ihre Beziehung zu Kerry auf, daß sie zu ihrer eigenen Überraschung laut sagte: »Für mich hat sich etwas verändert.«

»Was?«

Sie schüttelte den Kopf. »Es ist schwer zu erklären. Mein Leben lang hatte ich Angst, wie meine Mutter zu werden. Obwohl mein Vater mit einer anderen durchbrannte, liebte sie ihn so sehr, daß sie sein Foto in einer Schublade aufbewahrte, um ihn immer wieder anzusehen. Ich sagte ihr nie, daß ich es wußte. Aber ich schwor mir, nie so zu werden wie sie und mir ein eigenes Leben aufzubauen, eine eigene Identität. Und bis jetzt habe ich auch danach gelebt.«

Lara spürte, daß es besser war, wenn sie beim Sprechen nicht Kerry ansah, sondern aufs Meer hinausblickte. »Als das mit uns anfing, wußte ich, daß uns Grenzen gesteckt waren, ganz gleich, was ich für dich empfand. Ich wußte, ich werde keine Politikergattin, ich werde nicht wie meine Mutter. Mein Leben, meine Karriere werden so weitergehen wie bisher. Und ich habe mir eingeredet, daß dieses Stück Identität mir über eine Trennung von dir hinweghelfen würde.«

»Und jetzt?«

»Jetzt weiß ich, daß ich mir etwas vorgemacht habe. Es ist zu schön, mit dir zusammen zu sein.«

Er schloß die Arme enger um sie. Schweigend sahen sie zu, wie die Sonne unterging. Ein Wind kam auf und kühlte ihre Haut.

»Lara«, sagte er schließlich, »ich hätte nie gedacht, daß du mehr willst, als wir haben. Aber wenn du jemals ...«

»Ich werde es dir sagen.«

Die Nacht hüllte sie ein. An ihn geschmiegt, betrachtete sie den sternenübersäten Himmel und lauschte dem Rauschen des Meeres und dem Knistern der verlöschenden Glut. »Ich möchte dich etwas fragen«, sagte sie nach einer Weile. »Kandidierst du?«

Sie spürte, wie er hinter ihr sein Gewicht verlagerte und das Kinn leicht auf ihren Kopf legte. »Für eine Antwort ist es noch zu früh, Lara.«

»Du wirst es bald wissen – nach den Zwischenwahlen.« Sie spähte zu den Sternen hinauf. »Ich glaube, daß es dazu kommen wird. Und du auch. Das ist mit ein Grund, warum wir hier sind, stimmt's?«

Sie nahm sein Schweigen als Zustimmung. »Wenn ich Mason sehe«, sagte er schließlich, »muß ich immer daran denken, was ich an seiner Stelle tun würde. Aber eine Kandidatur verlangt große Opfer.« Seine Stimme wurde nachdenklich. »Und dann der endlose Kreislauf von Mythenbildung und Mythenzerstörung. Das hat Jamie hinter sich.«

»Weil er für immer ein Mythos ist?« fragte sie.

»Ja. Mein Gott, wie ihn die Leute noch lieben, weil er so jung gestorben ist!«

Still lauschte sie der Brandung, die sie nicht mehr sehen konnte, und wieder überkam sie die Angst, ihn zu verlieren, die Angst, ihm im Weg zu stehen, das Gefühl, daß er, durch die Umstände gezwungen, unaufhaltsam einer Kandidatur entgegenging. »Hast du Angst davor?« fragte sie. »Wie Jamie zu sterben, weil irgendein Verrückter durch dich berühmt werden will?«

Er schwieg einen Augenblick, dann lehnte er sein Gesicht an ihre Wange. »Nie mehr als jetzt.«

Nach einiger Zeit wurde der Wind kühler.

Im warmen Strandhaus liebten sie sich wieder.

Am nächsten Morgen hörte Kerry im Radio die erste Warnung vor dem Hurrikan. Kerry lauschte und sah dabei aus dem Fenster. Lara saß in Bluejeans und Sweatshirt auf einer Verandastufe, trank Kaffee und betrachtete das im Morgenlicht glitzernde Meer. Einen Augenblick lang wollte er es ihr verschweigen.

Er trat ins Freie und sog tief die Seeluft ein. Er erschauerte vor Vergnügen. »Herrlich!«

Kerry legte ihr die Hände auf die Schultern. »Könnte sein, daß wir abreisen müssen«, sagte er. »Ein Hurrikan ist im Anzug.«

»Wieviel Zeit haben wir noch?«

Kerry massierte ihr sanft die Schultern. »Voraussichtlich drei Tage.«

»Das tut gut.« Sie lehnte sich zurück und sah zu ihm auf. »Müssen wir das jetzt entscheiden?«

»Morgen früh. Ich werde wieder Radio hören.«

»Gut. Könntest du mich noch weiter massieren? Vielleicht ein bißchen höher?«

Aber danach wirkte sie nachdenklich. Erst als er ihr eine

zweite Tasse Kaffee brachte, meinte sie: »Ich muß dir etwas sagen.«

Ihre Stimme klang ernst. Er setzte sich zu ihr auf die Verandastufe und schlug die Beine übereinander.

»Ich habe eine Anfrage von NBC. Ob du es glaubst oder nicht, sie wollen mich fürs Fernsehen.«

»Oh, das glaube ich sofort. Und was meinst du dazu?«

»Ich bin hin und her gerissen.« Sie sah ihn nicht an und nippte an ihrem Kaffee. Ihre ungewohnte Einsilbigkeit irritierte ihn.

»Du würdest viel mehr verdienen?« fragte er.

Sie nickte. »Das ist das eine.« Sie sah ihn an. »Sie würden mich ins Ausland schicken, Kerry. Wenn ich wollte.«

Er erschrak. »Willst du?« fragte er.

»Ich würde wollen, wenn du nicht wärst. Ich sage mir die ganze Zeit, wie dumm das ist.«

Kerry sah zu Boden. »Ich weiß, daß du dich immer gefragt hast, ob das der richtige Beruf für dich ist. Ich weiß es seit unserem ersten richtigen Gespräch.«

Er fühlte ihre Hand seinen Arm streicheln. »Und das war vor zwei Jahren, Kerry. Über wieviel politische Intrigen kann ich noch berichten?« Ihre Ton wurde sanft. »Der eigentliche Witz ist, daß die *Times* wahrscheinlich ausgerechnet mich beauftragen würde, über dich zu berichten, falls du kandidieren solltest. Und ich könnte nicht.«

Er versuchte zu lächeln. »Dann habe ich keinen Grund mehr zu kandidieren.«

Lara starrte in ihre Tasse. »Ich wollte das nicht. Aber wir wußten, daß irgendwann ...« Sie schüttelte den Kopf.

Kerry holte tief Luft. »Ich kann dir nicht sagen, was du tun sollst, Lara.«

Sie sprachen den ganzen Tag nicht mehr darüber. Doch als sie sich liebten, hatte das für Kerry etwas Verzweifeltes.

Am nächsten Morgen war der Hurrikan einen Tag näher gerückt, und alle Flugzeuge und Fähren zum Festland waren ausgebucht.

Lara rief in ihrer Redaktion an. Weil sie wußte, daß Kerry Meg anrufen mußte, ging sie danach allein am Strand spazieren.

Heimliche Liebespaare entwickelten ein seltsames Taktgefühl, dachte sie traurig; sie wollte nicht, daß Kerry in ihrem Beisein log. Bei ihrer Rückkehr sagte er: »Alles klar. Ich muß länger bleiben, weil ich in meinem Refugium hier festsitze.«

Sie ergriff seine Hand. »Dann sollten wir das Beste daraus machen.«

Nun trafen sie Vorkehrungen für den Sturm. Lara fuhr zum Chilmark General Store und kaufte Taschenlampenbatterien, Lebensmittelkonserven, Kerzen und Mineralwasser. Kerry rückte die Möbel in die Zimmermitte, und als Lara dies bei ihrer Rückkehr sah, war sie unsinnigerweise eine Zeitlang richtig ausgelassen. »Ein aufregendes Erlebnis«, sagte sie, »wie zelten.«

Kerry grinste. »Und ich bin der Oberpfadfinder. Übrigens, hast du dein Handy dabei?«

Der Wind hatte aufgefrischt, und der Regen begann.

Tags darauf kam der Sturm bedrohlich näher. Kein Mensch am Strand, keine Boote auf dem Wasser. Der schwarze Himmel hing tief und schien mit der See zu verschmelzen.

In der Dämmerung fiel das Licht aus. Kerry erinnerte sich an einen Vorfall in seiner Jugend – ein morscher Baum war auf eine Stromleitung gestürzt. »Das kann Tage dauern«, sagte er zu Lara.

Kniend entzündete sie eine Kerze auf dem Couchtisch. »Mir egal«, sagte sie. Das Kofferradio dudelte leise. Ein einsamer Moderator legte Platten auf und zählte die Stunden.

Es regnete mittlerweile in Strömen, und Windböen rüttelten an den Fenstern. »Hier sind zu viele Fensterscheiben«, sagte er. »Wenn es losgeht, sind wir im Schlafzimmer sicherer.«

Im Kerzenlicht waren ihre Augen schwarz, ihr Gesicht wie gemeißelt. »Naja«, sagte sie, »wir wollten ja allein sein.«

Kerry lächelte. »Unser Wunsch hat sich erfüllt.« Er nahm sie in die Arme.

Aus dem Radio tönten die ersten Takte von *A Summer Place*. »Da hat jemand Sinn für Humor«, murmelte sie. Er küßte sie. »Möchtest du tanzen?«

»Gleich.« Sie trat einen Schritt zurück und knöpfte sein Hemd auf. »Wenn wir schon allein sind.«

Sein Hemd fiel zu Boden, ihre Bluse folgte. »So«, murmelte sie und schlang ihm die Arme um den Hals.

Der Wind schwoll zu einem leisen Stöhnen an, und im Spiel von Licht und Schatten tanzten der Senator aus New Jersey und die Journalistin der *New York Times* zu den dünnen Klängen ihres Kofferradios, fest darauf vertrauend, daß sie ausnahmsweise einmal niemand sehen konnte.

Als der Sturm losbrach, flößte er Lara Ehrfurcht ein wie die Schöpfung selbst.

Zunächst herrschte eine unheimliche Stille. Dann war es, als werde das Haus auseinandergerissen – ein Kreischen, eine berstende Fensterscheibe, knarrende Dachsparren, ein Ächzen, als der Regen seitlich gegen das Holz peitschte. Sie zitterte in Kerrys Armen.

»Beachte ihn nicht«, sagte er, »dann zieht er vielleicht weiter.«

Sie konnte sein Gesicht nicht sehen. Nur seinen Mund fühlen, als er langsam und zärtlich über ihr Kinn und ihren Hals strich. Wieder zitterte sie, hin und her gerissen zwischen ihrer Angst und dem ersten Aufglimmen ihres Verlangens nach ihm.

Sein Mund wanderte weiter. Als der Wind aufheulte, schloß Lara die Augen. Und dann fühlte sie sich wie ein Teil von dem, was sie beide umgab.

Kerry hielt sie, bis der Sturm vorüber war.

Bei Tagesanbruch hatte sich die Welt verändert. Eins der Fenster war zerbrochen, und Scherben glitzerten im nassen Wohnzimmer. Die Luft knisterte, und der Strand war verwüstet – Steine und Trümmer lagen im Seegras, und die aufgewühlte See hatte den Sand verschlungen. Lara lehnte sich an Kerry. »Ich liebe dich«, sagte sie einfach. »Was auch geschehen mag.«

DREI

Am Morgen nach ihrem ersten Gespräch mit dem Chef von NBC News bekam Lara Gewißheit.

Seit Tagen hatte sie sich ungewöhnlich schlapp gefühlt. Sie war früh zu Bett gegangen, doch das hatte nichts genützt, und heute morgen schmerzten ihre Brustwarzen. Und sie verspürte Übelkeit.

Sie ging in eine Apotheke und besorgte sich einen Schwangerschaftstest. Dann meldete sie sich krank und wartete, bis der Test bestätigte, was sie im Grunde schon wußte.

Es mußte in der Nacht des Hurrikans passiert sein. Sie war schwanger. Die Ellbogen auf die Knie gestützt, saß sie minutenlang wie gelähmt auf dem Bett.

Es gab nur eine Lösung. Doch immer wieder nahmen ihre Gedanken eine unerwünschte Richtung, und ein Bild stieg vor ihr auf – Kerry, der, so fröhlich und sorglos wie auf Martha's Vineyard, ihr Kind auf den Schultern trug. Die Phantasien einer Frau, die die Wahrheit kannte, auch wenn sich ihr Herz dagegen sträubte.

Sie liebte Kerry viel mehr, als er wissen konnte, und ihn aufzugeben war schon schwer genug. Doch ihr gemeinsames Kind abzutreiben – der Gedanke war ihr unerträglich.

Doch sie mußte es tun, und zwar ohne ihn. Er würde ihr nur ein schlechtes Gewissen machen, und sie würde ihm nur Kummer bereiten.

Das Telefon klingelte.

»Hallo«, sagte er. »Machst du blau?«

»Kann ich dich sehen?« hörte sie sich fragen und begriff, daß sie schwächer war, als sie gedacht hatte.

Niemals, so dachte Lara, würde sie das Gesicht vergessen, das er in diesem Augenblick machte.

Er starrte sie sprachlos an, und seine Augen blickten so verwirrt, so verliebt und schuldbewußt, daß es sich nicht in Worte fassen ließ. Ich weiß, dachte sie, ich weiß.

Sie bettete den Kopf an seine Schulter.

Nach einer Weile murmelte er: »Wir müssen überlegen.«

Sie lehnte sich zurück. »Da gibt es nichts zu überlegen. Ich habe ein paar Stunden länger damit gelebt und weiß, was zu tun ist.«

Er trat ans Fenster und blickte hinaus in den klaren Herbstnachmittag, den er eigentlich im Senat verbringen sollte. Statt dessen war er hier, bei seiner Geliebten, von der niemand wußte. Für die Welt, dachte Lara, wird dies niemals geschehen sein.

Er drehte sich um und sagte sanft: »Es gibt sehr wohl etwas zu überlegen. Ich möchte, daß du mich heiratest.«

Lara war fassungslos. Tränen der Bestürzung traten ihr in die Augen. Sie fühlte sich gefangen zwischen törichter Hoffnung und bitterer Realität. »Aber du bist schon verheiratet«, brachte sie hervor, »erinnerst du dich?«

Er senkte den Kopf. »Das ist mir klar. Aber Meg und ich hätten uns schon längst scheiden lassen sollen.«

»Das finde ich auch.« Ihr gereizter Ton überraschte sie selbst. »Aber ihr habt es nicht. Ich möchte dich nicht nur wegen einer Verhütungspanne.«

Er trat zu ihr und packte sie an den Handgelenken. »Aber ich will dich!«

Sie sah weg. »Bitte, mach es nicht noch schlimmer. Du willst mich doch gar nicht. Sonst hättest du gefragt.«

Er faßte ihr unters Kinn und sah ihr ins Gesicht. »Du wolltest doch keinen Politiker. Hättest du nur einmal gesagt, daß du mich heiraten willst, hätte mir eine Affäre nicht genügt.« Er senkte die Stimme. »Ich liebe dich, und ich möchte unser Kind.«

»Um jeden Preis?« Sie sah ihm fest in die Augen. »Statt für die Präsidentschaft zu kandidieren, würdest du dich zum Gespött machen.« Sie kämpfte gegen eine neue Welle von Übelkeit an. »Im Jahr 2000 würdest du wahrscheinlich deinen Sitz im Senat verlieren, aber du bist anscheinend der einzige, der nicht weiß, wieviel er dir bedeutet. Eine ruinierte Karriere wäre ein schlechter Start in eine Ehe.« Sie holte Luft. »Das will ich nicht. Dir zuliebe und mir zuliebe.«

»Hast du eine so geringe Meinung von mir? Wir kannst du mich dann überhaupt lieben?« Zum ersten Mal klang ein leichter Vorwurf in seiner Stimme. »Geht es nicht auch um deine Karriere?«

Sie nickte. »Die wäre auch ruiniert – eine Journalistin, die mit dem Senator ins Bett geht, über den sie berichtet. Vielleicht hätte ich es verdient, aber ...«

»Es geht hier nicht mehr nur um uns beide.« Er zog sie an sich. »Schön, wir haben es nicht gewollt, aber jetzt ist es da. Du bist mir wichtiger als die Präsidentschaft. Und wenn mein Sitz im Senat der Preis für unser Kind ist, dann bezahle ich ihn gern.«

Zum ersten Mal wurde sie ungehalten. »Glaubst du etwa, mir fällt das leicht? Du kannst sagen, was du willst, aber ich muß entscheiden, was am besten ist. Und hinterher damit leben.«

Er betrachtete sie. Ruhig fragte er: »Was erwartest du von mir?«

»Daß du mir Rückhalt gibst, verdammt noch mal.« Wieder füllten sich ihre Augen mit Tränen. »Oder soll ich dir dafür danken, daß du mir helfen willst, dein und mein Leben zu ruinieren? Ich weiß, was richtig ist, und du weißt auch, was richtig ist.«

Er wandte sich ab. »Soll ich meine Gefühle verbergen, weil du diejenige bist, die schwanger ist? Ist es nicht auch meine Sache?«

»Bitte, Kerry. Sei einfach mein Freund.«

Er ergriff ihre Hände. »Gib uns zwei Wochen, ja? Wir werden lange damit leben müssen. Egal, wie du entscheidest.«

Lara fühlte sich erschöpft. Sie sank in seine Arme, bitter bereuend, daß sie es ihm gesagt hatte.

Um vier Uhr mußte er gehen.

Lara fiel ein, daß er in den nächsten Tagen vier Reden zu halten hatte – in Philadelphia, Chicago, Denver, San Francisco. Dies erinnerte sie daran, daß er die Möglichkeit einer Präsidentschaftskandidatur, die ihre Beziehung beenden würde, bis heute offengelassen hatte. Die Welt um sie herum drehte sich weiter wie bisher.

Kerry küßte sie beim Abschied. »Ich rufe dich jeden Abend an.«

Zwei Jahre lang hatte sie immer darauf gewartet. Jetzt überfiel sie ein Schauder, das traurige Gefühl der Endgültigkeit.

»Ich liebe dich«, sagte sie. »Denk immer daran.«

»Und ich liebe dich«, antwortete Kerry und ging.

Gib uns zwei Wochen, hatte er gebeten. Aber jeden Tag fühlte sie das Leben in sich wachsen, und ihre Zuneigung wurde größer und das Bild, das sie sich von ihrem Kind machte, immer lebendiger.

Seit drei Abenden rief er an, ohne sie zu drängen. Jeden Abend fragte sie sich, was sie antworten würde, wenn er sagte: »Ich werde Meg verlassen, egal wie du dich entscheidest.« Und jeden Abend fragte sie sich, warum er es nicht gesagt hatte.

Lara rief in einer Klinik an, tat aber nichts. Wie eine Schlafwandlerin verbrachte sie die Tage, und ihre Entscheidung reifte. Bis sie handelte, drehte sich ihr Leben nur um Kerrys Anrufe und das andere Leben in ihr.

Wir werden lange damit leben müssen, hatte er gesagt.

Warten fand sie noch schlimmer.

An dem Tag, als er in San Francisco eintraf, ging sie nicht mehr ans Telefon.

Er fand keinen Schlaf, rief jede Stunde an.

Er hörte es fünfmal klingeln, dann den Anrufbeantworter. »Bitte«, flehte er. »Warte bis zu meiner Rückkehr.« Den Rest sagte er nicht: daß er sie heiraten wollte, ganz gleich wofür sie sich entschied. Das wollte er ihr persönlich sagen.

Bis zum Morgen rief er zwölfmal an. Dann begrub er seine Hoffnungen auf das Kind.

Er ging tief bedrückt in den Bankettsaal und hielt seine Rede.

Im Wartezimmer starrte Lara auf die Formulare, und ihr Kopf hallte von Kerrys Stimme wider: Bitte, Lara, tu es nicht.

Name, Adresse.

Sie war allein nach Maryland gefahren. Die Klinik hatte ihr Diskretion zugesagt; wie das Zimmer war sie klein, diskret, anonym. Außer ihr wartete niemand.

Mechanisch schrieb sie ihren Namen.

Bitte, ich liebe dich. Ich will nicht, daß du das alleine durchstehst.

Wollen Sie eine Beratung? hieß es im Formular.

Ich will Kerry, antwortete sie bei sich, während ihre Hand »Nein« schrieb.

Eine Schwester erschien – füllig, freundlich, mütterlich. »Haben Sie alles ausgefüllt?«

Wortlos reichte Lara ihr die Formulare.

Die Schwester tätschelte ihr sanft die Schulter. »Dann wären wir soweit.«

Sie gingen in einen kleinen fensterlosen Raum. Still betrachtete Lara den Operationstisch.

Mit ruhiger Stimme erklärte ihr die Schwester, was sie erwartete. »Hinterher«, sagte sie, »fühlen sich manche Frauen erleichtert. Andere brauchen Hilfe.«

Nein, antwortete Lara, es gehe ihr gut. Sie wolle die Sache nur möglichst rasch hinter sich bringen.

Dann solle sie sich bitte ausziehen, sagte die Schwester. Der Arzt komme gleich.

Lara zog sich aus und legte die Kleider säuberlich auf einen Stuhl.

Ich liebe dich, und ich will unser Kind.

Auf einem Kleiderbügel hing ein Krankenhemd. Mit ungeschickten Händen zog sie es an und legte sich auf den Tisch.

Ich möchte, daß du mich heiratest.

Die Tür ging auf, und der Arzt kam herein – ein junger Mann mit Schnurrbart, ebenso freundlich wie die Schwester. »Guten Morgen«, sagte er.

Lara rang sich ein Lächeln ab. Hinter ihm zog die Schwester einen Stahlbehälter auf vier Füßen über die Fliesen.

Wie vom Arzt angewiesen, legte Lara die Füße in die Metallstützen.

Entblößt daliegend, lauschte sie auf den Baß seiner Stimme. Sie bekomme eine Spritze, erklärte er ihr, zur Schmerzbetäubung. Lara sah den durchsichtigen Plastikschlauch, der aus dem Behälter kam. Er endete in der Hand der Schwester.

Mit dem Spekulum öffnete sie der Arzt. Die Schwester reichte ihm den Schlauch.

Erzähl mir von Meg.

Trotz der Betäubung spürte Lara, wie der Schlauch eingeführt wurde, und schloß die Augen.

Ein Schalter wurde betätigt.

Die Maschine brummte wie ein Staubsauger. Lara fuhr zusammen; sie spürte einen plötzlichen Ruck, die Wirkung des Soges in ihr.

Sie riß die Augen auf. Der Schlauch neben ihr füllte sich mit etwas Rotem.

Nein.

Der Arzt legte ihr eine Hand auf den Bauch und verstärkte langsam den Druck. Als Lara hinsah, schoß ein Gewebeklumpen durch den Schlauch.

»Verzeih mir«, sagte Lara leise. Sie wußte nicht, zu wem.

Die Schwester tupfte ihr mit einem feuchten Tuch die Stirn ab. »Alles in Ordnung«, murmelte sie. Zitternd fühlte Lara, wie die Finger der Schwester ihre Hand umschlossen.

»Gleich haben wir's«, versprach der Arzt.

Der Schlauch war wieder klar. Das Brummen wurde in Laras Kopf zu einem Kreischen. »Könnten Sie das abstellen?« bettelte sie.

Das Brummen verstummte. In beruhigendem Ton sagte der Arzt: »Nur noch eine Kleinigkeit.«

Mit einem Instrument entfernte er den Rest.

Lara biß die Zähne zusammen und verharrte reglos. Das Instrument glitt aus ihr heraus. Als sie sich wegdrehte und erbrach, hielt ihr die Schwester eine Plastikwanne hin.

Nach einer Weile lehnte sie sich zurück. Der Arzt war verschwunden. Die Schwester blieb bei ihr, geduldig, ohne sie zu drängen.

Erschöpft setzte sich Lara auf und schaffte es irgendwie, auf die Beine zu kommen.

In den ersten Augenblicken füllte sie sich leer und benommen. Die Schwester stützte sie, bis sie sich anziehen konnte.

»Unsere Psychologin ist im Haus«, sagte die Schwester mit leiser Stimme.

Die Krämpfe begannen, und Lara sagte: »Ich glaube, ich kann jetzt nicht allein sein.«

Die Schwester führte sie durch einen schmalen Gang.

Im letzten Büro saß eine kleine Frau mittleren Alters mit braungefärbten Haaren. Sie betrachtete Lara mit tiefem Mitgefühl. »Ich heiße Nancy Philips.«

Die Tür schloß sich hinter ihr, und sie war mit der Frau allein. Tränen liefen ihr übers Gesicht.

»Ich weiß, es kann einen sehr mitnehmen«, sagte die Frau.

Lara erzählte ihr alles.

Stunden später, als sie in ihre Wohnung zurückkehrte, waren drei weitere Nachrichten von Kerry auf dem Anrufbeantworter. Teilnahmslos hörte sie sie ab.

Die Operation, bei der ihr Körper leergesaugt worden war, hatte sie ihrer letzen Widerstandskraft beraubt. Um einer hoffnungslosen Liebesaffäre willen hatte sie ihr Berufsethos verletzt und einen Vertrauensbruch begangen. Und nun auch noch dies.

Mit letzter Kraft rief sie NBC News an und dann die *Times*.

Ihr letzter Anruf galt Kerry.

Allein in seinem Zimmer, hörte Kerry ihre Stimme auf seinem Anrufbeantworter.

Sie werde gehen, zuerst zu ihrer Mutter, dann ins Ausland. Er solle sich keine Vorwürfe machen; sie hätten einander geliebt, niemand habe das gewollt. Doch jetzt sei es vorbei.

»Nein«, rief er laut.

»Ich muß noch einmal von vorn anfangen«, fuhr Laras Stimme fort. »Bitte, wenn du mich noch liebst, dann tu mir den Gefallen und mach es nicht noch schlimmer ...«

Die Stimme versagte ihr. Kerry vernahm ein gedämpftes Schluchzen, dann brach die Verbindung ab.

Er raste zum Flughafen.

Die Fahrt zu ihrer Wohnung nahm er nur bruchstückhaft wahr: halberinnerte Straßen, der abgebrochene Satz seiner Geliebten, die verzweifelte Litanei in seinem Kopf.

Ich verlasse sie. Heirate mich. Alles andere zählt nicht.

Er parkte vor einem Feuerhydranten und rannte zu ihrer Wohnung. Atemlos erreichte er die Tür.

Er klopfte leise.

Keine Antwort. Er lehnte die Stirn gegen die Tür, vernahm drinnen keinen Laut.

Mit eindringlicher Stimme begann er, ihren Namen zu rufen.

Zwei Wochen später verließ Lara das Land.

Sie hörte erst wieder in den BBC-Nachrichten von ihm, allein in einer beengten Wohnung in Sarajevo. Senator Kilcannon und seine Frau, so verlas der Sprecher mit abgehackter Stimme, ließen sich scheiden.

Kilcannon habe dazu keinen Kommentar abgegeben, doch es stehe nicht zu erwarten, daß er wegen der Scheidung davon absehe, für das Präsidentenamt zu kandidieren, was nach der Niederlage seiner Partei bei den Zwischenwahlen allgemein von ihm erwartet werde.

Wenigstens war ihm das noch geblieben, sagte sich Lara. Wenn er nicht alles verloren hatte, dann galt das auch für sie.

DIE KAMPAGNE

Vierter Tag

EINS

»Lara Costello, NBC News, von der Kilcannon-Kampagne in Los Angeles.«

Kerry fuhr in seinem Bett hoch und zerriß den Schleier, der den Schlaf vom Wachzustand trennte.

Laras Gesicht verschwand vom Bildschirm.

Er mußte vor Stunden bei laufendem Fernseher eingeschlafen sein. Die Laken, bei dem Versuch zerwühlt, dem Alptraum zu entfliehen, bildeten ein wirres Knäuel.

Zum ersten Mal hatte der Traum nicht mit dem Tod seines Bruders geendet. Wie im Leben tauchte Jamies Mörder aus den Kulissen auf. Doch diesmal war es nicht Harry Carson, sondern ein anderer, dessen Gesicht im Schatten blieb. Und Kerry stand dort, wo sein Bruder gestanden hatte.

Als der Mörder schoß, war er aufgewacht.

Der Tag brach an. Kerry versuchte, den Traum zu vergessen und zu sich zu kommen.

Lara war nur ein Bild im Fernsehen, außer Reichweite. Er selbst war in Los Angeles, am Morgen vor einer Debatte, die möglicherweise über seine Kandidatur entschied und bei der ihm Dick Mason, wenn Clayton recht hatte, eine Falle stellen wollte. Es war sechs Uhr; er hatte noch zwölf Stunden zur Vorbereitung.

Und nach der Debatte? Eine Begegnung mit Nate Cutler, die alle seine Hoffnungen zerstören konnte, falls Mason dies nicht schon vorher besorgt hatte. Und dann eine Kundgebung in San Francisco, mit der man die Geister wieder loszuwerden hoffte, die Kerry mit seiner Bemerkung, ein Fötus sei Leben, gerufen hatte.

Es klopfte.

Langsam glitt Kerry aus dem Bett und ging zur Tür.

Clayton stand im Anzug mit Krawatte zwischen den beiden

Sicherheitsbeamten, die Kerrys Suite bewachten. »Schläfst du eigentlich nie?« fragte Kerry.

Clayton schloß die Tür hinter sich und betrachtete Kerry – zerzaustes Haar, feuchte Stirn, Boxer-Shorts – halb besorgt, halb amüsiert. »Du siehst aus, als hättest du wieder mit dem Boxen angefangen.«

»Schlecht geschlafen«, antwortete Kerry. »Was gibt's?«

Clayton nahm sich einen Stuhl. »Es geht um die Kundgebung in San Francisco morgen. Ellen Penn und unsere Organisatoren möchten die Veranstaltung im Freien durchführen, auf einer Plaza in der Nähe des Bankenviertels. Der Secret Service ist dagegen. Dreißig Stunden seien für die Sicherheitsvorkehrungen zu wenig. Peter Lake sagt, daß du entscheiden mußt. Er ist stocksauer.«

»Wieso im Freien?« fragte Kerry.

»Ellen und der Cheforganisator meinen, daß das optisch mehr hermacht: Sonnenschein, Postkartenansicht der Stadt, eventuell die Bay Bridge im Hintergrund.« Claytons Ton wurde trocken. »Es ist ein Fernsehereignis, und ihres Erachtens brauchen wir gute äußere Bedingungen, wenn wir die Zuschauer beeindrucken wollen.«

Kerry hob die Brauen. »Und wenn nicht genug Leute kommen?«

Clayton rückte seine Brille zurecht. »Ellen und dieser Ginsberg, der Koordinator vor Ort, glauben, daß sie genug auf die Beine bringen.«

»Und Peter?«

Clayton zuckte mit den Schultern. »Er fände einen Saal natürlich sicherer.«

Kerry schenkte ihm ein freudloses Lächeln. »Jamie würde das mit Interesse zur Kenntnis nehmen.«

»Der Service hat das Internet durchforstet«, sagte Clayton mit gelassener Miene und fester Stimme. »Die Waffennarren werden immer gehässiger. Buchstäblich tausend Fenster gehen auf die vorgesehene Plaza hinaus. Jeder denkbare Schußwinkel. Und im Freien brauchen wir erheblich mehr freiwillige Helfer, was die Sache in Peters Augen noch komplizierter macht.«

Kerry sah ihm in die Augen. »Du willst auf Nummer Sicher gehen, stimmt's?«

»Ja. Ausnahmsweise einmal.«

Kerry trat ans Fenster und betrachtete das schmutzige Orangerot der Dämmerung. »Elektroautos«, murmelte er. »Das ist die einzige Hoffnung für Los Angeles.«

Clayton schwieg hinter ihm.

Kerry überkam eine seltsame abergläubische Anwandlung. Ihm war, als habe der Alptraum eine Warnung an ihn enthalten. Doch ob die drohende Gefahr darin bestand, daß er seine Angst ignorierte oder zuließ, daß sie sein Handeln diktierte, vermochte er nicht zu sagen. Und je länger er in das Licht des Tages hinaussah, desto weniger wußte er es.

Was blieb, war ein Politiker, der entschlossen war, Dick Mason zu schlagen, und ein Mann, der auf keinen Fall Angst haben wollte. Er drehte sich um und sagte zu Clayton: »Macht es auf der Plaza.«

Sean Burke schnitt gerade den letzten Artikel aus dem *San Francisco Chronicle* aus, als er sah, wie Rick Ginsberg von Helfer zu Helfer eilte. »Kerry kommt«, rief er ihm zu. »Haben Sie heute und morgen Zeit?«

Seine Erregung traf Sean wie ein Stromschlag. »Soviel Sie wollen«, brachte er hervor. »Ich schlafe nicht viel.«

Rick legte ihm die Hand auf die Schulter. »Wir haben neunundzwanzig Stunden. Wir brauchen Tribünen, Flugblätter, Verteiler und Fahrzeuge, und wir müssen eine Zuschauermenge auf die Beine bringen.«

»Ich könnte beim Tribünenbau helfen«, erwiderte Sean spontan.

Rick schüttelte den Kopf. »San Francisco ist eine Gewerkschaftsstadt, und es gibt Firmen für so was. Aber für alles andere könnte ich Sie gebrauchen.« Er grinste ihn blöde an, und Sean begriff, wie wenig er geschlafen haben mußte. »Sie bekommen eine zweite Chance, John. Diesmal treffen Sie ihn ganz bestimmt.«

ZWEI

Seit drei Stunden probten sie für die Fernsehdebatte, und Kerry machte auf Clayton einen zerstreuten und müden Eindruck. Er war von den Trainern und ihren Tips genervt.

Sie befanden sich in einem Raum, den das Hotel normalerweise für Konferenzen und Hochzeiten vermietete und der jetzt in eine Studioattrappe umfunktioniert war. Kerry saß im blauen Anzug seinem Freund und Kollegen, Senator Bob Kerrey, gegenüber, der eigens aus Washington eingeflogen war, um in einer von Tony Lord moderierten »Debatte« Dick Masons Part zu übernehmen. In Claytons Augen machte Bob seine Sache nicht übel.

Die Trainer war derselben Ansicht, nach ihren besorgten Mienen zu urteilen. Sie saßen auf Klappstühlen vor der Bühne – Frank Wells, Jack Sleeper, Kit Pace, Mick Lasker und Senatorin Ellen Penn –, gaben Ratschläge und verlasen vorbereitete Texte. »Wenn Sie über Wirtschaft reden«, rief Frank Wells gerade dazwischen, »denken Sie an die Lebenshaltungskosten.«

Kerry winkte ab. »Ich weiß – der Preis für einen Laib Brot und einen Liter Milch. Oder für Rough-Rider-Kondome ...«

Bob Kerrey grinste im Drehstuhl neben ihm. »Vergessen Sie die Kondome«, erwiderte Jack Sleeper scharf. »In Sachen Teenager-Sex halten die meisten Eltern Enthaltsamkeit für die einzige Lösung.«

»Dann sollten sie beten«, murmelte Kerry so leise, daß ihn nur der neben ihm sitzende Clayton verstehen konnte.

»Mason lebt völlig isoliert«, spann Frank Wells seinen Gedanken weiter. »Seit acht Jahren wird er vom Secret Service bewacht. Er fährt nicht mehr selbst Auto, geht in keine Videothek, in keinen Lebensmittelladen. Ein paar Details aus dem wirklichen Leben könnten belegen, daß er nicht mehr auf dem laufenden ist.«

Grinsend sah Kerry sich um. Wirkliches Leben, las Clayton in seinen Augen, was ist das? Clayton fing Tony Lords Blick auf und nickte.

Sie näherten sich dem Ende der Debatte. Nach den Regeln, die Kerry ursprünglich vorgeschlagen und die Mason plötzlich akzeptiert hatte, zerfiel sie in vier Teile von jeweils zehn Minuten zu einem speziellen Thema und einen zwanzigminütigen Schlußteil ohne thematische Einschränkung. Die Kandidaten durften sich gegenseitig Fragen stellen, und der Moderator hatte das Recht zu unterbrechen. Von diesem Recht machte Tony Lord nun Gebrauch.

»Senator Kilcannon«, begann er, wobei er die affektierte Sprechweise eines Fernsehmoderators nachäffte, »die gegenwärtige Regierung hat das Gesetz zum Schutz der Familie unterstützt, das die Anerkennung sogenannter Schwulenehen in anderen Bundesstaaten verbietet. Doch gleichzeitig deutete der Präsident an, daß diese Gesetzesinitiative ein politisch motivierter Versuch sein könnte, aus der Abneigung gegen Schwule und Lesben Kapital zu schlagen. Vizepräsident Mason ist offenbar derselben Meinung. Wie stehen Sie dazu und generell zu den Rechten der Schwulen?«

Kerry betrachtete ihn mit gespielter Bewunderung. »Könnten Sie die Frage wiederholen, Peter? Ich höre Sie so gern reden.«

Clayton lächelte, und Tony Lord lachte laut los. »Der Kandidat«, bemerkte Bob Kerrey von der Seite, »ist langsam von Begriff.«

»Für Sie immer noch zu schnell, Dick«, sagte Kerry und drehte sich zu seinem Freund um. »Dies ist ein weiteres Beispiel für Ihre Heuchelei und Ihre mangelnden Führungsqualitäten. Wenn Sie das Gesetz für schwulenfeindlich halten, dann unterstützen Sie es gefälligst nicht. Aber Sie stellen sich hin und behaupten, diese Maulhelden im Kongreß hätten Sie dazu gezwungen.« Seine Stimme wurde ernst. »Von einem Politiker, der wirklich Führungsqualitäten hat, lassen wir uns einiges gefallen, auch wenn wir in der einen oder anderen Frage nicht seiner Meinung sind. Aber wenn Sie hier schon umfallen, wie können Sie dann einer Rüstungsfirma trotzen, die der Partei Geld gespendet hat und dafür eine Gegenleistung verlangt?«

»Aber wo stehen Sie selbst?« schoß Bob Kerrey zurück. »Das war die Frage.«

Kerry machte eine kurze Pause. »Wenigstens einer sollte Zivilcourage haben, Dick. Ich würde gegen das Gesetz stimmen und dem amerikanischen Volk sagen, warum. Weil es schwulenfeindlich und überflüssig ist.«

Frank Wells lehnte sich vor – er konnte sich nicht länger beherrschen. »Ich weiß das, Kerry, wir alle hier wissen das. Aber der Mann auf der Straße glaubt, daß die Schwulen aus seinem Sohn, der Sportskanone, eine Schwuchtel machen. Selbst wenn Sie die Vorwahlen gewinnen sollten, werden Ihnen die Republikaner daraus einen Strick drehen. Zwischen moralischer Führung und Selbstmord besteht immer noch ein Unterschied.«

»Dann bin ich jetzt wohl Dick Mason«, rief Kerry und deutete auf Senator Kerrey. »Ich dachte, Bob sei Dick.«

»Machen wir eine Pause«, rief Clayton.

Kerry wußte, daß man ihm eine Atempause gönnte, damit er sich nicht zu sehr ereiferte. Und so war er nicht überrascht, als Kit zögernd zu ihm trat, neben seinem Stuhl in die Hocke ging und sagte: »Frank hat recht, und Sie wissen es. Bei allem Respekt. Und aller Wertschätzung.«

Kerry betrachtete sie mit aufrichtiger Zuneigung. Kits Bemerkung entbehrte nicht einer gewissen Ironie, und er wußte, daß sie auf jenen Augenblick zwei Tage vor den wichtigen Vorwahlen in Florida anspielte, als sie im Flugzeug zu ihm gekommen war und um drei Tage Urlaub gebeten hatte.

Der Zeitpunkt war denkbar ungünstig. Kerry hatte die ersten Vorwahlen verloren und lag auch jetzt zurück. Alle waren sich darin einig, daß er bei einer neuerlichen Niederlage seine Hoffnungen würde begraben müssen; deshalb empfand er allein schon ihre Frage als Verrat.

»Wozu?« fragte er.

»Aus privaten Gründen.«

Kerry erwiderte nichts. Er wußte, daß sein Schweigen für sich sprach.

Ihre Augen flackerten. »Ich habe eine Partnerin. Sie ist schwer krank und muß operiert werden.«

Kerry brauchte einen Augenblick, ehe er verstand.

»Ihre Lebensgefährtin?« fragte er schließlich.

»Ja.« Kits Stimme war kaum mehr als ein Flüstern. »Sie nehmen ihr eine Brust ab, Kerry. Es kommt für Bev und mich völlig unerwartet. Wir haben es erst heute morgen erfahren.«

Kerry sah ihr an, daß sie verzweifelt war, und das um so mehr, als sie sich durch ihr Geständnis eine Blöße gab, die sie als Mitarbeiterin für andere Politiker untragbar gemacht hätte.

»Das tut mir leid«, sagte er. »Sie können selbstverständlich gehen. Kommen Sie wieder, wann Sie können.«

»Danke«, sagte sie einfach nur, schloß erleichtert die Augen und fragte dann zögernd: »Wußten Sie es nicht?«

»Nein.« Kerry lächelte schwach. »Solche Dinge erfahre ich gewöhnlich als letzter. Hoffentlich deshalb, weil sie mir egal sind.«

Kit erwiderte sein Lächeln. Aber in ihren Augen spiegelten sich Trauer und Wertschätzung. »Ich wußte es schon immer«, sagte sie. »Und mir war immer klar, daß es ein Problem ist.«

»Nicht für mich«, erwiderte Kerry.

Am Tag der Operation hatte er sich erkundigt, wo Bev lag, und ihr Blumen geschickt. Am selben Tag hatten die Vorwahlen in Florida stattgefunden.

Jetzt, in Kalifornien, waren es für Kit und ihn nur noch wenige Tage bis zur Entscheidung.

Kit machte ein ernstes Gesicht. »Die puritanische Tradition ist noch immer lebendig«, sagte sie. »Die Leute machen Fortschritte, wenn es um Diskriminierung am Arbeitsplatz geht. Aber bei Themen wie Adoption oder Schwule in der Armee haben sie immer noch große Vorbehalte. Und Schwulenehen jagen ihnen noch mehr Angst ein. Ich weiß das, ganz gleich, was ich mir wünsche.«

»Sie kennen doch Dick Mason«, erwiderte Kerry. »Der Mann steht für eine ganze Generation von Politikern, die so fremdgesteuert sind und sich so weit von ihren Anfängen entfernt haben, daß sie nicht mehr wissen, wer sie sind. Jede Frage ist in ihren Augen gleich wichtig und für ihr Wohl und Wehe entscheidend.« Er senkte die Stimme. »Einige Leute hier vergessen, daß ich seit meinem zehnten Lebensjahr mit Politik zu tun habe. Jeder Senator und Abgeordnete, der gegen das Gesetz zum Schutz der Familie gestimmt hat, wurde wiedergewählt. Außerdem sind fünf Prozent der demokratischen Wähler in Kalifornien bekennende Schwule, und ihre Lobby tut was für sie. In bestimmten Zeiten ist es einfach nur mutig, die Wahrheit zu sagen, Kit, und kein Selbstmord. Und Mut respektieren die Leute.«

»Trotzdem«, sagte sie. »Seien Sie vorsichtig.«

Kerry nickte und bereitete sich innerlich auf weitere drei Stunden Diskussion und kluge Ratschläge vor.

»Gestern hatten wir Besuch«, sagte Jane Booth. »Von Nat Schlesinger.«

»Was für eine Überraschung!« Nate Cutler wäre in seinem Hotelzimmer gern auf und ab gegangen, doch die Telefonschnur hemmte seinen Bewegungsdrang. »Lassen Sie mich raten: Wir verändern das Gesicht der Politik, und wenn wir nicht verantwortungsbewußt handeln und den verleumderischen Klatsch verbreiten, den die Republikaner oder Mason in die Welt gesetzt haben, verändern wir das Gesicht des Wahlkampfs. Kommt das ungefähr hin?«

»Ja«, antwortete Jane knapp. »Und wie es scheint, hat sich unser verehrter Verleger davon beeindrucken lassen.«

»Oh.«

»Er verlangt handfeste Beweise.«

Nate spürte wieder diese innere Anspannung, die daher rührte, daß er seine Story in Gefahr sah und selbst innerlich zerrissen war. Wenn er richtig deutete, was Lara ihm beim Abendessen zwischen den Zeilen gesagt hatte, dann hatte Kilcannon die Abtreibung nicht gewollt. »Und welche Konsequenzen haben die Skrupel des großen Mannes für uns?« fragte er.

»Keine – wenn die Story gut ist. Letztlich will unser Boß auch nur einer von uns sein. Solange er nicht wie wir bezahlt wird.« Ihr Ton wurde geschäftsmäßig. »Wir versuchen, an Kilcannons Telefonlisten heranzukommen und herauszukriegen, wann sie zusammen zu Abend gegessen haben, ob sie zu ungewöhnlicher Stunde zusammen gesehen wurden. Wir faxen Ihnen alles, was wir herausfinden, bis morgen früh um sechs. Dann haben Sie es, bevor Sie mit ihm reden.«

»Und dann?«

»Wenn Lara lügt, ist das eine Sache. Aber wenn Kilcannon in einer solchen Angelegenheit lügt, geht es um die Glaubwürdigkeit eines Präsidentschaftskandidaten.«

Wieder dachte Nate beklommen an das Abendessen, an seinen verborgenen Streit mit Lara. »Und wenn er sich weigert, mir zu antworten?«

»Wenn die Indizien sich häufen, drucken wir die Geschichte, und wenn er uns noch so sehr als Schmierfinken beschimpft.« Booth hielt kurz inne. »Und mit der Costello sind wir auch noch nicht fertig. Was glauben Sie, was sie tun wird, wenn wir zu ihr sagen: ›Entweder Sie geben uns Antwort, oder wir gehen mit unseren Informationen zu NBC.‹«

Ein Schauder überfiel Nate. »Sie würde uns ins Gesicht lachen. Denn wir würden unsere Exklusivität verlieren, und das weiß sie.«

»Glauben Sie eigentlich, daß sie ihn gewarnt hat?«

Nate überlegte kurz. »Wahrscheinlich schon.«

»Dann trifft er sich vielleicht mit ihr, Nate. Haben Sie daran schon gedacht?«

»Nie und nimmer«, entgegnete Nate. »Das wäre viel zu riskant, es sei denn, sie tarnen es als Interview. Und dann müßte sie etwas vorweisen können.«

»Und spät abends?«

»Nein.« Nate sprach jetzt langsamer. »Schon allein meinetwegen.«

Es trat eine lange Stille ein. »Behalten Sie sie im Auge«, sagte Jane. »Besonders nachts. Schlafen können Sie im Flugzeug.«

DREI

Eine Stunde vor der Debatte warteten Kerry und Clayton allein in einer Hotel-Suite, Clayton im Anzug, Kerry in Bluejeans und T-Shirt auf der Couch liegend. Clayton spürte die Nervosität seines Freundes.

»Bleib ruhig, egal was Dick sagt oder tut. Denk daran, das Thema Abtreibung betrifft nicht nur Lara. Genausowenig wie Rechte für Schwule und Lesben nur Kit oder Rassenprobleme nur mich.«

Kerry sah unter schweren Lidern hervor: »Oder Gewalt in der Ehe nur meine Mutter?«

Clayton musterte sein Gesicht. »Wir können ihn damit fertigmachen, Kerry. Wir haben die Gerichtsakte. Und du weißt genausogut wie ich, daß Dick hinter der Sache mit Cutler steckt.«

»Ich weiß das nicht, Clayton.« Kerry schaute zu seinem Freund auf. »Und Dick hatte zwanzig Jahre Zeit, Jeannie ein zweites Mal zu verprügeln, aber nichts deutet darauf hin. Ich wünschte, mein Vater hätte sich so gebessert.« Als Clayton nicht antwortete, setzte er hinzu. »Hat mich die Kandidatur so sehr verändert, daß ich so etwas benutze?«

»Die Frage ist, wie man es benutzt, Kerry. Ich sage ja nicht, daß wir die Boulevardblätter damit füttern sollen – noch nicht.«

Kerry rieb sich die Schläfen – ein untrügliches Zeichen dafür, daß er Kopfschmerzen hatte. »Iß einen Schokoriegel, bevor wir gehen«, ermahnte ihn Clayton.

Kerry reagierte nicht darauf. »Meine Mutter hat angerufen«, sagte er nach einer Weile. »Vor drei Tagen, nachdem ich mich mit dem gefürchteten Wort ›Leben‹ in die Nesseln gesetzt hatte. Weißt du, was sie mich gefragt hat? Ob sie der Presse sagen solle, daß ich meinen alten Herrn verprügelt und ihr damit das Leben gerettet hätte.«

»Und du hast es ihr ausgeredet?«

»Natürlich, und so behutsam wie möglich. Aber wie weit ist es mit uns gekommen, wenn sogar sie schon solche Fragen stellt?« Kerry lehnte sich wieder zurück. »Oh, sie macht sich Vorwürfe wegen meiner Kindheit und will es wiedergutmachen. Aber dafür ist es zu spät.«

»Und Jeannie ist nicht deine Mutter«, sagte Clayton scharf. »Sie ist die Frau eines Mannes, der auf einem Menschen herumtrampelt, den du geliebt hast – und, wie ich glaube, immer noch liebst. Du bist hier niemand etwas schuldig außer Lara. Und dir selbst.« Er hielt inne. »Was ist, wenn du mitten in der Debatte merkst, daß Dick doch dahintersteckt? Was tust du dann?«

Kerry schwieg einen Augenblick. »Schieß los, ich bin ganz Ohr.«

Auf der Fahrt ins Studio sah Lara auf die Uhr.

Noch vierzig Minuten. Zwei Reihen vor ihr im Bus saß auf

der anderen Seite des Mittelgangs Nate Cutler. Er wirkte angespannt und geistesabwesend. Sie hoffte inständig, daß er für das, was er Kerry und ihr antat, bezahlen mußte.

Neben ihr fragte Rich Powell: »Wettet jemand mit mir?«

Sie drehte sich zu ihm um. »Diesmal nicht, Rich. Ich weiß nur, daß es nicht langweilig wird. Mason hat die Regeln nicht ohne Grund akzeptiert – er wird Kilcannon einheizen, mit allem, was er hat.«

Rich runzelte die Stirn. »Was sollte das denn sein?«

In einem Knäuel von Sicherheitsbeamten trafen Kerry und Clayton im Fernsehstudio ein.

Es war wie alle Studios, dachte Clayton, schäbig, steril, hellerleuchtet und kleiner, als es am Bildschirm wirkte. Das Publikum stellte einen repräsentativen Querschnitt durch die Bevölkerung von Los Angeles dar. Der Moderator, ein erfahrener Fernsehjournalist, sprach gerade mit Dick und Jeannie Mason und, natürlich, ihren blonden Kindern. Als Kerry den beiden Söhnen und der Tochter die Hand gab, sah Clayton mißmutig schon die Fotos in der morgigen *L. A. Times* vor sich – der einsame Kandidat gegen Amerikas nächste First Family.

In Claytons Augen gehörten Augenblicke wie dieser zu den verlogenen Ritualen der Politik: Die Kandidaten schwatzten miteinander, als gebe es nichts Vergnüglicheres, dabei waren sie bis aufs äußerste angespannt und nur zu dem einen Zweck hier, dem anderen – bildlich gesprochen – die Kehle durchzuschneiden. Na schön, dachte Clayton und ging auf Masons Wahlkampfmanager Bill Finnerty zu, bereit, seine Rolle in dem Affentheater zu spielen.

Finnerty, ein ergrauter Ire mit Entengang, stand hinter Jeannie Mason. Als Clayton an ihr vorbeikam, begrüßte sie Kerry gerade mit einer kurzen Umarmung und murmelte dabei augenrollend: »Mein Gott, was für eine Heuchelei.«

Kein Wunder, daß Kerry sie mochte, dachte Clayton. Mit aufrichtigem Lächeln antwortete Kerry: »Für uns beide ist es noch nicht zu spät. Noch können wir aussteigen und Dick sich selbst überlassen.«

Jeannie erwiderte sein Lächeln. »Verlockender Gedanke.

Aber irgendwie habe ich mich an ihn gewöhnt. Trotzdem, viel Glück.«

»Hallo, Bill«, sagte Clayton und gab Finnerty die Hand. »Wie geht's?«

»Glänzend.« Finnerty lächelte schwach. »Ist Ihr Mann fit?«

Clayton schüttelte den Kopf. »Er ist mir einfach zu passiv. Würde mich nicht wundern, wenn er Dick am Ende zustimmt.«

Finnertys Lächeln erlosch. In kollegialem Ton sagte er: »Es war ein harter Wahlkampf, ich weiß. Gewisse Dinge passieren, und man muß sich darauf einstellen.« Er senkte die Stimme. »Sagen Sie Kerry, daß es uns leid tut, was wir heute abend mit ihm anstellen müssen. Vielleicht wird er sich nie damit abfinden, aber es ist wirklich nicht persönlich gemeint.«

Gegen seinen Willen erstarrte Clayton und blickte in Finnertys kalte blaue Augen. War dies die endgültige Bestätigung oder nur ein uralter Trick, dem Gegner kurz vor Beginn der Debatte noch einen Schrecken einzujagen? Oder, schlimmer noch, beides?

Ruhig legte er Finnerty die Hand auf die Schulter: »Machen Sie sich keine Sorgen um Kerry, Bill. Er wird es gut überstehen. Aber vielleicht sollten Sie sich bei Dick entschuldigen.«

Finnerty bedachte Clayton mit einem abschätzigen Blick, dann streckte er ihm wieder die Hand entgegen. Noch ehe Clayton sie drückte, hatte er beschlossen, Kerry nichts von dem Wortwechsel zu sagen: Kerry brauchte jetzt einen möglichst klaren Kopf, so oder so.

Beim Überqueren der Bühne hörte Clayton noch, wie Mason sagte: »Jetzt gilt's, Kerry.« Dann wurde die Bühne geräumt, und die Debatte begann.

VIER

Nach Laras Empfinden dominierte Mason in der ersten halben Stunde.

Obwohl sie fieberte vor Spannung, vergaß sie keine Sekunde, daß Nate Cutler direkt hinter ihr saß und sie beobachtete. Sie kämpfte gegen ihre Nervosität an, indem sie sich viele Notizen machte. »Familienpolitik«, kritzelte sie nun und blickte wieder auf die Bühne.

Kerry wirkte wachsam und kühl, fast unnatürlich still, als Mason hervorhob, daß er Familienvater sei und Kerry nicht.

»Reden kann man viel«, sagte Mason abschätzig. »Aber in unserer Familie hat sich alles um die Kinder gedreht. Deshalb kämpfen wir an vorderster Front für Mutterschaftsurlaub, mehr Kindertagesstätten, bessere Schulen …«

»Staatliche Schulen?« unterbrach Kerry. »Denn als Vater haben Sie ja – anders als in Ihrer Eigenschaft als Politiker – nie eine von innen gesehen. Wie die meisten Eltern wollten Sie Ihre Kinder nicht auf eine überfüllte und unterfinanzierte Schule schikken. Die Frage ist, was mit den Kindern anderer Leute geschieht.«

Er lehnte sich zu Mason hinüber. »Ich finde zum Beispiel, daß wir an Lehrer höhere Anforderungen stellen sollten. Sie nicht. Warum nicht? Weil die Eltern dagegen sind? Nein. Weil unsere Kinder das nicht brauchen? Nein. Sondern weil die Lehrergewerkschaft – einer Ihrer größten Geldgeber – dagegen ist. Und dabei würden Ihnen viele unserer besten Lehrer sagen, daß die Gewerkschaft hier irrt.«

Aggressivität war Kerrys zweite Natur, und zu Laras Erleichterung geriet Mason erstmals für einen Moment ins Wanken. Kerry mußte nur aufpassen, daß er nicht wie ein Staatsanwalt wirkte. Als spüre der Vizepräsident dies, setzte er eine würdevolle Miene auf.

»Ich muß mich fragen, welche Wahl Sie für Ihre Kinder getroffen hätten, Kerry – wenn Sie welche hätten. Ich werde mich für unsere Entscheidung nicht entschuldigen.« Mit dem ehrlichsten Gesicht der Welt blickte Mason in die Kamera. »Ich habe die Absicht, die Spaltung dieses Landes zu stoppen – in ein Amerika für die Elite und ein Amerika für alle anderen. Deshalb habe ich vorgeschlagen, daß jeder High-School-Absolvent eintausend Dollar pro Jahr für den Besuch eines zwei- oder vierjährigen Colleges seiner Wahl erhalten soll.« Mit getragener Stimme sprach er weiter. »Welches Kind dieser Generation wird möglicherweise ein Mittel gegen Krebs entdecken oder uns dem Frieden ein Stück näherbringen, wenn wir ihm den Zugang zum

College erleichtern? Wie viele Millionen hätten ein besseres Leben?«

»Das alles für eintausend Dollar pro Jahr?« erwiderte Kerry mit einem skeptischen Grinsen. »Warum nicht zweitausend, und wir kaufen uns gleich den Weltfrieden?«

Ein kurzes Lachen ertönte. Reiz ihn nicht zu sehr, warnte Lara im stillen.

»Tausend Dollar«, fuhr Kerry in ernsterem Ton fort, »das ist doch Augenwischerei. Die Kosten für eine höhere Ausbildung übersteigen das Einkommen einer durchschnittlichen Arbeitnehmerfamilie, das unter dieser Regierung real um zwanzig Cents die Stunde gefallen ist. Aus diesem Grund habe ich zinslose Kredite gefordert, bis zu zehntausend Dollar jährlich für jeden College-Studenten, der zwei Jahre Zivil- oder Wehrdienst leistet...«

»Solche Vorschläge«, unterbrach Mason, »treiben das Haushaltsdefizit in die Höhe und...«

»Wir könnten das Geld auftreiben, Dick. Das Problem ist nur, wie so oft, wo Sie selbst es auftreiben. Letztes Jahr habe ich ein Gesetz zur allgemeinen Krankenversicherung von Kindern unter achtzehn Jahren vorgeschlagen. Sie sollte durch eine Tabaksteuer von einem Dollar pro Packung finanziert werden. Sie haben keinen Finger dafür gerührt. Und jetzt hat die Tabaklobby durch eine Initiative, die sich ›Bürger für verantwortungsvolle Reformen‹ nennt, Ihrem Wahlkampf Geld zukommen lassen.«

»Es ist unverantwortlich«, konterte Mason, »eine Krankenversicherung durch die Besteuerung einer Sucht zu finanzieren, die Gesundheit und Leben bedroht.« Wieder blickte Mason in die Kamera. »Wenn wir unser Ziel erreichen, den Tabakkonsum durch Erziehung einzudämmen, wird es keine Raucher mehr in Amerika geben.«

»Sie behaupten also, daß es keine Rolle spielt, von wem Sie Spenden erhalten«, erwiderte Kerry, »und daß Sie nur aus Sorge um den Haushalt nicht für eine bessere Gesundheitsversorgung eintreten. Sehen wir uns das genauer an. Im letzten Haushaltsplan tauchte plötzlich eine merkwürdige Verordnung auf, mit der die Markteinführung billiger Medikamente verschoben wurde. Ihre Einführung würde dem Haushalt nicht schaden. Es geht nicht um Steuern. Die einzigen, die etwas dagegen haben, sind die Pharmaunternehmen.« Kerry deutete mit dem Finger auf Mason. »Und Sie. Könnte das daran liegen, daß Sie von diesen Unternehmen Wahlkampfspenden erhalten haben? Gehen wir die Liste doch mal durch.«

Lara fühlte eine Hand auf der Schulter. Sie zuckte zusammen und drehte sich um. Nate beugte sich vor und sagte sanft, fast entschuldigend: »Ich muß mit dir reden. Allein.«

»Du kannst mich mal«, erwiderte sie und sah wieder nach vorn.

Clayton, der links neben der Bühne auf Kerrys Seite saß, blickte auf die Uhr. Noch zwanzig Minuten, und bislang hatten sie das Duell unbeschadet überstanden.

Kerry war schlagfertiger, lebhafter geworden, und jeder Vergleich, den er anstellte, bezog sich auf den Kern seiner Botschaft – daß er der Reformer und Mason für das höchste Amt zu kompromittiert sei. Doch je stärker Kerry seinem Kontrahenten zusetzte, desto verzweifelter konnte dieser zurückschlagen; Clayton fragte sich unablässig, ob es richtig gewesen war, Finnertys Warnung für sich zu behalten.

»Diese Beispiele verdeutlichen«, schloß Kerry gerade, »daß wir eine tiefgreifende Reform unseres korrupten Systems der Wahlkampffinanzierung brauchen. In diesem Kampf, Dick, haben Sie nur durch Abwesenheit geglänzt.«

»Gentlemen«, schaltete sich der Moderator ein, »wenn Sie erlauben, möchte ich die etwas hitzige Diskussion über Familienpolitik auf ein anderes Thema lenken, das keinerlei Emotionen erregt: die Rechte der Schwulen und Lesben.«

Die ironische Bemerkung entlockte Kerry ein Lächeln, und etwas verspätet auch Mason. »In den letzten Jahren«, fuhr der Moderator fort, »wurden die Bundesgesetze gegen die Diskriminierung Homosexueller im Beruf energisch verteidigt, doch gleichzeitig verabschiedete der Kongreß das Gesetz zum Schutz der Ehe, das Eheschließungen zwischen gleichgeschlechtlichen Partnern untersagt. Nun ist in Kalifornien eine leidenschaftliche Diskussion über den Vorschlag 244 entbrannt, der ein Verbot sogenannter Sonderrechte für Schwule und Lesben vorsieht.

Wie stehen Sie zu dieser Frage?« Er wandte sich an Mason. »Beginnen wir mit dem Vizepräsidenten.«

Mason lehnte sich vor und machte ein ernstes, nachdenkliches Gesicht. »Unsere Regierung«, begann er, »ist gegen die Diskriminierung von Bürgern, die arbeiten, Steuern zahlen und einen nützlichen Beitrag zu unserer Gesellschaft leisten. Das bedeutet, aller Bürger, ungeachtet ihrer sexuellen Neigungen.«

Mason blickte in die Kamera. »Doch die Amerikaner sind nicht gewillt, ihre Definition der Ehe zu ändern, die Jahrtausende alt ist und bis in die Zeit des Alten Testaments und weiter zurückreicht.« Er wandte sich an Kerry. »Sie haben mir vorgeworfen, durch Abwesenheit zu glänzen. Doch als über das Gesetz zum Schutz der Ehe abgestimmt wurde, waren Sie praktischerweise abwesend. Darf ich Sie also fragen, wie Sie votiert hätten?«

Ausweichen, flehte ihn Clayton im stillen an. Nur noch fünfzehn Minuten.

Kerry lächelte. »Natürlich. Ich war zu dem Zeitpunkt in China und habe Fälle von Menschenrechtsverletzungen untersucht. Worüber Sie praktisch kein Wort verloren haben.«

»Das stimmt nicht.«

Mit einem leichten Achselzucken fuhr Kerry fort, trotz der heiklen Frage scheinbar gelassen. »Ich habe dieselben Umfrageergebnis gelesen wie Sie, Dick. Daher weiß ich, daß die meisten Menschen mit Ja antworten, wenn man sie fragt, ob sie gegen ›Schwulenehen‹ sind. Der Unterschied zwischen uns ist, daß es für Sie bei den Umfragen endet.«

Laß das, flehte Clayton. Das Publikum hörte gespannt zu.

»Was ist, wenn wir die Frage anders stellen?« fragte Kerry. »Wenn wir die Menschen fragen, ob wir jemand, weil er als Schwuler oder Lesbe geboren wird, schlechter behandeln sollen als jeden anderen? Damit wären die Amerikaner niemals einverstanden. Ich weiß nicht, ob wir es ›Ehe‹ nennen müssen. Doch es gibt eine Reihe von Rechten, die mit einer rechtlich geschützten Lebensgemeinschaft einhergehen – Versicherungsleistungen, das Recht, einen geliebten Menschen im Krankenhaus zu besuchen, das Recht, ihm seinen Besitz zu vermachen. Das sind keine ›Sonderrechte‹. Wer von uns will allen Ernstes einem Homosexuellen verbieten, seinen im Sterben liegenden Partner im Krankenhaus zu besuchen? Nur sehr wenige, denke ich.«

Clayton musterte die Gesichter der Zuhörer. Sie waren sehr unterschiedlich – offen, sogar bewegt, skeptisch, ablehnend. Aber alle lauschten aufmerksam.

»Ich werfe Ihnen keineswegs bösen Willen vor, Dick«, sagte Kerry. »Ich glaube nicht einmal, daß Sie hinter diesem Gesetz stehen. Aber Sie waren dafür, es zu verabschieden. Ich hätte dagegen gestimmt. Und darin liegt der Unterschied zwischen uns.«

Der kurze Applaus überraschte Clayton. Sichtlich getroffen übertönte ihn Mason. »Der Unterschied liegt darin, daß ich respektiere, was die Ehe nach der festen Überzeugung des amerikanischen Volkes sein sollte. Im übrigen brauche ich von Ihnen keine Belehrung, was den Kampf gegen Diskriminierung angeht. Ich habe diesen Kampf bereits angeführt, als Ihr Bruder noch das Amt bekleidete, das Sie heute innehaben ...«

Mason war ernstlich böse, und die herablassende Art, mit der er Kerry daran erinnerte, was er Jamie verdankte, erzürnte auch seinen Kontrahenten. Kerry kniff die Augen zusammen und musterte ihn kühl. »Hätten Sie dem Gesetzentwurf zugestimmt, wenn Sie Präsident gewesen wären?« fragte er. »Hätten Sie sich als Senator dafür ausgesprochen? Hätten Sie ihn eingebracht? Angenommen, ich plädiere für eine Aufhebung des Gesetzes zum Schutz der Ehe. Ziehen Sie mit?«

Mason lehnte sich vor. »Das ist mir zu spekulativ, Kerry. Reden wir über etwas anderes. Reden wir über die freie Entscheidung der Frau. Jetzt, wo alle zusehen, ist es an der Zeit, Farbe zu bekennen.«

Kerry starrte Mason an.

Ein Meter trennte sie. Zum ersten Mal sah Kerry, daß die Angst vor der Niederlage in Masons Gesicht eingegraben war, bemerkte er ein Zittern in seiner Stimme, das ihm durch Mark und Bein ging.

»Das Recht der Frau, selbst zu entscheiden«, sagte Mason vorwurfsvoll, »wird neuerdings vom Obersten Gerichtshof selbst in Frage gestellt. Wenn Sie Präsident wären, würden Sie dann Richter ernennen, die Ihre Überzeugung teilen, daß ein Fötus ein ›Leben‹ sei?«

Kerry zwang sich zur Ruhe. »Ich würde Richter ernennen, die wie ich an das Recht auf Privatsphäre glauben.«

»Das besagt nichts«, sagte Mason schroff. »Was ist, wenn sie mit Ihnen in punkto ›Leben‹ einer Meinung sind? Würden Sie sie dann ernennen? Und wären Sie der Ansicht, daß ein Richter, der Ihre Überzeugungen teilt, für das elementarste Recht einer Frau eine zu große Gefahr darstellt?«

Das war clever, wie Clayton zugeben mußte: Wenn ein solcher Richter eine ›Gefahr‹ darstellte, dann auch Kerry. »Persönliche Überzeugungen interessieren mich nicht«, entgegnete Kerry, »sondern die Rechtsauffassung.«

»Dann würden Sie also Anwärter auswählen, die mit Ihren grundlegenden persönlichen Überzeugungen nicht übereinstimmen, und diejenigen ablehnen, die Ihrer Meinung sind?«

»Sie hören nicht zu, Dick ...«

»Doch«, unterbrach Mason. »Sie behaupten, daß Sie für das Recht auf Abtreibung eintreten, doch ihre eigentliche Botschaft lautet, daß Frauen, die davon Gebrauch machen, sich schämen sollten. Wie können Frauen darauf vertrauen, daß sie von Ihnen beschützt werden?«

»Weil ich mich dazu verpflichtet habe«, erwiderte Kerry. »Es ist nicht meine Art zu lügen.«

»Nicht Ihre Art zu lügen«, wiederholte Mason, nun mit ruhiger Stimme. »Und was ist, wenn Sie selbst betroffen sind?«

Kerry erstarrte.

Mason schien zu zögern, als blicke er in einen Abgrund. Du warst es, dachte Kerry mit schrecklicher Gewißheit. Die Lücke zwischen ihnen schien sich zu schließen; es war, als ob das Studio, das Publikum, die Journalisten nicht mehr existierten.

»Angenommen, Ihre Freundin will abtreiben«, fuhr Mason mit festerer Stimme fort. »Was würden Sie zu ihr sagen?«

Blitzartig durchschaute Kerry Masons Absicht – er wollte ihn so erschüttern, daß er völlig die Fassung verlor. Und wenn das gelingt, hatte ihn Mason soeben gewarnt, bleibt Ihnen nur noch der Verzicht. Unklar war nur, ob er die Frage anhängen würde: Was, wenn das Kind Ihrer Karriere schaden würde, Kerry? Was würden Sie dann tun?

Entsetzt holte Kerry Luft. Die Blicke der beiden Männer

bohrten sich ineinander, und Kerry spürte, daß Mason den Moment bewußt in die Länge zog. »Hätte Ihre Freundin das Recht, selbst zu entscheiden, Kerry? Oder würden Sie auf Ihrem Standpunkt beharren?«

Kerry wußte, daß er die Sache beenden mußte. Mit einem Mal spürte er die bedrückende Atmosphäre, spürte, wie das Publikum den Atem anhielt. »Sind wir auf dieses Niveau gesunken?« fragte er leise. »Soll ich jetzt fragen, ob Sie noch Ihre Frau schlagen?«

Mason blinzelte erschrocken.

»Keine Antwort?« fragte Kerry. »Dann will ich Ihnen antworten. Ich bin für die freie Entscheidung der Frau. Aber wer auch nur einen Funken Mitgefühl hat, muß zugeben, wie schwer einer Frau diese Entscheidung fallen kann. Das würde ich empfinden – Mitgefühl. Und, wie ich hoffe, Liebe.«

Lara schluckte. Nate Cutler verspürte Übelkeit.

»Mason«, sagte Nate, halb zu sich selbst, halb zu Lara.

Sie konnte nicht antworten oder auch nur einen klaren Gedanken fassen.

Mason zögerte. Dann richtete er sich auf und blickte in die Kamera. »Ich werde mich nicht hinter vagen Aussagen über Rechtsauffassungen verstecken, um meinen Standpunkt zu verschleiern. Die erste Frage, die ich einem nominierten Richter stellen würde, wäre, ob er für die freie Entscheidung der Frau eintritt.«

Kerry atmete auf. Mason kehrte elegant zu seiner Botschaft in der Abtreibungsfrage zurück und zählte die üblichen Punkte auf. Was zwischen ihnen vorgefallen war, würde andernorts geregelt werden.

Die letzten Minuten nahm Lara nur noch verschwommen wahr.

Die Debatte verlief mechanisch und bestand nur noch aus vorgefertigten Sätzen, die in die Kamera gesprochen wurden. Mason verwies in seiner Schlußbemerkung auf seine »Erfahrung, Reife und bewährten Führungsqualitäten«. Erst am Ende von Kerrys Schlußworten vermochte sich Lara wieder zu konzentrieren.

»Ich möchte diese Wahl gewinnen«, sagte er. »Ich möchte Ihr Präsident werden. Aber es wäre mir lieber, Sie geben Ihre Stimme einem anderen, als daß Sie überhaupt nicht zur Wahl gehen. Denn das ist der erste Schritt, um sicherzustellen, daß die Regierung sich wieder um Ihre Belange kümmert – und nicht nur um die bestimmter Interessengruppen.«

Nach der Debatte stand Kerry unter dem Beifall der Zuhörer auf und streckte Mason die Hand entgegen. Mason ergriff sie mit einem matten Lächeln, und dann trat Kerry ganz nahe an ihn heran, legte ihm eine Hand auf die Schulter und sah ihm ins Gesicht.

»Beten Sie, Dick«, raunte er ihm zu. »Beten Sie, daß Sie den Geist wieder in die Flasche bekommen. Wenn nicht, werde ich Ihnen mit Hilfe dieser Geschichte den Garaus machen.«

Nate Cutler folgte Lara in den Raum, in dem die Sprecher der beiden Kandidaten darauf warteten, den Journalisten zu erklären, warum ihr Mann seinen Gegner demontiert hatte.

Nate fand, daß Lara immer noch mitgenommen aussah. Offenbar hatte sie nicht damit gerechnet, daß Mason ihre Affäre mit Kerry Kilcannon zu einer versteckten Drohung in der Öffentlichkeit benutzen würde. Und es stand noch eine zweite Drohung im Raum, die Nate nicht übersehen durfte: Drucken Sie die Geschichte, oder wir gehen zu einem anderen, der es tut.

Lee McAlpine holte ihn ein: »Was hatte das alles zu bedeuten?«

»Schwer zu sagen«, antwortete Nate, den Ahnungslosen spielend. »Diese Arroganz ist eigentlich gar nicht Masons Art. Und Kilcannon hat sich ordentlich aus der Affäre gezogen.«

Lee fuhr herum und sah ihn direkt an: »An was für einer Story bist du dran, Nate?«

Ein Lächeln huschte über sein Gesicht. »Kilcannons Affäre«, sagte er, ohne Lara aus den Augen zu lassen, »mit Jeannie Mason.«

Lee kniff humorlos die Augen zusammen. Gemeinsam betraten sie den Raum, und Lee ging schnurstracks auf Bob Kerrey und Ellen Penn zu. Nate überzeugte sich, daß sie beschäftigt war, dann heftete er sich wieder an Laras Fersen, um zu beobachten, wie sie ihre Arbeit machte.

Jeannie gab Kerry vor den Kameras flüchtig die Hand. »Was haben Sie vor, Kerry?« fragte sie bekümmert. »Ist es das, was ich vermute?«

Kerry fühlte sich plötzlich müde, ausgelaugt. »Es geht nicht nur um mich«, antwortete er. »Da ist jemand anders, dem er sehr wehtun könnte. Wissen Sie, was Dick getan hat?«

Sie schüttelte kurz den Kopf. »Nein«, antwortete sie mit tonloser Stimme. »Aber er hat Angst. Er hätte nie gedacht, daß Sie so weit gehen würden.«

Kerry seufzte. »Und Sie hätten nie gedacht, daß ich so tief sinken würde.«

Sie schloß für einen Augenblick die Augen. Dann sah sie ihn an. »Er hat es nie wieder getan, Kerry. Das sollten Sie wissen.«

Kerry nickte betrübt. Er sah ihr nach, als sie an die Seite ihres Mannes zurückkehrte und in die Kameras lächelte.

FÜNF

Kate Feeney und die anderen waren von Kilcannons Fernsehauftritt begeistert, doch Sean fühlte sich so einsam wie jemand, der durch ein Fenster eine Party beobachtete.

Als Kate ihn bei der Hand nahm, zuckte er zusammen.

»Findest du nicht, daß Kerry gut war?« fragte sie. »Er wirkt so menschlich und Mason so steif.«

Sean erwiderte nichts. Rick Ginsberg tauchte aus der Menge auf, mit einem Mal ziemlich geschäftsmäßig.

»Ihr zwei bleibt hier«, sagte er zu Sean und Kate. »Wir haben eine Besprechung mit den Organisatoren der morgigen Kundgebung und dem Secret Service. Feiern können wir am Dienstag.«

Sean konnte nur nicken.

»Nach einer Blitzumfrage unter zweihundert Kaliforniern«, sagte der Moderator, »sind fünfundvierzig Prozent der Zuschauer der Ansicht, daß Senator Kilcannon das Rededuell gewonnen hat, neununddreißig Prozent glauben, daß der Vizepräsident der Bessere war, und sechzehn Prozent sprechen von einem Unentschieden. Bemerkenswert ist, daß die Frauen mit fünfundvierzig zu sechsunddreißig Prozent Kilcannon vorne sehen …«

»Sie haben es geschafft«, sagte Frank Wells zu Kerry. »Der Speichellecker muß bluten.«

Sie umlagerten den Fernseher in Kerrys Suite – Frank, Kit Pace und Kerry. Doch Frank klang eher besorgt als begeistert; er wußte nur zu gut, womit Mason gedroht hatte, nicht aber, womit Kerry ihm den Mund gestopft hatte.

»Tja«, meinte Kerry, »wir werden sehen, wie sich das auf Jacks Umfragen auswirkt. Wenn überhaupt.«

»Der vielleicht dramatischste Moment der Debatte war«, sagte der Fernsehmoderator, »als der Vizepräsident Senator Kilcannon mit der Abtreibungsfrage konfrontierte.«

Mason erschien auf dem Bildschirm. Mit belegter Stimme fragte er: »Angenommen, Ihre Freundin will abtreiben …«

In diesem Moment ging die Tür auf, und Clayton trat ein.

Alle schauten auf. »Nach Auskunft der Fernsehgesellschaften hast du gewonnen, Kerry«, meinte Clayton. »Dick war zu aggressiv, das paßt nicht zu ihm. Jemand hätte ihm sagen sollen, was jeder Strafverteidiger weiß – versuche nicht, jemand zu sein, der du nicht bist.«

Er schaute von Kit zu Frank. »Könnte ich fünf Minuten mit Kerry reden?«

Frank sah ihn einen Moment fragend an, vielleicht auch ein wenig verärgert. Dann gratulierte er Kerry noch einmal und ging mit Kit hinaus.

Kerry lockerte erschöpft seine Krawatte. Bilder stiegen vor ihm auf – ein entsetzter Mason, Jeannie mit geschlossenen Augen, und vor allem Lara, wie sie, in seiner Phantasie, die Debatte verfolgte.

»Finnerty?« fragte er.

Clayton setzte sich ihm gegenüber. »Ich habe Klartext mit ihnen geredet. Es tut ihnen sehr leid.«

Kerry beugte sich vor. »Wie sehr?«

»Sie lassen dich und Lara in Ruhe. Sie geben den Bericht der Psychologin zurück.«

»Ein bißchen spät«, sagte Kerry mit kaltem Zorn. »Die Bombe kann jeden Moment platzen, und die Schnüffler von *Newsworld* verbreiten die Geschichte durch ihre Nachforschungen. Außerdem hat Mason diese Psychologin nicht im Griff.«

Clayton blickte finster. »Wenigstens geben sie sich Mühe. Ich habe Finnerty gesagt, daß wir Dicks Polizeiakte der Boulvardpresse übergeben, wenn die Sache in die Zeitungen kommt. Er nimmt die Drohung ernst.«

»Ich glaube, das könnte ich nicht tun«, sagte Kerry bedächtig. »Mit Rücksicht auf Jeannie. Aber von wem haben sie die Aufzeichnungen der Psychologin erhalten und was haben sie damit gemacht?«

»Von Christian Commitment, und weil Finnerty nicht damit in Verbindung gebracht werden wollte, gab er ihn Katherine Jones, der Vorsitzenden von Anthony's Legions.« Mit gedämpfter Stimme setzte er hinzu. »Jones ist übrigens Lesbierin. Ich hoffe, Masons heutige Vorstellung hat ihr ein wenig zu denken gegeben.«

Kerry fühlte, wie sich sein Magen zusammenzog. »Jones ist nicht das Problem. Was ist, wenn ich nominiert werde? An wen werden sich Gruppen wie Anthony's Legion dann wenden?« Er starrte Clayton an. »Du hast es mir vor zwei Tagen erklärt.«

»An die Republikaner.« Clayton blies die Backen auf. »Wahrscheinlich war Christian Commitment damit schon bei Leuten aus der Partei, und die kamen zu dem Schluß, daß sie lieber gegen Mason antreten als gegen dich.«

»Was bedeutet, daß sie mich bei den allgemeinen Wahlen kaltstellen können.« Kerry senkte die Stimme. »Wir können also einpacken. Wir ziehen die Fernsehspots zurück, und wenn ich trotzdem gewinne, erkläre ich unter irgendeinem Vorwand meinen Verzicht.«

Clayton zeigte eine störrische Miene. »Im Moment können wir nichts tun. Laß uns eine Nacht drüber schlafen.«

Trotz seiner gedrückten Stimmung empfand Kerry Mitleid mit seinem Freund.

»Irgendwie wird es schon weitergehen. Ich habe meinen Senat, und du hast Carlie, zwei wunderbare Töchter, ein dickes Bankkonto und eine vielversprechende Karriere.«

Clayton schüttelte müde und enttäuscht den Kopf.

»Na ja«, sagte Kerry mit einem ironischen Lächeln, »immerhin haben wir einiges erreicht, seit wir für Vincent Flavio gearbeitet haben.«

»Vincent Flavio«, wiederholte Clayton. »Habe ich dir eigentlich gesagt, daß Frank Wells immer noch versucht, John Musso zu finden?«

Kerry lächelte freudlos. »Das wird nicht leicht sein. Ein paar Monate nach Johns Umzug hat seine Tante beschlossen, seinen Namen zu ändern. Er sollte die Vergangenheit vergessen. Sag Frank nichts davon. Wenn ich auch sonst nichts für John Musso tun kann, so kann ich wenigstens dafür sorgen, daß man ihn in Ruhe läßt.«

Das Telefon klingelte.

Langsam stand Clayton auf und hob ab. Nach seinen Fragen zu urteilen, sprach er mit Jack Sleeper. Wenig später legte er auf und drehte sich um: »Nach Jack führst du mit drei Prozentpunkten. Und bei den Frauen hast du dich behauptet.«

Frustriert schob Kerry die Hände in die Taschen. »Verdammt. Mason hat die Nominierung nicht verdient.«

Kerry spürte, daß Clayton ihn beobachtete und versuchte, seine Gedanken zu lesen. »Dein Leben hat dich eingeholt, Kerry. Alles – deine Ehe, und Lara.«

»Ich muß sie sehen.«

»Du weißt, was ich davon halte«, erwiderte Clayton.

Kerry verschränkte die Arme. »Es ist eine neue Situation.« Er senkte die Stimme. »Stell dir vor, wie ihr zumute sein muß. Was würdest du an meiner Stelle tun?«

Clayton schüttelte den Kopf. »Ich weiß nur, was du tun würdest.«

Stille trat ein. »Sag Peter Lake, daß ich ihn brauche«, sagte Kerry.

Zwei Stunden später saß er Peter Lake gegenüber. Es war kurz nach elf.

»Entschuldigen Sie«, sagte Kerry, »daß ich Sie um Ihren kostbaren Schlaf bringe.«

Peter zuckte die Schultern und lächelte. »Ich wollte sowieso mit Ihnen reden, Senator. Wegen der Kundgebung in San Francisco.«

Ach die, dachte Kerry. Nach dem heutigen Abend erschien ihm die Kundgebung so sinnlos, daß er sie ganz vergessen hatte. Peters Stimme hatte, trotz seines Lächelns, einen eindringlichen Unterton.

»Natürlich.«

»Ihre Organisatoren«, fuhr Peter mit flacher Stimme fort, »wollen die Bühne gegenüber mehreren Bürogebäuden aufbauen. So bekommen sie einen malerischen Hintergrund – einen Glockenturm vor dem Ferry Building. Der Haken bei der Sache ist, daß es dort über tausend Fenster gibt und etliche Terrassen.« Peter hielt inne. »Sicherheitstechnisch ein Alptraum, Senator.«

Kerry bezähmte seine Ungeduld – im Moment erschien ihm nur eines wichtig, und das war, Lara anzurufen. »Wo möchten Sie denn die Bühne haben?« fragte er.

»Direkt vor dem nächsten Gebäude. Dort ist sie von den meisten Seiten nicht einzusehen.«

»Was sagen meine Organisatoren dazu?«

»Zu beengt, zu viel grelles Licht von den Fenstern. Schlecht fürs Fernsehen.«

Obwohl der Sicherheitsbeamte sich bemühte, objektiv zu bleiben, klang seine Stimme gereizt. Kerry empfand Sympathie für ihn; Peter arbeitete schwer, und der Service hatte bereits seinen Bruder Jamie verloren. Man wollte nicht auch noch ihn verlieren.

Ruhig sagte Kerry: »Ich habe es Ihnen nicht gerade leicht gemacht, oder?«

Peter zögerte, als überlege er, wie weit er gehen könne. »Nicht besonders«, antwortete er mit einem flüchtigen Lächeln. »Aber das ist ja auch nicht Ihre Aufgabe.«

Kerry musterte ihn. »Sagen Sie meinen Leuten, daß ich mit etwas grellem Licht leben kann.«

Er sah die Erleichterung in Peters Augen. »Gut«, antwortete Peter.

Kerry wartete einen Moment. »Ich wollte Sie um einen Gefallen bitten.«

»Gerne.«

»Ich möchte mich heute abend mit einer Journalistin treffen, sofern sie abkömmlich ist. Aber der Rest der Bande darf davon nichts erfahren.« Kerry zögerte und versuchte, sachlich zu klingen. »Ich muß sie unter vier Augen sprechen.«

Einen Augenblick lang starrte Peter ihn an, dann kehrte ein Anflug seines Lächelns zurück. »Wir können sie unbemerkt zu Ihnen bringen, wenn Sie das meinen.«

Wieder allein, ging Kerry nachdenklich auf und ab.

Was sollte er ihr sagen? Wie würde ihre Stimme klingen? Was würde sie beim Klang seiner Stimme empfinden?

Ihm fiel keine Rede ein, die er halten konnte, er fand keine Worte, die ihm Sicherheit gaben. Alles, was er hatte, waren seine Gefühle.

Seine Kehle war wie zugeschnürt, als er zum Telefon griff.

SECHS

Sean drohte zu hyperventilieren, doch er konnte den Blick nicht von dem Beamten des Secret Service wenden.

Er hieß Ted Gallagher. Weißhaarig und freundlich, thronte er neben der Cheforganisatorin Donna Nicoletti am Kopfende der drei Tische, die man zusammengeschoben hatte. Die anderen saßen auf Klappstühlen an den Längsseiten – drei Polizisten, zwei Tontechniker in T-Shirts, der Vertreter einer Veranstaltungsfirma, die die Tribünen errichten sollte, und mehrere Wahlhelfer. Am Schwarzen Brett hingen ein Grundriß der Justiz Herman Plaza und ein Zeitplan für die Kundgebung.

»Elf Uhr fünfundvierzig«, stand dort, »Eintreffen des Kandidaten aus Los Angeles.«

Nicoletti deutete auf den Grundriß. »Hier«, sagte sie zu Gallagher, »wollen wir die Helfer mit den Schildern haben. Direkt hinter dem Presse-Pool, so daß sie im Fernsehen gut zu sehen sind.«

Von dort, dachte Sean nervös, könnte ich nahe genug an ihn rankommen.

Gallagher begutachtete die Skizze. »Ich möchte eine Liste

dieser Helfer«, sagte er zu Ginsberg, »zwecks Sicherheitsüberprüfung. Name, Adresse, Sozialversicherungsnummer.«

Sean bekam feuchte Hände.

»Für den Fall, daß wir in den kommenden dreizehn Stunden mit den Sicherheitschecks nicht fertig werden, möchte ich, daß zwei Ihrer Helfer neben der Bühne stehen und bei der Identifizierung ihrer Kollegen helfen. Wer ihnen unbekannt ist, bleibt draußen.«

Wie, so fragte sich Sean verzweifelt, kam er darum herum, seine Sozialversicherungsnummer anzugeben? Den Blick auf den Tisch geheftet, hörte er Ginsberg fragen: »Wer muß sonst noch auf die Liste?«

»Jeder, der in die Nähe des Kandidaten kommt – auf, hinter oder vor der Bühne.« Gallagher blickte in die Runde. »Jeder von Ihnen bekommt einen Ausweis mit Nummer und Farbcode, an dem abzulesen ist, wer in welche Sicherheitszone darf. Die Kundgebung ist sehr kurzfristig anberaumt worden. Wir besorgen Metalldetektoren, es könnte aber sein, daß nicht alle rechtzeitig vor Ort sind und bei der Kalibrierung Probleme auftreten. Außerdem müssen wir den Platz räumen, bevor wir Leute reinlassen.« Er hielt inne und blickte zu dem Vertreter der Veranstaltungsfirma, einem stämmigen Mann mit Windjacke. »Tribünen und Lautsprecheranlage müssen bis sieben Uhr stehen.«

»Das läßt sich machen«, sagte Donna Nicoletti und schickte einen mahnenden Blick in Richtung Tontechniker. »Die Arbeit ist bereits im Gang.«

Sean hörte mit halbem Ohr zu. Er hatte kein Vorstrafenregister. Ängstlich fragte er sich, wie dicht ihm die Bostoner Polizei auf den Fersen war, ob der Name Sean Burke bereits im Computer stand oder dem Service sonstwie bekannt war und ob ihn Gallagher jeden Moment entlarven würde. Jetzt, wo er fast am Ziel war.

»Gut«, sagte Nicoletti. »Gehen wir alles Punkt für Punkt durch. Um sieben Uhr steht die Bühne, und die Lautsprecheranlage funktioniert.« Sie stand auf, tippte auf die Skizze und sagte etwas mißmutig: »Auf Ersuchen des Secret Service steht die Bühne hier, vor diesem Bürohaus.«

»Schön«, meinte Gallagher verbindlich.

»Um neun«, fuhr sie fort, »stehen die Absperrungen für die verschiedenen Sicherheitszonen, und die Metalldetektoren sind an Ort und Stelle, richtig?«

»Hoffentlich. Zwischen neun und halb elf suchen wir das Gelände nach Waffen und Bomben ab. In dieser Zeit ist der Platz leer. Um zehn Uhr fünfundvierzig ist Einlaß.« Er sah wieder zu Ginsberg und deutete auf einen Punkt in der Nähe der Plaza, der als »Parkplatz« bezeichnet war. »Ich möchte Ihre Busse und Autos hier haben, damit wir sie durchsuchen können. Diese Leute können wir gleich reinlassen. So verhindern wir unnötige Rückstaus an den Metalldetektoren.«

Kate Feeney, die neben Sean saß, war sichtlich beeindruckt. »Die machen ihre Sache wirklich gründlich«, flüsterte sie. Seans Hand zitterte, als er nach der vor ihm stehenden Cola-Dose griff.

Gallagher zog eine Linie von einem als »Ende der Sacramento Street« bezeichneten Punkt zur Rednerbühne. »Diese Passage ist etwa dreißig Meter lang«, sagte er. »Sie wird von Sicherheitsbeamten und Polizisten gesäumt. Zugang haben nur Helfer mit Ausweisen, der Presse-Pool und Senator Kilcannon mit seiner Gruppe, darunter Senatorin Penn.« Er tippte auf einen Kontrollpunkt neben der Bühne. »Genau hier stehen zwei Sicherheitsbeamte und zwei Wahlhelfer. Um elf überprüfen wir die Helfer mit den Schildern. Wenn wir damit fertig sind, können Ihre beiden Leute zu den übrigen gehen. Um elf Uhr dreißig trifft der Pool ein.«

Er übergab das Wort an Nicoletti. Sie blickte in die Runde, um ihren Worten Nachdruck zu verleihen. »Um elf Uhr fünfundvierzig trifft Senator Kilcannon vom Flughafen ein. Zusammen mit Senatorin Penn geht er von der Sacramento Street in Richtung Passage. Unterwegs schüttelt er Hände. Bei ihm sind prominente Anhängerinnen.« Sie holte Luft. »Der Pool begibt sich zur Stirnseite der Bühne. Um elf Uhr fünfundfünfzig ist Senator Kilcannon am Kontrollpunkt. Wenn alles klappt, stellt ihn Senatorin Penn um zwölf Uhr vor. Unter donnerndem Applaus.«

Wo, so fragte sich Sean, sollte er stehen? Die Sicherheitsvorkehrungen waren entmutigend. Wie sollte man da eine Pistole verstecken, geschweige denn, Kilcannon erschießen?

»Irgendwelche Fragen?«

Sean hörte kaum zu. Das Hin und Her war wie das Rauschen eines Fernsehers. »Wir müssen das vor Ort noch mal durchgehen«, sagte der Sicherheitsbeamte zu Ginsberg und Nicoletti.

Sean schaute auf. »Wann?« fragte Ginsberg.

Gallagher sah auf die Uhr. »Bald.«

Die Sitzung wurde unterbrochen. Die Leute standen auf und unterhielten sich. Sean blieb unschlüssig sitzen.

»Was willst du morgen tun?« fragte ihn Kate Feeney.

Sean zuckte die Schultern. »Hauptsache, ich sehe den Senator.«

Begeistert drückte sie seinen Arm. »Vielleicht könnten wir beide die Wahlhelfer kontrollieren. So kommen wir nahe an ihn heran.«

Sie bemüht sich um mich, dachte Sean. Er sah sie an, verwirrt und doch gerührt, unfähig zu sprechen. Dumpf bemerkte er die blasse Haut, die feinen Züge, das Sonnenlicht auf ihrem Nacken.

»Reden wir mit Rick«, drängte sie. Ohne eine Antwort abzuwarten, packte sie ihn am Ärmel und zog ihn zu Ginsberg, der gerade mit Gallagher sprach.

»Was kann ich für Sie tun, Kate?« fragte Ginsberg.

»Wir würden gern die Helfer mit den Schildern kontrollieren. Vielleicht kann John dabei Kerry treffen.«

Ginsberg zögerte. »Kennen Sie denn alle?«

»Klar!«

»Na schön.« Er sah Sean an. »Den Senator bekommen Sie vielleicht aber erst hinterher zu sehen. Ist das okay?«

Sean nickte und zwang sich, etwas zu sagen. »Fahren Sie nachher hin? Könnten wir mitkommen?«

Er klang so, wie er sich fühlte – nervös, überwältigt von einem Gefühl der Verantwortung. Ginsberg runzelte die Stirn und überlegte. An Gallagher gewandt, fragte er: »Können die beiden mitkommen? Es gibt noch viel zu klären, was die Wahlhelfer angeht, und vielleicht ist es ganz nützlich, wenn ein paar von ihnen dabei sind.«

Gallagher sah Sean an, dann Kate. »Ich heiße Kate Feeney«, sagte sie und streckte ihm die Hand entgegen.

Seine Miene hellte sich auf. »Ted Gallagher.« Er gab ihr die Hand, dann wandte er sich an Sean. »Und Sie sind ...?«

Sean leckte sich die Lippen. »John Kelly.«

Sean hatte den Eindruck, daß Gallaghers Blick zu lange auf ihm ruhte. Dann wandte sich der Beamte ab und fragte Ginsberg: »Können Sie sich für die beiden verbürgen?«

Ginsberg lächelte Kate und Sean an. »Jederzeit.«

»Gut«, meinte Gallagher. »Gehen wir.«

Er trat zu den anderen, die sich bereits in der Mitte des Raumes versammelt hatten – Nicoletti, die Tontechniker und der Tribünenbauer, zwei Polizisten. Sean trat in die Ecke, in der er sein Jackett zusammengelegt in eine leere Schreibtischschublade gelegt hatte, um die Pistole zu verstecken.

SIEBEN

Es klopfte leise an die Tür, dann noch einmal.

Kerry wartete einen Augenblick, um seine Gefühle in den Griff zu bekommen, dann öffnete er.

Lara stand in der Tür, Peter Lake an ihrer Seite.

Ihre Augen waren dunkle Teiche und blickten groß und feierlich. Kerry zwang sich, Peter anzusehen.

»Danke«, sagte er. »Ich rufe Sie dann.«

Er glitt zur Seite, um Lara hereinzulassen.

Sie zögerte einen Augenblick, dann trat sie ein. Die Tür schloß sich hinter ihr.

Mit Jeans und Pullover bekleidet, stand sie im künstlichen Licht. Es war beinahe zwei Jahre her, daß er sie zum letzten Mal gesehen hatte. Sie war älter geworden, doch Kerry fand sie schöner denn je. Sie schien warten zu wollen, bis er etwas sagte.

Er schenkte ihr ein schwaches Lächeln.

Da trat sie näher, zwei Schritte, und lehnte den Kopf gegen seine Brust. »Entschuldige«, hauchte sie, »für alles.«

Er faßte sie zaghaft an den Schultern. »Ich kam nach Washington zurück, um dich zu bitten, mich zu heiraten. Doch du warst fort.«

Sie senkte den Kopf. Als sie wieder aufschaute, schwammen ihre Augen in Tränen. »Oh, Kerry, es ist zu spät. Warum sich weiter quälen?«

Sie klang müde, hilflos. Sie löste sich von ihm und schob die Hände in die Taschen, als nehme sie ihre Gefühle zurück. Kerry spürte einen Knoten im Magen.

»Bitte!« Ihre Stimme klang verzweifelt. »Reden wir über etwas anderes.«

Er deutete zur Couch. Sie setzte sich ans eine Ende, das Gesicht ihm zugewandt, er ans andere. So hatten sie abends immer in seiner Wohnung gesessen, jeder ein Glas Wein in der Hand, und sich gegenseitig erzählt, was seit ihrem letzten Zusammensein geschehen war. Nur daß sie ängstlich wirkte, wie ein Vogel, der jeden Moment wegfliegen wollte.

»Morgen treffe ich mich mit Cutler«, sagte er. »Mir bleibt keine Wahl.«

»Was wirst du tun?«

»Lügen, natürlich.«

»Ich meine mit der Kandidatur.«

»Ich werde sie wahrscheinlich zurückziehen. Mason können wir in Schach halten. Aber vermutlich wissen auch die Republikaner Bescheid.«

Er beobachtete, wie sie es aufnahm. Sie zeigte keine Regung, aber er spürte, daß sie schauderte. »Hast du nie erwogen, die Wahrheit zu sagen?« fragte sie. »Schließlich hast du es ja nicht gewollt.«

Der Gedanke erregte seinen Zorn. »Dich den Wölfen vorwerfen und damit angeben, was für ein standhafter Kerl ich bin? Kommt nicht in Frage.« Er beruhigte sich wieder. »Außerdem würde es nichts bringen, sagt Clayton.«

Er bemerkte ein Lächeln in ihren Augenwinkeln. »Wie geht es Clayton?«

»Er ist müde. Wie ich.«

Sie sah weg, wieder nachdenklich. »Weißt du, was schrecklich ist? Ich erinnere mich nicht einmal, wie diese Frau aussah. Es lag nur daran, daß alles viel schlimmer war, als ich erwartet hatte.«

Kerry betrachtete sie. »Vielleicht auch daran, daß du es nicht nur für dich getan hast. Es ging auch um meine bescheidene Karriere.«

Lara legte den Kopf schief. »Und wie ist es, Kerry? Für das Präsidentenamt zu kandidieren?«

»Der Präsident hat mich einst vor einer Kandidatur gewarnt, den enormen Anforderungen, den Demütigungen. Und er hatte recht – man kann es sich einfach nicht vorstellen. Aber etwas anderes ist noch viel schlimmer: Ich bin mittlerweile zu der Überzeugung gelangt, daß unser Land einen Mann wie mich braucht.« Er hielt kurz inne und schloß dann ruhig: »Es ist peinlich, so etwas laut zu sagen. Selbst zu dir.«

Ihr Blick war sanft. »Peinlich? Oder mittlerweile auch schmerzlich?«

Sie hatte recht: Der Gedanke, jetzt aufzugeben, brachte ihn in Rage. »Niemand hätte sich mehr reinknien können, Lara.« Er sah ihr ins Gesicht. »Aber ich habe Dinge getan, die viel schlimmer sind, als Nate Cutler anzulügen. Dinge, die ich mir nie zugetraut hätte. Dinge, die ich nie hätte tun müssen, weil Jamie sie für mich getan hatte. Seit ein paar Tagen verstehe ich ihn zum ersten Mal: Er mußte alles ganz allein machen. Wie gern würde ich jetzt mit ihm sprechen.«

»Und was würdest du ihm sagen?«

»Daß ich jetzt verstehe, was er kurz vor seinem Tod gesagt hat: ›Aber was hat es zu bedeuten?‹ Und daß mir das geholfen hat. Denn es gibt nur einen einzigen Grund, warum ich das alles auf mich nehme: Ich will ihm einen Sinn geben.« Seine Stimme wurde wieder ruhig. »Jeden Tag bemühe ich mich darum.«

Irgendwie sprach Einsamkeit aus seinen letzten Worten. Lara sah weg.

»Und wie war es in Übersee?« fragte er. »Wie du es dir erhofft hast?«

Lara zog die Füße auf die Couch und setze sich quer hin. »Ich wollte ganz in meiner Arbeit aufgehen und dich vergessen. Die Arbeit war gut. Aber was ich sah – speziell in Bosnien und Afrika –, war schrecklich. Das war kein Spiel, wie manches auf dem Capitol Hill. Tief verwurzelte Vorurteile, Irrsinn, Egoismus, Brutalität und Ignoranz.« Ihr Ton wurde schroffer. »Der Krieg in Bosnien war unnötig. Gewisse Leute haben das Land mit voller Absicht gespalten. Auf ihre Weise sind Karadzić und Milosević genauso schlimm wie Hitler – nur daß sie ein paar Millionen Opfer weniger auf dem Gewissen haben. In Ruanda war es so ziemlich dasselbe. Und der Rest der Welt bestach wie üblich durch Dilletantismus, Feigheit und Gleichgültigkeit. Ich wollte es nicht glauben, Kerry, doch ich wurde eines Besseren belehrt. Endgültige Gewißheit bekam ich an dem Tag, an dem ich in Ruanda eine Tutsi-Frau interviewte, während sie die Leichen von zehn Angehörigen identifizierte, die von ihren Hutu-Nachbarn mit Macheten in Stücke gehackt worden waren. Ich habe das Interview geführt und die Leichen gefilmt, weil ich wollte, daß die Welt davon erfuhr.«

Was sie erlebt hatte, ließ sich nur schwer in Worte fassen, und nach Kerrys Eindruck glaubte sie nicht, daß jemand sie verstehen könne. Sie starrte auf die Couch, und ihre Stimme wurde monoton. »Die Welt wußte es nicht, weil sie es nicht wissen wollte. Manchmal konnte ich etwas tun – zum Beispiel die Regierung dazu bewegen, Nahrungsmittel zu liefern. Aber ich habe nie erfahren, was aus den Leuten wurde, die ich gesehen hatte.« Sie zuckte leicht die Schultern. »Ich hatte Flugtickets, Kreditkarten, einen Paß, konnte kommen und gehen, wann ich wollte. Ich war wie ein Voyeur, nur daß ich Dinge beobachtete, von denen sich die meisten abwenden.«

Kerry berührte ihr Handgelenk. »Hattest du jemand?« fragte er.

Sie sah ihm in die Augen. »Ich hatte nur die Wahl zwischen Journalisten und Einheimischen. Und beides brachte Probleme mit sich. Es war in Sarajevo, nach dem Wiederaufflammen der Kämpfe. Ein Kollege von AP gab in seiner Wohnung ein Essen. Es waren fast nur Journalisten da, und ein Hochschulprofessor, den ich mitgebracht hatte. Paul war in meinem Alter – ein gutaussehender Serbe mit Schnurrbart und dunklen Augen. Wir hatten uns angefreundet, und er saß beim Essen neben mir. In der Nähe explodierten Granaten, aber wir ignorierten es – wir tranken billigen Wein und erzählten Geschichten und wurden immer betrunkener, während die Detonationen näherkamen. Paul hielt unterm Tisch meine Hand. Eine Granate traf das Haus, die Wände wackelten, und das Licht ging aus. Paul zog mich unter den Tisch und hielt mich fest, und dann schlug eine zweite Granate ein. Wir küßten uns verzweifelt. Es war so dunkel, daß man nichts sah – ich glaube, ich hätte ihn auf der Stelle lieben können. Aber dann dachte ich an den Hurrikan und dich.«

Schweigend ergriff er ihre Hand.

Sie sah zu ihm auf. »Es war nicht nur das«, sagte sie einfach. »Paul war politisch aktiv und ein Teil meiner Story. Ich wollte nie wieder ein Teil meiner Story werden.«

»Was ist aus ihm geworden?« fragte Kerry.

»Er wurde ermordet. Von Karadzićs Leuten.«

Kerry zog die Hand zurück. »Ich habe mir immer wieder vorgestellt«, sagte er, »dich wiederzusehen. Auf tausend Arten. Doch eigentlich war es immer so, als hätte es die letzten beide Jahre nie gegeben. Als wären wir immer noch …«

Ihr Blick durchbohrte ihn. Dieser Zug an ihr war ihm zutiefst vertraut – ihre Unfähigkeit, lange wegzusehen. Und dann war er sich seiner Sache plötzlich sicher.

Er ergriff ihre Hände. »Weißt du noch, was ich einmal über die Kandidatur gesagt habe? Daß es barbarisch sei, nur eine Sache zu lieben?«

Sie lächelte schwach. »Wir fuhren ins Kinkhead's. In deiner Rostlaube.«

»Ich habe das Glück, daß ich zwei liebe, Lara. Die andere bist du.«

Es war bereits nach Mitternacht, als Nate an Laras Tür klopfte.

Er hatte ein ungutes Gefühl dabei. Aber er hatte nicht nur den Auftrag, Lara zu beschatten, sondern auch, sie weiter zu befragen, um sich besser auf die morgige Konfrontation mit Kilcannon vorzubereiten. Seit der Fernsehdebatte war ihre Lage noch prekärer, und vielleicht machte sie das kooperativer.

Keine Antwort.

Nate legte das Ohr an die Tür. Drinnen rührte sich nichts. Verwirrt fuhr er vom sechsten Stock mit dem Aufzug in die Lobby hinunter und rief sie vom Haustelefon aus an – er ließ es einmal, zweimal, schließlich zehnmal klingeln.

Nate legte auf und dachte nach. Sie mußte ausgegangen sein;

eine Journalistin mochte ein Klopfen ignorieren, aber einen Anruf so spät in der Nacht niemals. Er schlenderte durch die Lobby, ein Wunderwerk aus Messing und Spiegeln, zur Bar hinüber.

Dort fand er die üblichen Nachtschwärmer vor – gelangweilte Geschäftsleute, eine Handvoll Kollegen, ein paar Politiker, die Mason oder Kilcannon unterstützten. Aber Lara nicht.

Konnte sie wirklich so dumm sein? fragte er sich.

Kilcannon wohnte zehn Stockwerke über ihr; Sicherheitsbeamte wachten vor seiner Suite, im Treppenhaus, vor dem Aufzug. Nate faßte sich ein Herz, dann schritt er zum Aufzug und drückte den Knopf zum sechzehnten Stock.

Der Aufzug schwebte nach oben, kam pfeifend zum Stehen und öffnete sich mit einem Glockenton.

Vor ihm standen zwei Sicherheitsbeamte, und zu seiner Überraschung war einer von ihnen Peter Lake. Als verantwortlicher Special Agent schob Peter niemals Wache und versuchte gewöhnlich zu schlafen, wenn alles ruhig war.

Peter betrachtete ihn gelassen. »Was kann ich für Sie tun, Nate?«

Nate wurde nervös. »Was machen Sie denn hier oben? Gibt es Probleme?«

»Nein. Aber der Zutritt zu diesem Stock ist gesperrt. Wie Sie wissen.«

Nate zuckte die Achseln, ohne den Blick von Peter zu wenden. »Ich wollte zu Lara Costello«, sagte er. »Ist sie schon bei Kilcannon?«

Peter zögerte den Bruchteil einer Sekunde, dann schüttelte er den Kopf. »Und Sie wissen auch, daß wir keine Fragen beantworten. Aber falls der Papst auftaucht, bitte ich Kit, Sie anzurufen.«

Peter drückte den Knopf am Aufzug und legte Nate kameradschaftlich eine Hand auf die Schulter. Die Tür glitt zur Seite. Widerstandslos sagte Nate gute Nacht und stieg ein.

Sowie die Tür geschlossen war, drückte er den Knopf von Laras Stockwerk.

Sean folgte den anderen durch die dunkle Passage, durch die Kerry Kilcannon morgen zur Plaza gelangen sollte.

Die Absperrungen waren bereits errichtet und bildeten eine schmale Gasse, die zwischen einem Hotel und einem Büroturm hindurchführte. Die Straße war leer bis auf einen Obdachlosen, der einen quietschenden Einkaufswagen schob, und weiter vorn tuschelte Ted Gallagher mit Donna Nicoletti und Rick Ginsberg.

Sean versuchte, sich in Kerry Kilcannon hineinzuversetzen. Wie würde er sich in den letzten Augenblicken seines Lebens fühlen? Aber es fehlte die jubelnde Menge, und kühl senkte sich die Nacht herab. Sean dachte wieder an seinen Vater, an eine Schranktür, die vor ihm zuschlug, und er schauderte.

Eine schlanke Gestalt blieb vor ihm stehen. Kate Feeney.

Sie kam an seine Seite, sagte aber nichts. Instinktiv tastete Sean nach der Pistole in seiner Jacke. Bei der Fahrt in Kates Wagen war er sich ihrer so bewußt gewesen, daß er meinte, Kate müsse ihre Gegenwart spüren. Und einen Augenblick lang hatte er das verwirrende Gefühl gehabt, sie seien Komplizen.

Er vernahm dumpfes Gehämmer, dann mündete die Passage auf einen offenen Platz.

Bei Nacht war die Plaza eine dunkle Schüssel. Im Hintergrund schraubte sich ein Schatten in die Höhe – eine gewundene Betonskulptur, wie Sean erkannte, gut acht Meter hoch. Dahinter eine breite leere Straße, dann die aufragende Vorderfront eines Glockenturms und in der Ferne das Lichterband der an ihren Trossen hängenden Bay Bridge.

Sean blickte nach links, wo das Hämmern herkam. Vor dem Bürohaus wuchs eine Holzbühne in die Höhe, die skelettartig in die Dunkelheit ragte.

Die Organisatoren steckten die Köpfe zusammen. »Wo ist der Kontrollpunkt?« hörte er Rick Ginsberg fragen.

Gallagher, der am Ende der Passage stand, drehte sich um. »Ihr werdet mit unserem Mann genau hier Posten beziehen«, sagte er zu Sean und Kate. »Sobald wir den Platz abgesucht haben.«

Wegen dieser Maßnahme, so begriff Sean verzweifelt, konnte er die Pistole nirgends verstecken. Er spürte wieder Angst in sich aufsteigen.

Die Gruppe überquerte den Platz und blieb vor der Bühne stehen. Verzagt trottete Sean hinterher.

»Hier werden die Helfer mit den Schildern stehen«, sagte Nicoletti. »Rechts hinter dem Presse-Pool.«

Gallaghers Augen glitten über die Fensterfront über ihnen. Seans Blick war auf die Bühne gerichtet.

Eine stumme Gestalt sah zu ihnen herüber, ein Arbeiter. Im Dunkeln war er Kilcannon nicht unähnlich.

Instinktiv trat Sean näher.

Er schätzte den Abstand zwischen ihnen auf zehn Meter. Wenn er eine Chance haben wollte, dann von hier, und das auch nur, wenn es ihm gelang, irgendwie die Kontrollen zu umgehen.

In diesem Augenblick berührte ihn Kate Feeney am Ärmel und erinnerte ihn an ihre gemeinsame Aufgabe.

ACHT

Fassungslos blickte Lara auf ihre Hände, die in seinen lagen, dann wieder in sein Gesicht.

»Ich liebe dich«, sagte er. »Noch immer.«

Sie schloß die Augen. Wie oft hatte sie sich gewünscht, sie könnte ihre letzten gemeinsamen Tage noch einmal durchleben und irgendeinen anderen Weg einschlagen. Doch jetzt quollen Tränen aus ihren Augen.

»Sag es mir, Lara.«

Sie stand auf und schüttelte den Kopf.

»Nein«, brachte sie hervor.

Er erhob sich ebenfalls. »Warum nicht?«

Sie wandte sich von ihm ab. »Von all den Schuldgefühlen und all der Reue abgesehen?«

»Ich mache dir keinen Vorwurf. Bitte, hör mir zu.«

»Jetzt hörst du mir zu.« Sie drehte sich wieder um, von Wut und Verzweiflung gepackt. »Wir können nicht mehr Versteck spielen. Und wenn die Sache herauskommt, werden sie wie Geier über uns herfallen. Wann hat unsere Affäre begonnen – heute nacht? Das wäre alles, was Nate Cutler braucht, Kerry. Genauso gut könntest du alles zugeben.«

»Und wenn ich es täte?«

»Dann würdest du immer nur an ein verlorenes Kind und eine verpaßte Chance denken, wenn du mich ansiehst. Wie viele Monate würde unsere Beziehung halten?«

Kerry schob die Hände in die Taschen. Sein Ton, obwohl ruhig, klang enttäuscht und gereizt. »Das hast du vor zwei Jahren auch gesagt. Und was hat es gebracht?«

Sie sah ihn unverwandt an. »Vor zwei Jahren habe ich auch gesagt, daß du Präsident werden willst. Und? Hatte ich recht?«

Er senkte den Blick, dann sah er sie wieder an. »Ich glaube schon.«

»Du liebst zwei Dinge, Kerry. Ich habe dich heute abend beobachtet. Trotz Masons Attacke hast du noch nicht aufgegeben, stimmt's? Du überlegst immer noch, wie du die Sache vertuschen kannst.«

Er zuckte die Achseln. »Es ist hoffnungslos.«

»Wenn wir an die Öffentlichkeit gehen, ganz bestimmt.« Sie trat zu ihm und faßte ihn am Arm. »Wir wären auf allen Titelblättern zu sehen, und man würde Witze über dich reißen. Denn ich habe für uns beide eine Entscheidung getroffen und dann einer Fremden davon erzählt statt dir.«

Er schüttelte den Kopf. »Das Risiko gehe ich ein. Das ist mir jedenfalls lieber, als mit einer anderen zusammenzusein.«

Lara rang sich ein Lächeln ab. »Du bist ein Romantiker.«

»Nein«, entgegnete er. »Nur zu praktisch veranlagt, um so weiterzuleben.« Er legte den Kopf schief. »Bist du ein praktischer Mensch, Lara? Was für eine Rolle spielt deine eigene Karriere bei dem Ganzen?«

Sie setzte sich allein auf die Couch. »Ich komme mir korrupt vor. Das war mit ein Grund, warum ich ins Ausland gegangen bin – als Strafe. Aber ich weiß nicht, wie ich nach dieser Nacht meine Selbstachtung wieder finden soll.«

Er verfiel in Schweigen. Sie beobachtete ihn, wie er mitten in dem fremden Zimmer stand, so sehr mit seinen Gedanken und Gefühlen beschäftigt, daß wortlos Minuten verstrichen. »Vielleicht könnten wir warten«, sagte er schließlich. »Du kehrst in deinen Beruf zurück, und ich gehe meinen Pflichten nach. Und nach einer gewissen Zeit...«

»...gehen wir miteinander aus?«

»So ungefähr. Niemand braucht zu wissen, daß ich dich jeden Abend angerufen habe.« Seine Stimme wurde sanfter. »Auch das habe ich sehr vermißt.«

»Ich auch, Kerry.« Lara suchte verzweifelt nach der richtigen Lösung. »Aber wie lange wir auch warten würden, Nate hätte den längeren Atem – Nate oder deine potentiellen Feinde. Und stell dir vor, was für ein Knüller das wäre, falls du den Sprung ins Weiße Haus geschafft haben würdest.«

»Dann müßte ich dich wohl heiraten«, erwiderte er. »Und das ganze Land wäre begeistert.«

Plötzlich ärgerte sie sich über seine Blauäugigkeit. »Für die fanatischen Abtreibungsgegner wäre das ein gefundenes Fressen: die First Lady der Vereinigten Staaten, Symbolfigur herzloser Abtreibung. Das möchte ich uns ersparen – auch wenn ich inzwischen verabscheue, was ich getan habe.« Sie stand wieder auf. »Diese Leute meinen es ernst, Kerry, auf beiden Seiten. Sie würden mich benutzen, um dich zu vernichten.«

»Lara ...«

»Natürlich«, fuhr sie fort, »hätten wir noch viel Spaß, bis sie losschlagen. Und in der Zwischenzeit würden deine Leute versuchen, eine Barbie-Puppe aus mir zu machen.«

»Wie kannst du so etwas denken?« Er durchquerte den Raum und kniete vor der Couch nieder. »Du wärst ein Gewinn für dieses Land. Du könntest eine Menge bewegen.«

»Das redest du dir nur ein«, unterbrach sie ihn. Sie sah, wie er litt, und milderte ihren Ton. »Hör doch, was du redest, Kerry – plötzlich sind wir im Weißen Haus. Du hast es noch längst nicht abgeschrieben. Vielleicht kannst du das gar nicht.«

Kerry schwieg dazu.

»Du weißt, daß ich recht habe«, sagte sie. »Wir wären nirgendwo sicher, niemals.«

»Dann ziehe ich die Kandidatur zurück. Wie oft muß ich dich bitten? Bitte, gib uns eine Chance.«

Lara schüttelte den Kopf. »Es liegt nicht mehr in meiner Hand. Sie geben uns keine Chance, einerlei, was wir tun. Hören wir auf damit, bitte! Bevor wir noch mehr kaputtmachen.«

Kerry berührte ihre Wange. »Dann sag mir wenigstens eins.«

»Was?«

Er sah ihr in die Augen. »Liebst du mich noch?«

Lara fühlte, daß ihr wieder die Tränen kamen. »Oh, Kerry«, flüsterte sie, »das ist eine traurige Frage.«

Er ergriff ihre Hände. »Warum?«

Einen Augenblick erwog sie, ihm die Wahrheit zu sagen. Und dann fand sie eine zweite, einfachere Wahrheit. Leise sagte sie: »Weil die Antwort ohne Bedeutung ist.«

Sie ließ ihre Hände kurz in seinen ruhen, dann löste sie sich sanft von ihm, stand auf und ging zur Tür.

»Es wird Zeit, daß ich Peter rufe.«

Nate saß in einer Nische im sechsten Stock und las den *New Yorker.* Das war bequemer, als vor ihrer Tür zu sitzen, und um ein Uhr morgens auch weniger befremdend und verräterisch. Außerdem konnte er Laras Tür von hier aus gut sehen.

Er wartete bereits vierzig Minuten, als er ein leises Klicken vernahm – es klang irgendwie lauter als eine sich öffnende Zimmertür. Er legte die Zeitschrift weg, stand auf und spähte um die Ecke in Richtung Treppenhaus.

Fünf Meter vor ihm schlüpfte Lara durch die schwere Metalltür.

Sie drehte sich um und erblickte ihn.

»Hallo, Lara.«

Sie sagte nichts, aber ihr Gesicht wirkte seltsam ausdruckslos.

»Wo warst du?« fragte er.

»Ich bin die Treppen rauf und runter gerannt«, antwortete sie kühl. »Zwanzigmal, und ich schwitze nicht mal. Du solltest auch etwas Sport treiben, statt dich auf Korridoren herumzudrücken.«

»Du warst bei Kilcannon.«

Sie kam langsam auf ihn zu. Einen halben Meter vor ihm blieb sie stehen, holte aus und gab ihm eine kräftige Ohrfeige.

Verdutzt hörte Nate seine Zähne aufeinanderschlagen, und Schmerz durchzuckte seinen Kiefer. Doch er wandte keinen Blick von ihr.

Sie atmete schwer, und ihre Augen zerflossen in Tränen.

»Ich will von dir nicht seinen Namen hören«, sagte sie. »Nicht von dir.«

Er erwiderte nichts. Sie starrte ihn haßerfüllt an. Dann ging sie an ihm vorbei zu ihrem Zimmer.

NEUN

Kate Feeney fuhr Sean schweigend zu seinem Motel.

Auch er sagte nichts. Verstohlen beobachtete er sie, als sie in die Van Ness Avenue einbog und die wenigen Autos, die ihnen zu dieser späten Stunde entgegenkamen, ihr Gesicht anstrahlten.

Kurz bevor sie die Plaza verlassen hatten, hatte Rick Ginsberg sie nach ihrer Sozialversicherungsnummer gefragt. Kate gab ihm ihre sofort, und Rick kritzelte sie auf die Rückseite einer Visitenkarte.

»John?« fragte er.

Sean zögerte; die Nummer würde ihn als Sean Burke entlarven. »Ich weiß sie nicht auswendig«, antwortete er. »Ich habe die Karte zu Hause, in New York.«

Rick runzelte die Stirn. »Kannst du die Nummer herauskriegen? Ich brauche sie gleich morgen früh, sonst lehnt dich der Secret Service ab.«

Sean nickte. Hatte er es sich nur eingebildet, oder hatte ihn Kate argwöhnisch gemustert?

»Kannst du die Nummer besorgen?« fragte sie jetzt im Auto.

»Meine Mutter weiß sie«, log er.

Er beugte sich vor. Ein säuerlicher Geschmack kroch aus seinem Magen in seinen Mund. »Meine Mutter weiß sie«, wiederholte er. »Sie weiß alles.«

»John?«

Kates Stimme klang beunruhigt. Machte sie sich seinetwegen Sorgen, oder hatte sie Angst vor ihm? Tränen verschleierten seinen Blick. »Mir ist schlecht«, murmelte er.

Beim Einbiegen in die Lombard Street blickte Kate wieder kurz zu ihm herüber. »Morgen sind wir wieder auf dem Damm«, tröstete sie ihn. »Alles wird gutgehen.«

Hatte sie kapiert? fragte er sich mit banger Verwunderung. Die Straße sah unwirklich aus mit ihren Leuchtreklamen – eine

Tankstelle, eine Bar, ein Hotel –, den Wegweisern in eine zwielichtige Welt voll von Feinden und Fremden. Er wußte nicht, ob er sich vor Kate verstecken oder sie bitten sollte, mit in sein Motel zu kommen und ihn bis zum Morgen in ihren Armen zu halten. Wie es seine Mutter getan hatte, nachdem sie mit dem Trinken aufgehört hatte.

Sean hustete Speichel in seine Hände.

»Geht es noch?« fragte Kate. »Oder soll ich anhalten?«

Sean hielt die Hände vors Gesicht und schüttelte den Kopf. Kate fuhr weiter auf der Lombard Street in Richtung Motel. Dort hatte er Tabletten, dachte er verzweifelt.

Hilflos spürte er, wie die Übelkeit in ihm aufstieg. Er spürte, konnte aber nicht sehen, wie Kate auf den Parkplatz des Motels einbog.

Als der Wagen zum Stehen kam, wurde er von Angst und Übelkeit überwältigt. Zitternd vor Scham würgte er in seine Hände.

Er spürte, wie Kate nach ihm faßte.

Sanft tupfte sie mit einem Papiertaschentuch sein Gesicht ab, dann zerrte sie an seiner Jacke.

»Zieh das aus«, sagte sie.

Folgsam ließ er sich einen Arm aus dem Ärmel ziehen, so daß die linke Hälfte der Jacke herunterfiel.

Die plötzliche Stille im Wagen war wie ein unterdrückter Schrei. Er konnte sie förmlich spüren.

Er drehte sich um und sah sie an.

Mit offenem Mund starrte sie nach unten auf den Sitz. Er folgte ihrem Blick.

Seine Pistole lag zwischen ihnen, ein Stück schimmerndes Metall.

Kates Augen wanderten entsetzt von der Waffe zu seinem Gesicht. »Was ist das?« brachte sie hervor.

Erbrochenes hinunterschluckend, griff er nach der Waffe.

»John«, Kates Stimme klang jetzt heiser. »Was tust du?«

Mit zitternder Hand hob er die Waffe und drückte sie ihr vorsichtig an den Hals.

Sie waren ganz allein – der Parkplatz war unbeleuchtet, das Motel ein dunkler Schatten mit flimmernder Neonreklame. Im

Kokon des Wagens glänzten Tränen in Kates entsetzten Augen, und ihr Hals zuckte dort, wo das Metall ihn berührte.

Sie sagte wieder seinen Namen.

Liebst du mich? wollte er fragen.

»Bitte«, flüsterte Kate. »Ich werde niemand etwas sagen.«

Wenn Kate ihn verriet, hatten sie ihn schnell, und was wurde dann aus seiner Mission? Seine Hand zitterte noch heftiger; er spürte ihren Atem in seinem Gesicht.

»Bitte ...«

Sie hatte schöne blaue Augen. Er konnte sie nicht länger ansehen.

»Bitte ...« Für Sean klang es wie ein Gebet.

Er schloß die Augen und drückte ab.

Es gab einen dumpfen Knall.

Zitternd sah ihr Sean wieder in die Augen.

Sie blickten schockiert, verzweifelt. Ein schwacher Laut kam über ihre blutigen Lippen. Die Wagendecke über ihr glänzte klebrig.

Sean sah angeekelt weg.

Er hörte, wie Kate gegen den Sitz plumpste, ein letztes mitleiderregendes Geräusch, dann nichts mehr.

Ein Wagen kam die Lombard Street herunter.

Sean packte Kate am Genick und drückte ihren Kopf unter das Armaturenbrett. Ihre Haut war feucht und warm.

Rasch zog er die Hand zurück.

Du hattest keine andere Wahl, du hattest keine andere Wahl. Die Worte wirbelten unaufhörlich durch seinen Kopf – ein Mantra, eine Bitte um Absolution. Das Rauschen des Verkehrs drang wie aus weiter Ferne zu ihm.

Ihre Schlüssel steckten ihm Zündschloß.

Er schlüpfte aus der Beifahrertür, ging mit ungelenken Schritten um den Wagen herum und riß die Tür auf.

Kate fiel ihm entgegen, mit dem Gesicht nach oben, und starrte ihn an. Ihr Kopf ragte über den Sitz hinaus, ihr Haar fiel ins Freie.

Sean schluckte. Er bückte sich, packte sie an den Schultern, drückte sie nach oben und wuchtete sie auf den Beifahrersitz.

Er rutschte hinters Steuer, knallte die Tür zu und ließ den Motor an.

Benommen bog er in die Lombard Street ein.

Er wußte nicht, wohin er fuhr, und dann tauchte ein dunkler Streifen vor ihm auf. Ein Wald.

Instinktiv hielt er darauf zu. Dann sah er das Schild: »Presidio National Park.« Langsam fuhr er in den Park hinein.

Es handelte sich um einen ehemaligen Militärstützpunkt – saubere Schilder wiesen den Weg zu einem ehemaligen Krankenhaus, einem Offiziersclub, einem Friedhof. Zur Rechten lag die tintige Schwärze der San Francisco Bay, hinter der ferne Lichter flimmerten, und zwischen den aufragenden Eukalyptusbäumen blinkten Teile eines leuchtenden Bogens – die Golden Gate Bridge.

Sean fuhr auf sie zu, tiefer in den Park hinein. Er spürte, wie die Dunkelheit ihn verschlang.

Vorsichtig fuhr er bergab. Die Brücke kam näher. Er spürte, daß der Park bald enden würde.

Dann erblickte er zu seiner Rechten ein weiteres Schild: »Fort Point.« Daneben führte eine schmale Straße steil bergab.

Zögernd bog Sean ab.

Die Straße schlängelte sich den Hang hinab und führte am Rand der Bucht entlang. Sean sah unter sich ein großes Rechteck, dahinter die mächtigen Betonpfeiler der Brücke. Im Lichtkegel der Scheinwerfer entpuppte sich das Rechteck als Parkplatz.

Er war völlig leer.

Sean parkte im Schatten der Brücke. Er konnte Kate noch immer nicht ansehen.

Als er die Tür öffnete, schlug ihm ein kalter Wind entgegen. Er fröstelte. Die einzigen Geräusche kamen von den Autos hoch über ihm auf der Brücke und den Wellen, die gegen die Felsen klatschten.

Er mußte an einen Film denken. Mitten in dieser Bucht lag Alcatraz: Niemand konnte von dort entfliehen – die starke Strömung würde den besten Schwimmer unter der Brücke hindurch auf den Pazifik hinaustreiben.

Kate.

Er ging um den Wagen herum und öffnete die Beifahrertür. Sie lag da, das Gesicht abgewandt, als sei sie eingeschlafen.

Sean holte Luft. Dann legte er fest die Arme um sie und hob sie aus dem Wagen. Wieder wurde ihm übel, und kalter Schweiß trat ihm auf die Stirn.

Keuchend blieb er an der Felskante stehen.

Fünf Meter unter ihm tosten die Wellen. Im ersten Augenblick wollte er sie nicht loslassen, dann lockerte er den Griff, und wie aus freien Stücken entglitt Kate seinen Armen und stürzte ins Wasser.

Wieder verschleierten Tränen seinen Blick. Dann entdeckte er sie tief unten, eine verschwommene Gestalt, die sich zuerst drehte und dann langsam, halb unter Wasser, auf die Pfeiler der Brücke zutrieb.

Sean wandte sich ab.

Er schloß den Wagen ab und ging davon. Instinktiv fand er den Weg in der Dunkelheit. Stunden später vernahm er, hungrig und erschöpft, das Rauschen des Verkehrs auf der Lombard Street, und im ersten Rot des Morgens kam er endlich im Motel an.

DIE KAMPAGNE

Fünfter Tag

EINS

Als Kerry Nate Cutler gegenübersaß, mußte er unwillkürlich daran denken, daß auf dieser Couch sechs Stunden zuvor noch Lara gesessen hatte.

Es war sieben Uhr morgens. Der Zeitpunkt war beiden recht – keiner wollte, daß die übrige Presse davon erfuhr. Außerdem hätte Kerry später nicht mehr gekonnt: In fünf Stunden mußte er im vierhundert Meilen entfernten San Francisco eine Rede halten.

Kerry schwieg lange, und Cutlers Frage blieb unbeantwortet.

Mit Genugtuung registrierte Kerry Cutlers Unbehagen; er rieb sich nervös die Hand und blickte unsicher hinter seiner Nickelbrille hervor. Sie waren allein, weil Kerry darauf bestanden hatte.

»Damit ich Sie richtig verstehe«, sagte Kerry schließlich. »Sie haben den Bericht einer Psychologin, die – wie sie selber zugibt – gegen ihre berufliche Schweigepflicht verstoßen hat. Sie haben meine Handy-Abrechnungen gestohlen. Sie erzählen Leuten – obwohl sie das gar nicht wissen können –, daß Lara Costello und ich ein Verhältnis gehabt hätten. Und das alles tun Sie unter anderem deshalb, weil Sie moralische Bedenken hinsichtlich Lara Costellos Berufsauffassung haben?«

Nate wirkte angespannt. »Wollen Sie mir die Frage beantworten, Senator?«

»Und Sie?« fragte Kerry und schlug einen sarkastischen Ton an. »Oh, ich vergaß. Sie verschanzen sich hinter der Pressefreiheit, ich dagegen muß über jeden kleinen Schritt Rechenschaft ablegen.«

»Sie war letzte Nacht hier«, warf Nate ein.

Kerry bedachte ihn mit einem langen, kühlen Blick. »Ach ja? Und Sie sind heute morgen hier. Was das wohl zu bedeuten hat?«

Nate errötete. »Hatten Sie eine Affäre?« beharrte er. »Ich brauche eine Stellungnahme.«

Übertrieben gemächlich schaute Kerry auf seine Uhr, dann wieder in Nates Gesicht. »Nein«, sagte er. »Ich hoffe, Sie sind jetzt nicht allzu enttäuscht.«

Nate beugte sich vor. »Wie erklären Sie sich dann diesen Bericht, aus dem hervorgeht, wie sehr Lara Costello unter der Abtreibung Ihres Kindes gelitten hat?«

»Gar nicht. Ich habe ihn nicht geschrieben. Und ich kann mir nicht vorstellen, von wem Sie ihn haben.«

Nate faltete die Hände. »Wir haben Unterlagen über Ferngespräche, die Sie mit ihr geführt haben, zu jeder Nachtzeit. Nachbarn haben Sie am Morgen aus Laras Haus kommen sehen.«

Kerry erwiderte seinen bohrenden Blick. »Wir waren befreundet. Und ich mochte sie sehr. Sie doch auch, dachte ich.«

»Ich kandidiere nicht«, entgegnete Nate. »Und ich habe nicht bei ihr übernachtet.«

Kerry lächelte kühl. »Na, dann bin ich ja beruhigt. Wenn Ihr Material Nachrichtenwert hat, drucken Sie es. Dieser Wahlkampf hat sich sowieso schon viel zu lange um politische Fragen gedreht.«

Nate schüttelte den Kopf. »Senator, bestreiten Sie, daß Sie nach dem Korrespondenten-Dinner mit Lara eine Affäre hatten?«

»Eine Affäre? Ja, das bestreite ich. Zum zweiten Mal, und in aller Form.«

»Sie wurden gesehen, wie Sie am nächsten Morgen im Smoking aus Laras Wohnung kamen.«

Kerry stand auf. »Wie lautet die Frage? Wo ich den Smoking geliehen hatte?« Sein Ton wurde scharf. »Falls es Ihnen entgangen ist, ich bin ein vielbeschäftigter Mann. Sie wollten wissen, ob Lara und ich ein Liebespaar waren. Ich habe die Frage beantwortet. Ich lege aber nicht über jedes UFO Rechenschaft ab, das Laras Nachbarn gesehen haben wollen. Und damit basta. Ich möchte Ihnen nur noch eins sagen, Nate.« Er hielt kurz inne und fuhr dann verächtlich fort. »Ich erwarte von meinen politischen Gegnern nicht, daß sie anständiger sind, als sie sind. Aber von Ihnen erwarte ich, daß Sie sich Lara gegenüber anständiger benehmen.«

Gegen seinen Willen fühlte sich Nate getroffen. »Sie reden von politischen Fragen«, gab er zurück. »Die Abtreibungsfrage spielt eine zentrale Rolle in diesem Wahlkampf, und dazu haben Sie selbst maßgeblich beigetragen. Ich war nicht scharf auf diese Story, Senator. Aber wenn sie stimmt, sind Sie entweder ein Heuchler, der seinem beruflichen Ehrgeiz ein ›Leben‹ opfert, oder unfähig, Ihre persönliche Abneigung gegen Laras Entscheidung von der allgemeinen Abtreibungsfrage zu trennen.«

Kerry betrachtete ihn schweigend. »Oder keins von beiden. Aber das können Sie nicht wissen. Also ist es letzten Endes nur eine Gewissensfrage, zuerst für mich und jetzt für Sie.« Kerry machte eine bedeutungsvolle Pause. »Wenn Sie diese Geschichte bringen, wird sie Ihrer Karriere ebenso förderlich sein, wie sie Laras Karriere schaden wird. Und vielleicht auch meiner. Sie wissen, was für ein Mensch Lara ist. Und Sie wissen, daß ich weder labil noch korrupt, weder drogensüchtig noch sonst was bin, was meine Amtsführung als Präsident negativ beeinflussen würde. Wäre ich Richard Nixon und würde die Macht der Regierung dazu mißbrauchen, das Gesetz zu untergraben, dann hätten Sie die Pflicht, die Wahrheit zu drucken. Aber diese Geschichte?« Kerry zuckte die Achseln. »Hier geht es nicht nur darum, was für ein Mensch ich bin, Nate. Hier geht es um die Frage, was eine Nachricht ist, und wer und was Sie selbst sind.«

Nate betrachtete ihn schweigend. Dann fragte er mit ruhiger Stimme: »Wollen Sie damit sagen, daß es stimmt, Senator? Daß wir es aber guten Gewissens nicht drucken können?«

Im ersten Moment wollte Kerry ehrlich antworten, von Mensch zu Mensch mit ihm reden. Aber hier ging es nicht nur um ihn, und er wußte nur zu gut, daß sein Appell an die Vernunft in Nates Enthüllungsgeschichte einfließen würde. *Sie sind nicht Ihre Freunde,* sagte Kit Pace gern. Sie sind nicht einmal ein Publikum.

»Ich sage nur«, erwiderte Kerry, »daß da nichts war. Und wenn Sie mich jetzt entschuldigen würden, meine Maschine geht in Kürze.«

Nate stand auf und ging. Er war so taktvoll, sich nicht zu bedanken.

Kerry blieb allein zurück und benötigte einige Minuten, bis er sich wieder auf seine Rede in San Francisco konzentrieren konnte. Dann klopfte Kevin Loughery an die Tür, und Kerry Kilcannons Tag als Persönlichkeit des öffentlichen Lebens begann.

Verwirrt wartete Sean in der Lombard Street auf den Bus.

Sein Magen schmerzte wie von einem Geschwür. Seine Jacke, noch feucht von den verzweifelten Bemühungen, mit einem nassen Tuch Kates Blut zu entfernen, schien die Kühle des Morgens förmlich anzuziehen. Die Kühle erinnerte ihn an jene letzten Augenblicke in Boston, als er sich gefragt hatte, ob er imstande sei, einen Menschen zu töten.

Fünf Tage, fünf Tote. Er fühlte noch Kates warme Haut.

Er hatte keine Wahl gehabt. Er war der Beschützer, der Hirte: Von ganzem Herzen wünschte er, daß Kate ihn verstand. Vielleicht würde er ihrem Tod heute einen Sinn geben.

Kälte und Angst ließen ihn frösteln. Er war allein, von Feinden umringt. Er hielt den Kopf gesenkt. Wie lange würde es dauern, bis Kates Verschwinden bemerkt, bis ihr Wagen aufgefunden wurde?

Noch drei Stunden!

Jeden Moment konnte die Polizei entdecken, daß seine Spur von Boston hierher führte. Vielleicht war es schon passiert. Eine kurze Überprüfung am Computer – neun lächerliche Ziffern –, und der Secret Service hatte ihn.

Ein Bus kam rumpelnd vor ihm zum Stehen, und zischend flogen die Türen auf.

Lara saß mit ihrem Kameramann im Bus des Pools, als die Fahrzeugkolonne zum Flughafen fuhr. Sie unternahm keinen Versuch, ein Gespräch anzuknüpfen.

Kerry saß irgendwo vor ihr. Ein furchtbarer Tag stand ihnen bevor: nur durch wenige Schritte getrennt, mußten sie so tun, als sei nie etwas zwischen ihnen gewesen, als habe es die letzte Nacht nie gegeben.

Lara lehnte den Kopf gegen den Sitz.

Noch zwei Tage, dann war es überstanden. Aber was kam danach? Reue, Verstellung, weitere Tage und Wochen in Angst, die, wenn überhaupt, erst enden würden, wenn Kerry verlor oder seine Kandidatur zurückzog. Jeder Reporter, der den Auftrag erhielt, ihr Geheimnis zu lüften, würde ihr nachstellen, sie beschatten, in ihrer Vergangenheit wühlen. Sie mußte es durchstehen, irgendwie. Sie durfte nicht durchdrehen wie letzte Nacht, als sie Nate ins Gesicht geschlagen hatte.

Wenigstens war er heute nicht im Pool.

Ich konnte Nate schlagen, dachte sie plötzlich. Warum konnte ich Kerry nicht in den Arm nehmen? Wo wir doch nie wieder so allein sein werden.

Lara schloß die Augen, um nicht zu weinen. Als sie ihre Fassung zurückgewonnen hatte und aus dem Fenster schaute, bogen sie gerade auf den Flugplatz ein.

In dem sterilen Nebengebäude für Charterflüge überprüfte der Secret Service abermals die Journalisten.

Die *Shamrock* stand allein auf dem Rollfeld, mattes Silber in der Sonne. Nate beobachtete, wie der Pool mit der üblichen Gruppe von Polizisten und Sicherheitsbeamten verschmolz; Kerry Kilcannon wirkte unter ihnen wie ein Magnet, der eine Schar von Anhängern zur Gangway der Maschine zog.

Nate eilte zum Münztelefon und rief Jane Booth an.

Sie war gleich dran. »Ich habe Ihre Nachricht erhalten«, sagte sie. »Glauben Sie ihm?«

Nate spähte über die Schulter. Ein paar Meter weiter plauderte Lee McAlpine mit Sara Sax und tat so, als beachte sie ihn nicht. »Nein«, antwortete er leise. »Aber er hat recht, wenn er sagt, daß wir keine Gewißheit haben.«

»So«, erwiderte Jane, »dann werden wir eben entscheiden müssen, ob uns das, was wir haben, genügt: der Bericht einer Psychologin, die Aussagen von Zeugen, die sie zu ungewöhnlicher Stunde gesehen haben, Dutzende von Telefonaten mitten in der Nacht, Kilcannons Gejammer vor ihrer Tür.«

Nate schielte zu Lee, die ihn nun offen beobachtete. »Wissen Sie, was ich glaube?« fragte er noch leiser. »Kilcannon wollte nicht, daß sie es tat, und war bereit, seine Karriere dafür aufs Spiel zu setzen. Folglich ist er kein Heuchler.«

»Vielleicht, vielleicht auch nicht.« Jane hielt kurz inne. »Der Druck wächst. Wir müssen bald entscheiden, ob wir die Geschichte am Dienstag bringen. Sheila hat den ersten Entwurf fertig.«

Lee und die letzten Nachzügler trotteten in Richtung Maschine. »Geben Sie mir vorher Bescheid«, sagte Nate hastig und legte auf.

ZWEI

Sean sah Rick Ginsberg vor der Absperrung am Rand der Justin Herman Plaza stehen.

Rednerbühne und Lautsprecheranlage waren aufgebaut, und auf der anderen Seite des Platzes standen Pressetribünen. Die ersten Busse mit Freiwilligen waren angekommen und standen in der Wartezone. Doch der Platz selbst war noch leer; innerhalb der Absperrungen streiften Sicherheitsbeamte mit Hunden und Metalldetektoren umher, den Blick auf den Boden gerichtet. Aufgeregt fühlte Sean das Gewicht der Pistole in seiner Tasche.

Rick sah auf seine Uhr. »Wo bleibt Kate?«

Sean zuckte die Achseln.

Rick sah ihn besorgt an. »Sie hat Sie heute nacht doch nach Hause gefahren, nicht?«

Diesmal nickte Sean. Er traute sich nicht zu sprechen.

»Haben Sie Ihre Sozialversicherungsnummer?«

Sean faßte in die Tasche, zog einen Zettel hervor und reichte ihn Rick. Mit Bleistift hatte er die Nummer 486-24-2119 darauf geschrieben.

Rick warf einen Blick darauf und hielt kommentarlos nach Ted Gallagher Ausschau. Der Sicherheitsbeamte stand neben der Pressetribüne und sprach in sein Handy. Rick wartete, bis er zu Ende telefoniert hatte, dann rief er ihn.

Gallagher kam an die Absperrung und nahm ihm den Zettel ab. Rick deutete auf Sean, und Gallagher nickte und warf einen kurzen Blick auf die Nummer.

Es war die Sozialversicherungsnummer Sean Burkes.

Seans Finger zuckten, als spielten sie mit einem Rosenkranz.

Er konnte nur hoffen, daß die Überprüfung verschoben wurde und Gallagher erst in anderthalb Stunden Bescheid erhielt. Oder daß der Name Sean Burke im Computer des Secret Service gar nicht auftauchte.

Den Zettel in der Hand, wählte Gallagher auf seinem Handy eine Nummer.

Angespannt sah Sean zu, wie er die Nummer durchgab.

Plötzlich stand Rick wieder neben ihm. »Verfluchte Kate«, knurrte er.

So gereizt hatte Sean den Koordinator noch nie erlebt.

»Stimmt was nicht?« fragte Sean.

Rick zog eine Grimasse. »Sie haben noch nicht alle Metalldetektoren hier, und Sie allein können ihnen nicht helfen, unsere Leute durchzuschleusen – Sie kennen viele nicht. Also muß ich mich für alle verbürgen.«

Sean senkte den Kopf.

Sie haben noch nicht alle Metalldetektoren hier…

Dann sah Sean, wie Gallagher auf sie zu schritt.

Sie wissen es.

Sean bekam weiche Knie. Die Schritte, mit denen Gallagher die letzten Meter durchmaß, kamen ihm unerträglich langsam vor.

Er sah zuerst Sean an, dann Rick. »Wir sind fertig. Sie können Ihre Leute reinlassen.«

Sean schluckte.

War die Überprüfung noch in Gang? Wie viele Minuten würde es dauern, ehe Gallagher ihm die Hand auf die Schulter legte? Einen Augenblick lang sehnte er sich danach. Und dann überreichte ihm der Mann einen Anstecker und einen Ausweis, den er um den Hals tragen mußte.

»Kommen Sie«, sagte Rick. »Wir checken die Leute durch. Sie können die Schilder ausgeben.«

Sean folgte ihm rund um den Platz durch das komplizierte System von Absperrungen, das man errichtet hatte, um Anschläge mit Autobomben zu verhindern und die Menge an den Kontrollpunkten vorbeizuschleusen. Und dann betrat Sean zum zweiten Mal innerhalb von zwölf Stunden die Passage, durch die er im Dunkeln mit Kate gegangen war.

In einer Stunde würde Kilcannon durch diese Passage kommen – direkt auf ihn zu.

Zwei Sicherheitsbeamte mit Sonnenbrillen warteten am Ende der Passage. Vor ihnen standen drei Kisten mit Schildern, die beidseitig mit »Kilcannon« beschriftet waren.

Einer der Beamten reichte Rick eine Namensliste. »Die Metalldetektoren sind bald da«, sagte er. »Bis dahin müssen Sie die Leute identifizieren.«

Sean zog ein Schild hervor. Die ersten Wahlhelfer kamen durch die Passage. Nervös tastete er nach der Waffe in seiner Jacke. Da entdeckte er zwei kräftig gebaute Männer in Anzügen zwischen den zumeist jungen Freiwilligen. Der eine, groß und grauhaarig, trug einen Anstecker, der ihn als Angehörigen des Secret Service auswies. Doch es war der Schwarze an seiner Seite, der Sean erstarren ließ.

Sie kommen mich holen, dachte er.

Rick ging ihnen entgegen. »Mr. Slade?« rief er. »Ich bin Rick Ginsberg, der Koordinator.«

Die beiden Männer gaben sich die Hand. Die Menge der Helfer staute sich hinter ihnen. Sean schlug die Augen nieder.

»John«, sagte Rick, »das ist Clayton Slade, der Wahlkampfleiter des Senators.«

Clayton sah Sean mit klugen schwarzen Augen an und streckte ihm die Hand entgegen. Sean drückte sie schlaff. Der Sicherheitsbeamte, der bei Slade war, drängte sich zwischen sie und sagte zu seinen Kollegen: »Wir brauchen hier einen Metalldetektor. In etwa zehn Minuten.«

Clayton Slade betrachtete Sean noch einen Augenblick, dann sagte er zu dem Sicherheitsbeamten: »Wir halten hier den ganzen Betrieb auf.«

Die beiden passierten den Kontrollpunkt. Mechanisch händigte Sean einer schwarzen Frau ein Schild aus, und sie bedankte sich lächelnd.

Clayton stand mit Peter Lake auf der Rednerbühne und wartete auf Kerry.

Hinter ihnen ragte ein dreißigstöckiges Bürogebäude mit mindestens fünfhundert Fenstern empor, und die Häuserfronten zur Rechten hatten bestimmt weitere tausend Fenster. Doch Peter hatte recht gehabt: Mit der Entscheidung, die Bühne hier aufzustellen, hatten sie das Schußfeld potentieller Attentäter erheblich eingeschränkt.

Clayton war unruhig. Er war Kerry am Morgen vorausgeeilt und wußte noch nicht, wie das Gespräch mit Cutler ausgegangen war. Seit der Fernsehdebatte gewann Kerry an Boden, und Ellen Penn bedrängte ihn, das gesamte Geld in Fernsehspots zu stecken. Er wußte nicht, wie er sich elegant aus der Affäre ziehen sollte: Den Wahlkampf zu verlieren war schwieriger, als er ursprünglich gedacht hatte.

Peter sah neben ihm zu, wie die Menge wuchs. »Ein hübscher Haufen.«

Das stimmte. Der Freiwilligen-Koordinator hatte gute Arbeit geleistet, und wie es schien, passierten auch viele Schaulustige die Kontrollpunkte. Der Platz füllte sich. Ein Transparent mit der Aufschrift »Kilcannon – der Kandidat der Frauen« spannte sich über die Menge, und unablässig sickerten weitere Wahlhelfer mit Schildern durch die Passage und nahmen vor der Bühne Aufstellung. Ein paar Jugendliche in Jeans und T-Shirts waren hinten auf die Betonskulptur geklettert, um besser zu sehen.

Clayton entdeckte zwei Scharfschützen, die hinter dem Glokkenturm des Ferry Building postiert waren, gut achtzig Meter entfernt.

»Wir haben soeben eine Nachricht vom FBI erhalten«, sagte Peter. »Ein Verdächtiger, der im Zusammenhang mit den Bostoner Morden gesucht wird, ist anscheinend nach San Francisco geflogen. Unmittelbar nach der Tat.«

Clayton wandte sich ihm zu. »Glauben Sie, daß er noch hier ist?«

Peter zuckte die Achseln. »Sie wissen es nicht. Sie haben die Fahndung eingeleitet, ganz unauffällig, damit er nicht gewarnt wird. Trotzdem wollten sie uns informieren. Denn wenn ein militanter Abtreibungsgegner durchdreht, könnte ihm eine Kundgebung wie diese als Blitzableiter dienen.«

Claytons Blicke wanderten über die Absperrungen, die Kontrollpunkte und die Scharfschützen, und wieder dachte er, wie gewissenhaft Peter Lake seiner Aufgabe nachging. »In zwei Tagen wird endlich gewählt«, sagte er, »Was tun Sie dann?«

Peter klopfte ihm kameradschaftlich auf die Schulter. »Ich gehe schnorcheln, auf den Jungferninseln. Mit der Frau, mit der ich, soweit ich weiß, noch verheiratet bin.«

Als Clayton wieder auf die Uhr sah, war es halb zwölf.

Sean spähte über die Schulter.

Sechs, sieben Meter entfernt, an der Ecke der Bühne, sprach Clayton Slade mit dem grauhaarigen Sicherheitsbeamten. Sie schienen ihn nicht zu beachten.

Er gab ein weiteres Schild aus. Neben ihm hakte Rick Namen auf der Liste ab und dankte jedem Helfer.

Ein Metalldetektor war unterwegs, und Sean saß hier fest.

»Rick?« rief jemand.

Sean drehte sich um und erkannte den Tontechniker von der Besprechung. Er sah sehr besorgt aus.

»Halten Sie die Leute auf«, sagte Rick zu Sean und eilte zum Kontrollpunkt.

Der Techniker rief hinter zwei Sicherheitsbeamten hervor: »Beim Soundcheck hat sich ein Problem ergeben. Die Mult-Box funktioniert nicht.«

»Was zum Henker ist eine Mult-Box?«

»Ist doch jetzt egal«, erwiderte der Tontechniker ebenso ungeduldig. »Jedenfalls brauchen wir das Ding, um für die Pressefritzen und Fernsehleute einen guten Klang hinzukriegen. In fünfzehn Minuten kann ich Ersatz hier haben. Die Frage ist nur, wie mein Mann durch das Gewühl kommt.«

Rick sah einen der beiden Sicherheitsbeamten an. Der Mann kniff die Augen zusammen und sagte zu dem Techniker: »Ihr Mann soll zum Eingang der Passage kommen. Wir müssen ihn durchsuchen.« Dann fragte er Rick: »Können Sie ihn dort erwarten? Wir wollen keinen Unbekannten reinlassen.«

Rick wandte sich an Sean und nickte in Richtung Passage. »Warten Sie dort auf den Typ mit der Mult-Box, okay? Die Leute sollen sich selbst ein Schild nehmen.«

Sean schluckte. »In Ordnung.«

Er schob sich, gegen den Strom der Helfer ankämpfend, durch die Menge. Dann versiegte der Strom plötzlich.

Die nachdrängenden Helfer mußten am Eingang der Passage warten, bis zwei Sicherheitsbeamte dort einen Metalldetektor installiert hatten.

Nate wartete mit dem Rest der Meute am Kontrollpunkt der Pressetribüne. Lee McAlpine zupfte ihn am Ärmel. »Raus mit der Sprache«, zischte sie, »wir sind doch Freunde.«

Nate grinste nur.

Genau das befürchtete Jane Booth – daß andere etwas spitzkriegten –, und Masons versteckte Aufforderung, sich zu beeilen, hatte den Druck auf Jane anscheinend ins Unerträgliche gesteigert. Jedenfalls konnte sich Nate die fieberhaften Gespräche zwischen ihr und der Verlagsspitze lebhaft vorstellen. Er fragte sich, welchen Unterschied es machte, daß es Mason war, der den Bericht der Psychologin weitergegeben hatte. Er selbst maß diesem Umstand große Bedeutung zu, aber Jane hatte davon nichts wissen wollen.

Lee wartete immer noch neben Nate. Dann passierte er die Kontrolle und erklomm, sie hinter sich lassend, die Tribüne. Er stellte sich in die oberste Reihe, wo er einen guten Blick auf die Menge und die Bühne hatte.

»Ein herrlicher Tag«, sagte Kerry zu Ellen Penn.

Sie saßen im Fond seines Wagens, der gerade durch die Sacramento Street rollte. Die kleine, dunkelhaarige Senatorin aus Kalifornien antwortete: »Wir sind hier in San Francisco, Kerry, und nicht auf irgendeiner Giftmüllkippe bei Passaic. Außerdem kriegen Sie ein gutes Publikum. Sagen Sie den Leuten, wo Sie wirklich stehen, das genügt.« Ihr Grinsen war irgendwo zwischen gutgelaunt und herausfordend anzusiedeln. »Oder muß ich Ihrem Gedächtnis auf die Sprünge helfen?«

Wir sind hier in San Francisco, dachte Kerry, wo Jamie starb. Doch letzte Nacht hatte ihn der Traum von seinem eigenen Tod nicht wieder heimgesucht. Auch Schlaflosigkeit hatte offenbar ihr Gutes.

»Ich weiß, wo ich stehe«, versicherte er Ellen mit einem Lächeln. »Drei Schritte hinter Ihnen, wie Prinz Philip.«

Ellen lachte zufrieden. Dann drehte sich der Chauffeur um und sagte: »Noch etwa zwei Minuten, Senator.«

Sean blieb kurz vor dem Detektor stehen. Durch den Metallrahmen konnte er die schwarzen Lincolns sehen, die am Straßenrand parkten, dann die Reporter und Kameraleute, die aus dem Bus stiegen, in dessen Scheibe ein Pappschild mit der Aufschrift »Pool« klebte.

Sean wußte, das in einem der Lincolns Kerry Kilcannon wartete. Und er wußte, daß er auf keinen Fall durch den Detektor gehen durfte.

Die letzten Helfer strömten herein. Hinter ihnen sah Sean einen zappligen Asiaten mit einem Kasten in der Hand, den ein Sicherheitsbeamter mit einem Metallstab abtastete. Eine weitere Prozedur folgte, die sich teilweise Seans Blicken entzog: Der Kasten wurden inspiziert, von einem Hund beschnüffelt, durchleuchtet.

Sean trat schwitzend zwei Schritte vor und blieb unmittelbar vor dem Detektor stehen.

Ein Sicherheitsbeamter mit Schnurrbart bugsierte den Asiaten zu dem Metallrahmen. Nur das Gerät trennte Sean noch von ihm.

»Sind Sie John Kelly?« fragte der Beamte.

Sean nickte. Der Asiate trat durch den Rahmen, löste ein Summen aus und überreichte Sean den Kasten.

»Beeilung«, sagte er.

Ruckartig fuhr Sean herum und lief durch die Passage zurück, vorbei an der Schlange der Helfer. Am Ende der Passage wartete Rick Ginsberg, direkt hinter ihm der Tontechniker.

»Schnappen Sie sich ein Schild«, rief Rick ihm zu.

Sean nahm sich eins, eilte an Ginsberg und den beiden Sicherheitsbeamten vorbei und gab die Mult-box dem Tontechniker. Und dann, ganz plötzlich, war er mitten unter den Freiwilligen.

Zu seiner Rechten sah er Clayton Slade, der immer noch mit dem Grauhaarigen sprach.

Sean zwängte sich durch die Menge. Das Bühnenmikrofon

war rechts über ihm, etwa fünf Meter entfernt, das Ende der Passage lag zu seiner Linken, neben dem Bühnenaufgang, wo sich Slade aufhielt. Vier Männer vom Secret Service standen am Fuß der Bühne und beobachteten die Menge.

Sean schaute sich um. Die anderen jubelten bereits, und wortlos hob er sein Schild, um vor Clayton Slade sein Gesicht zu verbergen.

Lara und ihr Kameramann standen mit dem Rücken zum Metalldetektor und warteten mit dem restlichen Pool darauf, daß Kerry aus dem Lincoln stieg.

Ein Sicherheitsbeamter trat vor und öffnete schwungvoll die hintere Tür.

Eine kleine Frau schlüpfte heraus, Ellen Penn. Und dann Kerry. Weitere prominente Frauen entstiegen den anderen Wagen und gesellten sich zu ihnen: die Kongreßabgeordnete Susan Estevez, die Gewerkschafterin Dolores Huerta, die Bürgermeisterin von San José. Kerry begrüßte sie strahlend, und dann steuerte die ganze Gruppe auf die Passage zu. Die Journalisten wichen zurück, die Kameras richteten sich auf Kerrys Gesicht. Lara glaubte nicht, daß Kerry sie in dem Durcheinander bemerkte.

»Senator«, rief jemand. »Glauben Sie, daß Sie jetzt vorn sind?«

Umringt von Leibwächtern und seinen Anhängerinnen, lächelte Kerry. »War ich das vorher nicht?«

Plötzlich fand sich Lara auf dem Platz wieder. Sie stand in der Schlange der Pool-Journalisten zwischen der Bühne und Kerrys Anhängern, sie entdeckte Dan Biasi und Joe Morton am Fuß der Bühne und atmete auf. Das Chaos hatte ein Ende; wie immer beruhigte sie die Gegenwart der Sicherheitsbeamten.

Zusammen mit Senatorin Penn trat Kerry ins Licht.

Bei seinem Anblick brachen die Helfer in Jubel aus, der sich bis in die hintersten Reihen fortpflanzte. Kerry blieb am Fuß der Treppe stehen, während Ellen Penn die Stufen erklomm. Er bemerkte Clayton, der ein paar Schritte von ihm entfernt stand und verläßlich und treu über ihn wachte, wie seit den letzten Tagen des Falles Musso. Ihre Blicke begegneten sich, und trotz allem lächelte Kerry.

DREI

Als Sean ihn erblickte, änderte sich alles für ihn.

Die jubelnde Menge, die Sicherheitsbeamten vom Secret Service, Ellen Penn – sie alle waren weit weg. Kein Laut war zu hören, die Stille des Gebets kehrte in seiner Seele ein.

Kerry Kilcannon schien zu lächeln, als kenne er sein gerechtes Schicksal.

Sean senkte das Schild.

Alle seine Träume, seine Pläne, das Glück, mit dem Gott seine letzten Tage und Stunden gesegnet hatte, hatten ihn hierhergeführt. Er erwartete nicht, nach den folgenden Bildern noch zu leben, die bereits wie ein Stummfilm in sein Bewußtsein eingebrannt waren: Er selbst, wie er die Pistole hob, der Schrecken in Kilcannons Gesicht, wenn er ihn endlich erkannte, dann der Ausdruck der Resignation, wenn er ihm in Kopf und Brust schoß.

Wie oft hatte er sich ihre letzte Begegnung ausgemalt. Ein Gefühl der Erleichterung überkam ihn, der Verzückung, und er fragte sich, ob es so war, wenn man starb, wenn die Seele den Körper verließ und ewigen Frieden fand.

Diese Tat war unbedingt nötig, er durfte nicht daran zweifeln. Aus Feigheit hatten sich seine eigenen Leute – die Kirche, Operation Life – zu Komplizen von Massenmördern gemacht. Nun würde er den Platz teilen, den Kerry Kilcannon beanspruchte; im Tod vereint, würden sie das Leben der Kinder retten und die Heuchler beschämen, die moralische Bedenken vorschützten, um ihre Angst zu verbergen.

Langsam ließ Sean das Schild aus den Händen gleiten.

Clayton schob sich langsam auf Kerry zu.

Kerry hatte das Gefühl, daß er ihm etwas sagen wollte. Er bemerkte, wie Dan Biasi beiseite trat und Clayton Platz machte. Auf der Bühne stellte Ellen Penn nacheinander die Frauen vor, die hier waren, um für Kerry zu werben.

Kurz bevor Clayton ihn erreichte, entdeckte er Lara.

Sie stand hinter Clayton, genau in seiner Blickrichtung, eingekeilt zwischen Helfern mit Schildern. Er sah ihr ins Gesicht und gestattete sich ein verhaltenes Lächeln, ein heimliches Zeichen seines Schmerzes. Und dann versperrte ihm Clayton die Sicht.

»Die Vorsitzende der Landarbeitergewerkschaft«, rief Ellen Penn gerade, »Dolores Huerta ...«

Die Menge brach in Jubel aus, und die Freiwilligen schwenkten ihre Schilder.

Kerry klopfte Clayton auf die Schulter. »Die haben hier gute Arbeit geleistet«, raunte er ihm zu.

»Ja«, antwortete sein Freund.

Kerry beobachtete immer noch die Menge. Hinter Lara hatte ein Dunkelhaariger sein Schild fallengelassen.

»Peter hat mir gerade etwas mitgeteilt«, sagte Clayton.

Kerry hörte nur mit halbem Ohr zu. Die Miene des Mannes war anders als die der anderen, ernst wie die der Demonstrantinnen in Los Angeles.

»Sie vermuten«, fuhr Clayton fort, »daß der Verrückte, der die Morde in Boston begangen hat, hier in San Francisco ist.«

Da war noch etwas anderes, wie Kerry plötzlich erkannte – ein Fieber in seinen Augen, dann eine schreckliche Vertrautheit.

Der Mann trat vor.

Sean spürte es, als sich ihre Blicke begegneten.

Kilcannons Lächeln gefror. Seine Augen stellten sich neu ein, sein Körper erstarrte; in diesem Augenblick spürte Sean, daß Kilcannon ihn endlich erkannte.

Es war ihr Augenblick.

Sean schnürte es die Kehle zu. Benommen, atemlos faßte er in seine Jacke.

Kerry beobachtete die Bewegung seiner Hand.

»Also«, schloß Clayton, »kein Bad in der Menge, klar? Nur zur Vorsicht.«

Der Mann hielt jetzt eine Pistole in der Hand und richtete sie auf sie beide.

Kerry war zu keiner Bewegung fähig. »Was ist?« fragte Clayton.

Die beiden Worte gaben Kerry einen Ruck. Mit einer plötzlichen Willensanstrengung stieß er Clayton von sich.

»John«, rief Kerry. »Nein...«

Ein Knall ließ die Luft erzittern, und dann spürte Kerry, wie die Kugel ihn traf.

Er fühlte einen brennenden Schmerz, sah einen weißen Blitz, dann gaben die Beine unter ihm nach. Ein Schock durchzuckte seinen Körper und machte ihn gefühllos für die feuchte Wärme auf seiner Brust. Alles, was er sah, war dieses eine Gesicht, das jetzt einen angewiderten und entsetzten Ausdruck annahm.

»John«, flüsterte er.

»Achtung, Schußwaffe!«

Die Menge wich schreiend zurück, und John Musso sah den Fleck auf Kerry Kilcannons weißem Hemd, die Leere in seinen Augen. Kerry bewegte die Lippen, dann fiel er nach hinten, und zwei Sicherheitsbeamte warfen sich über ihn.

John drückte sich die Pistole an den Hals und dachte an Kate Feeney. Doch das letzte, was er sah, bevor ihm die Kugel ins Gehirn drang, war Kerry Kilcannon, wie er in einem Vernehmungszimmer einem achtjährigen Jungen über den Tisch hinweg die Hand reichte.

Lara blieb der Schrei im Hals stecken.

Sie sah nur noch Kerrys zuckende Beine. Die Menge stöhnte, die Sicherheitsbeamten brüllten, die Journalisten standen wie gelähmt. Dann begann ein Fotograf, Bilder zu schießen, und eine Reporterin plapperte in ihren Kassettenrecorder.

Lara ließ ihren Notizblock fallen und rannte nach vorn.

Blindlings um sich schlagend erreichte sie das Gedränge um Kerry, sah die beiden Leibwächter, die ihn mit ihrem Körper deckten, weitere Beamte, die ihn gegen die Menge abschirmten. Dann spürte sie Peter Lakes eisernen Griff.

»Nein«, sagte er leise, »das dürfen Sie nicht.«

Sein Gesicht war aschfahl. Einem hysterischen Anfall nahe, schlug Lara nach ihm und flehte mit erstickter Stimme: »Lassen Sie mich los!«

Zwei Sanitäter kamen mit einer Bahre durch die Passage gerannt, flankiert von weiteren Sicherheitsbeamten.

»Ich muß zu ihm«, rief Lara verzweifelt.

»Laßt sie durch«, rief jemand.

Es war Clayton. »Nehmt sie mit«, rief er, während ihm Tränen über das Gesicht rannen. »Um Gottes willen, bringt ihn hier weg!«

Kerry lag jetzt auf der Bahre – ohne Bewußtsein, die Augen geschlossen, und seine Brust hob und senkte sich unregelmäßig. Peter bellte Befehle.

Sicherheitsbeamte und Sanitäter rannten mit Kerry in Richtung Passage. Lara spürte Joe Mortons Hand an ihrem Arm. Sie begann zu laufen, das Chaos, den toten Mörder und ihre Arbeit hinter sich lassend.

Nate sah alles von der Pressetribüne aus: die nackte Angst der Menge, die gezügelte Aufregung der Sicherheitsbeamten, die den Kandidaten umringten und der Bahre mit brutaler Gewalt einen Weg bahnten. Schreie der Angst, des Kummers und der Wut erhoben sich aus dem wogenden Meer von Leibern.

Lara Costello rannte an der Seite eines Sicherheitsbeamten hinter der Bahre her.

»Was tut sie denn da?« platzte Lee McAlpine heraus.

»Mein Gott«, rief Sara Sax. »Ob er tot ist?«

Das erinnerte Nate an seine Pflichten. Er zückte sein Handy, rief Jane Booth an und sagte ihr, sie solle jemand in die Klinik und Verstärkung zum Tatort schicken. Dann rief er im Büro an und gab seinen Bericht durch. Seine Stimme, so befand er mit professioneller Distanz, klang ziemlich ruhig, und der erste Absatz war klar und verständlich.

VIER

Die Sanitäter schoben die Bahre in eine wartende Ambulanz, und Joe Morton und Lara kletterten nach ihnen hinein.

Es war wie ein Alptraum – die plötzliche Beschleunigung, das Heulen der Sirenen, das Gefühl, aus der Kurve getragen zu werden. Dann vernahm Lara, trotz der Sirenen, ein saugendes Geräusch.

Sie rutschte nach vorn und fand einen Platz neben Kerrys Kopf.

Seine Augen waren offen, aber ohne Leben. Auf seiner rechten Brusthälfte breitete sich der Blutfleck weiter aus. Unter einem Loch in seinem Hemd und seiner Haut schimmerte weiß der schartige Rand eines zerschmetterten Knochens. Das saugende Geräusch kam aus dem Loch, als ringe die Wunde selbst nach Atem.

»Seine Lunge kollabiert«, rief einer der Sanitäter.

Die Ambulanz raste durch ein Schlagloch. Kerrys Körper wackelte wie eine Puppe. Bitte, lieber Gott, betete Lara und beugte sich über Kerrys Gesicht.

Seine Augen hatten sich geweitet, als kämpften sie gegen ihre Blindheit an. Das Saugen wurde unrhythmisch, schwächer.

Liebst du mich noch? hatte er sie gefragt.

Oh, Kerry, hatte sie geantwortet, das ist eine so traurige Frage …

»Ich liebe dich noch«, sagte sie ihm jetzt.

Die Wunde saugte ein letztes Mal und verstummte. Kerrys Brust bewegte sich nicht mehr.

»Kein Puls«, schrie einer der Sanitäter.

Durch einen Schleier aus Tränen sah Lara, wie Kerry zu sterben begann. Dann spürte sie, wie die Ambulanz langsamer wurde und abrupt anhielt.

Die Hecktür flog auf. Die Sanitäter sprangen hinaus, Kerrys Gesicht glitt unter Lara weg, die Bahre war draußen. Sanitäter und Sicherheitsbeamte rannten mit ihr auf eine Eisentür zu. Instinktiv packte Lara Joe Morton am Arm.

»Bitte«, flehte sie.

Sie liefen hinter den anderen her. Lara nahm kaum die abgehackten Sätze wahr, mit denen ihr Joe den Weg wies. Erst als sie stehenblieben, sah sie Kerry wieder.

Er lag mit aufgerissenem Hemd auf einem Tisch, umringt von Ärzten und Krankenschwestern. Ein hagerer junger Arzt sagte knapp: »Ventilpneumothorax.«

Jemand legte ihm eine Klemme aus Metall in die Hand. Mit dosierter Rohheit drückte er die Klemme durch Kerrys Wunde.

Ein Saugen ertönte, so laut und verzweifelt, daß Lara die Hände vors Gesicht schlug. Kerrys Brust wurde geschüttelt.

Geschickt entfernte der Arzt die Klemme und führte einen dünnen Schlauch in das Einschußloch ein. Abermals zuckte Kerrys Körper krampfhaft zusammen.

»Ich habe einen Puls«, rief jemand.

Lara sank gegen Joe Morton, als sie das Auf und Ab jedes neuen Atemzugs sah. Erst Augenblicke später erfuhr sie, daß Kerrys Leben immer noch an einem dünnen Faden hing, und erst Minuten später wußte sie, was sie zu tun hatte.

Clayton und Kit konnten nur warten.

Die Klinik hatte ihnen ein Kämmerchen neben der Notaufnahme zugewiesen, in dem ein Fernseher stand. Die Journalisten warteten vor der Klinik, einer von Kits Assistenten kümmerte sich um sie. In ihrer Hilflosigkeit blickten Clayton und Kit auf den Bildschirm: NBC brachte gerade Bilder vom Attentat – man sah, wie Kerry erstarrte, dann Clayton abrupt zur Seite stieß und den Mund öffnete, ehe ihn die Kugel traf. Clayton schaute weg.

»Reporter vor Ort«, sagte der Redakteur im Studio, »glauben, daß Senator Kilcannon den Angreifer sah und seinen Wahlkampfleiter aus der Gefahrenzone befördern wollte. Ein Augenzeuge will gehört haben, wie er einen Namen rief.«

»Wie?« fragte Kit ungläubig. »Hat Kerry ihn etwa gekannt?«

Clayton teilte ihr seine Vermutung mit.

»Mein Gott!« war alles, was sie sagen konnte.

»Er wollte mich retten«, sagte Clayton.

Als die Tränen kamen, versuchte er nicht, sie zurückzuhalten.

Und dann erschien Dick Mason auf dem Bildschirm. Seine Stimme klang belegt, und er schaute nicht von seinem Blatt Papier auf.

»Ich weiß, ganz Kalifornien und die Nation sind mit mir entsetzt über dieses heimtückische Attentat auf einen couragierten Politiker, meinen Freund Senator Kerry Kilcannon. In dieser schweren Stunde sind die Gebete meiner Familie und die Gebete unzähliger Menschen in aller Welt …«

Kit fuhr wütend in die Höhe und rief mit zitternder Stimme: »Du Hund! Du hast das doch gewollt.«

»Dieses verabscheuungswürdige Verbrechen«, fuhr Mason fort, »hat keinen Platz in einem offen und fair ausgetragenen Wettstreit um Ideen und politische Inhalte …«

»Inhalte wie den Schwangerschaftsabbruch einer Geliebten«, sagte Clayton ruhig.

Wie er erwartet hatte, brachte seine Bemerkung Kit nicht noch mehr in Rage, sondern schien sie zu beruhigen. Mit einer Geste der Hilflosigkeit sank sie auf ihren Stuhl zurück.

»Sie mußte bei ihm sein, Kit.«

Weder das »sie« noch die Bemerkung selbst bedurften einer Erklärung. Kit blickte wieder zum Bildschirm.

»Unter diesen Umständen«, schloß Mason, »sage ich alle Wahlkampfveranstaltungen bis auf weiteres ab.«

»Als wenn dir etwas anderes übrigbliebe«, zischte Kit verächtlich und drehte sich um. »Wir brauchen Frank Wells hier. Wenn es Kerry wieder besser ...«

Sie vollendete den Gedanken nicht. Clayton ärgerte sich in seinem Schmerz nicht über sie. Kit Pace war nicht gläubig; sie dachte praktisch, und das war ihre Art, um um Kerrys Leben zu beten.

»Rufen Sie ihn an«, sagte Clayton und schloß die Augen.

Lara schlüpfte in die Telefonkabine. Während sie wählte, beobachtete sie durch die Scheibe zwei Schwestern, die wie stumme Geister in Weiß vorüberschwebten.

Die Stimme ihres Bürochefs klang entsetzt, dann wütend. »Wo sind Sie, zum Donnerwetter?« fragte Hal Leavitt.

»Im Krankenhaus.«

Ohne Erklärung oder Entschuldigung berichtete sie Leavitt, was sie gesehen hatte und daß Kerry Kilcannon noch lebte.

»Was ist mit der Hirnfunktion?«

Laras Blick verschleierte sich. »Ich weiß nicht.«

Leavitt schwieg eine Sekunde. »Sie haben die Klinik abgeriegelt. Nur Sie sind drin. Ich will, daß Sie live auf Sendung gehen, über Telefon.«

Damit hatte Lara gerechnet. »Ich bin bereit.«

Verblüfft betrachteten Clayton und Kit Laras Foto auf dem Bildschirm und lauschten ihrer Stimme, die ihnen ebenso nüchtern und sachlich, wie sie aus Bosnien und Afrika berichtet hatte, mitteilte, was sie selbst nicht wußten.

»Vor zehn Minuten war Senator Kilcannon noch am Leben.«

Kit schnappte leise nach Luft, Clayton biß sich auf die Lippe.

»Bei seiner Einlieferung in die Notaufnahme«, fuhr Lara fort, »war der Senator dem Tod nahe. Die Atmung hatte ausgesetzt, der Blutdruck war auf Null, er hatte keinen Puls mehr. Er litt an einem sogenannten Ventilpneumothorax. Nach meinem laienhaften Verständnis schloß sich die Schußwunde, und die Luft konnte nicht aus der verletzten Lunge des Senators entweichen. Als Folge davon erhöhte sich der Druck der Gase, die aus der Lunge in den Brustraum entwichen. Als der Druck zu groß wurde, wurde der Blutfluß zum Herzen unterbrochen, und es kam zu einem Herz- und Atemstillstand …«

»Mein Gott«, murmelte Kit gleichermaßen abgestoßen wie fasziniert. »Wie kann sie das tun?«

Clayton schüttelte den Kopf. »Überlegen Sie doch, Kit. Sie versucht, uns zu retten.«

Er lauschte aufmerksam, dann ging die Tür auf und ein hagerer Arzt betrat den Raum.

Nach ihrem Bericht sagte Lara zum Produzenten im Studio. »Geben Sie mir Hal.«

Sofort war Leavitt in der Leitung. »Tolle …«

»Hal«, unterbrach sie , »schicken Sie jemand anders her.«

»Wieso?«

»Wenn er stirbt«, sagte Lara einfach, »kann ich nicht weitermachen.«

Eine Stunde später geleitete der Secret Service die Journalisten unter strengen Sicherheitsvorkehrungen in einen überfüllten, stickigen Raum. Kit Pace, so die Ankündigung, werde eine Erklärung abgeben. Mit einem unguten Gefühl schob sich Nate neben Lee McAlpine und Sara Sax in den Raum.

Das Podium war leer.

Leise tuschelnd saßen die Reporter auf Klappstühlen oder standen wie Nate hinten an der Wand. Er hielt nach Lara Ausschau, konnte sie aber nirgends entdecken. Dann erschien Kit und erklomm das Podium.

Die Spannung stieg, und wie seine Kollegen versuchte Nate, etwas an ihrem Gesicht abzulesen. Er konnte nur feststellen, daß ihre Augen verquollen waren.

Kit räusperte sich. »Wie NBC bereits berichtet hat, ist Senator Kilcannon noch am Leben. Der Senator wurde einer Notoperation zur Wiederherstellung seiner Atemfunktion unterzogen. Seine Vitalfunktionen sind stabil, doch hat er noch nicht das Bewußtsein wiedererlangt und befindet sich nach wie vor in einem kritischen Zustand.«

»Schwebt er in Lebensgefahr?« fragte jemand.

Kit holte Luft. »Innerhalb der nächsten halben Stunde werden Ihnen die Ärzte genauere Auskunft geben. Aber der Senator ist jung und gesund, und ich bin davon in Kenntnis gesetzt worden, daß er gute Überlebenschancen hat.«

»Was ist mit der Hirnfunktion?« fragte Sara Sax. »Das von Ihnen angesprochene Trauma zieht eine Unterversorgung des Gehirns mit Sauerstoff nach sich.«

Kit nickte. »Ich kann Ihnen nur sagen, daß zwischen Ausfall und Wiederherstellung der Atmung nur relativ wenig Zeit verstrichen ist. Die Gefahr eines Hirnschadens ist demnach gering.«

»Wird Senator Kilcannon«, fragte die Journalistin von der *Sacramento Bee,* »im Falle seiner Genesung die Kandidatur aufrechterhalten?«

Kit sah die Frau erstaunt an. »Bisher ergab sich noch keine Gelegenheit, darüber nachzudenken, und entscheiden kann das nur der Senator. Natürlich denken wir im Moment nur an seine Gesundheit.«

»Kit«, rief Nate, »wir alle haben gesehen, wie Lara Costello von NBC versucht hat, zum Senator zu gelangen. Jetzt haben wir ihren Bericht gehört. Können Sie uns verraten, warum Miss Costello den Senator im Krankenwagen begleitet hat und in der Notaufnahme zugegen war?«

»Gewiß«, antwortete Kit gelassen. »Miss Costello reagierte wie eine Journalistin. Dieses Attentat wird in die Geschichte eingehen. Wie Sie wissen, war der gewaltsame Tod bekannter Persönlichkeiten – denken Sie nur an John F. und Robert Kennedy, Martin Luther King oder James Kilcannon, den Bruder des Senators – stets von widersprüchlichen Berichten, Ungereimtheiten und Verschwörungstheorien begleitet. Der beste Freund und Wahlkampfleiter des Senators, Clayton Slade, war der Ansicht, daß uns Kerry Kilcannon im Falle seines Ablebens unter keinen Umständen ein solches Vermächtnis würde hinterlassen wollen. Dementsprechend handelte er, und Miss Costello war zur Stelle.«

So elegant war Nate noch nie abgebügelt worden, und fast hätte er laut losgelacht. Statt dessen fragte er. »Wo ist Miss Costello jetzt?«

Kit zuckte müde die Achseln. »Vermutlich irgendwo im Krankenhaus. Genaueres kann ich im Moment nicht sagen.«

Kerry spürte, daß er die Augen offen hatte.

Er konnte nichts sehen. Er konnte sich nicht bewegen.

»Kerry ...«

Finger berührten zärtlich seine Stirn, wie früher, als er noch ein Kind war. Vielleicht seine Mutter.

Er versuchte, Luft zu holen, und dann sah er sie.

»Alles wird gut«, sagte Lara.

Seine Augen füllten sich mit Tränen, ehe er wieder das Bewußtsein verlor.

DIE KAMPAGNE

Sechster Tag

EINS

Als Kerry wieder zu sich kam, schwebte er in einem Zustand zwischen Schlafen und Wachen, Träumen und Denken. Bilder aus der Vergangenheit stiegen vor ihm auf – Vailsburg, seine Eltern, Jamie, Liam Dunn. Ein kleiner dunkelhaariger Junge, ein zorniger Mann mit einer Pistole. Eine Zeitlang verwirrte ihn dies. Er war wieder in Newark, und Anthony Musso hatte auf ihn geschossen. Und dann, ganz plötzlich, war er hellwach.

Ein Schlauch ragte aus seiner Brust, und sein Hals war wund und geschwollen. Er fühlte sich schwach, benommen. Vorsichtig versuchte er, zwischen Gehirn und Körper Kontakt herzustellen. Er hob leicht die eine Hand, dann die andere. Dann gelang es ihm, den Kopf zu bewegen. Zitternd atmete er auf.

Die Füße.

Mit größter Anstrengung bewegte er den rechten Fuß. Ein stechender Schmerz fuhr ihm in die Brust.

»Funktioniert noch alles?« fragte jemand.

Kerry drehte den Kopf. Neben ihm stand ein rothaariger Mann mit Gummihandschuhen. »Ich bin Dr. Frank O'Malley.«

Kerry versuchte, seine Gedanken zusammenzunehmen. »Na ja«, hörte er sich sagen, »wenigstens sind Sie Ire.«

Der Arzt lachte. »Und Sie haben Ihren Humor nicht verloren. Vor einer Stunde haben Sie noch durch einen Schlauch in Ihrer Luftröhre geatmet.«

Kerry schluckte mühsam. »Was ist passiert?«

O'Malley verschränkte die Arme. »Bei Ihrer Einlieferung waren Sie tot, und jetzt sind Sie am Leben.« Er senkte die Stimme. »Sie sind ein zäher Bursche, Senator, und Sie haben Glück gehabt. Die Kugel hat ihr Rückgrat, die Hauptarterien und bis auf die Lunge alle lebenswichtigen Organe verfehlt. Und nach unserem kleinen Plausch zu urteilen, hat man Sie sehr rasch wiederbelebt.«

Kerry schloß die Augen. Eine unermeßliche Dankbarkeit erfüllte ihn.

»Wenn nichts Unvorhergesehenes passiert«, fuhr O'Malley fort, »werden Sie wieder gesund. In ein paar Tagen können Sie aufstehen und in ein paar Monaten wieder joggen. Oder Präsident werden, wenn Sie wollen, auch wenn ich nicht verstehe, was einen Menschen dazu treibt. Und das nicht erst seit heute.«

Kerry antwortete nicht. Er ließ sich ins Bett zurücksinken. Er lebte, und sein Leben und seine Zukunft gehörten wieder ihm, möglicherweise in einem viel tieferen Sinne als zuvor.

Clayton kam langsam, beinahe schwerfällig auf Kerry zu, wie ein Mann, der unter Wasser ging. Der Glanz in seinen Augen verriet seine Bewegtheit.

Clayton ergriff seine Hände. »Du wolltest mich aus der Schußlinie befördern, was?«

Kerry rang sich ein Lächeln ab. »Eigentlich wollte ich hinter Ellen Penn in Deckung gehen. Und dazu mußte ich mich bei dir abstoßen.«

Clayton lächelte nicht.

Kerry seufzte. »Es war ein Reflex, Clayton. Zum Nachdenken blieb keine Zeit.«

»Dann war es vielleicht auch damals ein Reflex«, erwiderte sein Freund. »Und dein ›Reflex‹ war, John Musso zu retten.«

Ganz plötzlich spürte Kerry eine schwere Last. Mit rauher Stimme fragte er: »Er war es, nicht wahr?«

Clayton zog sich einen Stuhl heran. »Er war der Mörder von Boston. Außerdem hat er vermutlich ein Mädchen ermordet, das als Wahlkampfhelferin für dich gearbeitet hat. Eine gewisse Kate Feeney.«

Kerrys Magen zog sich zusammen. »Kate Feeney«, sagte er. »Eine Rotblonde?«

»Hast du sie gekannt?«

»Ich glaube, ja. Mein Gott, Clayton, warum hat er das getan?«

»Wir wissen es nicht. Vielleicht war sie ihm auf die Schliche gekommen.«

Kerry lehnte sich zurück. Verzweiflung überkam ihn. Er

mußte an einen Jungen denken, der zu einem Verwundeten ins Krankenhaus gekommen war. »Was habe ich getan?« fragte er. »Gott steh mir bei, was habe ich nur getan?«

Clayton schien seine Gedanken ordnen zu wollen. »Du hast versucht, ihn zu retten. Aber er hatte schon zuviel durchgemacht, zuviel erlitten.«

»Verdammt«, krächzte Kerry. »Du weißt, was ich meine.«

Claytons Ton wurde bestimmt. »Du warst Staatsanwalt, mein Freund, und kein Jugendhelfer. Du wurdest angeschossen, und deine Frau wollte nicht mal eigene Kinder. Und John hatte eine Großtante in Boston. Die leider ein paar Jahre nach seinem Umzug gestorben ist.«

Kerry drehte den Kopf auf dem Kissen zur Seite. Wieder ruhiger, murmelte er: »Aber er hatte es auf mich abgesehen. Weil ich ihn zurückwies, obwohl er mich brauchte.«

Clayton sah ihn fest an. Mit versteckter Ironie sagte er: »Er glaubte an die Heiligkeit des Lebens. Erinnerst du dich, was Liam nach Jamies Tod sagte? Politik duldet keinen Stillstand.«

Jamie, dachte Kerry, und dann erkannte er, daß ihn noch etwas von seinem Bruder unterschied: Er hatte überlebt.

»Und das gilt nach wie vor«, fuhr Clayton fort. »Da draußen stehen Hunderte von Menschen unter deinem Fenster, und Millionen andere beten für dich. Du bist wieder ein Held, ein Opfer der fanatischen Abtreibungsgegner. Um die Vorwahlen zu gewinnen, brauchst du nur zu zeigen, daß du in Ordnung bist, und zu sagen, daß du es immer noch willst. Aber die Entscheidung liegt natürlich bei dir.«

»Wie meinst du das?«

»Du wärst um ein Haar gestorben, Kerry. Es wird einige Zeit dauern, bis du wieder auf dem Damm bist. Niemand macht dir einen Vorwurf, wenn du verzichtest. Und wenn du verzichtest, wird *Newsworld* dich in Ruhe lassen. Kein Kandidat, keine Story. Und wer weiß, was in vier oder acht Jahren ist.« Clayton zuckte die Schultern. »Im Moment gilt das Interesse ausschließlich dir. Aber wenn du an der Kandidatur festhältst, ist deine Affäre mit Lara wieder die Story.« Er senkte die Stimme. »Sie war bei dir, im Krankenwagen und in der Notaufnahme.«

»Was?«

»Ich habe ihnen gesagt, daß sie sie mitnehmen sollen.« Ein Lächeln zuckte um Claytons Mund. »Wenn ich gewußt hätte, daß du am Leben bleibst...«

Er vollendete den Satz nicht. Wieder einmal war Kerry von der Güte und Menschlichkeit seines Freundes überwältigt.

»Auf jeden Fall sitzen wir in der Tinte. Wir haben ein paar Sprüche abgelassen, von wegen tragischer historischer Auftrag einer Journalistin und so weiter. Außerdem hat Lara mit NBC telefoniert, so daß wir die anderen vielleicht hinters Licht führen können. Vielleicht kann ich sogar die Republikaner zum Stillhalten bewegen. Jetzt, wo es dir so schlecht geht, wollen sie mit einer solchen Geschichte bestimmt nicht in Verbindung gebracht werden, und ihr voraussichtlicher Kandidat ist ein anständiger Kerl. Aber was ist mit Cutler?«

Kerry sah Clayton in die Augen. Leiser fragte er: »Was meint sie dazu?«

Clayton senkte den Blick. »Sie bleibt bei unserer Version, wenn du es willst. Aber das bringt nur etwas, wenn du sie nie wiedersiehst.«

Kerry lehnte sich zurück und schloß die Augen.

»Ich erwarte nicht, daß du dich sofort entscheidest«, sagte Clayton.

Kerry fühlte sich mit einem Mal sehr erschöpft. »Ich muß mich ausruhen. Dann möchte ich, daß sie zu mir kommt.«

Er hörte, wie sein Freund aufstand, und öffnete die Augen. »Besorgt die Adresse von Kate Feeneys Eltern. Sobald es mir besser geht...«

Clayton nickte langsam und ging.

ZWEI

Lara blieb ein paar Schritte vor dem Bett stehen.

Er streckte die Hand nach ihr aus.

So rasch, daß es ihn überraschte und überwältigte, stürzte sie ans Bett und küßte ihn, zärtlich und lange. Er schloß die Augen und spürte, wie ihre Wärme ihm neues Leben einflößte.

Als ihre Lippen sich voneinander lösten, schlug er die Augen auf.

Sie streichelte ihm die Wange und sah ihn an. Sie hatte dunkle Ringe um die Augen.

»Clayton sagt, daß du bei mir warst, als ich eingeliefert wurde.«

Zur Bestätigung schloß sie die Augen.

Kerry spürte seinen Puls. Er schluckte, versuchte wieder zu sprechen. »Tja«, seufzte er, »dann ist die Katze wohl aus dem Sack.«

Lara ergriff seine Hand und drückte sie mit einem leichten Kopfschütteln an ihre Wange.

»Lara ...«

Sie schien zu zittern. Ihre Wimpern schimmerten feucht. Kerry sah, wie sie das Kinn vorschob, als sei sie trotz allem fest entschlossen, das zu sagen, was sie sich vorgenommen hatte. »Clayton und ich glauben«, begann sie beinahe flüsternd, »daß es das Beste für dich ist, wenn ich einfach fortgehe. Ohne mich kannst du immer noch Präsident werden.«

Kerry verspürte eine brennende Ungeduld, als blieben ihnen nur noch wenige Augenblicke. »Lara, sag mir ausnahmsweise einmal, was du fühlst.«

Sie sah an ihm vorbei und schien mit den Gedanken weit weg zu sein. Dann straffte sie die Schultern und sah ihm direkt in die Augen.

»Ich liebe dich«, sagte sie. »So sehr, daß es weh tut. Was auch geschieht, ich werde dich immer lieben.«

Er spürte einen Kloß im Hals. Sanft strich sie ihm das Haar aus der Stirn.

»Von Anfang an« sagte sie, »fühlte ich mich zu dir hingezogen, mehr als zu jedem anderen Mann in meinem Leben. Ich faßte Vertrauen zu dir, fühlte mich von dir verstanden, konnte mit dir über alles reden. Und so suchte ich immer nach einem Vorwand, um dich zu sehen.« Sie schloß die Augen. »Das machte mir Angst, Kerry. Ich wollte mir etwas vormachen. Aber ich konnte es nicht. Das war mir klar, bevor wir uns das erste Mal liebten. Und danach verspürte ich eine tiefe Sehnsucht, die ich noch beängstigender fand. Ich begriff, daß wir Schluß machen mußten.« Sie holte Luft, und ihre Stimme wurde dünn. »Und als es vorbei war, fühlte ich mich total leer. Es war die schwerste Entscheidung meines Lebens. Bis jetzt …«

Er streichelte ihr Gesicht. »Und nun?«

Sie gab sich einen Ruck. »Bevor ich antworte, muß ich etwas wissen. Willst du noch Präsident werden?«

Er zögerte, aber nur kurz. »Nicht wenn es bedeutet, daß ich dich nie wiedersehen darf. Das ist es nicht wert.«

»Aber angenommen, du könntest beides haben, das Amt und mich. Das wäre dir doch am liebsten, nicht?«

Er starrte an die weiße Decke. Dann sah er ihr ins Gesicht und sagte ruhig: »Ich will beides. Ich will dich, und ich will Präsident werden.«

Sie schaute weg. »Dann muß ich dich wieder aufgeben, so schwer es mir auch fällt.«

Er fragte nicht nach dem Grund, er sagte einfach nur: »Diese Alternative hast du nicht. Wenn ich nur mit dir zusammensein kann, wenn ich auf die Kandidatur verzichte, dann verzichte ich eben.« Er hielt inne, denn er spürte ein Kratzen im Hals. »Oder ich bleibe im Rennen, und wir lassen es darauf ankommen. Stark genug sind wir, glaube ich, aber da spielen noch ein paar andere Dinge mit herein, die ich nicht für dich entscheiden kann. Also entscheide du.«

Ihre Augen wurden wieder feucht. »Für uns beide?«

»Solange wir zusammenbleiben.«

Sie ergriff seine Hände und sah ihn an. Schließlich sagte sie mit ruhiger Bestimmtheit. »Dann werden wir die Kandidatur wohl aufrechterhalten.«

Kerry verspürte ein Prickeln. »Bist du dir sicher?«

»Ja.« Ihr Stimme war jetzt ganz klar. »Beim letzten Mal habe ich allein entschieden, für uns beide. Ich tat, was ich für das Beste hielt. Und dazu kann ich stehen, falls man uns jetzt überführt. Du hast aus deinem Leben das gemacht, was du für richtig hieltest. Und jetzt entscheide ich mich dafür, ein Teil deines Lebens zu werden.« Zum ersten Mal lächelte sie. »Das schlimmste, was mir passieren kann, ist, daß du zweimal gewählt wirst. Dann bin ich am Ende erst neununddreißig, und es muß doch etwas geben, was eine ehemalige First Lady tun kann.«

Ihr Lächeln erlosch, und sie schüttelte den Kopf, als wundere sie sich selbst über ihre Unsicherheit. »Ich hätte dich beinahe verloren, Kerry. Ich kann mich nicht mehr selber belügen.«

Kerry traten Tränen in die Augen. Dann dachte er an John Musso, an die Unwägbarkeiten des Schicksals, die das Leben des Jungen beendet und ihn, Kerry, hierhergeführt hatten. »Wie einsam er sich gefühlt haben muß«, murmelte er.

Er sah Lara an, daß sie seine Gefühle verstand. »Sag mir eins«, sagte sie nach einiger Zeit. »Wenn John Musso überlebt hätte, würdest du dir seinen Tod wünschen?«

»Nein«, antwortete er. »Um Gottes willen, nein! Nicht meinetwegen. Aber Kate Feeneys Eltern sehen das vielleicht anders.«

Sie sah ihm wieder ins Gesicht, dann gab sie ihm einen Kuß auf die Stirn. »Ich hole Clayton.«

DREI

Mit wenigen knappen Sätzen teilte Clayton Kit Pace und Frank Wells mit, was Kerry beschlossen hatte.

In ihren Gesichtern spiegelte sich das Wechselbad der Gefühle wider, das Clayton selbst durchlaufen hatte – Erleichterung darüber, daß Kerry überlebt hatte, Freude, daß der Wahlkampf weiterging, eine Heidenangst um die künftige Sicherheit des Kandidaten und, als sie von Lara erfuhren, schiere Verzweiflung.

»Der letzte Punkt wird uns Kopfzerbrechen machen«, prophezeite Frank in düsterem Ton.

»Man kann nicht alles haben«, erwiderte Clayton. »Wenigstens wird Kerry nicht mehr verdächtigt, schwul zu sein.«

In seinem nachdenklichen Schweigen wirkte Frank fast wie ein Professor. »Andererseits«, sagte er nach einer Weile, »sie ist intelligent, schön, engagiert.«

»Und ihre Mutter ist Hispano-Amerikanerin«, warf Kit trokken ein.

Clayton beobachtete, wie die anderen wieder Vergnügen daran fanden, von ihrer politischen Begabung Gebrauch zu machen, die ein so wichtiger Teil ihrer Persönlichkeit war, daß sie sich nicht unterdrücken ließ. Als lese er seine Gedanken, schenkte ihm Frank ein flüchtiges Lächeln, verschränkte die Hände hinter dem Kopf und sagte sinnierend: »Wie alt ist sie, Kit? Einunddreißig? So jung war keine mehr seit Jackie Kennedy.«

»Oh«, erwiderte Kit, »ich glaube, Lara Costello hat etwas mehr Format.«

»Nicht zuviel, hoffe ich.«

Kit lächelte. »Die Zeiten ändern sich, Frank.«

Clayton schmunzelte. »Ich möchte«, sagte er, »daß Sie beide eine Presseerklärung aufsetzen, in der steht, daß Kerry weitermacht. Und zwei Stellungnahmen zu ihrer Beziehung – ›ihre‹ und ›seine‹. Lassen Sie sich was einfallen.«

Franks graue Augen blickten besorgt. »Ich nehme an, Sie und er wissen, daß wir *Newsworld* damit wieder ins Spiel bringen. Wir haben nur eine Atempause, mehr nicht.«

»Das ist uns klar«, antwortete Clayton.

Frank zuckte fatalistisch die Schultern. »Dann arbeiten wir eben mit dem, was wir haben.«

»Und sind froh, daß wir ihn noch haben.«

Frank reagierte beinahe beschämt. »Oh, natürlich.«

Es wurde still. Frank stützte nachdenklich das Kinn in die Hände, dann schaute er zu Clayton auf. »Bliebe noch die Wahl morgen«, sagte er. »Glauben Sie, Sie könnten ihm auf die Beine helfen?«

Um halb drei erschien Kit Pace im provisorischen Presseraum.

Es war noch stickiger und voller als beim ersten Mal. Diesmal jedoch saß Nate in der ersten Reihe, neben Lee McAlpine und Sara Sax.

»Er macht weiter«, sagte Lee voraus. »Deshalb kommt sie.«

Nein, dachte Nate, niemals. Aber nur ich weiß, warum.

Kit ließ den Blick durch den Raum schweifen und schien Nate zu ignorieren.

»Ich habe eine Erklärung zu verlesen«, begann sie. »Von Senator Kilcannon. ›Bevor ich auf meine weiteren Pläne zu sprechen komme, möchte ich allen, die für mich gebetet und mir ihre Genesungswünsche übermittelt haben, meinen tief empfundenen Dank aussprechen. Ich kann Ihnen nicht sagen, wie dankbar ich Ihnen dafür bin, und dafür, daß ich sie noch entgegennehmen durfte.‹«

»Er verabschiedet sich«, murmelte Sara.

»›Darüber hinaus möchte ich Ihnen mitteilen‹«, las Kit ruhig weiter, »›daß ich diesen Wahlkampf zu Ende führen werde. Ich habe nach wie vor die Absicht, die demokratische Präsidentschaftskandidatur zu erringen.‹«

»Mein Gott«, murmelte Nate.

Clayton tat es weh, Kerry in diesem Zustand zu sehen, mit einem Schlauch in der Brust.

»Der Empfangsbereich gleicht einer Leichenhalle«, erzählte er Kerry. »Mit den Blumengebinden könnte man ganz Vailsburg beerdigen.«

Kerry lächelte nicht. »Oh«, sagte er ruhig, »das kenne ich noch von Jamies Tod.«

Clayton musterte sein Gesicht. Mit der gleichen Ruhe sagte er: »Der Tod war dir nicht bestimmt, Kerry.« Sein Ton wurde geschäftsmäßig. »Hunderte von Leuten haben angerufen. Alle finden es großartig, daß du weitermachst. Der Vorsitzende des Demokratischen Nationalkomitees hat sogar mehrmals angerufen.«

Kerry lachte laut los und zuckte vor Schmerz zusammen. »Dicks Speichellecker. Wie oft hat der versucht, mir die Kehle durchzuschneiden.«

»Na ja, jetzt liebt er dich. Und natürlich hat auch Dick selbst angerufen.«

Kerry nickte. »Das war zu erwarten.«

»Er will mit dir reden. Sobald du dich dazu in der Lage fühlst.«

Kerry drehte sich weg und starrte lange aus dem Fenster in den blauen Himmel. »Kannst du für mich die Nummer wählen?« fragte er.

Dick Masons Stimme war anzuhören, daß ihn die Fernsehdebatte und die jüngsten Ereignisse, die sein Lebensziel bedrohten, arg mitgenommen hatten.

»Ich setze den Wahlkampf erst fort«, sagte er, »wenn Sie wieder auf den Beinen sind.«

»Kein Mitleid«, erwiderte Kerry leichthin. »Meinetwegen können Sie ruhig weitermachen, Dick.«

Am anderen Ende der Leitung wurde es still. Mason wußte nur zu gut, daß ihn eine Fortsetzung des Wahlkampfs Stimmen kosten würde – vorausgesetzt, die Wähler nahmen überhaupt von ihm Notiz, denn im Augenblick galt ihr Interesse ausschließlich Kerrys Genesung. »Was die andere Geschichte angeht«, fuhr Mason fort, »werde ich mich an unsere Abmachung halten. Es tut mir sehr leid, daß das passiert ist.«

Kerry blickte zu Clayton, der ihm gegenüber saß. »Ich verstehe«, sagte er zu Mason.

Natürlich verstand er. Mason wollte seine Position behaupten und hoffte auf Kerrys Nachsicht, falls ein anderer als Nate Cutler ihn wegen der Affäre mit Lara zu Fall bringen sollte.

»Grüßen Sie Jeannie von mir«, sagte Kerry. »Wie immer.«

Clayton nahm ihm den Hörer aus der Hand. »Dann hast du ihm also verziehen?«

»Natürlich. Nur nicht rückwirkend.«

Kerry lächelte, doch Clayton las es ihm an den Augen ab: Sollte Kerry Präsident werden, war Dick Mason am Ende, denn was er Lara angetan hatte, war unverzeihlich. Clayton erwiderte Kerrys Lächeln – sein Freund war noch ganz der alte und beileibe kein Heiliger.

»Wenn du es Dick wirklich heimzahlen willst«, bemerkte er, »hätte Frank Wells einen Vorschlag.«

Um halb sechs, wie in Kit Paces Erklärung angekündigt, versuchte Kerry aufzustehen.

Schmerz durchzuckte ihn. Er stieß einen kurzen Schrei aus, und weiße Blitze blendeten ihn. Er fühlte sich wackelig auf den Beinen.

Frank O'Malley ergriff seinen rechten Arm, Clayton den linken. »Sie müssen das nicht tun«, sagte der Arzt zu ihm.

Kerry fand das Gleichgewicht wieder. Politik, hatte Liam gesagt, duldet keinen Stillstand.

Er wünschte sich, Lara wäre hier. Doch bis morgen sollte sie sich im Hintergrund halten. »Ich werde es schon schaffen«, antwortete er O'Malley.

Die drei Männer arbeiteten sich zentimeterweise in Richtung Fenster. Der Morgenmantel verbarg den Schlauch in Kerrys Brust. Hinter ihm trug eine Schwester den Ständer mit dem Transfusionsbeutel, in den der Schlauch mündete.

»Sie müssen Sie sehen«, hatte Frank Wells geraten. »Und sich davon überzeugen können, daß Sie noch amtsfähig sind.«

Kerry hatte keine Ahnung, in welcher Etage er sich befand, und obwohl es ihn berührte, daß zahllose Fremde sich um ihn sorgten, war die Vorstellung, daß Hunderte unter seinem Fenster wachten, doch ziemlich vage geblieben.

»In welchem Stock sind wir hier?« fragte er O'Malley.

»Im zweiten.«

Sie erreichten das Fenster.

Hunderte Menschen standen auf dem Rasen – junge und alte, Männer und Frauen, Menschen aller Rassen. Und so leise, daß nur Kerry es hören konnte, flüsterte Clayton: »Sie sind nicht seinetwegen hier, Kerry. Sie sind deinetwegen hier.«

Jubel ertönte, gedämpft durch die Scheibe, und dann winkten einige aus der Menge.

Kerry blinzelte. Plötzlich ging es nicht mehr um Dick Mason, nicht einmal mehr um Stimmen.

Kerry hob den Arm und winkte zurück.

Nate Cutler stand unten und betrachtete ihn – eine schmale Gestalt, schwerverletzt, aber unverkennbar noch er selbst. Nate hätte ein Unmensch sein müssen, um die allgemeine Begeisterung nicht zu spüren.

»Erstaunlich.« Die Bewunderung in Lee McAlpines Stimme grenzte an Verzückung. »Diese Leute lassen keinen Trick aus.«

»Mason ist ein toter Mann, nicht er«, erwiderte Nate.

Kilcannon verschwand vom Fenster.

Für Nate wurde es Zeit, auf Jane Booths Nachricht zu antworten. Er schlenderte in Richtung Bürgersteig und wählte.

»Hallo«, meldete sich Jane.

»Ich bin's, Nate. Ich rufe mit dem Handy an.«

Eine kurze Pause trat ein. »Morgen findet in New York eine Besprechung statt«, sagte sie. »Ich möchte, daß Sie mit der Nachtmaschine herkommen. Jetzt, wo er über den Berg ist, müssen wir entscheiden, was wir tun wollen.«

DIE KAMPAGNE

Siebter Tag

EINS

Der Morgen des Wahltags war strahlend und klar.

Um neun Uhr traf Clayton mit der Nachricht ein, daß die Wahlbeteiligung überall im Staat rege sei. »Ich glaube, das ist gut für dich«, sagte Lara zu Kerry.

Clayton blickte von Kerry zu Lara und drückte jedem von ihnen zwei Presseerklärungen in die Hand. Kerry las seine durch, hielt inne und beobachtete, wie Lara die erste studierte, grinste und dann die zweite zur Hand nahm. »Meine sollte die Redaktion veröffentlichen«, sagte sie zu Clayton.

Clayton hob die Brauen. »Haben Sie ihnen schon Bescheid gesagt?«

»Ja.« Sie warf Kerry einen Blick zu und grinste erneut. »Denen hat es die Sprache verschlagen.«

Clayton zuckte die Schultern. »Zumindest heute wird es nicht die Topmeldung sein. Immerhin entscheidet die Wahl über die Nominierung.«

»Timing ist alles«, meinte Lara.

Kerry fragte sich erneut, ob sie eine kluge Entscheidung getroffen hatten. Lara arbeitete seit dem College als Journalistin, und jetzt plötzlich sollte sie einen ganz anderen Weg einschlagen, einen, den sie nie hatte einschlagen wollen. Doch dies war nicht die rechte Zeit, darüber zu sprechen. Mit scheinbarer Heiterkeit hatte sie einen Stift aus ihrer Handtasche gefischt und begann nun, an der Presseerklärung Veränderungen vorzunehmen.

Es war siebzehn Uhr in Manhattan, als die Presseerklärungen im Konferenzraum eintrafen.

Seit zwei Stunden analysierten die Anwesenden – Nate, Jane Booth, die Journalistin Sheila Kahn, Chefredakteur Courtney Wynn und Martin Zimmer, Herausgeber und Besitzer von *Newsworld* – sehr eingehend die Fakten. Nicht einmal Jane hatte versucht, sich unbekümmert zu geben oder Witze zu reißen. Es stand zuviel auf dem Spiel – der gute Ruf von *Newsworld,* die Karriere Kerry Kilcannons –, und es ging um die Frage, nach welchen Grundsätzen Journalismus heutzutage handeln sollte. Nate konnte noch nicht absehen, was die Gruppe beschließen würde.

Sheila verteilte die Presseerklärungen kommentarlos. Nate begann zu lesen.

»NBC News«, begann die erste, »gibt hiermit bekannt, daß die Journalistin Lara Costello um unbefristeten Urlaub gebeten hat. Dem Ersuchen wurde entsprochen.«

»›Von 1996 bis 1998‹, erklärte Miss Costello, ›arbeitete ich als Washington-Korrespondentin für die *New York Times.* In dieser Zeit knüpfte ich berufliche Kontakte und freundschaftliche Bande zu Senator Kerry Kilcannon. Beides war mir sehr teuer.

Die Ereignisse der letzten Tage und meine Reaktionen darauf haben mir nun deutlich vor Augen geführt, daß meine Gefühle für Kerry Kilcannon über Freundschaft hinausgehen. Für den Senator waren sie in ähnlicher Weise erhellend. Es versteht sich daher von selbst, daß ich nicht länger über diesen Wahlkampf berichten oder ähnlichen Aufgaben nachgehen kann, ohne Zweifel an meiner Objektivität aufkommen zu lassen.

In den kommenden Wochen beabsichtige ich, Senator Kilcannon bei seiner Genesung zu unterstützen und über meine künftige Tätigkeit nachzudenken. Ich hoffe, diese Zeit wird ebenso erhellend sein.‹«

Skeptisch grinsend nahm Nate die zweite Presseerklärung zur Hand.

»Wenn man erst angeschossen werden muß, um zur Einsicht zu kommen«, wurde Kerry Kilcannon zitiert, »bin ich nur froh, daß es gleich beim ersten Mal geklappt hat.«

Nate sah Sheila über den Tisch hinweg an. »Ist das alles?« fragte er.

»Das ist alles.«

Nate las den Satz noch einmal und lachte laut los. »Köstlich – mein Gott, das ist wirklich zu köstlich.«

Courtney Wynn blieb ernst. »Damit bricht ein Bein der Story weg«, sagte er. »Die Journalistin, die gegen ihr Berufsethos verstößt. Zumindest *in futuro.*« Und an Sheila Kahn gewandt: »Wie waren die Artikel der Costello vor zwei Jahren?«

»Über jeden Zweifel erhaben«, antwortete sie geknickt. »Genau wie die Berichte über den Wahlkampf.«

Nervös, weil sie nicht rauchen konnte, trank Jane Booth ihre Dose Diätcola leer. »Die Konkurrenz zieht mit uns gleich«, sagte sie aufgeregt. »Morgen fallen alle darüber her und versuchen herauszufinden, was ›freundschaftliche Bande‹ bedeutet.«

»Und sie werden wahrscheinlich dasselbe finden wie wir«, erwiderte Wynn. »Eine Menge Details, die vielversprechend aussehen, aber nichts beweisen. Und Kilcannons Ex-Frau wird keinem helfen, wie's aussieht.«

Booth sah ihn scharf an. »Sie haben die Aufzeichnungen der Psychologin vergessen.«

Eine peinliche Stille entstand, und Courtney Wynn starrte auf den Tisch. Jeder wußte, daß seine zweite Ehe als Affäre mit einer Kollegin begonnen und das Ende der ersten beschleunigt hatte; Wynn war zu ehrlich, um sich dieses Widerspruchs nicht bewußt zu sein, und ein zu guter Journalist, um sich davon beirren zu lassen.

»Sie lügen, was die Affäre angeht«, sagte Nate. »Auch wenn wir es nicht beweisen können. Aber in meinen Augen geht es hier nicht um Ehebruch. Es geht darum, ob Lara Costello ein Kind von Kerry Kilcannon abgetrieben und welche Rolle Kilcannon dabei gespielt hat.« Er sah Sheila Kahn an. »Haben Sie irgendeinen Hinweis darauf, daß diese Psychologin verrückt ist und die ganze Geschichte möglicherweise nur erfunden hat?«

»Verrückt? Klar. Wer würde sonst so etwas tun? Aber ich glaube nicht, daß sie sich das alles ausgedacht hat.«

Zögernd beugte sich Martin Zimmer, der Herausgeber, vor. »Wenn ich recht verstanden habe«, sagte er, »brauchen wir nach wie vor zwei Quellen. Wir wissen, glaube ich, daß sie in der Klinik war. Aber sie hat niemandem außer dieser Frau – die Kontakt zu Christian Commitment hat – gesagt, daß das Kind von Kilcannon sei, richtig?«

Jane Booth runzelte die Stirn. »Die Umstände sprechen dafür, daß es wahr ist. Das ist wie eine Beichte in der Kirche.«

»Wollen Sie, daß Dick Mason Präsident wird?« fragte Zimmer sie geradeheraus. »Oder der republikanische Kandidat?«

Jane war sichtlich irritiert. »Als politische Redakteurin«, entgegnete sie, »bin ich für keinen.«

»Aber Sie würden sich für einen entscheiden. Nur eben nicht für Kilcannon.« Zimmer wandte sich an Nate. »Wir sind sicher, daß Mason die Sache lanciert hat, richtig?«

Nate nickte. »Die Fernsehdebatte war der Beweis.«

»Das meint auch Nat Schlesinger. Er hat wieder angerufen und gefragt, ob wir Kerry Kilcannon auf der Grundlage einer einzigen Quelle, die wir Mason verdanken, hochgehen lassen wollen.«

Ehe jemand antworten konnte, trat Wynns Sekretärin ins Zimmer.

Wynn ging in eine Ecke, hob den Telefonhörer ab und führte ein kurzes Gespräch. Dann drehte er sich um und sagte: »Das war ein Freund von ABC. Die erste Prognose liegt vor. Sie können sie noch nicht veröffentlichen, aber wie's aussieht, macht Kilcannon das Rennen.«

Martin Zimmer hob die Brauen.

»Die Geschichte schwebt wie ein Damoklesschwert über ihm«, sagte Jane Booth. »Was ist, wenn die Republikaner sie benutzen, um Kilcannon zu Fall zu bringen? Wie wollen wir dann begründen, daß wir sie nicht gedruckt haben?«

Courtney Wynn bedachte sie mit einem abschätzigen Blick. »Das hängt davon ab, wer sie sonst noch drucken will«, erwiderte er. »Allein können die Republikaner es nicht tun. Selbst wenn sie wollten. Deshalb frage ich Sie: Wer setzt unsere sittlichen Maßstäbe – wir selbst oder jemand anders? Und will *Newsworld* solche Geschichten bringen, bei dieser Beweislage?«

Nate starrte auf die Presseerklärungen. Als einziger in der Runde konnte er ungefähr abschätzen, was diese knappen Worte zwei Menschen abverlangt hatten und welch hohes Risiko sie damit eingingen. Dann riß ihn Martin Zimmer aus den Gedanken. »Mir gefällt die Geschichte nicht«, sagte er einfach nur. »Sieht das jemand anders?«

Jane Booth schnitt eine Grimasse. »Die ganze Sache stinkt doch zum Himmel. Slade hat die Costello in den Krankenwagen gelassen, weil er die Wahrheit kennt. Und weder das Attentat noch die windige Erklärung, die sie uns aufgetischt haben, ändern etwas daran, daß es verwerflich ist, wenn eine Journalistin einen Kandidaten vor einem drohenden Skandal warnt. Insbesondere wenn sie selbst darin verwickelt ist. Himmel noch mal, wollen wir so etwas tolerieren?« Sie wandte sich an Nate. »Sie sind doch davon überzeugt, daß sie bei Kilcannon war, oder?«

Nate nickte. »Oder bei seinen Leuten.«

»Aber können wir es beweisen?« fragte Wynn.

Jane kniff die Augen zusammen. »Nein«, antwortete Nate. »Aber es war offensichtlich.«

»›Offensichtlich‹«, wiederholte Zimmer.

Jane wandte sich erneut an Nate. »Ich hatte Sie gebeten, die Costello im Auge zu behalten«, sagte sie. »Haben Sie etwas beobachtet?«

Nate zögerte. Er wußte, dies war ihre letzte Hoffnung, die Diskussion in Gang zu halten.

»Nein«, antwortete er schließlich. »Aber wer wäre denn so blöd?«

ZWEI

Es war fast überstanden.

Um sieben Uhr abends rief Jack Sleeper an und teilte Kerry mit, daß seine Zahlen einen klaren Sieg erwarten ließen. »Noch eine Stunde«, erinnerte ihn Kerry – in einer Stunde würden die Wahllokale schließen und Fakten die Spekulationen ablösen.

Als Kerry auflegte, fragte Lara: »Hast du Kate Feeneys Eltern erreicht?«

Er nickte. »Weißt du, was ihre Mutter gesagt hat? Daß sie heute losgegangen sind, um mich zu wählen. Vermutlich wollen sie ihre Tochter auf diese Weise irgendwie lebendig erhalten.«

»Wenn das stimmt«, erwiderte Lara, »hat es ihnen um so mehr bedeutet, daß du angerufen hast.« Mehr Trost konnte sie ihm nicht spenden: Für den Rest seines Leben würde er sich Vorwürfe machen, weil er John Musso im Stich gelassen und dadurch zu Kates Tod beigetragen hatte.

Kerry war wieder in Schweigen verfallen. »Ich muß Peter Lake sprechen«, sagte er schließlich. »Bevor meine Mutter kommt.«

»Ich hole ihn«, erwiderte Lara.

Sie fand Peter in der Cafeteria des Krankenhauses, wo er alleine Kaffee trank.

Er schaute zu ihr auf und lächelte. »Ein großer Tag.«

Lara nickte. »Kerry möchte Ihnen danken. Und jetzt kann ich es auch.« Sie hielt inne und erwiderte sein Lächeln. »Wir können uns glücklich schätzen, daß Sie beim Secret Service sind. Trotz allem.«

Sein Grinsen verriet, wie froh er war, daß Kerry noch lebte.

Um zehn Uhr abends saßen sie zu dritt bei Kerry – Lara, Clayton und Mary Kilcannon.

Kerry hatte sich bisher gegen einen Besuch seiner Mutter gesträubt, weil er befürchtete, sein Anblick könnte schmerzliche Erinnerungen an Jamie wecken und ihr ins Gedächtnis rufen, daß sie Liams Wunsch, Kerry solle in die Politik gehen, unterstützt hatte. Doch ihr immer noch schönes Gesicht strahlte vor Dankbarkeit, daß Kerry überlebt hatte, und die Verwirrung, mit der sie Laras Anwesenheit als ein Geschenk Gottes an ihren verbliebenen Sohn akzeptierte, hielt sich in Grenzen.

Wir haben beide katholische Mütter, dachte Lara mit einem gewissem Amüsement – früher oder später würde Mary darauf kommen, daß Kerry zu anständig war, um Meg um eine Annulierung der Ehe zu bitten, und folglich nicht wieder kirchlich heiraten konnte. Doch im Moment galt ihre ganze Sorge der Genesung ihres Sohnes.

»Kerry war immer mein ein und alles«, flüsterte sie Lara zu.

Lara nickte. »Ich weiß.«

Zusammen mit den anderen verfolgte Kerry im Fernsehen das Eintrudeln der Ergebnisse.

Die Auszählung schleppte sich hin – im Los Angeles County war man wie immer besonders langsam. Um die Zeit zu überbrücken, zeigte CNN ein Band von dem Mordversuch.

Mary Kilcannon schaute weg, Lara ergriff Kerrys Hand. Kerry und Clayton rührten sich nicht.

Auf dem Bildschirm war in Zeitlupe zu sehen, wie Kerry Clayton zur Seite stieß und John Musso die Hand entgegenstreckte. Kerry fühlte, wie sich sein Magen zusammenzog.

»Tja«, sagte Clayton leise, »du hast es wieder getan.«

»Senator Kilcannon«, kommentierte Bill Schneider, »hat anscheinend davon profitiert, daß die kalifornischen Wähler über den glücklichen Ausgang des Attentats erleichtert sind und bewundern, wie er versucht hat, die Umstehenden zu schützen.«

Auf diese Weise, dachte Kerry angewidert, hatte er die Vorwahlen nun wirklich nicht gewinnen wollen. Aber dies war wohl der Beweis: Er hatte aus einem Impuls heraus gehandelt, diesmal hatte er nicht versagt.

Das Bild blieb auf John Mussos schmerzverzerrtem Gesicht stehen.

Schweigend erinnerte sich Kerry an einen vom Schicksal geschlagenen Jungen, dann an einen anderen Jungen.

Was, so fragte er sich plötzlich, hatte ihn selbst befähigt, sich von seinem gewalttätigen Vater zu lösen? Die Antwort erfüllte ihn mit Dankbarkeit und erhöhte zugleich das Gewicht seiner Schuld – der Unterschied bestand zweifellos in der Sorge einer liebenden Mutter und der diskreten Gegenwart eines Liam Dunn. Und vielleicht auch in dem abschreckenden Beispiel seines älteren Bruders, der so fest entschlossen gewesen war, Michael Kilcannon zu entrinnen, daß es ihn verzehrt hatte.

Plötzlich wechselte das Bild. Ein Journalist berichtete, umringt von fröhlichen Menschen, aus Kerrys Wahlkampfzentrale in Los Angeles.

»Nach der ersten Hochrechnung von CNN«, begann er, »wird Senator Kerry Kilcannon die kalifornischen Vorwahlen mit zweiundsechzig Prozent der Stimmen gegenüber achtunddreißig Prozent für Vizepräsident Dick Mason gewinnen. Das bedeutet, daß Senator Kilcannon wahrscheinlich alle kalifornischen Delegierten erringen wird, was ihm praktisch die Nominierung seiner Partei sichert.«

»Na also«, sagte Clayton mit verhaltener Begeisterung, »wir haben's geschafft.«

»Kit Pace, die Pressesekretärin des Senators, wird in Kürze

hier erwartet und im Namen Senator Kilcannons eine Erklärung abgeben.«

Laras Finger umschlossen fest Kerrys Hand. »Du wirst Präsident, Kerry. Ich spüre es.«

Kerry war zu bewegt, um etwas zu erwidern.

»Wie wir hören, verfolgt der Senator die Ergebnisse zusammen mit seiner Mutter, Mary Kilcannon, und engen Freunden.«

Wenn doch nur Liam Dunn hier sein könnte, dachte Kerry. Und Jamie.

Und dies war ehrlich gemeint. Er und Jamie hätten sich jetzt viel zu sagen. Er hatte einen weiten Weg zurückgelegt, seit Jamie ihm durch einen tragischen Vorfall die Bahn geebnet hatte. Jetzt hatte er den Weg beschritten, der ihm vorbestimmt war, und sie standen auf gleicher Stufe.

»Vor seinem Sieg«, fuhr der Journalist fort, »hat Senator Kilcannon bekanntgegeben, daß er zu der NBC-Korrespondentin Lara Costello, die bis letzten Monat in Übersee tätig war, eine Beziehung unterhalte. Kit Pace hat jeden weiteren Kommentar dazu abgelehnt und sich auf die Bemerkung beschränkt, daß selbst Kandidaten und Journalistinnen ein Privatleben zustehe.«

»Das ist doch mal was Neues«, bemerkte Clayton.

Kerry lachte leise, dann wurde er nachdenklich.

Bald würde es wieder losgehen: die Reisen, die Reden, der Trubel, das unentwegte Taktieren, das ständige Bemühen, in einer komplizierten Welt – wie Liam – ein anständiger Mensch zu bleiben. Er sollte diesen Augenblick genießen, solange er noch konnte.

Schweigsam betrachtete er seine Mutter, die ihm so viel gegeben hatte, Clayton, seinen besten Freund, und Lara, der er eines Tages noch näher stehen würde. Dann lächelte sie ihn an, und er erkannte, daß er, ganz gleich was noch kommen mochte, etwas empfand, was James Kilcannon nie empfunden hatte: tiefes Glück. Und daß der einzige Platz für ihn an ihrer Seite war, und – zu gegebener Zeit – bei ihren Kindern.

Morgen, das wußte Kerry, würde er ihr das sagen. Für heute war es genug, daß sie da war.

DANKSAGUNG

Ich bin es den vielen Menschen, die mir behilflich waren, schuldig, daß ich zunächst einmal auf den Unterschied zwischen Wahrheit und Phantasie hinweise. Dies ist kein Schlüsselroman, sondern ein fiktives Werk, das in allen wesentlichen Teilen bereits 1995 konzipiert war, also bevor ich Interviews machte oder den jüngsten Präsidentschaftswahlkampf verfolgte. Jede Ähnlichkeit der Handlung mit Ereignissen dieses Wahlkampfs ist daher rein zufällig. Und da das Buch im September 1997 fertiggestellt wurde, kann es spätere politische Ereignisse allenfalls vorwegnehmen, nicht aber widerspiegeln.

Ebenso möchte ich unterstreichen, daß meine Geschichte zwar im Kontext aktueller Themen wie Abtreibung, Waffengesetzgebung, Rassismus, Wahlkampfreform und die Rolle der Presse bei der Berichterstattung über das Privatleben von Amtsträgern steht, Position, Charakter und Haltung meiner Hauptfiguren jedoch in keiner Weise denen heutiger Politiker nachempfunden sind. Das ist für mich nicht nur ein Gebot der Fairneß gegenüber jenen Frauen und Männern, die sich im wirklichen Leben schon genug gefallen lassen müssen, sondern auch ein schriftstellerisches Prinzip: Im Roman, so glaube ich, gestattet die Kombination eines authentischen Hintergrunds mit realistischen, aber erfundenen Charakteren die tiefsten Einblicke. Dieses Buch will keineswegs Partei ergreifen, sondern zum Denken anregen.

Schließlich, und auch das wird hoffentlich deutlich, spiegeln die von Kerry Kilcannon geäußerten Ansichten nicht die Meinung der Politiker und Berater wider, die mir geholfen haben, mein Verständnis von Kerrys Welt zu vertiefen. Keiner von ihnen hat das Buch »abgesegnet« oder ist in irgendeiner Weise für seinen Inhalt verantwortlich. Kerrys Ansichten spiegeln vielmehr Positionen wider, die nach meinem Empfinden seiner Herkunft und Persönlichkeit entsprechen und durchaus von einem Parteirebellen vertreten werden könnten; bisweilen mögen sie sich auch mit meinen Sympathien decken. Für die in dem Buch geäußerten politischen Ansichten bin, wie auch für etwaige Fehler, allein ich verantwortlich.

Ich möchte all jenen meinen Dank aussprechen, die mir ihre kostbare Zeit geopfert und wertvolle Ratschläge gegeben haben.

Zahlreiche Menschen aus der realen Welt der Politik waren mir in meiner imaginären behilflich, darunter Rich Bond, William Cohen, Peter Fenn, Marlin Fitzwater, Barry Gottehrer, Tom King, Peter Knight, Jim Launer, Susan Levine, Christine Matthews, John McCain, Bill McInturff, Bob Squier, George Stephanopoulos, Joe Trippi, Donna Victoria, Nelson Warfield und, vor allem, Mandy Grunwald. Ebenso Senator Bob Dole und sein Wahlkampfstab, darunter Steve Duchesne und Jenny Ryder, die mir freundlicherweise gestatteten, mich ihnen anzuschließen.

Mehrere Journalisten machten mich mit den Grundzügen der Wahlkampfberichterstattung und den komplizierten Überlegungen vertraut, die um die Frage kreisen, ob Kerry Kilcannons Privatleben öffentlich gemacht werden soll. Mein besonderer Dank gilt Lorraine Adams, Candy Crowley, David Finkel, Blaine Harden, Jill Zuckman und nicht zuletzt Paul Taylor. Anregungen, was die journalistischen Aspekte angeht, verdanke ich vor allem der verstorbenen Susan Yoachum, politische Redakteurin beim *San Francisco Chronicle,* die mich mit ihrer Intelligenz, ihrem Witz und ihrem Wissen an eines der wirklichen Privilegien des Schreibens erinnerte, das darin besteht, daß man Menschen wie Susan kennenlernt.

Andere unterstützten mich mit ihrem Fachwissen, so der Romancier Maynard Thomson, die Psychiater Ken Gottlieb und Rodney Shapiro, die Psychologin Margaret Coggins, Carl Meyer und Terry Samway vom Secret Service, der Chirurg Dr. Bernard Alpert, Elizabeth Birch von der Human Rights Campaign, Robert Walker von Handgun Control, Inc., Robert Allen, Schriftsteller, Lehrer und Herausgeber von *The Black Scholar* sowie Direktor des Oakland Men's Project, und Susan Breall von der Bezirksstaatsanwaltschaft in San Francisco. Wie immer wäre das Buch nicht zustande gekommen ohne die scharfsinnigen Kommentare von Anna Chavez, Fred Hill und Philip Rotner, das logische Verständnis meiner Assistentin Alison Thomas und die tägliche Mitwirkung meiner Frau Laurie. Und vielen Dank an Knopf und Ballantine – insbesondere an Sonny Mehta – für ihre Begeisterung und Ermutigung zu einem Projekt, das sich von meiner Arbeit der letzten Jahre doch sehr unterscheidet.

Kalifornien hat eine ganz eigene politische und soziale Dynamik. Ich danke dem Staatsanwalt Al Giannini, der Wahlhelferin Lorrie Johnson, der Angestellten der Stadt San Francisco Susan Leal, dem Wahlkampforganisator Walter McGuire, dem politischen Berater Phil Perry und der Demoskopin Rosemary Roach für ihren Rat, vor allem aber dem politischen Berater Clint Reilly für seine Unterstützung und die mir geopferte Zeit. Auch Newark, wo Kerry Kilcannon seine Jugend verlebte, ist eine besondere Stadt. Mein Dank gilt Dennis Caufield, Pater Pat Donohue, Tom Giblin, Denis Lenihan, William Marks und Al Zach, die meine Wissenslücken stopften.

Einige Schriftsteller inspirierten mich, ohne es zu wissen. Allen voran Jack Newfield mit seiner Biographie Robert Kennedys, die auch nach annähernd dreißig Jahren noch durch ihre lebendige Schilderung einer vielschichtigen und widersprüchlichen Persönlichkeit und das Bemühen begeistert, den Zusammenhang zwischen invidiueller Psychologie und politischer Überzeugung herauszuarbeiten. Wenn es für Kerry Kilcannon ein Vorbild gibt, dann ist es nicht in einem lebenden Politiker zu suchen, sondern in Newfields Porträt eines Mannes, den wir allzufrüh verloren haben. Ähnlich lehrreich, was das politische Leben in Washington angeht, war für mich Hedrick Smiths *Der Machtkampf in Amerika*. Und mit ihren fundierten Arbeiten zum Thema Abtreibung halfen mir John Leo, Ann Roiphe, Edward Tivnan, George Will und Naomi Wolff, mich in dieser schwierigen Materie zurechtzufinden – auch wenn ich es, wie ich fürchte, niemandem werde recht machen können.

Und schließlich sind da noch George Bush und Ron Kaufman. Vor einigen Jahren erhielt ich zu meiner Überraschung und Freude von Präsident Bush – einem Mann, den ich seit langem bewunderte – einen freundlichen Brief, in dem er auf meinen Roman *Das Maß der Schuld* einging. Als ich das vorliegende Buch plante, schrieb ich ihm und fragte, wie es sei, wenn man für das Präsidentenamt kandidiere. Er reagierte wohlwollend und gab mir großzügig Auskunft. Es kam zu einem Treffen, und daraus entwickelte sich eine Freundschaft mit dem Ehepaar Bush, die für meine Frau Laurie und mich zu den größten Freuden der letzten Jahre gehört.

Der vielleicht größte Gefallen, den mir Präsident Bush erwies, war, daß er mich mit Ron Kaufman bekanntmachte, seinem politischen Direktor in den Jahren im Weißen Haus. Ron versteht soviel von Politik wie kaum ein anderer in Washington, und seine Freundschaft, seine Hilfe und die vielen Stunden, die ich in seiner anregenden Gesellschaft verbringen durfte, lohnten allein schon die Arbeit. Damit Präsident Bush und Ron nicht dieses Buch angelastet wird, soll ihnen das nächste gewidmet sein.